오에 겐자부로

21 세계문학 단편선

오에 겐자부로

박승애 옮김

현대문학

차례

일러두기

1. 이 단편선은 2014년 이와나미쇼텐에서 발행된 『大江健三郎自選短篇』을 번역한 것으로, 오에 겐자부로가 직접 고르고 손본 스물세 편의 작품이 실려 있다.

2. 작품에 나오는 외국어를 비롯한 겹점, 고딕체, 볼드체, 말줄임표 등은 작가의 의도를 존중하여 가급적 원문을 따랐음을 밝혀 둔다.

3. 오늘날에는 쓰이지 않는 지명이나 사용에 주의가 필요한 일부 단어는 작품이 발표된 당시의 상황을 감안하여 원문 그대로 옮겼다.

かぶさる具合に

ぼくの雇傭主はしきりに砂利をはじきとばしながら、ハンドルに向って深く前屈みになり、狭い肩のうえの大きくて丸い頭を振りたて、懸命にぼくを追いかけてくるのである。ぼくは自転車をとめ片足を野菜畑を保護している有刺鉄線の柵にかけて、Dが近づくのを待った。ぼくはたちまち、自分の子供っぽい気まぐれを恥じていた。

ぼくの雇傭主はなお頭をふりたてて大急ぎで近づいてきた。そしてぼくはかれを幻影が訪れているのを知った。かれは砂利道の左よりに極端に片寄って自転車を走らせている。そして、かれが頭をふりたてるように右脇をかれにしたがって駆けるか飛ぶかしているものに、力づけるためにそちらに顔をむけてなにかをささやきかけているということなのだ。マラソン競走のコオチが、傍を駆けている想定の選手の脇を自転車で走りながら、適切な助言や励ましの掛け声をかけているのに似ている。ああ、かれはアグイーがかれの自転車の疾走にしたがって、傍を駆けている想定のもとに、あんなことをやっているわけだ、とぼくは思った。カンガルーくらいの大きさの怪物、白い木綿の肌着をつけた肥りすぎのおかしな赤んぼうが、やはりカンガルーさながら、かれの自転車の脇をぴょん、ぴょん、跳んで駆けているのだ。ぼくはなんとなく身震いし、そして有刺鉄線の柵を蹴ると、のろのろ自転車を走らせて、ぼくの雇傭主と、かれの想像上の怪物アグイーの到着を待った。

それでもぼくは、ぼくの雇傭主の心理上の赤んぼうの存在について素直に信じはじめていたわけではなかった。ぼくはあの看護婦の意見にしたがってミイラとりがミイラになるというか、病人の見張番をしたが病人になるという、ちょっぴり深刻でニューロティックなどたばた劇の筋書きどおりに自分の常識の錘を見うしなうことはすまいと誓っていたのだし、ずっとその態度に固執してもきたのだった。そこでぼくは、意識して極度に冷笑的に、あの神経衰弱の音楽家は、おれについてみせた嘘のためのアフター・サーヴィスとして、いまもあんな演出をこらしているわけじゃないのか？　ご苦労なことになあ、という風に考えてみたりもした。すなわちぼくは依然として、Dとその空想上の怪物とから、冷静な距離をおいていたわけだ。それでいてしかも、このぼく自身の心理に、奇妙なことがおこったのである。

それはこういう風に始まった。ぼくと、やっとぼくに追いついて一米ほどの間隔をおいてぼくにしたがっていたDとが、なお野菜畑のあいだの一本道を走ってゆくうちに、ぼくらはふいの驟雨に思いがけなく、また逃れようもなくいっせいに吠えたてる犬の群の声にかこまれたのだ。ぼくは頭をあげ、砂利道の向うから近づいてくる犬どもの群を見た。それらはすべて体高五、六十センチにも発育した、若い成犬のドーベルマンで、十頭以上もいるのである。犬どもは吠えたてながら狭い砂利道いっぱいに挿しあって駆けてきていた。それらの背後から黒く細い皮紐をひと束

280

기묘한 아르바이트
奇妙な仕事

부속병원 앞 넓은 도로에서 시계탑을 향해 걸어가다 보면 불쑥 나타나는 사거리, 하늘하늘 어린 가지를 흔들고 늘어선 가로수들 건너편 철골이 삐죽삐죽 하늘로 뻗쳐 있는 신축 중인 건물 쪽 어딘가에서 엄청난 수의 개들이 짖는 소리가 들려왔다. 바람의 방향이 바뀔 때마다 개들이 짖는 소리는 격심하게 들끓어 올라 엎치락뒤치락하며 하늘로 올라가기도 하고, 때로는 먼 데서 울리는 메아리처럼 퍼져 갔다.

나는 학교를 오가는 길에 구부정한 자세로 그곳을 걸으며 사거리에 올 때마다 귀를 기울이곤 했다. 때로는 아무 소리도 들리지 않기도 했다. 그렇다고 내가 개들에 대해서 특별한 관심을 가진 것은 아니었다.

그런데 삼월이 끝나 갈 무렵 학교 게시판의 아르바이트 모집 광고를 보고 난 다음부터 그 개들이 짖는 소리는 젖은 수건처럼 내 몸에 착 휘감겨서 생활에 깊이 파고들기 시작했다.

병원 접수처에서는 그 아르바이트는 병원과는 전혀 관계없는 일이라고 했다. 나는 수위에게 끈질기게 부탁해서 목조 창고가 남아 있는 병원 뒤쪽으로 들어갔다. 그 창고 조금 앞에서 여학생과 나이가 몇 살 위인 학생(즉 대학원생)이 장화를 신은 안색 나쁜 중년 남자에게 설명을 듣고 있었다. 나는 대학원생 뒤에 섰다. 남자는 눈꺼풀이 두꺼운 눈으로 나를 힐끔 쳐다보더니 가볍게 고개를 끄덕이고 다시 설명으로 돌아갔다.

"개 150마리를 죽일 거야." 남자가 말했다. 전문 개백정이 한 사람 있는데 내일부터 사흘 동안 이 일을 끝낸다는 것이었다.

병원에는 실험용으로 기르던 150마리의 개가 있었는데 이에 대해서 한 영국 여자가 잔인한 일이라며 신문에 투고하는 바람에 병원에서는 개들을 계속 기를 예산이 없다는 이유를 들어 한 번에 다 죽이기로 했고 자기가 그 일을 하청받았다고 했다. "자네들로서도 해부나 개의 습성 등에 대해서 여러 가지로 공부가 되겠지."

남자가 그 외에 복장이나 시간에 대한 주의 사항을 알려 주고 병원으로 들어가 버리자 우리는 어깨를 나란히 하고 학교 뒷문 쪽으로 향했다.

"페이는 꽤 좋을걸" 하고 여학생이 말했다.

"너 정말 할 거야?" 대학원생이 놀라며 물었다.

"그럼, 해야지. 내 전공이 생물학이잖아. 동물 사체는 익숙하거든."

"나도 해야겠다." 대학원생이 말했다.

나는 사거리에 멈추어 서서 귀를 기울여 보았지만 개 짖는 소리는 들려오지 않았다. 잎을 떨군 가로수 가지 끝을 저녁 바람이 휘파람 소리를 내며 건너갔다. 뛰어서 두 사람을 쫓아가자 대학원생이 비난하는 눈초리로 나를 바라보았다.

"나는 문과 학생이지만 어쨌든 이 일을 할 거야" 하고 내가 말했다.

다음 날 아침, 나는 녹색 작업복 바지를 입고 집을 나섰다. 개백정은 서른 살 정도 되는, 키는 작지만 다부진 근육질 남자였다. 창고 앞에 설치된 칸막이 안으로 내가 개를 끌고 가면 개백정이 개를 죽이고 가죽을 벗긴 사체를 대학원생이 날라다가 남자에게 건넸다. 여학생은 가죽을 정리했다. 일은 척척 진행되어 아침나절에 벌써 열다섯 마리나 처리했다. 나도 금방 일에 익숙해졌다.

개들이 있는 곳은 낮은 콘크리트 담으로 둘러싸인 조그만 광장이었다. 1미터 간격으로 열을 지어 박아 놓은 말뚝에 개가 한 마리씩 묶여 있었다. 개들은 온순했다. 1년 가까이 거기서 사육되는 동안 적의를 불러일으키는 습관이 없어져 버렸는지 내가 담 안으로 들어가도 짖지 않았다. 병원 사무직원 얘기로는 개들은 별다른 이유도 없이 갑자기 짖기 시작하고, 또 한번 짖기 시작했다 하면 그게 완전히 조용해지기까지 두 시간은 걸리지만, 외부에서 사람이 담 안으로 들어가는 정도로는 짖지 않는다고 했다. 개들은 짖지는 않았지만 내가 담 안으로 들어가면 일제히 고개를 돌려 나를 쳐다보았다. 150마리나 되는 개에게서 일제히 시선을 받는다는 것은 상당히 기묘한 느낌이었다. 300개의 누렇고 흐리멍덩한 개의 눈에 비친 300개의 나의 작은 이미지를 생각하자 문득 살짝 몸이 떨려 왔다.

개들은 몹시 지저분했다. 온갖 종류의 잡종이 거의 다 모여 있는 듯했다. 그런데 그 개들이 서로 굉장히 닮아 있다는 게 신기했다. 대형견에서 소형 애완견까지 또한 대부분을 차지하는 중간 크기의 비슷

비슷한 잡종 개들이 말뚝에 묶여 있었다. 도대체 어떤 점이 닮은 것일까? 나는 개들을 살펴보았다. 모두 볼품없는 잡종인 데다가 바싹 말랐다는 점이 닮았나? 말뚝에 묶인 채 적의라는 감정을 완전히 잃어버린 점일까? 우리도 저렇게 될지 모른다. 적의라는 감정은 완전히 잃어버린 채 무기력하게 묶여 서로서로 닮아 가는, 개성을 잃어버린 애매한 우리, 우리 일본 학생. 그러나 나는 정치에 대해서는 별로 관심이 없었다. 나는 정치를 포함해서 대부분의 일들에 있어 열중하기에는 너무 젊었든가 너무 늙었다. 나는 스무 살이었다. 기묘한 나이였고 완전히 지쳐 있었다. 나는 개들의 무리에 관해서도 금방 흥미를 잃었다.

그러나 스피츠와 셰퍼드의 잡종으로 보이는 개를 발견했을 때는 '재미있네!' 하는 기분이 벌레처럼 몸속에서 스멀거렸다. 셰퍼드의 머리를 한 개의 풍성한 하얀 털이 따뜻한 바람에 나부꼈다. 나는 소리를 내서 웃었다.

"이놈 좀 봐!" 나는 대학원생에게 말했다. "스피츠와 셰퍼드가 교미하면 되게 웃길 거야."

대학원생은 입술을 쭉 내밀며 고개를 휙 돌렸다. 나는 그 애매한 잡종 개에게 운반용 줄을 걸어서 담 밖으로 끌고 나왔다.

나는 개백정이 몽둥이를 들고 기다리는 칸막이 안쪽으로 개를 끌고 들어갔다. 개백정은 재빨리 등 뒤로 몽둥이를 감추고 자연스럽게 다가오더니 내가 줄을 잡은 채 개와 충분한 거리를 두고 떨어지자 눈 깜짝할 사이에 몽둥이를 휘둘렀다. 개는 그 자리에서 깨갱 소리를 내며 쓰러졌다. 그 잔인함에 놀라 숨이 컥 막혔다. 허리에 찬 혁대에서 넓적한 칼을 꺼내 개의 목에 찔러 넣고 양동이에 피를 흘려 버린 다음 능란한 솜씨로 가죽을 벗기는 개백정을 바라보며 나는 뜨뜻하게 피어오르는 개의 피 냄새와 난생처음 느끼는 독특한 감정으로 몹시 동요했다.

이 얼마나 비열한 짓인가! 그러나 지금 눈앞에서 개를 처리하는 남자의 기능적인 비열함, 신속하게 행동화된 비열함은 비난받아야 할 일은 아닌 것 같았다. 그것은 생활 의식의 근저에 확고하게 자리 잡은 비열함이었다. 나는 격하게 분노하지 않는 습관이 있었다. 나의 피로는 일상적인 것이었고 개백정의 비열함에 대해서도 분노는 그다지 부풀어 오르지 않았다. 끓어오르려던 분노는 금세 시들었다. 나는 친구들이 하는 학생운동에도 참여하지 않았다. 정치적인 것에 관심이 없는 탓이기도 했지만 결국 나에게는 분노를 지속해서 유지할 에너지가 없다는 게 가장 큰 문제였다. 때로는 그런 나 자신이 안타까웠지만 분노를 회복한다는 것은 너무나 피곤한 일이었다.

나는 새하얗게 가죽이 벗겨져서 아담하고 조신해 보이기까지 하는 죽은 개의 뒷다리를 모아 쥐고 칸막이 바깥으로 가지고 나갔다. 개는 미지근한 피 냄새를 피워 올렸고 손바닥에 닿는 근육은 출발선에 선 수영 선수의 근육처럼 단단히 수축되어 있었다. 칸막이 바깥쪽에서는 대학원생이 기다리고 있다가 넘겨받은 개의 사체가 자기 몸에 닿지 않게 최대한 주의하면서 날랐다. 그러면 나는 죽은 개의 목에서 벗겨낸 운반용 줄을 들고 다시 다른 개를 데리러 갔다.

개백정은 다섯 마리째마다 한 번씩 칸막이 밖으로 나와 담배를 피웠고 나는 땅바닥에 철퍼덕 주저앉은 그의 주위를 서성이며 이야기를 나누었다. 그의 곁에 멈춰 서면 몸에서 비릿한 개 냄새가 올라왔고 그것은 개 사체보다 더 역겨웠기 때문에 나는 슬쩍 고개를 돌리고 옆으로 걸어갔다. 여학생은 칸막이 안에서 개가죽을 정리하며 피범벅이 된 가죽은 수돗가로 가져가 빨았다.

"나한테 독극물을 쓰라는 놈들도 있는데 말이지." 개백정이 말했다.

"독극물?"

"그래, 그렇지만 절대 독극물은 쓰지 않을 거야. 나는 독극물로 개가 죽어 가는 동안 그늘에서 차나 마시는 짓은 하고 싶지 않아. 개를 죽이는 이상, 개 앞에서 몽둥이를 들고 맞대결하지 않는다면 진짜가 아니야. 나는 어릴 때부터 이 몽둥이를 사용했어. 개를 독극물로 죽이는 따위의 비겁한 짓은 할 수 없지."

"그렇겠네." 내가 대답했다.

"그리고 독극물을 쓰면 말이지, 죽은 개가 아주 이상한 냄새를 풍기거든. 아무리 개라도 가죽이 벗겨질 동안이라도 좋은 냄새를 풍길 권리 정도야 있지 않겠어?"

나는 웃었다.

"그래, 그럴 권리는 있는 거야." 개백정은 진지하게 말했다. "나는 독극물이나 쓰는 놈들하고는 근본적으로 달라. 나는 개를 사랑하거든."

여학생이 수돗가로 가려고 개가죽을 들고 나왔다. 그녀의 혈색 나쁜 두툼한 피부는 푸르뎅뎅한 채 상기되어 있었다. 피에 젖고 두꺼운 지방이 붙은 모피는 무겁고 뻣뻣했다. 그것은 마치 흠뻑 젖은 외투처럼 무거웠다. 나는 수돗가까지 가죽을 나르는 여학생을 도와주었다.

"저 남자 말이야." 모피를 들고 가며 여학생이 말했다. "전통 의식 같은 게 있나 봐. 몽둥이로 죽이는 것에 자부심이 대단하네. 그게 생활의 의미라는 건지……"

"그 남자의 문화겠지." 내가 대꾸했다.

"개백정의 문화란 말이지?" 하고 감정이 실리지 않은 목소리로 여학생이 말을 이었다. "다들 엇비슷한 거야."

"응? 뭐가?"

"생활 속의 문화 의식." 여학생이 대답했다. "목수의 기술이 목수의 문화다, 그런 문화가 생활에 확실하게 연결되는 진정한 문화 어쩌고 평론가들이 써 대잖아. 당연한 이야기지. 그런데 하나하나 구체적인 실례를 들여다보면 그게 그렇게 고상한 게 아니라는 거야. 개백정의 문화, 매춘 문화, 기업 문화, 추잡하고 음습하고 끈질긴…… 다 비슷비슷하지."

"굉장히 비관적이군." 내가 말했다.

"아니, 꼭 절망하고 있다는 말은 아니야." 여학생은 심술궂은 눈으로 나를 쳐다보며 말했다. "이렇게 개가죽을 빼는 아르바이트도 할 수 있고. 각기병에 잘 듣는 신약도 사 먹을 수 있고."

"그 역겨운 문화에 발을 들여놓을 셈이야?"

"발을 들여놓느냐 마느냐 하는 단계가 아니라, 모두들 이미 목까지 꼴까닥 빠져 있는 셈이야. 전통적인 문화라는 늪에 빠져 전신이 진흙투성이지. 간단히 씻어 낼 수도 없어."

우리는 수돗가 콘크리트 바닥에 개가죽을 내던졌다. 손에서 지독한 냄새가 났다.

"이것 봐!" 여학생이 몸을 앞으로 수그리더니 뚱뚱 부어오른 장딴지를 손가락으로 눌러 보였다. 검푸른 색으로 쑥 꺼졌던 자리는 천천히 되살아나긴 했지만 본래의 상태로는 돌아오지 않았다.

"심하지? 늘 이래."

"힘들겠네." 나는 눈길을 돌리며 대답했다.

여학생이 개가죽을 빼는 동안 나는 콘크리트 대에 걸터앉아 잔디밭에서 테니스를 치는 간호사들을 바라보았다. 간호사들은 공을 놓쳤는지 몸을 구부리며 깔깔거렸다.

"나는 말이지, 페이를 받으면 화산을 보러 갈 거야." 여학생이 말했다. "지금도 해 놓았어."

"화산을 보러?" 나는 건성으로 대꾸했다.

"화산이 얼마나 재미있는데." 여학생이 조용히 웃으며 말했다. 그녀는 완전히 지친 눈을 하고 있었다. 물에다 손을 담근 채 그녀는 하늘을 올려다보았다.

"너는 별로 웃지를 않는구나." 내가 말했다.

"그래, 나는 별로 웃지 않는 성격이야. 어릴 때도 별로 안 웃었거든. 가끔은 웃는 방법을 잊어버린 것 같다는 생각이 들어. 그러면 화산 생각을 하며 눈물을 흘리면서 웃지. 거대한 산의 한가운데 구멍이 뽕 뚫려 있고 거기서 연기가 무럭무럭 솟아오른다는 건 얼마나 웃기는 일이니?" 여학생은 어깨가 들썩거릴 정도로 웃었다.

"돈 받으면 바로 갈 거야?"

"응, 바로 날아갈 거야. 산에 올라가면 재미있어서 죽을지도 몰라."

나는 콘크리트 대 위에 불안정한 자세로 누워 하늘을 올려다보았다. 구름이 물고기처럼 떠 있는 하늘에 햇살이 눈부셨다. 햇빛을 막으려고 올린 손에서 비린내가 났다. 내 몸 구석구석에 개 냄새가 스며들었구나 하는 생각이 들었다. 개를 스물네 마리나 죽인 다음의 내 손은 이미 개의 귀나 쓰다듬던 예전의 손이 아니었다.

"나, 강아지나 한 마리 살까?" 내가 말했다.

"뭐?"

"잡종으로다 아주 못생긴 똥개를 사는 거야. 그 개는 말이지 150마리의 원한을 온몸에 짊어지게 될 거고, 말도 못 하게 밉상을 떠는 못된 개로 크겠지."

나는 소리 내어 웃었지만 여학생은 입을 굳게 다물었다.

"우리 정말 너무 비열한 거 아닐까?" 여학생이 말했다.

우리는 창고 앞으로 돌아갔다. 개백정과 병원 사무직원이 이야기를 하고 있었다. 그 옆에서는 대학원생이 열심히 귀를 기울이고 있었다.

"어쨌든 병원에는 그럴 예산이 없습니다" 하고 사무원이 말했다. "우리 병원은 이미 개와는 아무 상관이 없어졌고 사육 담당자는 오늘부터 다른 부서로 갔습니다."

"그렇지만 일은 오늘 중에 안 끝나요" 하고 개백정이 말했다.

"어제 날짜로 개 사육은 끝났어요."

"그럼, 개들을 굶길 셈이라 말이오?" 개백정이 버럭 화를 냈다.

"그동안은 병원에서 나오는 음식 찌꺼기를 먹였으니까 담당자만 있었다면 굶길 일은 없었을 텐데 말이지요."

"내가 만들게요." 개백정이 말했다. "음식 찌꺼기를 얻어 올 수 있지요?"

"네, 그럼요. 음식 찌꺼기 처리장 가 볼래요?"

"잠깐 보고 오지요. 나중에 내가 개에게 나누어 주면 되니까."

"나도 도울게요." 여학생이 말했다.

"그만둬!" 대학원생이 큰 소리로 외쳤다.

개백정과 사무원이 깜짝 놀라서 대학원생의 새빨개진 얼굴을 쳐다보았다.

"그만둬. 그런 수치스러운 짓은 그만두라고."

"뭐?" 개백정이 당황하며 돌아보았다.

"모레까지는 전부 죽일 거잖아. 그런 개들에게 먹이를 줘서 길들이다니 잔인하고 야비한 짓이야. 금방 몽둥이로 죽임 당할 개가 꼬리를 흔들며 먹이 얻어먹을 생각을 하니 못 견디겠어."

"오늘은 겨우 쉰 마리밖에 못 죽였어." 개백정이 분노를 억누른 목소리로 말했다. "나머지 100마리나 되는 개를 굶길 셈이야? 나는 그런 잔인한 짓은 못 해."

"잔인하다고?" 대학원생이 놀라며 되물었다. "잔인하다니 뭔가?"

"그래, 나는 그런 잔인한 짓은 못 한다고. 나는 개를 사랑하는 사람이거든."

개백정은 사무원과 함께 창고 사이로 난 어두컴컴한 통로로 들어갔다. 대학원생은 축 늘어지며 칸막이 벽에 몸을 기댔다. 그의 바짓가랑이는 개의 피로 더럽혀져 있었다.

"잔인한 짓이라니…… 저 자식은 돌았어." 대학원생은 말했다. "저 자식은 비열해. 수치를 모르는 놈이라고."

여학생은 땅바닥을 내려다보며 냉담하게 침묵을 지켰다. 지면에 생긴 피 얼룩에서는 진한 녹색 광채가 났다. 얼룩은 낙타 모양을 하고 있었다.

"안 그래? 비열하다고 생각하지 않아?"

"그러게 말이야." 나는 될 대로 되라는 식으로 대답했다.

대학원생은 쭈그리고 앉아 눈을 내리깔고 어두운 음성으로 말했다. "나는 저 개들이 낮은 담에 갇혀서 저렇게 가만히 있는 걸 보면 정말 미치겠어. 우리에게는 담 너머가 보이지만 저 개들은 아무것도 못 보지. 그리고 저 녀석들은 그저 죽음을 기다리고 있을 뿐이잖아."

"담 너머가 보인다고 해도 어쩔 수 없잖아." 여학생이 말했다.

"그래, 바로 그 어쩔 수 없다는 게 참을 수 없다는 거야. 어쩔 수 없는 처지에서 꼬리를 흔들며 먹이를 받아먹는다는 게."

우리는 대학원생을 상대하는 게 귀찮아졌다. 나는 운반용 줄을 빙글빙글 돌리며 다음 개를 데리러 갔다. 이번에는 귀가 축 늘어지고 덩치가 제일 큰 놈을 끌고 와야겠다 생각했다.

저녁때가 되고 쉰네 마리째의 처리가 끝나자 우리는 세면장으로 몸을 씻으러 갔다. 개백정은 물로 빨아 놓은 개가죽을 꼼꼼하게 개서 끈으로 묶고 있었다. 개의 처리를 하청받은 남자도 왔다. 우리는 손발을 다 씻고 개백정의 작업을 지켜보았다.

"개 사체는 어떻게 해요?" 대학원생이 물었다.

"저기 보이지? 거기서 태우는 거야." 남자가 대답했다.

우리는 소각장의 거대한 굴뚝을 올려다보았다. 거기서 연한 복숭앗빛이 감도는 부드러운 색깔의 연기가 하늘로 올라가고 있었다.

"그렇지만 저기는 인간의 시체를 태우는 곳이잖아요?" 대학원생이 물었다.

개백정이 휙 고개를 돌려 대학원생을 무섭게 쏘아보았다.

"뭐? 개 사체하고 사람 시체하고 뭐가 다른데?"

대학원생은 고개를 숙이며 입을 다물었다. 나는 그의 어깨가 가늘게 떨리는 것을 보았다. 무척이나 화가 난 모양이었다.

"역시 다르지." 여학생이 굴뚝을 올려다보면서 말했다.

아무도 대답하지 않았다. 잠깐 시간이 뜬 다음에 "뭐가?" 하고 내가 물었다.

"연기 색깔이 달라. 보통 인간을 태울 때보다 약간 붉은색이 더 들어간 부드러운 색깔인걸."

"얼굴이 빨간 덩치 큰 남자를 태우고 있는지도 모르잖아" 하고 내가 대꾸했다.

"아냐. 틀림없이 개야. 어쩌면 저녁노을 때문에 저렇게 예쁜 색깔이 나오는지도 모르겠지만."

우리는 잠자코 연기를 지켜보았다. 개백정은 다발로 묶은 개의 가죽을 둘러멨다. 노을이 붉게 물든 하늘을 배경으로 그의 검은 실루엣이 늠름하고 강인해 보였다.

"내일은 일하기 좋겠는걸." 개백정이 만족스러운 목소리로 말했다. "응?" "좋은 날이 될 거야. 내일은."

다음 날은 맑게 갠 화창한 날이었다. 개의 처리를 하청받은 남자는 나타나지 않았지만, 작업은 순조롭게 진행되어 예정했던 작업의 3분의 2가 오전 중에 끝났다. 우리는 피곤했지만 비교적 유쾌한 기분이었다. 그러나 대학원생만은 안절부절못하며 초조해했다. 그는 바지가 더러워지는 것에 무척이나 신경을 썼고 어제 목욕을 하고 나서도 개 냄새가 사라지지 않고 몸속에 남아 있다며 투덜댔다.

"손톱 사이에 개의 피가 들러붙어서 떨어지질 않아. 그리고 비누로 아무리 닦아도 그놈의 개 냄새가 지워져야 말이지."

나는 생기가 없는 대학원생의 손을 쳐다보았다. 가느다란 손가락 끝의 손톱이 길게 자라 나와 때가 끼여 있었다.

"선배가 이 일을 시작한 건 실수네." 여학생이 말했다.

"그런 얘기가 아니잖아." 대학원생은 더욱 짜증을 내며 말했다. "내가 안 맡았다고 해도 나 대신 이 일을 하게 될 사람의 손톱 역시 피가 들러붙어서 떨어지지 않을 거고 몸에서는 개 냄새가 진동하겠지. 나는 그걸 못 견디겠다는 거야."

"선배는 휴머니스트인 모양이네." 여학생이 무감동하게 말했다.

대학원생은 붉게 충혈된 눈을 내리깔고 입을 다물었다.

대학원생은 점점 더 안절부절못했다. 개백정이 말을 걸어도 제대로 대답도 하지 않았다. 개백정은 무척이나 기분 나빠 했다.

내가 사냥개풍의 잡종 개를 운반용 줄에 묶어서 끌고 가니 개백정은 칸막이에서 나와 담배를 피우고 있었다. 조금 떨어진 곳에서는 대학원생이 고집스럽게 등을 돌리고 서 있었다.

나는 개를 끌고 산책이라도 하는 것처럼 개백정 쪽으로 다가갔다.

"거기 묶어 둬." 개백정이 말했다.

나는 칸막이 입구의 말뚝에 운반용 줄을 묶었다.

"여기 개들은 다 너무 순해." 개백정이 지루한 목소리로 말을 이었다. "무지하게 사나운 송아지만 한 놈이 어디라도 한 마리 정도는 있는데 말이야."

"그런 개는 다루기 힘들지 않아?" 나는 하품을 깨물어 가며 눈물이 돈 눈을 하고 말했다. "날뛰면 말이야."

"그런 건 말이지." 개백정도 역시 하품을 깨물며 축축한 눈으로 말했다. "얌전하게 만드는 방법이 있지. 이렇게……"

개백정은 헐겁게 맨 혁대 사이로 관절에 털이 숭숭 난 손을 밀어 넣으려 했다.

"제발 그만둬!" 대학원생이 소리를 질렀다. "그런 비열하고 더러운 얘기는 듣고 싶지 않아."

"난 송아지만 한 개를 얌전하게 만드는 방법을 말하고 있거든." 개백정이 말했다.

대학원생의 입술이 바르르 떨렸다. "내 말은 네가 하는 짓이 비열하다는 거야. 천박해. 개라고 해도 조금은 품위 있게 다룰 수도 있잖아."

"강아지 새끼 한 마리 못 죽일 인간이 말은 잘한다!" 개백정도 해쓱해진 얼굴로 입가에 허연 거품을 물고 소리를 질렀다.

대학원생은 입술을 깨물고 개백정을 노려보았다. 그러더니 갑자기 개백정의 몽둥이를 주워 들고는 칸막이 말뚝에 매어 놓은 개를 향해 달려갔다. 개는 몽둥이를 휘두르며 다가오는 대학원생을 향해 극렬하게 짖었다. 대학원생은 잠시 주춤하더니 다시 달려 나가 뛰어오르는 개의 귀 위로 일격을 가했다. 개는 튀어 올라 칸막이 벽에 부딪히며 비명을 질렀으나 죽지는 않았다. 입으로는 피를 토하면서 끙끙거리고 기어 왔다. 대학원생은 멈추어 서서 거친 숨을 내쉬며 개를 노려보았다.

"야, 빨리 해치우란 말이야!" 개백정이 화를 내며 외쳤다. "개가 괴로워하잖아."

그러나 대학원생은 그 자리에 못 박혀서 꼼짝도 하지 못했다. 입을 벌리고 헐떡이며 부들부들 떨 뿐이었다. 개는 경련을 일으키면서 허리를 질질 끌어 묶어 놓은 줄을 팽팽히 당겼다. 내가 달려가서 대학원생의 손에서 몽둥이를 빼앗아 들고 다만 처연한 눈으로 올려다보며 피를 토하고 있는 개의 코를 내리쳤다. 개는 새소리 같은 비명을 지르고 쓰러졌다.

"너, 어떻게 그런 잔인한 짓을……" 대학원생이 말했다.

"뭐라고?"

"넌 비겁한 거야. 그 개는 저항하지 않았고 완전히 기력을 잃고 있었어."

갑자기 치밀어 오르는 분노에 목이 콱 막혔다. 그러나 묵묵히 뒤로 돌아 쓰러진 개의 목에서 운반용 줄을 끌렀다. 나는 더 이상 대학원생을 상대하고 싶지 않았다.

"너 제법인데. 아주 요령이 있어." 개백정이 다가와서 말했다. "요령이 없으면 개백정 일만큼 위험한 일도 없거든."

그러나 나는 별로 요령이 좋은 건 아니었다. 오후 늦게 나는 피부병에 걸린 중형 잡종 개에게 허벅지를 물리고 말았다.

내가 그 개를 끌고 칸막이 입구까지 갔을 때, 여학생이 피로 얼룩진 모피를 들고 나왔다. 그걸 보고 개는 겁에 질려 날뛰기 시작했다. 개는 운반용 줄을 잡아당기며 진정시키려 하던 내게 사납게 달려들어 허벅지를 물어 버렸다. 칸막이 안에서 달려 나온 개백정이 번개같이 개를 떼어 냈지만 허벅지는 저릿저릿하며 무감각했다.

"비명 소리 한번 대단하네. 똥개에게 물린 정도로 말이야." 여학생이 말했다.

피가 흘러내려 양말을 적셨다. 개백정이 자신이 몽둥이로 때려 죽인 개의 입을 벌려 입속을 보여 주었다.

"야 이것 좀 봐. 정말 엄청난 이빨에 물린 거네. 늙어서 죄다 흔들흔들하잖아. 참 더럽기도 하다."

눈앞이 핑그르르 돌았다. 여학생이 느릿한 동작으로 내 몸을 부축하는 것이 희미하게 느껴졌다. 대학원생에게는 그런 내 모습을 보이고 싶지 않았다.

나는 소파에 누워 있었다. 간호사가 나의 허벅지에 꼼꼼하게 붕대를 감아 주었다.

"아파요?" 간호사가 물었다.

"아니, 별로 아프지는 않아요."

"그럴 거예요." 간호사는 일어나서 나를 내려다보며 말했다. "한번 걸어 봐요."

나는 바지를 추어올리고 걸어 보았다.

붕대 때문에 근육이 약간 땅기는 느낌이 들었다.

"좋아요, 치료비는 나중에 주사 맞을 때 계산서 줄게요."

"네? 주사라니요?"

"네, 주사요. 광견병 걸리고 싶진 않지요?"

나는 소파에 팔을 걸치며 눈길을 떨어뜨렸다. 손톱 주위에 거스러미가 일어난 손이 무릎 위에서 떨렸다.

"광견병이라고요?"

"그래요."

"그 예방주사라는 게 그렇게 간단하지는 않다던데……"

"때로는 사느냐 죽느냐 하기도 하지요." 간호사는 차갑게 말했다.

"아아……" 나는 신음했다. 절망의 나락으로 떨어지고 말았다.

"무슨 생각 해요?"

"개 이빨 생각했어요." 내가 화가 난 채 대답했다.

어이! 누군가가 외치는 소리가 들려왔다. 어이, 어이!

나는 문을 열고 뒤쪽 출입구의 계단을 내려갔다. 창고 앞에 개백정을 비롯해서 몇 명의 남자가 서 있었다. 그리고 그 가운데 있던 경찰이 나를 돌아다보았다. 나는 천천히 그리로 다가갔다. 경찰은 나의 이름과 주소를 수첩에 적었다.

"무슨 일이세요?" 나는 물었다.

경찰은 턱을 치켜든 채 잠자코 있었다.

"뭔가요?"

"그 남자는 고기 브로커였대." 여학생이 말했다. "여기 개고기를 고 깃간에 팔아넘긴 거야. 고깃간에서 신고를 하니까 어디론가 달아났다 나 봐."

나는 잠자코 여학생을 바라보았다.

"우리 페이도 다 끝장났어."

"아아."

"그 남자가 도망을 갔으니 다 틀렸지 뭐."

나는 개백정과 대학원생을 바라보았다. 두 사람도 흥이 깨진 애매한 표정을 하고 있었다.

"그럼, 병원 치료비는 어떻게 되는 거야?"

"개에게 물린 건 그 남자도 아니고 사기당한 고깃간도 아니잖아."

경찰이 확실한 어조로 말했다. "참고인으로 부를지도 모르니까."

"우리를 왜 불러요?" 대학원생이 불만스러운 목소리로 말했다. "우 리가 개를 판 것도 아니잖아요."

"개를 잔인하게 죽였다는 것만으로도 그냥은 못 넘어갈걸."

"우리도 좋아서 한 일이 아닌데요."

경찰은 더 이상 대학원생을 상대해 주지 않고 그대로 광장을 가로 질러 가 버렸다.

아무도 입을 열지 않았다. 개에게 물린 상처가 조금씩 집요하게 쑤 시기 시작했다. 그것은 조용히 부풀어 올랐다.

"몇 마리나 죽였지?" 여학생이 물었다.

"70마리."

"80마리가 남은 거네."

"어떻게 하지?" 대학원생이 말했다.

"난 간다." 개백정이 언짢게 말하더니 칸막이 안에 있던 도구들을 챙겼다.

우리는 도로변의 아케이드를 향해 걷기 시작했다. 여학생이 내게 몸을 기대듯이 하며 물었다.

"어때? 많이 아프지?"

"아프지. 그리고 주사도 맞아야 한대."

"아 정말 큰일 났네."

"그래, 큰일이야." 내가 말했다.

노을이 물들고 있었다. 개 한 마리가 크게 짖었다.

"우린 개를 죽일 생각이었지." 내가 애매하게 말했다. "그런데 도리어 우리 쪽이 살해당한 셈이네."

여학생이 미간을 찡그리며 소리 내어 웃었다. 나도 피곤에 지쳐 웃었다.

"개는 살해되어 쓰러져 가죽이 벗겨져 나가지. 그런데 우리는 살해되어도 이렇게 돌아다녀.

그러나 가죽은 벗겨졌다는 거지." 여학생이 말했다.

모든 개들이 짖기 시작했다. 개 짖는 소리가 노을 진 하늘가로 엎치락뒤치락하며 올라갔다. 개들은 앞으로 두 시간은 저렇게 짖을 것이다.

사자의 잘난 척
死者の奢り

사자死者들은 진한 갈색 액체 속에서 어깨를 비비적거리며 머리를 맞대고 빽빽하게 뜨거나 반쯤 가라앉아 있었다. 부드럽고 흐릿한 피부에 싸인 그들은 결코 타자의 침범을 허락하지 않는 견고함을 가진 독립체로 각자의 내부를 향해 응축된 채 집요하게 서로 몸을 비비고 있었다. 거의 알아보기 힘들 정도의 약간의 부종은 눈이 꽉 감긴 그들의 얼굴을 통통하게 보이게 했다. 지독한 휘발성 냄새가 올라와 방 안의 공기는 무척이나 농밀한 느낌이었다. 온갖 소리의 울림은 끈적끈적한 공기에 휘감기어 묵직한 양감으로 가득했다.

둔탁하고 무거운 소리로 끊임없이 웅성거리는 사자들의 소리는 서로 뒤섞여 알아듣기 힘들었다. 가끔 그들 모두가 입을 다물어 너누룩해졌다가는 곧 웅성거림이 다시 시작된다. 웅성거림은 조바심을 일으킬 정도로 아주 느리게 고조되었다가 다시 낮아지다 갑자기 쥐 죽은 듯이 조용해지곤 했다. 사자 중 하나가 천천히 몸을 뒤집자 어깨가 액체 속으로 잠겼다. 경직된 팔이 잠깐 액체의 표면에서 들렸다가 다시 몸 전체가 조용하게 떠올랐다.

　나와 여학생은 시체처리실의 관리인과 함께 어두운 계단을 따라 의과대학 대강당 지하로 내려갔다. 여학생의 젖은 신발 바닥이 매끈하게 닳아 버린 계단 끝 금속에서 자꾸 미끄러졌고 그때마다 여학생은 짧은 비명 소리를 냈다. 계단을 끝까지 내려간 곳에서 이어지는 콘크리트 바닥의 천장이 낮은 복도를 몇 번이나 꺾어 돌아가니 막다른 문에 '시체처리실'이라고 쓴 검은 나무패가 매달려 있었다. 관리인은 문의 열쇠 구멍에 커다란 열쇠를 꽂더니 뒤를 돌아보며 나와 여학생을 다시 한 번 찬찬히 바라보았다. 커다란 마스크를 하고 고무로 방수 처리를 한 검은색 작업복을 갖춰 입은 관리인은 키는 작았으나 몸이 옆으로 떡 벌어지고 골격이 다부졌다. 알아듣기 힘든 소리로 관리인이 뭐라 했지만 나는 고개를 옆으로 흔들며 고무장화를 신은 그의 억센 두 다리를 내려다보았다. 나도 장화를 신었어야 했는지 모른다. 오후에는 잊어버리지 말고 꼭 신고 와야겠다고 생각했다. 여학생은 사무실에서 빌린 커다란 고무장화를 신고 걷기가 거북한 모양이었으나 이마에 흘러내린 머리카락과 마스크 사이의 눈이 새 눈처럼 반짝거렸다.

　열린 문 너머에서 새벽녘의 여명과도 같은 희미한 빛과 강렬한 알코올 냄새가 왈칵 몰려나왔다. 그 냄새의 바닥에는 더 농밀하고 두터운 냄새, 충만하고 무거운 냄새가 드리워져 있었다. 그것은 나의 콧속

점막에 집요하게 달라붙었다. 그 냄새는 나를 무척이나 동요시켰지만 나는 얼굴을 돌리지 않고 희뿌연 광선이 가득한 실내를 들여다보았다.

"마스크를 쓰라고." 관리인이 말끝을 부자연스럽게 명료히 발음하며 지시했다.

나는 간호사가 입혀 준 작업복 주머니를 뒤져서 얼른 마스크를 꺼내 썼다. 건조한 가제 냄새가 확 끼쳤다. 관리인이 문 안쪽 손잡이를 쥔 채 나를 돌아보고 턱을 들며 말했다.

"왜? 새삼 겁이 나나?"

여학생이 심술궂은 눈으로 나를 바라보았다. 나는 얼굴이 화끈거리는 걸 느끼면서 하얀 타일이 깔린 넓은 실내로 들어갔다. 구둣발 소리가 밀도 높은 공기에 둔탁한 금을 내며 방 안의 벽에 부딪혀 흩어졌다.

벽 전체는 흰색 석회질의 도료로 두껍게 발려 있어 청결했으나 부자연스러울 정도로 높은 천장에는 군데군데 누런 얼룩이 졌다. 방의 바닥의 절반은 타일이 깔렸고 거기에는 네 개의 해부대가 추상적이고 단조로운 모양으로 설치되어 있었다. 나는 그리로 다가가 부드러운 광택이 배어 나오는 해부대 상단에 붙은 축축한 대리석을 들여다보았다. 양손을 그 위에 올리고 정면의 넓은 벽을 따라 실내의 절반을 차지하는 긴 수조를 바라보았다. 수조의 내부는 몇 개의 칸으로 나뉘어 있고 1미터 정도 되는 높이의 가장자리에는 바닥과 동일한 종류의 타일이 붙어 있었으며 각 칸에는 널판때기가 붙은 곳도 있고 없는 곳도 있었다. 그리고 진한 갈색 알코올 용액에 잠긴 그들이 가득 떠 있었다.

나는 꼼짝 않고 서서 그것들을 바라보았다. 수치심으로 인한 열기가 피부 깊은 곳에서 응어리처럼 뭉쳐져서 그대로 뜨겁게 숨어 버렸다.

나는 얼굴을 반쯤 감추어 버린 마스크 위로 양쪽 볼을 손바닥으로 눌렀다. 숨을 죽이고 내 어깨 너머로 그들을 본 여학생이 가늘게 몸을 떨었다.

"좀 어둡네. 전등을 켤 정도는 아니지만." 관리인이 말했다. "아침부터 불을 켜면 사무실에서 뭐라고 해서 말이지. 문과대도 그렇지?"

나는 고개를 끄덕이고 천장 구석의 좁고 긴 천창을 올려다보았다. 지저분한 유리 너머로 희뿌연 빛이 들어왔다. 구름 낀 겨울 아침 같구나 하고 생각했다. 이런 날 아침이면 나는 곧잘 안개 속을 걷곤 했었다. 동물처럼 입속으로 스며들어 부풀어 오르는 안개에 목구멍이 간지러워 웃기도 하고 기침도 하면서. 나는 다시 마음이 안정되는 것을 느끼며 수조로 시선을 돌렸다. 희뿌연 빛 속에서 사자들은 꼼짝 않고 있었다. 나는 그들의 피부에 창으로부터 들어온 빛이 미묘한 에너지로 넘치는 탄력을 만들어 주고 있는 것을 발견했다. 저걸 만진다면 탱탱한 탄력이 느껴질까? 아니면 각기병 걸린 장딴지처럼 쑥 들어가 버릴까?

"마치 겨울 햇살 같군요." 내가 말했다.

그러나 천창 너머에는 초여름의 현란한 빛이 넘실거리고 밝은 하늘과 투명한 공기가 있을 터였다. 나는 오늘 아침에도 우거진 은행나무 아래의 보도를 따라 의과대학 사무실까지 왔다.

"1년 내내 이래." 관리인이 말했다. "여름에도 덥지 않고, 언제나 서늘하지. 학생들이 더위를 피해 의자를 들고 쉬러 올 정도라니까."

뺨의 두꺼운 피부 아래 뭉쳐 있던 열기가 사라져 가며 쾌락적인 감각을 남겼다.

"고무장갑을 팔꿈치 위까지 올려서 꽉 묶어." 관리인이 말했다.

"알코올이 스며들면 작업하기가 여간 힘든 게 아니거든."

나는 검붉은 색 고무장갑을 꼼꼼하게 묶었다. 고무장갑 안쪽에 들러붙어 있던 물방울이 손등과 손목을 적셨다.

"빤 다음에 잘 좀 말려서 줄 것이지. 간호사들이라고 죄다 게을러빠져서……" 관리인은 굵은 털이 난 두꺼운 손을 고무장갑 속으로 밀어넣으며 말했다.

"이보다 더 냄새가 심할 줄 알았는데." 여학생이 말했다.

"뭐?" 관리인이 여학생을 돌아다보며 말했다. "아직은 그럴지도 모르지."

나는 여학생이 오른쪽 장갑이 잘 안 묶여서 쩔쩔매는 걸 보고 도와주었다. 여학생의 손은 크고 부드러웠다.

"신발은?" 관리인이 말했다.

"점심때 갈아 신을게요."

"장화는 꼭 신어야 돼. 알코올이 튀어서 신발 속으로 들어가면 그 냄새가 지독하게 오래가거든." 관리인은 겁을 주듯이 말을 이었다. "발가락 사이에 스며들면 뜨뜻해져서 더 이상한 냄새가 된다고."

나는 관리인의 말을 못 들은 척하고 수조로 다가갔다. 타일이 약간 변색된 수조 가장자리에 양손을 올리고 알코올 용액에 잠겨 있는 시체 무더기를 바라보았다. 처음 의과대학 사무실로 작업에 관한 설명을 들으러 갔을 때 시체는 서른 구 정도 될 거라고 했는데 수조 표면에 떠 있는 것만도 그 수는 훨씬 넘을 듯했다.

"다른 시체 밑에 들어가 있는 것과 바닥에 가라앉은 것도 있겠지요?" 내가 물었다.

"위에 떠 있는 것들이 비교적 최근에 들어온 거야. 오래되면 아무래도 아래로 가라앉지. 그리고 해부 실습을 하는 학생들도 위에 떠 있는 새로운 시체만 가져가려 든다니까."

"오래된 거라면 도대체 몇 년이나 되었을까?" 여학생이 말했다.

"저쪽 뚜껑 아래 있는 건 15년 정도 되었지." 관리인이 짧은 팔을 쭉 뻗으며 대꾸했다. "바닥에 가라앉은 것 중에는 굉장히 오래된 것도 있어. 이 수조는 전쟁 전부터 지금까지 한 번도 청소를 안 했으니까."

"그런데 왜 지금 와서 새로운 수조로 옮기는 작업을 하는 거지요?" 내가 물었다.

"문부성에서 예산을 주었기 때문이겠지." 관리인이 비꼬는 투로 말했다. "옮긴다고 뭐 달라질 것도 없는데."

"뭐가요?"

"저것들 말이야."

"그러게요, 아무것도 달라질 게 없을 것 같은데." 내가 말했다. "아무것도 달라질 것은 없지."

"공연히 번거롭기만 할 뿐이야."

"정말이지 번거롭기 짝이 없는 일이네요."

그러나 내게는 이 작업이 번거롭기만 한 일은 아니었다. 나는 어제 오후 알코올 용액 수조에 보존되어 있는 해부용 시체를 처리하는 작업의 아르바이트를 모집한다는 광고를 보고 바로 의과대학 사무실로 찾아갔다. 나는 내가 문과대 학생이라는 점이 불리한 조건이 되는 게 아닌가 걱정했지만, 담당 직원은 무척이나 서두르며 내 학생증을 제대로 확인도 하지 않고 곧장 나를 시체처리실의 관리인에게 소개하고 작업은 하루면 끝날 거란 말을 했다. 사무실에서 나올 때 영문학 강의에서 가끔 마주친 적 있는 여학생이 밖에서 기다리고 있기에 서로 알

은척은 했지만 그 여학생도 나와 같은 일에 지원하러 온 줄은 몰랐다.

"작업은 9시부터 시작하자고." 어둠에 익숙해진 눈에 두껍게 칠한 도료의 얼룩이 확실하게 보일 즈음 관리인은 높은 벽 한쪽에 튼튼하게 박아 놓은 벽시계를 올려다보며 말했다. "그 전에 담배나 한 대 피워야겠다."

해부대 한쪽에 걸터앉으며 담배에 불을 붙이는 관리인에게 내가 물었다. "저 시계는 누구 보라고 붙여 놓았을까요? 여기로 들어오는 시체들을 위해서 붙이지는 않았겠죠?"

"어째서 여기 처음 들어오는 남자들은 하나같이 쓸데없는 소리를 지껄이는지 모르겠네." 관리인은 두껍게 젖혀진 입술 사이에서 담배를 질척하게 적시며 말했다.

"여기서 일한 지도 벌써 30년이야."

여학생이 어깨를 움츠리고서 소리를 내지 않고 웃어 나는 잠자코 방 안을 둘러보았다. 입구의 문과 거기에 이어진 벽에 있는 옆방의 문 안쪽에 나무 팻말이 붙었고, 빨간색의 인쇄체 글자로 확실하게 '출입 금지' '금연'이라고 쓰여 있었다. 그리고 수조에 빼곡하게 들어찬 시체들은 가라앉기도 하고 다시 떠오르기도 했다. 그걸 보고 있자니 말이 목 안에서 부풀어 올라 비집고 나왔다.

"시체가 몇 년씩이나 이렇게 의과대학 지하에 잠겨 있어서야, 뭔가 아직도 결말이 나지 않은 느낌이 들 것 같은데요. 당사자로서는요."

"결말이야 났지." 관리인이 말했다. "결말은 난 거야. 그래도 이렇게 수조에서 몇 년이고 떠올랐다가 가라앉았다가 하는 것도 과히 나쁘지는 않을걸. 육신이 있다는 건 대단한 일이거든."

"나도 이 수조에 가라앉아 볼까?"

"내가 아래쪽으로 잘 밀어 넣어 주지."

"난 스무 살이니까 너무 이른 것도 아니지만요."

"젊은것도 많이 들어와." 관리인이 말했다. "그런데 그런 건 바로 의과대학 신입생이 가져가 버린다니까. 무슨 규칙을 만들든가 해야지, 안 되겠어."

나는 작업복 옆구리 구멍에 팔을 집어넣어 교복 주머니에서 손목시계를 꺼냈다. 벽시계보다 5분 정도 빨라서 9시를 가리키고 있었다.

"작업은 오늘 하루에 끝나려나?" 내가 말했다. "위에 떠 있는 것만으로도 시간이 꽤 걸릴 것 같은데요."

"바닥에 가라앉은 것들은 알코올 용액을 뺀 다음에 병원 잡부들이 처리할 거야. 가라앉은 것들은 오래돼서 사용할 수도 없을 거고, 우리가 할 일은 해부용 교재가 될 것만 저쪽 수조로 옮기는 거지. 바닥에 뭐가 가라앉아 있는지는 아무도 몰라."

"깊어요?" 여학생이 시체 사이의 진한 갈색 알코올 용액을 보며 물었다. "되게 깊을 것 같네."

관리인은 거기에 대해서는 가타부타 말도 없이 해부대에서 일어나더니 고무장갑을 낀 두툼한 양손을 맞잡고 이상한 소리를 냈다.

"고무장갑은 잘 말리지 않으면 끈적거려서 아주 성가셔." 관리인은 그렇게 말하며 햇볕에 그을린 윤기 없는 피부로 덮인 굵은 목을 아래로 숙이고 고무장갑 속의 손가락을 계속 움직거렸다.

이 남자와 같이 일을 한다는 건 그다지 불쾌한 일은 아닐 거란 생각에 나는 가벼운 안도감을 느꼈다. 관리인의 좁은 이마에 깊게 파인 주름은 그가 웃을 때마다 함께 꿈틀꿈틀 움직였다. 나이는 쉰 살 정도로 보이고 아마도 비슷하게 늙어 가는 아내와 공장에 다니는 두 아들을 두고, 국립대학 의과대학에 근무한다는 것은 긍지로 여기겠지. 때로는 말쑥하게 차려입고 변두리 영화관에도 다니겠지?

"시체 운반차를 가져오지." 관리인은 담배와 침을 뱉으며 말했다.

"나도 갈래요." 여학생이 말했다.

"학생은 와서 번호표와 장부를 가져가도록 해."

그리고 관리인은 나를 돌아보며 말했다. "저쪽 수조에 가서 보고 와."

나는 관리인과 여학생이 나가자 옆방의 문을 열러 갔다. 문은 하얀 도료 가루를 날렸어도 별 탈 없이 열리기는 했는데 고정시키는 장치가 없었다. 나는 복도에서 종이를 주워다 문에 끼워 넣었다. 문 안쪽의 작은 방에 새로운 수조가 설치되어 있고 거기에는 뿌연 알코올 용액이 채워져 있었다. 높은 천장에서 들어온 빛을 받아 안개처럼 뿌옇게 빛나는 욕조는 시체가 하나도 들어 있지 않아 상당히 넓어 보였다. 나는 새로운 수조의 용액을 통해 바닥의 깊이를 보려고 했으나 용액은 불투명 막처럼 빛을 차단하고 있었다. 수조가 있는 방으로 돌아오는데 유난히도 저벅거리는 발소리가 신경에 거슬렸다.

관리인과 여학생은 아직 돌아와 있지 않았다. 나는 처음으로 혼자서 수많은 사자들을 마주하게 되었다. 나는 해부대 한쪽에 손을 올리고 한동안 서 있다가 수조로 다가갔다.

진한 갈색 용액에 잠긴 사자들은 미동도 하지 않았다. 나는 사자들에게 성별이 있다는 것, 얼굴을 용액에 묻고 등과 엉덩이를 공기 중에 드러내고 있는 작은 시체가 여자고, 뚜껑 받침목에 팔이 걸쳐진 시체가 남자의 사각 턱을 하고 있으며, 그 짧게 깎은 머리에 허리를 비비고 있는 시체가 부자연스럽게 솟아오른 곱슬곱슬한 체모가 들러붙은 여자의 음부를 가졌다는 것을 깨달았다. 그러나 모든 사자의 성별을 다 구별할 수 있는 건 아니었다. 사자들은 모두 갈색 피부로 뒤덮여 있었고 안으로 쪼그라든 느낌이 들었다. 윤기가 사라진 피부는 물에 불어 두툼해져 있었다.

이 사자들은 죽은 다음 바로 화장되는 사자들과는 다를 것이라는 생각이 들었다. 수조에 떠 있는 사자들은 완전한 '물체'로서의 긴밀성, 독립성을 가지고 있었다. 죽고 난 다음 바로 화장된 시체는 이토록 완벽한 '물체'가 되어 보지 못하는 거다. 그것은 의식과 물체의 애매한 중간 상태를 천천히 움직이던 중에 급하게 화장되어 버린 것이다. 거기에는 완전하게 물체화될 시간이 없다. 나는 수조를 채우고 있는, 그 위험한 추이를 완주한 '물체'들을 주의 깊게 바라보았다. 그것들은 확실하고 견고한 느낌을 가지고 있었다. 바닥이나 수조, 혹은 천창처럼 단단하게 안정된 '물체'라는 생각이 들어 약간의 전율 비슷한 감동이 짜릿하게 느껴졌다.

그래, 우리는 모두 '물체'다. 그것도 상당히 정교하게 만들어진 완전한 '물체'다. 죽어서 바로 화장된 남자는 '물체'의 양감, 묵직하고 확실한 감각을 모르겠지.

그런 거다. 죽음은 '물체'다. 그런데 나는 죽음을 의식의 측면에서만 이해하고 있었다. 의식이 끝난 다음에 '물체'로서의 죽음이 시작된다. 순조롭게 시작된 죽음은 대학 건물 지하에서 알코올 용액에 잠겨 몇 년이고 버티며 해부를 기다리고 있다.

나는 수조 가장자리에 몸을 비비고 있는 중년 여자 시체의 단단한 허벅지를 고무장갑을 낀 손으로 가볍게 건드려 보았다. 탄력은 없었지만 유연한 저항감을 지니고 있었다.

—살아 있었을 때는 내 허벅지도 꽤 괜찮았는데, 지금은 너무 길기만 한 것 같네.

잘빠진 노 같다고 생각하며 그 여자가 하늘거리는 천으로 된 옷을 입고 거리를 걷는 모습을 상상했다. 약간 구부정한 자세였을지도 모르지.

—오랫동안 걸으면 그런 자세가 될지도 모르지만, 평상시에는 늘 가슴을 활짝 펴고 걸었어.

벌컥 문이 열리며 여학생이 작은 서류 상자를 들고 들어오는 걸 보고 나는 무슨 부끄러운 짓이나 하고 있었던 듯이 얼른 수조에서 물러났다. 뒤이어 관리인이 하얀 에나멜 칠이 된 운반차를 밀고 들어왔다.

운반차는 덩치가 큰 남자를 싣기에도 충분할 너비와 길이를 갖추고 있었다. 전에 맹장 수술할 때 실려 간 바퀴 달린 침대차와 비슷했으나 장식도 없고 훨씬 더 기계적인 느낌을 주는 하얀 물건이었다. 고무 타이어 바퀴가 일곱 개나 붙은 운반차는 유연하게 회전하여 해부대 옆에서 멈추었다. 관리인은 끝에 검은 고무를 씌운 가는 대나무 장대를 메고 있었다.

"그건 뭐에 쓰는 거예요?" 나는 대나무 장대를 조심스럽게 벽에 기대 놓고 있는 관리인에게 물었다.

"시체를 가까이 끌어당길 때 쓰는 거야. 벌써 몇 년이나 이걸 쓰고 있지. 아주 잘 만든 물건이거든."

나는 벽에 기대 놓았던 대나무 장대를 다시 집어 올려 양손으로 가볍게 들고 수조를 바라보는 관리인의 얼굴에 숙련된 기술자와도 같은 자부심이 넘치는 것을 놀라움으로 지켜보았다. 이 일에 자부심을 가지고 있구나, 아이들에게 때로는 특별 견학을 허가해 주었을지도 모르겠다는 생각이 들 정도였다. 인간이란 참으로 별의별 것에서 다 자부심을 가지는 족속들이다. 여학생은 서류 상자를 새로운 수조가 있는 방으로 가지고 갔으나 어디에 두어야 할지 몰라 우왕좌왕했다.

"자 시작할까?" 다시 돌아온 여학생에게 대나무 장대를 건네며 관리인이 말했다. 여학생은 그걸 해부대 위에 아무렇게나 놓았다.

작업은 극히 단순했으나 한 구의 시체를 완전히 처리하는 데는 꽤 시간이 걸렸다. 그러나 계속 주의력을 집중해야 할 필요가 있는 일도 아니었고 금방 익숙해졌다.

타일이 발린 매끈한 수조의 가장자리에 운반차를 바싹 갖다 대면 운반차와 수조의 높이가 정확히 일치했다. 나와 관리인이 운반차의 양옆에 서서 수조로 몸을 구부리고는 시체를 하나 골라 어깨와 넓적다리 윗부분을 양손으로 받쳐서 갈색 알코올 용액이 뚝뚝 떨어지는 시체를 들어 올린다. 시체는 경직되어 있어서 목재처럼 다루기 쉬웠다. 시체의 등이 아래로 가게 운반차에 싣고 우리는 차를 밀어 천천히 해부대 사이를 빠져나와 새로운 수조가 있는 방으로 들어가서 그 수조의 가장자리에 마찬가지로 운반차를 밀착시킨 다음 시체를 들어 올려 뿌연 알코올 용액 속으로 밀어 넣었다. 시체들은 용액 속으로 쑥 가라앉았다가 바로 소리 없이 천천히 떠올랐다. 그러면 여학생이 서류 상자에서 꺼낸 번호표를 가져와서 몸을 구부려 시체의 발목을 꽉 잡고 오른쪽 발에 옛날 표가 묶여 있는 경우에는 왼발의 엄지발가락에, 혹은 반대의 경우에는 오른발 엄지발가락에 묶었다. 번호표에는 소인燒印으로 기호와 숫자가 새겨져 있었다. 그런 다음 머리통을 수조에 깊이 처박고 다리를 들어 올리고 있던 시체의 발목을 여학생이 살짝 밀며 물러나면 시체는 가볍게 수조의 중앙으로 쑥 밀려갔다. 그리고 나서 여학생은 장부에 옛날 번호와 새 번호를 진한 연필로 크게 써넣었다.

우리는 아무 말 없이 열심히 이 단순한 반복 작업을 계속했다. 새로운 수조와 낡은 수조 사이 타일 바닥에 다갈색의 젖은 길이 생기고 운반차는 그 위에서 때로 미끄러지고 삐걱거리며 느릿느릿하게 오갔다. 시체 중에는 깜짝 놀랄 정도로 무거운 것도 있고 또 아주 가벼운 것도 있었다.

중년 남자의 시체 중에 믿을 수 없을 정도로 가벼운 것이 있었다. 새로운 수조에서 천천히 떠오르는 그 시체에 번호표를 달기 위해 잡으려고 하던 여학생이 당황하는 모습을 보고 나는 비로소 그 사자가 한쪽 다리밖에 없었다는 걸 깨달았다. 운반차 위에 누인 시체를 나는 거의 쳐다보지 않았던 거다. 시체는 아무런 개성도 없이 죄다 비슷비슷해서 특별히 관심을 끌 만한 게 없었고, 마스크를 쓰고 있어도 알코올의 지독한 냄새와 그 깊숙이 침전된 끈끈한 사자의 냄새가 스며들어 오는 통에 때로는 정말 견디기 힘들어 나는 얼굴을 돌리고 운반차를 밀고 있었다. 그래서 운반차에서 삐져나온 시체의 팔이 해부대에 걸려 운반차가 뒤집힐 뻔한 적도 있었다.

팔을 벌린 채 경직된 젊은 여자 사자를 운반차에 실었는데 불안정해서 바로 미끄러져 떨어지려 했다. 관리인은 수조 가장자리에 얹힌 시체의 팔을 양손으로 잡더니 꺾어서 구부렸다. 팔은 좀처럼 구부러지지 않다가 나무 부러지는 소리를 내며 무방비로 드러난 하복부에 얹혔다. 관리인은 작업복 소매로 이마의 땀을 닦고 나는 아래턱을 쳐들고 운반차를 밀었다.

그 사자를 새로운 수조에 밀어 넣다가 내가 젖은 고무장갑으로 잡고 있던 양쪽 허벅지를 놓치는 바람에 시체는 풍덩 소리를 내며 사방으로 알코올 용액을 튀겼다.

"조심하라니까!" 관리인이 벌컥 화를 냈다. "이것 봐. 내 장화 속으로 튀어 들어갔잖아."

여학생도 작업복에 튄 알코올 용액을 고무장갑 낀 손으로 털어 내며 비난하는 눈으로 나를 쏘아보았다.

"너무 미끄러워서." 나는 변명했다. "꽉 잡고 있었는데."

"비교적 새로운 것들은 잘 미끄러져." 관리인은 수조에 가라앉아 좀처럼 떠오르지 않는 시체를 주의 깊게 눈으로 좇으며 말했다.

관리인은 이윽고 표면으로 떠오른 시체의 발목을 붙잡고 여학생에게서 번호표를 건네받아 능숙한 솜씨로 묶더니 무척이나 여유 있는 자세로 그 시체를 밀어냈다. "번호표가 없어지면 나중에 엄청나게 귀찮아지거든. 난폭하게 다루어선 안 돼."

"그렇겠네요." 나는 대답은 했지만 난폭하다는 말이 당치 않다는 생각이 들었다. 시체의 뼈가 부러지는 소리를 낼 정도로 뒤틀어서 팔을 구부리는 건 난폭한 짓이 아닌가? 그건 부종이 있는 엄지발가락에 묶어 놓은 나무 표찰을 훼손시키거나 분실하게 할 염려는 없으니까?

"난폭하게는 안 하지요." 나는 한 손으로 운반차를 끌며 유쾌한 기분으로 말했다.

"아주 중요한 일이야." 관리인이 말했다.

벽시계는 벌써 12시를 가리켰지만, 우리가 새로운 수조로 옮긴 사자는 겨우 열 명에 지나지 않았다. 느릿느릿 12시를 치는 시계 소리를 들으며 우리는 몸집은 작지만 상당히 묵직한 시체를 운반차에 실었다.

"대학 구내에서 종을 치는 시계는 여기밖에 없어." 관리인이 말했다.
"참 신기하단 말이지."

"네?"

나는 몹시 배가 고팠다. 그러나 막상 밥을 보면 식욕이 달아나 버릴 것 같은 느낌이 들었다.

"이 남자는 군인이었지." 관리인이 새로운 수조 옆에 멈춘 운반차 위의 사자를 내려다보며 말했다.

"전쟁이 끝날 무렵 탈영하려다가 보초의 총을 맞았다지. 부검을 할 거였는데 갑자기 전쟁이 끝났어. 이 남자가 여기 들어올 때 일이 아직도 생생하게 기억나."

나는 군인의 가는 손목에 달린 튼실한 손을 바라보았다. 군인은 다른 사자들과 마찬가지로 머리통이 매우 작아 보였다. 사자들의 머리통은 살아 있는 사람들의 머리통보다 훨씬 작게 느껴지고 중요하게 여겨지지도 않아 가슴이나 부풀어 오른 복부처럼 생생한 관심을 끌지 못했다. 그러나 나는 억지로 상상력을 동원해서 이 남자는 생전에 틀림없이 순한 동물 같은 표정을 하고 있었을 거라 단정했다. 그런 남자가 10여 년 전 어느 깊은 밤, 비장한 결심을 했던 것이다.

"이것만 마치고 점심 식사를 하지." 관리인이 말했다. "번호표 달고 와."

여학생은 혼자 방에 남게 될까 봐 걱정하며 주춤거렸다.

"내가 달고 갈게."

"부탁해." 여학생은 서둘러 딱딱한 목재 번호표를 내게 넘겨주더니 관리인을 따라 문 쪽으로 가 버렸다.

서서히 갈색으로 변하기 시작한 알코올 용액을 휘저어 군인의 발목을 잡기 위해 서두르다가 나는 번호표를 놓치고 말았다. 고무장갑의 손가락 사이로 미끄러져 수조 속으로 빠져들었는데 어디로 갔는지 알 수가 없었다. 나는 왼손으로 군인의 발목을 잡고는 서로 몸을 비비적 대고 있는 시체 사이를 더듬었다. 군인은 내 손에 잡힌 채 경직되어 있었다.

탈출하고 싶겠네, 지금이야말로 진짜 감금 상태니까.

―그렇지도 않아. 때론 그런 짓을 하는 자들도 있긴 하지만.

거짓말! 나는 생각했다.

"점심은 빵으로 할 거야?" 여학생이 문틈으로 머리만 디밀고 물었다.

"번호표를 떨어뜨려서 찾는 중이야. 금방 갈게. 가서 정하지 뭐."

―네가 믿든 말든, 밝은 갈색 피부를 해 가지고 계단으로 올라가 버린 작자들도 있어. 이런 데 있다 보면 여러 가지 생각이 떠오르거든. 그렇지만 나는 이렇게 얌전히 있었지.

번호표는 군인의 팔과 옆구리 사이에 떠 있었다. 나는 군인의 허리를 밀치고 번호표를 집어 들었다. 군인은 어깨를 알코올 용액에 푹 처박더니 떠오르기 전에 천천히 회전했다.

―전쟁에 관해서 아무리 확고한 관념을 가진 인간이라도 나만큼 설득력은 없을걸. 나는 살해된 그대로 죽 여기 보존되고 있으니까 말이야.

나는 군인의 옆구리에 있는 총상 흔적이 그곳만 주위보다 두툼하게 부풀어 올라 시든 꽃잎처럼 변색된 것을 보았다.

―전쟁 때 너는 아직 어린애였겠지?

긴 전쟁 동안 나는 죽 성장했어. 나는 생각했다. 전쟁이 끝나는 것만이 불행한 일상의 유일한 희망인 것 같은 시기에 성장해 왔다. 그리고 그 희망의 징조가 범람하는 가운데 나는 숨이 막혀 죽을 것만 같았다. 전쟁이 끝나고 그 시체가 어른의 뱃속 같은 마음속에서 소화되고, 소화가 불가능한 고형물이나 점액이 배설되었지만, 나는 그 작업에 참여하지 않았다. 이윽고 우리의 희망이라는 것도 흐지부지 녹아 버렸다.

—나는 너희의 그 희망이란 걸 온몸으로 짊어지고 있던 셈이지. 다음번 전쟁은 너희 차지가 되겠구나.

나는 군인의 오른쪽 발목을 잡아 올려 틀림없이 좋은 모양을 하고 있었을 굵은 엄지발가락에 번호표를 묶었다.

우리하고는 상관없이 또 전쟁이 시작되려 하고, 우리는 이번에야말로 그 허무하게 범람하는 희망에 빠져 죽게 될 거야.

—자네들은 정치를 싫어하나? 우리는 정치 얘기밖에 안 했는데.

정치?

—다음번에 전쟁을 일으키는 건 너희지. 우리에게는 평가하고 판단할 자격이 있어.

나에게도 평가하고 판단할 자격이 강제적으로 할당될걸. 그러다 살해되겠지만. 그렇게 죽은 자 중에서 극히 소수는 이 수조에 들어와 보존될지도 모르지.

나는 복슬복슬한 머리털을 짧게 자른, 체조 선수처럼 간결하고 다부진 군인의 머리통을 바라보았다. 이 남자는 무성한 수염과 건조한 피부를 토끼가 저작 운동을 하는 것처럼 움직여 배 속에서 울려 나오는 강한 음성으로 이야기했겠지. 그런데 눈에는 확신이 없어서 무척이나 비열하게 보였을지도 모르겠다. 나는 F5라고 쓴 번호표가 오른쪽 엄지발가락에 확실하게 고정된 것을 확인하고는 발목을 잡았던 손을 놓고 군인의 몸을 수조 안쪽으로 세게 밀었다. 군인은 조그만 턱을 치켜든 채 마치 거대한 배처럼 앞으로 쑥 나갔다.

관리인실에는 관리인 혼자 소파에 누워 있고 그 옆에 여학생의 작업복과 장갑이 놓여 있었다.

"그 학생은요?" 내가 물었다.

"손 씻는다고 수돗가에 갔어."

나는 작업복과 장갑을 벗어 둥글게 뭉쳐서 나무 의자에 올려 두고 밖으로 나갔다. 돔의 컴컴한 계단을 달려 올라가 밝은 곳으로 나가자 풍경은 새로운 빛에 넘치고 공기는 신선했다. 일을 마친 다음의 활기 넘치는 생명의 감각이 내 몸에 충만했다. 손가락과 손바닥에 닿는 바람이 관능적인 쾌감을 불러일으켰다. 손가락 피부가 자유롭게 공기를 호흡하고 있다는 생각이 들었다.

나는 의과대학 부속병원 앞의 잿빛 벽돌을 깐 넓은 언덕을 뛰어내려 갔다. 법의학 강의실의 닫혀 있는 낮은 창을 면하고 선 나무의 넓적하고 부드러운 이파리들이 진한 녹색으로 반짝이는 아래 가지에 어깨를 스치며 걸었다. 보도에는 부속병원의 입원 환자들이 환자복 차림으로 두꺼운 슬리퍼를 신고 천천히 걷고 있었다. 그 모습은 초봄에 아직은 물속에서 헤엄치는 붕어 같은 느낌을 주었다. 나는 가슴을 활짝 펴고 숨을 깊게 들이쉬며 걸었다. 건강한 젊음이 내 몸속에서 몇 번이고 쾌락적인 전율을 일으켰다. 나는 운동화 끈을 고쳐 매기 위해 몸을 구부리며 나 자신이 저 사자들로부터 멀리 떨어져 나왔다는 데 기뻐했다. 유연한 나의 신체에 대한 감동이 목이 멜 정도로 신선하게 다가왔다. 붉게 상기된 뺨 위의 나의 눈은 물기를 머금은 모밀잣밤나무의 열매처럼 반짝였을 것이다.

언덕에서 중년 간호사가 온몸에 깁스를 한 소년을 태운 수동 휠체어를 밀며 내려와 옆을 스쳐 지나갔다. 나는 바지의 먼지를 떨며 몸을 일으켰다. 간호사의 어깨가 조용히 아래위로 움직이는 것과 잘 빗질된 소년의 머리카락이 은은한 황금색으로 빛나는 것을 보았다. 나는 성큼성큼 걸어서 앞서가는 간호사를 따라갔다. 가능한 한 명랑한 목소리로 간호사와 소년에게 말을 걸 생각으로 그들과 나란히 걸었다. 간호사는 호의에 넘치는 미소를 보내왔고 나도 그에 답하는 의미로 웃으며 깁스에 갇혀 있는 소년의 어깨를 가볍게 쓰다듬었다. 그 소년은 오랫동안 나를 다정한 형으로 추억하겠지.

나는 그대로 몇 걸음 더 걷다가 소년의 얼굴을 들여다보았다. 그런데 그 얼굴은 소년이 아니었다. 똑바로 고정시켜 놓은 머리를 곧추세운 채 얼굴의 혈관이 부풀어 오를 정도로 노기를 띤 중년 남자가 짜증과 분노로 얼룩진 눈으로 나를 노려보았다. 남자는 어둡게 가라앉은 눈으로 나를 노려보기 위해 모든 분노를 온통 오른쪽 옆얼굴로 몰고 나에게 시선을 집중하고 있었다.

나는 그 자리에 멈춰 섰고, 그들은 밝은 빛이 넘치는 공기 속으로 나아갔다. 나는 우두커니 서 있었다. 갑자기 피로감이 몸 전체로 퍼져 나갔다. 저것은 살아 있는 인간이다. 그리고 살아 있는 인간, 의식을 갖춘 인간은 몸 주위에 두꺼운 점액질의 막을 가지고 있어 나를 밀어낸다. 나는 사자들의 세계에 발을 들여놓은 것이다. 그리하여 살아 있는 자들의 세계로 돌아오는 데에는 여러 가지 어려움이 발생한다. 이것이 최초의 실패다. 나는 이 일에 너무 깊이 들어와 버려서 이제는 거기서 헤어 나오기 어려워진 게 아닐까 하는 불길한 생각이 들었다.

그러나 나는 오늘 오후에도 열심히 그 일을 마저 하고 돈을 받아야만 했다. 나는 수돗가 방향으로 달려갔다. 너무 빨리 달려 옆구리가 땅겼지만 멈추지 않았다. 여학생은 콘크리트 바닥에서 맨발로 서서 수도꼭지에서 나오는 물로 발을 닦고 있었다.

"왜 그렇게 뛰어와?" 헐떡이는 나를 보고 여학생이 말했다.

"나는 젊으니까 가끔 이렇게 달리고 싶을 때가 있어."

"그래 너는 진짜로 젊지." 여학생은 웃지도 않고 말했다.

나는 피부가 누렇고 두꺼운 데다 크기까지 한 여학생의 얼굴을 바라보았다. 얼굴 전체에서 주의력이 완전히 사라져 버린, 피곤에 지쳐 빠진 얼굴이었다. 나보다는 두 살쯤 위일 것 같았다.

"내 피부 너무 엉망이지?" 여학생이 눈도 깜빡이지 않고 강한 눈길로 나를 똑바로 보며 말했다. "임신해서 그래."

"뭐?" 나는 놀랐다.

여학생은 태연하게 두툼한 발에 물을 흘러내리게 했다. 나는 양말을 벗고 콘크리트 바닥에 있는 수도꼭지를 비틀어 나오는 물에 발과 복숭아뼈를 바로 갖다 댔다.

"그런데 이런 일을 해도 돼?" 내가 조심스럽게 말했다. "몸에 안 좋을 텐데."

"알 게 뭐야." 여학생이 말했다.

나는 소매를 걷어 올리고 꼼꼼하게 양손을 비벼 닦았다. 여학생은 얼른 비누를 건네주고 수돗가 한쪽의 젖지 않은 콘크리트 바닥 가장자리로 올라가 햇볕에 발을 말리기 시작했다.

"남자애들은 내 기분을 모를 거야." 여학생이 말했다.

나는 꽉 다문 얇은 입술을 손등으로 문지르는 여학생을 바라보며 잠자코 있었다.

"임신을 해서 점점 볼썽사나운 꼴이 돼 가는 자신의 모습을 지켜보는 기분 말이야."

"그야 알 수가 없지." 내가 쩔쩔매며 대답했다.

"임신하면 있잖아, 아주 불쾌한 기대감으로 일상이 꽉 차 버린다고. 때문에 생활 자체가 엄청나게 무거워져."

나는 주머니에서 큰 손수건을 꺼내 발을 닦았다. "수술할 거지?"

"그럼. 그래서 수술비를 벌고 있는 거야." 여학생이 말했다.

"많이 받아서 제일 좋은 방에 입원하면 좋겠다."

"내 친구는 수술받고 바로 자전거 타고 돌아왔다고 하던데."

나는 숨죽인 소리로 웃으며 의과대학 건물을 향해 걷기 시작했다.

"내가 혹시 이대로 가만히 있으면 어떻게 될 것 같아?" 여학생이 말했다. "열 달 동안 가만히 있으면 그것만으로도 나는 혹독한 책임을 지게 될 거야. 나 자신이 살아가는 것에 대해서도 이렇게 애매한 기분인데 새롭게 그 위에 또 하나의 애매함을 창출해 내는 게 되니까. 이건 살인 못지않은 중대한 일이야. 그냥 아무것도 안 하고 가만히만 있어도 그렇게 된다고."

"병원 가서 처리할 거라면서? 그 비용을 위해 이렇게 아르바이트를 하는 거고." 나는 자신 없는 목소리로 대꾸했다. "네가 가만히 있을 건 아니잖아."

"나는 한 인간을 말살했다는 책임을 피할 수 없게 되겠지. 그는 레슬러와 같이 거대해질 권리를 가지고 있는지도 모르고, 그 일이 쓸데없는 거라고 결정할 자격이 나한테 있는 걸까? 내가 잘못된 결정을 하고 있는지도 모르지."

"낳을 생각은 아니지?"

"아니야."

"그럼, 간단하네."

"남자애들한테는 그렇겠지." 여학생이 버럭 화를 냈다. "그것이 살해되든가, 양육되든가 모두 내 아랫배 안에서 일어나는 일이야. 나는 지금도 그것에게 집요하게 빨리고 있어. 나에게는 흉터처럼 자국이 남을 거야."

나는 잠자코 손에 잡힐 듯 몰려오는 여학생의 분노를 그대로 받았다. 나로서는 이해할 수 없는 부분이 집요하게 그 여학생을 괴롭히고 있는지도 모른다. 그러나 그건 나와는 아무런 상관 없는 일이었다.

"나는 헤어 나올 수 없는 구렁텅이로 떨어져 버렸어. 내가 아무런 상처 없이 거기서 기어 올라올 방법은 없는 거야. 나에게는 더 이상 선택의 자유가 없다고."

"큰일이네." 내가 하품을 억지로 참으며 시근시근해 오는 눈으로 말했다.

"큰일이야" 하고 갑자기 흥이 깨진 듯한 목소리로 여학생이 말했다. "지쳐 버렸어."

점심 식사를 마치고 나서 뒷정리하는 여학생을 남겨 두고 나와 관리인이 시체처리실로 내려가니 낡은 수조가 있는 방의 해부대 주위에 두 명의 의과대학 학생과 중년 교수가 서 있었다. 우리는 그리로 다가가다가 교수의 제지를 받고 수조 옆에 멈춰 선 채 해부대 위를 바라보았다. 거기에는 열두 살 정도 되어 보이는 여자아이의 시체가 놓여 있었다. 시체는 내 쪽을 향해 다리를 활짝 벌리고 있었는데 한 학생이 교수의 지도를 받으며 혈액응고를 위한 포르말린과 색소를 주사하고 있었다.

시체 쪽으로 구부리고 있던 학생이 주사기를 들고 몸을 일으키자 그때까지 흰 가운 등에 가려져 있던 소녀의 생식기가 내 눈앞에 활짝 드러났다. 너무나 탱탱하고 싱싱한 생명력이 넘쳤다. 그것은 강인하고 충만하고 건강해 보이기까지 했다. 나는 거기에 매혹당해 사랑 비슷한 감정으로 지켜보았다.

─자네 엄청 심하게 발기했구먼.

나는 수치스러움을 느끼며 뒤돌아서 수조 속의 시체 쪽으로 시선을 돌렸다. 그들 전원이 집요하게 나를 주시하고 있던 것만 같아 공연히 켕겼다. 나는 관리인을 재촉해서 그중 하나를 들어 올려 약간 거친 동작으로 운반차에 실었다.

우리가 해부대 사이를 빠져나가려다가 구부린 내 팔꿈치가 학생의 허리를 건드렸다. 그때까지 나의 존재를 완전히 무시하고 있던 포동포동하고 하얀 얼굴의 남자가 돌아보며 날카로운 목소리로 나무랐다.

"조심해! 위험하잖아!"

나는 그의 동글동글한 손가락에 쥐인 주사기를 보며 눈을 내리깔고 잠자코 있었다.

"이봐, 안 들려?"

나는 학생의 얼굴을 올려다보았다. 그의 얼굴에 일순 당황하는 빛이 어리는가 싶더니 이내 사라졌다. 그는 더 이상 나를 야단치지 않았다. 그리고 공연히 더 열심인 척하며 시체 쪽으로 몸을 구부렸다. 나는 식물의 여린 싹과 비슷한 소녀의 클리토리스를 재빨리 훔쳐보았다. 운반차를 밀며 왜 남자는 나를 보고 당황해 눈길을 돌렸을까 생각했다.

그것은 나의 깊숙한 내면에 사나운 불쾌함으로 자리 잡았다. 놈은 나를 천한 인간으로 바라보았다. 나는 일부러 천천히 시체를 내리고 시간을 들여 새로운 번호표를 몇 번이고 새로 묶었다. 그 남자는 천한 인간에 대한 모멸감을 가지고 나를 바라보았다. 그리고 비난할 가치도 없는 인간으로 여겼다. 그래서 그 불쾌한 감정을 씻어 버리고자 그렇게 급하게 시체 쪽으로 몸을 구부린 거다. 옆에 있던 교수나 동료들에게 자기의 감정이 정당하다는 걸 인정받기 위해 그렇게 과장된 몸짓으로 주사기를 들어 올리며. 왜 그랬을까? 도대체 무슨 이유지?

나는 번호표를 꼼꼼하게 묶고 반백의 머리카락을 짧게 자른 사자의 조그만 얼굴을 바라보았다. 양서류를 닮은 얼굴이었다.

—그 학생은 자네를 우리와 동류로, 적어도 우리 세계에 속한 사람으로 본 거야.

내가 당신을 운반차에 실어서 나르고 있었기 때문일까?

—그게 아니지. 자네의 표정이 우리하고 같은 종류인 데다가 온몸에서 얼룩 같은 게 스며 나오기 때문이야. 자네가 처음에 관리인에 대해서 느꼈던 우월감을 생각해 보면 알 거야.

전신이 씻을 수 없이 더럽혀진 기분이 들면서 나의 몸 점막이란 점막에는 모두 사자 냄새가 나는 가루가 들러붙어 경직되는 것 같아 견딜 수 없었다.

옆방에서 문이 열리며 사람들이 나가는 발소리가 났다. 나는 수조 가장자리에 올려놓았던 손을 떼고 낡은 수조가 있는 방으로 돌아갔다. 관리인은 운반차를 밀고 먼저 돌아가 있었다. 젖은 삼베로 덮인 해부대 옆에 교수 혼자 남아 있었다. 저 천 아래에는 그다지도 생명력 넘치는 생식기를 가졌던 그러나 이제는 '물체'로의 추이를 시작한 소녀가 있다. 이제 저 소녀도 수조 속의 여자들과 같이 견고하고 내부로 수축되는 갈색 피부에 싸여 버리겠지. 그 생식기도 옆구리나 배의 일부처럼 결코 특별한 주의를 끌지 못하게 되리라 생각하니 신체 깊숙한 곳에서 가벼운 쓰라림이 밀려왔다.

관리인과 나란히 수조를 들여다보고 있던 교수가 나를 돌아보더니 시체를 볼 때와 똑같은 눈으로 내 온몸을 훑었다.

"자네는 새로 온 작업원인가?"

"아르바이트 학생이에요. 시체 옮기는 동안만 온 겁니다." 관리인이 말했다.

나는 애매하게 묵례하며 교수의 눈에 호기심 넘치는 표정이 떠오르는 것을 성가신 기분으로 지켜보았다.

"뭐, 아르바이트?" 교수는 옆으로 벌어진 혈색 좋은 귀를 쫑긋하며 말했다. "자네, 이 학교 학생인가?"

"예, 문과대학에 다닙니다."

"독일어?"

"아니요, 프랑스 문학과에 다니고 있습니다."

"아아." 교수는 환하게 웃으며 물었다. "졸업 논문은 누구에 대해 쓰는가?"

나는 잠시 망설이다가 눈 딱 감고 대답했다. "라신입니다. 장 라신."

교수는 어린애처럼 얼굴을 구기며 키득키득 웃었다.

"라신을 공부하는 학생이 시체 운반이라니."

나는 입술을 깨물고 잠자코 있었다.

"무엇 때문에 이런 일을 하는 거지?" 교수는 비어져 나오는 웃음을 억지로 누르면서 짐짓 진지한 표정을 지어 보이며 물었다. "이런 일을."

"네?" 나는 놀라서 물었다.

"시체에 관해서 학문적인 흥미라도 가지고 있나?"

"돈이 필요해서요." 나는 솔직함을 가장해 무례하게 말해 버렸다.

그리고 예상대로 교수의 내부에서 무엇인가가 충돌하고 엉키는 것을 지켜보았다. 교수는 굳은 표정으로 말했다.

"이런 일을 하다니 자네는 부끄럽지도 않은가? 자네들 세대에는 자부심이라는 감정도 없는가 말이다."

살아 있는 인간과 대화한다는 것은 어째서 이렇게 어려울까. 언제나 이야기는 생각지도 못한 방향으로 발전해 버리고 거기에는 늘 허무함이 붙어 다니는 걸까. 교수의 몸 주위의 점막을 뚫고 그 지방이 풍부한 몸에 바로 손을 댄다는 것은 실현 불가능한 일일지도 모른다. 나는 당혹감에 입을 다물었다. 피로감이 온몸을 덮쳤다.

"응, 어떻게 된 거냐고?"

나는 눈을 들어 모멸감으로 초조해진 교수의 얼굴을 바라보았다. 그의 등 뒤에 서서 나를 바라보고 있던 관리인의 얼굴에서까지 동일한 멸시의 표정이 드러나는 것을 보고 나는 심한 무력감에 사로잡혔다. 이 무겁기만 하고 이해할 수 없는 혼란을 풀기란 도저히 불가능할 것 같았다. 살아 있는 인간을 상대로 그건 결코 쉬운 일이 아니다.

나는 장대를 들어 올려 수조로 몸을 구부리고 벽 쪽 뚜껑 아래, 등을 반쯤 이편으로 보이면서 가라앉고 있는 다부진 목덜미의 남자 시체를 끌어오려고 했으나 좀처럼 움직이지 않았다. 등 뒤에서 나의 동작을 지켜보는 교수와 관리인의 시선을 의식하면서 대나무 장대를 시체 아래쪽으로 찔러 넣어서 밀어 올려 보려고 했으나 시체는 엄청나게 무거웠다. 어떻게 된 거지? 어디에 걸렸는지 생각대로 되지 않았다. 어째서 이렇게 무거운 것일까?

관리인이 다가와 내 손에서 대나무 장대를 뺏어 들더니 시체의 옆구리 아래로 깊이 찔러 넣고 두세 번 가볍게 비틀었다. 사자는 힘없이 떠오르면서 장대를 밀어내듯 하며 몸을 뒤집었다.

"자네는 뭐 하나 제대로 하는 게 없군. 요즘 학생들은 죄다 그 모양이니 원." 관리인이 말했다.

완고하게 수조 쪽으로 몸을 숙인 채 사자가 다가오기를 기다리며 나는 등과 목덜미에 교수의 집요한 시선이 휘감기는 걸 느꼈다. 사자는 무거운 짐이라도 들고 오는 양 팔의 근육을 팽창시키고 턱을 치켜들고 다가왔다. 나는 알코올 용액을 이리저리 튀기며 그의 두툼한 어깨를 거칠게 붙잡았다.

"좀 더 잘 붙잡을 수 없어?" 모든 잘못을 내게 뒤집어씌울 듯이 관리인이 말했다.

하지만 나는 오전에 비해 이 작업에 상당히 익숙해져 있었다. 여학생이 돌아오자 작업은 다시 순조롭게 진행되어 오전보다 훨씬 능률이 올랐다. 관리인은 벽 쪽으로 몰린 시체를 대나무 장대로 능숙하게 끌어당기기도 하고 또 새로운 수조의 입구 쪽에 몰려 있는 시체를 밀어분산시켜서 다음 시체를 집어넣는 작업이 용이하도록 했다. 3시 정도가 되자 고무 작업복 속의 몸에 땀이 배기 시작하고 고무장갑에 스치는 손등이 근질거렸다. 우리는 가끔 복도로 나가 작업복을 벗고 땀을 닦았다. 그러나 문득 불어오는 바람이 목덜미로 들어오면 오한으로 몸이 떨렸다. 나는 공기 바닥에 침전된 냄새에도 상관치 않고 자주 마스크를 벗고 콧구멍 가득 공기를 들이마셨다.

일은 순조롭게 진행되었고 우리는 말없이 움직였으나 가끔 화장실에 가느라 작업이 중단되었다.

우리는 작업복과 장갑을 벗고 함께 복도로 나갔다. 여학생은 언제나 가장 늦게 돌아왔다. 복도에서 우두커니 기다리고 있는 내게로 뛰어온 여학생이 조그만 목소리로 말했다.

"남자애들은 좋겠어."

"응?" 내가 말했다.

"시간이 얼마 안 걸리잖아. 여자들은 이것저것 시간이 많이 걸리거든. 귀찮아 죽겠어."

나는 애매하게 고개를 끄덕이고는 관리인이 우리 대화에 끼어들려고 다가오는 것을 피해 방 안으로 들어갔다. 여학생은 집요하게 내 귀에다 대고 말하기 위해 몸을 바싹 갖다 댔다.

"화장실에 쭈그리고 앉아 있으면 말이야, 죽은 사람들이 알몸으로 드러난 내 엉덩이를 받쳐 주려고 다가오는 것 같은 기분이 들어. 죽은 사람들이 내 뒤에 빽빽하게 모여 서서 나를 지켜보고 있는 것 같다니까."

여학생의 심하게 거뭇해진 눈꺼풀과 거칠거칠한 피부를 가까이에서 바라보니 피로감이 마치 젖은 외투처럼 온몸을 엄습했다. 그러나 나는 조그만 소리로 웃었다.

"그러면 말이지," 여학생도 목소리만으로 웃음소리를 내면서 성긴 속눈썹을 내리깔고 말을 이었다. "내 복부의 두꺼운 피부 아래 있는 연골과 점액질의 덩어리, 내 몸에 끈으로 연결되어 자라고 있는 조그만 덩어리가 이 수조에 있는 사람들과 비슷하다는 생각이 들어."

"너무 피곤해서 그런 거겠지." 나는 여학생을 어떻게 대해야 할지 난

처했다.

"양쪽 다 인간임에는 틀림없는데 의식과 육체의 결합은 아니잖아? 인간이긴 하지만 뼈와 살의 결합에 불과할 뿐이지."

인간이면서 '물체'라는 거겠지, 하고 생각했지만 못 알아들은 척하고 작업복을 입기 시작했다. 피곤해서 그렇겠거니 했으나 여학생의 수다와 지나치게 친한 척 구는 게 귀찮았다.

"그냥 문득 그런 생각이 들었다는 거야." 여학생이 작업복 소매에 팔을 꿰며 아무 감정이 실리지 않은 목소리로 말했다.

"문득?" 나도 냉담하게 말했다.

"어이!" 하고 새로운 수조 쪽 방에서 관리인이 소리를 질렀다. "새 번호표는 이게 다야? 빨리 좀 와 봐."

여학생은 너무 커서 헐떡헐떡한 고무장화를 철퍼덕거리면서 달려가다가 알코올 용액이 떨어져 생긴 갈색 얼룩에 발이 미끄러지며 몹시 볼썽사나운 모습으로 나동그라졌다. 여학생은 벌떡 몸을 일으켰다. 아무런 비명도 지르지 않았지만, 입술을 깨문 얼굴로는 일종의 두려움이 번져 나갔다. 목구멍까지 올라왔던 나의 웃음이 급히 꼬리를 감추었다.

오후 5시가 되자 표면에 떠 있던 사자들은 모두 새로운 수조로 옮겨졌다. 우리는 의과대학 병원의 잡역부가 알코올 용액을 빼러 올 때까지 관리인실에 올라가 휴식을 취하기로 했다. 비가 내리기 시작했다. 어두워지기 시작한 공기 너머에서 강당의 시계탑이 안개에 싸인 성처럼 보였다. 도서관 벽돌담도 반투명한 안개 막에 휘감겨 온통 녹이 슨 것처럼 보였다. 나와 관리인은 저녁 식사 대신 팥빵을 꿰 먹었지만 여학생은 거의 입에 대지 않았다. 우리는 이어 떨어지는 빗줄기를 바라보며 말없이 식후의 시간을 보냈다. 배 속 장기들의 소화작용을 위한 움직임이 느껴졌다.

"아저씨도 애들이 있죠?" 문득 여학생이 물었다.

"뭐?" 관리인이 당황해서 말했다. "있지. 그런데 왜?"

"임신 초기에 심한 정신적 충격을 받으면 안 좋은가요? 예를 들면 끔찍한 걸 본다든가 하면……"

"그야 좋지 않겠지. 그렇지만 확실한 거야 알 수 없지." 관리인은 뭔가 곰곰이 생각하며 대답했다. "그런데 그건 왜?"

"아니에요." 여학생이 급히 대답했다. "아무것도 아니에요."

"나한테 애들이 있다는 게 뭐 이상한가?" 관리인이 피곤한 탓에 짜증을 내는 소리로 말했다.

"큰아들은 결혼해서 애들도 있어."

여학생은 관리인의 자식 이야기에 흥미를 보이는 척했지만 이야기는 듣지 않고 자신만의 생각에 잠기는 것 같았다.

"나한테 처음으로 아이가 태어났을 때는 참 묘한 기분이 들더군." 관리인이 말했다. "매일 죽은 인간을 몇십 명씩 돌아보고 새로운 시체를 받아들이고 하는 게 내 일이잖아. 그런 내가 새로운 인간 하나를 낳는다는 것이 너무 이상해서 말이지, 쓸데없는 짓을 하는 게 아닌가 하는 기분이 들더라고. 이렇게 늘 시체를 보고 있으면 사람이 살면서 중요한 게 무엇인지 좀 더 잘 보이는 것 같아. 애가 아파도 병원에도 잘 안 갔어. 그런데도 아이는 튼튼하게 잘 자랐지. 그리고 그 애가 또 애를 낳으니, 가끔은 뭐가 뭔지 머릿속이 뒤죽박죽될 때가 있어."

여학생은 잠자코 있었다. 관리인은 하품을 하고 눈물로 축축해진 눈으로 꽤나 실망한 표정을 지어 보이며 나를 쳐다보았다.

"온갖 죽은 사람들을 보다 보니 아이의 성장에 집중할 수가 없더라고."

"그렇겠네요." 내가 말했다.

"큰아들이 태어났을 때 내가 번호표를 단 시체가 지금도 그대로 가라앉아 있고, 그건 거의 변색도 하지 않았으니 집중할 수 없지."

"어느 쪽에요?"

"어느 쪽에도 다 집중이 안 돼." 관리인이 말했다. "뭐, 가끔은 삶의 보람을 느낄 때도 있긴 하지. 자네 같은 젊은 학생은 이런 데 와서 일해 보니 어떤가? 기분이 이상하지?"

"그런 기분이 들지 않는 건 아니지만."

"희망을 품고 있다가도 그게 몹시 흔들리지 않나? 저런 걸 보면?"

"나는 희망 같은 거 품고 있지 않아요." 내가 조그만 소리로 웅얼거렸다.

"희망을 가지고 있지 않다면," 관리인이 버럭 소리를 질렀다. "뭐하러 학교 같은 데는 다니나? 이 학교가 보통 들어오기 힘든 덴가? 그 학교에 들어와 이런 아르바이트까지 하면서 뭐하러 공부를 하느냐고?"

우중충한 색깔의 입술을 부들부들 떨며 그 양 끝에 허연 거품을 물고 나를 노려보는 관리인의 지친 얼굴을 보면서, 기어코 귀찮은 상황이 벌어졌구나 하는 생각이 들었다. 언제나 이런 데 조금만 깊숙이 개입하다 보면 뭔가가 꼬인다. 설득할 수는 없다. 특히 이런 종류의 남자를 이해시키기란 매우 어려운 일이다. 게다가 남자를 이해시킨다고 무슨 득이 있을 것인가. 이런 남자를 설득하기 위해 머리가 어질어질해지도록 토론을 한다 해도 나는 나 자신에게 바로 돌아올 뿐이다. 그리고 스스로가 심하게 애매하고, 우선 자신을 설득해야 하는 귀찮은 일이 방치되어 있음을 깨닫고, 어쩌지 못하는 만성 소화불량 같은 감정에 빠지고 만다. 손해 보는 쪽은 언제나 나다.

"응? 도대체 어떻게 된 거야? 자네가 지금 절망했네 어쩌네 할 나이도 아니잖아. 변덕스러운 여학생 같은 소리를 해서 어쩌겠다는 거야."

"그런 게 아니라," 나는 자신을 잃어버렸다. "굳이 희망을 품어야 할 이유가 없단 말이지요. 나는 생활도 성실하게 하고 공부도 열심히 하거든요. 그리고 어쨌든 매일 충실하게 살고 있어요. 게으른 편이 아니니까 학교 공부를 착실히 하다 보면 시간도 잘 가고 매일 수면 부족에 시달리긴 하지만 성적도 잘 받고 있다고요. 그런 생활에는 희망은 필요 없어요. 나는 어렸을 때 말고는 특별히 희망을 품어 본 적이 없고 그럴 필요도 없었어요."

"자네 상당히 허무적인 데가 있군그래."

"허무적인지 뭔지는 모르지만." 나는 여학생이 우리의 대화에 완전히 무관심한 태도로 침묵을 지키고 있는 것에 초조해하며 대답했다. "나는 아주 공부 잘하는 학생 중 하나예요. 나에게는 희망을 가진다든가 절망할 틈이 없어요."

"도대체 뭔 소리를 하는 건지 모르겠네." 관리인이 말했다.

나는 입을 다물고 축 늘어져 의자 등받이에 몸을 기댔다. '참, 설명하기 어렵네. 할 말이 없는 건 아니지만 이런 사람이 뭔 말을 알아듣겠어' 하는 생각에 기운이 빠졌다.

여학생이 급하게 일어나더니 구석으로 가서 손수건에 대고 조금 토했다. 나는 쫓아가서 부들부들 떠는 여학생의 등을 손바닥으로 가볍게 두드려 주었다. 여학생은 등을 뒤틀어 나의 손길을 피하면서 뒤로 돌아 눈물이 글썽한 눈으로 나를 올려다보며 말했다.

"나 아무래도 좀 이상한 것 같아. 아까 지하실에서 넘어졌잖아. 그것 때문인가 봐."

"응?" 나는 뭔가 목에 걸린 목소리로 대꾸했다.

"아랫배 쪽이 쥐어짜는 것같이 아파."

"간호사 좀 불러와." 관리인이 말했다.

관리인이 여학생을 소파에 누이는 동안 서둘러 밖으로 나갔다. 나는 의대 부속병원 간호사실을 향해 계단을 뛰어올라 갔다. 바싹 마른 혀가 잇몸에 부딪치며 등으로는 땀이 흠씬 번져 가는 것이 느껴졌다. 처음에 작업복을 내주었던 중년의 간호사가 대걸레를 바닥에 내려놓고 다시 쥐어짜고 있었다. 나는 급히 달려오던 걸음을 멈추었지만 고무장화 바닥이 돌로 된 복도에 미끄러지며 귀에 거슬리는 점액질의 소리를 냈다. 내 몸 깊은 곳에 벌떡벌떡 머리를 치켜드는 통제 불가능한 애매한 감정이 있는 거다.

"아르바이트를 같이 하던 친구가 좀 이상합니다." 나는 기미가 잔뜩 낀 간호사의 반질반질하고 조그만 얼굴을 내려다보며 말했다.

"왜? 뭐가?" 간호사는 목을 쑥 빼고 칙칙한 이를 보이며 말했다. "친구라니? 그 여학생?"

"좀 와 보세요." 내가 말했다.

간호사와 함께 계단을 내려가며 내가 소리를 낮추어 말했다. "임신했다나 봐요. 오늘 오후에 지하실 타일 바닥에서 넘어졌는데 그것 때문에 혹시……"

"엄청난 일이네." 간호사가 말했다. "꺼림칙한 이야기야."

그래, 꺼림칙한 일이다. 나도 그렇게 생각했다. 이렇게 집요하게 얽혀 들어가다가는 한이 없지. 여학생은 콧잔등 주위에 조그맣고 반짝거리는 땀방울을 잔뜩 달고 웅크리고 있던 몸을 일으켰다. 완전히 지쳐서 멍한 표정을 보니 내 가슴이 답답했다.

간호사는 희고 건조한 조그만 손바닥을 여학생의 이마에 대며 말했다. "어때, 많이 괴로워?"

"예, 좀……" 약간 앳된 목소리로 여학생이 말했다.

"대기실로 와요. 의사 선생님 좀 와 보시라고 할 테니까." 간호사는 나를 향해 한마디 남기고 문에 기대 어색한 자세로 걱정스레 여학생을 지켜보고 있던 관리인 옆을 재빨리 빠져나갔다.

"걸을 수 있겠어?" 관리인이 나에게 물었다.

나는 고개를 젓고 여학생의 어깨를 부축해서 천천히 복도로 나가 금방이라도 주저앉으려고 드는 여학생의 어깨에 두른 팔에 힘을 주었다. 계단을 오르는 곳에서 여학생이 이를 악물며 신음을 참는 게 느껴졌다. 바닥으로 웅크리는 여학생을 그대로 두니 여학생은 다시 손수건에다 위액을 조금 토했다. 더러워진 손수건을 버리고 일어난 여학생은 나를 바라보며 일그러진 웃음을 보냈다.

"지금 말이지, 나는 아기를 낳아야겠다는 생각을 하기 시작했어. 그 수조의 사람들을 보고 있으면 왠지 아기도 죽을 때 죽더라도 한 번은 태어나서 확실한 피부를 가져 봐야 문제가 수습될 것 같다는 생각이 들어."

정말, 이 여학생은 덫에 걸린 꼴이 돼 버렸군, 나는 생각했다.

"정말 골치 아프게 되었군." 내가 말했다.

"함정에 빠진 거야." 여학생이 헐떡이며 말했다. "이렇게 될 줄 알았어."

대기실 옆 작은 방 입구에서 간호사가 기다리고 있었다. 나는 복도에 서서 여학생이 그리로 들어가는 걸 지켜보고 문을 닫은 다음 관리인실로 되돌아갔다.

관리인실로 돌아오니 병원 제복을 입은 잡역부 두 사람이 장의자에 앉아 담배를 피우고 있었다. 그리고 창틀에 기대선 관리인과 의과대학 조교수로 보이는 젊은 남자가 뭔가 심각하게 이야기를 하고 있었다. 알코올 용액을 빼기 위해 온 것인 줄 알았는데 잡역부들은 무료하게 담배 연기만 뿜고 있고 관리인과 조교수가 언쟁하는 게 뭔가 좀 이상했다. 나는 관리인 쪽으로 다가갔다.

"이건 사무실에서 일으킨 업무 착오요." 조교수가 자기는 잘못이 없다는 것을 확인하듯이 못을 박았다. "오래된 시체들은 전부 시체 소각장에서 화장하기로 되어 있소. 의과대학 교수회의 정식 결정이오. 당신의 일은 오늘 낮 동안에 시체를 정리해 두었다가 소각장 트럭에 인수하는 일이잖아. 준비가 다 끝났을 줄 알고 이 사람들을 데리고 왔는데."

관리인은 낭패해서 얼굴이 해쓱해졌다. "아니 그럼 저 새 수조는 어쩔 건데요? 청소하고 알코올 용액도 새로 채웠는데 안 쓰고 내버려 둘거요?"

"새로운 시체를 수용하게 되겠지. 생각 좀 해 보게나. 쓸모도 없는 오래된 시체를 뭐하러 새로운 수조에 일부러 옮기느냐고."

관리인은 막다른 지경에 몰린 동물과도 같은 적의에 불타는 절망적인 눈으로 조교수를 노려보았다. 관리인은 주먹을 꽉 쥐고 침을 튀기며 신음처럼 내뱉었다.

"쓸모없는 시체? 30년이나 이 수조를 관리한 건 나라고."

"아 글쎄, 쓸모없다는 건 말이지, 의학적 견지에서 그렇다는 거야. 사용해 봤자 정확한 효과를 기대할 수 없다는 겁니다." 조교수는 더 이상 관리인을 상대하지 않고 오히려 내 쪽을 바라보며 말했다. "게다가 의과대학에는 새로운 시체는 얼마든지 있어. 그래서 이번 기회에 일단 오래된 시체를 전부 처리하라고 문부성에서 예산이 내려왔지."

관리인은 입을 다물고 눈을 내리깔고는 뭔가 골똘히 생각했다.

"자, 얼른 일부터 시작합시다." 잡역부 한 사람이 담배를 밟아 끄며 말했다. "준비가 안 되었다고 하지만, 소각장 스케줄도 다 잡혀 있고, 트럭도 와서 기다리고 있으니까."

"자, 시작들 하세요." 조교수는 그렇게 말하며 관리인을 돌아보았다. "뭐, 어쩔 수 없잖소. 사무실은 벌써 닫았고 내일은 문부성에서 시찰하러 나온다고."

잠자코 있던 관리인은 작업복을 집어 들었고 우리는 계단을 내려가 지하실로 향했다. 잡역부가 어깨에 멘 수동 펌프와 고무호스가 계단 난간에 부딪치며 둔탁한 소리를 냈다. 이렇게 되면 완전히 헛고생한 게 되는 것이 아닌가 하는 생각이 들었다. 사무실 쪽의 착오라고 한다면 아르바이트 일당 역시 제대로 계산은 해 주려나. 아무래도 귀찮게 되겠군, 시간 외 수당도 제대로 쳐줄지 모르겠네. 나는 조교수를 쫓아가서 물었다.

"저는 오늘 시체를 새로운 수조에 옮기는 작업을 했는데요, 처음 사무실에서 아르바이트 신청할 때부터 그런 지시를 받았거든요."

"사무실에서 뭐라고 했는지 모르지만 그건 완전히 괜한 짓이잖아. 오늘 밤에 시체 소각장으로 옮기는 건 벌써부터 결정되어 있던 일이야."

"그렇지만 착오는 그쪽에서 저지른 거니까, 보수는 제대로 주셔야
죠."

"완전히 쓸데없는 짓을 하고도?" 조교수는 냉담하게 말했다. "나는
몰라. 관리인에게 물어보게나."

나는 일부러 늑장을 부리며 내려오는 관리인을 돌아보았으나 관리
인은 입을 꽉 다문 채 초조한 표정으로 내 시선을 피했다.

"어떻게 이런 일이⋯⋯" 내가 말했다.

"자 일단, 시체 반출이나 도우라고. 보수는 자네가 직접 사무실과 교
섭하도록 하고." 조교수가 말했다.

"저는 애초에 오후 6시까지 일하는 것으로 약속이 되어 있었는데요.
초과 수당은 나오나요?"

조교수는 그 말에는 대답도 없이 재빨리 마스크를 쓰더니 시체처리
실 입구의 스위치를 눌렀다. 전등 불빛 아래 드러난 새로운 수조에 떠
있는 사자들의 피부에서는 팽팽하던 기운이 사라지고 부석부석하게
부어 있었다. 그리고 천창의 광선으로 볼 때보다 훨씬 추하고 낯설었
다.

조교수가 수조로 다가가 몸을 구부리고 말했다. "이런, 이것 좀 봐.
새로운 알코올 용액이 완전히 변색되어 버렸잖아."

돌아보니 그의 얼굴은 화가 나서 붉으락푸르락했다. 그러고는 입을
다물고 있는 관리인을 향해 거칠게 소리를 질렀다.

"이봐, 책임은 당신한테 있는 거야! 이건 당신이 잘리느냐 마느냐 하
는 문제라고. 내일까지 다시 새로운 용액을 채워 넣을 수 있겠어? 만
약 제시간에 끝내지 못한다면 그건 전적으로 당신 책임이야. 용액 비

용도 만만치는 않을걸."

"이래 가지고는 새벽까지 작업을 끝내기 힘들겠는데." 잡역부 하나
가 말했다.

"어렵다니, 그런 소리를 하면 곤란하지." 펄쩍 뛰며 조교수가 말했
다. "내일 오전 중에 문부성에서 시찰단이 온단 말이오. 그때까지 양쪽
수조를 청소하고 용액을 채워 넣어야 한다고."

"책임지겠소." 목구멍을 쥐어짜 낸 듯한 낮은 목소리로 관리인이 말
했다. "책임지면 될 것 아니오?"

"아, 그래요?" 조교수가 한층 빈정거리는 소리로 어깨를 치켜세우며
대꾸했다.

우리는 어쩔 수 없이 작업복을 입고 고무장갑을 끼고 시체 운반을
시작했다. 두 명씩 짝지어 시체를 들어 올려 복도로 운반한 다음 의과
대학 해부학 강의실로 통하는 엘리베이터로 끌어 올려서 시체 적출
구에 대기하고 있는 소각장 트럭의 적재함에 실었다. 트럭에서는 다
른 잡역부들이 일을 도왔지만 작업은 매우 힘들고 어려워서 금방 숨
이 턱까지 차오르고 온몸이 땀으로 범벅 되었다. 게다가 안개처럼 가
늘어지기는 했지만 비가 쉬지 않고 계속 내려서 트럭에 시체를 옮기
기 위해 시체 적출구에서 밖으로 내민 내 목덜미와 얼굴을 적셨다. 트
럭 적재함에 시체를 쌓는 일이 생각처럼 쉽지 않아 잡역부들은 손이
미끄러져서 사자 한 명을 바닥으로 쓰러뜨렸다.

"조심스럽게 잘 다루란 말이야." 관리인은 분통이 터지는지 말소리
마저 떨려 나왔다.

"이것들은 아주 팔자가 늘어졌군." 잡역부 하나가 중얼거렸다.

밤이 깊어지고 우리는 상당히 열심히 일을 했는데도 작업은 별 진

전이 없었다. 관리인이 해부대에 걸터앉아 팔짱을 끼고 언짢은 얼굴로 우리의 작업을 지켜보고 있는 조교수에게 주저주저하며 비굴하게 말했다.

"병원 쪽에 전화해서 잡역부를 몇 명 더 지원받으면 어떨까요? 이 인원으로는 도저히 다 못 합니다."

"당신이 전화해." 조교수가 말했다. "이 방의 작업은 당신 책임이잖아."

관리인은 불끈한 모양이었지만 소심하게 어깨를 움츠리고 사무실을 향해 계단을 올라갔다.

그사이 나는 조교수가 나와 짝을 이루어 작업할 생각이 전혀 없음을 깨닫고 여학생이 누워 있는 방을 향해 계단을 뛰어올라 갔다.

문을 여니 간호사는 없고 긴 의자에 담요로 몸을 감싼 여학생이 조그맣게 옆으로 웅크리고 누워 있다가 나를 돌아보았다.

"좀 어때?" 내가 물었다.

"아직 모르겠어. 의사들이 모두 정신없이 바쁘다나 봐. 내일 문부성에서 누가 오기 때문이라지" 하고 여학생은 얼굴을 찡그리며 말했다. "간호사가 병원으로 갔어. 아픈 건 좀 가라앉았는데 일어나질 못하겠어."

"계속 혼자 있었던 거야?"

"뭐, 하는 수 없잖아."

나는 소파 옆으로 나무 의자를 끌어다 놓고 앉으며 말했다.

"사무실에서 착오가 있었던 모양이야. 낮 시간에 우리가 했던 작업은 쓸데없는 짓이었던 것 같아. 병원에서 잡역부가 와서 시체를 전부 밖으로 옮기고 있어."

"어떻게 한대?"

"화장시킨대."

"그럼," 여학생이 너무나 힘이 없는 목소리로 말했다. "우리가 새로운 수조로 옮기고 번호표 새로 달고 했던 것들이 전부 괜한 짓이었다는 거네."

"말이 안 되는 이야기지."

여학생이 몸을 비틀며 작은 소리로 웃자 웃음소리는 작고 긴 방의 벽에 부딪혀 짧은 반향을 일으켰다. 나도 웃었지만 웃음은 목구멍 근처에서 눌어붙어 소리가 되지는 못했다. 나는 여학생 몸에서 흘러내린 담요를 고쳐 덮어 주었다. 여학생의 몸은 내 팔 안에서 꿈틀꿈틀 경련을 일으켰다. 웃음이 여학생의 피부 아래서 숨죽이고 돌아다니는 것 같았다.

"나는 장부에 기재까지 했는데. 새로운 번호와 옛날 번호를 선으로 나란히 이어 가며."

그리고 여학생은 다시 얼굴이 새빨개지도록 웃더니 금방 웃음을 그쳤다.

나는 자리에서 일어나며 말했다. "새벽까지 시체를 모두 트럭에 실을 수 있을지도 모르겠고, 우리 보수도 어떻게 되는지 확실히 몰라."

여학생의 어깨가 움츠러들고 추위로 얼굴이 오스스해졌다. 이미 거기에서는 웃음기가 자취를 감추고 있었다.

"너 냄새난다." 여학생이 급하게 말하더니 얼굴을 돌렸다. "냄새가 너무 지독해."

나는 완고한 자세로 천장을 올려다보는 여학생의 두툼하고도 살짝 때가 낀 목을 내려다보며 '너는 냄새 안 나는 줄 알아?' 하는 말을 겨우 참았다.

여학생은 너무 늙어 보였고 피곤에 지친 표정은 마치 병든 새 같았다. 내 표정도 저렇겠지 생각하니 몹시 기분이 안 좋았다.

"나가. 냄새가 너무 역하단 말이야." 여학생이 말했다.

나는 땀에 젖었던 몸이 완전히 식은 걸 깨닫고 작업복 옷깃을 목덜미까지 바짝 세우고 밖으로 나왔다.

해부학 강의실 앞에서 몸을 숙이고 급하게 올라오던 관리인과 마주쳤다. 관리인은 내게 바짝 다가오더니 힘없는 목소리로 말했다.

"시간 외라서 잡역부는 보내 줄 수가 없다네. 이 인원수로는 오늘 밤 안에 다 끝내기는 어렵겠어."

"할 수 없잖아요." 내가 말했다.

"자네는 애초 사무실에서 작업에 대한 설명을 한 게 내가 아니고 사무실 남자라는 걸 기억하고 있지. 잘 기억해 둬."

나는 애매하게 고개를 끄덕이고는 내 어깨에 얹힌 관리인의 무거운 손을 떼어 내고 해부학 강의실로 들어가 시체 적출구로 갔다.

어두운 구멍을 통해 트럭에 겹겹이 쌓인 수많은 사자의 발바닥이 하얗게 드러나 보여서 무척이나 낯설었다. 나는 눈을 똑바로 뜨고 잘 보았지만 어두워서 사자의 엄지발가락에 매어 놓았던 나무 표찰이 보이지 않았다.

엘리베이터가 낮은 회전음을 내며 천천히 올라오자 잡역부들이 시체를 날랐다. 그들은 적출구에서 마치 상자를 내보내는 것처럼 시체를 밀어내고, 빛이 닿지 않는 어두운 공간에서 건장한 팔뚝이 그것을 받아 트럭 적재함에 하나씩 억지로 밀어 넣었다. 사자는 조금 몸을 움직여 발바닥을 부채꼴로 벌리고 제자리를 잡았다.

"어이, 게으름 피우지 마." 잡역부 한 사람이 내게 말했다.

"뭐?" 트럭 적재함 아래서 화가 난 목소리가 들려왔다.

나는 복도로 나왔다.

오늘 밤 계속 일을 하게 되겠지 하는 생각이 들었다. 그것은 너무 괴롭고 힘든 일이었다. 게다가 보수를 받기 위해서는 직접 사무실과 담판을 지어야 한다. 나는 서둘러 계단을 뛰어내려 갔다. 그러나 부풀 대로 부풀어 오른 감정은 억지로 삼킬 때마다 다시 집요하게 내 목을 거슬러 올라왔다.

남의 다리
他人の足

　　우리는 점액질의 두꺼운 벽 안에서 아주 평화롭게 살고 있었다. 우리의 생활은 외부로부터 완전히 차단된 조금 이상한 감금 상태이긴 하지만 우리는 결코 탈주를 꾀한다든지 외부 소식을 알고 싶어 안달하지 않았다. 우리에게 외부는 없는 것이나 마찬가지였다. 그 정도로 벽 안에서 충실하고 밝게 살아가고 있었다.

　　그 두꺼운 벽에 손을 대 본 적이 있는 것은 아니다. 그러나 벽은 견고하게 우리를 감금하고 있었다. 그것만은 확실했다. 우리는 일종의 강제수용소에 갇힌 셈이었지만 그 점액질의 투명한 벽에 깊은 금을 내고 도망치려는 생각 따위는 결코 하지 않았다.

　　그곳은 바닷가 근처 고원에 지어진 척추결핵 환자 요양소의 미성년자 병동이었다. 열여섯 살인 내가 가장 연장자고 그다음은 열다섯 살짜리 유일한 여자애가 하나, 나머지 환자는 다섯 명 모두 열네 살이었다. 우리 병동은 개인 병실과 선룸으로 되어 있었는데 우리는 두 사람씩 한 방에 배치받아 밤에는 거기서 자고 낮에는 커다란 선룸에서 침대식 의자를 나란히 하고 일광욕을 했다. 우리는 모두 온순한 아이들이었다. 조그만 소리로 속삭이거나 킥킥거리고 때로는 침묵 속에서 우리의 조그만 몸뚱이를 갈색으로 태웠다. 가끔 큰 소리로 간호사에게 변기를 가져다 달라고 부탁하는 일 외에는 길고 단조로운 시간을 말없이 견디고 있었다.

우리 대부분은 장래에 다시 걸을 수 있다는 희망을 가지고 있지 않았다. 아마도 원장은 그런 이유에서 우리를 성인 병동과는 넓은 잔디밭을 사이에 둔 독립된 병동으로 모아 놓고 특수한 사회적 모형을 만들어 주겠다는 의도를 가졌던 듯한데, 그것은 상당한 성공을 거두고 있었다. 그때도 열네 살짜리 소년 하나가 복잡한 방법으로 자살을 시도했다가 실패한 후 선룸 구석에서 완강하게 침묵을 지키고 있다는 것 외에는 모두들 쾌적하게 지내고 있었다.

게다가 우리는 쾌락적인 혜택까지 입고 있었다. 그것은 우리를 담당한 간호사들이 시트나 속옷이 더러워지는 걸 우려하여 혹은 그녀들의 사소한 호기심에서 그리고 무엇보다도 지금까지의 습관에 따라 우리에게 간단한 쾌락을 안겨 주었기 때문이었다. 우리 중에는 가끔 낮 시간에도 간호사에게 바퀴 달린 침대식 의자를 밀게 해서 개인 병실로 돌아갔다가는 20분 정도 지난 다음 얼굴에 홍조를 띤 간호사를 거느리고 우쭐거리는 표정이 되어 돌아오는 녀석도 있었다. 우리는 킥킥 소리 죽여 웃으며 녀석을 맞이하곤 했다.

우리는 시간에 쫓기는 일도 없이 느긋하게 쾌락이 넘치는 생활을 하고 있었다. 그러나 그 친구가 들어오고 난 후 모든 것이 조금씩 그러나 매우 집요하게 변하면서 '외부'라는 것이 머리를 쳐들기 시작했다.

어느 오월 아침, 그 친구는 양쪽 다리에 엄청난 깁스를 한 채 선룸에 나타났다. 모두들 그를 의식적으로 무시하고 여느 때와 마찬가지로 조그만 소리로 대화하거나 킥킥거렸는데 그는 그 방의 분위기를 상당히 거북해하는 눈치였다. 그는 조금 망설이더니 침대식 의자와 나란히 있던 나에게 말을 걸었다.

"나는 대학에 진학할 예정이었는데……" 그는 낮고도 조용한 소리로 말했다. "두 다리를 다치고 말았어요. 3주 후에 깁스를 풀어 봐야 알겠지만, 의사 말로는 가망이 없을 거라는군요."

나는 무덤덤하게 고개를 끄덕였다. 나도 물론 그렇지만 이 병동의 어린 환자들은 서로의 병에 대한 이야기라면 물릴 대로 물린 상태였다.

"그쪽은 어때요?" 학생은 나를 들여다보려고 어깨를 올리며 말했다. "중증 결핵이에요?"

"뭐하러 내 병까지 기억하겠어?" 내가 대답했다. "내가 기억하지 않아도 평생 병원이 나를 버리는 일은 없을 텐데."

"참을성 있게 치료를 받아야지." 내 침대식 의자에 기대고 있던 간호사가 말했다. "그런 무책임한 소리 하지 말고 인내심을 가져 봐."

"흥, 나는 인내심이 없을지 모르지만 내 다리는 엄청나게 훌륭한 인내심을 가지고 있거든."

"내가 말을 걸어서 불쾌했습니까?" 학생이 목에 걸린 소리로 물었다.

"응?" 나는 놀라 되물었다.

"내가 아직 뭘 잘 몰라서."

"너희 둘, 친하게 지내도록 하렴." 간호사가 말했다. "오늘 밤부터 둘이 같은 방을 쓰게 될 거니까. 다른 애들은 다 어리잖아."

소년 하나가 침대식 의자에 달린 커다란 바퀴를 굴려서 학생에게 다가오더니 물었다.

"형, 내 혈액 검사표 봤어?"

"아니." 학생이 당황하며 대답했다.

"입구 문에 붙어 있는데." 소년은 진지한 척하는 목소리로 말했다. "나는 여섯 종류의 검사를 받았는데 모두 음성이야. 방 안에서 침대식 의자에 올라타는 걸로는 성병에 걸릴 일은 없을 거라며 의사가 아주 실망하더라고."

늘 그런 식으로 되풀이되는 농담에 모두들 킥킥거리고 간호사도 낄낄거리는 소리를 내며 웃었지만 학생은 얼굴을 붉히고 입술을 깨문 채 아무 말도 하지 않았다.

소년은 바퀴를 굴려 친구들이 있는 곳으로 돌아가면서 들으라는 듯이 말했다.

"이상한 놈이야, 웃지를 않아."

다시 킥킥거리는 소리가 한차례 나고 소년은 일부러 시무룩한 표정을 지어 보였다.

나는 밤에는 학생과 방을 같이 써야 한다는 게 몹시 내키지 않았다. 그날 오후 학생은 아무 말도 하지 않고 혼자 골똘히 생각에 잠겼고, 저녁 식사 후 같은 병실로 옮겨지기까지 나는 평상시처럼 멍하니 잔디밭에 떨어지는 석양빛이 만드는 그림자 쪽으로 눈길을 주고는 있었지만 마음속으로는 학생에게 계속 신경이 쓰였다.

간호사가 시트를 씌운 담요로 나를 감싼 다음, 학생의 침대 옆으로 밀고 갔다. 갈색으로 물들인 간호사의 흔들리는 머리카락 사이로 하얗게 부풀어 오르는 학생의 아랫배가 보였다. 하품이 목구멍 속에서 조그만 배처럼 뭉쳐 좀처럼 밖으로 나오지 않았다.

"하지 마!" 학생이 격하게 소리쳤다. "하지 말라고!"

학생은 수치심으로 얼굴을 부풀리며 으르렁거렸다. 그 아랫배에서 얼굴을 든 간호사는 젖어 축축한 입술을 둥글게 오므리면서 어리둥절한 표정으로 말했다.

"나는 학생의 몸을 언제나 깨끗한 상태로 만들어 두려는 거야. 지금 처리해 두면 속옷도 버리지 않고 좋은데."

학생은 씩씩거리며 잠자코 간호사를 노려보았다.

"봐, 이것 보렴. 자." 간호사는 학생의 아랫배를 내려다보며 말했다. "솔직하지 못하네."

"제발 시트를 덮어 줘." 굴욕감으로 쉬어 버린 목소리로 학생이 말했다.

간호사가 대야에 수건을 담아 방에서 나가자 그는 소리를 죽여 울기 시작했다. 나는 목구멍 속에서 스멀스멀 기어오르는 조그만 벌레 같은 웃음을 신경 써서 억누르고 있었다. 한참이 지난 후에 학생이 애매한 소리로 말했다.

"야, 너 안 자지?"

"응." 나는 눈을 뜨고 대답했다.

"완전 개 취급을 받는군." 학생이 말했다. "어렸을 때 개를 발정시켜서 논 적이 있었는데 지금은 내가 그 꼴이다."

"무척이나 참담한 기분이겠지." 나는 학생 쪽으로 몸을 돌리며 대꾸했다.

"나한테 창피해할 필요 없어. 우리는 모두 간호사에게 그런 서비스를 받고 있거든."

"그런 일을 하면 안 돼." 학생이 말했다. "나는 그런 습관은 용납할 수 없어."

"글쎄……" 내가 말했다.

"너희도 그런 일을 그냥 참고 있으면 안 되는 거야." 학생이 열을 올리며 말했다. "내일 선룸에서 이 일에 대해 모두와 이야기를 하겠어. 우리의 생활을 개량시켜 나갈 의지를 가져야 돼. 나는 선룸 분위기도 못 참겠어."

"정당이라도 만들 기세군." 내가 말했다.

"만들 거야." 학생이 말했다. "나는 모두와 함께 이 요양소의 생활에 대해 생각하거나 국제 정세를 토론하는 모임을 만들 거야. 그리고 전쟁의 위협에 대해서도 같이 이야기해야겠지."

"전쟁이라고?" 나는 놀라서 말했다. "그런 건 우리와는 관계가 없는 일이잖아."

"관계가 없다니?" 학생이 놀란 목소리를 냈다. "나와 같은 세대의 청년이 그런 말을 할 줄은 몰랐어."

그래, 이 남자는 외부에서 들어왔다. 두꺼운 점액질로 된 벽의 외부에서…… 나는 생각했다. 그리고 몸 주위에 외부의 공기를 온통 휘감고 있다.

"나는 이 자세 그대로 몇십 년쯤 살다가 죽게 될 거야." 내가 말했다. "누가 내 손에 총을 쥐여 주겠어? 전쟁은 축구를 할 수 있는 놈들이나 하는 일이지."

"그럴 리가 없잖아." 학생이 벌컥 화를 내며 내 말을 잘랐다. "우리에게도 발언권은 있는 거야. 우리도 평화를 위해 들고일어나야만 해."

"다리가 움직여야 말이지." 내가 말했다. "들고일어나고 싶어도 말이야. 우리는 이 병동으로 표류해서 온 조난자들이야. 바다 너머의 일은 몰라."

"그건 너무 무책임한 생각이야." 학생이 말했다. "우리야말로 손을 마주 잡고 하나의 힘이 될 필요가 있는 거야. 그래서 병원 밖의 운동과 호응하는 거지."

"나는 아무하고도 손을 잡지 않을 거야." 내가 말했다. "나는 서서 걸어 다닐 수 있는 남자들과는 아무 관계도 없는 사람이고. 그리고 나처럼 걷지도 못하고 누워 있는 녀석들, 그들은 나와 동류지. 집요하게 서로 몸을 비비적대고, 표정도 같고 못된 짓도 똑같이 하거든. 나는 그들과 손잡는 것도 사양하겠어.

끼리끼리 모여 무얼 하겠어. 우리는 이미 한 덩어리인데.

비천한 것들의 단결이고 건강치 못한 자들의 상부상조일 뿐이잖아." 나는 분노로 목울대를 벌렁거리며 말했다. "나는 그런 비참한 짓은 절대 하지 않을 거야."

학생은 못마땅한 표정을 지었으나 나의 서슬에 눌려 입을 다물었다. 나는 침대 한쪽 구석에 간호사 몰래 감춰 두었던 수면제를 꺼내 재빨리 삼키고 눈을 감았다. 가슴이 몹시 쿵쾅거렸다. 간호사가 들어와 언제나처럼 비둘기 같은 입속 웃음을 머금고 내 아랫배에 손을 집어넣었지만 나는 비몽사몽간에 그것을 거절했다. 저 자식이 자기의 욕망을 억제하고 있는 한 나 역시 견뎌야 한다. 어디 지켜보겠어. 나는 그런 생각을 하며 간호사가 불을 끄고 나가자 부드러운 점토층에 구멍을 뚫고 들어가는 것처럼 잠 속으로 파고들어 갔다.

다음 날 아침부터 학생은 자기 나름의 운동을 시작했다. 그는 야유 섞인 냉담한 반응 속에서도 조금도 위축되지 않고 자기 주위에 있던 침대식 의자의 소년들에게 열심히 말을 걸었다. 그는 오전 시간 내내 침대식 의자에 달린 바퀴를 돌려 이리저리 이동하며 붙임성 있게 이야기를 계속했다. 점심 식사 후 간호사의 입에서 학생이 어젯밤에 늘 있는 작은 쾌락을 단호하게 거절했다는 이야기를 들은 소년들은 모두 키득거리며 학생에게 가벼운 흥미를 갖기 시작하는 것 같았다. 그러고는 조금씩 그의 주위로 모여들더니 저녁나절이 되자 소년들은 침대식 의자를 원형으로 만들고 학생과 이야기를 나누었다. 그중에는 언제나 꽃 가꾸기 책만 읽던 소녀 결핵 환자까지 더해져 있었다.

그러나 나는 학생을 피해 선룸 한구석에서 뭉그적거리면서 천장에 있는 얼룩이 낙타 머리를 닮았구나 하는 따위의 생각을 하며 바라보고 있었다. 나는 알 수 없는 고독감을 주체하지 못했던 거다. 어제까지 하루 종일 입을 다물고 있어도 마음이 즐겁고 뿌듯하기만 했는데 오늘은 목이 타고 공연히 불뚝불뚝 낯선 감정이 올라왔다.

나는 학생 주위로 다가가지 않고 말없이 흡혈귀 책을 읽고 있는 옆의 자살 미수 소년에게 말을 걸었다.

"흡혈귀 무섭냐?"

소년은 눈 주위가 거뭇해진 야윈 얼굴을 천천히 돌려서 나를 바라보더니 고개를 주억거렸다. 다른 때 같으면 내 말을 못 들은 척하고 책을 계속 읽었을 터였다. 소년도 나처럼 학생 주위에서 조심스럽게 웃기도 하고 열심히 이야기하는 소년들의 모임이 신경 쓰이는 모양이었다.

"그래 무서울 거야. 피를 빨리는 동안에도 아무런 자각 증상이 없다니 두려운 일이지."

"흡혈귀 전설에도 여러 가지가 있어." 소년은 한참이나 생각하더니 기묘하게 쉰 목소리로 대꾸했다.

"흡혈귀라도 나타났으면 하고 창문을 열어 놓고 잔 적도 있었지." 내가 말했다. "아기 팔뚝처럼 시들어 버린 내 다리를 거대한 흡혈귀가 쭉쭉 빨아 먹는다 생각하니 너무 재미있고, 또 무서워서 온몸이 갈가리 찢어지는 것 같더군."

나는 킥킥거렸지만 소년은 웃지 않았다. 돌아보니 소년은 입술을 꽉 깨물고 있었다. 힘없이 침대식 의자에 등과 머리를 쓰러뜨리자 삐거덕대는 소리가 났다. 학생과 소년들은 가끔씩 웃음을 터뜨렸다. 그리고 그 웃음은 평상시의 킥킥거리던 비열한 웃음과는 어딘지 모르게 달랐다. 저 자식, 아니 저 자식들이 아주 잘 어울리고 있잖아. 쓰라린 기분이 들었다.

"정당은 잘되냐?" 그날 밤 개인 병실로 돌아온 후에 나는 학생에게 물었다.

"모두 내 이야기를 아주 잘 들어 주고 있어." 학생은 진지하게 말했다. "모두의 생활이 바뀔 거야. 반드시 그렇게 될 거야."

"아예 선거도 하지그래?" 내가 말했다. "원무실에서는 스피커도 빌려주던데."

"너도 같이 하자." 학생은 화도 내지 않고 말했다.

나는 침대 속에서 몸을 움직였다. 아랫배와 허리 관절 바로 아래 피부가 근질거리며 아팠다. 허리와 아랫배를 빡빡 긁으며 나는 학생의 말을 반추해 보았다. 참 끈질긴 자식이네. 나까지 끌어들이려 하다니.

"결국 여기서 우리가 회복해야 할 건 정상적인 감각이야." 학생이 말했다. "우리도 정상적인 인간이라는 확신이라고. 그렇게 되면 여러 가지 일들에 비정상적인 반응을 하지 않게 될 거야."

"우리는 이미 정상이 아니잖아." 내가 말했다.

"정상이라고 생각하면 되는 거야."

"그건 기만이야."

"나는 그렇게 생각하지 않아. 스스로 정상이라고 생각하면 모두에게 일상의 자부심이 돌아올 거야. 그러면 생활도 정돈될 거고."

간호사 둘이 변기를 들고 들어왔다. 갈색 머리의 간호사가 나를 가볍게 안아 올려 변기에 앉혀 주었다. 내 오줌 냄새가 물씬 올라와 코를 찔렀다. 키가 작은 간호사는 홀딱 벗은 학생의 엉덩이를 조그만 손으로 받치고 그 아래를 주의 깊게 지켜보았다.

"참 대단한 일상의 자부심이구나." 내가 말했다.

학생은 변기에 걸터앉은 채 벌게진 얼굴을 억지로 내 쪽으로 돌리며 말했다.

"그래, 자부심을 회복하는 게 가장 시급한 문제야."

"아유, 정말, 옆으로 새잖아." 학생의 간호사가 짜증을 냈다.

간호사는 나를 침대로 옮겼다. 나는 힘을 주느라 콧구멍이 벌렁거리는 간호사를 보며 킥킥 웃었다.

다음 날, 자살 미수 소년은 면회 온 부모를 만나러 일반 병동으로 실려 가고 나는 혼자서 방 한구석에서 뭉그적거리며 학생의 집회를 지켜보았다. 학생은 간호사에게 일간지를 몇 종류 사 오게 해서는 자기 주위에 모인 결핵 소년들에게 해설을 곁들여 읽어 주었다. 신문보다

소설이 재미있고, 외설적인 공상이 더 재미있다는 이유로 우리는 신문 따위는 읽지 않았다. 매일 교통사고 사망자 수가 나와 있는 신문, 그게 우리하고 무슨 관계가 있단 말인가. 그러나 지금 학생 주위에 모인 소년들은 입을 헤벌리고 열심히 듣고 있다. 소련의 대학 제도에 대해 자세하게 설명하는 학생의 상기된 목소리가 나의 신경을 긁었다. 이 병동에 있는 유일한 소녀가 자상한 오빠를 바라보는 여동생 같은 눈을 하고 잘도 나불대는 학생의 입술을 지켜보며 한 손을 학생의 침대식 의자에 올리고 있는 것도 무척이나 눈에 거슬렸다.

낮잠에서 깨어난 나는 천장을 바라보고 멍하니 누워, 얕은 잠에서 깬 다음에 오는 이상하게 열이 오르고 근지러운 감각에 한동안 시달렸다. 옆에는 소년이 면회를 마치고 돌아와 있었다. 간호사가 똑같은 말을 단조로운 어조로 집요하게 되풀이했다.

"있잖아, 용기를 내야지. 그리고 수술을 받아. 엄마가 울면서 부탁하시잖아. 남자답게 용기를 내야지."

"싫어. 안 받을 거야." 소년이 고집스럽게 말했다. "어차피 걷지도 못할 건데. 수술이 잘되어서 혹시 걷거나 뛸 수 있게 된다고 해 봤자 나는 평생 땅꼬마 신세를 면치 못할 거야. 수술이라면 정말 지겨워."

"그래도 용기를 내야지. 병은 반드시 고쳐야 하는 거야. 너는 걸어야 돼. 인간은 걸을 수 있도록 만들어졌다고. 그러니까 용기를 내렴."

"난 싫어. 수술해도 나을지 어떨지 모른다고 의사도 그랬잖아."

"나으면 자전거도 탈 수 있어. 응? 용기를 내야지."

"어이." 나는 고개를 들고 간호사에게 말했다. "좀 내버려 둬."

간호사는 소년의 침대식 의자에서 몸을 일으키더니 피로와 적의를 담은 눈으로 나를 쳐다보았다. 소년은 내 말은 못 들은 척하고 뜨거운 시선으로 학생들의 모임을 응시했다.

　그날 밤, 만족스러운 표정으로 학생이 말했다.

　"나는 오늘 아시아의 민주주의 국가가 세계의 움직임에 있어 어떤 의미를 갖는가를 중심으로 설명했어. 아무도 마오쩌둥을 모르다니 참…… 나는 우리 모임의 이름을 '세계를 아는 모임'이라고 할까 해. 집에서 여러 가지 자료를 가져올 거야."

　"어지간히 열심이네." 나는 일부러 더 냉담하게 말했다. "왜? 다 같이 사회주의 국가의 신체장애자 갱생 연구라도 하지그래."

　"아!" 학생은 눈빛을 반짝이며 말했다. "그런 특집을 몇몇 잡지에서 읽은 적이 있어. 내일 아침에는 그 이야기도 해 봐야겠다."

　이 친구는 원래 이렇게 단순한가? 아니면 나를 약 올리려고 일부러 단순한 척하는 건가. 내가 하는 모든 말은 그가 온몸에 두르고 있는 무신경함이란 갑주에 부딪혀 그대로 퉁겨져 나왔다. 나는 종일 긴장한 사람처럼 스스로가 몹시 지쳐 있음을 느꼈다.

　학생을 중심으로 한 모임은 매우 순조롭게 성장하는 듯했다. 소년들이 너무나도 순순히 학생의 영향권으로 들어갔다는 게 무척이나 초조했고 허탈했다. 학생이 들어와서 일주일 정도가 지나자 선룸의 공기는 이전과는 완전히 다르게 변했다. 그곳에서는 수군거리는 소리나 외설스러운 웃음소리는 더 이상 들려오지 않았다. 때때로 선룸은 환한 웃음소리로 가득 찼다. 간호사들도 가끔씩 학생들의 모임에 참가했고, 원장이 그 분위기를 기뻐하며 학생들을 위해 정기간행물 몇 종류를 예약해 주기도 했다. 그리고 중요한 건 모두가 예전에 간호사들에게 받았던 위생적인 쾌락, 일상적인 작은 쾌락을 버렸다는 것이다. 간호사들이 흘리는 이야기 속에서 나는 그 사실을 확인할 수 있었다.

그리고 그 점에 관해서라면 나 자신도 소년들과 마찬가지의 변화를 겪고 있다는 것에 뭔가 초조한 마음을 버릴 수 없었다.

이 변화에 대해서 학생은 자신들의 병동을 비정상적인 작은 사회로 굳게 믿고 있던 결핵 환자 소년들이 학생의 단순한 행위를 통해 자신들도 결코 비정상적인 작은 사회에서 살고 있는 게 아니라는 것을 깨달았기 때문이라고 했다.

그리고 학생은 사람 좋아 보이는 조그만 눈을 반짝반짝 빛내며 덧붙였다. "누구나 다 정상적인 생활에 매력을 느끼게 마련이고 그러면 자연히 자부심도 회복되는 거야. 그렇지 않다면 어떻게 사회가 성립되겠어. 너도 어서 우리 모임에 들어와."

그러나 나와 자살 미수 소년은 그의 모임에 들어가지 않고 고립을 고수했다. 소년은 선룸 구석에서 언제나 그들을 지켜보면서도 학생이 부르기라도 하면 금방 쌀쌀맞게 변해서는 무표정하게 자신의 껍질 속으로 숨어들어 가 못 들은 척했다. 그리고 종일토록 간호사들에게 붙들려 수술받으라는 소리를 들었다. 간호사들도 처음의 열성적인 태도는 어디론가 사라져 버리고 타성적으로 같은 말을 반복해서 소년의 귀에다 대고 속삭이는 것에 지나지 않았지만 그 목소리에는 여전히 뿌리 깊은 집요함이 남아 있었다.

"치료 가능성이 있는 건 너밖에 없어. 얼른 수술받고 걸어 다녀야지. 용기를 내. 한번 해 보는 거야. 손해 볼 것 없잖니."

그러던 중 나는 미열이 나기 시작했다. 원장은 내가 최근 신경이 예민해져서 그렇다고 진단하고 낮 시간에도 개인 병실에 남아 있어도 좋다는 허락을 내렸다. 나는 낮 시간 동안 내내 어두운 개인 병실에서 몇 가지 수학 문제를 풀며 시간을 죽였다. 그러나 선룸에서 웃음소리가 들려올 때마다 증명의 실마리를 놓쳐 버리고 문제를 처음부터 다시 풀어야 했다.

학생이 병동에 오고 나서 3주가 되던 날 간호사 두 명에게 이끌려 별관 진료실에 갔다가 오후가 되자 깁스를 그대로 단 채 개인 병실로 돌아왔다. 학생은 나에게도 간호사에게도 아무 말 하지 않고 입을 꾹 다물고는 죽 침대에 누워 있었지만 잠이 든 것도 아닌지 가끔씩 몸을 뒤척였다. 나는 학생에게 슬며시 말을 걸고 싶은 걸 억지로 참고 있었다.

"난 이제 그른 것 같아." 저녁 식사 후 학생이 피곤에 절어 눈가가 거뭇해진 얼굴로 말했다. "내 두 다리는 역시 더 이상 쓸 수 없을 거라고 의사가 말하더군."

나는 잠자코 고개를 주억거리며 유리창 너머 숲 위로 아득하게 퍼져 가는 밤하늘을 바라보았다. 그것은 물이 가득한 운하 같았다.

"나는 이제 혼자서 거리를 걸을 수가 없어." 학생도 창문 너머의 밤하늘을 응시하며 말했다. "평생 프랑스 사람을 만나지도 못할 거야. 배를 타는 일도 수영하는 일도 없겠지."

나는 처음으로 학생에게 따뜻한 감정이 솟아오르는 것을 느꼈다.

"너무 실망하지 마. 우리는 분명 60살까지 잘 살 거야."

"60살!" 숨이 막히는 소리로 학생이 말했다. "이런 불안정한 갑갑한 자세로 앞으로 40년이나 더 산다고? 침대식 의자에 누워서 나는 서른이 되고 마흔이 된다."

학생은 이를 악물고 신음했다.

나도 마흔이 될 텐데 하고 생각했다. 마흔 살의 나는 분별 있는 얼굴을 하고 언제나 온화한 미소를 짓고 있겠지. 그리고 간호사들은 그때도 나를 안아 올려 변기에 앉혀 주겠지. 내 말라비틀어진 허벅지 피부는 기름기가 말라 버석거리고 기미가 잔뜩 끼어 있을 거야. 젠장, 참을성을 길러야겠군.

"하늘이 운하처럼 보이지 않아?" 내가 말했다. "커다란 배가 떠가는 것 같아. 검은 항적을 남기면서……"

"나는 모든 자유를 잃은 거야." 학생이 골똘한 생각 끝에 중얼거렸다.

풍성한 색깔을 지닌 멋진 자유가 운하를 거슬러 올라가는 배처럼 떠나가는구나 하고 혼자 생각했다.

다음 날 아침, 우리는 서로 어색해했다. 학생은 내 앞에서 약한 소리를 한 게 무척이나 수치스러운 모양이었다. 학생은 그날부터 자신의 모임 활동에 더욱 열을 올렸다. 그리고 더 이상 나에게 자기 그룹에 들어오라는 소리를 하지 않았다. 나는 나대로 혼자서 병실에서 지내는 바람에 그들의 동정을 자세히 알 수는 없었지만 가끔 간호사들에게 슬쩍 물어본 바로는 그들은 새로운 운동을 시작했고, 그것은 원자폭탄 금지를 위한 성명문을 신문사에 보내는 일인 것 같았다. 밤에 개인 병실로 돌아와서도 학생은 나에게 말을 걸려고도 하지 않고 뾰족하게 깎은 연필로 부지런히 짧은 글을 쓰는 듯했지만 나는 일절 관심이 없는 척했다.

어느 날 아침, 선룸이 지나칠 정도로 떠들썩해지더니 감동에 벅찬 환성이 터지고 왁자한 웃음소리가 들려왔다. 나는 한참이나 자신을 억제하기 위한 헛된 노력을 한 다음, 간호사를 불러 몇 주 만에 침대식 의자에 실린 채 선룸으로 나갔다.

학생 주위에 모인 척추결핵 소년들은 넓게 펼쳐진 신문을 들여다보며 와자지껄 떠들었다. 나는 여전히 방구석에 고립된 소년 옆에 침대식 의자를 세우게 하고 가능한 한 평정을 가장하여 그들의 소동을 지켜보았다. 간호사들도 그들 뒤에서 신문을 들여다보며 감탄을 터뜨렸다. 학생이 흥분한 목소리로 그것을 되풀이해 읽었지만 나에게는 잘 들리지 않았다. 나는 소년의 옆에서 초조한 마음으로 귀를 기울였다.

나를 선룸으로 데려다주었던 간호사가 학생들 사이에서 돌아와서는 콜록거리면서 말했다.

"여기 이야기가 신문에 났어. 저 아이들이 보낸 편지가 아주 길게 났다니까. 애들 이름도 다 있네. 정확한 활자로."

그리고 간호사는 좌익 신문의 이름을 인상적일 정도로 또렷한 발음으로 말했다.

"바로 거기에 난 거야. 그 유명한 신문에 20센티미터나 났어. 핵무기에 항의하는 척추결핵 소년 소녀들이라고. 정말 대단하다."

그들 중 누군가가 큰 소리로 자살 미수 소년을 불렀다.

"야, 너도 이리 와 봐. 네 이름도 나왔어. 빨리 와 보라니까."

소년은 몸을 움찔하더니 낑낑대며 상반신을 일으켰다. 간호사가 뛰어와서 그의 침대식 의자를 밀고 갔다. 학생이 소년의 가냘픈 어깨를 다정하게 두드리자 일제히 터진 소년들의 웃음소리가 방 안을 가득 채웠다. 나는 시선을 돌렸다.

오후가 되자 자살 미수 소년은 학생들의 쾌활한 격려를 받으며 선룸을 나섰다. 수술받을 용기가 생긴 거구나 생각했다. 저 녀석들의 엉뚱한 소동도 나름대로 쓸모가 있네.

그러나 그날 밤 학생이 내게 조심스러운 목소리로 말을 걸자 나는 바로 다시 완고한 태도를 취했다. 그것만은 나도 어쩔 수 없었다.

"다 같이 문집을 만들어서 말이지," 학생이 말했다. "신문사나 외국 대사관에 보낼 생각이야. 테마는 핵무기 반대로 통일해서 말이지. 어쨌든 우리도 외부 사회와 연결되어 있다는 걸 모두가 깨달았다는 게 무척 기뻐."

"신문사에서 너희에 관한 기사를 실은 건 있지," 나는 가능한 한 냉정한 말투로 말했다. "너희가 척추결핵 환자이기 때문이야. 많은 사람들이 너희같이 연약한 장애인의 미소를 불쌍히 여기며 그걸 읽는 거야. 보라! 장애인도 이런 일을 생각하는데 하면서 말이지."

"너 혹시라도 애들 앞에서도 그따위 소리를 했다가는 내가 가만두지 않는다." 학생이 부들부들 떨며 말했다.

그러나 내가 한 말에 가장 절망적으로 화가 난 것은 바로 나 자신이었다. 그날 밤 소등 후에 간호사가 옆방의 소녀를 태운 침대식 의자를 우리 방으로 밀고 와 학생의 침대 옆에 나란히 세울 때도 나는 잠든 척하고 아무 소리를 내지 않았다.

"너무 기뻐서 잠이 안 와." 소녀가 조그만 소리로 학생에게 변명처럼 말했다. "오늘 밤에는 누구하고라도 이야기를 나누고 싶어. 우리에게도 힘이 있는 거지?"

둘은 오랫동안 작은 소리로 속삭였지만 나는 가능한 한 의식적으로 듣지 않으려 노력했다. 그러나 수면제를 꺼내기 위해 팔을 움직이지도 못하고 안절부절못하는 기분인 채 쥐 죽은 듯이 있어야만 했다. 새벽녘, 학생이 깁스를 버스럭거리며 상반신을 일으키더니 소녀에게 키스를 했다. 입술끼리 부딪치는 축축하고 부드러운 소리가 났다. 알 수 없는 달콤함과 가슴 깊은 곳에서 솟아오르는 분노에 온몸이 저렸다. 나는 아침까지 잠들지 못했다.

다음 날 아침 식사 후 학생은 침대식 의자에 실려 진료실로 갔다. 나는 점심때까지 얕은 잠을 잔 다음 두피 안에서 작은 벌레들이 기어 다니는 것 같은 수면 부족 증상 속에서 선룸으로 나갔다. 학생은 그때까지 돌아오지 않았고 너무나 환한 표정을 한 소녀를 둘러싸고 소년들이 작은 소리로 합창을 하고 있었다.

천장을 바라보고 누운 척추결핵 소년들의 노래는 높은 천장으로 올라갔다가는 부드러운 울림으로 돌아왔다. 나는 그 노랫소리를 들으며 깜빡깜빡 졸았다. 갑자기 노랫소리가 멈추고 주위가 쥐 죽은 듯이 조용해졌다. 나는 한없이 무거운 허리를 비틀어 상반신을 일으켜서 넓은 유리창 너머를 바라보았다.

활짝 열린 진료실 문 앞 푸르게 빛나는 잔디 위에서 학생이 겁쟁이 동물처럼 천천히 걸음마를 하고 있었다. 나는 가슴이 콱 조여 오는 걸 느꼈다. 학생은 잔디밭에 시선을 고정시킨 채 조심스럽게 30미터쯤 갔다가 되돌아왔다. 의사와 간호사가 전문가의 눈으로 그것을 지켜보고 있었다. 학생은 이마를 들고 보폭을 넓혀서 걸었다. 그의 활짝 벌어진 가슴으로 태양 빛, 오월의 눈부신 태양 빛이 쏟아져 내렸다.

박수 소리가 터져 나왔다. 소녀를 비롯한 척추결핵 소년들은 모두 행복해하며 힘껏 박수를 쳤다. 박수 소리는 유리창을 통과해서 퍼져 나갔지만 학생은 우리가 있는 병동 쪽으로 고개를 돌리지 않았다. 저 친구가 미안해서 저러는구나 생각했다. 목울대에서 울컥 감동이 올라왔다. 저 친구는 우리를 뒤덮고 있는 벽에 금을 내고 외부의 희망을 확실하게 회복시켜 주었어. 목이 타들어 갔다. 내 가슴속에서 작고도 잘생긴 희망의 싹이 돋아났다.

학생이 간호사의 가벼운 부축을 받으면서 진료실로 들어가고 환한

빛 속에서 문이 소리를 내며 닫히자 선룸은 한숨과 같은 긴 숨을 내뱉는 소리로 가득 찼다. 소년들은 정신없이 수다를 떨기 시작했다. 모두들 큰 소리를 내며 발작이라도 일으킬 듯이 웃고 떠들고 야단이 났다. 소녀는 자랑스러운 얼굴을 하고 끊임없이 고개를 끄덕였다. 나는 여전히 그들과는 떨어져서 혼자 있었지만 그들의 어깨를 두드리며 같이 떠들고 싶은 마음이 굴뚝같았다.

우리는 기다렸다. 그러나 학생은 좀처럼 돌아오지 않았다. 간호사가 점심 식사를 알렸지만 누구 하나 거기에 대답하지 않았다. 우리는 참을성 있게 기다렸다. 오후 2시가 가까워 배가 몹시 고팠지만 우리는 그대로 기다렸다. 소년들은 수다 떨기도 힘이 들었는지 지친 표정으로 침대식 의자에 몸을 누이고 그래도 열심히 기다렸다. 애타게 기다린다는 이 달콤한 괴로움은 몇 년이나 잊고 지내던 감정인가. 그동안 시간이라는 것에 죽 무관심했었는데 오늘은 이렇게 계속 시계를 올려다보고 있다.

이윽고 선룸의 문이 열리고 연한 하늘색 바지를 입은 학생이 돌아왔다. 출입문 손잡이를 잡은 채 서 있는 학생에게 기대에 가득 찬 수많은 시선이 몰렸다. 학생은 애매하고 굳은 표정을 하고 있었다. 왜 저러지? 뭔가 잘 안되나 보네. 후유증이라도 있는가 보다. 저럴 리가 없는데. 나는 무엇인가에 쫓기는 사람처럼 부지런히 머리를 굴렸다. 왜 저럴까. 저 친구는 우리에게 너무나 서먹서먹한 태도를 취하고 있다. 자기 다리로 설 수 있는 인간은 어째서 저렇게 비인간적으로 보이는 것일까. 이럴 리가 없는데.

학생은 마음속의 갈등을 밀어제치듯 가슴을 쑥 내밀며 어색하게 웃으면서 소년들에게 다가갔다.

소년 하나가 침대식 의자에서 손을 내밀면서 머뭇거리며 말했다.

"형, 다리 좀 만져 봐도 돼?"

비로소 안심했다는 듯한 웃음소리가 방 안으로 퍼졌다. 학생은 짐짓 쾌활하게 소년에게 몸을 기울였다. 소년은 처음에는 손가락으로 학생의 허벅지를 만지더니 천천히 두 손으로 다리를 감싸고 문지르기 시작했다. 소년은 집요하게 그 동작을 새롭게 되풀이했다. 소년은 눈을 감고 반쯤 벌어진 입으로 뜨거운 숨을 뱉었다.

학생이 갑자기 몸을 빼며 차가운 소리로 말했다.

"그만해. 그만하라고."

학생과 소년들 사이의 아슬아슬한 균형이 깨지며 산산조각으로 부서졌다. 척추결핵 소년들과 건강한 청년 사이는 심술궂은 냉담함으로 채워졌다. 학생은 당황하여 얼굴을 붉히고 소년들과 공통의 표정을 지으려고 노력하는 것 같았으나 누워 있는 소년들은 이미 그것을 받아들이려 하지 않았다. 학생은 모두에게 거부당한 채 자기 다리의 지탱을 받으며 가슴을 활짝 펴고 있었다.

"다카시!" 선룸 입구에 선 중년 여인이 거만한 얼굴로 우리를 둘러보며 그를 불렀다. "다카시, 얼른 오렴. 다카시!"

나는 그 여자가 학생과 똑 닮은 옆으로 떡 벌어진 사각 턱을 가지고 있는 것을 보았다. 학생은 입술을 일그러뜨리며 돌아서서 그대로 문으로 걸어갔다. 문을 닫으면서 학생이 뭔가 호소하는 눈으로 나를 바라보았지만 나는 냉정하게 고개를 돌렸다.

문이 닫히고 두꺼운 점액질 벽에 생겼던 금은 도로 붙어 버렸다. 모두 허탈하고 멍한 얼굴로 침묵을 지켰다. 간호사가 지나치게 늦어 버린 점심 식사를 가져오자 우리는 전혀 밥맛을 느끼지 못한 채 쩝쩝 소리를 내며 먹었다. 소녀는 식사를 마친 후 개인 병실로 돌아가 틀어박혀 버렸다. 오후는 길었다. 우리는 너무 지쳐 있었다. 잘 가꾸어진 잔디 위를 건물의 그림자가 점차 퍼져 가고 공기가 차가워져 갔다.

"어이." 나는 간호사를 불렀다. "어이, 나 개인 병실로 데려다줘."

내가 침대식 의자에 누워 복도로 나오자 선룸 안에서는 그 익숙하고 비열한 킥킥거리는 소리가 일어났다. 그것은 몇 주 동안 완전히 모습을 감추었던 소리였다. 나의 침대식 의자를 밀던 간호사가 내 귀에 대고 뜨거운 숨결로 말했다.

"오줌 마려워? 얼굴이 왜 그렇게 굳었어?"

결국 나는 그자를 감시해 냈다. 그리고 그자는 가짜였다. 그러나 솟아오르던 승리감은 금방 사라졌다. 퍼져 가는 어둠이 슬며시 몸을 기대 왔다. 개인 병실의 문이 닫히는 소리를 들으며 나는 말했다.

"나 청결하게 해 주고 싶지?"

"뭐?" 간호사가 물었다.

"속옷 더럽히게 하고 싶지 않잖아."

간호사는 당황한 표정으로 나를 바라보다가 상냥함과 관능이 뒤섞인 표정으로 바뀌었다.

"알았어" 하며 살짝 가쁜 호흡으로 간호사가 말했다. "알았다고. 요새 다들 조금 이상하다고 생각했어."

건조하고 차가운 간호사의 손이 거칠게 내 몸에 닿았다. 간호사는 만족스럽게 되풀이했다.

"왠지 이상하더라고. 요즘 죽."

사육

飼育

　나와 동생은 골짜기 아래쪽 우거진 덤불을 베어 내고 땅을 살짝 파서 만든 임시 화장터에서, 기름 냄새와 연기 냄새가 나는 보드라운 재를 나뭇가지로 헤쳤다. 골짜기 아래는 벌써 석양빛에 물들었고 숲에서 솟아오르는 샘물처럼 차가운 안개에 푹 싸여 있었지만, 골짜기로 기운 산 중턱의 자갈 깔린 길 양옆에 위치한 조그만 우리 마을에는 포도색 햇빛이 비스듬히 쏟아지고 있었다. 나는 구부렸던 허리를 펴고 맥없는 하품을 입안 가득 물었다. 동생도 따라 일어서더니 조그만 하품을 하고 나를 바라보며 히죽 웃었다.

　우리는 '채집'을 포기하고 여름풀이 우거진 풀밭으로 나뭇가지를 던져 버린 다음, 어깨동무를 하고 좁다란 마을 길을 걸어 올라갔다. 우리는 타다 남은 시체의 뼈 중에서 모양이 괜찮은 걸 주워다 가슴에 걸

메달 장식을 만들 생각으로 화장장까지 온 것이었다. 그러나 벌써 마을 녀석들이 싹 쓸어 간 뒤라, 빈손으로 돌아가는 길이었다. 하는 수 없이 친구 녀석 하나를 두드려 패고 빼앗아야 할 것 같았다. 나는 이틀 전, 거기서 시커멓게 둘러선 어른들의 허리 틈으로 엿보았던 광경이 떠올랐다. 작은 언덕처럼 볼록한 배를 드러낸 여자가 밝은 불꽃에 둘러싸인 채 누워 있었다. 더할 수 없이 슬퍼 보이던 얼굴을 생각하자 갑자기 등줄기가 오싹했다. 나는 동생의 가느다란 팔을 꽉 붙들고 발걸음을 서둘렀다. 풍뎅이를 꽉 쥐면 흘리는 끈끈한 분비물 냄새 같은 죽은 사람의 냄새가 다시 콧구멍에 들러붙는 것 같았다.

우리 마을이 이렇게 한데에서 화장을 하게 된 건 그해 여름이 시작되기 전의 기나긴 장마에 끈질기게 내리던 비로 연달아 홍수가 난 탓이었다. 산사태가 우리 마을에서 '읍내'로 가는 길인 구름다리마저 휩쓸어 가 버리는 바람에 우리가 다니는 분교도 폐쇄되고 우편 업무도 마비되었다. 마을의 어른들은 꼭 '읍내'를 나가야 하는 일이 생기면 산등성이로 이어진 좁다란 길을 걸어서 다녔다. 그러니 시체를 '읍내'의 화장장으로 옮긴다는 것은 엄두도 내지 못할 일이었다.

'읍내'와의 왕래가 완전히 끊어지고 말았지만 오랜 세월 동안 여전히 원시적인 형태에서 거의 벗어날 게 없는 생활을 이어 왔던 개척촌인 우리 마을로서는 특별히 문제 될 건 아무것도 없었다. '읍내' 사람들은 우리 마을 사람들이 더러운 동물이나 되는 양 싫어했고, 우리 역시 좁은 골짜기가 내려다보이는 비탈에 옹기종기 붙은 작은 마을 안에 일상의 모든 것을 다 갖추고 있었다. 더구나 여름을 맞이한 아이들에게 학교 따위야 문을 닫는 편이 훨씬 좋았다.

마을 입구 돌이 깔린 길이 시작되는 곳에 언청이 놈이 가슴에 강아지를 안고 나를 기다리고 있었다. 나는 동생의 어깨를 밀치고 늙은 살구나무의 짙은 그림자 속을 헤치며 언청이의 품에 있는 강아지를 들여다보러 뛰어갔다.

"어이!" 언청이가 팔을 흔들어 강아지를 으르렁거리게 했다. "보라고."

내 가슴팍으로 들이민 언청이의 팔은 온통 피딱지와 개털이 들러붙은 물린 상처로 가득했다. 언청이의 가슴과 짧고 굵은 목에도 물린 상처가 싹처럼 부풀어 올라 있었다.

"어떠냐?" 언청이가 자못 뻐기며 말했다.

"나하고 같이 가기로 한 약속을 어겼구나." 나는 분해서 터질 듯한 가슴으로 말했다. "너 혼자 갔어?"

"너 부르러 갔어." 언청이가 급히 대답했다. "네가 집에 없었잖아."

"물렸네." 승냥이처럼 사나운 눈으로 코를 벌름거리는 강아지를 손가락 끝으로 가볍게 건드리며 내가 말했다. "굴속에 기어들어 간 거야?"

"목을 물리면 큰일이니까, 가죽으로 목을 감고 갔더랬지" 하고 언청이는 엄청나게 으스댔다.

가죽을 목에 감아 완전무장을 한 언청이가 온몸을 들개에게 물려가며 마른풀과 관목으로 우거진 굴에서 들개 새끼를 품에 안고 나오는 광경이, 저물어 가는 보랏빛 산 중턱과 자갈길 위에 확실하게 보이는 듯했다.

"목만 안 물리면 괜찮거든." 언청이가 자신감에 찬 목소리로 말했다. "그리고 새끼들만 남게 되는 시간을 노렸지."

"그 녀석들이 골짜기를 달려가는 걸 봤어." 동생이 열에 들떠서 말했다. "어미가 새끼 다섯 마리를 데리고."

"아아." 언청이가 말했다. "언제?"

"점심때 좀 지나서."

"내가 바로 그때쯤 나갔지."

"자식, 하얀 게 아주 멋진데." 동생이 부러운 티를 안 내려고 애쓰며 말했다.

'얘네 어미가 승냥이와 교미를 한 거야'라는 의미의 말을 언청이는 외설스럽게 그러나 매우 실감 나는 사투리로 했다.

"와, 죽이네." 동생이 꿈꾸는 듯이 말했다.

"이제 나를 엄청나게 따라." 언청이는 자신감을 과장하며 떠들어 댔다. "이젠 들개들이 사는 곳으로는 돌아가지 않을걸."

나와 동생은 잠자코 있었다.

"자 보라고." 언청이는 그렇게 말하며 들개 새끼를 자갈길에 내려놓고 손을 떼어 보였다. "자."

그러나 우리는 강아지를 내려다보는 대신 좁은 골짜기를 덮고 있는 하늘을 올려다보았다. 믿을 수 없을 정도로 커다란 비행기가 무서운 속도로 하늘을 가로질렀다. 우리는 짧은 순간, 천지를 진동시키는 엄청난 소리에 꼴까닥 빠져 버렸다. 우리는 기름에 빠진 날벌레처럼 그 소리 속에서 손가락 하나 꼼짝 못 하고 서 있었다.

"적의 비행기다!" 언청이가 소리를 질렀다. "적들이 쳐들어왔다!"

우리는 하늘을 올려다보며, 목청이 터져라 소리를 질렀다. "적의 비행기……"

하지만 하늘에는 이미 석양에 빛나는 갈색의 구름 외에는 아무것도 떠 있지 않았다. 정신이 들고 보니, 언청이의 새끼 들개는 망망 하는 귀여운 소리로 짖으며 돌길을 구르듯이 달려가고 있었다. 새끼 들개는 곧 수풀 속으로 사라졌다. 언청이는 쫓아가려다 말고 멍하니 서 있었다. 동생과 나는 술 취한 사람처럼 배꼽을 잡고 웃었다. 언청이도 분해서 어쩔 줄 모르면서도 터져 나오는 웃음을 참지 못하고 낄낄댔다.

우리는 언청이와 헤어져 해가 진 하늘 아래 거대한 짐승처럼 웅크리고 있는 창고로 달려갔다. 아버지는 어두운 봉당에서 우리를 위한 저녁 준비를 하고 있었다.

"비행기 봤어!" 동생이 아버지의 등에 대고 소리를 질렀다. "무지하게 큰 적의 비행기!"

아버지는 끙 소리를 내며 돌아보았다. 나는 청소를 해 두려고 봉당 벽의 총걸이에서 아버지의 무거운 사냥총을 떼어 내어 동생과 팔짱을 끼고 어두운 계단을 올랐다.

"그 새끼 들개, 정말 아깝다." 내가 말했다.

"비행기도." 동생이 말했다.

우리는 마을 중앙에 있는 공동 창고 2층의, 옛날에 누에를 치던 좁은 방에서 살고 있다. 여기저기 썩어 들어간 두꺼운 널빤지로 된 바닥에 아버지가 거적과 담요를 깔고 눕고, 나와 동생이 누에를 올려놓던 나무틀 위에 널빤지를 겹쳐서 만든 침대에 들면, 아직도 생생한 악취를 풍기는 벽지의 얼룩을 남기고 천장에 드러난 들보에 썩은 뽕잎을 들러붙여 놓은 채 대군을 이루어 이동했던 누에들의 왕년의 거처는 인간들로 충만해진다.

우리는 가구라고 할 만한 건 아무것도 가지고 있지 않았다. 아버지의 사냥총이 총신은 물론이고 기름으로 번들대는 총대까지, 쏘면 손을 저릿하게 만드는 철로 변질된 것처럼 둔중하게 반짝이며 우리의 가난한 주거의 방향성을 나타낼 뿐이었다. 그대로 몸체를 드러낸 들보에 한 다발씩 묶어서 매달아 놓은 족제비 모피와 각종 덫. 아버지는 산토끼나 야생 조류 사냥을 했고, 눈 쌓인 겨울 동안은 멧돼지 사냥을 했다. 그리고 덫을 놓아 잡은 족제비의 가죽을 말려 '읍내' 사무소에 내다 팔아 생계를 꾸렸다.

나와 동생은 기름걸레로 총신에 광을 내며, 널판 문 사이로 내다보이는 어두운 하늘을 올려다보았다. 다시 한 번 그곳으로부터 비행기의 폭음이 들려오기나 할 것처럼. 그러나 마을의 상공을 비행기가 나는 것은 극히 드문 일이었다. 총을 벽의 나무틀에 걸고 우리는 침대에 벌러덩 누워 몸을 딱 붙인 채, 아버지가 어패류와 채소를 넣어 끓인 죽이 든 냄비를 가지고 올라오기를 기다리며 허기를 참고 있었다.

나와 동생은, 딱딱한 껍질과 두꺼운 과육으로 단단히 싸인 조그만 씨앗이었다. 너무 연하고 물러서, 조금이라도 바깥바람에 노출되면 금방 벗겨져 나갈 얇은 속껍질에 감싸인 푸른 씨앗이었다. 그리고 딱딱한 껍질의 바깥세상, 지붕에 올라가면 보이는 멀리 좁다랗게 반짝이는 바닷가, 굽이굽이 물결치는 산맥 너머의 도시에서는 오랫동안 계속되어 전설처럼 거대하고 약간은 머쓱해진 전쟁이 답답한 숨을 토해내고 있었다. 그러나 우리에게 있어서 전쟁이란, 마을 젊은이들의 부재와 가끔씩 집배원이 가져다주는 전사 통지서에 지나지 않았다. 전쟁은 딱딱한 껍질과 두꺼운 과육까지는 침투하지 못했다. 요즘 들어 가끔 마을 위를 지나가기 시작한 '적'의 비행기도 우리에게는 특이하게 생긴 새의 한 종류에 불과했다.

새벽녘, 엄청난 굉음과 함께 땅이 흔들리는 바람에 눈을 떴다. 나는 바닥에 깔린 담요 위에서 아버지가 상반신을 일으켜, 밤의 숲 속에 숨어들어 사냥감을 덮치는 짐승같이 예리하게 욕망으로 가득 찬 눈을 부릅뜨고 몸을 웅크리는 걸 보았다. 그러나 아버지는 사냥감을 덮치는 대신 쿵 하고 몸을 누이더니 그대로 다시 잠에 떨어졌다.

나는 꽤 오랫동안 귀를 기울였지만, 굉음은 다시 들려오지 않았다. 나는 창고의 높은 채광창으로 몰래 들어오는 희미한 달빛에 살짝 진해진, 곰팡이와 작은 짐승들의 냄새가 나는 습한 공기를 조용히 들이쉬며 끈질기게 기다렸다. 내 옆구리에 땀이 밴 이마를 들이밀고 잠들어 있던 동생이 희미하게 흐느꼈다. 동생도 나처럼 다시 한 번 그 굉음이 울리기를 기다리다 그 긴장감을 못 견뎌 울음을 터뜨린 모양이었다. 나는 동생을 달래기 위해 나무줄기처럼 말라빠진 가느다란 목덜미를 가볍게 쓰다듬어 주다가 그 규칙적인 움직임에 오히려 내 마음이 진정되었는지 다시 잠에 떨어졌다.

눈을 뜨니 창고의 널빤지 벽 틈으로 뜨거운 햇볕이 쏟아져 들어와 아침부터 푹푹 쪘다. 아버지의 모습은 보이지 않았다. 벽의 총도 없었다. 나는 동생을 흔들어 깨우고, 웃통을 벗은 채로 창고 앞의 돌길로 뛰어나왔다. 돌길과 돌계단에 강렬한 아침 햇살이 넘실거렸다. 아이들이 눈부신 햇살에 눈을 찡그리고 멍하니 서 있거나, 개를 눕혀 놓고 벼룩을 잡아 주고, 혹은 소리를 지르며 뛰어다녔다. 어른들은 한 사람도 보이지 않았다. 나는 동생을 데리고 우거진 녹나무 그늘에 있는 대장간으로 달려갔다. 그 어두컴컴한 봉당에 빨갛게 달아올라 불꽃을 내뿜고 있어야 할 숯불도 없고 풀무 돌아가는 소리도 들리지 않고, 허리까지 땅에 묻은 대장장이가 햇볕에 검게 타 기름기라곤 찾아볼 수 없는 어깨로 빨갛게 단 쇠붙이를 집어 올리던 모습도 보이지 않았다. 아침나절에 대장장이가 대장간을 비운 건 나로서는 처음 보는 일이었다. 윗옷도 입지 않은 나와 동생은 팔짱을 끼고 잠자코 돌길로 돌아왔다. 마을에서는 어른들이 완전히 사라졌다. 여자들은 어두운 집 안에 조용히 틀어박혀 있는 모양이었다. 아이들만이 범람하는 햇빛에 빠져 있었다. 불안이 나의 가슴을 가득 채웠다.

공동 우물로 내려가니 돌계단에 드러누워 있던 언청이가 나를 보고 팔을 휘두르며 뛰어왔다. 어찌나 힘을 주고 말하는지 입술은 더욱 넓게 갈라지고 그 사이로 끈끈해 보이는 하얀 거품이 비어져 나왔다.

"야, 너 알아?" 언청이가 내 어깨를 치며 소리를 질렀다. "너 아느냐고?"

"응, 응." 나는 얼버무리며 대답을 피했다.

"어제 그 비행기 말이야, 밤에 산에 떨어졌대." 언청이가 말했다. "어른들은 모두 총을 들고 산으로 들어갔어. 거기 타고 있던 적병 잡으려고."

"쏜대? 적병을?" 동생이 들뜬 목소리로 물었다.

"에이, 쏘지는 않을 거야. 총알도 얼마 없을 테니까." 언청이가 아는 척하며 대답했다. "그보다는 생포하려고 하겠지."

"비행기는 어떻게 되었을까?" 내가 말했다.

"전나무 숲에 떨어져 산산조각이 났어." 언청이가 눈빛을 빛내며 빠른 어조로 대답했다. "집배원이 봤대. 너 거기가 어딘지 알지?"

물론 나는 그곳을 알고 있다. 지금 그 숲은 풀 이삭 같은 전나무 꽃들이 한창 피어 있을 터였다. 여름이 끝나 갈 무렵이면 우리가 무기로 쓰기 위해 거기 달리는 새알같이 생긴 열매를 따러 가던 장소다. 내가 사는 창고에도 해 질 녘이나 새벽녘에 갑자기 시끄러운 소리를 내며 그 갈색 총탄이 날아오곤 했다……

"응?" 입술을 바짝 당겨 분홍색으로 빛나는 잇몸을 드러내며 언청이가 말했다. "알고 있지?"

"그럼, 알지." 나도 입술에 힘을 주고 말했다. "가 볼까?"

언청이가 실눈을 뜨고 교활하게 웃더니, 잠자코 나를 응시했다. 나는 초조해졌다.

"가려면 셔츠를 가져와야 해." 나는 언청이를 노려보며 말했다. "만약에 너 혼자 가 버려도 내가 금방 따라간다."

언청이는 얼굴을 구기며 만족스러운 목소리로 말했다. "안 돼. 아이들은 산에 들어오지 말랬어. 적병으로 오인돼서 총 맞는다고."

나는 고개를 숙이고 아침 햇살에 달구어진 돌길 위의 나의 맨발과 그 짧고 단단한 발가락을 응시했다. 실망이 수액처럼 몸에서 질척질척 빠져나가고 살갗이 금방 죽인 닭의 내장처럼 뜨겁게 달아올랐다.

"적병은 어떻게 생겼을까?" 동생이 말했다.

나는 언청이와 헤어져서 동생의 어깨를 감싸 안고 돌길을 걸어 돌아왔다. 적병의 얼굴은 어떻게 생겼을까, 어떤 자세를 하고 저 숲에 숨어 있는 것일까? 골짜기를 둘러싼 숲과 초원에 외국 군인들이 숨을 죽이고 촘촘히 숨어 있고 그들의 낮은 숨소리가 일으키는 괴이한 웅성거림이 들려오는 것만 같았다. 그들의 땀이 밴 살갗과 격렬한 체취가 계절이 닥치듯이 산골짜기를 덮쳐 버릴 것이다.

"죽지 않았으면 좋겠다." 동생이 꿈을 꾸듯이 말했다. "산 채로 잡아 오면 얼마나 좋을까?"

쨍쨍 내리쪼이는 햇볕 속에 있던 나와 동생의 목구멍에는 끈끈한 침이 엉겼다. 배가 고파 명치끝이 조여 왔다. 아버지는 아마 해 질 녘이나 되어야 돌아오겠지. 나는 먹을 것을 찾아내야만 했다. 우리는 창고 뒤 두레박이 망가진 우물 속으로 내려가 번데기 배처럼 불룩해진 우물 내벽의, 차가운 땀을 흘리는 돌을 양손으로 짚고 물을 마셨다. 바닥이 얇은 냄비에 물을 붓고 불을 피우고 나서 우리는 창고 안쪽의 왕겨 더미에 팔을 찔러 넣어 감자를 훔쳐 냈다. 물로 씻으니 감자는 우리의 손바닥에서 돌처럼 단단했다.

우리의 짧은 노동 후에 시작한 식사는 단순했지만 풍족했다. 양손에 잡은 감자를 행복한 짐승처럼 만족스럽게 먹으며 동생은 골똘히 생각에 잠겼다. "적병은 전나무에 올라갔을까? 전에 전나무 가지에서 다람쥐 본 적 있는데."

"지금은 전나무에 꽃이 피어 있어서 숨기 좋을 거야." 내가 말했다.

"응, 다람쥐도 금방 숨어 버렸더랬어." 동생이 미소를 지었다.

나는 풀 이삭 같은 꽃을 한가득 피우고 있는 전나무의 높은 가지에 적병이 숨어서 가느다란 녹색의 바늘잎 사이로 우리 아버지들의 움직임을 내려다보는 광경을 상상했다. 적병이 입고 있는 두껍고 불룩한 비행복에 전나무 꽃들이 잔뜩 들러붙어 적병은 동면 직전의 투실투실한 다람쥐처럼 보일 것이다.

"나무에 숨어 있어도 개들이 발견하고 짖을 거야." 동생이 확신에 차서 말했다.

공복감이 가라앉자 우리는 냄비와 소금 한 움큼을 친 감자를 어두운 봉당에 버려둔 채 창고 앞쪽의 돌층계에 걸터앉았다. 나는 한동안 그곳에서 꾸벅꾸벅 졸다가, 오후가 되어 공동 물터인 샘으로 미역을 감으러 갔다.

샘가 제일 넓은 비탈 바위에서는 언청이가 알몸으로 누워 여자애들에게 자신의 장밋빛 섹스를 작은 인형처럼 만지작거리게 하고 있었다. 언청이는 얼굴이 상기되어 새소리 같은 웃음소리를 내며 가끔씩 역시 알몸인 여자아이의 엉덩이를 손바닥으로 세게 때렸다.

동생은 언청이의 허리 옆에 쭈그리고 앉아 그 이상한 의식을 열중해서 들여다보았다. 나는 샘의 가장자리에서 멍청하게 햇빛과 물을 뒤집어쓰고 있는 아이들에게 물보라를 한차례 날리고 물도 닦지 않은 채 셔츠를 입고는, 돌길에 젖은 발자국을 남기며 창고 앞쪽의 돌계단으로 돌아와 다시 긴 시간을 두 무릎을 싸안고 앉아 있었다. 광기와 같은 기대, 취기와 같은 뜨거운 감정이 살갗 밑을 지글지글 태웠다. 나는 언청이가 집착하는 기묘한 놀이에 빠진 자신을 상상했다. 그러나 미역을 감고 돌아오는 벌거벗은 아이들 중에 섞여서 걸을 때마다 허리가 흔들리는 여자아이, 터진 복숭아처럼 불안정한 색깔이 들여다보이는 주름진 보잘것없는 섹스를 그대로 드러낸 여자아이가 내게 쭈뼛거리면서 미소를 보낼 때면 나는 큰 소리로 욕을 하며 작은 돌멩이를 던져 위협하곤 했다.

하늘 가득 정열적인 노을이 들불처럼 일렁이며 골짜기를 뒤덮을 때까지 그 자세로 기다리고 있었지만, 어른들은 좀처럼 돌아오지 않았다. 기대에 지쳐 미쳐 버릴 것 같았다.

노을빛이 사라지고 그늘졌던 곳에 최초의 어둠이 내리기 시작하자 낮 동안 햇볕에 익은 살갗 위로 서늘한 밤바람이 기분 좋게 불어왔지만, 마을은 불안과 기대로 가득한 광기에 싸여 조용히 숨을 죽이고 있었다. 이윽고 개 짖는 소리와 함께 어른들이 돌아왔다. 나는 마을 아이들과 한 덩어리가 되어 맞으러 달려 나가 어른들이 둘러싸고 있는 온몸이 시커멓고 덩치가 커다란 남자를 보았다. 충격과 공포로 인해 피가 머리로 끓어올랐다.

　어른들은 입을 굳게 다문 채 겨울 산돼지 사냥에서 돌아올 때처럼 '사냥감'을 둘러싸고, 침울하게 어깨를 떨어뜨리고 걸어왔다. '사냥감'은 회갈색의 실크 비행복에 부드럽게 손질된 비행용 검은 가죽 구두 대신, 국방색의 윗도리와 바지를 입고, 발에는 볼품없이 생긴 투박한 구두를 신고 있었다. 그러고는 검게 번쩍거리는 커다란 얼굴을 들어 희미한 노을빛이 남아 있는 하늘을 한 번 올려다보고, 발을 질질 끌며 절뚝절뚝 걸어왔다. '사냥감'의 양쪽 발목에 채워진 쇠로 만든 산돼지 용 덫이 요란스러운 소리를 냈다. '사냥감'을 둘러싼 어른들의 행렬에 이어, 우리 어린애들도 역시 입을 꾹 다문 채 한 덩어리가 되어 따라갔다. 행렬은 분교 앞 광장에 이르기까지 천천히 움직이다가 조용히 멈추어 섰다. 나는 아이들을 헤집고 앞으로 나갔지만 이장 할아버지가 소리를 질러 우리를 쫓아 버렸다. 우리는 광장 구석의 살구나무 아래까지는 쫓겨 갔지만 거기서부터는 더 이상 물러나지 않고 고집스럽게 벋대고 서서 짙어져 가는 어둠 너머로 어른들의 회의를 지켜보았다. 광장에 면한 집의 봉당에서는 하얀 덧옷을 걸치고 양팔로 몸을 감싼 여자들이 신경을 바짝 세우고는 위험한 사냥에서 '사냥감'을 획득하고 돌아온 남자들의 낮은 목소리에 귀를 기울였다. 언청이가 뒤에서 옆구리를 쿡 찌르며 말했다.

　"저 자식 검둥이네, 난 처음부터 그럴 줄 알았지." 얼마나 흥분했는지 목소리마저 떨렸다. "저건 진짜 검둥이야."

　"저 자식 어떻게 될까? 광장에서 총살시킬 건가?"

　"총으로 쏴 죽인다고?" 언청이가 놀라서 숨까지 헐떡이며 소리를 질렀다. "진짜 검둥이를 쏴 죽인다고?"

"일단 적이니까." 내가 자신 없는 소리로 대답했다.

"적? 저 자식이 적이라고?" 언청이가 내 멱살을 잡고 악을 썼다. 찢어진 입술 사이로 튀어나오는 침이 내 얼굴을 온통 적셨다. "저건 검둥이야. 검둥이가 무슨 적이야."

"저거 봐, 저거 봐." 아이들 속에서 동생의 흥분한 목소리가 들려왔다. "저것 좀 보라고."

나와 언청이는 돌아서서, 황당하다는 표정으로 감시하는 어른들로부터 약간 떨어진 곳에서 검둥이 군인이 어깨를 축 늘어뜨린 채 소변을 보고 있는 것을 바라보았다. 검둥이 군인의 몸은 작업복 같은 국방색 윗도리와 바지를 남기고 짙어지는 어둠 속에 녹아들어 가고 있다. 검둥이 군인은 고개를 숙인 채 오래오래 소변을 봤고, 자기를 지켜보고 있는 아이들의 한숨의 구름이 자기 뒤에서 피어오르는 소리를 들으며 천천히 허리를 흔들었다.

어른들이 다시 검둥이를 둘러싼 대형을 이루고 천천히 이동하기 시작하자 우리도 일정한 간격을 벌리고 그 침묵의 행렬을 따랐다. '사냥감'을 둘러싼 행렬은 창고 옆쪽의 화물 반출구 앞에서 멈추어 섰다. 그곳에는 지하 창고로 내려가는 입구가 짐승의 굴처럼 시커멓게 모습을 드러내고 있었다. 가을에 수확한 알 굵은 밤의 단단한 껍질 속에 들어 있는 유충을 이황화탄소로 죽인 다음 겨우내 보관하던 곳이었다. 검둥이 군인을 둘러싼 어른들의 행렬은 무슨 의식이라도 시작하는 것처럼 장중하게 그리로 빨려 들어가더니, 어른의 하얀 팔이 위로 열리는 출입문을 잡아당겨 안에서 닫아 버렸다.

우리는 안에서는 불이 켜지고, 창고의 바닥과 지면 사이에 가느다랗고 길게 노출된 채광창으로 오렌지 색깔의 빛이 새어 나오는 걸 조용히 지켜보았다. 우리는 차마 채광창으로 들여다볼 용기까지는 내지 못했다. 그 짧고 불안한 기다림은 우리를 몹시 지치게 했다. 그러나 총성은 들려오지 않았다. 그 대신 이장이 입구의 문을 반쯤 열고 햇볕에 탄 얼굴을 내밀어 버럭 소리를 지르는 바람에 우리는 채광창을 사이에 두고 멀리서 지켜보는 일조차 포기할 수밖에 없었다. 아이들은 아무도 실망의 탄식을 내뱉지 않고, 밤 시간을 악몽으로 채워 줄 충실한 기대에 가슴을 부풀리며 뿔뿔이 돌길로 흩어졌다. 소란한 발걸음 소리에 살아난 공포가 아이들의 뒤를 덮쳤다.

창고를 둘러싼 살구나무 그늘에 숨어들어 계속 어른들과 사냥감의 동정을 감시할 결심을 한 언청이를 남겨 두고 나와 동생은 창고의 앞쪽으로 돌아, 언제나 축축한 습기를 머금고 있는 난간에 의지하여 지붕 밑 다락에 붙은 우리의 주거 공간으로 올라갔다. 우리는 '사냥감'과 같은 집에 살게 되는 것이다. 지붕 밑 방에서 아무리 귀를 기울인다 해도 지하 창고의 고함 소리가 들려오지는 않을 터였지만, 검둥이 군인이 끌려들어 가 있는 지하 창고 위 침대에 앉아 있다는 것만으로도, 얼마나 흥분이 되고 짜릿짜릿한지 믿을 수 없을 지경이었다. 공포와 기쁨이 뒤섞인 기묘한 흥분에 내 이는 딱딱 소리를 내며 부딪치기 시작했고, 동생은 열병에라도 걸린 양 부들부들 떨었다. 그리고 우리는 아버지가 무거운 사냥총과 함께 피곤에 전 모습으로 돌아올 것을 기다리며 우리에게 닥친 느닷없는 행운에 대해 기쁨의 미소를 나누었다.

우리가 허기를 달랜다기보다는 오히려 끓는 물처럼 솟아오르는 가슴속의 소용돌이를, 팔의 움직임과 꼭꼭 씹는 동작으로 가라앉히기라도 하려는 듯이 먹다 남겼던 차갑게 식어 딱딱해진 감자를 먹기 시작했을 때, 우리의 기대의 막을 밀어 올리며 아버지가 계단을 올라왔다.

나와 동생은 몸을 흠칫흠칫 떨며 아버지가 벽의 총걸이에 사냥총을 걸고, 흙바닥에 깔린 담요 위에 앉는 것을 지켜보았다. 아버지는 아무 말도 없이 우리가 먹고 있는 감자를 흘깃 쳐다보았다. 나는 아버지가 극도의 피곤함을 느끼고 있음을 알아차렸다. 그러나 아이인 나로서는 아무것도 해 줄 게 없었다.

"쌀이 떨어졌냐?" 아버지가 멋대로 자란 덥수룩한 수염으로 자루처럼 불룩해진 목을 부풀리고 나를 보며 말했다.

"응." 나는 시무룩한 목소리로 대답했다.

"보리도?" 기분 나쁜 신음 같은 소리로 아버지가 말했다.

"아무것도 없었어." 나는 퉁명스럽게 대답했다.

"비행기는?" 동생이 머뭇거리며 말했다. "어떻게 됐어?"

"타 버렸어. 산불이 날 뻔했지."

"전부 다 탔단 말이야?" 동생이 한숨을 쉬며 말했다.

"꼬리만 남았다."

"아, 꼬리……" 동생이 황홀하다는 듯이 중얼거렸다.

"그 군인 말고 다른 사람들은 어떻게 됐어?" 내가 물었다. "혼자서 타고 온 거야?"

"두 놈이 죽었어. 그놈은 낙하산을 타고 떨어졌지."

"아, 낙하산……" 동생이 더욱 황홀한 목소리로 말을 받았다.

"어떻게 할 거야? 저놈." 내가 용기를 내서 물어보았다.

"읍내의 지시가 올 때까지 우리가 기른다."

"길러?" 나는 깜짝 놀라서 되물었다. "동물처럼?"

"저놈은 짐승이나 마찬가지야" 하고 아버지는 낮은 목소리로 말했다. "온몸에서 소 냄새가 진동을 한다."

"한번 보러 가고 싶다." 동생이 아버지 눈치를 보며 말했으나, 아버지는 입을 꾹 다문 채 계단을 내려가 버렸다.

나와 동생은 아버지가 쌀과 채소를 꾸어다 우리와 아버지 자신을 위해 뜨겁고 영양이 풍부한 죽을 만들어 주기를 기다리며 침대에 걸터앉았다. 우리는 너무 지쳐서 배고픔도 느끼지 못했다. 그리고 온몸의 살갗이 발정 난 개의 성기처럼 씰룩씰룩 경련을 일으키며 우리를 몹시도 흥분시켰다. 검둥이 군인을 기르다니, 나는 두 팔로 내 몸을 꽉 껴안았다. 벌거벗고 소리소리 지르고 싶었다.

검둥이 군인을 기른다아!

다음 날 아침 아버지가 말없이 나를 흔들어 깨웠다. 동이 트고 있었다. 널빤지로 된 창고 벽 여러 틈새로 환한 햇살과 혼탁한 회색의 안개가 스며들고 있었다. 나는 서둘러 차가운 아침 끼니를 목으로 넘기며 점차 잠에서 깨어났다. 아버지는 사냥총을 어깨에 메고 도시락 보따리를 허리에 두르고는 제대로 잠을 못 자서 황갈색으로 혼탁해진 눈으로 내가 밥 먹는 것을 지켜보았다. 둥글게 말린 족제비 모피가 찢어진 마대에 싸여 아버지의 무릎에 기대 세워져 있었다. 나는 크게 숨을 들이쉬었다. '읍내'에 내려가는구나. 그리고 검둥이에 대해 읍사무소에 보고를 하겠지 하는 생각을 했다.

물어보고 싶은 말이 목 안쪽에서 아우성을 치는 바람에 밥이 안 넘어갈 정도였지만, 말없이 음식물을 씹는 수염이 덥수룩한 우악스러운 아버지의 턱을 보며 수면 부족으로 신경이 날카로워져 있다는 걸 깨닫고 입을 다물었다. 지금은 검둥이 군인에 대해 질문을 할 때가 아니다. 아버지는 어젯밤 저녁밥을 먹은 후, 사냥총에 새로운 탄환을 채우고 밤 경계를 위해 보초를 섰다.

동생은 풀 냄새가 나는 담요에 얼굴을 묻고 잠들어 있었다. 식사를 마친 나는 동생이 깨지 않도록 소리를 내지 않고 까치걸음으로 민첩하게 움직였다. 톡톡한 천으로 만든 녹색 셔츠를 맨몸에 걸치고 보통 때는 절대로 신는 일이 없는 헝겊 운동화를 신고 아버지의 무릎 사이에 세워졌던 짐을 메고 계단을 뛰어내려 갔다.

축축한 돌길 위로 아침 안개가 낮게 드리워지고 마을도 안개에 싸여 조용히 잠들어 있었다. 닭들도 지쳤는지 더는 울지 않고 개들도 짖지 않았다. 나는 창고 옆 살구나무에 기대어 총을 든 채 고개를 떨어뜨리고 있는 어른을 보았다. 아버지는 보초를 서고 있는 남자와 낮은 소리로 몇 마디 나누었다. 나는 극심한 두려움에 사로잡힌 채, 지하 창고의 채광창이 상처처럼 시커멓게 열려 있는 것을 재빨리 훑어보았다. 그 창문에서 금방이라도 검둥이 군인의 팔뚝이 튀어나와 나를 채어 갈 것만 같았다. 나는 한시바삐 마을을 벗어나고 싶었다. 돌길에 발이 미끄러지지 않도록 정신을 집중하며 말없이 발걸음을 옮기는데 태양이 짙은 안개층을 뚫고 뜨겁고 강한 빛줄기를 우리에게 내리쏘았다.

산등성이에 있는 마을 길로 나가기 위해서 흙이 연한 비탈을 깎아 만들어 발바닥에 붉은 흙이 사정없이 달라붙는 오솔길을 지나 삼나무 숲으로 들어가자 다시 시커먼 어둠이 우리를 둘러쌌다. 입속에 쇠 냄새를 퍼뜨리는 빗방울같이 굵은 안개가 떨어져 내려 숨을 쉬기가 힘들었다. 안개는 머리카락을 적시고, 옷깃에 새카맣게 때가 탄 셔츠에 인 보푸라기에 하얗게 반짝이는 구슬을 만들었다. 거기서 우리는 발바닥 아래 부드러운 썩은 낙엽 바로 밑을 흐르는 차가운 물이 헝겊 운동화에 스며들어 발가락을 적시는 것보다, 사납게 군생한 금속처럼 날카로운 양치류 줄기로 피부에 날카로운 상처를 입거나 집요하게 덮인 뿌리 사이에서 몰래 잠자고 있던 살무사를 자극해서 덤벼들게 하는 일이 없도록 주의하지 않으면 안 되었다.

삼나무 숲을 빠져나와 잡목림 사이로 난 길로 접어들자 안개가 걷히고 시야가 환해졌다. 나는 도둑놈의 갈고리라도 떼는 것처럼 셔츠와 반바지에 달린 안개 방울을 꼼꼼하게 털어 냈다. 날은 맑게 개었고 하늘은 새파랬다. 우리가 골짜기의 위험한 폐광에 들어가 주워 오곤 하던 구리 광석과 비슷한 색깔의 굽이굽이 이어지는 멀리 보이는 산맥은 태양 빛을 받아 바다처럼 빛났고 그 사이로 한 줌도 안 되는 진짜 바다가 하얗게 떠 있었다.

산새들이 나와 아버지를 둘러싸고 요란하게 울어 댔다. 소나무의 높은 가지에서는 바람 소리가 났다. 두툼한 낙엽 사이에서 아버지 장화에 깔려 죽을 둥 살 둥 몸부림을 치던 뒤쥐가 회색 분수처럼 톡 하고 뛰어올라 순간적으로 나를 겁에 질리게 하고는 황급히 풀숲으로 줄행랑을 쳤다.

"읍내에 가서 그 검둥이 이야기 할 거야?" 나는 아버지의 듬직한 등을 바라보며 물었다.

"뭐?" 아버지는 다시 대답했다. "아, 응."

"읍내 주재소에서 순사가 오려나?"

"어떻게 될지 모르지." 아버지가 웅얼거리는 소리로 대답했다. "현청까지 보고가 가기 전에는 몰라."

"계속 마을에서 기르게 해 주면 좋을 텐데." 나는 말을 이었다. "위험할까, 그 자식?"

아버지는 입을 다물고 더는 내 말에 대꾸하지 않았다. 갑자기 어젯밤 검둥이 군인이 마을로 끌려들어 왔을 때의 경악과 공포가 다시 온몸에서 되살아났다. 그놈은 지금 지하 창고에서 어떻게 하고 있을까? 놈이 지하 창고를 탈출해서 마을 사람들과 사냥개를 모두 죽이고 마을을 불바다로 만들어 버렸을지도 모른다. 온몸이 덜덜 떨리게 무서워 나는 그 생각을 지우려 했다. 나는 아버지를 앞질러 긴 내리막길을 숨을 헐떡이며 내처 달렸다.

다시 평탄한 길로 접어들었을 때 해는 이미 중천에 떠 있었다. 길 양옆의 땅이 무너진 자리에는 붉은 흙이 태양 빛을 받아 핏빛으로 붉게 빛났다. 나는 뜨거운 햇볕에 맨 이마를 드러낸 채 걸었다. 머리에서 땀이 솟아 나와 짧게 깎은 머리카락 사이를 흘러 이마를 거쳐 뺨으로 떨어졌다.

'읍내'에 들어서자 나는 길가 아이들의 도발에는 눈길도 돌리지 않고 아버지의 높다란 허리에 어깨를 딱 붙이고 걸었다. 아버지만 없었다면, 그놈들은 분명 나에게 야유를 보내며 돌을 던졌을 거다. 나는 '읍내'의 아이들을 도무지 귀여운 데라고는 없는 땅벌레처럼 싫어했고, 또한 경멸했다. '읍내'의 거리에 넘쳐흐르는 정오의 햇빛 속에서 바짝 마르고 음침한 눈을 한 아이들. 어두운 가게 안쪽에서 우리를 지켜보고 있는 어른들의 눈만 없었다면, 나는 저 애들 중 누구라도 때려눕힐 자신이 있었다.

읍사무소는 점심시간이었다. 우리는 읍사무소 앞에 있는 펌프로 물을 퍼서 마신 다음, 뜨거운 햇볕이 쏟아져 들어오는 창가에 놓인 나무 의자에 앉아 한참을 기다렸다. 이윽고 점심을 먹고 돌아온 늙은 서기와 아버지는 낮은 목소리로 몇 마디 나누더니 그대로 둘이 함께 읍장실로 올라가고, 나는 소형 계량기가 나란히 놓여 있는 창구로 족제비

가죽을 가져갔다. 거기에서 족제비 가죽의 수효를 세고 아버지의 이름과 함께 장부에 기록한다. 나는 두꺼운 근시 안경을 쓴 여직원이 모피의 개수를 써넣는 것을 눈을 똑바로 뜨고 감시했다.

그 일이 끝나자 나는 아무것도 할 일이 없었다. 아버지는 좀처럼 나오지 않았다. 그래서 나는 운동화를 양손에 들고 복도에 맨발 소리를 내며, 우리가 '읍내'에서 유일하게 아는 사람, 가끔씩 '읍내'의 통지를 전해 주러 오는 남자를 찾아 나섰다. 마을의 어른이나 아이들은 그 외발 남자를 '서기'라고 불렀으나 마을 분교에서 신체검사를 할 때는 의사의 조수 역할도 하는 사람이었다.

"어이, 개구리 왔어?" 칸막이 너머 자리에서 서기가 일어나며 큰 소리로 그렇게 말하는 바람에 나는 조금 화가 났지만, 어쨌든 그의 책상으로 다가갔다. 우리가 그를 서기라고 부르는 것처럼 그가 마을 아이들을 개구리라고 부른다 해도 하는 수 없는 일이었다. 어쨌든 그를 찾았다는 것 때문에 나는 기분이 좋아졌다.

"검둥이 군인을 잡았다며? 개구리." 서기가 책상 아래의 의족을 한쪽으로 밀며 말했다.

"응." 나는 누렇게 얼룩이 진 신문지에 싸인 도시락이 놓여 있는 그의 책상에 양손을 짚으며 대답했다.

"엄청난 일을 했네."

나는 서기의 혈색 나쁜 입술에 어른처럼 당당하게 고개를 끄덕이고는 검둥이 군인에 대해 이야기해 주려고 했으나, 해 질 무렵 사냥감처럼 마을로 끌려온 커다란 검둥이를 뭐라고 설명해야 할지 막막했다.

"그 검둥이 죽이는 거야?" 내가 물었다.

"난 몰라." 서기가 턱으로 읍장실을 가리키며 대꾸했다. "뭐라고 결정이 내려오겠지."

"읍내로 데려오라고 하려나?" 내가 말했다.

"휴교가 되어서 신이 나겠구나." 서기는 나의 중요한 질문을 못 들은 척하고 다른 소리를 했다. "그 여선생이 얼마나 게으른지, 만날 불평만 한다니까, 도대체 갈 생각을 해야 말이지. 애들이 더럽고 냄새가 난다나 뭐라나."

나는 때가 끼여 터진 목덜미가 창피스러웠지만, 도전적으로 고개를 빳빳이 세우고 픽 웃어 보였다. 책상 아래에서 서기의 보기 흉한 의족이 옆으로 쓰러지며 삐져나왔다. 서기가 튼튼한 왼쪽 다리와 의족으로 소나무 지팡이 하나에 의지하여 산길을 뛰다시피 넘어오는 것은 멋지다고 생각했지만, 의자에 앉아 있는 서기의 의족은 '읍내'의 아이들과 마찬가지로 기분 나쁜 물건이었다.

"어쨌든 학교가 문을 닫아서 신났겠네." 서기는 의족을 다시 한 번 제자리로 돌려놓으며 웃었다. "너희도 더럽다는 소리 듣는 것보다 교실 밖에서 노는 게 더 재미있을 거 아니냐."

"자기들이 더 더러운 주제에." 내가 대꾸했다.

마을에 오는 여자 선생들은 하나같이 진짜로 못생기고 더러웠다. 서기가 웃었다. 읍장실에서 나온 아버지가 낮은 목소리로 나를 불렀다. 서기가 내 어깨를 툭툭 쳤다. 나는 서기의 팔을 툭툭 치고 아버지에게 달려갔다.

"포로 놓치면 안 된다, 개구리!" 서기가 내 등 뒤에다 대고 소리를 질렀다.

"그놈 어떻게 하기로 했어?" 나는 뜨거운 햇볕이 쏟아져 내리는 '읍내'를 뒤돌아보며 아버지에게 물었다.

"죄다 책임 전가만 하고." 아버지는 마치 나를 꾸중하는 것처럼 퉁명스럽게 한마디 할 뿐이었다. 나는 아버지의 언짢은 목소리에 기가 죽어 입을 다물고, 흉하게 구부러지고 뒤틀린 가로수 그림자 사이를 빠져나왔다. '읍내'의 나무들 또한 그 거리의 아이들처럼 음험해서 친밀감이 들지 않았다.

'읍내'를 벗어난 곳에 놓인 다리에 다다르자 아버지는 그 낮은 난간에 걸터앉아 묵묵히 도시락 보따리를 풀었다. 나는 아버지에게 아무것도 질문하지 못하게 자신을 단속하며 아버지 무릎 위에 놓인 도시락으로 때 묻은 손을 내밀었다. 우리는 말없이 주먹밥을 먹었다.

우리가 식사를 마쳐 갈 무렵, 어떤 여자아이가 새처럼 목을 간들거리며 다리 위로 걸어왔다. 얼른 내 옷차림과 용모를 살피니 '읍내'의 누구보다도 괜찮은 차림새라는 생각이 들었다. 나는 운동화를 신은 양발을 앞으로 쭉 뻗고 여자아이가 지나가기를 기다렸다. 뜨거운 피가 귓속에서 윙윙거렸다. 여자아이는 아주 잠깐 나를 쳐다보더니 눈살을 찌푸리고 뛰어가 버렸다. 갑자기 밥맛이 싹 사라진 나는 물이나 마셔야겠다 하고 다리 옆의 좁은 계단을 타고 개울가로 내려갔다. 개울가에는 키가 큰 쑥대가 우거져 있었다. 발로 쑥대를 아무렇게나 밟아 눕히면서 물가로 달려갔지만, 물은 암갈색으로 더럽게 흐려져 있었다. 나는 내가 얼마나 가난하고 초라한가를 깨달아야만 했다.

땀과 기름과 먼지로 뻣뻣해진 얼굴과 땅기는 장딴지로 산등성이 길을 지나서 삼나무 숲을 빠져나와 마을 입구에 다다랐을 때는, 마을은 이미 석양빛에 물들어 있었다. 종일 땡볕을 쏘여 뜨거워진 우리 몸에 골짜기에서 불어오는 짙은 안개가 기분 좋게 와 닿았다.

아버지는 읍내에 다녀온 보고를 하러 이장 집으로 향하고 나는 창고 2층으로 뛰어올라 갔다. 동생은 침대에 앉은 채로 잠들어 있었다. 나는 팔을 뻗어 동생의 어깨를 흔들었다. 가늘고 허약한 골격이 손바닥에 느껴졌다. 뜨거운 나의 손바닥에 동생의 살갗이 가볍게 수축하고, 번쩍 뜬 동생의 눈에는 피로와 공포의 빛이 넘쳐흘렀다.

"그 자식 어땠어?" 내가 물었다.

"지하 창고에서 그냥 잠만 자던데." 동생이 대답했다.

"혼자서 무서웠지?" 내가 다정하게 말했다.

동생은 심각한 얼굴로 고개를 흔들었다. 나는 오줌을 누기 위해 널문을 조금 열고 창틀로 올라섰다. 안개가 살아 있는 동물처럼 확 덮치더니 재빨리 콧구멍으로 파고들었다. 내가 갈긴 오줌은 긴 거리를 날아 포석 위에 떨어져 사방으로 튀어 오르더니 창고 1층에서 밖으로 달아낸 들창에서 되튀어 소름이 돋은 내 허벅지와 발등을 따뜻하게 적셨다. 동생이 새끼 동물처럼 내 옆구리에 머리를 들이밀고 열심히 내 오줌 줄기를 지켜보았다.

우리는 한동안 그 자세로 있었다. 작은 하품이 몇 번 올라오고 그때마다 우리는 아무 의미도 없는 투명한 눈물을 조금 흘렸다.

"언청이도 놈을 봤어?" 나는 널문 닫는 걸 돕기 위해 가느다란 어깨의 근육을 부풀리고 있는 동생에게 물었다.

"애들은 광장에 가면 혼나." 동생이 약이 오른다는 듯이 말했다. "읍내에서 저놈을 잡아간대?"

"나도 몰라." 나는 대답했다.

아버지와 잡화점 여자가 큰 소리로 떠들며 계단을 올라왔다. 검둥이 군인에게 음식을 가져다주어야 하는데 자기는 절대 지하 창고에는 못

내려가겠다고 잡화점 여자가 목소리를 높였다. 여자인 내가 어떻게 거길 내려가, 당신 아들 시키면 되잖아 하면서. 나는 운동화를 벗으려고 굽히고 있던 허리를 얼른 폈다. 동생의 부드러운 손바닥이 내 허리를 꽉 누르고 있었다. 나는 입술을 깨물고 아버지의 목소리를 기다렸다.

"야, 이리 내려와 봐" 하는 아버지의 소리에 나는 운동화를 침대 아래로 던져 넣고 계단을 달려 내려갔다.

아버지는 가슴에 안고 있던 사냥총 개머리판으로 잡화점 여자가 봉당에 놓고 간 음식물이 든 바구니를 가리켰다. 나는 아버지에게 고개를 끄덕여 보이고, 조심스럽게 그것을 집어 들었다. 나는 입을 다물고 창고를 나와 자욱한 안개를 헤치고 걸어갔다. 발바닥에 닿는 돌길에는 낮 동안의 열기가 남아 있었다. 지하 창고 옆에는 보초를 서는 어른이 아무도 없었다. 채광창으로 새어 나오는 희미한 불빛을 보자 갑자기 극심한 피로가 온몸을 감쌌다. 그러나 나는 검둥이를 가까이에서 볼 수 있는 최초의 기회를 맞아 이가 딱딱 부딪칠 정도로 흥분하고 있었다.

이슬방울이 달라붙어 있는 출입문의 중국제 자물쇠를 열고, 아버지가 먼저 조심스럽게 안을 살피며 총을 겨누고 내려갔다. 지하 창고 입구에 쭈그리고 앉아 아버지의 명령을 기다리고 있는 내 목을 안개 방울이 섞인 공기가 빈틈없이 둘러쌌다. 햇볕에 그을린 튼실한 나의 양다리가 바들바들 떨렸다. 등 뒤에 붙어서 지켜보고 있을 수많은 눈동자에게 부끄러운 생각이 들었다.

"야." 아버지가 숨죽인 소리로 불렀다.

나는 음식물이 든 바구니를 가슴에 안고 짧은 계단을 내려갔다. 촉

수가 낮은 알전구 빛에 바닥에 웅크리고 있는 '사냥감'의 모습이 드러 났다. 맨 처음 내 눈을 파고든 건 그의 검은 발목과 기둥을 묶고 있는 멧돼지 덫의 굵은 쇠사슬이었다.

'사냥감'은 긴 무릎을 양팔로 감싸 안고 정강이 사이에 턱을 묻은 채 충혈된 눈으로 뭔가 호소하는 듯한 끈끈한 시선으로 나를 올려다보았 다. 온몸의 피가 모두 귀로 몰린 것처럼 얼굴이 화끈거렸다. 나는 그 시선을 외면하고, 벽에 기대어 검둥이 군인에게 총을 겨누고 있는 아 버지를 바라보았다. 아버지가 턱으로 내게 지시를 내렸다. 나는 거의 눈을 감다시피 하여 검둥이 군인 쪽으로 다가가 그 앞에 음식물이 든 바구니를 내려놓았다. 뒷걸음치는 나의 몸속에서는 돌발적인 공포에 내장이 뒤틀리며 구역질이 올라왔다. 음식물이 든 바구니를 검둥이 군인과 아버지와 내가 뚫어져라 바라보았다. 멀리서 개가 짖었다. 희 미한 불빛 너머 어두운 광장에는 적막감만이 흘렀다.

나는 문득 검둥이 군인이 주시하고 있는 음식물 바구니에 흥미가 당겼다. 나는 굶주린 검둥이 군인의 시선으로 음식물 바구니를 보았 다. 커다란 주먹밥 몇 개, 기름이 빠지도록 구운 마른 생선, 채소 조림, 그리고 유리 세공으로 된 주둥이가 넓은 병에 담긴 염소젖. 검둥이 군 인이 한참 동안 내가 처음 들어왔을 때와 같은 자세로 음식물 바구니 를 응시하는 바람에 나까지 공복의 고통을 느끼기 시작했다. 혹시 검 둥이 군인이 우리가 제공한 보잘것없는 음식과 우리 모두를 경멸해서 음식에 전혀 손도 안 대는 게 아닐까 하는 걱정이 들었다. 갑자기 수치 심이 나를 엄습했다. 검둥이 군인이 끝까지 식사를 거부한다면, 나의 수치심은 아버지에게 감염될 것이다. 그러면 아버지는 어른의 수치심 으로 분노에 사로잡힐 테고, 이윽고 온 마을은 수치심으로 미쳐 버린 어른들의 폭동으로 뒤덮일 거다. 아, 도대체 누가 검둥이 군인에게 음식을 준다는 말도 안 되는 생각을 했단 말인가!

그런데 검둥이 군인이 갑자기 믿기 어려울 정도로 기다란 팔을 쑥 내밀더니 뻣뻣한 털이 난 두툼한 손가락으로 주둥이가 넓은 유리병을 집어 들어서 앞으로 끌어당겨 냄새를 맡기 시작했다. 병이 기울어지면서 고무로 만든 것처럼 두꺼운 검둥이 군인의 입술이 벌어지고 기계의 내부 부속처럼 질서 정연하게 들어찬 하얗고 알 굵은 이가 드러났다. 나는 염소젖이 검둥이 군인의 장밋빛으로 붉은 큰 입속으로 흘러들어 가는 걸 지켜보았다. 검둥이 군인의 목구멍에서는 배수구에서 물이 빠지는 소리가 났다. 그리고 진한 염소젖은 과숙한 과일을 실로 옭아맨 것 같아 아파 보이기까지 하는 입술의 양 끝으로 넘쳐서 훤히 드러난 목덜미를 지나 풀어 헤쳐진 셔츠를 적시고 가슴으로 흘러 검게 빛나는 살갗 위에 기름처럼 응축되어 바르르 떨렸다. 나는 염소젖이 이토록 아름다운 것이었나 하는 새로운 발견과 감동에 입술이 바짝바짝 말랐다.

검둥이 군인은 유리병을 소리가 나도록 거칠게 바구니에 내려놓았다. 그때부터 그의 동작에서는 최초의 망설임은 자취를 감추었다. 그의 커다란 손에 쥐인 주먹밥은 조그만 과자같이 보였고 마른 생선 구이는 머리부터 통째로 하얗게 빛나는 그의 이에 분쇄되었다. 나는 아버지와 나란히 벽에 등을 기대고 감탄하며 검둥이 군인의 힘찬 저작을 지켜보았다. 검둥이 군인은 먹는 일에 몰두해서 우리의 존재를 잊어버린 것 같았다. 나는 공복감을 이기느라 괴로웠지만, 우리 아버지들이 잡아 온 '사냥감'을 찬찬히 살필 수 있는 여유를 얻었다. 아, 이얼마나 훌륭한 '사냥감'인가.

검둥이 군인의 잘생긴 머리통을 싸고 있는 조그맣게 돌돌 말린 짧은 머리카락은 이리처럼 바짝 선 귀 바로 위에서 노르스름한 불꽃을 피워 올렸다. 목에서 가슴에 걸친 피부는 내부에 검은 포도색을 품고 있고, 굵은 주름을 만들며 뒤틀리는 그의 살찐 두툼한 목은 나의 마음을 사로잡았다. 그리고 울컥 목울대를 치미는 구역질 같은 집요하고 충만한, 부식성의 독처럼 모든 사물에 스며드는 검둥이 군인의 체취, 그것은 나를 무장해제 시키고 광기와 같은 기분에 빠지게 했다……

탐스럽게 음식을 먹는 검둥이 군인의 모습을 지켜보는 내 눈은 염증이 난 것처럼 뜨겁게 쿡쿡거렸고 바구니에 담긴 조잡한 음식은 풍성하고 기름진 이국의 특별한 요리로 변한 것처럼 보였다. 바구니를 회수할 때 혹시 거기에 조금이라도 남은 음식물이 있었다면 나는 틀림없이 비밀스러운 쾌락에 전율하는 손가락으로 집어 먹었을 것이다. 그러나 검둥이 군인은 모든 음식을 깨끗하게 다 먹은 다음 채소 조림이 담겨 있던 접시의 양념까지 손가락으로 훑어 먹어 버렸다.

아버지가 옆구리를 쿡 찌르는 바람에 나는 음란한 공상에 빠져 있다 들킨 사람처럼 화가 나고 수치스러운 기분이 되어 검둥이 군인 앞으로 다가가 바구니를 들어 올렸다. 그리고 아버지 총부리의 엄호를 받아 가며 등을 돌리고 계단을 오르기 시작하는데 검둥이 군인의 낮고 묵직한 기침 소리가 들렸다. 나는 발을 헛디뎠다. 등골이 쭈뼛 서며 온몸에서 소름이 돋았다.

창고 2층까지의 계단을 허겁지겁 올라갔다. 기둥이 우묵하게 들어간 부분에는 찌그러지고 뿌연 거울 하나가 흔들리고 있었다. 거기에는 얼굴이 하얗게 질려 핏기 하나 없이 입술을 꽉 깨문 불쌍한 일본 소년 하나가 볼을 실룩거리고 있었다. 나는 팔을 축 늘어뜨리고 터져 나오려는 울음을 억누르며 널판때기로 만든 방문을 잡아당겼다. 문은 어느 틈에 단단히 닫혀 있었다.

동생은 침대 위에 웅크리고 앉아 눈만 반짝이고 있었다. 열에 들뜬 동생의 눈은 공포로 바싹 말라 있었다.

"네가 문을 닫았지?" 나는 입술이 떨리는 것을 못 알아차리도록 일부러 얼굴을 찡그리며 말했다.

"응." 동생은 겁이 많은 자신을 부끄러워하며 눈을 내리깔았다. "그 자식, 어때?"

"냄새가 무지하게 지독해." 나는 솟아오르는 피로감에 잠기며 대답했다.

극도의 피곤함 탓인지 마음이 진정되지 않았다. '읍내'까지 다녀온 일, 검둥이 군인의 저녁 식사, 정말로 긴 하루였다. 온몸은 물을 잔뜩 머금은 해면처럼 무거웠다. 나는 마른 풀잎과 갈고리가 달린 풀씨들이 붙은 셔츠를 벗고, 더러워진 발을 물걸레로 닦기 위해 몸을 구부리며 더 이상 질문을 받을 의사가 없다는 걸 몸으로 드러냈다. 동생은 입술을 쑥 내밀고 눈을 동그랗게 뜨고는 걱정스러운 듯이 나를 바라보았다. 나는 동생의 옆으로 파고들어 가 땀 냄새와 작은 동물의 냄새가 나는 담요에 얼굴을 묻었다. 동생은 내 어깨에 무릎을 바짝 대고 앉아 나를 지켜보기만 하고 더 이상 아무것도 묻지 않았다. 그건 내가 열병에 걸렸을 때와 같은 모양새였고, 나 또한 진짜 열병에 걸렸을 때처럼 잠이 쏟아져 내렸다.

다음 날 아침, 느지막이 눈을 뜨니 창고 옆 광장에서 웅성거림이 들려왔다. 동생도 아버지도 보이지 않았다. 나는 뜨거운 눈꺼풀을 억지로 올리고 벽을 확인했다. 아버지의 사냥총이 없었다. 광장의 웅성거림, 비어 있는 총걸이…… 심장이 벌렁거렸다. 나는 즉시 침대에서 뛰어 일어나 한 손에 셔츠를 들고 계단을 뛰어내려 갔다.

광장에 모인 어른들 속에 땟국이 좔좔 흐르는 아이들이 불안에 가득 찬 얼굴을 쳐들고 끼여 있었다. 그리고 거기서 조금 떨어진 곳에서 언청이와 동생이 지하 창고의 채광창 옆에 쪼그리고 앉아 있었다. 자식들이 지하 창고를 들여다보고 있었다는 데 화가 나서, 그리로 달려가려는 찰나, 지하 창고의 입구에서 소나무 지팡이에 가볍게 몸을 의지한 서기가 얼굴을 푹 숙이고 나왔다. 미칠 듯한 허탈감과 실망이 온몸을 엄습했다. 그런데 서기의 뒤를 이어 검둥이 군인의 시체가 들려 나오는 대신 아버지가 덮개도 벗기지 않은 총을 어깨에 메고 이장과 작은 소리로 이야기하며 나오는 게 아닌가. 뜨거운 한숨을 내쉬는 내 옆구리와 사타구니로 질펀하게 땀이 흘러내렸다.

"야, 들여다봐 봐!" 언청이가 벌떡 일어나 나에게 소리를 질렀다. "와 보라니까!"

나는 뜨거운 돌바닥에 배를 깔고 지면 가까이 달린 채광창으로 안을 들여다보았다. 어두컴컴한 지하 바닥에 검둥이 군인이 흠씬 두드려 맞은 가축처럼 몸을 웅크리고 모로 쓰러져 있었다.

"때렸어?" 나는 벌떡 몸을 일으키고 언청이에게 물었다. 분노로 몸이 부들부들 떨렸다. "발을 묶어 놔서 움직이지도 못하는 걸 때렸느냐고?"

"뭐라고?" 언청이가 나한테 눌리지 않겠다는 기세로 험상궂은 얼굴로 받아쳤다. "때려?"

"검둥이를 때렸냐니까!" 나도 버럭 소리를 질렀다.

"때리기는 왜 때려." 언청이가 여전히 화난 얼굴로 말했다. "아저씨들이 들어가서 그냥 보기만 했어. 그런데 저 검둥이는 저 꼴이다."

어느 틈에 분노가 사라졌다. 나는 애매하게 고개를 흔들었다. 동생이 나를 바라보았다.

"아, 괜찮아, 아무것도 아니다." 나는 동생에게 말했다.

어떤 애 하나가 내 옆으로 끼어들어 채광창을 들여다보려다가, 언청이의 발길질에 옆구리를 호되게 차이고는 비명을 질렀다. 언청이는 어느 틈에 채광창으로 검둥이 군인을 구경할 수 있는 권리를 장악하고 있었다. 그리고 그 권리를 넘보는 자에게는 가차 없는 형벌을 내렸다.

나는 언청이 옆을 떠나 어른들에게 둘러싸여 이야기를 하는 서기 옆으로 갔다. 그런데 서기가 나를 동네 여느 코홀리개 꼬마들과 똑같이 여겨 아는 척도 안 하고 자기 이야기만 계속하는 바람에 자존심이 상하고 그에 대한 친밀감도 상당히 손상되었다. 그러나 자기의 자존심만 내세울 수 없는 때도 있다는 것쯤은 나도 안다. 나는 어른들의 옆구리 사이로 얼굴을 디밀고 서기와 이장의 이야기에 귀를 기울였다.

읍사무소와 주재소에서는 검둥이 군인 포로를 처리할 방법이 없다, 현청에 보고하고 지시가 내려올 때까지 검둥이 군인을 보호할 책임은 마을에 있는 것이라는 게 서기의 주장이었다. 이장은 마을은 검둥이 군인을 수용할 능력이 없다고 펄쩍 뛰었다. 그렇다고 마을 사람들로서는 머나먼 산길을 돌아 저 위험한 검둥이 군인을 '읍내'까지 호송한다는 것도 어려운 일이었다. 기나긴 우기와 홍수가 모든 것을 엉망진창으로 만들어 놓았다.

그러나 서기가 일종의 하급 관리의 관료적인 명령조로 나오자 마을 어른들은 금세 복종적인 태도를 보였다. 현청의 지시가 내려올 때까지 검둥이 군인을 마을에 두는 것으로 결정이 나자 나는 불만스러운 표정의 어른들 틈에서 빠져나와 채광창 앞을 독점하고 있는 동생과 언청이가 있는 곳으로 달려갔다. 깊은 안도와 기대 그리고 어른들로부터 전염된 정체 모를 불안으로 가슴이 터질 듯했다.

"죽이지는 않는다지?" 언청이는 거 보란 듯이 소리를 질렀다. "검둥이는 우리의 적이 아니니까."

"아까우니까." 동생도 신이 나서 떠들었다. 나는 동생과 언청이와 이마를 부딪쳐 가며 다시 채광창을 들여다보았다. 여전히 모로 쓰러진 채 가슴을 크게 들먹이며 숨을 쉬고 있는 검둥이 군인의 모습을 보고 우리는 만족스러운 한숨을 내쉬었다. 땅바닥에 배를 깔고 엎드리느라 뒤집혀 햇볕에 하얗게 마른 우리의 발바닥 근처까지 동네 아이들이 다가와 조그만 소리로 불평을 했다. 그러나 언청이가 재빨리 몸을 일으켜 꽥 소리를 지르자 모두 비명을 지르며 도망갔다.

이윽고 우리는 땅바닥에 배를 깔고 검둥이 군인을 구경하는 일에도 싫증이 나기 시작했지만, 특권적인 장소를 포기하지는 않았다. 언청이는 대추, 살구, 무화과, 감 등을 대가로 아이 하나하나에게 일일이 약속을 받고 잠깐씩 채광창을 들여다볼 시간을 허락해 주었다. 아이들은 놀라움과 감동으로 목덜미까지 새빨갛게 물들이며 지하 창고를 들여다보고는 먼지가 묻은 턱을 손바닥으로 쓸며 일어났다. 나는 창고 벽에 기대서 언청이의 재촉 속에서 조그만 엉덩이를 햇볕에 구워 가며 난생처음 보는 광경에 몰두해 있는 아이들을 바라보았다. 알 수 없는 만족감과 충실감, 하늘을 날 것만같이 들뜨는 기분이 엄습했다. 언청이는 어른들 틈에서 나온 사냥개를 맨 무릎에 눕혀 놓고 벼룩을 잡아 갈색 손톱으로 눌러 죽여 가면서 기고만장한 목소리로 욕지거리를 하며 아이들을 호령했다. 어른들이 서기를 전송하기 위해 산등성이로 올라간 후에도 우리는 그 기묘한 놀이를 계속했다. 우리는 가끔씩 뒤에서 들리는 아이들의 원망 섞인 소리를 모른 척하며 오랫동안 지하 창고를 들여다보았다. 그러나 아무리 들여다봐도 검둥이 군인은 엄청나게 얻어맞기라도 한 것처럼 쓰러진 자리에서 조금도 움직이지 않고 늘어져 있었다. 다만 어른들이 와서 쳐다보았다는 것만으로도 중상을 입은 듯이……

밤이 되자 나는 다시 사냥총을 든 아버지의 엄호를 받아 가며 나물죽이 든 무거운 쇠 냄비를 들고 지하 창고로 내려갔다. 검둥이 군인은 녹색을 띤 누런 눈곱이 더덕더덕 붙은 눈으로 우리를 올려다보았다. 그러더니 바로 털이 난 손가락을 뜨거운 냄비에 쑤셔 넣고 허겁지겁 먹기 시작했다. 나는 이제 차분한 마음으로 그 모습을 지켜보았고, 아버지도 더 이상 검둥이 군인에게 총구를 겨누지 않고 지루한 듯이 몸을 벽에 기대고 있었다. 냄비 위로 이마를 기울인 검둥이 군인의 굵은 목덜미의 세심한 움직임이며 근육의 갑작스러운 긴장과 이완을 내려다보고 있자니, 갑자기 그가 착하고 온순한 동물같이 느껴졌다. 나는 숨을 죽이고 채광창으로 들여다보고 있는 언청이와 동생을 향해, 까맣게 젖어 반짝이는 눈으로 교활하고 짧은 미소를 날렸다. 검둥이 군인에게 익숙해지는 게 내게 커다란 자부심의 씨앗으로 심어졌다. 그러나 검둥이 군인이 몸을 움직이는 바람에 그 발목에 묶어 놓은 멧돼지 덫에서 쇳소리라도 날라치면 즉시 되살아난 공포는 온몸의 혈관을 타고 흘러 전신에 쫙 소름을 돋아 올렸다.

다음 날부터 나는 아버지의 호위를 받으며 아침저녁으로 한 번씩 검둥이 군인의 식사를 나르는 특권적인 임무를 부여받았다. 아버지도 이제는 총을 겨누지 않고 어깨에 멘 채로 들어갔다. 아침 일찍, 혹은 황혼이 어둠으로 물들 무렵 음식이 든 바구니를 든 나와 아버지가 창고 옆에 나타나면 광장에서 목이 빠지게 기다리고 있던 아이들이 일제히 터뜨리는 탄식이 구름처럼 퍼져 하늘로 올라갔다. 나는 자신의 업무에는 이미 홍미를 잃었지만, 업무에 대한 주도면밀함만은 잃지 않은 전문가처럼 눈썹을 찌푸리고 아이들 쪽은 거들떠보지도 않고 광장을 가로질렀다. 동생과 언청이는 내 옆에 바짝 들러붙어 지하 창고 입구까지 따라오는 것으로 만족스러워했다. 그들은 아버지와 내가 지하로 내려가면 바로 채광창으로 뛰어가서 아래를 들여다보았다. 혹시라도 내가 검둥이 군인에게 먹을 것을 날라다 주는 데 싫증이 나게 된다 해도, 등 뒤에서 들려오는 언청이를 비롯한 모든 아이들의 원망에 가까운 선망의 뜨거운 한숨 소리를 듣는 쾌락만으로도 이 일은 계속했을 것이다.

나는 언청이가 오후에 한 번씩 지하 창고에 들어갈 수 있도록 아버지에게 허락을 받았다. 나 혼자 하기 어려운 일을 언청이와 같이 하기 위해서였다. 지하 창고 기둥 뒤에는 검둥이 군인을 위한 조그만 낡은 나무통이 놓여 있었다. 언청이와 나는 오후가 되면 그 통 양옆에 달린 두꺼운 줄을 양쪽에서 조심스럽게 잡고 계단을 올라가 공동 퇴비장으로 가지고 갔다. 꿀럭꿀럭 소리를 내며 심한 냄새를 풍기는 검둥이 군인의 대소변이 섞인 걸쭉한 액체를 버리기 위해서였다. 언청이는 그 일에 지나치게 열심을 냈다. 때로는 퇴비장 옆 커다란 통에 쏟아붓기 전에 나무통 속을 막대기로 저어 가며 검둥이 군인의 소화 상태에 관

122

해서 열변을 토했다. 특히 설사에 대해 설명하며 나물죽에 들어간 옥수수 알갱이가 원인이라는 진단을 내리기도 했다.

나와 언청이가 아버지의 경호를 받으며 통을 가지러 내려갔을 때, 마침 검둥이 군인이 바지를 내리고 통 위에 걸터앉아 있는 장면과 맞닥뜨릴 때도 있었다. 그러면 우리는 새카맣게 빛나는 엉덩이를 고스란히 내놓고 마치 교미하는 개의 자세로 통에 타고 앉은 검둥이 군인의 뒤쪽에서 한동안 기다릴 수밖에 없었다. 그럴 때면 언청이는 경외심과 놀라움으로 눈동자에 초점을 잃고, 통 양옆에 둘린 검둥이 군인의 발목에서 나는 멧돼지 덫의 쇳소리를 들으며 내 팔을 움켜쥐고 놓지를 못했다.

우리 마을 아이들은 완전히 검둥이 군인의 포로가 되어 모든 생활의 구석구석을 검둥이 군인으로 채웠다. 검둥이 군인은 전염병처럼 아이들 사이에 퍼지고 침투했다. 그러나 어른들은 자기들 일로 바빴다. 어른들은 아이들의 전염병에 걸리지 않았다. 좀처럼 오지 않는 읍 사무소의 지시만 기다리고 앉아 있을 수는 없었다. 검둥이 군인의 감시 역할을 맡은 아버지조차 다시 사냥을 나가기 시작하자, 지하 창고에서 생활하는 검둥이 군인은 거의 아무 보류 조건 없이 아이들의 일상을 차지하게 되었다.

나와 동생과 언청이는 처음에는 규칙을 어긴다는 것 때문에 가슴이 두근거렸지만 금방 거기에도 익숙해졌다. 어른들이 산이나 골짜기로 일하러 나간 낮 동안에는 검둥이 군인의 감시가 우리에게 맡겨진 임무라도 되는 양, 아무렇지도 않게 검둥이 군인이 있는 지하 창고에 들어가 살다시피 했다. 그리고 언청이와 동생이 차지하고 있던 채광창

자리는 마을의 아이들에게 불하되었다. 마른 먼지 가득한 뜨거운 바닥에 배를 깐 아이들은 나와 언청이와 동생이 검둥이 군인을 빙 둘러싸고 앉아 있는 광경을 선망의 뜨거운 침을 삼키며 번갈아 들여다보았다. 그러다 그 선망에 사로잡힌 나머지 지각을 잃고 때로는 우리의 뒤를 이어 지하실로 따라 들어오려 하는 아이들도 있었다. 그런 반역적인 행위에 대해서는 언청이의 가차 없는 매질과 바닥에 쓰러져 코피를 흘리는 속죄 의식이 뒤따랐다.

이제 검둥이 군인의 '똥통'은 지하 창고 입구까지만 들고 나가면 되었다. 그다음에 뜨거운 태양 아래 악취 나는 통을 공동 퇴비장까지 들고 가는 일은 우리가 거드름을 피우며 지명하는 아이가 맡았다. 지명을 받은 아이는 신이 나서 환해진 얼굴로 누렇고 혼탁한 황금색의 귀중한 액체를 한 방울이라도 흘릴세라 통을 똑바로 치켜들고 조심스레 날랐다. 우리는 매일 아침, 불길한 지령을 맡은 서기의 모습이 나타나지 않기를 바라며 산등성이 아래로 내려오는 잡목림으로 난 오솔길을 거의 기도하는 심정으로 바라보았다.

검둥이 군인의 발목은 멧돼지 덫에 졸려서 피부가 벗겨지고 복숭앗빛 염증을 일으켰다. 염증에서 흘러내린 진물은 발등 위에 마른 풀잎처럼 엉겨 붙어 있었다. 우리는 복숭앗빛으로 곪은 발목의 상처에 늘 신경이 쓰였다. 검둥이 군인은 통에 걸터앉을 때마다 고통을 참느라고 이를 꽉 물었다. 그럴 때면 마치 웃는 것처럼 하얀 이가 전부 드러났다. 우리는 오랫동안 상대의 심정을 떠보며 이야기를 나눈 다음, 검둥이 군인 발목의 덫을 풀어 주기로 결심했다. 검둥이 군인은 검고 둔한 짐승처럼 언제나 눈물인지 눈곱인지 모를 혼탁한 액체로 눈이 그렁그렁한 채, 무릎을 껴안고 바닥에 가만히 앉아 있을 뿐이었다. 덫을 풀어 준다고 해서 우리에게 무슨 해코지를 할까? 그저 한 마리 검둥이일 뿐인데.

내가 아버지 연장 통에서 꺼내 온 열쇠를 언청이가 움켜쥐고, 검둥이 군인의 무릎에 어깨가 스칠 정도로 가까이 다가가 몸을 숙이고 덫의 잠금장치를 열었을 때, 검둥이 군인이 갑자기 신음 소리를 내며 벌떡 일어나 발을 번갈아 탁탁 굴렀다. 언청이는 공포에 질려 멧돼지 덫을 냅다 벽에다 던지고 계단으로 뛰어올라 갔다. 나와 동생은 앉은 자리에서 일어서지도 못하고 그냥 서로의 몸을 꽉 붙잡고만 있었다. 갑자기 되살아난 검둥이 군인에 대한 공포에 나와 동생은 거의 숨이 넘어갈 지경이었다. 그러나 검둥이 군인은 독수리처럼 우리에게 덤벼드는 대신 그대로 다시 앉더니 긴 무릎을 껴안고 눈물과 눈곱으로 흐릿한 눈으로 벽 아래쪽에 떨어진 멧돼지 덫을 가만히 응시했다. 언청이가 수치심으로 고개를 숙이고 다시 돌아왔을 때, 나와 동생은 따뜻한 미소로 그를 맞아 주었다. 검둥이 군인은 가축처럼 온순하다……

그날 밤늦게 지하 창고의 뚜껑에 거대한 자물쇠를 채우러 왔던 아버지는 검둥이 군인의 자유로워진 발목을 보았지만, 불안에 가슴을 졸이고 있던 우리를 나무라지는 않았다. 검둥이 군인이 가축처럼 온순하다는 생각은 공기처럼 아이들 어른들 할 것 없이 온 마을 사람들의 폐 속으로 스며들었다.

다음 날 아침, 아침밥을 가져갔던 나와 동생과 언청이는 검둥이 군인이 멧돼지 덫을 무릎에 올려놓고 만지작거리는 걸 보았다. 덫은 언청이가 벽에다 던지는 바람에 맞물리는 자리가 망가져 있었다. 검둥이 군인은 봄마다 마을에 찾아와 덫을 수리해 주는 기술자처럼 기술적인 정확한 동작으로 덫의 고장 부분을 점검하고 있었다. 그러더니 갑자기 검게 빛나는 얼굴을 들어 나를 바라보고, 몸짓으로 뭔가를 요구했다. 나는 언청이와 눈을 마주쳤다. 얼굴로 퍼지는 웃음을 억제할 길이 없었다. 검둥이 군인이 우리에게 말을 건다, 가축이 우리에게 말을 거는 것처럼 검둥이 군인이 말을 건다.

우리는 이장의 집으로 달려가 헛간에 있던 마을 공동재산인 연장 상자를 꺼내 지하 창고로 가지고 왔다. 그중에는 무기가 될 만한 것도 있었지만 우리는 조금의 주저함도 없이 그 상자를 검둥이 군인에게 넘겨주었다. 우리 눈앞에 있는 이렇게 순한 가축 같은 사람이 일찍이 전쟁터에서 싸우던 전사였다는 게 믿어지지 않았다. 도저히 그런 상상이 되지 않았다. 검둥이 군인은 한참이나 연장 상자를 보더니 다시 우리를 바라보았다. 우리는 오싹오싹한 것도 같고 후끈거리는 것도 같은 기쁨에 몸을 떨며 검둥이 군인을 지켜보았다.

"저게 꼭 사람 같네." 언청이가 조그만 소리로 그런 말을 했을 때, 나는 동생의 엉덩이를 쿡쿡 찔러 가며 웃느라고 몸을 뒤틀 정도로 행복하고 자랑스러웠다. 채광창에서 아이들의 경탄의 한숨 소리가 안개처럼 쏟아져 내려왔다.

아침밥이 들었던 바구니를 들고 올라가 우리도 아침을 먹고 다시 돌아와 보니, 검둥이 군인은 연장 상자에서 스패너, 작은 망치 등을 꺼내 바닥에 깔린 포대 위에 나란히 늘어놓고 있었다. 내가 그 옆에 가서 앉으니 검둥이 군인의 누런 때가 끼인 커다란 이가 드러나며 볼의 근육이 움직였다. 나는 검둥이 군인이 웃을 줄 안다는 데 작지 않은 충격을 받았다. 우리는 불현듯 검둥이 군인과 깊고도 격렬한 '인간적'인 정서로 묶여 있다는 걸 깨달았다.

오후 늦게 대장장이 마누라가 와서 심한 욕을 하며 언청이를 끌고 갔다. 바닥에 앉아서 구경하던 우리도 허리가 아파 오기 시작했으나, 검둥이 군인은 먼지로 시커메진 윤활유로 손가락을 더럽히면서 덫의 용수철 접합부의 이가 잘 맞도록 낮은 금속음을 내며 이런저런 시도를 계속했다.

나는 싫증을 내지 않고, 검둥이 군인의 분홍색 손바닥이 덫의 날에 눌려 쑥 들어가는 것, 검둥이 군인의 땀에 젖은 굵은 목덜미에서 기름진 때가 줄처럼 밀리는 것 등을 구경했다. 그런 것들은 내 마음에 불쾌하지 않은 구역질, 욕망과 이어진 희미한 반발 같은 것을 불러일으켰다. 검둥이 군인은 큰 입속으로 나지막이 노래라도 부르는 듯, 두꺼운 볼 근육을 부풀리고 일에 몰두했다. 동생은 내 무릎에 기대어 검둥이 군인의 손가락 움직임을 감탄하는 눈으로 바라보았다. 파리가 우리 주위로 몰려들어 빙빙 날았다. 내 귓속에서 파리의 윙윙대는 소리가 열과 섞여서 울리며 엉겨 붙었다.

철커덕하고 이가 맞아 들어가는 소리가 나고 덫이 굵은 밧줄을 물었다. 검둥이 군인은 덫을 조심스럽게 바닥에 내려놓으며 뿌연 액체 같은 눈에 미소를 띠고 나와 동생을 바라보았다. 검게 빛나는 그의 뺨으로 땀방울이 구슬처럼 흘러내렸다. 나와 동생도 검둥이 군인을 바라보며 마주 웃었다. 우리는 정말 오랫동안 염소 혹은 사냥개를 쳐다보는 것처럼 미소를 띠고 검둥이 군인의 순한 눈을 들여다보았다. 더웠다. 우리는 더위가 우리와 검둥이 군인을 묶어 주는 공통의 쾌락이라도 되는 듯이 더위에 푹 잠겨 서로 바라보며 웃음을 나누었다……

어느 날 아침, 서기가 턱에서 피를 흘리며 흙투성이가 된 채 들것에 실려 왔다. 숲을 지나다가 발을 헛디뎌 낭떠러지에서 구르는 바람에 그대로 꼼짝 못 하고 있는 것을 산으로 일하러 올라가던 마을 어른이 발견하고 데리고 온 거였다. 서기의 의족은 두꺼운 가죽을 금속 틀로 고정시킨 부분이 틀어져 다리에 붙일 수가 없게 되어 버렸다. 서기는 이장 집에서 치료를 받으면서 난감하게 그것을 바라보며 '읍내'의 지령에 대해서도 좀처럼 입을 열지 않았다. 어른들은 화를 냈고, 우리 역시 서기가 검둥이 군인을 호송해 가기 위해 온 거라면 낭떠러지 아래 떨어졌을 때 차라리 아무의 눈에도 띄지 않아 그대로 굶어 죽었더라면 좋았을 것을 하는 생각을 했다. 그러나 서기는 좀처럼 내려오지 않는 현청의 지시에 대해 변명을 하려고 왔던 것에 불과했다. 우리는 다시 활기와 서기에 대한 친밀감을 회복했다. 우리는 서기의 의족과 연장 상자를 가지고 지하 창고로 달려갔다.

검둥이 군인은 땀이 솟아나는 창고 바닥에 누워 낮고 굵은 소리로 노래를 부르고 있었다. 깊은 탄식과 애절한 호소가 바탕에 깔린 곡조가 이상하리만치 우리의 마음을 사로잡았다. 우리는 그에게 고장 난 의족을 보여 주었다. 그는 벌떡 일어나 앉아 한동안 의족을 살펴보고는 재빠른 손놀림으로 수리를 시작했다. 채광창으로부터 들려오는 아이들의 들끓는 환호성에 나와 언청이와 동생은 소리를 내서 웃었다.

저녁나절이 되어 서기가 지하 창고로 내려왔을 때 의족은 말끔히 수리되어 있었다. 서기가 짧고 뭉뚝한 넓적다리에 그걸 끼워 넣는 것을 보며, 우리는 다시 한 번 환성을 터뜨렸다. 서기는 의족의 상태를 시험해 보려는 듯, 계단을 뛰어올라 광장으로 나갔다. 우리는 검둥이 군인의 양쪽 겨드랑이를 잡아당겨 일으켜 세우고는 마치 이전부터 그래 왔던 것처럼 조금의 주저함도 없이 검둥이 군인과 함께 광장으로 올라갔다.

검둥이 군인은 포로가 된 이후 처음으로 맡아 보는 외부의 공기, 여름 저녁의 시원하고 달콤한 바람을 콧구멍을 크게 벌려 들이켜고는 서기가 걷는 모습을 열심히 지켜보았다. 모든 것이 순조로웠다. 서기는 뛰어갔다가는 돌아와서 호장근으로 만든 담배, 연기가 눈에 들어가면 무지하게 따가운, 들불 냄새가 나다시피 하는 엉성하게 생긴 담배에 불을 붙여 키가 커다란 검둥이 군인에게 건넸다. 검둥이 군인은 그것을 한 모금 빨더니 심한 기침을 하며 목을 감싸고 엉거주춤 주저앉았다. 서기는 난감한 표정으로 동정의 미소를 보냈고, 우리 아이들은 배꼽을 잡고 웃었다. 검둥이 군인은 몸을 일으키더니 커다란 손바닥으로 눈물을 닦고 자기의 다부진 허리춤을 단단히 조르고 있던 바지에서 검고 빛이 나는 파이프를 꺼내 서기에게 건넸다.

서기가 그 선물을 받아 들자 검둥이 군인은 만족스러운 듯이 고개를 끄덕였다. 저녁나절 포도색의 태양 빛이 그들 사이에서 넘쳐흘렀다. 우리는 목청이 터져라 소리를 지르고 미친 듯이 웃으며 두 사람 주위에서 법석을 떨었다.

그때부터 우리는 가끔씩 검둥이 군인을 창고에서 데리고 나와 마을 가운데 돌길을 함께 산책하기 시작했다. 어른들도 별로 거기에 대해 나무라지 않았다. 어른들은 마을 공유의 씨받이 소가 다가오면 길옆 풀숲으로 피하던 것처럼, 우리 아이들에 둘러싸인 검둥이 군인과 만나면 얼굴을 돌리고 옆으로 피했다.

아이들이 집에서 어른들이 시키는 일을 하느라 검둥이 군인의 지하 창고를 보러 오지 못한 날에도 광장에 올라와 나무 그늘 밑에서 꾸벅꾸벅 졸고 있거나, 꾸부정한 자세로 돌길을 걷는 검둥이 군인의 모습을 볼 수 있었다. 이제 그런 광경은 마을의 모든 사람들에게 별로 특별한 일이 아니었다. 검둥이 군인은 사냥개나 마을 아이들, 나무들과 마찬가지로 마을 생활의 일부분이 되어 가고 있었다.

새벽녘에 아버지가 널판으로 길고 엉성하게 만든 덫에 걸려서 발악하는 믿을 수 없이 몸통이 길고 살진 족제비를 옆구리에 끼고 돌아온 날, 나와 동생은 족제비 껍질 벗기는 일을 돕느라 오전 중에 죽 창고 봉당에서 시간을 보내지 않으면 안 되었다. 그날만큼은 검둥이 군인이 우리가 일하는 모습을 구경하러 와 주기를 간절히 바랐다.

검둥이 군인이 오자, 나와 동생은 피와 기름으로 번뜩이는 가죽칼을 쥔 아버지 양쪽에 무릎을 꿇고 숨죽이고 앉아, 반항적이고 민첩한 족제비의 완전한 죽음과 아버지의 멋진 '가죽 벗기기' 솜씨를 구경꾼인 검둥이 군인에게 보여 주게 되기를 간절히 기대했다. 아버지는 최후의 발악으로 지독한 냄새를 풍기는 족제비를 목 졸라 죽인 다음 둔한 광택이 나는 칼끝으로 족제비 가죽을 갈랐다. 칼끝에서는 짝짝하는 소리가 났다. 금방 진줏빛 광택이 나는 근육에 싸인 너무나 작고 외설적인 족제비의 알몸이 드러났다. 나와 동생은 족제비의 내장을 흘리지 않도록 조심하며 공동 퇴비장에 갖다 버리고 더러워진 손가락을 넓적한 나뭇잎으로 닦으며 돌아왔다. 족제비 가죽은 벌써 뒤집혀서 판자에 박히고 있었다. 얇은 지방 막과 혈관이 햇빛에 반짝였다. 검둥이 군인은 입술을 동그랗게 내밀어 새소리를 내며 마르기 좋도록 기름을 훑어 내는 아버지의 두꺼운 손가락에 주름이 잡히는 가죽을 들여다보았다. 판자에 못 박힌 모피가 손톱처럼 딱딱하게 마르면서 핏빛의 얼룩이 지도 위를 달리는 철도처럼 나타났다. 검둥이 군인이 감탄하는 소리는 나와 동생에게 아버지의 '기술'에 대한 무한한 자랑스러움을 느끼게 해 주었다. 아버지도 가죽에 물을 뿌리면서 호의적인 눈길로 검둥이 군인을 바라보았다. 그때만큼은 아버지의 족제비 처리 기술을 중심으로 나와 동생, 검둥이 군인과 아버지까지 하나의 가족처럼 친밀하게 느껴졌다.

검둥이 군인은 특히 대장간 구경하는 걸 좋아했다. 우리도 언청이가 반라의 몸을 불길에 번뜩이며 괭이 만드는 일을 돕는 것을 보러 검둥이 군인을 둘러싸고 대장간으로 구경을 갔다. 대장장이가 재로 더러워진 손바닥으로 빨갛게 달구어진 쇳덩이를 집어 물에 넣으면 검둥이 군인은 비명 같은 감탄을 터뜨렸고, 아이들도 옆에서 덩달아 환성을 질렀다. 대장장이는 가끔씩 그 위험한 방법으로 자신의 기술을 과시했다.

여자아이들도 더 이상 검둥이 군인을 무서워하지 않았다. 검둥이 군인은 가끔 여자아이들에게 먹을 것을 얻기도 했다.

여름은 깊어 갔으나 현청에서는 여전히 감감무소식이었다. 현청이 있는 도시가 공습으로 불탔다는 소문이 있었지만, 그것은 우리 마을에 아무런 영향도 주지 않았다. 우리 마을은 도시 하나를 태우는 불보다 더 뜨거운 공기로 온종일 뒤덮여 있었다. 그리고 검둥이 군인의 몸에서는 공동 퇴비장의 족제비 내장 썩는 것 같은 냄새가 진동했다. 바람이 통하지 않는 지하 창고에 함께 앉아 있다 보면 정신이 아득해질 정도로 지독했다. 우리는 언제나 그걸 가지고 눈물이 나올 정도로 웃어 대곤 했으나, 검둥이 군인의 피부에 땀이라도 날라치면 도저히 옆에 있을 수 없을 정도로 지독한 냄새가 풍겼다.

어느 무더운 오후, 언청이가 검둥이 군인을 공동 물터인 샘으로 데리고 가자는 제안을 했다. 우리는 어째서 지금까지 그 생각을 못 했을까, 어처구니없어하며 검둥이 군인의 끈적거리는 손을 잡아끌고 계단을 올라갔다. 광장에 모여 있던 아이들이 환성을 지르며 우리 주위로 모여들었다. 우리는 햇볕이 내리쬐이는 마을 길을 달려 내려갔다.

우리는 모두 새들처럼 알몸이 되어 검둥이 군인의 옷을 잡아 벗기고는, 한 덩어리가 되어 샘 가운데로 뛰어들어서 서로 물을 끼얹으며 깍깍 비명을 질러 댔다. 우리는 이 새로운 놀이에 완전히 빠져들었다. 검둥이 군인은 샘의 가장 깊은 곳까지 들어가도 물이 겨우 허리에 찰 정도로 덩치가 컸지만, 우리가 물을 끼얹으면 목 졸려 죽어 가는 닭의 비명 소리를 지르고는 물속으로 머리를 처박고 한동안 나오지 않다가 갑자기 일어서서 꽥 소리를 지르며 물을 사방으로 뿜어냈다. 물에 젖어 강렬한 태양 빛을 반사하는 검둥이 군인의 알몸은 검정말처럼 충실하고 아름답게 빛났다. 우리가 법석을 떨며 서로 물을 끼얹고 꽥꽥 소리를 지르고 있으면, 처음에는 샘가의 떡갈나무 그늘에 한 덩어리가 되어 머뭇거리고 있던 여자애들도 조그만 알몸으로 물속으로 텀벙 텀벙 뛰어들었다. 언청이는 여자애 하나를 끌어와서 자기만의 외설스러운 의식을 시작했다. 우리는 검둥이 군인을 데리고 가서 가장 잘 보이는 자리에 세우고 언청이가 쾌락을 즐기는 모습을 보여 주었다. 뜨거운 태양 빛은 우리의 단단한 맨살 위로 쏟아져 내리며, 끓어오르는 물처럼 거품이 올라오는 샘에 부딪혀 반짝반짝 빛났다. 언청이는 새빨개진 얼굴로 낄낄거리면서 여자애의 물에 젖은 번쩍거리는 엉덩이를 넓적한 손바닥으로 때리며 소리를 질렀다. 우리는 배꼽을 잡고 웃었고 여자아이는 울음을 터뜨렸다.

그리고 우리는 문득 검둥이 군인이 엄청나게 크고 당당하며 믿을 수 없으리만큼 아름다운 섹스를 가지고 있다는 걸 발견했다. 우리는 검둥이 군인의 주위에서 서로 허리를 부딪쳐 가면서 소리소리 지르며 법석을 떨었다. 검둥이 군인은 섹스를 붙잡더니 염소가 교미할 때 같은 사나운 자세를 취하며 소리를 질렀다. 우리는 눈물을 흘리면서 깔깔거리며 검둥이 군인의 섹스에 물을 끼얹었다. 갑자기 언청이가 벌거벗은 채로 달려가 잡화점 안마당에서 커다란 암염소를 끌고 왔다. 우리는 언청이의 기발한 착상에 박수갈채를 보냈다. 검둥이 군인은 복숭아 색깔의 입을 활짝 벌리고 소리를 지르더니, 샘에서 뛰어올라 겁에 질려 매애매애 우는 염소에게 달려들었다. 언청이가 염소의 목을 힘껏 잡았다. 우리가 미친 듯이 웃는 가운데 검둥이 군인은 햇볕에 그 검고 건장한 섹스를 빛내며 악전고투를 벌였으나 숫염소처럼 궁합이 맞을 수는 없었다.

제대로 서 있기가 힘들 정도로 웃어 대다가 지쳐서 쓰러져 버린 우리의 말랑한 머리 한구석에 아득한 슬픔이 배어들어 왔다. 우리는 검둥이 군인을 아주 진귀한 가축, 혹은 머리가 기막히게 좋은 동물로 생각했다. 우리가 얼마나 이 검둥이 군인을 사랑했는지, 그 아득하게 빛나는 여름의 오후 물에 젖은 무거운 살갗 위에서 빛나던 태양, 돌길 위로 떨어지던 진한 그림자, 아이들과 검둥이 군인의 냄새, 기쁨으로 갈라져 나오던 목소리, 그 모든 것의 충만함과 율동을 내가 어찌 다 표현할 수 있으랴?

우리는 그 눈부시게 빛나는 억센 근육을 드러내 주었던 여름이, 갑자기 솟아오른 유정油井과 같이 기쁨을 흩뿌리며 그 원유와 같은 흥분으로 우리를 뒤집어씌워 주던 여름이, 영원히 계속되고, 이 축제가 끝나는 일은 결코 없으리라 생각했다.

마치 고대의 축제와도 같은 샘가의 소동이 있었던 날 저녁, 맹렬한 소나기가 골짜기를 물안개로 가두었다. 밤이 깊어도 비는 그치지 않았다. 다음 날 아침, 나와 동생과 언청이는 쏟아지는 빗줄기를 피해 창고 벽을 따라 음식을 가지고 갔다. 식사를 마친 검둥이 군인은 어두운 지하 창고에서 무릎을 껴안고 낮은 목소리로 노래를 불렀다. 우리는 채광창에서 튀어 들어오는 빗방울을 손가락으로 받아 가며 검둥이 군인이 부르는 노랫소리에 귀를 기울였다. 바다처럼 무겁고 장중한 노래에 마음이 깨끗이 씻겨 내려가는 느낌이 들었다. 검둥이 군인이 노래를 마쳤을 때는 더 이상 채광창에서 빗방울이 튀어 들지 않았다. 우리는 한없이 싱글벙글하는 검둥이 군인의 팔을 끌고 광장으로 나갔다. 골짜기에서는 급속히 안개가 걷히고 빗방울을 흠뻑 빨아들인 우거진 나뭇잎들은 통통한 병아리처럼 부풀어 있었다. 바람이 불어오자 나뭇가지들이 바르르 떨리면서 젖은 이파리에서 물방울이 떨어지며 순간적으로 무지개를 만들었고, 그 사이를 매미가 날아올랐다. 나는 폭풍 같은 매미 소리와 되살아나기 시작한 더위 속에서 지하 창고 입구의 돌에 걸터앉아 오랫동안, 젖은 나무껍질 냄새가 나는 공기를 들이마셨다.

　오후가 되어 서기가 비옷을 옆구리에 끼고 산길을 내려와, 이장의 집으로 들어갈 때까지 우리는 그러고 있었다. 우리는 벌떡 일어나 물방울이 떨어지는 늙은 살구나무에 몸을 기댄 채, 서기가 나오면 바로 아는 척을 하기 위해 그가 이장의 컴컴한 헛간에서 튀어나오기를 초조하게 기다렸다. 그러나 서기는 좀처럼 나오지 않고 그 대신 이장 집 헛간 지붕에 달린 종이 울렸다. 이 종은 골짜기나 숲에 나가 일하는 어른들을 불러 모으는 신호였다. 비에 젖은 집집에서 여자들과 아이들이 돌길로 쏟아져 나왔다. 나는 검둥이 군인을 돌아보고 그의 갈색 광채가 나는 얼굴에서 미소가 사라지는 것을 보며 불현듯 솟아난 불안에 가슴이 답답했다. 나와 언청이와 동생은 검둥이 군인을 뒤에 남겨 두고 이장 집으로 뛰어갔다.

서기는 봉당에 아무 말 없이 서 있고, 이장은 우리의 존재는 무시한 채 아무 말 없이 마루방에서 양반다리를 하고 앉아 골똘히 생각에 잠겨 있었다. 나는 초조한 마음으로 그래도 뭔가 희망적인 기대를 버리지 않으려고 애를 쓰며 어른들이 모이기를 기다렸다. 골짜기의 밭과 숲으로부터 작업복 차림의 사람들이 불만으로 부루퉁한 얼굴로 모여들고, 아버지도 총신에 조그만 산새 몇 마리를 매달고 봉당으로 들어섰다.

회의가 시작되자 서기는 사투리를 써 가며 검둥이 군인을 현청으로 인도하게 되었다는 취지의 설명을 했다. 아이들의 실망은 이만저만이 아니었다. 그리고 군대가 검둥이 군인을 데리러 올 예정이었는데 군대 내부 연락에 착오가 생기는 바람에 마을에서 '읍내'까지의 호송은 마을에서 맡아 달라는 부탁을 하러 왔다고 했다. 어른들의 걱정이라야 검둥이 군인을 호송하는 귀찮은 일이 생겼다는 정도에 지나지 않았으나 우리는 경악과 실망의 구렁텅이로 추락하고 말았다. 검둥이 군인을 넘기고 나면 마을에는 과연 무엇이 남을까? 여름 자체가 공허한 껍데기로 남을 뿐이다.

검둥이 군인에게 어서 빨리 이 사실을 알려 주어야만 했다. 나는 어른들의 허리 틈을 빠져나와 창고 앞 광장에 앉아 있는 검둥이 군인에게 달려갔다. 검둥이 군인은 자기 앞으로 달려와 숨을 헐떡이는 나를 크고 멍한 눈알을 굴리며 올려다보았다. 나는 아무것도 설명할 수가 없었다. 나는 초조하고 슬픈 마음으로 그를 바라보기만 했다. 검둥이 군인은 무릎을 껴안은 채 내 눈을 들여다보았다. 알 밴 물고기 배처럼 불룩한 그의 입술이 열리며 하얀 침이 이 사이로 흘러내렸다. 그때 서기를 선두로 한 마을 사람들이 이장 집의 어두운 봉당을 나와 창고로 올라오고 있는 것이 보였다.

나는 태평하게 앉아 있는 검둥이 군인의 어깨를 마구 흔들며 사투리로 소리를 질렀다. 너무나 초조해서 머리가 빙글빙글 돌았다. 아, 어떡하지. 검둥이 군인은 묵묵히 내 팔에 굵은 목을 흔들리게 하고 있을 뿐이었다. 나는 그의 어깨에서 손을 떼며 고개를 푹 수그렸다.

그 순간 검둥이 군인이 후닥닥 일어나 커다란 나무처럼 내 앞을 가로막더니 나의 양쪽 팔뚝을 움켜쥐어 자기 몸에 바짝 끌어 붙이고 지하 창고 계단으로 뛰어들어 갔다. 지하 창고로 끌려들어 간 나는 잠시 어안이 벙벙해서 재빠르게 움직이는 검둥이 군인의 단단한 허벅지와 엉덩이 근육의 수축에 눈길을 빼앗겼다. 검둥이 군인은 입구의 뚜껑을 내리고는 수리 후 그대로 그곳에 걸려 있던 멧돼지 덫으로 안쪽에서 문을 잠가 버렸다. 양손을 모으고 계단에서 내려오는 검둥이 군인의 충혈되고 눈곱이 끼어 진흙을 바른 것처럼 표정 없는 눈을 보고, 나는 갑자기 검둥이 군인이 처음 잡혀 왔을 때와 같이 이해받기를 거부하는 한 마리의 검은 야수, 위험한 독성을 가진 물질로 변했다는 걸 깨달았다. 나는 검둥이 군인의 어마어마한 덩치와 멧돼지 덫으로 잠긴 문을 바라보고 나의 조그만 맨발을 내려다보았다. 공포와 경악이 홍수처럼 나의 오장육부를 휩쓸며 소용돌이쳤다. 나는 검둥이 군인에게서 달아나 벽에 바짝 등을 붙였다. 검둥이 군인은 고개를 푹 숙이고 창고 중앙에 서 있었다. 나는 입술을 깨물며 아랫도리가 벌벌 떨리는 것을 억눌렀다.

지하 창고 입구에 도착한 어른들은 처음에는 조용하게 다음에는 급작스러운 습격을 받은 닭처럼 허둥대며 뚜껑에 걸린 멧돼지 덫을 마구 흔들기 시작했다. 일찍이 마을 어른들이 검둥이 군인을 지하 창고에 가두기 위해 사용한 두꺼운 떡갈나무 뚜껑이 지금은 검둥이 군인을 위해 마을 어른들과 아이들, 나무, 골짜기 등 모든 것을 외부에 감금하는 역할을 했다.

당황한 어른들은 어쩔 줄 몰라 허둥거리며 채광창으로 지하 창고를 들여다보았다. 빨리빨리 자리를 바꾸느라 이마를 툭툭 부딪치며 난리가 났다. 지상의 어른들 태도가 급격하게 변하는 게 느껴졌다. 그들은 처음에는 소리를 질렀다. 그러고는 돌연 조용해지더니 채광창에서 위협적인 총부리가 내려왔다. 검둥이 군인은 민첩한 동물처럼 나를 잡아채어 자기 몸으로 바짝 껴안고 총구로부터 자신을 지키려 했다. 나는 검둥이 군인의 품에 감금되어 고통스러운 절규와 몸부림 속에서 이 잔혹한 상황의 의미를 모두 깨달았다. 나는 포로였다, 그리고 인질이었다. 검둥이 군인은 '적'으로 변해 있었고 나의 아군은 뚜껑의 저편에서 허둥거리고 있었다. 분노와 굴욕감, 배신당했다는 슬픔이 내 몸속으로 뜨거운 불길로 번져 나갔다. 그리고 무엇보다도 공포가 부풀어 올라 나의 목구멍을 막으며 오열을 불러일으켰다. 나는 억센 검둥이 군인의 품속에 갇힌 채 불타는 분노에 사로잡혀 눈물을 흘렸다. 검둥이 군인이 나를 인질로 삼다니……

총구가 거두어지고 어른들의 소동이 한층 심해지더니 채광창 밖에서는 기나긴 토론이 시작되었다. 검둥이 군인은 갑작스러운 저격을 당할 염려가 없는 구석으로 나를 끌고 가 쭈그리고 앉았다. 나는 그와 친하게 지내던 때처럼 체취가 물씬 풍기는 그에게 맨 무릎을 대고 앉았다. 그의 억센 팔에 억눌린 어깨가 저려 왔다. 어른들의 의논은 오랫동안 계속되었다. 가끔 아버지가 채광창으로 내려다보고 인질이 된 아들에게 고개를 끄덕일 때마다 나는 눈물을 흘렸다. 지하 창고에서 시작된 어둠은 채광창 너머의 광장으로 조수처럼 밀려갔다. 어둠이 내리자 어른들은 하나둘 내게 격려의 말을 남기고 자리를 떴다. 나는 그 후로 오랫동안 채광창 밖을 왔다 갔다 하는 아버지의 발걸음 소리를 들었으나 문득 모든 인간의 기척이 지상에서 사라졌다. 그리고 어둠이 지하 창고를 가득 채웠다.

검둥이 군인은 내 팔을 풀어 주더니, 바로 그날 아침까지도 우리 사이에 넘쳐흐르던 친밀감에 가슴이 미어지는지, 나를 가만히 응시해 왔다. 나는 분노로 부들부들 떨며 그 시선을 외면하고 검둥이 군인이 돌아앉아 두 무릎 사이에 얼굴을 묻을 때까지 발밑에 시선을 고정시킨 채 어깨를 바짝 치켜세우고 있었다. 나는 고독했다. 덫에 걸린 족제비처럼 버림받고 홀로 절망의 나락에 빠져 있었다. 검둥이 군인은 어둠 속에서 꼼짝도 하지 않았다.

나는 몸을 일으켜 계단 위로 올라가 멧돼지 덫을 만져 보았다. 그것은 차갑고 단단하게 나의 손가락과 희망의 싹을 튕겨 냈다. 나는 어찌해야 좋을지 전혀 알지 못했다. 자신이 빠진 절망의 밑바닥과 자신을 포획한 덫이 믿어지지 않아 부상당한 다리를 조이는 족쇄를 쳐다보며 쇠약해져 죽어 버리는 산토끼 새끼에 지나지 않았다. 검둥이 군인을 친구처럼 믿고 있었다는 사실, 그것이 얼마나 어리석은 짓이었던가. 그러나 언제나 싱글벙글 웃기만 하는 검고 냄새나는 덩치 큰 남자를 어찌 의심할 수 있었으랴. 지금 내 앞의 어둠 속에서 때로 이 가는 소리를 내는 남자가, 그 커다란 섹스를 가진 바보 같은 검둥이와 동일한 사람이라는 실감이 나지 않았다.

오한이 들며 이가 딱딱 부딪쳤다. 배가 아파 왔다. 나는 당혹감에 급히 아랫배를 움켜쥐고 쭈그리고 앉았다. 설사였다. 팽팽하게 땅겨진 신경 줄이 설사를 부른 모양이었다. 그렇다고 검둥이 군인 앞에서 그것을 감행할 수는 없는 노릇이었다. 나는 이를 악물고 참았다. 이마에서 식은땀이 흘러내렸다. 그것을 이기려는 안간힘이 공포가 충만한 장소를 완전히 덮을 때까지 긴 시간 동안 끙끙거렸다.

그러나 이윽고 한계가 다가왔고, 거기에 타고 앉은 검둥이 군인을 보며 배꼽 빠지게 웃곤 하던 통으로 다가가 바지를 내렸다. 홀딱 드러난 새하얀 엉덩이가 어쩌나 무저항적으로 연약하게 느껴지는지, 굴욕감에 목에서 식도를 거쳐 위의 내벽까지 온통 새카맣게 물이 드는 것 같았다. 용변을 마치고 벽의 한구석으로 돌아갔다. 나는 완전히 기가 죽어 저항 의지를 잃어버리고 절망의 밑바닥으로 떨어졌다. 지열이 전해져 오는 벽에 더러워진 이마를 대고 오랫동안 소리를 죽여 흐느껴 울었다. 밤은 너무나 길었다. 숲에서 들개 무리가 짖었다. 기온도 차츰 내려갔다. 어느 틈엔가 피로에 눌려 잠이 들었다.

눈을 뜨니, 검둥이 군인은 그 억센 손으로 내 팔을 잡고 있었다. 팔이 저렸다. 채광창에서 거친 안개와 어른들의 목소리가 쏟아져 들어왔다. 그리고 서기의 의족 소리가 삐그덕삐그덕 들려왔다. 지하 창고 뚜껑을 무거운 망치로 내리치는 소리가 거기에 섞였다. 그 무겁고 큰 소리에 빈속이 울리고 가슴이 욱신거렸다.

검둥이 군인이 갑자기 소리를 고래고래 지르며 내 어깨를 붙잡아 일으켜 세우더니 지하 창고의 중앙으로 끌어내어 채광창 너머의 어른들 눈앞에 들이댔다. 검둥이 군인이 왜 그러는지 나는 이유를 알 수 없었다. 채광창 너머의 수많은 눈동자가 사냥당한 토끼처럼 축 늘어진 나의 수치를 주목했다. 만약 그중에 동생의 젖은 눈이 있었다면, 나는 수치스러움에 혀를 깨물었을 것이다. 그러나 채광창을 통해 들여다보는 눈은 모두 어른들의 눈뿐이었다.

망치 내리치는 소리가 한층 격렬해지자, 검둥이 군인은 마구 울부짖으며 등 뒤에서 거대한 손으로 내 목을 잡아챘다. 나의 부드러운 피부에 파고드는 검둥이 군인의 손톱이 너무 아팠다. 울대뼈가 눌려 숨을 쉴 수 없었다. 나는 팔다리를 허우적거리며 얼굴을 젖히고 신음 소리를 냈다. 채광창 너머 어른들의 눈앞에서 나의 쓰디쓴 굴욕이 적나라하게 드러났다. 나는 몸을 뒤틀며 등에 바짝 들러붙어 있는 검둥이 군인의 몸에서 도망치려고 뒤꿈치로 검둥이 군인의 정강이를 차 보았지만, 두툼한 검둥이 군인의 털북숭이 팔은 단단하고 육중하기만 했다. 그는 내 신음 소리보다 훨씬 큰 소리로 울부짖었다. 채광창 너머 어른들의 얼굴이 사라졌다. 아마도 그들은 검둥이 군인의 시위에 밀려, 뚜껑을 부수는 일을 중지시키러 뛰어간 모양이었다. 검둥이 군인의 울부짖는 소리가 멈추고 바위 같던 목의 압박도 느슨해졌다. 나는 어른들에 대한 친밀감과 신뢰를 회복했다.

그런데 갑자기 뚜껑을 부수는 소리가 오히려 더 심해졌다. 채광창에 다시 어른들의 얼굴이 나타나자 검둥이 군인은 괴성을 지르며 내 목을 조른 손에 힘을 가했다. 뒤로 젖혀진 나의 일그러진 입에서는 작은 동물의 비명 같은 쇳소리가 새어 나왔다. 어른들이 나를 버린 것이다. 그들은 내가 검둥이 군인에게 목 졸려 죽는 걸 못 본 체하며 뚜껑 부수는 일을 강행하고 있었다. 뚜껑을 부수고 들어온 어른들은 족제비처럼 목 졸려 죽은 나의 뻣뻣한 팔다리를 보게 될 거다. 너무나 원통하고 분했다. 나는 뒤로 활딱 젖혀진 수치스러운 모습으로 신음 속에 몸부림치며 눈물범벅이 된 얼굴로 망치 소리를 들었다.

수백만 대의 자동차가 질주하는 소리가 귓속에서 울리면서, 코피가 양쪽 뺨으로 흘러내렸다. 마침내 뚜껑이 깨어져 나가고 발가락 위까지 억센 털로 덮인 흙투성이의 맨발이 쏟아져 들어왔다. 지하 창고는 광기에 불타는 추악한 어른들로 가득 찼다. 검둥이 군인은 괴성을 지르며 나를 꽉 껴안고 벽 쪽으로 물러났다. 그의 땀으로 끈적거리는 몸에 밀착된 내 어깨와 엉덩이로 뜨거운 분노가 교류하는 것이 느껴졌다. 나는 교미하다가 갑자기 들킨 고양이처럼 수치스러워하며 적의를 드러냈다. 그것은 내 굴욕을 뻔히 바라보는 어른들에 대한 적의, 또한 내 목에 두꺼운 손바닥을 올려놓고 연한 피부에 손톱을 꽂아 피투성이로 만드는 검둥이 군인에 대한 적의, 그리고 이 모든 것이 혼합되고 교란된 적의였다. 검둥이 군인은 울부짖었다. 그 소리에 고막이 마비되어, 나는 여름이 한창 무르익던 시절 지하 창고에서 누린 쾌락과도 같이 충실한 무감각으로 떨어져 내렸다. 검둥이 군인의 거친 숨결이 내 목덜미를 휘감았다.

어른들 무리에서 도끼를 든 아버지가 성큼 앞으로 나섰다. 분노로 이글거리는 아버지의 눈은 마치 개의 눈처럼 뜨거운 열기를 내뿜었다. 검둥이 군인의 손아귀에 더욱 힘이 들어가고 나는 신음을 흘렸다. 아버지가 우리에게 달려들었다. 나는 머리 위로 높이 들리는 번뜩이는 도끼날을 보고 눈을 감았다. 검둥이 군인이 내 왼손을 끌어 올려 자기의 머리를 감쌌다. 지하 창고에 있던 모든 인간들이 아악 하고 비명을 질렀다. 나는 나의 왼손과 검둥이 군인의 머리통이 박살 나는 소리를 들었다. 나의 턱 아래 검둥이 군인의 윤기 나는 피부 위로 뭉글뭉글한 피가 구슬이 되어 튀었다. 어른들이 일제히 달려들었다. 검둥이 군인의 손아귀가 풀리는 것과 동시에 타는 듯한 통증이 온몸을 엄습했다.

끈적끈적한 자루 속에서, 뜨거운 눈꺼풀, 미칠 듯한 갈증, 타들어 가는 손의 통증이 서로 엉기어 나라는 모양을 형성했다. 나는 그 끈적거리는 막을 뚫고 자루 밖으로 나올 수가 없었다. 나는 조산된 한 마리 새끼 양처럼 끈끈하게 손가락에 달라붙는 자루에 싸여 있었다. 손가락 하나 까딱할 수가 없었다. 밤이었다. 내 주변에서 어른들이 이야기를 나누었다. 그리고 아침이었다. 나는 눈꺼풀 너머로 빛을 감지했다. 가끔 묵직한 손이 내 이마를 짚었다. 나는 신음 소리를 내며 뿌리치고 싶었지만, 움직일 수가 없었다.

내가 처음으로 눈을 떴을 때는 다시 아침이었다. 나는 창고 2층, 내 자리에 누워 있었다. 널빤지 문 앞에서 언청이와 동생이 나를 지켜보고 있었다. 나는 눈을 확실하게 뜨고 입술을 움직였다. 언청이와 동생이 소리를 지르며 아래층으로 뛰어내려 갔다. 곧 아버지와 잡화점 여자가 올라왔다. 나는 몹시 배가 고팠다. 그러나 아버지가 염소젖이 든 그릇을 입에 대 주는 순간 구역질이 났다. 나는 악을 쓰며 입을 다물어 버렸다. 염소젖은 목덜미와 가슴으로 흘러내렸다. 아버지를 포함한 모든 어른이 증오스러웠다. 있는 대로 이를 드러내고 도끼를 휘두르며 나에게 달려들던 어른들, 그것은 참으로 기괴한 모습이었다. 모든 것의 이해를 거부한 나는 계속 구역질을 했다. 그리고 아버지가 방에서 나갈 때까지 계속 악을 썼다.

얼마쯤 지난 뒤에 동생의 보드라운 팔이 가만히 내 몸에 닿았다. 나는 눈을 감은 채 잠자코 동생의 목소리에 귀를 기울였다. 검둥이 군인을 화장할 장작을 모으는 일에 자기도 참가했다는 얘기, 서기가 그 화장을 금지하라는 지시를 가지고 왔다는 얘기, 어른들이 검둥이 군인의 시체가 썩는 것을 늦출 요량으로 골짜기의 폐광 속으로 시체를 옮기고 들개들이 들어오지 못하도록 나무로 창살을 만들고 있다는 얘기.

"형이 죽은 줄 알았어." 동생은 울먹이며 몇 번이고 같은 소리를 했다. 이틀이나 아무것도 먹지 않고 잠만 자는 걸 보고 정말 죽은 줄 알았던 모양이었다. 나는 동생의 보드라운 손바닥의 감촉을 느끼며 죽음처럼 강한 잠의 유혹 속으로 끌려들어 갔다.

점심때가 지나 다시 눈을 떴을 때, 부상당한 손이 헝겊으로 둘둘 감겨 있는 것을 비로소 보았다. 도저히 내 몸이라고 믿어지지 않을 만큼 통통 부어오른 팔을 가슴 위에 올려놓고 나는 한참 동안 눈도 깜짝이지 않고 내려다보았다. 방에는 아무도 없었다. 지독한 냄새가 창문에서 스며들어 왔다. 나는 그 냄새의 의미를 알았지만, 특별히 슬픔이 솟아나지는 않았다.

방이 어두컴컴해지며 기온이 내려갔다. 나는 침대에서 몸을 일으켰다. 한참을 망설이다가 뭉개진 왼손에 감긴 헝겊의 양쪽을 묶어 목에 걸고, 열려 있는 창에 기대어 '마을'을 내려다보았다. 돌길 위, 사람들이 사는 집, 그 모든 것을 담고 있는 골짜기에 검둥이 군인의 무거운 시체에서 격렬하게 뿜어져 나오는 냄새, 악몽처럼 우리의 몸과 머리 위로 덮어 내리는 검둥이 군인 시체의 소리 없는 아우성이 충만했다. 해가 지고 있었다. 하늘은 주황색을 품은 눈물겨운 회색빛으로 좁고 낮은 골짜기를 에워쌌다.

　가끔 어른들이 입을 굳게 다문 채 바쁜 걸음으로 골짜기로 내려가는 모습이 보였다. 그럴 때마다 나는 머리를 창 안으로 끌어들였다. 나는 그들에게서 구역질과 공포를 동시에 느꼈다. 어른들은 내가 깊은 잠에 빠져 있는 사이에 전과는 완전히 다른 괴물로 변한 것 같았다. 온몸이 젖은 모래를 채워 넣은 듯 무겁고 나른했다.

　나는 오한에 몸을 떨며 가랑잎같이 바짝 마른 입술을 깨문 채 돌길에 깔린 돌 하나하나가 처음에는 연한 황금빛 그림자를 거느리고 부드럽게 부풀어 올랐다가, 윤곽이 사라지며 전체가 매혹적인 포도색으로 변하고, 다시 불투명한 보라색 광선 속으로 가라앉는 모습을 지켜보았다. 갈라진 입술이 때로 흘러내리는 짭짤한 눈물에 젖어 따끔거렸다.

　창고 뒤에서 검둥이 군인 시체 썩는 냄새를 뚫고 아이들의 함성이 일어났다. 나는 중병을 앓고 난 사람처럼 후들거리는 다리로 조심스럽게 어두운 계단을 내려가 인적이 사라진 돌길을 걸어 아이들의 함성 소리가 나는 곳으로 다가갔다.

　아이들은 골짜기 아래 개울로 내려가는 비탈의 풀밭에 모여 함성을 지르며 놀고 있었고 개들도 그 옆을 뛰어다니며 짖어 댔다. 어른들은 그 아래쪽 관목이 우거진 골짜기 밑에서 검둥이 군인의 시체를 보관해 둔 폐광에 들개들이 들어가지 못하도록 목책을 튼튼하게 세우느라 땀을 흘리고 있었다. 거기에서는 말뚝을 박는 육중한 소리가 올라왔다. 어른들은 묵묵히 작업을 계속했지만, 아이들은 신이 나서 미친 듯이 소리를 지르며 뛰어다녔다.

　나는 늙은 오동나무에 기대서서 아이들이 노는 모습을 구경했다. 아이들은 추락한 검둥이 군인의 비행기 뒷날개로 풀밭에서 썰매를 타고 있었다. 아이들은 모서리가 뾰족하게 생긴 경쾌하고 멋진 썰매를 타고 어린 짐승처럼 풀밭을 미끄러져 내려왔다. 풀밭 위 군데군데 돌출된 검은 돌부리에 썰매가 부딪칠라치면 맨발로 땅을 차서 썰매의 방향을 바꿨다. 한 아이가 썰매를 끌고 올라갈 때쯤이면 벌써 아래쪽의 썰매가 지나간 다음 눌렸던 풀들은 천천히 허리를 일으켜 용감한 소년의 행적을 지워 버렸다. 그 정도로 아이들과 비행기 날개는 가벼웠다. 아이들이 함성을 지르며 미끄러지면 개가 맹렬하게 짖으면서 그 뒤를 따랐다. 그리고 아이들은 다시 썰매를 끌고 위로 올라갔다. 가슴 밑바닥에서 솟아나는 억누를 수 없는 신바람이 마법사의 불꽃처럼 아이들을 날아다니게 하는 것 같았다.

아이들 무리에서 풀 줄기를 이 사이에 문 언청이가 뛰어와 사슴 다리를 닮은 떡갈나무에 기대서 내 얼굴을 들여다보았다. 나는 언청이를 외면하고 썰매놀이에 정신이 팔린 척했다. 언청이는 흥미진진한 얼굴로 내 목에 걸쳐 맨 팔을 자세히 들여다보면서 코를 킁킁댔다.

"으, 냄새." 언청이가 말했다. "으깨진 네 손에서 지독한 냄새가 난다."

나는 투쟁심으로 번뜩이는 언청이의 눈을 흘겨보았다. 언청이는 내가 바로 덤벼들 것으로 생각했는지 다리를 벌리고 싸울 태세를 취했다. 그러나 나는 그것을 무시, 그의 목을 향해 덤벼드는 짓은 하지 않았다.

"그건 나한테서 나는 냄새가 아니야." 나는 힘없이 갈라진 소리로 말했다. "검둥이 냄새지."

언청이는 어처구니없다는 듯이 나를 쳐다보았다. 나는 입술을 깨물고 언청이에게서 시선을 돌려 언청이의 맨발을 감싸고 있는 자잘한 풀 이파리를 내려다보았다. 언청이는 노골적으로 경멸을 나타내며 어깨를 으쓱하더니 침을 탁 뱉고 소리를 지르면서 썰매를 타는 아이들이 있는 곳으로 달려갔다.

나는 이제 아이가 아니다, 라는 생각이 계시처럼 내면에서 솟아오르는 것을 느꼈다. 언청이와의 피 튀기는 주먹질, 달밤의 새 후리기, 썰매 타기, 새끼 들개, 그 모든 것들은 아이들을 위한 거다. 그런 세계는 더 이상 나와는 아무 상관이 없는 세계가 되어 버렸다.

나는 오한에 떨며 피곤에 전 몸을 아직은 낮의 온기가 남아 있는 지면에 내려놓았다. 시선이 낮아지자 묵묵히 작업을 하던 골짜기 아래의 어른들은 무성하게 우거진 풀에 가려 보이지 않게 되었고 대신 잔디 썰매를 타는 아이들이 갑자기 시커먼 목신처럼 우뚝해 보였다. 그리고 홍수에 쫓기는 난민처럼 뛰어다니는 젊은 목신들과 개들 속에서 여름 공기가 차츰 진해지며 긴밀해지고 청명해져 갔다.

"어이, 살아났구나, 개구리."

뒤에서 건조하고 뜨거운 손이 내 머리를 눌렀지만 일어서지 않았다. 나는 비탈에서 놀고 있는 아이들에게 얼굴을 향한 채 눈만으로 내 정강이 옆으로 와 서는 서기의 의족을 확인했다. 서기가 옆에 있다는 것만으로도 짜증이 났다.

"개구리, 넌 썰매 안 타?" 서기가 말했다. "네가 생각해 낸 놀이인 줄 알았는데."

나는 고집스럽게 침묵을 지켰다. 서기는 떨그럭거리는 의족 소리를 내며 옆에 앉더니 윗주머니에서 검둥이 군인에게 상납받았던 파이프를 꺼내 담배를 눌러 담았다. 파이프에서 매캐한 자극과 동물적인 정넘을 피워 올리는 강한 냄새, 잡목림을 태우는 들불의 냄새가 피어올라 콧속의 연한 점막을 자극하며 나와 서기를 같은 색깔의 푸른 안개로 둘러쌌다.

"이 정도면 전쟁도 참 몹쓸 것이로구나. 어린애 손가락까지 결딴을 내다니." 서기가 중얼거렸다.

나는 숨을 깊이 들이마시곤 잠자코 있었다. 전쟁, 피투성이로 뒤엉키는 거대하고 긴 싸움, 지금도 그것이 계속되고 있는 거다. 먼 나라의 양 떼나, 잘 다듬어 놓은 목초지를 휩쓸어 가는 홍수처럼, 그것은 우리 마을하고는 아무런 상관이 없는 것인 줄로만 알았다. 그런데 바로 그것이 여기까지 와서 나의 손을 이렇게 짓이겨 놓았다. 그것은 아버지로 하여금 온몸을 피로 적시며 도끼를 휘두르게 만들었다. 그리고 마을은 급작스럽게 전쟁의 소용돌이 속으로 빨려 들어갔다. 그 엄청난 소용돌이 속에서 나는 숨조차 제대로 쉴 수가 없다.

"결국 이 전쟁도 끝장이 날 모양인데." 서기가 어른들끼리 이야기할 때처럼 진지한 목소리로 혼자 중얼거렸다. "시에 있는 군대로 연락을 해도 모든 게 엉망이 되어 버리는 바람에 뭐 하나 통하는 게 있어야 말이지. 정말, 어떻게 해야 좋을지 모르겠다."

골짜기에서는 여전히 망치 소리가 들려왔다. 골짜기를 울창하게 덮은 눈에 보이지 않는 수목의 거대한 뿌리처럼 죽은 검둥이 군인의 냄새는 그대로 골짜기에 고착되는 것 같았다.

"아직도 열심히들 일하고 있는 모양이네." 서기가 망치 소리에 귀를 기울이며 말했다. "너희 아버지들도 저걸 어떻게 처리해야 할지 몰라서 저렇게 말뚝을 박느라 고생이지."

우리는 잠자코 아이들의 함성과 웃음 사이사이에 들려오는 묵직한 망치 소리를 들었다. 서기는 마침내 익숙한 동작으로 의족을 풀기 시작했다. 나는 그것을 말없이 바라보았다.

"얘들아!" 서기가 아이들에게 소리를 질렀다. "썰매 이리 좀 가져와 봐라."

아이들이 와자지껄 떠들며 썰매를 끌고 왔다. 서기가 깨금발로 폴짝폴짝 뛰어 썰매를 둘러싼 아이들의 무리 속으로 들어가자, 나는 서기가 벗어 놓은 의족을 안고 풀밭을 가로질러 아래쪽으로 내려갔다. 의족은 굉장히 무거웠고 한쪽 팔로 안기가 힘들어 짜증스러웠다.

우거진 풀밭에는 이슬이 내리기 시작해서 나의 맨발을 적시고 거기에 풀잎이 들러붙어 근질거렸다. 나는 비탈의 아래쪽에서 의족을 안고 서기를 기다렸다. 벌써 밤이었다. 풀밭 위쪽에서 나는 아이들의 목소리만이 더욱 또렷해져 거의 불투명한 어두운 공기의 막을 흔들었다.

한층 높아진 아이들의 함성과 웃음소리, 그리고 가볍게 풀을 스치는 소리, 그러나 끈끈한 공기를 가르고 내 앞으로 미끄러져 와야 마땅할 썰매는 나타나지 않았다. 둔탁한 충격음이 들린 것도 같았지만 나는 그대로 서서 어두운 공기를 응시하고 있었다. 짧은 정적 뒤에 이윽고 내 눈에 들어온 건 사람이 타지 않은 비행기 뒷날개가 혼자서 굴러 내려오는 모습이었다. 나는 의족을 내던지고 축축한 풀밭을 뛰어올라 갔다.

풀에 싸여 이슬에 시커멓게 젖어 튀어나온 바위 옆에 서기가 양팔을 벌린 자세로 벌러덩 자빠져 미소 짓고 있었다. 나는 쭈그리고 앉아 미소 짓고 있는 서기의 귓구멍에서 끈끈한 피가 흘러내리는 걸 보았다. 아이들이 어두운 풀밭을 달려 내려오는 소란스러움이 골짜기에서 올라오는 바람을 맞아 한층 높아졌다.

　나는 아이들에게 둘러싸이는 것을 피해 서기의 시체를 버려두고 풀밭에서 일어났다. 나는 갑작스러운 죽음, 죽은 자의 표정, 때론 슬픈 표정이고 때론 웃는 표정인 그런 것들에 급속하게 익숙해져 갔다. 마을 어른들이 그러했듯이. 아마도 검둥이 군인을 태우기 위해 모아 놓은 장작으로 서기의 화장이 치러지리라. 나는 눈물이 솟아오르는 눈을 들어 아직 한 조각의 빛이 남아 있는 좁다란 하늘을 올려다본 다음, 동생을 찾으러 풀밭을 내려갔다.

인간 양

人間の羊

겨울의 초입이었다. 이슥한 밤거리에 서 있자니 안개 알갱이가 딱딱한 가루처럼 뺨과 귓불을 때렸다. 나는 가정교사로 가르치는 프랑스어의 초급 교재를 외투 주머니에 찔러 넣고 추위에 맞서 몸을 웅크린 채 교외로 나가는 막차 버스가 안개 속에서 배처럼 흔들리며 다가오기를 기다리고 있었다.

차장의 다부진 목덜미에는 토끼의 성기 같은 분홍색의 애교스럽고 여자다운 뾰루지가 돋아 있었다. 그녀는 나에게 버스 뒤쪽 구석의 빈 자리를 가리켰다. 나는 그리로 걸어가다가 무릎에 초등학교 시험지 다발을 올려놓고 있는 교사풍의 젊은 남자의 흘러내린 레인코트 자락을 밟고 비틀거렸다. 너무나 피곤하고 졸려서 몸의 균형을 잡기가 힘들었다. 나는 애매하게 고개를 숙인 다음, 술에 취해 교외의 캠프로 돌아가는 외국 군인들이 점령한 뒷좌석으로 다가가서 좁게 비어 있는 자리에 엉덩이를 들이밀었다. 나의 허벅지가 피둥피둥한 외국 군인의 엉덩이에 닿았다. 버스 안의 축축하고 따뜻한 공기에 얼굴 피부가 녹자 피로와 안도감이 동시에 피어올랐다. 나는 작게 하품을 하고 딱정벌레의 체액 같은 하얀 눈물을 흘렸다.

나를 구석으로 밀어붙이고 있는 외국 군인들은 있는 대로 취해서 아주 소란스러웠다. 그들은 거의 모두 커다랗고 축축한 소의 눈과 좁은 이마를 가지고 있었다. 그리고 모두 젊었다. 피둥피둥 살이 오른 뻘건 목덜미를 황갈색 셔츠로 옭아맨 군인이 키가 작고 얼굴도 자그마한 여자를 무릎에 올려놓고 다른 군인들의 부추김 속에 나뭇조각처럼 딱딱해 보이는 여자의 귓불에 대고 뭔가 열심히 속삭였다.

마찬가지로 술에 취한 여자는 군인의 축축하고 두꺼운 입술을 피하려고 어깨를 흔들며 도리질을 했다. 군인들은 두 사람이 하는 짓을 보며 미친 듯이 웃어 댔다. 일본인 승객들은 양쪽 창가로 길게 붙은 좌석에 앉아 군인들의 소동을 못 본 척하고 있었다. 외국 군인의 무릎에 올라가 있는 여자는 벌써부터 그 남자와 입씨름을 하고 있던 모양이었다. 나는 딱딱한 등받이에 몸을 기대며 머리가 창문에 부딪치지 않도록 고개를 숙였다. 버스가 달리기 시작하자 다시 차가운 냉기가 조용히 버스 안으로 스며들었다. 나는 천천히 나의 내부로 틀어박혔다.

갑자기 귀를 찢는 듯한 요란한 웃음소리가 나더니 여자가 외국 군인에게 욕을 퍼부으며 그의 무릎에서 일어나 쓰러질 듯이 내 어깨에 기대 왔다.

"그래 나는 동양인이다. 그게 뭐. 너 너무 끈질기지 않니?" 여자는 포동포동한 몸을 내게 밀어붙이며 일본어로 부르짖었다. "사람 우습게 보지 말란 말이야!"

여자를 무릎에 앉히고 있던 외국 군인은 허전해진 긴 두 무릎을 원숭이처럼 쫙 벌리고는 오히려 당황한 표정을 지으며 나와 여자를 바라보았다.

"저 개새끼들이 사람들 앞에서 무슨 짓을 하는 거야." 여자는 잠자코 있는 외국 군인들에게 욕을 퍼부으며 고개를 흔들었다.

"내 목에다 무슨 짓을 한 거야. 아유, 더러워."

차장이 굳은 표정으로 얼굴을 돌렸다.

"등에까지 털이 북슬북슬한 것들아!" 여자는 계속 악을 써 댔다. "나는 애하고 자고 싶다고."

앞쪽 좌석에 앉아 있던 일본인 승객들, 가죽점퍼를 입은 청년이나 중년의 공장 종업원으로 보이는 남자, 직장인 등이 나와 여자를 응시했다. 나는 몸을 움츠리고 레인코트 깃을 세우고 있는 선생에게 피해자의 미소, 아주 희미한 미소를 보내려고 했지만 선생은 비난하는 눈초리로 나를 바라보았다. 나는 외국 군인들도 여자보다 오히려 내 쪽에 주의를 집중하기 시작했다는 걸 깨닫고 수치심과 당혹감에 전신이 화끈거렸다.

"야, 나는 이 애하고 자고 싶다고."

나는 여자의 몸을 피해서 일어서려고 했지만 바싹 마르고 차가운 여자의 팔은 내 어깨에 찰싹 들러붙어 떨어지지 않았다. 그리고 여자는 주황색 잇몸을 드러낸 채 술 냄새가 물씬 풍기는 침방울을 내 얼굴에 마구 튀기며 소리를 질러 댔다.

"너네는 소 엉덩이나 올라타라고. 나는 이 애하고, 자 이렇게."

여자의 팔을 뿌리치며 자리에서 일어서려는 순간 버스가 크게 흔들리는 바람에 나는 쓰러지지 않으려고 창틀을 가로지르는 봉을 꽉 붙잡았다. 그 결과 여자는 내 어깨에 매달린 채로 빙그르르 돌아 꽥 소리를 지르며 바닥으로 벌렁 자빠져 짧고 가느다란 양다리를 버둥거리게 되었다. 스타킹 고무줄 위로 부자연스럽게 부풀어 오른 허벅지가 추위로 소름이 돋아 푸르스름하게 변색되어 있었다. 나는 아무것도 해줄 수가 없었다. 그것은 정육점 타일 위에 놓인 털이 뽑힌 물에 젖은 닭의 버둥거리는 몸부림을 닮아 있었다.

외국 군인 하나가 재빨리 일어나더니 여자를 부축해서 일으켜 주었다. 그리고 갑자기 얼굴이 핼쑥해지면서 추위에 오그라드는 입술을 깨물고 신음하는 여자의 어깨를 부축한 채 나를 노려보았다. 나는 뭐라고 사과할 말을 찾았으나 노려보는 외국 군인들의 눈초리에 부딪치자 목구멍에 걸려서 제대로 나오지 못했다. 고개를 좌우로 흔들고 다시 자리에 앉으려고 하는 순간, 외국 군인이 내 어깨를 와락 움켜쥐더니 위로 끌어 올렸다. 나는 몸이 휘어지며 외국 군인의 갈색 눈동자가 분노와 취기로 작은 불꽃을 일으키는 것을 바라보았다.

외국 군인은 뭐라고 소리를 질렀다. 그러나 나는 그 치음이 잔뜩 섞인 욕설을 알아들을 수가 없었다. 외국 군인은 일순 말을 멈추고 내 얼굴을 들여다보더니 다시 난폭하게 소리를 질렀다.

나는 그저 허둥지둥하며 외국 군인이 세차게 흔드는 머리의 움직임과 갑자기 부풀어 오른 목덜미를 지켜볼 뿐이었다. 그의 말 중에서 단어 하나도 알아들을 수 있는 게 없었다.

외국 군인이 악을 쓰며 내 멱살을 잡아 흔드는 바람에 학생복 깃이 목을 파고들어 몹시 아팠다. 황금색 털이 북슬북슬한 외국 군인의 팔을 어깨에서 떼어 내지도 못하고 위로 젖혀진 채 무방비로 흔들리는 내 얼굴 위로 외국 군인의 침이 쏟아져 내렸다. 미친놈처럼 악을 쓰던 군인이 별안간 나를 구석으로 밀쳐 버리는 바람에 나는 뒤통수를 창문에 부딪치며 뒷좌석으로 쑤셔 박혔다. 나는 그대로 겁먹은 강아지처럼 몸을 웅크렸다.

외국 군인이 명령조로 소리를 지르자 주위가 돌연 물을 끼얹은 듯이 조용해지며 버스 엔진 돌아가는 소리만 들려왔다. 쓰러진 채 고개를 돌리자 젊은 외국 군인이 오른손으로 꽉 움켜쥔 새파란 칼날이 눈에 들어왔다. 나는 천천히 몸을 일으켜 허리 근처에서 칼날을 잘게 움직여 보이는 외국 군인 옆에서 의기양양한 표정을 짓는 못생긴 여자를 향해 돌아섰다. 일본인 승객과 외국 군인들은 모두 입을 다물고 우리를 지켜보았다.

외국 군인은 천천히 한 음절씩 끊어 가며 뭐라고 말을 했다. 내 귓속에서는 피가 세차게 흐르는 소리가 윙윙 울릴 뿐이었다. 나는 고개를 저어 보였다. 외국 군인이 짜증을 내며 지나칠 정도로 명확한 발음으로 다시 되풀이하는 말을 이해한 나는 급격한 공포로 내장이 뒤틀렸다. "뒤로 돌아, 뒤로 돌아." 그러나 어쩌랴, 나는 외국 군인의 명령에 따라 뒤로 돌았다. 버스 뒤쪽의 넓은 창 너머에는 안개가 항적처럼 소용돌이치며 세차게 흘러가고 있었다. 외국 군인이 정확한 발음으로 뭐라고 소리를 질렀지만 나는 알아듣지 못했다. 외국 군인이 외설스러운 어감이 나는 속어를 되풀이하자 주위에 있던 군인들이 발작이라도 일으킬 것처럼 웃어 젖혔다.

나는 고개를 돌려 외국 군인과 여자를 바라보았다. 여자의 얼굴에는 외설스러움과 생기가 돌아오고 있었다. 그리고 외국 군인은 위협적인 몸짓을 과장하며 제가 생각해 낸 장난에 신이 난 어린애처럼 소리를 질렸다. 나는 어이가 없어서 공포가 수그러드는 것을 느꼈으나 외국 군인이 무슨 생각을 하는지까지는 알 수가 없었다. 나는 천천히 머리를 흔들고 외국 군인에게서 눈길을 돌렸다. 그는 나에게 장난을 치고 있던 것에 불과한 듯했다. 어떻게 하면 좋을지는 알 수 없었지만 적어도 위험한 일이 일어날 것 같지는 않았다. 창문 너머의 안개의 흐름을 지켜보았다. 그대로 서 있으면 될 것 같았다. 그리고 그들은 나를 놓아 주겠지.

그러나 외국 군인은 갑자기 억센 팔로 내 어깨를 덥석 움켜쥐고는 동물의 가죽이라도 벗기는 것처럼 내 외투를 벗겼다. 몇 명의 외국 군인이 낄낄거리며 내 몸을 옥죄었다. 나는 속수무책이었다. 그들은 내 바지의 벨트를 풀더니 바지와 속옷을 거칠게 벗겨 버렸다. 나는 억센 팔에 양팔과 목덜미를 억압당한 채 바지가 흘러내리는 데 저항하여 다리를 양쪽으로 벌렸다. 외국 군인들은 환성을 지르며 내 등을 구부러뜨려 네발짐승처럼 엎드리게 했다. 나는 벌거벗은 엉덩이를 그들에게 고스란히 드러낸 채 몸부림을 쳤지만 양팔과 목덜미가 완전히 잡혀 있는 데다 흘러내린 바지가 무릎에 걸려 도통 움직일 수가 없었다.

엉덩이가 시렸다. 나는 그들의 눈앞에서 벌거벗겨진 내 엉덩이에 소름이 돋으며 푸르게 변해 가는 걸 느꼈다. 버스가 흔들릴 때마다 꼬리뼈 위에 올려진 딱딱한 쇠로부터 격심한 통증이 등 전체로 퍼져 나갔다. 칼등을 거기다 누르고 있는 앳된 외국 군인의 표정이 보이는 듯했다.

거꾸로 쑤셔 박힌 이마의 바로 앞에서 성기가 추위로 바싹 오그라들어 있었다. 당황스러움에 뒤이어 불타는 수치심이 나를 사로잡았다. 미칠 것 같은 분노가 끓어올랐다. 그러나 그들의 손아귀에서 벗어나기 위해 아무리 몸부림을 쳐 봐도 그저 엉덩이가 조금 씰룩거릴 뿐 전혀 소용이 없었다.

외국 군인이 갑자기 노래를 부르기 시작했다. 그리고 내 귀에는 그들이 떠는 소란 뒤에서 킥킥거리는 일본인 승객들의 웃음소리가 들려왔다. 나는 완전히 굴복당하고 찌그러졌다. 손목과 목덜미에 가해졌던 압력이 느슨해진 다음에도 몸을 일으킬 기력조차 남아 있지 않았다. 나의 코 양쪽으로는 끈적끈적한 눈물이 흘러내렸다.

군인들은 동요같이 단순한 노래를 계속 불러 댔다. 그리고 박자를 맞추기 위해 추위로 감각이 사라지기 시작한 내 엉덩이를 철썩철썩 두드리며 낄낄거렸다.

"양치기, 양치기 빵, 빵!"

그들은 신이 나서 사투리가 있는 외국어 노래를 되풀이했다.

"양치기, 양치기, 빵, 빵!"

칼을 쥐고 있던 외국 군인이 버스 앞쪽으로 옮겨 갔다. 그리고 몇 사람의 외국 군인이 그를 응원하기 위해 갔다. 일본인 승객들 사이에서 쭈뼛쭈뼛하는 동요가 일어났다. 외국 군인이 소리를 질렀다. 그는 행렬을 정리하는 경찰관처럼 권위적인 자세로 오랫동안 뭐라고 떠들었다. 엎드려 있는 내게도 그가 하려는 짓이 파악되었다. 내가 목덜미를 붙들려 정면으로 돌려세워졌을 때 버스 중앙 통로에는 흔들림을 견디느라 양 무릎을 벌린 엉덩이를 홀딱 깐 '양들'이 허리를 구부리고 줄지어 있었다. 나는 그 줄의 가장 뒤에 선 '양'이 되었다. 외국 군인들은 열광적으로 노래를 불렀다.

"양치기, 양치기, 빵, 빵!"

버스가 흔들릴 때마다 내 이마는 바로 앞의 갈색 점이 있는, 회사원의 추위로 바싹 오그라든 앙상한 엉덩이에 툭툭 부딪쳤다. 버스가 급히 왼쪽으로 돌면서 정차했다. 나는 몸이 앞으로 쏠리며 양말 고무줄로 부풀어 오른 회사원의 종아리에 얼굴을 갖다 붙였다.

급하게 버스 문이 열리는 소리가 나고 차장이 어린애같이 새된 비명을 지르며 어두운 밤안개 속으로 달려서 도망을 쳤다. 나는 몸을 구부린 채 그 어리고 새된 소리가 멀어져 가는 것을 들었다. 아무도 그녀를 쫓아가지 않았다.

"이봐, 당신은 이제 그만해." 외국 군인의 여자가 내 어깨에 손을 얹더니 가라앉은 목소리로 말했다.

나는 개처럼 머리를 흔들며 그녀의 맥 빠진 표정을 올려다보고 다시 엎드려 내 앞에 늘어선 '양들'과 같은 자세를 취했다. 여자는 될 대로 되라는 식으로 큰 소리로 외국 군인들의 노래를 따라 부르기 시작했다.

"양치기, 양치기, 빵, 빵!"

이윽고 운전사까지 하얀 장갑을 벗고 지겹다는 얼굴로 바지를 내려 퉁퉁하게 살이 찐 엉덩이를 드러냈다.

자동차가 몇 대나 우리가 탄 버스 옆을 지나갔다. 자전거를 탄 남자가 안개로 가려진 차창을 흘끗 보며 지나쳤다. 그것은 지극히 일상적인 이슥한 겨울밤 풍경에 지나지 않았다. 다만 우리는 그 차가운 공기 속에서 엉덩이를 까고 있었던 것뿐이다. 우리는 꽤 오랫동안 그런 상태로 있었다. 그러다가 갑자기 노래 부르기에도 싫증이 난 외국 군인들이 여자를 데리고 버스에서 내렸다. 태풍이 쓰러진 나무를 남기고 가듯, 엉덩이를 깐 우리를 버려둔 채…… 우리는 천천히 등을 폈다. 그것은 허리와 등의 통증을 이겨 내기 위한 움직임이기도 했다. 그만큼 오랫동안 우리는 '양'이었던 것이다.

나는 바닥에 흙투성이가 된 작은 짐승처럼 떨어져 있던 나의 외투를 바라보며 바지를 올리고 벨트를 맸다. 그리고 느릿느릿 외투를 주워 올려 먼지를 떨어낸 다음 고개를 숙이고 뒷좌석으로 돌아왔다. 고난에 시달린 엉덩이가 바지 안에서 화끈거렸다. 나는 외투를 다시 입기 힘들 정도로 지쳐 있었다.

'양'이 되었던 인간들은 모두 느릿느릿 바지를 끌어 올리고 벨트를 매고 좌석으로 돌아갔다. '양들'은 고개를 숙이고는 해쓱해진 입술을 깨물고 몸을 덜덜 떨었다. 그리고 '양'이 되지 않았던 사람들은 오히려 상기된 얼굴을 손으로 감싸며 '양들'을 지켜보았다. 아무도 입을 여는 사람이 없었다.

내 옆에 앉은 회사원은 바짓단의 먼지를 떨어내고 있었다. 그러고는 신경질적으로 떨리는 손으로 안경을 벗었다. '양들'은 대부분 뒷좌석에 모여 앉아 있었다. 그리고 선생을 비롯해서 피해를 입지 않은 사람들은 버스 앞쪽에 모여서 흥분한 얼굴로 우리를 지켜보았다. 운전사도 우리와 나란히 뒷좌석에 앉아 있었다. 우리는 한동안 그대로 잠자코 기다렸다. 그러나 아무 일도 일어나지 않았다. 차장 소녀도 돌아오지 않았다. 우리는 아무것도 할 일이 없었다.

이윽고 운전사가 다시 장갑을 끼고 운전대로 돌아가 버스를 출발시키자 버스 앞쪽에 활기가 돌아왔다. 그들 앞쪽에 앉은 승객들은 작은 소리로 소곤거리며 우리 피해자들을 계속 바라보았다. 나는 특히 선생이 열에 들뜬 눈으로 나를 바라보며 입술을 벌름거리는 걸 알아차렸다. 나는 좌석에 몸을 푹 파묻고 그의 시선을 피하기 위해 고개를 숙이고 눈을 감았다. 몸속 깊은 곳에서 굴욕감이 돌처럼 뭉쳐지며 독의 싹이 사방으로 돋아 오르기 시작했다.

선생이 자리에서 일어나더니 뒤쪽으로 걸어왔다. 나는 고개를 숙인 채 쳐다보지 않았다. 선생은 유리창에 붙은 가로 봉에 확실하게 기대고 몸을 숙여 회사원에게 말을 걸었다.

"저 자식들 어떻게 그런 짓을 하지요?" 선생은 핏대를 올리며 말했다. 그는 버스 앞자리의 승객들, 즉 피해를 입지 않은 사람들의 의견을 대표하고 있기나 한 듯 당당하고 정열적이었다.

"그건 도저히 인간에게 할 수 있는 짓이 아니죠."

회사원은 고개를 숙인 채 잠자코 선생의 레인코트 자락을 바라보고 있었다.

"아무 소리도 못 하고 보고만 있던 것에 대해서는 매우 부끄럽게 생각합니다." 선생은 자상한 척 말을 했다. "어디 아프지는 않으세요?"

회사원의 색깔이 좋지 않은 목덜미가 꿈틀꿈틀 움직였다. 회사원은 엉덩이 한 번 깠다고 아프기는 어디가 아파? 제발 좀 그냥 내버려 두지 않을래? 하는 표정이었으나 입술만 깨물고 아무 소리도 하지 않았다.

"저 자식들이 왜 저러는지 정말 이해가 안 가요." 선생이 말했다. "일본 사람을 짐승 취급하면서 낄낄대다니 정말 미친놈들 아닙니까?"

피해를 입지 않은 버스 앞쪽의 승객 중 한 사람이 다가와 남자 옆에 서더니 역시 당당하고 정열적인 눈으로 우리를 들여다보았다. 이어서 앞쪽 여기저기 좌석에서 흥분으로 얼굴이 벌게진 남자들이 뒤로 몰려와 선생 옆에서 엎치락뒤치락 모여 서서 '양들'을 내려다보았다.

"이 버스에서는 이런 일이 종종 일어납니까?" 승객 하나가 물었다.

"신문에도 나오지 않으니까 모르겠는데요." 선생이 대답했다. "처음 있는 일은 아닌가 봐요. 하는 짓이 한두 번 해 본 것 같지 않던데요."

"여자 엉덩이를 벗겼다면 또 몰라……" 투박한 작업화를 신은 도로 공사장 인부로 보이는 남자가 분통이 터진다는 듯이 소리를 질렀다. "도대체 남자 바지를 벗겨서 어쩌겠다는 거야!"

참 어이없는 자들이다.

"저런 걸 그냥 못 본 척해서는 안 돼요." 도로 공사장 인부로 보이는 남자가 말했다. "그냥 놔두면 우쭐해서 아주 버릇이 된다고요."

남자들은 토끼몰이 하는 사냥개 떼처럼 우리를 둘러싸고 울분에 찬 목소리로 떠들어 댔다. 유순하게 고개를 숙이고 잠자코 앉아 있는 우리 '양들'의 머리 위로 그들의 말이 쏟아져 내렸다.

"경찰에 신고를 해야 돼요." 선생이 우리 들으라는 듯이 한층 큰 소리로 말했다. "그 군인이 어느 캠프 소속인지는 금방 알 수 있을 거예요. 경찰이 움직이지 않으면 피해자가 단결해서 여론을 움직이는 방법도 있어요. 분명히 지금까지도 피해자들이 다들 힘없이 굴복하고 입을 다물었기 때문에 표면화가 안 된 거라고요. 이런 예는 다른 것도 있어요."

선생 주위에 있던 피해를 입지 않은 승객들이 강한 찬동의 움직임을 보였다. 그러나 자리에 앉아 있던 우리는 고개를 숙인 채 아무도 입을 열지 않았다.

"경찰에 신고합시다. 내가 증인 설게요." 선생이 회사원의 어깨에 손을 올리며 활기 넘치는 목소리로 말했다. 그는 다른 승객들의 의지를 온몸으로 대표하고 있었다.

"나도 증언하겠어." 누군가가 거들었다.

"합시다." 선생이 말했다. "이봐요, 당신들 벙어리처럼 잠자코 있지만 말고 들고일어나란 말이오."

벙어리, 우리 '양들'은 갑자기 벙어리가 되어 버린 거다. 그러나 우리 중 누구 하나 입을 열려고 하지 않았다. 내 목은 오랫동안 노래를 부른 듯이 말라서 목소리가 나오기 전에 녹아 없어질 것 같았다. 나는 몸속 깊은 곳에 무겁게 자리 잡은 굴욕감에 눌려 손가락 하나 까딱하기 싫었다.

"그렇게 가만히만 있어서는 안 됩니다." 선생이 고개를 숙인 채 아무 반응 없는 우리에게 짜증을 내며 말했다. "우리가 아무 소리 못 하고 보고만 있던 것도 아주 나쁜 일이었죠. 무기력하게 받아들이는 태도는 버려야 합니다."

"그 자식들에게도 따끔한 맛을 보여 줘야 한다고." 선생의 말에 고개를 주억거리며 다른 승객이 거들었다. "우리도 응원할 거요."

그러나 앉아 있는 '양'은 누구 하나 그들의 선동에 반응하지 않았다. 그의 목소리가 투명한 벽에 차단되어 들리지 않는다는 듯 모두 고개를 숙인 채 잠자코 있었다.

"수치를 당한 사람, 피해자들이 단결해야만 합니다."

나는 갑자기 끓어오르는 분노에 몸을 떨며 선생을 올려다보았다. '양들'도 동요하기 시작했다. 그중 구석에 쭈그리고 있던 빨간색 가죽 점퍼를 입은 '양'이 벌떡 일어나더니 파랗게 굳은 얼굴로 달려들어 선생의 멱살을 움켜잡고 무섭게 노려보았다. 그러나 좁게 벌어진 입술 사이로는 침만 튀어나올 뿐 제대로 된 말이 나오지 못했다. 선생은 너무 놀라 혼이 나간 얼굴로 두 손을 늘어뜨린 채 무저항으로 흔들렸다. 주위에 있던 남자들도 놀라서 말리기는커녕 입도 뻥끗 못 했다. 남자는 욕을 퍼부으려던 걸 포기한 듯이 고개를 좌우로 흔들더니 선생의 턱을 힘껏 후려갈기고는 바닥에 쓰러진 선생에게 다시 달려들었다.

그러나 회사원과 다른 '양' 하나가 남자의 어깨를 부둥켜안자 남자는 바로 어깨의 힘을 빼고는 축 처져서 자기 자리로 돌아갔다. 싸움을 말리던 회사원과 다른 '양'이 잠자코 자리에 앉자 다시 '양들'은 모두 녹초가 된 작은 동물처럼 힘없이 고개를 숙였다. 서 있던 승객들도 어정쩡하게 입을 다물고는 앞쪽의 자기 자리로 돌아갔다. 그들 사이에서 일어났던 감정의 고양이 갑자기 냉각되고 그 뒤에는 어색한 찌꺼기만이 남았다. 선생은 바닥에서 몸을 일으키더니 불쌍하다는 시선으로 우리를 쳐다보고 꼼꼼하게 레인코트를 털었다. 그는 더 이상 아무에게도 말을 걸지는 않았지만 가끔씩 홍조로 얼룩진 얼굴을 뒤로 돌려 우리를 바라보았다. 나는 얻어터지고 바닥에 쓰러지는 선생을 보며 자신의 굴욕감이 다소나마 누그러졌던 게 좀 켕기기는 했으나 그것으로 괴로워하기에는 너무 지쳐 있었다. 그리고 추웠다. 버스의 흔들림에 몸을 맡기고 나는 입술을 깨물며 졸음을 참았다.

버스가 시 입구의 주유소에서 멈추자 몇 사람의 승객이 내렸다. 운전사가 차장 대신 표를 받아야 하는데 그럴 척을 안 하자 승객들은 작고 얇은 버스표를 차장의 자리에 던져 놓고 내렸다.

버스가 다시 출발하려는데 나는 선생의 집요하고 끈적끈적한 시선이 나에게 향하고 있음을 깨닫고 약간의 긴장감을 느꼈다. 선생은 나와 이야기하고 싶다는 표정을 노골적으로 드러냈다. 그걸 어떻게 피해야 할지 알 수가 없었다. 나는 선생에게서 얼굴을 돌리고 몸을 비틀어 버스 뒤편의 넓은 유리창으로 밖이나 내다보려고 했으나 유리창은 작은 안개 알갱이에 싸여 흐릿한 거울처럼 차 안을 뿌옇게 비쳐 보이고 있었다. 그 안에서 역시 열띤 시선으로 나를 응시하고 있는 선생을 발견하고 나는 견딜 수 없이 초조해지고 말았다.

다음 정류장에서 나는 거의 뛰다시피 버스에서 내렸다. 선생의 앞을 지나칠 때는 마치 전염병 환자라도 피하듯이 고개를 비틀어 선생의 매달리는 듯한 시선을 떨쳐 냈다. 보도에 내리니 안개에 싸인 공기는 밀도가 낮은 물처럼 축축했다. 나는 추위가 스며들지 못하도록 외투 깃을 목까지 바짝 끌어 올리고 버스가 커다란 안개의 소용돌이를 일으키면서 멀어져 가는 모습을 지켜보며 쓸쓸한 안도감을 느꼈다. 뿌옇게 안개가 서린 버스 꽁무니에서 승객 중 몇 사람인가가 유리창을 문지르고 이쪽을 내다보고 있는 게 보였다. 순간 육친과 헤어질 때와 비슷한 동요가 살짝 느껴졌다. 같은 공기 속에서 엉덩이를 깠던 동지들. 그러나 나는 그 비참한 친근감을 수치스러워하며 유리창으로부터 시선을 돌렸다. 우리 집 따뜻한 거실에서 나를 기다리고 있을 어머니와 누이들에게 돌아가기 위해 나는 자신을 재정비해야만 했다. 어머니와 누이들이 내 몸속의 굴욕의 낌새를 알아채게 해서는 안 된다. 나는 명랑한 소년처럼 달려가기로 마음먹고 외투를 단단히 여몄다.

"어이, 학생." 뒤에서 조심스럽게 나를 부르는 소리가 났다. "어이, 잠깐만 기다려 봐."

그 목소리가 나에게서 급속히 멀어져 가던 절대 생각하고 싶지 않은 '피해'를 다시 정면으로 끌어왔다. 나의 어깨는 양쪽으로 축 처지고 말았다. 그 목소리가 레인코트를 입은 선생의 목소리란 건 돌아보지 않아도 알 수 있었다.

"잠깐만 기다려 보라고." 선생은 추위로 갈라진 입술을 축이기 위해 혀를 날름거리며 몇 번이고 비굴한 목소리로 말했다.

이 남자에게서 벗어난다는 것은 결코 쉽지 않으리라는 불길한 예감에 떨며 무기력하게 그의 다음 말을 기다렸다. 선생은 묘하게 나를 압도하는 위엄을 갖추고 웃으며 말했다.

"학생은 그 일을 그냥 참고 넘어갈 생각은 아니겠지?" 선생은 조심스럽게 물었다. "다른 사람들은 몰라도 자네만큼은 참지 않고 싸울 거지?"

싸워? 나는 놀라서 얇은 피부 아래에서 다시 타오르기 시작하는 열정을 감춘 선생의 얼굴을 바라보았다. 그것은 나를 반쯤은 위로하고 반쯤은 강요했다.

"자네의 투쟁에는 나도 협조하겠어." 선생은 내 쪽으로 한 발 다가서며 말했다. "나는 증언을 위해서라면 어디라도 가겠어."

애매하게 고개를 저어 그의 뜻을 거절하고 걸음을 내디디려고 하는 나의 오른쪽 겨드랑이로 격려에 넘친 그의 팔이 파고들었다.

"경찰에 가서 신고하자고. 빨리하는 게 좋을 거야. 바로 저기 파출소가 있잖아."

선생은 나의 저항을 무시하고 발걸음을 척척 옮겨 나를 끌다시피 파출소로 향하면서 짧게 웃으며 말했다. "저긴 얼마나 따뜻하다고. 우리 하숙집은 불도 안 때 주거든."

내 가슴속에서 소용돌이치는 초조함과는 무관하게 우리는 친한 친구처럼 팔짱을 끼고 보도를 건너 안개 속에서 빈약한 빛을 발하고 있는 파출소로 들어갔다.

파출소에는 젊은 경찰이 몸을 웅크리고 굵은 글씨가 가득한 노트를 들여다보고 있었다. 젊은 그의 목덜미를 난로의 빨간 불빛이 달구고 있었다.

"안녕하세요?" 선생이 말했다.

경찰이 머리를 들고 나를 바라보았다. 당황한 내가 선생을 쳐다보니 선생은 내가 파출소에서 도망이라도 갈까 봐 나를 막고 서 있었다. 경찰은 충혈되고 졸음 가득한 눈을 나에게서 선생에게로 돌렸다. 그리고 다시 내게로 시선을 돌렸을 때 경찰의 눈에는 긴장감이 돌았다. 경찰은 선생의 눈에서 뭔가를 읽어 낸 것 같았다.

"네?" 경찰은 나를 응시하며 선생을 재촉했다.

"무슨 일이십니까?"

"군부대의 외국 군인들 문제인데요." 선생이 경찰의 반응을 보면서 천천히 말했다. "이 사람이 바로 피해자 중 한 사람입니다."

"군부대요?" 경찰이 긴장하며 물었다.

"이 사람하고 몇몇이 외국 군인에게 폭행을 당했거든요."

경찰의 눈이 긴장으로 팽팽해지며 재빨리 나의 온몸을 샅샅이 훑었다. 그가 나의 피부에서 상처나 찰과상의 흔적을 찾으려고 한다는 걸 알 수 있었다. 그러나 그건 거죽이 아니라 속에 숨어 있는 것이었다. 그리고 나는 그것을 타인의 손가락으로 만지게 하고 싶지 않았다.

"잠깐만요, 저 혼자서는 잘 모르니까요." 젊은 경찰은 갑자기 불안해하며 자리에서 일어났다. "군부대 관련 문제는 신중하게 해야 하거든요."

경찰이 등나무로 엮은 칸막이 안쪽으로 들어가자 선생은 팔을 뻗어 내 어깨를 감쌌다.

"우리도 신중하게 하자고."

나는 난로 불빛에 추위로 얼어붙었던 얼굴이 근질근질하게 녹는 것을 느끼며 고개를 숙인 채 잠자코 있었다.

나이가 좀 든 경찰은 젊은 경찰을 따라 들어오면서 눈을 비비며 잠을 쫓기 위해 애를 썼다. 그리고 군살이 늘어진 목을 돌려 나와 선생에게 의자를 권했다. 나는 그의 말을 무시하고 그대로 서 있었다. 선생은 일단 의자에 앉았다가 나를 감시라도 하려는 듯 허둥대며 다시 일어났다. 경찰이 자리에 앉자 신문하는 분위기가 조성되었다.

"부대 군인에게 맞았다고?" 나이가 든 경찰이 말했다.

"아니요, 맞은 게 아니고요." 가죽점퍼 남자에게 맞아서 시퍼런 멍자국이 난 자기 턱을 끌어당기며 선생이 대답했다. "그보다 더 악질적인 폭행을 당했습니다."

"그게 도대체 뭔데?" 나이 든 경찰이 말했다. "폭행이라니?"

선생이 부추기는 눈으로 바라보았지만 나는 입을 열지 않았다.

"뭔가요?"

"버스 안에서 술에 취한 외국 군인이 이 사람들의 바지를 벗겼다고요." 선생이 딱딱한 말투로 이야기했다. "그리고 벌거벗은 엉덩이를……"

수치심이 열병의 발작처럼 나를 뒤흔들었다. 나는 부들부들 떨리기 시작하는 손가락을 외투 주머니 속에서 꽉 움켜쥐었다.

"벌거벗은 엉덩이를?" 경찰이 당황하며 되물었다.

선생은 나를 바라보며 약간 주저했다.

"상처라도 입었나요?"

"아니요, 손으로 철썩철썩 때렸어요." 선생이 두 눈을 질끈 감고 말했다.

젊은 경찰의 얼굴이 웃음을 참느라 일그러졌다.

"도대체 무슨 소리를 하는 거야?" 나이 든 경찰이 호기심이 가득한 눈으로 나를 들여다보며 말했다. "설마 장난하는 건 아니죠?"

"네? 우리가……"

"벌거벗은 엉덩이를 철썩철썩 두드린다고 죽는 것도 아니고." 선생의 말을 자르며 나이 든 경찰이 말했다.

"죽지는 않지요." 선생이 벌컥 화를 냈다. "그렇지만 혼잡한 버스 안에서 엉덩이를 까고 개처럼 엎드리게 했단 말입니다."

경찰이 선생의 말에 주춤하는 것이 수치심에 고개를 들지 못하는 내게도 전해졌다.

"협박이라도 당했나요?" 젊은 경찰이 선생을 진정시키려는 듯 물었다.

"커다란 나이프로……" 선생이 말했다.

"군부대의 외국 군인들이란 건 확실한 거죠?" 젊은 경찰이 진지하게 물었다. "자세하게 이야기를 해 보세요."

선생은 버스에서 있었던 일을 자세히 설명했다. 나는 고개를 푹 숙이고 다만 듣고만 있었다. 호기심 넘치는 경찰들의 눈앞에서 다시 한번 바지와 속옷이 벗겨지고 털 뽑힌 새의 엉덩이처럼 오소소 소름이 돋는 맨 엉덩이를 뒤로 쳐들고 엎드리는 것 같은 느낌이 들었다.

"아주 큰 봉변을 당했구먼." 나이 든 경찰은 비어져 나오는 외설스러운 웃음을 더 이상 감추려고도 하지 않고 누런 잇몸을 드러내며 말했다. "그걸 다른 승객들은 못 본 척했단 말이지?"

"나도……" 선생이 악문 이 사이로 쉰 목소리를 신음처럼 흘렸다. "편안한 마음으로 그걸 보고 있었던 건 아니에요."

"턱을 얻어맞았군요." 젊은 경찰이 나에게서 선생에게로 시선을 옮기며 말했다.

"아니, 이건 외국 군인이 그런 게 아니에요." 선생은 부루퉁하게 대답했다.

"그럼 일단 피해 신고서를 접수하도록 하시오." 나이 든 경찰이 말했다. "그리고 이런 사건은 신중하게 검토하지 않으면 아주 귀찮아지거든."

"지금 귀찮다는 소리를 할 때가 아니지요." 선생이 말했다. "확실한 폭력적인 수치를 당한 거라고. 이건 절대 그냥 참고 넘어갈 일이 아니란 말이에요."

"법률적으로 어떻게 되는 건지." 나이 든 경찰은 선생의 말을 자르며 말했다. "일단 당신 이름과 주소를 대요."

"나는……" 선생이 말했다.

"당신보다 먼저 피해를 입은 당사자부터."

나는 놀라서 고개를 세차게 저었다.

"왜 그래요?" 젊은 경찰이 이마에 짧은 주름을 잡으며 말했다.

절대로 이름을 알려 주어서는 안 된다. 나는 마음을 다잡았다. 어째서 나는 선생을 따라 여기까지 왔단 말인가. 이대로 피로에 짓눌려 무기력하게 선생의 의지대로 끌려가 버린다면 내가 받은 굴욕을 온 천하에 광고하고 선전하는 꼴이 되고 말 것이다.

"얼른 학생 주소와 이름을 대." 선생이 내 어깨에 팔을 두르고 말했다. "그리고 고소를 하는 거야."

나는 선생의 팔에서 몸은 빼냈으나 나에게 고소할 생각이 없음을 어떻게 설명해야 할지 막막했다. 나는 입술을 굳게 깨문 채 난로 냄새로 가벼운 구역질을 느끼며 이 모든 게 어서 끝나기만을 간절하게 빌었다.

"피해자는 이 학생만이 아니에요." 선생은 생각났다는 듯이 덧붙였다. "내가 증인이 돼서 이 사건을 보고하는 형식으로 하면 되지 않겠어요?"

"피해 당사자가 입을 다물고 있는데 그런 애매한 이야기를 채택할수는 없소. 신문에서도 상대해 주지 않을 거고." 나이 든 경찰이 말했다. "살인이나 상해 사건도 아니잖소. 벌거벗은 엉덩이를 철썩철썩 두드리며 노래를 불렀다……"

젊은 경찰이 급하게 우리를 외면하며 억지로 웃음을 삼켰다.

"이봐, 자네 어떻게 된 거야." 선생이 짜증을 내며 말했다. "왜 아무말도 안 하느냐고."

내가 고개를 숙인 채 파출소를 빠져나가려고 하자 선생이 재빨리두 다리를 벌려 통로를 가로막고 나를 저지했다.

"이봐, 학생." 선생은 간절한 소리로 말했다. "누구 한 사람은 이 사건을 위해서 희생자가 되어야만 해. 자네로서는 그냥 입 다물고 잊어버리고 싶겠지만 눈 딱 감고 희생자 역할을 맡아 줘. 희생양이 되어 달라고."

양이 되어 달라고? 나는 선생에게 심한 분노를 느꼈다. 그러나 그는열심히 나의 얼굴을 들여다보았다. 그의 얼굴에는 애원하는 듯한 선량한 표정이 떠올라 있을 뿐이었다. 나는 더욱 굳게 입을 다물었다.

"자네가 이렇게 입을 다물고 있으면 내 입장이 뭐가 되나. 이봐, 도대체 왜 이러는 거야."

말없이 서로 노려보고만 있는 우리를 보고 나이 든 경찰이 일어나며 말했다. "먼저 당신들끼리 이야기를 확실히 마무리하고 내일이라도 다시 오라고. 그걸로 군부대의 외국 군인들을 기소할 수 있을지 어떨지는 모르겠지만."

선생은 경찰에게 반발하며 뭐라 말을 하려 했지만 경찰은 나와 선생의 어깨에 두툼한 두 손을 올리고 친한 손님을 배웅이라도 하듯 바깥쪽으로 밀어냈다.

"내일이라도 늦지는 않아. 그때는 이야기를 좀 정리해 가지고 오시오."

"나는 오늘 밤에……" 선생이 당황하며 말했다.

"오늘 밤에 이야기는 다 들었잖소." 경찰은 약간 성질을 내며 말했다. "그리고 피해 당사자가 고소할 마음이 없잖아."

나와 선생은 파출소를 나왔다. 파출소에서 새어 나온 불빛은 더욱 진해져서 광택을 띤 안개에 동그랗게 갇혀 있었다.

"자네 그냥 참고 넘어갈 셈이야?" 선생이 분을 삭이지 못하고 씩씩댔다.

나는 잠자코 안개에 둘러싸인 빛의 작은 원을 벗어나 차가운 어둠 속으로 들어갔다. 나는 너무 지쳐 있었고 또한 졸렸다. 집으로 돌아가 누이들과 말없이 늦은 저녁을 먹은 다음 내가 당한 굴욕을 가슴에 끌어안듯 등을 구부리고 이불을 덮고 자겠지, 그리고 날이 밝으면 조금은 회복되어 있으리라……

그러나 선생은 나에게서 떨어지지 않고 쫓아왔다. 나는 성큼성큼 걷기 시작했다. 선생의 힘찬 발걸음 소리도 바로 나의 등 뒤에서 속도를 높였다. 나는 뒤로 돌아서서 잠깐 선생을 노려보았다. 선생은 뜨겁고 초조한 눈을 하고 있었다. 안개 방울이 그의 눈썹에 달라붙어 반짝였다.

"자네는 어째서 파출서에서 잠자코 있었던 거지? 그 외국 군인들을 고발했어야지." 선생이 말했다. "그냥 입만 다물면 그대로 잊어버릴 수 있을 것 같은가?"

나는 선생에게서 눈길을 돌리고 몸을 앞으로 숙인 채 걸음을 서둘렀다. 뒤에서 쫓아오는 선생은 무시하기로 결심하고 얼굴에 매달리는 차가운 안개 방울을 떨어 버릴 생각도 하지 않은 채 쉬지 않고 걸었다. 보도 양편의 많은 상점들은 이미 문을 닫았고 불도 꺼져 있었다. 나와 선생의 발걸음 소리만이 안개에 싸인 인적 없는 거리에 울려 퍼졌다. 나는 집이 있는 골목으로 접어들기 위해 대로를 벗어난 순간 재빨리 선생을 돌아보았다.

"잠자코 모든 사람들로부터 자신의 수치를 감출 속셈이라면 자네는 비겁한 거야." 내가 돌아보기를 기다렸다는 듯이 선생이 말했다. "그런 태도는 외국 군인들에게 완전히 굴복하는 거야."

나는 선생의 말을 들을 생각이 없다는 몸짓을 드러내 보이고 골목길로 뛰어들었지만 선생도 급히 나를 따라 뛰어왔다. 그는 우리 집까지 쳐들어와 이름을 알아낼 심산인지도 몰랐다. 나는 우리 집 문의 불빛을 곁눈으로 힐끗 보며 그대로 지나쳤다. 골목의 막다른 곳을 돌아 다시 대로로 나오자 선생은 걸음을 늦추며 계속 따라왔다.

"자네 이름과 주소만 가르쳐 주게." 선생은 내 뒤에서 계속 말을 걸었다. "앞으로의 투쟁 방침에 대해서 연락하겠네."

나는 분노와 초조함에 휩싸였다. 그러나 내가 무슨 일을 할 수 있으랴. 안개에 젖어 묵직해진 외투 깃이 목덜미에 차갑게 스쳤다. 나는 벌벌 떨면서 말없이 걸었고, 꽤 오랫동안 우리는 그렇게 걸었다.

시의 번화가까지 오니 어둠 속에서 짐승처럼 목을 길게 늘인 창부들이 사람들을 기다리고 있는 게 보였다. 나는 창부를 피하려고 차도로 내려가서 그대로 맞은편 보도로 건너갔다. 몹시도 추웠고 아랫배가 딱딱하게 뭉쳐서 괴로웠다. 조금 망설이다가 나는 콘크리트 담 구석에다 방뇨를 했다. 선생도 나와 나란히 서서 방뇨를 하며 다시 나를 불렀다.

"이봐, 이름만이라도 가르쳐 달라고. 우리는 그 일을 어둠 속에 묻어 버려서는 안 되는 거야."

안개 너머에서 창부가 우리를 지켜보고 있었다. 나는 외투의 단추를 잠그고 잠자코 되돌아가기 시작했다. 선생이 나와 어깨를 나란히 한 순간 창부가 우리에게 간단하고 외설스러운 말을 던졌다. 콧구멍이 차가운 안개의 자극을 받아 따끔거리기 시작하며 오한이 들었다. 나는 추위와 피곤함에 완전히 녹초가 되어 있었다. 종아리는 단단히 뭉치고 구두 속의 발은 퉁퉁 부어 너무 아팠다.

나는 선생에게 따지거나 아니면 완력을 써서라도 그의 말도 안 되는 추적을 단호히 거절했어야 했다. 그러나 벙어리처럼 말을 잃어버리고 그저 녹초가 되어 어깨를 나란히 하고 함께 걷고 있는 선생에게 한없이 절망적인 분노를 느낄 뿐이었다.

우리가 다시 우리 집이 있는 골목에 접어들었을 무렵에는 밤은 이미 완전히 깊어져 있었다. 나는 이불에 몸을 던지고 깊은 잠에 몸을 맡기고 싶은 간절한 열망에 시달렸다. 한 번은 지나쳤지만 더 이상 집에서 멀어지고 싶지 않았다. 돌연 끓어오르는 분노가 나를 벌컥 사로잡았다.

나는 입술을 꽉 깨물고 갑자기 선생을 냅다 밀쳐 버린 다음 어둡고 좁은 골목으로 달려 들어갔다. 골목길 양쪽 담 안에서 개들이 심하게 짖었다. 옆구리가 땅기며 아팠지만 나는 옆구리를 움켜쥔 채 턱을 앞으로 내밀고 계속해서 달렸다. 숨이 턱에 차고 입에서는 비명과도 같은 이상한 소리가 흘러나왔다.

그러나 안개 속에서 가로등이 희미한 빛을 발하고 있는 골목 모퉁이에서 나는 등 뒤에서 다가온 억센 팔에 다시 어깨를 붙잡혔다. 선생은 나를 끌어안기 위해 몸을 기울이며 거친 숨을 토해 냈다. 크게 벌어진 내 입과 콧구멍에서 나온 거친 숨도 하얀 안개 속으로 섞여 들어갔다.

오늘 밤은 죽 이 남자에게 쫓겨 추운 거리를 헤매게 되리라는 생각이 들었다. 온몸으로 무력감이 퍼지며 그 깊은 곳에서 초조한 슬픔이 번져 나갔다. 나는 최후의 힘을 짜내서 선생의 팔을 뿌리쳤다. 그러나 선생은 다부지고 커다란 몸을 내 쪽으로 숙이며 이편의 도주 의지를 허락하지 않았다. 나는 선생을 노려본 채 절망의 나락으로 떨어졌다. 패배감과 슬픔이 표정에 드러나지 않게 하려면 어찌해야 할지 알 수가 없었다.

"도대체 왜 이름을 숨기는 거야?" 선생이 갈라진 목소리로 말했다.

나는 말없이 선생을 노려보며 내 몸속에 남아 있는 모든 의지와 힘을 동원하고자 애를 썼다.

"나는 기어코 네 이름을 밝혀내고 말겠어." 선생의 목소리는 격한 감정으로 떨려 나왔다. 갑자기 선생의 두 눈에서 눈물이 흘러나왔다. "네 이름과 네가 당한 굴욕을 모두 밝혀내고 말 거야. 그리고 외국 군인들은 물론 너한테도 죽고 싶을 만큼의 수치를 안겨 주겠어. 네 이름을 알아낼 때까지 나는 결코 너를 놓아주지 않겠어."

돌연한 벙어리
不意の啞

외국 군인을 태운 지프 한 대가 새벽안개를 헤치고 달려오고 있었다. 올가미에 걸린 새의 날개를 철사에 둥글게 꿰어서 어깨에 메고 산골짜기 외딴곳의 자기 사냥터를 돌아보던 소년은 숨을 죽이고 한동안 지프의 움직임을 지켜보았다.

지프가 언덕을 넘어 움푹 팬 골짜기를 지나 다시 언덕을 하나 더 넘어서 산골짜기에 자리 잡은 이 마을로 들어오기까지는 아직 시간이 좀 있었다. 소년은 헐레벌떡 마을로 돌아왔다. 그 작은 마을의 이장 일을 보고 있는 소년의 아버지는 밭에 갈 채비를 갖추고 막 집을 나서고 있었다. 소년은 새파래진 얼굴로 아버지 앞으로 뛰어들었다.

비상종을 울려서 마을의 모든 사람을 골짜기가 내려다보이는 산 중턱에 자리한 이장 집 앞으로 집합시킨다. 젊은 여자들은 산등성이 숯 창고에 대피시킨다. 남자들은 무기로 오해받을 소지가 있는 농기구들은 모두 밭에 있는 창고에 가져다 둔다. 그리고 결코 그들과는 싸우지 않는다. 지금까지 몇 번이고 되풀이해서 듣고 실제로 예행연습까지 했던 사항들이었다. 다만 외국 군인들이 이 산골 마을까지 찾아오는 일은 좀처럼 일어나지 않았다.

아이들이 흥분해서 얼마 되지 않는 마을 길을 뛰어다니고 어른들은 경작하던 작물과 양봉의 관리, 가축을 위한 사료 준비에 허둥거렸다. 그리고 해가 상당히 높이 올라가고 난 다음에야 지프는 정말로 조용하게 그리고 믿을 수 없을 정도의 빠른 속도로 산골 마을로 들어왔다.

지프는 여름내 문이 닫혀 있던 분교 운동장에 멈추어 섰다. 다섯 명의 외국 군인과 일본인 통역 하나가 지프에서 내렸다. 그들은 늘 뿌연 물이 나오는 운동장 구석의 펌프에서 물을 퍼 마시고 또 몸을 씻었다. 마을 남자들과 아이들은 멀찍이 둘러서서 그들을 지켜보았다. 여자들은 나이가 든 할머니까지도 모두 좁고 어두운 창고 구석에 처박혀서 결코 밖으로 나오려 하지 않았다.

몸을 다 씻은 외국 군인들이 다시 지프로 돌아오자 마을 어른들과 아이들은 멀찍이 물러났다. 그들은 난생처음 마을을 방문한 외국 군인을 보고 상당히 동요하고 있었다.

통역이 험상궂은 얼굴로 큰 소리로 외쳤는데 그것이 그날 아침에 나온 첫말이었다.

"이장 어디 있어? 불러와."

마을 사람들 틈에 섞여 외국 군인의 도착을 지켜보고 있던 소년의 아버지가 앞으로 나섰다. 소년은 당당하게 가슴을 펴고 통역 앞으로 다가가는 아버지의 모습을 감동에 가득한 눈으로 지켜보았다.

"내가 이장이오" 하고 소년의 아버지가 말했다.

"오늘 저녁 시원해질 때까지 여기서 쉬겠다. 폐는 끼치지 않는다. 이분들은 식사 습관이 다르기 때문에 접대할 필요는 없다. 해 봤자 소용없다. 알겠나?"

"교실에 들어가 쉬어도 좋소." 소년의 아버지가 관대하게 말했다.

"다들 돌아가서 하던 일을 하도록. 이분들도 쉬셔야 하니까." 통역이 말했다.

머리카락이 갈색인 외국 군인이 통역에게 입술을 갖다 대고 뭐라고 속삭였다.

"마중 나와 주어서 고맙다고 한다." 통역이 말했다.

갈색 머리 외국 군인이 환하게 웃었다. 어른들은 통역의 말에도 불구하고 외국 군인들을 구경하고 싶어 좀처럼 돌아가려 들지 않았다. 아이들도 환성을 지르며 외국 군인을 구경했다.

"어른들은 모두 일하러 가라." 통역이 같은 말을 되풀이했다.

"자, 다들 일하러 가자고." 소년의 아버지가 말했다.

그제야 어른들은 아쉽다는 듯이 뒤를 돌아보며 흩어졌다. 그러나 그들은 뭐든 작은 핑계라도 생기면 바로 되돌아오고 싶은 눈치가 역력했다. 그리고 통역에 대해서는 고까워하는 눈치였다. 아이들은 자기들만 남게 되자 역시 외국 군인들의 존재에 겁을 먹었다. 그리고 지프에서 조금 물러난 자리에서 외국 군인들을 지켜보았다.

외국 군인 하나가 우물에서 길어 올린 물을 지프 차체에 끼얹었고 차를 닦기 시작했다. 다른 외국 군인 하나는 교실 창문 앞으로 가서 햇빛을 받아 황금색으로 빛나는 머리카락을 매만졌다. 총 손질을 하는 사람도 있었다. 아이들은 숨죽이고 그들의 움직임을 지켜보았다.

통역은 일부러 아이들 앞으로 걸어와 험상궂은 얼굴로 사방을 둘러보더니 지프 운전석으로 돌아가 문을 닫았다. 아이들은 이제 아무 거리낌 없이 멀리서 온 손님들을 구경하게 되었다. 외국 군인들은 얌전하고 예의가 발라 보였다. 키가 크고 어깨가 떡 벌어져 있었다. 아이들은 보다 더 자세히 보기 위해 조금씩 원을 좁혀 외국 군인들에게 다가갔다. 별로 무섭지도 않았다.

정오가 지나 더위가 한층 심해지자 외국 군인들은 골짜기로 내려갔다. 거기에는 여기저기 헤엄을 칠 수도 있는 웅덩이가 있었다. 아이들은 벌거벗은 외국 군인들의 몸을 경탄하며 바라보았다. 군인들의 새하얀 피부에서는 노란 체모가 태양 빛을 받아 황금색으로 빛났다. 그들은 엄청나게 큰 소리를 지르며 서로의 몸에 물을 끼얹었다.

아이들은 온몸을 땀에 함빡 적시면서도 둔덕에 얌전히 앉아 외국 군인들이 하는 짓을 지켜보았다. 통역도 내려오더니 옷을 벗었다. 그러나 그의 피부는 누렸고 게다가 체모는 시커멓고 온몸이 미끈미끈해 보이는 게 더러운 느낌이 들었다. 그는 외국 군인들과는 다르게 아랫도리를 확실하게 가리고 물속으로 들어갔다. 아이들은 통역이 하는 짓을 비웃으며 낄낄댔다. 외국 군인들은 통역을 거의 상대해 주지 않는 것 같았다. 통역이 다가가 물을 끼얹거나 하면 외국 군인들 몇 명이 한꺼번에 달려들어 그를 포위했다. 통역은 비명을 지르며 퇴각하곤 했다.

외국 군인들은 기성을 지르며 벌거벗은 몸의 물을 닦고 옷을 다시 입은 후 분교로 뛰어서 돌아왔다. 아이들도 그 뒤를 쫓아 뛰어왔지만 통역은 따라오지 않았다. 그리고 잠시 후에 통역은 몹시 당황한 얼굴로 맨발로 달려왔다. 통역이 돌길이 뜨거워서 쩔쩔매는지라 외국 군인들과 아이들은 깔깔 웃으며 엉거주춤한 자세로 달려오는 그를 맞았다.

그러나 통역은 지금이 웃을 때냐는 듯이 험악한 표정을 했다. 그리고 외국 군인들에게 사정을 설명했다. 그의 말을 들은 외국 군인들이 한층 더 큰 소리로 웃었다. 아이들도 덩달아 목청껏 까르르 행복하게 웃었다.

통역이 웃고 있는 아이들에게 다가왔다. 그는 한눈에도 분통이 터진다는 얼굴이었다. 그는 아이들을 나무라는 어조로 말했다.

"너희 내 신발 못 봤어?" 그는 맨발을 굴렀다. "내 구두가 없어졌단 말이다."

아이들은 또 까르르 웃었다. 잔뜩 약이 오른 조그맣고 새까만 통역의 얼굴은 정말 볼만했다.

"웃지 말란 말이야!" 통역이 버럭 소리를 질렀다. "너희 중에 누가 장난친 거지? 야, 말해 봐."

아이들은 웃음을 그치고 침을 삼키며 통역을 올려다보았다. 통역은 완전히 당했다 하는 표정으로 아이들을 다그쳤다.

"누구 본 사람 없어?"

누구 하나 대답하지 않았다. 모두의 눈은 통역의 가늘고 긴 하얀 맨발을 응시했다. 그것은 결코 구두 따위를 신지 않는 마을 인간들의 발과 달리 연약해 보이고 게다가 약간은 징그럽기까지 했다.

"너희 정말 몰라?" 통역은 화를 내며 말했다. "아무짝에도 쓸모없는 것들."

외국 군인들은 뜨거운 햇볕을 피해 교실 처마 밑으로 들어가 통역과 아이들이 하는 짓을 지켜보았다. 그들은 검은색 옷과 맨발의 기묘한 대조를 보이는 통역을 재미있어하는 것 같았다.

"이장 불러와. 빨리 오라고 해." 통역이 매우 고압적인 자세로 말했다.

이장의 아들인 소년은 친구들에게서 떨어져 나와 급경사가 진 돌길의 수풀을 가르며 달려 올라갔다. 아버지는 어두운 봉당에 앉아 엄마와 함께 마른 대나무 껍질을 추려 내어 작은 다발로 묶고 있었다. 그것은 우람한 어깨와 두툼한 목덜미를 가진 아버지에게는 어울리지 않는 작업이었다. 그러나 소년의 마을에서 늘 남자다운 일만 하는 건 불가능했다. 반대로 가끔은 여자들이 남자들이나 하는 일을 해야 할 때도 있었다.

"뭐?" 소년의 부름에 아버지가 갈라진 목소리로 물었다.

"통역 구두가 없어져서 난리 났어." 소년이 말했다. "아버지 불러오래."

"내가 알아?" 아버지가 화가 나서 말했다. "그 더러운 자식 구두 따위 내가 알 게 뭐야."

그러나 아버지는 자리에서 일어나 소년을 따라 눈을 찡그리며 햇살이 눈부시게 빛나는 바깥으로 나왔다. 소년과 아버지는 나란히 골짜기를 향해 내려갔다.

분교 운동장 지프 옆에는 마을 사람들이 모여서 통역의 구두에 관한 소리를 듣고 있었다. 이마에 땀이 맺힌 이장이 도착하자 통역은 다시 한 번 일장 연설을 늘어놓았다.

"수영하는 동안 누가 구두를 훔쳐 갔다. 당신 마을에서 일어난 일이니까 당신한테 책임이 있어. 구두 찾아내라고."

소년의 아버지는 대답하기에 앞서 마을 사람들을 둘러보았다. 그리고 통역 쪽으로 돌아서며 머리를 흔들었다.

"뭐야?" 통역이 말했다.

"나하고는 관계없는 일이다." 아버지가 말했다.

"당신 마을에서 도둑맞았단 말이다." 통역이 바득바득 우겼다. "당신 마을에 책임이 있다."

"도둑맞았는지 어쨌는지 어떻게 알아?" 아버지가 말했다. "떠내려갔는지도 모르잖소."

"모래 위에 옷하고 같이 잘 벗어 놓았단 말이야. 떠내려갈 리가 없다고. 그건 확실해."

아버지는 다시 한 번 돌아서더니 아이들과 어른들 모두에게 물었다.

"여기 구두 훔쳐 간 사람 있나?" 그러고는 통역에게 말했다. "없는 것 같은데."

"지금 애들 장난 하나?" 통역이 버럭 화를 냈다. 그의 얇은 입술이 가늘게 떨렸다. "사람 갖고 노는 거야?"

아버지는 잠자코 있었다. 통역이 위압적으로 나왔다.

"그 구두는 군대 물건이다. 군대의 비품을 훔치거나 감추는 놈이 어떻게 되는지 모르지?"

통역이 몸을 돌리고 팔을 들어 올리자 즉각 키가 몹시도 큰 금발과 밤색 머리의 남자들이 교실에서 나와 통역과 아버지를 둘러쌌다. 아버지는 외국 군인들의 넓고 높은 어깨에 완전히 가려지고 말았다. 외국 군인들은 새삼스럽게 짧고도 굵직한 총을 메고 있었다. 총대가 허리에 부딪치며 철커덕철커덕 소리를 냈다.

외국 군인들이 둘러싸고 있던 원이 풀리면서 거기서 얼굴을 내민 아버지가 큰 소리로 말했다.

"일단 골짜기 근처를 찾아보겠소. 도와주기 바라오."

이윽고 통역과 아버지를 선두로 하여 외국 군인들, 마을 어른들, 아이들이 골짜기를 향해 걸어갔다. 아이들은 흥분해서 고사리 덤불을 마구 밟으며 따라갔다. 개울둑을 살펴보는 일은 극히 간단한 작업에 지나지 않았다. 그리고 통역 외에는 아무도 그 작업에 성의를 다하지 않았다.

외국 군인들 중 아주 젊고 주근깨가 있는 남자가 오동나무 가지를 향해 총구를 겨누었다. 나뭇가지 끝에는 배를 동그랗게 부풀린 회색 새가 막 맞은편 둔덕에서 건너와 앉았다. 새는 움직이지 않았으나 외국 군인은 총을 쏘지는 않았다. 그가 총신을 내리고 다시 구두 찾기 작업을 위해 천변으로 시선을 돌리자, 마을의 어른들과 아이들은 모두 뜨거운 숨을 삼켰다. 마을의 인간 전원은 외국 군인에 대해 긴장이 풀린 듯한 기분이 들었다.

그러나 통역이 개울둑으로부터 상당히 떨어진 풀밭에서 자신의 구두끈을 주워 올리고 그것이 예리한 칼 같은 물체에 의해 잘려 나갔음을 보이며 소리를 지르자 마을 인간들 속에서는 공포로 얼룩진 긴장된 분위기가 다시 조성되었다. 아이들은 조릿대나 잡초, 고사리 등이 우거진 풀밭으로 뒷걸음질을 쳤다.

통역이 외국어로 소리소리 지르자 갈색 머리칼의 가슴이 두꺼운 군인이 그에게 성큼성큼 다가갔다. 통역은 구두끈의 잘린 부분과 개울둑까지의 거리를 손가락으로 가리키며 설명했다. 그동안 아버지는 언짢은 표정으로 눈썹을 찡그리고 그것을 듣고 있는 듯이 보였다. 그러나 외국어를 모르는 아버지는 다른 일을 골똘히 생각하고 있던 것에 지나지 않았다. 군인이 천천히 고개를 끄덕이고 마을 어른들을 돌아다보았다. 그리고 통역은 아버지를 호통치는 기세로 입을 열었다.

"너희 마을 인간 중에 도둑놈이 있어. 그게 누군지 너는 알고 있겠지? 범인의 자백을 받아 와."

"나는 모른다." 아버지가 말했다. "이 마을에 도둑놈은 없어."

"거짓말하지 마. 내가 속을 줄 알고?" 통역이 막말을 했다. "군대의 물건을 훔친 자식은 총살당해도 하는 수 없어. 그래도 좋단 말이지?"

아버지는 아무런 반응도 하지 않았다. 통역은 눈썹을 사납게 추켜세우고 아버지를 노려보았다. 통역에게 갈색 머리칼 외국 군인이 극히 평이한 목소리로 뭐라고 했다. 통역이 언짢은 얼굴로 고개를 끄덕였다. 거기서 그들은 분교 운동장으로 돌아갔으나 햇볕에 달아오른 길을 맨발로 걷는 통역의 꼬락서니는 상당히 우스웠다. 통역은 통통 튀듯이 걸으며 쉴 새 없이 목덜미로 흘러내리는 더러운 땀을 닦았다.

분교 운동장에서 통역은 갈색 머리를 한 군인에게 손짓 발짓을 해가며 한참이나 뭐라고 설명을 한 다음 노골적으로 마을 어른 모두의 가슴을 뒤흔들어 놓을 효과를 노리는 기세로 말했다.

"너희의 집을 강제로 수색할 용의도 있다." 통역은 위압적인 목소리로 말을 이었다. "구두를 숨긴 자는 체포될 것이다. 그러나 지금이라도 자발적으로 구두를 내놓고 용서를 빈다면 불문에 부치겠다."

마을 사람들은 전혀 동요하지 않았다. 통역은 점점 더 안절부절못하며 말했다.

"어이, 애들 중에 누가 구두 감추는 놈을 본 사람 없어? 혹시 본 사람 있으면 나한테 말해. 상을 줄 테니까."

아이들은 입을 다물고 있었다. 통역은 다시 외국 군인들과 손짓 발짓을 하며 이야기를 나누었다. 외국 군인이 포기했다는 듯이 고개를 끄덕이고 교실로 돌아가 버리자 통역은 땀이 줄줄 흘러내리는 머리를 세차게 흔들고는 말했다. "모든 집을 수색한다. 군대의 물건을 훔쳐서 감추고 입을 다물고 있는 자는 처벌받을 것이다." 이어 그는 명령했다. "나를 따라와라. 전원이 입회한 가운데 북쪽 위부터 수색하겠다. 물건이 나올 때까지 개별 행동은 허락하지 않는다."

마을 어른들은 아무도 움직이지 않았다. 통역은 더욱 소리를 질렀다.

"왜 이렇게 꾸물거리는 거야?" 그는 잡아먹기라도 할 듯 덤볐다. "나를 따라오라니까. 협력하지 않을 셈이야?"

염천 아래 그의 목소리만이 허망하게 퍼져 나갔고 마을 남자들은 땀방울이 뚝뚝 떨어지는 어깨를 조용히 수그리고 꼼짝도 하지 않았다. 통역은 너무나 화가 치민 나머지 몸부림이라도 칠 기세로 뜨거운 눈망울로 사방을 노려보며 온몸을 부들부들 떨었다.

"나를 따라오라니까. 한 집씩 수색한다고."

"가자고. 입회하지 뭐." 아버지가 말했다.

마을 남자들은 통역의 뒤를 따라 골짜기 북쪽으로 걸음을 옮겼다. 골짜기로 태양 빛이 가장 뜨겁게 내리쬐는 시간대였다. 약이 바짝 오른 통역은 이상한 걸음걸이로 뜨겁게 달구어진 돌길 위를 맨발로 죽자 사자 걸어갔다. 뒤에서 지켜보고 있던 아이들 사이에서 웃음소리가 났다. 외국 군인들도 어이가 없다는 듯이 소리를 내서 웃었다. 아이들은 외국 군인에 대한 친근감을 급속히 회복했다.

통역의 수색이 끝날 때까지 출발할 수 없게 된 외국 군인들은 지프 옆에서 할 일 없이 어슬렁거리기도 하고 교실에 들어가기도 했다. 아이들은 그 외국 군인들을 지켜보며 즐거운 시간을 보냈다. 외국 군인들은 기모노를 입은 어린 여자애를 신기해하며 사진을 찍거나 수첩에 스케치를 했다. 그러나 수색이라는 게 너무 길어지는 바람에 그들도 진력이 난 듯했다.

통역은 정말로 집요하게 수색을 계속했다. 외국 군인들은 교실 마루에 흙발로 들어가 드러눕거나 앉아서 기다렸다. 그들도 어찌해야 좋을지 몰라 난처해하는 것 같았다. 그중에는 쉴 새 없이 턱을 움직이는 군인도 있었는데 가끔씩 그는 해를 받아 바싹 말라서 흙먼지를 일으키는 땅바닥에 복숭아 색깔의 침을 뱉었다.

어른들은 통역을 따라 가택수색에 입회하러 갔지만 아이들은 분교 운동장에 모여서 지프를 보거나 지루해서 어쩔 줄 모르는 외국 군인들을 구경했다. 아이들은 지치지도 않고 열심히 군인들을 관찰했다. 젊은 군인이 자기가 씹고 있는 종이 포장이 된 과자를 던져 주었다. 아이들은 좋아서 어쩔 줄 몰라 하며 두근거리는 가슴으로 받아먹었다. 그런데 과자는 이에 자꾸 달라붙기만 하고 가죽처럼 질겨서 도통 씹히지가 않았다. 아이들은 모두 그걸 뱉어 버렸지만 마음만은 무척 흡족했다.

문득 해가 기울고 골짜기를 둘러싼 산등성이가 검은색을 띠기 시작하며 바람이 일어나 밤나무 숲 아래의 풀을 흔들었다. 이미 노을이 지고 있었다. 이윽고 녹초가 된 통역은 마을 사람들을 끌고 얼굴을 잔뜩 찌푸린 채 말없이 운동장으로 돌아왔다. 그의 맨발은 땀과 먼지로 얼룩져 마치 검은 헝겊을 감아 놓은 것 같았고, 무엇보다 크고 추했다.

그는 교실에 들어가 있는 외국 군인들에게 사정을 설명하는 것 같았다. 외국 군인들 사이에서도 더 이상 웃음소리는 일어나지 않았다. 외국 군인들도 기다리다 지쳐 화가 난 표정들이었다. 외국 군인들이 총을 메고 운동장으로 나오자 통역이 으스대며 마을 사람들을 향해 몸을 돌이켰다.

"협조를 좀 하란 말이다." 그는 거의 애원하는 목소리로 말했다. "나한테 협조하는 건 진주군에게 협조하는 게 되는 거야. 일본인은 앞으로 진주군에게 협조하지 않고는 살아갈 수가 없어. 너희는 패전 국가의 인간 아닌가. 승전국 인간들에게 학살을 당해도 불평할 수 없는 입장이야. 협조하지 않는다는 건 미친 짓이지."

어른들은 잠자코 통역을 바라보았다. 통역은 초조한 얼굴로 소년의 아버지를 향해 손가락질을 하며 다시 강요하는 목소리로 소리를 질렀다.

"훔쳐 간 내 물건을 돌려줄 때까지, 우리는 이 마을에서 떠나지 않을 거야. 내가 이 사람들에게 이 마을에는 반항적인 인간이 무장을 하고 숨어 있다고 말만 하면 이들은 바로 여기 주둔하며 마을 수색을 벌일 거야. 군인들이 주둔하게 되면 너희가 지금 산속에 감춰 둔 마누라나 딸들도 무사하지 못할걸."

통역은 마을 사람들의 동요를 확인하는 듯이 입술을 씰룩이며 한 명씩 노려보았다.

"자, 협조할 거야, 안 할 거야?"

"다들 당신 구두를 모른다고 하잖아. 계곡물에 떠내려간 게 아니냐고들 하는데." 소년의 아버지가 참을성 있게 말했다. "협조고 뭐고, 뭐가 있어야 말이지."

"이 자식이!" 통역이 이를 드러내며 악을 쓰더니 바로 아버지의 얼굴로 주먹을 날렸다.

아버지의 튼튼한 턱은 조금도 흔들리지 않았으나 입술이 찢어져 피가 뚝뚝 흘러내렸다. 햇볕에 그을린 아버지의 뺨으로 붉은 기운이 서서히 퍼져 가는 것을 그 아들인 소년은 가슴이 터질 듯한 불안에 사로잡힌 채 올려다보았다.

"너, 이 자식!" 통역은 숨을 헐떡이며 말했다. "너는 이 마을의 이장이니까 바로 네 책임이야. 네가 도둑놈 이름을 대지 않는다면 바로 네가 도둑질을 했다고 군인들에게 말하겠어. 체포당해서 진주군 헌병에게 끌려가게 만들고 말겠어."

소년의 아버지는 천천히 몸을 돌리더니 통역을 등지고 걷기 시작했다. 소년은 아버지가 얼마나 화가 났는지를 알 것 같았다. 통역이 소리를 지르며 불렀으나 아버지는 못 들은 척하고 내처 뚜벅뚜벅 걸어갔다.

"서! 거기 서지 못해? 이 도둑놈아, 도망가지 말라니까!" 통역이 소리를 질렀다. 그리고 이어서 외국 말로 뭐라고 악을 써 댔다.

젊은 군인이 총을 앞으로 들고 뛰어나와 역시 외국 말로 뭐라고 소리를 질렀다. 아버지가 뒤를 돌아보더니 갑자기 공포에 질린 표정으로 앞으로 달리기 시작했다. 통역이 악을 쓰는 가운데 젊은 군인의 총에서 굉음이 울려 퍼졌다. 아버지의 몸은 마치 날아오르기라도 할 것처럼 양팔이 옆으로 활짝 펼쳐지며 공중으로 떠올랐다가 그대로 땅바닥으로 곤두박질쳤다. 마을 사람들이 달려오고 그보다 먼저 아들인 소년이 쓰러진 아버지에게 달려들었다. 아버지는 눈과 코 그리고 귀에서 피를 철철 흘리며 죽어 있었다. 소년은 오열로 온몸을 떨며 타오를 듯이 뜨거운 아버지의 등에 얼굴을 묻었다. 소년 혼자 아버지를 소유하고 있었다. 마을 사람들은 황혼녘의 진한 공기를 통해 멍하니 서 있는 통역과 외국 군인을 바라보았다. 통역이 외국 군인에게서 황급히 물러나며 뒤집어진 목소리로 뭐라고 말을 했지만 마을 어른들은 물론 아이들까지 아무도 대답하는 사람이 없었다. 모두 입을 굳게 다물고 통역을 바라볼 뿐이었다.

깊은 밤, 소년과 그의 엄마만이 마룻바닥에 누인 커다란 시체 옆을 지키고 있었다. 엄마는 남자처럼 양 무릎을 세우고 두 팔로 감싸 안은 채 미동도 하지 않았다. 소년도 말없이 골짜기로 난 창으로 아래를 내려다보며 꼼짝도 하지 않았다.

골짜기 아래 개울로부터 짙은 안개가 솟아 올라오고 있었다. 소년은 눈을 부릅뜨고 마을의 돌길을 따라 어른들이 올라오는 것과 그 뒤를 안개가 위로 천천히 이동하는 것을 지켜보았다. 어른들은 입을 굳게 다물고 천천히 올라오고 있었다. 무거운 짐이라도 진 양 신중히 한 걸음씩 옮기고 있었다. 소년은 두근거리는 가슴으로 입술을 깨물고 그 광경을 지켜보았다. 행렬은 천천히 그러나 아주 착실하게 올라왔다. 소년은 거의 정신이 혼미해질 지경이었다. 엄마가 무릎걸음으로 다가와 창문으로 내다보았다. 엄마도 어른들을 발견한 것 같았다. 엄마가 소년의 어깨에 팔을 둘렀다. 엄마의 팔에 안긴 소년의 몸이 긴장으로 뻣뻣했다.

어른들의 모습이 떡갈나무 숲에 가려 안 보이는가 싶더니 금방 소리도 내지 않고 소년의 집 봉당으로 들어오는 널문을 밀고 들어와 말없이 소년을 응시했다. 소년을 껴안고 있던 엄마의 몸이 부들부들 떨리기 시작하자 소년도 감염이라도 된 듯 온몸을 와들와들 떨었다.

그러나 소년은 자신을 껴안고 있는 엄마의 팔을 벗겨 내고 자리에서 일어섰다. 그리고 맨발로 봉당으로 내려가 어른들에게 둘러싸여서 집을 나서 걷기 시작했다. 소년은 안개에 젖은 급경사의 내리막길을 뚜벅뚜벅 내려가는 어른들의 속도를 맞추느라 종종걸음으로 따라갔다. 두려움과 추위로 계속 몸이 떨렸다.

길은 석회암을 채취하려고 만든 작은 채석장 앞에서 두 갈래로 나뉘었다. 흙으로 덮인 다리를 건너자 골짜기의 깊은 웅덩이로 내려가는 돌계단이 나왔다. 거기에서 어른들은 수염이 덥수룩한 궁핍하고 음험한 얼굴을 긴장으로 일그러뜨리고 소년을 내려다보았다. 그들은 입을 굳게 다문 채 소년을 응시했다.

소년은 떨림을 진정시키기 위해 두 팔로 자기 몸을 껴안고 뒤에서 지켜보는 어른들의 시선을 느끼며 분교 운동장을 향해 혼자서 뛰어갔다. 운동장에는 지프가 부드러운 달빛을 받고 조용하게 서 있었다. 소년은 그 앞에서 조용히 발걸음을 멈추었다. 군인들은 교실 안에서 자고 있을 터였다. 소년은 끈적끈적한 침을 입안 가득 물고 지프를 바라보았다.

운전석에서 사람의 그림자가 천천히 일어났다. 그것은 문을 열고 몸을 반쯤 밖으로 내밀었다.

"누구야?" 통역의 목소리가 났다. "뭐하러 왔어?"

소년은 잠자코 있었다. 그리고 통역의 검은 머리를 올려다보았다. "내 구두 감춰 놓은 곳을 알아냈구나." 통역이 말했다. "그거 알려 주고 상 받으려고?"

소년은 몸속에 남아 있는 온힘을 다해 얼굴을 들어 올렸다. 그리고 잠자코 있었다. 통역이 경쾌한 동작으로 차에서 뛰어내렸다. 그는 소년의 어깨를 툭툭 두드렸다.

"너 아주 똑똑한 놈이구나. 자, 같이 가 보자. 걱정할 것 없어. 어른들에게는 비밀로 해 줄 테니까."

소년과 통역은 몸을 툭툭 부딪치며 돌아왔다. 소년은 몸이 떨리는 걸 들키지 않으려고 무진장 애를 썼다.

"상으로 뭘 줄까?" 통역이 수다스럽게 말했다. "야, 뭐가 갖고 싶어. 저 사람들한테 과자 얻다 줄까? 외국 그림엽서 본 적 있어? 외국인이 읽는 잡지도 좋고."

소년은 입을 다문 채 숨을 죽이고 걸었다. 맨발바닥에 작은 돌들이 아팠다. 통역은 더 아플 것 같았다. 그러나 그는 기분 좋게 떠들면서 펄쩍펄쩍 뛰며 따라왔다.

"너 벙어리냐?" 통역이 말했다. "벙어리면서 머리는 좋구나. 이 마을 인간들은 죄다 머리가 돌 모양이더만."

소년과 통역은 채석장 앞에 다다랐다. 그리고 흙이 덮인 다리를 건너 안개에 젖어서 미끄러운 돌계단을 내려갔다. 그때 다리 밑 어둠 속에서 불쑥 손이 튀어나오더니 통역의 입을 틀어막았다. 이어 뻣뻣한 털로 뒤덮인, 근육이 돌처럼 단단하게 부풀어 오른 어른 몇 명의 몸이 위축된 성기를 드러낸 채 통역을 둘러쌌다. 통역은 옴짝달싹 못하며 몇 명의 벗은 몸에 껴안겨 물속으로 천천히 가라앉았다. 호흡이 곤란해진 사람은 통역의 몸에서 떨어져 나와 수면으로 얼굴을 내밀고 숨을 깊이 들이쉰 다음 다시 물속으로 들어가 통역의 몸을 껴안았다. 어른들은 오랫동안 천천히 교대로 그 작업을 되풀이했다. 이윽고 통역한 사람만을 깊은 물속에 남겨 둔 채 모두 돌계단을 올라왔다. 그들은 모두 추위에 떨고 있었다. 그리고 몸을 부르르 떨어 물기를 떨어내고 그대로 옷을 입었다. 어른들은 오르막길이 시작되는 데까지 소년을 데려다주었다. 그대로 잠자코 돌아선 그들의 발걸음 소리에 재촉이라도 당한 듯 소년은 새벽녘의 숲을 뛰어올라 갔다.

문을 여니 부드러운 청회색의 새벽안개가 열린 문으로 쏟아져 들어왔다. 검은 등을 봉당으로 향하고 꼼짝 않고 앉아 있던 엄마가 기침을 터뜨렸다. 소년도 역시 기침을 하며 봉당에 서 있었다. 엄마가 무서운 얼굴로 소년을 돌아보았다. 소년은 잠자코 마루로 올라가 아버지의 커다란 몸이 반이나 차지하고 있는 돗자리 한구석에 추위로 소름이 돋은 몸을 누였다. 엄마의 시선이 소년의 좁은 등짝과 가느다란 목덜미를 더듬었다. 소년은 소리를 죽이고 한동안 흐느꼈다. 소년은 너무 지쳤고 무력감과 슬픔 그리고 무엇보다도 격심한 두려움에 사로잡혀 있었다. 엄마의 손이 소년의 목덜미를 쓰다듬었다. 소년은 미친 듯이 거칠게 그 손길을 뿌리치고 입술을 꽉 깨물었다. 눈물이 흘러넘쳤다. 집 뒤로 바로 이어지는 밤나무가 있는 잡목림에서 산새들이 시끄럽게 울기 시작했다.

아침에 외국 군인 하나가 골짜기 웅덩이에서 하얀 발을 나란히 내놓고 떠 있는 통역을 발견했다. 그는 동료들을 깨워서 그 사실을 알렸다. 그는 통역을 웅덩이에서 건져 올리기 위해 마을 사람들을 부리려고 했다. 그러나 마을의 어른들은 물론 아이들까지도 아무도 그들 주위에 다가오지도 않았을 뿐 아니라 멀리서 지켜보는 일도 없었다.

어른들은 모두 밭일을 하거나 꿀벌 상자를 고치거나 풀을 베는 데 골몰했다. 외국 군인들이 아무리 손짓 발짓을 하며 의사소통을 하려 해도 마을의 어른들은 일절 아무런 반응을 보이지 않았다. 그리고 외국 군인들을 나무나 돌 보듯 하면서 하던 일로 돌아갔다. 모두 입을 다물고 일만 했다. 외국 군인이 이 마을에 들어온 걸 잊어버린 모양이었다.

결국 외국 군인 하나가 옷을 모두 벗고 웅덩이에 들어가 익사체를 끌어당겨 지프로 옮겨 실었다. 오전 내내 외국 군인들은 계속해서 지프 주위에서 앉았다 섰다, 왔다 갔다 했다. 죽을 지경으로 초조한 모양이었다.

그리고 마침내 지프는 방향을 돌리더니 마을로 들어왔던 길을 따라 다시 돌아갔다. 마을의 인간들은 아이들을 포함해서 누구 하나 본 척도 하지 않고 극히 일상적인 동작을 계속했다. 길이 마을에서 벗어나는 곳에서 여자아이 하나가 개의 귀를 쓰다듬어 주고 있었다. 외국 군인 중에 가장 투명하고도 파란 눈을 한 남자가 과자 묶음을 던져 주었다. 그러나 여자애와 개는 아무런 반응도 없이 하던 놀이만 계속했다.

세븐틴
セヴンティーン

1

　오늘은 내 생일이다. 나는 열일곱이 되었다, 세븐틴이다. 가족이라는 아버지, 엄마, 형 모두 오늘이 내 생일이란 걸 모르거나 혹은 모른 척하고 있었다. 그래서 나도 잠자코 있었다. 자위대 병원에서 간호사로 근무하는 누나가 저녁때 퇴근하고 와서는 목욕탕에서 온몸에 비누를 잔뜩 칠하고 있는 나에게 일부러 다가와 "열일곱 살이 되었네. 이제 자기 몸에 대해서도 알고 싶겠어"라는 소리를 했다. 누나는 고도 근시라서 안경을 쓴다. 그게 수치스러워 평생 결혼을 하지 않을 거라며 자위대 병원에 들어갔다. 그리고 눈이 더욱더 나빠지는 것도 상관하지 않고 자포자기한 사람처럼 만날 책만 읽는다. 금방 나에게 한 말도 틀

192

림없이 어디 책에서 주워들었을 게 뻔하다. 그러나 어쨌든 가족들 중에 내 생일을 기억하는 사람이 하나는 있었다. 나는 몸을 씻으며 소외감을 조금은 떨어냈다. 누나가 한 말을 다시 생각해 보는데 비누 거품 속에서 성기가 벌떡 일어났다. 나는 얼른 목욕탕 문을 잠갔다.

나는 언제든지 발기가 되었고 발기가 좋다. 발기하면 온몸에서 힘이 솟아오르는 기분이 들어 좋았다. 그리고 발기한 성기를 보는 것도 좋다. 나는 다시 앉아 온몸 구석구석 비누칠을 하고 나서 자위를 했다. 열일곱이 되어서 처음 하는 자위다. 처음에는 자위가 몸에 나쁘지 않을까 걱정했다. 그러나 책방에서 선 채로 읽은 성의학 책에는 자위의 해로운 점이란 거기에 대해 느끼는 죄의식뿐이라고 쓰여 있었다. 나는 그것을 알고 나서부터는 완전히 해방된 기분이 들었다. 나는 포피가 완전히 벗겨져서 귀두가 고스란히 드러난 어른의 검붉은 성기는 싫다. 푸성귀 같은 아이들의 성기도 싫다. 벗기면 벗길 수도 있는 포피가 발기하는 장밋빛 귀두를 부드러운 스웨터처럼 감싸 주고, 그걸 가지고 열에 녹은 귀두지를 윤활유 삼아 자위 가능 상태가 되는 성기가 좋고 내 성기가 바로 그렇다. 학교 성교육 시간에 양호 선생이 귀두지를 빼는 법에 대해 설명할 때 애들은 모두 낄낄거렸다. 모두들 자위를 하기 때문에 귀두지 같은 건 쌓일 틈이 없었다. 나는 자위의 고수가 되었다. 사정하는 순간에 자루 끝을 쥐듯 포피 끝을 잡고 정액을 포피 안에 가두는 기술까지 발명했다. 그다음부터는 바지 주머니에 비밀 구멍만 뚫어 놓을 수 있다면 수업 시간 중이라도 자위를 할 수 있을 것 같았다. 나는 여성 잡지 특집 컬러 지면에서 읽은, 결혼 초야에 성기로 아내의 질 벽에 상처를 입혀 복막염을 일으켰다는 남자의 기사를 떠올리며 자위했다. 약간 푸른빛을 띤 희고 부드러운 포피에 둘러싸인 채 발기된 나의 성기는 로켓포 같은 강렬한 아름다움으로 터질 듯했고, 그때 처음 알았지만 그걸 애무하는 나의 팔에도 근육이 생기기 시작하고 있었다. 나는 잠시 멍하니 새로운 고무 막 같은 근육을 바라보았다. 나의 근육, 진짜 나의 근육을 만져 보니 기쁨이 솟아올랐다. 얼굴로 미소가 번져 나갔다. 세븐틴, 참 별 볼 일 없는 나이다. 어깨의 삼각근, 팔의 이두박근, 그리고 허벅지의 사두근, 모든 것이 아직은 너무 약하고 유치하다. 그러나 잘만 기르면 얼마든지 멋지고 강하게 붙어날 수 있는 근육이다.

아버지에게 생일 선물로 익스팬더나 바벨을 사 달라고 해야겠다. 아버지는 인색하다. 운동기구 같은 걸 기분 좋게 사 줄 리가 없다. 그러나 목욕탕의 따뜻한 김과 부드러운 비누 거품에 마음이 느긋해진 나는 아버지 정도야 무난히 설득할 수 있을 듯한 기분이 들었다. 여름이 될 때까지 나의 근육은 단단해질 거고 온몸 구석구석까지 잘 발육해 바다에서 여자애들의 시선을 사로잡을 수 있을 거다. 거기다 동년배 남자애들의 마음에 뜨거운 존경의 뿌리를 심어 주게 되겠지. 짭짤한 바닷바람, 뜨거운 모래, 이글거리는 태양 빛이 작열하는 피부에 뿌리는 파우더, 내 몸과 친구들의 몸에서 뿜어져 나오는 체취, 해수욕장의 벌거벗은 군중들의 아비규환 속에서 문득 조용히 엄습하는 황홀하고 고독한 현기증의 심연, 아아, 아아, 오오, 아아, 나는 눈을 감은 채 꽉 움켜쥔 뜨겁고 딱딱한 성기가 순간적으로 부풀어 오르며 그 안에서 기세 좋게 분출하는 정액, 내 정액의 움직임을 손바닥 가득 느꼈다. 그러는 동안 내 몸속의 구름 한 점 없는 여름 한낮의 바다에서 침묵에 잠긴 행복한 나체 군단이 조용히 해수욕을 즐겼다. 이윽고 내 몸속의 바다에 가을 오후의 냉기가 찾아왔다. 나는 몸을 부르르 떨고 눈을 떴다.

정액이 목욕탕 전체로 튀어 있었다. 그건 이미 싸늘하고 불손한 뿌
연 액체에 지나지 않아, 도저히 나의 정액이라는 생각이 안 들었다. 나
는 뜨거운 물을 뿌려서 씻어 냈다. 말랑말랑한 조그만 덩어리가 틈새
에 끼여서 좀처럼 씻겨 나가지 않았다. 누나가 거기 철퍼덕 앉았다간
임신이 될지도 모른다. 근친상간이다. 누나는 더럽고 추잡한 여자 취
급을 받게 될 거다. 나는 계속 뜨거운 물을 뿌렸다. 그러는 동안 체온
이 내려가 몸이 떨렸다. 나는 탕으로 들어갔다가 금방 요란하게 물을
튀기며 급히 몸을 일으켰다. 목욕탕에 너무 오래 있으면 엄마가 이상
하게 여길 게 틀림없다. 그리고 '저 녀석이 작년까지만 해도 까마귀 미
역 감듯 하더니, 이제 목욕에 재미를 붙였나 보네' 하고 빈정거릴 것이
다. 나는 소리가 나지 않게 조심하며 잠갔던 문을 열었다. 목욕탕을 나
오자 오르가슴의 순간 내 몸 안팎에서 밀고 당기며 솟아오르던 행복
감과 어디의 누구인지도 모르는 사람에게 느꼈던 우정, 공생의 느낌
등 모든 것들은 정액 냄새가 어렴풋한 목욕탕 김 속으로 감금되어 버
렸다. 두 평밖에 안 되는 좁은 탈의실 벽에는 큰 거울이 붙어 있다. 나
는 누르스름한 불빛 아래 풀 죽은 모습으로 서 있는 외톨이 소년을 바
라보았다.

확실히 풀 죽은 세븐틴이다. 털도 아직 성기게밖에 나지 않은 하복
부에는 가엾게 오그라든 성기가 물이며 정액이며 빨아 먹어 축축한
채로 포피를 푸르뎅뎅한 주름투성이의 번데기처럼 쭈그러뜨리고 초
라하게 매달려 있었다. 그리고 뜨거운 물에 늘어난 고환만이 무릎에
가 닿을 기세로 늘어져 있었다. 매력 빵점이다. 게다가 등 뒤로 조명을
받고 있는 내 몸에는 근육은커녕 뼈와 가죽밖에 없었다. 목욕탕 안에

서는 조명의 각도가 그럴듯했던 것뿐이다. 몹시 실망한 나는 의기소침한 얼굴로 셔츠를 입었다. 내 얼굴이 셔츠 목에서 빠져나와 나를 빤히 바라보았다. 나는 거울로 다가가서 찬찬히 내 얼굴을 들여다보았다. 참 이상하게 생긴 얼굴이다. 못생겼다거나 피부가 거무칙칙하다는 소리가 아니라 내 얼굴은 정말로 혐오감을 주는 얼굴이다. 우선 피부가 너무 두껍다. 허옇고 두껍다. 이건 뭐 돼지 얼굴이다. 나는 골격이 드러난 얼굴에 거무스름하고 얇은 피부가 찰싹 붙은 육상경기 선수 같은 얼굴이 좋은데 내 피부 밑에는 살과 지방이 꽉 차 있다. 얼굴만 통통하다. 게다가 이마는 좁다. 뻣뻣한 머리칼이 가뜩이나 좁은 이마에 잔뜩 돋아 있다. 볼은 통통하다. 입술은 계집애들처럼 작고 붉다. 눈썹은 진하고 짧은 데다가 이리저리 비죽비죽해서 모양이 좋지 않다. 그리고 눈은 누굴 원망이라도 하듯 쭉 찢어진 데다 흰자가 많았고, 귀로 말할 것 같으면 머리통에 직각으로 붙은 두툼한, 소위 복귀였다. 나는 얼굴이 여자애처럼 몽글몽글하게 생긴 게 너무 싫어서 꺼이꺼이 울고 싶은 심정인지라 사진을 찍을 때마다 완전히 기분이 잡치곤 했다. 특히 학교에서 반 애들 전부가 찍은 기념사진 같은 건 정말 죽고 싶을 정도로 우울한 사진이 되고 만다. 게다가 사진관에서는 언제나 내 얼굴을 허여멀건 미남 배우처럼 수정을 해 놓는다.

나는 신음이라도 터뜨릴 것 같은 심정으로 거울 속의 내 얼굴을 노려보았다. 얼굴색이 푸르죽죽했다. 이것은 상습적으로 자위를 하는 자의 얼굴색이다. 나는 거리에서나 학교에서 자신이 상습적으로 자위를 한다는 걸 광고하면서 돌아다니고 있는 셈인지도 몰랐다. 다른 사람 눈에는 내가 습관적으로 자위를 한다는 게 뻔히 보이는지도 모른다. 나의 원망스러운 커다란 코를 볼 때마다 다른 사람들은 모두, 저것 좀 봐, 이 자식은 그거 하는 놈이야 하고 알아채는지도 몰랐다. 그리고 모두 수군거리고 있는지도. 나는 자위가 몸에 해롭지는 않을까 전전긍긍하던 때와 똑같은 불안에 사로잡혔다. 생각해 보면 그때보다 사정은 조금도 나아지지 않았다. 사정이라 함은 내가 자위를 하고 있다는 게 남에게 알려진다면 죽을 정도로 수치스러울 거라는 공포에 시달린다는 것이다. 아아, 모두들 나를 향해 저 자식은 상습적으로 자위하는 놈이다, 저 얼굴색하고 흐리멍덩한 눈 좀 봐 하며 혐오스러운 동물이라도 보듯 침을 뱉고 있을 것이다. 아, 죽이고 싶다. 기관총으로 이놈이고 저놈이고 할 것 없이 죄다 쏴 죽이고 싶다. 나는 소리를 내서 말해 보았다. "죽이고 싶다! 기관총으로 이놈이고 저놈이고 할 것 없이 죄다 쏴 죽이고 싶다. 아아, 나에게 기관총만 있었다면……" 목소리는 작게 울리고 미처 목소리가 되지 못한 숨에 거울이 뿌예지며 분노에 불타는 나의 얼굴을 순식간에 더러운 안개 너머로 감추어 버렸다. 나를 보며 비웃던 타인들의 눈으로부터 내 얼굴을 이런 식으로 감추어 버릴 수 있다면 얼마나 자유롭게 해방된 기분일까…… 나는 원망스러운 기분으로 그런 생각을 했다.

그러나 그런 기적은 일어나지 않을 거다. 나는 상습적으로 자위를 하는 자로 타인의 눈앞에 언제나 적나라하게 드러날 것이다. 만날 그 짓이나 하는 세븐틴이다. 이렇게 비참한 생일을 맞기도 난생처음이구나 싶었다. 그리고 나의 평생의 남은 생일도 모두 이와 같이 비참하든지 더욱 나쁜 상황이 되리라는 생각이 들었다. 틀림없이 이 예감은 들어맞고 말 것이다. 자위 따위는 하는 게 아니었어 하는 후회로 머리가 쿡쿡 쑤셔 왔다. 나는 자포자기하는 심정이 되어 〈오! 캐럴〉*을 흥얼거리며 나머지 옷을 서둘러 입었다. "너는 나에게 상처를 주지. 너는 나를 울려. 그러나 네가 만일 나를 버린다면 나는 죽고 말 거야. 오오, 오오, 캐럴! 너는 나에게 잔인하게 굴지."

저녁밥을 먹으면서도 아무도 내 생일을 축하해 주지 않았다. 누나도 목욕탕에 있던 나에게 와서 해 준 말 정도조차 되풀이해 주지 않았다. 결국 나의 열일곱 번째 생일을 축하해 줄 사람은 아무도 없다는 걸 깨달아야 했다. 우리 집에서는 원래부터 밥을 먹는 동안에는 말을 하지 않았다. 사립 고등학교의 교감 선생인 아버지가 밥을 먹으면서 이야기하는 것을 싫어하기 때문이다. 아버지는 밥을 먹으면서 가족끼리 대화하는 걸 허락하지 않았다. 품위 없는 습관이라는 것이었다. 나도 자위를 하고 난 다음에 오는 피로 때문인지 머리도 지끈거리고 나의 세븐틴에 대한 혐오로 기분이 엉망진창이 되어 있던 탓에 모두들 생일 축하의 말도 없이 밥만 먹는 것에 불평할 기분도 들지 않았다. 생일 또한 그 외의 다른 날과 똑같이 당연히 무관심과 냉대 속에서 지나갈 것이라는 체념이 들었다. 그러나 나는 식사가 끝난 다음에도 생일이나 익스팬더에 대해 생각하는 일도 없이 하릴없이 새빨갛고 매운 김치를 씹어 가며 차를 홀짝이고 앉아 있었다. 어쩌면 내 마음 한구석에는 그때까지 생일에 대한 기대가 조금은 남아 있었는지도 모른다.

나는 석간신문을 되풀이해 읽기도 하고 텔레비전을 힐끗거리면서 김치를 씹고 차를 마시고 했다. 시골에서 살던 중학생 때 키가 큰 한국인 동급생에게 키가 작다고 언제나 괴롭힘을 받은 걸 생각하며 나는 김치를 씹고 차를 마시고 있었다. 텔레비전 뉴스에서는 황태자 부부가 외국 여행에 앞서 담화를 발표하는 장면이 나왔다. 황태자가 먼 데

---

* 미국의 싱어송라이터 닐 세다카(1939~)의 노래. 이웃에 살던 여자 친구이자 싱어송라이터 캐럴 킹을 위해 만든 곡이다.

라도 바라보는 듯한 교활한 눈으로 '국민 여러분의 기대에 부응할 수 있도록 노력하겠습니다' 하는 식의 이야기를 했다. 그 옆에서 황태자비가 조금은 억지스러워 보이는 미소를 지으며 우리 국민 여러분 쪽을 바라보고 있었다. 나는 비위가 상해서 혼잣말을 했다.

"세금 도둑이 말은 아주 뻔지르르하게 하네. 난 아무것도 기대하지 않거든."

그때 텔레비전 옆에서 뭉그적거리며 문고본을 읽고 있던 누나가 벌떡 일어나더니 물어뜯을 듯이 나에게 달려들었다.

"세금 도둑이라니? 누가 뻔지르르한 말을 한다는 거니?"

나는 약간 움찔하며 말이 너무 심했나 하는 생각이 들었다. 그러나 아버지는 전혀 관심이 없다는 듯이 딴청을 피우며 담배만 뻐끔거렸고 텔레비전 방송국에 근무하는 형은 모형 비행기 조립에 정신이 팔려 있었다. 엄마도 부엌에서 이리저리 움직이면서 고개를 비틀어 그저 바보처럼 텔레비전 화면을 쳐다볼 뿐, 아무도 나와 누나의 싸움에 관심을 보이는 사람이 없었다. 나는 그것 때문에 더욱 화가 나서 결국 누나의 시비에 말려들고 말았다.

"누구긴 누구야, 황태자 부부가 세금 도둑이지. 누가 자기들한테 기대를 한다고 그래? 그리고 세금 도둑은 또 있지. 바로 자위대가 제일 큰 세금 도둑 아니야? 그것도 몰랐어? 등잔 밑이 어둡다더니……"

"그래? 황태자님 부부는 별도로 치고." 누나는 안경 너머의 조그만 눈으로 나를 똑바로 바라보며 아주 냉정하고 차분한 목소리로 속삭이듯이 내뱉었다. "자위대가 어째서 세금 도둑이야? 만약에 자위대도 없고 미국 군대가 일본에 주둔하지 않았다면 일본의 안전은 어떻게 되었을 것 같니? 그리고 자위대에서 일하는 농촌의 차남, 삼남들은 자위대가 없었다면 어디에 취직을 할 건데?"

나는 말문이 막혔다. 내가 다니는 고등학교는 관내 고등학교 중에서도 가장 진보적인 곳이다. 가끔 데모 행진도 한다. 그래도 반 아이들이 자위대에 대한 욕을 할 때마다 나는 자위대 병원에서 간호사로 일하고 있는 누나를 생각하며 어떻게든 자위대를 변호하곤 했다. 그러나 나는 역시 좌익이 되고 싶었고, 내 마음에도 좌익이 훨씬 잘 맞았다. 데모 행진에도 나간 적이 있고 학교신문에 기지 반대 운동에는 고등학생도 참가해야 한다는 투서를 넣어서 신문부 고문인 사회 선생에게 불려 간 적도 있다. 그래서 나는 누나의 말을 뒤집어엎어야 한다는 강박에 시달렸다.

"그런 건 다 겉으로만 그러는 거지. 자민당 놈들이 국민을 속이려고 언제나 지껄이는 소리잖아." 나는 짐짓 허세를 부리며 콧방귀를 뀌는 자세로 말했다. "머리가 단순한 놈들이 하는 소리지. 그렇게 해서 세금 도둑에게 당하는 거야."

"단순한 머리라고? 좋아, 그럼 내 단순한 질문에 네 그 복잡한 머리로 대답 좀 해 봐. 지금 일본에 주둔한 외국 병력이 철수하고 일본의 자위대도 해체되어 일본 본토가 군사적 진공상태가 된다면, 예를 들어 남한과의 관계 같은 게 일본에게 유리하게 돌아갈 것 같니? 이승만 라인* 근처에는 지금도 일본 어선이 붙잡혀 있단 말이야. 만약에 어떤 나라가 작은 군대라도 동원해서 일본에 상륙하는 일이 생겼을 때 군사력이 전혀 없다면 어떻게 대응하겠어."

"그거야 유엔에 부탁하면 되잖아. 그리고 남한 문제는 별도로 하고,

* 1952년 당시 대한민국 대통령 이승만의 '해양주권 선언'에 의하여 한반도 주변 수역에 설정되었던 해역선.

어떤 나라의 작은 군대라는 거 그거 아주 상습적으로 써먹는 말이잖아. 일본에 어떤 나라가 군대를 상륙시키겠어? 가상적국이란 건 없다고."

"유엔이 뭐 만능인 줄 아니? 화성에서 쳐들어오는 것도 아니고 지구상의 어떤 나라 군대와 충돌이 생겼을 때, 그 나라가 유엔 내에서 가지는 이해관계라는 것도 있는 거고, 유엔이 일본 편을 들어 준다는 보장이 어디 있니? 그리고 한국전쟁에서도 그렇고 아프리카 구석에서 일어나는 전쟁에서도 보았듯이 유엔군이 개입하는 건 일단 전쟁이 일어난 다음의 이야기야. 일본 땅에서 전쟁이 사흘만 계속된다면 많은 사람이 죽게 될 거야. 나중에 유엔군이 와 봤자 죽은 사람에게는 무슨 의미가 있겠어? 일본에 어떤 나라가 오겠느냐고 그러는데, 누가 일본이란 기지를 차지하는가 하는 게 극동 문제에서 얼마나 중요한 일인지 모르는구나. 만약에 미국 군대가 철수한다면 좌익에서 불안을 상쇄하려고 소련 군대를 기지로 불러들이지 않겠어? 나도 기지의 미군들과 접촉할 때가 있어. 아주 가끔이긴 하지만 어쨌든 너보다는 많지. 그때마다 역시 외국 군인들이 일본에 주둔하는 건 좋지 않다는 생각이 들어. 자위대가 좀 더 충실해지는 편이 낫다는 생각을 하게 된다고. 그리고 자위대는 농촌 젊은이들의 실업 구제책도 되잖아."

나는 내가 밀리고 있다는 것을 깨닫고 무척 초조했다. 지고 싶지 않았을뿐더러 나의 주장이 정당할 터였다. 학교에서 친구들과 이야기할 때 누나 같은 의견은 완전히 무시되어 땅에 밟히는 게 상례였다. 지금도 마땅히 내가 이겨야 했다. 제기랄, 이건 여자의 얕은꾀에 걸린 거야, 나는 스스로를 부추겼다. 재군비론再軍備論이 정당하다는 생각은 한 번도 해 본 적이 없다.

"현재의 보수당 내각이 정치를 못하니까 농촌 젊은이 실업 사태가 일어난 거잖아. 정치가 잘못해서 만들어 낸 실업자를 다시 나쁜 정치를 위해 이용하는 꼴이 아니냐고!" 나는 흥분해서 소리를 질렀다.

"그렇지만 전후 회복과 경제 발전은 그 나쁜 정치를 한다는 보수당 내각이 추진해 온 거야." 누나는 전혀 흥분하는 기색도 없이 차분히 대꾸했다.

"보수당 정부가 일본을 번영시킨 거야. 어쨌든 결국 그게 현실이잖니? 그래서 일본 사람들 대다수가 보수당을 선택한 거잖아."

"현재 일본의 번영이라고? 제기랄! 선거에서 보수당 찍은 사람들도 다 똥이나 먹으라고 그래. 정말 혐오스럽다!" 나는 소리를 질렀다. 눈물이 흘러내렸다. 자신이 아무것도 모르는 바보처럼 여겨져 말할 수 없이 분했다.

"이따위 일본, 망해 버려라! 그런 일본인은 모두 뒈져라!"

누나는 순간 움찔하더니 곧 고양이가 자기가 잡아 온 쥐를 놀리는 것 같은 차분한 눈으로 눈물범벅이 된 내 얼굴을 쳐다보고는 고개를 숙이고 신문을 읽는 척하며 말했다.

"너도 참 초지일관이다. 그런데 내 눈에는 좌익도 굉장히 교활해 보이거든. 민주주의의 수호자를 자처하면서 왜 의회주의는 지키지 않는 거야? 그리고 뭐든지 다수당의 횡포로 돌리지. 재군비 반대, 헌법위반이라고 하면서도 자위대원들에게 뭐 다른 직업을 가지라는 운동을 하는 것도 아니고. 진심이 아니라 그저 반대를 위한 반대에 지나지 않는 것 같단 말이야. 보수당 정부의 믹서로 만든 달콤한 물은 마시고 쓴 물은 정부 탓으로 돌리는 면이 있어. 그래, 다음 선거에서 어디 한번 진보당이 정권 잡아 보라 그래. 그래서 기지에서 미군도 몰아내고 자위대는 깨부수고 그리고 세금은 내리는 거지. 실업자도 없애고 경제성장률도 쑥쑥 올리는 거 구경 한번 해 보자. 나도 괜히 남에게 멸시받아 가며 자위대에서 간호사 노릇 같은 거 하고 싶지 않아. 양심적이고 진보적인 노동자가 된다면 그보다 더 기쁜 일이 어디 있겠어? 완전히 환상적인 이야기네······"

나는 눈물을 흘렸다는 것만으로도 온몸에 똥물을 뒤집어쓴 듯 수치스러웠다. 머리 꼭대기에서 발끝까지 수치라는 감정이 납처럼 쑤시고 들어왔다. 그것은 우리의 논쟁에 전혀 관심을 보이지 않고 건성으로 들어 넘기는 아버지와 형의 태도에 대해서 느끼는 격분이기도 했다. 최악의 비참한 상황에 쑤셔 박힌 것 같은 기분이 들었다. 아버지라는 사람은 아들이 눈물까지 흘리고 있는데도 태연히 신문이나 뒤적이고 있다. 그게 바로 아버지가 생각하는 미국식 자유주의적인 태도다. 근무처인 사립 고등학교에서도 절대 학생들을 강제한다든지 학생들 문제에 개입하지 않는 미국식 자유주의 교육을 하고 있다는 게 아버지의 자랑이었다.

나는 아버지 학교에서 전학 온 놈에게서 그 학교 학생들이 얼마나 아버지를 싫어하고 경멸하며 별 볼 일 없는 선생으로 취급하는지 들어서 다 알고 있었다. 언젠가 아버지 학교의 학생이 사창가에 드나드는 사건으로 스무 명이나 체포되어 매스컴에서 난리가 난 적이 있었는데 그때도 아버지는 자유주의자로서 학생들의 방과 후 생활까지 구속하지 않는다는 것이 자신의 신조라며 태연하게 지나갔다. 그건 그냥 무책임한 신조일 뿐이다. 내 또래의 학생들은 반항도 하고 비행도 저지르긴 하지만 자신의 문제에 확실하게 역성을 들어 주며 자기 일처럼 생각해 주는 교사를 찾는 법이다. 나 역시 조금은 귀찮을 정도로 내 문제에 개입해 주기를 바라는 면도 있다. 저런 게 미국식 자유주의인지 뭔지는 모르겠으나 이건 완전히 아버지가 아니라 남이다. 아버지는 학력이 변변치 못한 탓에 고생깨나 하며 여러 직업을 전전하면서 힘들게 독학했다. 그리고 검정고시를 통과해 간신히 지금의 위치에 올랐다. 그래서 가능하면 남들과 부딪치지 않으며 지금의 지위를 지키려는 거다. 타인을 자극한다든지 공연히 남의 시비에 말려들어 다시 고생스러운 생활을 하게 되는 게 두려운 것이다. 그 호신 본능의 방패를 아들 앞에서도 내려놓지 못한다. 맨몸으로 나섰다가 체면이 깎일까 두려워 절대로 감정을 드러내지 않고 언제나 무표정한 얼굴로 냉정한 비판만 하고 있다. 지금 취하고 있는 행동이야말로 그 잘난 미국식 자유주의의 가장 전형적인 모습인지도 모른다⋯⋯

나는 의기양양해서 계속 뭐라고 떠들고 있는 누나의 말을 무시할 셈으로 자리에서 벌떡 일어났다. 별채 창고의 나만의 조그만 은신처로 돌아갈 생각이었다. 어쨌든 자리에서 일어나는 순간에는 그 생각밖에 없었다. 분노와 수치심에 휘둘려 다른 생각을 할 여유가 없었다. 벌떡 일어나 한 걸음을 내딛는 순간 찻상을 걷어차는 바람에 와장창하는 소리가 났다. 물 잔이 엎어져 노랗고 차가운 오줌 같은 차가 쏟아졌다. 나는 그 순간 숨을 삼키고 아버지를 바라보았다. 아버지는 소리를 지르는 대신 신문에 눈을 고정한 채 조소하는 듯한 미소를 지었다.

"전학련*의 화풀이니?" 누나가 조롱하듯 말했다.

나는 피가 머리로 끓어올라 그만 이성을 잃고 말았다. 나는 고함을 지르며 누나의 이마를 냅다 걷어찼다. 누나는 찻상 쪽으로 손을 뻗은

* '전일본학생자치회총연합'의 약칭. 1948년 145개 대학의 학생 자치회가 연합하여 결성되었으며 당초 일본 공산당의 영향하에 있었다.

채 벌러덩 나가자빠졌다. 깨진 안경에 찔려 눈꺼풀에서 피가 흘러내렸다. 못생긴 누나의 얼굴이 소름 끼칠 정도로 창백했다. 꽉 감긴 눈꺼풀에서 광대뼈로 피가 뚝뚝 떨어져 내렸다. 엄마가 부엌에서 달려와 누나를 안았다. 나는 내가 저지른 일에 놀라 덜덜 떨며 그저 멍하니 서 있었다. 내 발가락에까지 묻은 누나의 피를 보니 갑자기 발가락이 쑤시고 가려웠다. 아버지가 신문을 천천히 무릎에 내려놓고 나를 올려다보았다. 얻어터지겠구나 하는 생각이 들었다. 저항하지 않고 죽을 정도로 맞을 각오를 했다. 그러나 아버지는 냉정하게 이렇게 말했을 뿐이었다.

"넌 이제 누나한테 대학 등록금 얻어 쓰기는 글렀다. 이제는 공부 열심히 해서 도쿄 대학교에 들어가는 수밖에 없다. 공립대학이라야 등록금이 싸고 장학금 받을 가능성도 크니까. 그냥 열심히 하는 정도로는 어림없어. 정신쇠약이 될 정도로 하라고. 이건 자업자득이다. 도쿄 대학교에 들어가든가 취직을 하든가. 방위대학*에 들어간다면 이야기는 달라지겠지."

나는 오장육부가 차갑게 식는 기분이 되어 가족에게서 등을 돌리고 뜰로 나왔다. 봄밤이다. 어두운 하늘 아래 장밋빛의 또 하나의 하늘이 있었다. 지표면에서 솟아오른 수증기와 먼지가 만들어 놓은 구름층이 온 도쿄 시내의 집들이 내보내는 전등 빛을 난반사하는 것이다. 나는 좁아터진 뜰 한구석 창고에다 선박용 침대 같은 나만의 아지트를 만들어 놓고 잠은 거기서 잤다. 전등이 없어서 문을 닫으면 침대까지 손으로 더듬으면서 가야만 했다. 내가 혼자 힘으로 그 좁아터진 창고 구

* 간부 자위관 후보생을 교육시키는 곳으로 다른 나라의 사관학교에 해당하며 전액 국비 교육이다.

석에다 잠자리를 마련한 건 가족과 떨어져 나만의 공간을 갖고 싶어서였다. 두 평도 안 되는 창고의 절반을 침대가 차지하고 나머지에는 잡동사니가 쌓여 있었다. 나는 잡동사니들을 더듬으며 침대로 향했다. 아무렇게나 쌓아 놓은 책상과 의자가 손에 닿았다.

창고의 침대를 배라고 생각했을 때 거기가 바로 조타실에 해당되는 곳이다. 나는 어둠 속에서 공연히 눈을 크게 뜨고 책상 서랍을 잡아당겨 안에서 작은 일본도를 꺼냈다. 이것은 내가 침대를 만들다가 잡동사니 속에서 찾아낸 나의 무기다. 30센티미터 정도밖에 되지 않았지만 라이쿠니마사라는 이름이 새겨져 있다. 언젠가 학교 도서관에서 찾아보니 무로마치 말기의 도검가刀劍家인 것 같았다. 400년이나 된 칼이다. 나는 칼을 빼서 양손으로 잡고 잡동사니 사이의 어둠을 향해 힘껏 찔러 보았다. 살기란 건 작은 창고 구석에 이렇게 처박힌 채 두방망이질하는 가슴의 고동을 말하는 것이리라. 에잇! 야앗! 나는 작은 소리로 기합을 넣어 가며 칼로 어둠을 찔러 댔다. 언젠가 나는 이 칼로 적을 찔러 죽일 것이다. 적을! 나는 남자답게 적을 찔러 죽일 거다. 언제인가부터 나는 그런 생각을 했다. 그 생각은 반드시 실현되고 말 것이라는 확신에 찬 예감을 동반했다. 그러나 나의 적은 어디 있는 것일까. 나의 적이란, 아버지? 누나? 기지의 미군? 자위대원? 보수정치가? 내 적은 과연 어디 있는 것일까. 죽여 버리겠어. 죽여 버리고 말겠어. 에잇! 에잇! 야앗!

어둠 속에서 셔츠 솔기에 다닥다닥 붙은 이 같은 적들을 모두 죽이고 있자니 기분이 조금씩 누그러졌다. 슬며시 누나에게 부상을 입힌데 대한 후회까지 들었다. 만약에 누나가 오늘의 부상으로 실명하게 된다면 나는 내 눈을 빼서 각막이식 수술을 해 줄 테다. 나는 내가 저지른 일에 대한 대가를 치러야 한다. 자신의 죄를 자기의 피와 살로 갚지 않는 자는 비겁한 거다. 나는 내가 저지른 일을 모른 척하는 놈이 아니다.

　나는 칼을 나무 칼집에 다시 꽂아서 서랍에 넣은 후 손으로 더듬거리며 옷을 벗고 침대에 누웠다. 어둠 속에서 눈을 부릅뜨고 귀를 기울이며 천장을 보고 누워 있자니 참으로 온갖 잡귀들이 나에게 몰려드는 것 같은 기분이 들었다. 나는 절구 밑바닥에 누워 그 노도의 습격에 보잘것없는 알몸을 고스란히 드러내고 있는 느낌이었다. 집에서는 레코드음악 소리가 들려왔다. 마일스 데이비스 육중주단인가 뭔가 하는 거다. 형은 모던재즈에 빠져 있다. 내가 누나를 걷어차고 아버지한테 빈정거리는 소리를 듣는 동안에도 형은 거실 바닥에 늘어놓은 플라스틱 조각과 접착제 튜브 사이에서 무릎을 세우고 앉아 우리의 소란 따위는 완전히 무시하고 모형 비행기 조립에만 정신을 팔고 있었다는 사실이 문득 떠올랐다. 카메라에 촬영자가 의식하지 못한 부분까지 찍히는 것처럼 나도 지금까지 전혀 깨닫지 못하고 있었지만 기억의 필름에 우리에게 전혀 관심을 보이지 않았던 형이 찍혀 있는 걸 발견한 거다. 그리고 형은 지금 10분 전의 작은 폭풍 따위는 완전히 잊어버리고 하이파이 재생 장치 앞에서 음악에 취한 머리를 불안정하게 흔들리는 목 위에 올린 마약중독자 같은 꼴로 재즈에 도취되어 있는 것이다. 그리고 가끔씩 손가락 끝에 들러붙어 굳어 버린 접착제의 얇은 막을 떼어 내고 있겠지. 남동생을 두드려 패야 했던 것일까, 여동생에게 너무 잘난 척하지 말라고 나무라야 했던 것일까 곰곰이 반추하며, 그 생각에서 벗어나고자 낮은 음역과 높은 음역을 인공적으로 키운 재생 장치의 볼륨을 올려 보기도 하며.

형은 수재였고 우리 집의 희망이었다. 재작년에 도쿄 대학교를 졸업하고 텔레비전 방송국에 취직했다. 형은 대학 때도 과 대표를 하고 대학 축제 때도 왕성한 활동을 하더니 취직하자마자 특집 보도 프로그램의 정열적인 프로듀서로서 멋진 성과를 냈다. 그때 나는 형을 신뢰하고 존경하며 부모에게 받지 못했던 것들을 형으로부터 자양분처럼 빨아들였다. 그런데 작년 여름부터 형은 지쳤다, 지쳤다 하고 입버릇처럼 투덜거리기 시작하더니 가을이 되고는 일주일의 휴가를 받았다. 휴가를 마치고 나서 다시 출근을 하기는 했는데 인간이 변했다. 말수가 줄었고 어딘지 모르게 둔해지고 병적으로 모던재즈에 빠져드는 동시에 모형 비행기 조립 마니아가 되어 버렸다. 나는 작년 가을 이후 형이 일에 대해서나 정치에 대해 이야기하는 걸 들어 보지 못했다. 아니 그보다 그 정열 넘치던 달변가 형이 올해 들어와서부터는 나와 5분 이상 이야기한 적이 없었다. 형은 작년 겨울 다니가와 산의 고난도 암벽 등반에 데려가겠다고 하고서는 아무 소리도 없이 약속을 어겨 나를 무척이나 실망시켰다. 그러나 물론 형에 대한 섭섭함에서 나온 생각이기도 하지만 술 취한 인간처럼 온몸을 흐느적거리며 재즈를 듣고 있는 형을 보노라니 이런 남자와 파트너가 된다면 아무리 쉬운 코스라도 함께하고 싶지 않다는 생각이 들었다. 아아, 형은 어쩌다 저렇게 되어 버린 걸까.

형이 저렇게 되고 나서부터 나는 집 안에서 완전히 외톨이가 되고 말았다. 외톨이 세븐틴이다. 열일곱은 마땅히 가족 모두의 이해와 사랑 속에서 성장하며 변화해 가야 하는 시기였으나 누구 하나 나에게 관심을 보이지 않았다. 나 혼자 이 엄청난 위기를 맞고 있는데도 말이다……

그때 창고 바깥에서 무언가가 희미하게 그러나 확실하게 나에게 신호를 보냈다. 그만 깜빡하고 있었다. 나는 상체를 일으켜 침대 옆에 선창처럼 둥글게 뚫어 놓은 창을 열었다. 녀석은 아주 의젓하고 우아한 자세로 선실 침대로 사뿐 내려서더니 목을 가르랑거리며 내 발을 감싸고 있는 담요 위로 가서 몸을 둥글게 말았다. 갱이다. 이 녀석은 우리 집 근처를 털고 다니는 도둑고양이다. 우리 집은 아버지고 엄마고 죄다 인색한 사람들이다. 애완동물에게 자기들 먹을 걸 빼앗긴다고 생각하면 그 순간 오한에 휩싸일 인격들이다. 그래서 나는 먹이 걱정을 할 필요가 없는 것밖에 기를 수가 없었다. 작년에는 개미 일족 50마리를 병 안에서 길렀는데 그들은 겨울을 넘기지 못했다. 내 손에는 엄청나게 입체적인 미로가 뚫린 병 하나가 달랑 남았다. 나는 그게 너무 슬퍼서 울었다. 그 후에 나는 갱을 길들이게 되었다. 갱은 호랑이 털 무늬를 가진 수놈인데 몸집이 엄청나게 컸다. 도둑고양이니까 먹이 걱정을 할 필요도 없었다. 밤늦게 잠을 자기 위해서 찾아올 뿐이다. 나는 혼자 쓸쓸한 생각에 잠겨 있다가 마침 돌아온 갱 덕분에 마음이 누그러졌다. 나는 입으로 쪽쪽 하는 소리를 냈다. 갱은 내 발 위의 담요에서 무거운 몸을 천천히 일으키더니 내 침을 받아먹으러 왔다. 나는 부지런히 침을 뱉어 갱에게 먹이면서 그래도 내 생일을 축하해 주는 놈은 너밖에 없구나 하는 감상적인 기분에 빠졌다. 그러나 갱은 알 카포네보다 더 악랄한 놈이다. 감상에 빠지는 일 따위는 절대 없다. 내 침을 받아먹는 동안에도 담요를 통해 가슴팍에 느껴질 정도로 날카로운 발톱을 세워서 단단히 거머쥐고 있다. 언제든지 바로 달아날 수 있는 자세다. 나는 한 번도 갱을 안아 본 적이 없었다. 제가 내켜서 내 쪽으로 다가오면 무릎이나 가슴을 내어 주는 정도가 고작이다. 목을 가르랑거리며 눈을 감고 촉촉한 콧방울을 씰룩거리면서 냥냥거릴 때도, 일단 내가 제 몸에 손가락이라도 대면 하악! 소리를 지르며 달아났다. 갱은 속박을 싫어하는 거다. 그걸 잘 알고 있으면서도 침이 완전히 말라 목구멍이 따끔거리기 시작하고 갱이 다시 담요 끝으로 돌아가려고 하자 나는 깊은 고독의 구렁텅이로 처박히는 기분이 들어 도저히 참을 수가 없었다. 내 가슴에서 우아한 동작으로 천천히 내려가는 호랑이 털 무늬의 커다란 갱의 몸에 나도 모르게 손을 대고 말았다. 그 순간 불꽃이 사방으로 튀는 기세로 갱과 내 손이 접촉했다. 전동차의 스파크다. 나는 갱의 발톱에 찢어진 손등을 핥아 피 맛을 보았다. 갱은 제 머리로 선창 뚜껑을 밀치고 호랑이 무늬의 상어가 되어 미쳐 날뛰는 바다로 몸을 던져 달아나 버렸다. 상처는 쓰라렸지만 나는 갱을 원망하기는커녕, 이 얼마나 멋진 악당인가 하는 감탄에 사로잡혔다. 녀석은 야만적이고, 악의 화신이고, 은혜를 모르고, 수치도 모르고, 폭발적이고, 독자적인 존재, 아무것도 신뢰하지 않고, 제가 원하는 것만을 잽싸게 차지한다. 그러고도 녀석은 나에게 존경심을 불러일으킬 정도로 당당하고, 사냥감을 찾아 어둠 속을 서성이는 모습은 잘 지어진 건축물처럼 아름답고, 게다가 고무의 유연함을 갖추고 있다. 녀석이 노려보면 나는 흠칫거리며 변명하려 들게 되고 얼굴이 뻘게지고 만다. 어떻게 녀석은 몸 구석 어디에도 약점이란 게 없는 걸까. 으슥한 곳에서 흰 고양이를 잡아먹는 녀석과 우연히 맞닥뜨렸을 때도 나만 흠칫 놀랐을 뿐, 녀석은 너무도 태연하고 당당하고 늠름했다.

갱 같은 존재가 되고 싶다는 열망이 있지만 그것은 기적이라도 일어나지 않는 한 이루어질 수 없는 꿈이라는 걸 나도 알고 있었다. 왜냐하면 내 머릿속에는 돼지비계 같은 뇌가 가득 찬 데다 자의식이라는 것이 있기 때문이다. 나는 늘 자신을 의식했다. 그러고 나면 세상의 모든 사람들이 악의적인 눈으로 지켜보고 있다는 느낌, 몸의 움직임이 어색해지고 몸의 여기저기가 봉기해서 제멋대로 무슨 짓인가 하는 것 같은 느낌이 든다. 수치스러워 죽고 싶을 지경이다. 나라는 육체 플러스 정신이 이 세상에 있다는 것만으로도 수치스러워 죽고 싶어진다. 그래서 나는 가능하면 발광한 크로마뇽인처럼 동굴에 들어가 혼자 혈거 생활을 하고 싶었다. 타인들의 시선을 꺼 버리고 싶은 거다. 아니면 자신을 꺼 버리고 싶은 거고. 갱은 자신을 의식하는 일은 없겠지, 자신의 몸 따위, 더러운 털과 고기와 뼈와 똥뿐이라고밖에 생각하지 않을 것이다. 그래서 누가 자기를 보아도 흠칫거리거나 하는 일이 없다. 나는 흉터로 군데군데 벗겨진 갱의 크고 튼튼한 머릿속의 조그만 뇌가 꾸는 꿈을 부러워했다. 고양이의 악몽이란 기껏해야 회색 연기에 불과하리라. 그런데 내가 꾸는 처절한 악몽은 청산가리가 든 주스보다 더 지독할 것이다.

나는 어둠에 익숙해진 눈이 선실 잡동사니와 그 그림자 속에서 유령을 발견할까 봐 두려워 눈을 꾹 감고 겁에 질린 채 잠의 공포가 다가오기를 기다렸다. 잠이 들기 직전 나는 언제나 공포에 사로잡혔다. 죽음의 공포, 나는 토악질이 나올 정도로 죽음이 무서웠다. 죽음의 공포에 짓눌려 실제로 속이 메슥거리고 토할 것 같았다. 내가 두려워하는 죽음은 이 짧은 생 다음에 몇억 년도 더 무의식의 제로 상태로 견뎌야 한다는 것이었다. 이 세계, 이 우주, 그리고 또 다른 우주가 몇억 년이고 존재하는데 나는 그동안 죽 제로 상태다. 영원히! 나는 사후의 무한한 시간을 생각할 때마다 공포에 질려 정신을 잃을 지경이었다. 나는 물리 수업 첫 시간에 이 우주에서 똑바로 로켓을 쏘면 그 너머에는 '무의 세계'가 있다, 다시 말하자면 '아무것도 없는 곳'으로 가고 만다는 소리에 큰 충격을 받았다. 그리고 그 로켓이 결국은 이 우주로 돌아온다, 무한히 똑바로 멀어지는 동안 돌아오는 것이다, 라고 물리 선생이 설명하는 동안 기절하고 말았다. 오줌을 싸고 똥을 싸고, 큰 소리로 고함을 지르며 공포에 질려 기절하고 말았다. 정신이 돌아온 다음에 엄습하던 수치심, 악취를 풍기는 스스로에 대한 혐오, 견디기 어려운 여자애들의 시선…… 그러나 그보다도 나는 물리적 공간의 무한성과 무한의 개념으로부터 시간의 영원성과 죽음으로 제로가 되는 자신의 존재 등에 공포를 느껴서 기절하고 말았다는 말도 못 하고 선생과 반 아이들에게 내가 간질이라고 믿게 하려고 애를 썼다. 그로부터 나에게는 마음을 나누는 진실한 친구가 없어지고 말았다. 그리고 한없이 먼 곳으로 혼자서 여행을 떠나는 악몽에 시달리게 되었다. 죽은 사람이라면 의식이 없으니 공포를 느끼지 않을 것이다. 그런데 어떻게 된 건지 꿈속의 나는 무한히 먼 별에서 혼자서 눈을 뜨는 공포를 늘 의식하고 있었다. 악랄한 꿈 배급자의 간교한 발명이다. 죽음의 공포와 그 악몽은 다가오고 있었다. 나는 다른 생각에 정신을 쏟으려고 악전고투를 벌이다가 비몽사몽 중에 회상에 빠져들었다.

쇼다 미치코 님이 황태자비로 결정되었다는 신문 기사를 보았을 때, 이제 미치코 님은 무한히 먼 별로 가시는구나 하는 생각에 가슴 저리게 눈물을 흘리고 공포에 떨었다. 왜 그랬을까? 나는 미치코 님이 죽기라도 하는 듯이 두려웠다. 미치코 님의 사진을 벽에 붙여 놓고 바라보며 그 결혼이 깨지기를 기도했다. 그것은 질투가 아니었다. 그리고 텔레비전 뉴스에서 결혼식에서 돌을 던진 소년을 보고 또 울었다. 그 녀석도 붙박이장에 미치코 님의 사진을 붙여 놓았다고 했다. 그날 밤, 내가 미치코 님도 되고 투석 소

년도 되는 꿈을 꾸었다. 뭐지? 뭐지? 나는 죽음의 공포에 휩싸여서 몸을 일으켜 눈을 뜨고는 떨리는 몸을 껴안고 어둠을 노려보았다. 오늘은 지금까지 중에서 제일 심하게 공포로 진땀을 흘렸다. 나는 기도하는 심정으로 가능한 한 일찍 결혼해서 그렇게 예쁘지는 않아도 인정이 많은 아내에게 밤새도록 나를 깨워 잠든 채로 죽지 않도록 지켜봐 달라고 할 수만 있다면 얼마나 좋을까 상상했다.

아아, 어떻게 하면 이 공포로부터 달아날 수 있을까? 불현듯 죽은 다음에도 사라지지 않고, 커다란 나무에서 가지 하나가 말라 버린 것처럼 나를 포함한 거대한 나무는 영원히 존재할 수 있다면 얼마나 좋을까 하는 생각이 들었다. 그렇다면 더 이상 죽음의 공포를 느낄 필요가 없다. 그러나 나는 이 세상에서 외톨이였다. 불안에 떨면서 이 세상의 모든 것을 의심하고 이해하지 못하며 어느 것 하나 내 걸로 삼았다는 느낌이 없었다. 나에게 이 세상은 남의 것이고 내가 마음대로 할 수 있는 건 아무것도 없었다. 친구도 없고 아군도 없다. 나는 좌익이 되어 공산당에 들어가야 하는 걸까? 그러면 외톨이 신세를 면할 수 있겠지? 하지만 나는 방금 전에 좌익의 훌륭한 인사들이 하는 말을 그대로 했다가 일개 간호사에게 묵사발이 되고 말았다. 좌익 인사들이 이 세상을 해석하는 가치관을 나는 아직 모르고 있다는 걸 깨달았다. 결국 나는 아무것도 모르는 것이다. 나를 자신의 잔가지로 삼아 줄 영원이란 비바람을 견디는 거대한 떡갈나무를 알아볼 능력이 없는 거다. 이해도 못 한 채 머릿속에는 불안의 찌꺼기를 가득 담고 공산당에 들어가 봤자 달라질 건 아무것도 없다. 여전히 아무것도 믿지 못하고 불안은 계속될 것이다. 그리고 자위대 병원에서 일하는 근시 누나에게도 끽소리 못 하고 당하기만 하는 꼬마를 공산당 사람들이 상대해 줄 리가 없다.

아아, 이 세상의 누군가가, 정열적으로 매달릴 수 있는 간단하고 확실한 무엇을 나에게 제시해 준다면! 나는 자포자기한 심정으로 선실 내 나의 침대에 힘없이 쓰러져 자위나 하려고 담요 사이를 더듬어 성기를 쥐고 억지로 발기시켰다. 내일은 입시를 위한 학력 테스트와 체력 시험이 있다. 자위를 두 번이나 한다면 내일 800미터 달리기 시험이 엉망이 될지도 모른다. 나는 내일에 대한 막연한 불안이 엄습했다. 그러나 공포의 밤으로부터 짧은 순간이라도 벗어나기 위해서는 자위 외에는 아무런 길이 없었다. 창고 밖에서는 타인들의 대도시의 밤이 으르렁거렸다. 봄의 에센스가 도시의 더러운 공기에 마멸되면서도 먼 곳의 너도밤나무 향기 흐드러진 숲으로부터 찾아와 나의 피와 살을 자극하고 불안의 바다로 나를 떠밀었다. 나는 열일곱 살이다. 슬프고 도 비참한 세븐틴이다. 생일 축하합니다, 생일 축하합니다! 사타구니 를 주물러 축하의 팡파르를 울리는 거야!

나는 뭔가 외설스러운 장면을 상상해야 할 필요에 쫓겨 아버지와 엄마가 끙끙거리며 하고 있는 걸 상상했다. 홀딱 벗어서 드러난 엉덩이 구멍 두 개가 냄새를 풍기며 뜨듯한 이불 안 공기에 직접 닿아 좋아하고 있는 것이라 생각하자, 갑자기 나는 아버지의 정자로부터 태어난 게 아니라 엄마가 간통해서 태어난 아이고, 아버지도 그걸 알기 때문에 그토록 나한테 치사하게 구는 게 아닐까 하는 의심이 들었다. 그러나 오르가슴이 가까워지자 내 주위로는 분홍빛 꽃이 만발하고 온천물이 솟아나고 라스베이거스의 거대한 일루미네이션이 빛나며 공포와 의혹과 불안, 슬픔, 비참함을 녹여 버렸다. 아아, 살아 있는 동안 언제나 오르가슴이면 얼마나 행복할까. 아아, 아아, 아아, 언제나 언제나 오르가슴이라면 아아, 아아, 아아아아, 나는 사정해 가랑이를 적신 채 어두운 창고 속에서 다시 한 번 슬프고도 비참한 세븐틴의 생일을 생각하며 무기력하게 흐느꼈다.

2

아침에 일어나니 몸이 찌뿌듯했다. 머리가 아프고 몸에는 미열이 나는 게 팔다리도 무거웠다. 눈을 뜨자마자 온 세상의 타인들이 너는 아무짝에도 쓸데없는 놈이라는 걸 가르쳐 주려고 달려드는 것 같았다. 오늘은 뭔가 나쁜 일이 일어날 듯한 예감이 든다. 나는 작년까지는 생일마다 뭔가 하나 새로운 습관을 들이곤 했다. 그러나 열일곱 번째 생일에는 새로 시작하고 싶은 일이 아무것도 없었다. 열일곱의 나는 내리막길이다. 50살에 내리막길로 접어드는 자도 있을 것이고 60살까지도 오르막길인 자도 있을 것이다. 그러나 나의 오르막길은 어제부로 끝이 났다는 생각이 들었다. 나는 눈을 뜨자마자 나의 발이 이미 깊은 절망의 늪에 빠져 있다는 걸 깨달았다. 일어날 기력도 없이 담요 온기 속에서 눈을 뜬 채 계속 누워 있었다. 아무리 기분이 안 좋고 귀찮은 일에 휘말렸을 때라도 작년까지는 아침에 눈을 뜨는 순간만은 가슴속에 있는 행복의 덩어리를 느꼈었다. 나는 아침을 좋아했다. 가슴속 덩어리의 재촉을 받고 아침 일찍 밖으로 뛰어나가 아침 세상에게 인사를 해야 한다고 생각했다. 아침 라디오 체조 코치가 특별한 이유도 없이 그렇게 쾌활한 목소리로 떠드는 것에 나는 충분히 공감할 수 있었다. 왜냐하면 아침이기 때문이다. 아침이니까 당신도 행복한 희망이 솟아오르지 않나요, 하고 말을 걸고 싶어졌다. 그러나 지금 옆집 출랑이 중학생이 커다란 볼륨으로 틀어 놓은 라디오의 성의 없는 구령 소리를 듣자 더욱 초조한 기분이 들며 화가 났다. 아무도 타인에게 구령을 붙일 권리 따위는 없다는 걸 따끔하게 일러 주고 싶었다!

창고 안에는 문과 벽 그리고 지붕 틈에서 빛이 새어 들면서 먼지를 뒤집어쓰고 있는 어린이용 자전거의 안장을 금색으로 반짝이게 했다. 나의 행복한 어린이 시절에 타던 자전거다. 내가 공원 롤러스케이트장에서 이걸 타고 돌아다니면 외국 여자가 사진을 찍으려고 쫓아다녔다. 그리고 내가 자전거를 등나무에 기대 세우고 쉬고 있으면 어느 틈엔가 그 금발의 덩치 큰 여자가 뒤쪽에서 다가와 내 자전거 안장에 볼을 스치며 나를 들여다보고 웃었다. 나는 여자가 내 맨 엉덩이라도 만진 것처럼 부끄러워하며 자전거를 버려둔 채 도망을 쳤다. 등 뒤에서 여자의 이상한 웃음소리가 경련처럼 높아졌다 낮아졌다 하며 쫓아왔다. 그 덩치 큰 여자가 외치던 소리가 영어를 배우기 시작하고 생각이 났는데 너무나 무서웠던 탓에 고스란히 외우고 있었기 때문이다.

"오우! 프리티 리틀 보이, 플리즈 컴백! 프리티 리틀 보이!" 나는 정말 조그맣고 귀여웠다. 그것은 저 행복으로 가슴이 두근거리던 어린 시절에 끝이 났지만, 나는 정말로 작고 귀여운 아이였다. 그리고 아침은 기분이 좋고, 온 세상 사람들이 다 기분이 좋고, 태양계의 우주가 모두 다 기분이 좋았다. 그러나 지금의 나는 우주는커녕 이 작은 창고 안에서조차 여러 가지 어둡고 악한 싹을 찾아내곤 했다. 내 몸속에서조차도. 변비 기미나 두통, 그리고 몸의 여러 관절에 모래 알갱이가 몇 개씩 들어가 버석거리는 느낌이었다. 나는 담요를 뒤집어쓴 채, 나쁜 기분에 점점 삼켜지고 있었다. 하지만 내가 담요를 뒤집어쓰고 울어

본들 기적이라도 일어나지 않는 한 기분이 좋아질 리는 없었다. 창고 밖에서는 온 세계의 타인들이 내 기분을 잡치게 하려고 아침 일찍 일어나 대활약을 하고 있으니까.

나는 정말로 여러 가지 것들을 포기하고 침대에서 느릿느릿 일어나 하품을 하고 눈물인지 다른 체액인지 모를 투명한 눈곱을 눈꺼풀에 매단 채 축 늘어진 바지를 끌어 올렸다. 성기는 완전히 쭈그러들어 참새처럼 사타구니 꼭대기에 달랑 달려 있었다. 아침인데 임포텐츠 같네 하는 생각이 들며 마조히스틱한 기쁨을 약간 느꼈다. 열일곱 번째 생일에 처음 징조가 있었어요, 하고 정신과 의사 앞에서 바지를 무릎까지 내리고 임포텐츠가 된 털북숭이 토란을 꺼내 보이는 마흔 살의 내가 눈에 그려졌다. 그걸 너무 많이 하신 것 같네요……

현관 쪽에서 누나와 아버지가 뭔가 실랑이하며 집을 나서는 소리가 났다. 누나의 툴툴거리는 목소리와 분별 있는 체하는 매우 초연하고 차분한 아버지의 목소리, 그러나 아버지는 절대 차분한 기분이 아닐 것이다. 그 잘난 미국식 개인주의 흉내일 뿐이다. 어쨌든 누나가 눈이 멀지 않았다는 데 일단 안심했다. 그리고 오늘 아침은 얼굴을 마주치지 않아도 될 것 같았다. 나는 언제나 지레 걱정을 하는 편이다. 사건이고 병이고 모두 최악의 상태를 상상한다. 그렇다고 특별히 심각한 일을 저지르지도 못한다. 나는 무엇인가를 실행하는 놈이 못 된다. 나는 누나의 눈알을 차서 찌부러뜨리지도 못하는 놈이다. 그리고 후회 끝에 겨우 살아난 기분에 젖는 놈이다. 나란 인간은 현실 세계를 조금도 바꾸지 못하는 놈이다. 한심한 놈, 임포텐츠 세븐틴, 내가 할 수 있는 일이란 타인의 눈을 피해 자위나 하는 것뿐이다. 온 세상을 바꾸고 보강하는 것은 모두 타인들이다. 내가 창고 선실에 틀어박혀 그 짓에 열중하는 동안에 타인들이 이 세상을 마음대로 주물러 '자, 이 정도면 됐어!' 해 놓는 거다. 정치만 해도 모두 타인들이 하는 일이다. 나는 데모 행진에 참가할 때도 언제나 외톨이였고 마음속으로는 이런 짓은 해서 뭐하나 하는 생각을 했다. 내가 정치 세력에 힘을 보탤 일도 없을 것이고, 그런 일이 다 헛짓이란 걸 알고 있었다. 정치가는 타인 중의 타인이다. 그자들은 의사당이나 요정에서 정치를 하고 손바닥을 탕탕 치며 '자, 이 정도면 됐어!' 할 뿐이다. 그게 정치라는 거다. 스무 살이 된다 해도 나는 분명히 투표도 하지 않고 기권할 것이다. 죽을 때까지 투표소에 가는 일은 절대 없겠지. 어젯밤 논쟁만 봐도 소리소리 지르던 내 의견보다 실제로는 누나가 휘두른 주장이 훨씬 더 내 마음에 와 닿는 것이었다. 수치심이 솟아올라 피와 살에서 진물이 났다. 결국 나란 인간은 정치에 대해 아무것도 모르는 바보였다. 나는 자기 의견이라는 게 없는 놈이다. 침팬지가 되어 그 짓이나 실컷 하면 된다. 나는 다시 마조히스틱한 일그러진 기쁨을 느꼈다. 타인에게 흉한 일을 당하고 좋아하는 꼴이다. 나는 〈오! 캐럴〉을 흥얼거리며 눈부시게 맑게 갠 하늘 아래 타인들의 세계가 광채를 발하고 있는 창고 바깥으로 나갔다. 내 입에서는 이런 가사가 흘러나왔다. "너는 나에게 상처를 주지. 너는 나를 울려. 그러나 네가 만일 나를 버린다면 나는 죽고 말 거야. 오오, 오오, 캐럴! 너는 나에게 잔인하게 굴지."

학교에는 20분이나 지각을 하고 말았다. 운 나쁘게도 학력 테스트는 벌써 시작되어 있었다. 나는 완전히 당황해서 문제지와 답안지를 받아 들고 허둥지둥 가장 뒷자리로 갔다. 의자에 앉으면서 옆에 앉은 놈의 답안지를 넘겨다보니 벌써 4분의 1 정도나 납 병정의 발자국 같은 연필 글씨가 빼곡히 늘어서 있었다. 늦게 온 게 시험에 얼마나 불리

할까 생각하니 일찌감치 와서 책상에 앉아 마음을 가라앉히며 연필을 깎고 준비하고 기다렸을 놈들에게 증오심이 일어났다. 국어 시험이다. 나는 문제를 열심히 읽어 보았지만 워낙 당황했던 탓에 좀처럼 머리에 들어오지 않았다. 머릿속에서는 피가 용솟음치며 돌아가고 금방이라도 터져 나올 것만 같았다. 나는 공포 속에서도 문제를 읽고 또 읽으면서 시험에 집중하기 위해 애를 썼지만 다른 것들이 거품처럼 머릿속에서 들끓으며 생각이 잘 나지 않았다.

'달도 기울고 하늘은 청명한데 시원한 바람에 풀벌레 소리가 눈물을 불러 차마 돌아서기 어려운 정경이었습니다. 목 놓아 우는 풀벌레 소리 벗하여 밤이 새도록 그치지 않는 눈물, 수레에 오를 수 없었습니다. 그렇지 않아도 풀벌레처럼 눈물로 지내는 황량한 집에 눈물을 더해 주시는군요. 신세 한탄하고 싶은 기분을 억누를 길 없습니다.'

이 글은 누구의 어떤 작품에 나와 있는 것인가? 아마도 무라사키 시키부의 『겐지모노가타리』인 듯한데 자신은 없었다. 눈물을 부른다는 건 무슨 뜻인가? 나로서는 알 길이 없는 질문이다. 그런데 눈물을 부른다는 말이 왠지 에로틱하게 느껴지며 갑자기 야한 생각에 빠지고 말았다. 언젠가 책방에 서서 읽은 잡지에서 한 옛날 여자가 떠돌이 무사에게 나는 실컷 했네 하던 말이 생각났다. 두 수의 노래가 나와 있는데 이것은 한 사람의 노래인가? 아닌가? 대화 부분을 괄호로 묶어라. 나는 또 '풀벌레처럼 눈물로 지내는'이라는 마지막 구절에서, 자위한 다음 축축해진 속옷에 닿은 사타구니의 감각이 떠올랐다. 역시 나란 놈은 머리가 빈 색골이다. 답안지의 3분의 1을 겨우 채웠을 때 종이 울렸다. 망했다, 아웃이다! 나는 농담으로 능칠 요량으로 중얼거렸는데 그것은 생각지도 않게 명치끝에서 우렁우렁 울렸다. 이름 쓰는 걸 깜빡할 뻔했다.

시험이 끝난 교실은 참 기분 나쁘다. 모두들 엎드려서 열심히 답안지를 쓴 직후인지라 볼이 벌겋고 눈은 축축한 것이 마치 페팅을 하고 난 표정들이 된다. 그리고 공연히 흥분하든가 의기소침해진다. 나는 의기소침 쪽이다. 모두 끼리끼리 모여서 시험에 대해 떠들기 시작한다. 그때도 나는 의자에 앉은 채 고개를 푹 숙이고 있었다. 우등생 자식들은 자기들끼리 모여서 차분하게 이야기를 나누고 있다. 나는 작년까지만 해도 저 그룹에 속해 있었다. 그러나 지금은 저기에 끼어들 용기가 나지 않았다. 하지만 그들의 대화를 엿듣기 위해 귀에다 온 신경을 집중시키고 있었다. 저 우등생들은 무엇에든지 사정이 밝았고 선생들의 계획을 어디서 알아내야 하는지도 알았다. 그들은 정말 징그러울 정도로 냉정한 기술자처럼 의견을 나누고 있었다. 좋은 성적을 거두는 기술자. 나 같은 것에게는 전혀 관심도 보이지 않고 교만하게, 그러면서도 선량한 척,

"『기리쓰보』*가 나오다니. 나는 한문 문제하고 얽힌 게 나올 줄 알고 『오카가미』**만 들이팠는데……"어쩌고 지껄인다. 녀석들은 틀림없이 완벽한 답안지를 제출했을 거다.

"이번 시험에서 평균 85점 이상 맞아야 도쿄 대 진학반에 들어간다며? 난 틀린 것 같아."

"무슨 겸손의 말씀을…… 네가 못 가면 도쿄 대 진학반 들어갈 놈 아무도 없다."

우등생 자식들이 하는 소리가 아니꼽기도 하고 어제 아버지가 한

---

* 『겐지모노가타리』의 가장 첫 권으로, 기리쓰보코이는 주인공 히카루 겐지의 어머니이다.
** 170여 년 14대에 걸친 작자 미상의 역사 이야기로, 1119년경의 작품이다.

말이 생각나서 몹시 초조해졌다. 아아, 나 같은 게 도쿄 대 진학반에 들어가는 일은 없겠지. 저 자식들이 미국 상류사회의 신랑감들처럼 행복하게 선택된 반에서 열심히 공부하는 동안 나는 수준 낮은 반에서 승산 없는 싸움에 악전고투하게 되겠지, 선생들이 수업도 건성으로 할 테고.

"그렇지만 좋은 문제였어. 수준이 높아."

"『겐지모노가타리』에서 출제한 것치고는 너무 평범하지 않아? 실제 시험에 그런 문제는 나오지 않을걸. 궁중 여인의 대사로 복잡한 문제를 출제하는 거야 간단하지. 그 단락의 바로 다음 줄까지 넣으면 누구를 향해서 경어를 쓰는 건지 완전히 헷갈리게 되어 있거든."

"실제 시험이라 하오면, 귀하는 도쿄 대학으로 진로를 결정하신 모양입니다요."

"아니, 아니 무슨 말씀. 재수 학원 입학시험 말씀이오."

구토다. 속도 메슥거리고 화가 치밀었다. 저 자식들은 시험 때문에 일어났던 긴장과 흥분의 여운을 즐기고 있는 거다. 그들과 달리 좀 더 솔직한 그룹도 있다. 그들은 주변에 있는 애들, 그중에서도 특히 여자애들의 웃음을 이끌어 낸다. 엉뚱맞은 놈 하나가 큰 목소리로 당치도 않은 소리를 하고 있다.

"난 말이야, 오줌 마렵다는 소리인 줄 알았다니까. 봐, 헤이안 시대에는 공중화장실이 없었잖아. 그래서 쌀 것 같아 죽겠는데 벌레 소리에 자극받아서 노상 방뇨를 했다는 소리 아니야?" 그 말에 모두들 깔깔거렸다. 저 자식은 좀 별난 구석이 있지만 머리는 기가 막히게 좋은 놈이다. 저도 그걸 늘 의식하고 저런 식으로 행동한다. 별명이 '신토호'*다. 다른 영화사의 영화는 절대 안 보고 에로틱하고 그로테스크한 영화를 세 편씩 상영해 주는 주간을 기다렸다가 변두리까지 쫓아다녔다. 때로는 지바 현까지도 쫓아간다.

"신세 한탄하고 싶은 기분을 억누를 길 없습니다, 라는 건 뭐야? 신토호 씨?" 이야기에 끌려든 여자애가 물었다. 우스운 대답을 기대하고 벌써 키득댄다.

"순경 아저씨가 잔소리하는 거야. 경범죄에 걸리니까."

"어머, 헤이안 시대에도 순경 아저씨가 있었니? 신토호 씨."

"하하 순진하기는." 인기남이 대답했다. "자 진실을 말해 주지. 쏴아 하는 소리를 얼버무리며, 하늘소가 우는 것 같사옵니다, 어쩌고 하면서 닦아 버리는 거야."

"어머, 얘 완전히 치한이잖아." 여자애가 부르르 떠는 시늉을 하며 소리를 치고 교실 밖으로 달아났다. 인기남은 박수갈채를 받는다. 그리고 양손을 들어 제지하는 시늉을 한다. 미국 텔레비전 인기 프로그램의 사회자를 흉내 낸 거다. 아주 신이 났구나.

하지만 어쨌든 저 자식도 나보다는 문제를 정확하게 이해한 것이다. 나는 완전히 패배감에 사로잡혔다. 외톨이가 되어 혼자 의자에 앉아 있다는 게 갑자기 견딜 수 없게 느껴졌다. 불안과 무력감의 심연에 걸친 무너져 내리는 좁은 모랫길에 서 있는 것 같았다. 나는 의자에서 일어났지만 우등생들이 있는 곳으로 다가갈 용기는 없었다. 그때 신토호가 자기들한테 오라는 듯한 몸짓을 했다. 나는 열등한 인간을 동정하는 듯한 놈의 부당한 태도에 심한 모욕감을 느끼고 그 인기남 개그맨에게 등을 보이며 교실에서 나와 버렸다. 그러나 금방 내가 얼마나

---

* 일본의 영화사로, 초기에는 예술성이 높은 작품을 만들기도 했지만, 후기에는 에로티시즘과 그로테스크를 조합한 '에로그로' 작품으로 노선을 변경했다.

속 좁은 남자인가 깨닫고 자신의 행동을 후회하면서 자기혐오에 빠졌다. 나는 정말 불안에 사로잡힌 외톨이였다. 딱딱한 껍질을 막 벗어 버린 말랑말랑한 게처럼 무력하고 상처 입기 쉬운 존재였다. 그리고 울리는 종소리에 이어지는 수학 시험에 대한 공포에 떨며 다시 교실로 돌아왔다. 수학 답안지는 불명예스러운 국어 시험에 또 다른 수치를 더한 데 지나지 않았다. 시험이 끝나는 종소리가 날 때 나는 정말 울고 싶은 기분이었다. 그러나 오후가 되고 보니 그나마 오전은 견딜 만한 것이었다는 생각이 들었다.

오후에는 체육 종합 실력 테스트가 있었다. 체육은 내가 제일 싫어하는 과목이다. 내 몸 생각에 사로잡혀 마음대로 움직일 수가 없다. 달랑 체육복 하나만 입고 있는데 발기라도 되면 어쩌나 하는 걱정 때문이었다. 공포에 사로잡힌 내 머릿속에서는 오후에 있을 800미터 달리기에 대한 생각이 계속 맴돌았다. 그것도 여학생들과 지나가는 사람들이 구경하고 있는 대운동장에서 달려야 한다!

대운동장은 학교 건물 뒤쪽에 자리 잡고 있었는데 운동장 주위로는 보도를 끼고 상가 건물이 늘어서 있었다. 남아도는 시간을 주체하지 못하는 어른들과 어린애들이 낮은 담장에 바싹 다가서서 운동장을 들여다보았다. 그 사람들이 거기 그렇게 모여 있는 건 강하고 아름다운 스포츠를 감상하려는 게 아니었다. 그들은 학생들의 우스꽝스러운 모습을 구경하기 위해 몰려들었을 뿐이었다. 그들은 학생들이 선생의 강요에 못 이겨 이를 악물고 고통스럽게 달리는 걸 보며 그 순간만큼은 회사 상사나 까다로운 고객, 거래처 등으로부터 자기 머리에 씌워진 불명예를 잊는 거다.

우리 남학생들만이 대운동장 트랙 한가운데 모여 준비체조를 하면서 스톱워치와 수첩을 든 체육 선생이 나오기를 기다렸다. 벌벌 떠는 놈, 의기양양한 놈, 아무 생각 없이 느긋하게 늦은 봄볕을 즐기는 놈, 이건 완전히 한데 모여 웅성거리는 소 떼다. 입시 공부로 쇠약해진 우등생들의 찡그린 얼굴에서는 이제부터 달려야 할 긴 거리에 겁을 먹고 있는 것이 역력히 드러났다. 그 녀석들은 얼굴이 창백했다. 그러나 녀석들처럼 아예 공붓벌레라서 몸이 약하다는 인정을 받아 버린 놈들은 이 괴로운 굴욕 레이스를 나보다는 수월하게 넘어갈 수 있으리라. 의기양양하여 자진해서 준비체조의 구령까지 붙이는 녀석은 육상 선수들이었다. 그중에서도 군 대회에서 올해의 신기록을 세운 녀석은 아까 시험 시간이 끝나고 교실에서 우등생들이 하던 짓 이상으로 과시하는 태도를 취했다. 제자리에서 펄쩍 한 번 점프를 하더니 자기 복숭아뼈 근처를 주의 깊게 내려다보고 머리를 두어 번 흔들고는 다시 한 번 다른 사람의 배 정도 높이로 뛰어올랐다. 연극이었지만 몹시 부럽고 열등감이 자극되었다. 준비체조에도 열을 올리지 않고 느긋하게 햇빛을 즐기는 녀석들은 교실에서도 그랬다. 녀석들은 자신의 능력이 저평가 받는 것에 화를 내는 법도 없이 누가 보든지 말든지 태연했다. 수치란 걸 모르는 자존심도 없는 놈들이다. 반의 어느 그룹에도 속하지 않는 나는 제일 겁에 질린 채 어서 이 일이 지나가기만을 간절히 바라며 더 이상 그것에 대해 생각하지 않으려고 애를 썼다.

대운동장과 학교 건물 사이 혹처럼 툭 튀어나온 소운동장에서는 여학생들이 배구를 하고 있었다. 여학생들은 흉하게 생긴 블루머*를 입어 집오리 같은 꼴을 하고 머리에는 띠를 둘렀다. 또 코트 옆에는 몇

* 무릎 위 또는 아래에서 고무줄을 넣어 잡아매게 되어 있는 여자용 운동복.

명의 여학생이 교복 치마를 입은 채 병든 닭처럼 조용히 시합을 지켜보고 있었다. 저 여자애들은 생리를 하는 거다. 나는 경멸을 담은 시선을 그 애들에게 던졌다. 그건 모두가 아는 공공연한 비밀이었다. 신토호는 교복 치마를 입고 구경하는 애들 이름을 매주 열심히 적으며 돌아다니더니 드디어 학교 전체 여학생의 생리 기간을 표로 만들었다. 그리하여 신토호는 오기노식*을 응용해서 해도 괜찮은 날을 모든 여학생들에게 알려 주었던 것이다. "난 언제든지 시간 있으니까, 중대한 걸 버릴 결심이 서면 전화해." 놈이 모두에게 그런 소리를 해서 한동안 입방아에 오른 적도 있었다. 그러나 그놈은 그런 짓을 해도 여학생들의 미움을 받는 일도 없었고 남학생들에게는 아주 인기가 있었다. 내가 만약에 여학생에게 그런 소리를 했다가는 다음 날부터 완전히 왕따가 될 것이고 감히 학교에 갈 생각도 못 했을 텐데. 어째서 저 녀석이 하는 짓은 모두 용서가 되는 걸까. 그뿐만 아니라 놈은 학년 전체에서 유일한 경험자로 되어 있었다. 놈은 내가 어렸을 때 교회 주일학교 연극에서 본 악마 같다. 하느님도 인간도 괴로움을 당하기도 하고 일도 하고 때로는 참회도 해야 하는데 악마만은 언제나 모독적인 말이나 말도 안 되는 소리를 외치면서도 뭉그적거리며 맛있는 걸 먹고 있었다. 아아, 나도 악마 역이나 맡았으면, 그러나 현대의 악마 역이란 도대체 어떤 것일까? 놈은 학교를 졸업하면 어떤 직업을 가질까. 나로서는 알 수 없는 현대사회의 악마 역을 담당하는 직업이 아닐까? 나는 준비체조로 벌써 숨을 헐떡이며 그런 생각에 골몰했다. 예를 들면 살인 청부업자?

---

* '배란은 월경주기의 장단과는 관계없이 예정 월경 개시 전날부터 계산하여 제12~16일의 닷새 동안에 일어난다'라고 하는 오기노 규사쿠의 학설.

당사자 신토호는 여전히 평상시처럼 주위를 웃기느라 신이 나 있다. "야단났네, 야단났어. 지난주 있었던 네바다 핵실험으로 이상 현상이 일어났나 봐. 내 조사표도 수정해야겠는걸. 아니면 스기 에미코 님은 설사라도 나신 건가?" 나는 귀를 쫑긋 세우고 재빨리 소운동장 쪽을 다시 한 번 훔쳐보았다. 그것은 아마도 모든 남학생들이 다 하는 짓일 거다. 스기로 보이는 키 크고 얼굴이 하얀 여학생이 이쪽을 바라보고 있었다. 교복 치마를 입은 음울한 그룹 가운데서 유독 혼자 고개를 빳빳이 세우고 의기양양 이쪽을 보고 있다. 가슴이 후끈거렸다. 그리고 나는 다른 남자애들이 탄식하는 소리에 맞추어 뜨거운 숨을 뱉었다. 모든 학년에는 하나씩 여왕 격의 학생이 있는 법이다. 그냥 예쁘기만 한 게 아니라 압도하는 위엄과 넘치는 매력을 겸비한, 모든 여학생들의 질투 속에서 모든 남학생들을 열광시키는 존재다. 우리 학년에서는 스기가 그런 애였다. 나도 스기에게 연애편지를 썼다가 건넬 용기가 없어 그대로 찢어 버린 놈 중의 하나다. 나는 스기가 지켜보는 가운데 추태를 부려야만 한다는 것이 새삼 고통스럽게 느껴졌다. 상대가 블루머를 입은 여학생일 때는 그 하얗고 토실토실한 허벅지를 노려볼 수 있을 정도의 뻔뻔함만 있다면 그 정도의 수치심은 극복할 수 있을 터였다. 그러나 교복 치마를 단단히 차려입은 여학생이라면 뭐하나 약점으로 잡을 만한 구석이 없다. 재빨리 상대를 굴복시켜서 자신의 위치를 관찰당하는 자에서 관찰하는 자로 전환시켜야 하는데 그럴 방법이 없다. 더구나 그 상대가 바로 스기인 것이다⋯⋯

"왜 스기 에미코 님이 우리를 저렇게 뚫어져라 쳐다보시는지 알아?" 신토호가 여드름이 더덕더덕한 얼굴에 의기양양한 표정을 지으며 나에게 최후의 일격을 가하기 위해 외쳤다.

"이 몸이 말이지, 스기 님 책상에 아주 소중한 정보를 던져 넣었거든. 마스터베이션을 하는 놈은 시작하자마자 바로 낙오되니까 금방 알 수 있을 거라고 말이야. 스기 에미코 님은 지금 킨제이 보고서적인 인생의 진실을 목도하시려는 찰나지. 그러니까 금욕주의자들은 절대 낙오되면 안 돼!"

체육 선생이 달려와서 소란을 수습했다. 이윽고 800미터 달리기 시험이 시작되었다. 열 명이 한 조가 되어 400미터 트랙을 두 바퀴 돈다. 출발점이 소운동장과는 반대쪽이라 출발과 도착을 여학생들이 있는 곳에서 가장 먼 데서 하게 된 건 다행이었지만 대신 담장에 붙어 있는 구경꾼들 바로 앞에서 관찰당하는 꼴이 되고 말았다. 테스트가 시작되어 제1진이 출발하자 탐욕스러운 구경꾼들은 금방 출발점으로 모여들어서 담장에 걸터앉아 우리의 풀밭 경마를 지켜보기 시작했다.

햇볕에 바짝 마른 운동장의 출발점에 서니 지면에 석탄으로 그어 놓은 선이 무한히 이어지는 것같이 보였다. 신호총이 울리고 옆에 선 놈과 맨살의 팔뚝을 부딪치며 출발을 했는데 다리가 엉키면서 바로 숨이 가빠 왔다. 경주자들은 출발하자마자 맹렬한 속도로 전력 질주를 했다. 인생은 지옥이다. 이 지옥의 세계에서 깨끗한 추리닝에 야구모자를 쓰고 손에는 신호총을 든 귀신에게 쫓겨서 숨을 헐떡이며 우왕좌왕 도망 다니는 노예가 바로 나다. 피할 수 없는 숙명이다. 나는 바로 경주자 일단에서 뒤로 처진 채 죽 외톨이로 달렸다. 다리는 악몽에서 괴수에게 쫓길 때처럼 한없이 무겁기만 하고 머릿속에서는 불꽃이 탁탁 튀었다. 어느새 내 입에서는 신음 소리가 새어 나오기 시작했다. 여학생들 앞을 지나갈 때는 억지로 가슴을 활짝 펴고 머리를 치켜들고 다리를 번쩍번쩍 들어 올리며 바른 자세로 달리느라고 애를 썼다. 그리고 바로 그 반동이 왔다. 나는 턱을 쑥 내민 채 팔도 제대로 흔들지 못하고 손목은 허리보다 아래로 늘어뜨리고 발은 거의 질질 끌다시피 비칠비칠 달렸다. 그리고 쉬지 않고 신음 소리를 냈다. 그래도 400미터를 달려 일단 출발점으로 돌아왔을 때 나는 거기에서 순서를 기다리고 있는 애들에게 멋쩍은 웃음을 보내려고 했지만, 얼굴 피부가 굳어 버려 꼼짝도 안 했다. 나는 불쌍한 얼굴로 눈알만 뒹굴뒹굴 굴렸으리라. "야 이 자식들아! 남자답게 씩씩하게 달리지 못하겠어? 안짱다리로 비칠거리지 말란 말이야!" 체육 선생이 소리를 질렀다. "얼굴이 파란 게 병자 같아." 길가에서 애들이 하는 소리가 들려왔다. 그정도로 나는 뒤처져서 달리고 있었던 거다. 모든 사람의 시선이 우스꽝스러운 꼴로 달리는 나의 가련한 모습에 집중되었다. 이 세상의 타인이란 타인은 모두, 파랗게 질린 얼굴에 고통의 눈물방울을 매달고 허옇게 변색된 입술로 비칠거리는 안짱다리 세븐틴을 조롱하는 시선으로 지켜보고 있다. 타인들은 모두 말쑥하고 뽀송뽀송하고 늠름하고 여유 만만했다. 나는 불쌍하게도 수치심으로 눈이 침침해지고 가련할 정도로 공포에 질려 투실투실 살이 찐 몸으로 역겨운 냄새를 풍기면서 당장에라도 썩어 버릴 것 같은 비참한 달리기를 하고 있었다. 타인들의 눈에는 개처럼 턱으로 침을 흘리며 배를 쑥 내밀고 비척거리면서 달리는 나의 모습이 비쳤겠지만, 나에게는 그들이 벌거벗은 나, 얼굴이 뻘게져서 흠칫거리는 나, 야한 생각에 빠진 나, 자위하는 나, 불안한 나, 겁쟁이에 거짓말쟁이인 나를 보고 있다는 생각이 들었다. 타인들은 나를 바라보며 아우성을 쳤다. '너에 관해서는 뭐든지 다 알고 있어. 너는 자의식의 독에 시달리고 눈뜨는 성욕에 시달려서 온몸이 속속들이 썩은 놈이야. 너의 더럽고 축축한 사타구니까지 다 들여다

보인다고! 너는 모든 사람이 보는 앞에서 자위나 하는 고독한 고릴라야!'

나는 600미터를 달려 다시 여학생들이 보고 있는 앞을 지나게 되었다. 나는 심장 발작이라도 일어나서 죽어 버리기를 바랐지만 그런 기적은 일어나지 않았다. 대신 끝까지 생생하게 눈뜨고 있는 자의식이 곰처럼 으르렁거리는 신음 소리를 들어야 했다. 다른 애들보다 100미터나 늦게 비틀거리며 들어왔지만 그래도 끝까지 달렸다는 안도감이 가슴을 따뜻하게 적셔 주었다. 그때 체육 선생이 비웃음을 띤 얼굴로 내 뒤쪽을 손가락으로 가리켰다. 나는 그러지 않으려고 하면서도 그만 희미하게 웃으며 뒤를 돌아보았다. 거기에서 나는 내가 오줌을 지려서 만들어 낸 검고 긴 길을 발견했다. 숲에 불어닥친 폭풍우처럼 끓어오르는 타인들의 조소 가운데! 내가 성실하게 죽을힘을 다해서 꼴사나운 800미터 달리기를 마치고 받은 대접은 이렇게 심한 것이었다. 내가 아무리 초라하고 꼴사나운 세븐틴이라고는 하지만 타인의 세계가 나를 대하는 방식은 정말 부당했다. 나에게 너무 심한 짓을 한 것이다. 나는 이제 더 이상 타인들의 현실 세계에서 선의를 찾아내기 위해 매달리지 않기로 결심했다. 피로곤비해진 육체는 수치의 심연으로 가라앉고 나는 젖은 바지의 냉기로 연신 재채기를 하며 결의를 굳혔다. 그렇게라도 적의를 불태우고 증오를 부추기지 않으면 울음이 터져 나올 것 같았다.

3

"'우익' 바람잡이 한번 해 보지 않을래?" 뒤에서 누가 다가오며 말을 걸었다.

나는 혼자서 전철을 기다리고 있었다. 체육 시험이 끝난 후 자치회가 열렸지만 나는 거기에 참석할 용기가 나지 않았다. 뒤를 돌아보니 신토호가 진지한 얼굴로 다가오고 있었다. 내가 한 대 치기라도 할 것이라 생각했는지 신토호는 일순 움찔하더니 당황하며 말을 시작했다. 내가 긴장을 풀 때까지 아주 수다스럽게,

"화내지 마. 야, 나도 자치회 같은 거 정말 병신 같아서 참가하기 싫어. 개찰구에서 널 보고 바로 쫓아온 거야. 너 정말 용감하더라. 다시 봤어. 나라면 절대 못할 일을 너는 해냈잖아. 체육 선생이나 하는 것들이 다 그렇긴 하지만 그 자식은 특히 더 악질이야. 바보가 아닌 이상 누가 800미터 달리기를 하고 싶겠냐? 그걸 강제로 달리게 하다니 이건 완전히 폭력이야. 예쁘장한 음악 선생한테 차여서 신경이 곤두섰다지 아마. 나도 달리기하면서 굉장히 화가 났어. 네가 오줌을 갈겨 줘서 다들 얼마나 통쾌해하고 있다고. 다 같이 그랬으면 더 좋았을걸. 그 폭력 교사도 아마 식겁했을 거다." 그 말이 내 부아를 돋울 뿐이라는 걸 재빨리 알아차린 신토호는 얼른 "내가 가끔 얼굴을 내미는 '우익' 당파가 있는데 말이지, 신바시 역 앞 광장 무대에서 연설을 할 거거든. 거기에 바람잡이로 오라는 부탁을 받았는데 말이지. 특히 교복을 입은 바람잡이가 인기가 있어. 일당도 500엔이나 준다고. 야, 너도 나하고 같이 바람잡이 한번 해 보지 않을래? 이거 진지한 이야기야" 하고 덧붙였다.

신토호가 나에게 겁을 먹고 있다는 사실을 깨달았다. 그가 그렇게 진지한 얼굴로 그렇게 절실하게 사정하는 목소리를 내는 것을 처음 보았다. 내가 반신반의하는 얼굴로 잠자코 있는 걸 보더니 신토호는 자기 신상에 관한 이야기를 시작했다.

"나는 있잖아, 우 편향이라기보다는 실은 무정부주의자야. 비트* 같은 새로운 무정부주의자라고. 그렇지만 진보당이나 공산당이 자위대에 대해서 욕을 하는 걸 보면 화가 나. 언젠가 네가 자위대를 변호한 적이 있었지? 누나가 자위대 병원에서 간호사로 일한다고 했던가. 그때 나는 속으로 얼마나 기뻤다고. 나란 놈은 비겁해서 그때도 잠자코 있었지만 우리 아버지도 자위대에서 근무해. 육상 자위대의 장교야. 그러니까 내가 진보당이나 공산당을 때려 부숴 버리고 싶은 거야. '우익'이 그 일을 해 준다면 '우익'을 응원하고 싶은 거지. 그래서 나는 '우익' 일당이 모이는 곳에 가끔씩 얼굴을 내밀어. 황도파라는 이름 들어 본 적 있지? 보스는 사카키바라 구니히코야. 전쟁 때는 천황을 보위하는 특무기관에 있었어. 일본 어느 누구의 권위도 인정하지 않지. 오카 총리**하고는 만주 시절부터 잘 아는 사이래."

신토호란 놈은 생각보다 훨씬 단순한 녀석인 것 같았다. 자식, 결국 아무것도 아니었다. 나는 눈앞으로 날아든 우월감이라는 새를 잽싸게 낚아챘다. 금방 마음이 가벼워졌다. 그때 전철이 들어왔다. 나는 신토호에게 고개를 끄덕이고 같이 전철을 탔다. 어쨌든 나는 집에 돌아가

---

* 1950년대 미국의 경제적 풍요 속에서 획일화, 동질화의 양상으로 개인이 거대한 사회조직의 한 부속품으로 전락하는 데 대항하여, 민속음악을 즐기며 산업화 이전 시대의 전원생활, 인간 정신에 대한 신뢰, 낙천주의적인 사고를 중요시했던 특정한 문학가와 예술가 그룹.

** 오카다 게이스케(1868~1952)는 1934년부터 1936년까지 일본의 제31대 내각총리대신을 지냈다.

외톨이가 되는 게 싫었다. 혼자 있는 것보다는 경멸해 마지않는 놈이라도 함께 있는 쪽이 상처 난 자존심을 들여다볼 염려가 적어진다. 그렇게 안심할 수 있다. 어른들이 독한 술에 취해 불안으로부터 도망가는 것과 비슷하다. 신토호는 전철을 타더니 갑자기 태도를 바꿔 입을 꾹 다물었다. '우익' 연설회의 바람잡이로 고용된 것을 원폭 스파이급의 비밀 정도로 해 두고 싶은 모양이었다. 그렇게 말이 많은 신토호가 자신이 '우익' 단체와 관계를 가지고 있다는 것을 지금까지 아무에게도 말하지 않은 걸 보면 진짜로 그 정도로 중요한 일로 생각하고 있는지도 모른다. 혹시 누군가 한 사람에게라도 말을 했다면 그다음 날에는 틀림없이 전교생의 반 정도에게는 알려졌을 거다. 여드름투성이의 신토호와 나는 거의 가슴이 비비적거릴 정도로 가까이 서서 전철에 흔들렸다. 먼지가 포마드로 굳어진 듯한 신토호의 머리가 내 턱에 닿는 것을 보고 내가 신토호보다 키가 훨씬 크다는 사실을 깨달았다. 이상하게 들릴지 모르지만 그 단순한 사실은 나에게 깊은 위로를 주었다.

신바시 역에 닿기까지 우리는 그렇게 잠자코 몸을 비비적거리며 서 있었다. 이상하게 낯설게 느껴지는 도심의 오후 3시 플랫폼을 신토호와 어깨를 부딪치며 나란히 걸으면서 문득 이렇게 유곽 친구가 되는 거겠지? 하는 기분이 들었다. 나중에 그 순간이 자주 떠올랐다. 그 순간 내 생애의 지극히 중대한 사건이 진행되는 중이었으나 어쨌든 나는 그 늦은 봄의 오후 신바시 역에서 그런 엉뚱한 생각에 잠겼었다. 그때 플랫폼을 구식 대나무 빗자루로 쓸고 있던 늙은 역무원의 눈에도 그렇게 보였겠지. 아무 선입관 없이 본다 해도 유곽으로 향하는 여드름이 더덕더덕 붙은 놈과 얼굴이 창백한 두 명의 고등학생일 뿐이었으리라.

황도파 사카키바라 구니히코의 연설은 정말 형편없었다. 연설을 하는 광장에 나서니 바로 그런 분위기가 전해져 왔다. 진지하게 들어 주는 사람이 아무도 없었을 뿐 아니라 무대 위에서 소리를 지르며 열광하는 초로의 남자 또한 진지한 반응을 기대하고 떠드는 것 같지 않았다. 그저 고독하게 의미 없는 말을 고래고래 되풀이할 따름이었다. 어쩌면 사카키바라 구니히코는 신바시 역으로 들어오는 전철의 소음에 혼자서 대항하는 최후의 남자가 되고 싶었는지도 모른다. 광장의 사람들이 아니라 높은 선로를 질주하는 전철을 바라보며 악을 써 댔다. 나와 신토호는 바람잡이답게 박수도 치고 환성을 올려야 했지만 그럴 만한 계제를 잡지 못하고 우왕좌왕했다. 게다가 포효하는 험악한 얼굴의 인간 사자는 자기가 고용한 바람잡이 따위는 안중에도 없는 듯했다. 나와 신토호는 무심하게 오가는 통행인들의 뒤쪽에서 호기심에 가득해서 그 호령하는 남자를 바라보았다. 특히, 나는 그렇게 많은 타인들의 냉담한 무관심과 비웃음에 맞서 용감한 군사처럼 당당하게 공격적인 호령을 하는 남자가 신기하기만 했다. 게다가 그가 소리를 지르고 있는 무대에는 그를 엄호할 만한 게 아무것도 없었다. 대나무 장대에 일장기 하나가 힘없이 늘어져 있을 뿐이었다. 무대 양쪽에 완장을 찬 검은 셔츠의 청년과 양복을 입은 노인들이 있었지만, 그들도 사카키바라 구니히코에게 주의를 기울이기보다는 광장 다른 쪽 경마 정보판에 주의를 빼앗기고 있는 것 같았다. 필시 황도호라고 불리는 말이라도 있어 장외마권을 사서 대박이 터지는 꿈을 꾸고 있는 거겠지.

그런데 바람잡이 중 하나가 별안간 자신의 임무에 대한 정열을 회복했다. 무대를 향해 설치된 콘크리트 벤치 중앙에 앉았던 무척이나 추워 보이고 궁상스러운 구부정한 남자가 사카키바라 구니히코가 혹사시킨 목을 적시고자 침을 삼키려고 말을 끊고는 원통함을 풀 길 없는 눈길로 허공을 노려보는 순간, 즉 그 짧은 호령의 틈을 타서 열광적인 박수와 환성을 보냈다. 그 남자의 열광은 광장 주위에 어슬렁거리던, 어떤 일에나 방관자 입장을 고수하며 절대 남의 일에 말려들지 않겠다고 제 아버지 영전에서 맹세라도 한 것 같은 사람들의 흥미를 불러일으켰다. 사람들은 무슨 가십거리라도 볼까 기대하면서 무대 주변으로 모여들어 둥근 원을 만들었다. 그 원이 닫혀 버리기 전에 나와 신토호도 허겁지겁 광장 안으로 파고들어 가 제일 뒤쪽의 벤치에 걸터앉았다. 어쨌든 우리도 바람잡이니까. 그런데 문득 신토호가 가끔은 황도파 모임에 얼굴을 내민다는 소리도 다 괜한 소리고 그저 돈이나 500엔 받아먹으려고 온 놈이 아닌가 하는 의구심이 들었다. 그가 황도파라면 이렇게 쭈뼛거리며 잠자코 있어서는 안 될 것 같았다. 벤치에서 보니 우리 앞에 앉은 스무 명 정도의 남자들도 모두 가운데서 박수를 치거나 환성을 지르는 성실한 바람잡이와 마찬가지로 황도파에 고용된 사람들이라는 게 훤히 들여다보였다. 그들은 모두 일용 노동자 같은 차림을 하고 우두커니 앉아 있었다. 무릎에 고양이라도 한 마리씩 배급되기를 기다리는 듯이 무료한 표정들이었다. 중앙에 있는 남자가 열광적인 갈채를 보낼 때마다 어떻게 해야 좋을지 모르겠다는 듯이 몸을 움직이며 거북스러운 표정을 지었다.

나는 신토호가 박수를 칠 생각인지 아닌지 살폈다. 신토호는 당황했다. 그는 급하게 저 작자들도 다 고용된 바람잡이들이라고 설명했다. "오늘은 날이 좋지만, 사카키바라 구니히코는 비가 오는 날에도 연설회를 연 적이 많아. 비가 와서 공치게 된 일용 노동자들을 동원할 수 있으니까. 그리고 내가 사카키바라가 연설할 때 하늘이 사카키바라의 충성심에 감동하여 말세를 한탄하는 눈물의 비를 뿌리게 하는 거다, 사카키바라는 비를 몰고 다니는 충성스러운 남자다 어쩌고 허풍을 떨어도 비를 피하고 있는 사람들은 특별히 화를 내거나 하지 않지. 어느 정도는 받아들여질 때도 있다니까."

나는 그것도 그럴듯하다는 생각이 들었다. 비는 사람의 감성을 적셔주니까, 나 역시 비가 오는 날, 습도가 높은 날, 또 기압이 낮은 날은 몸의 컨디션이 좋아져서 타인에게 관대해진다. "그리고 말이지, 비가 와서 공치게 된 일용 노동자들이 좋아하거든. 별로 힘든 일도 아니잖아. 잠자코 이야기를 듣다가 가끔 한 번씩 박수나 치면 되는 거니까." 신토호는 내가 자기를 의심한다고 생각하는지 열심히 변명조로 이야기를 늘어놓았다. 내 말이 신토호에게 압박이 되고 있다는 걸 깨닫자 은근히 기분이 좋아졌다. 적어도 그 순간만큼은 잠시나마 운동장에서 겪은 수치스러운 기억에서 벗어날 수 있었다. 밤이 되면 다시 자살하고 싶을 정도로 수치심에 떨게 되겠지만 적어도 지금 이 순간만큼은 집행유예라는 생각이 들었다.

벤치에 걸터앉아 무료하게 자기 무릎에 놓인 손을 바라보고 있는 일용 노동자들 또한 무언가로부터 집행유예 당한 듯한 인상을 주었다. 지나가는 사람들의 화살과 같은 시선이 천 개 정도는 박혀 있을 그들의 어깨와 등, 머리 위에 머물던 만춘의 오후 햇살이 썰물처럼 쇠약해져 가며 겨울 저녁나절같이 차가운 실망감이 섞여 들기 시작했다. 도쿄라는 대도시가 실망과 허무감에 허물어져 갔다. 열심 당원 바람잡이만이 질리지도 않고 열광적인 박수와 환호를 보내고 있을 뿐이었다. 무대 위의 사카키바라 구니히코는 여전히 호령하고 있었으나 귀에 거슬리는 탁한 목소리는 그 중량을 견디며 우리의 머리 위를 지나 공중으로 사라져 갔다. 광장 멀리 둥글게 무리 지은, 시간이 남아도는 남자들의 차가운 조롱만이 매처럼 그것을 노리고 있었다. 나는 차츰 눈을 뜬 채 자는 것 같은 상태가 되었다. 내 귀는 대도시의 굉음을 개별적인 소리가 아닌 커다랗게 집약된 하나의 소리로 들었다. 도시의 굉음은 여름밤의 따뜻하고 무거운 바다가 되어 나의 피곤한 육체를 현실로부터 둥실 띄워 주었다. 나는 등 뒤에 있는 할 일 없는 사람들도, 신토호도, 일용 노동자들도, 절규하는 사카키바라 구니히코도 모두 잊어버렸다. 그리고 대도시 사막의 한 알의 모래알처럼 왜소한 자신을 지금까지 한 번도 맛본 적 없는 평안함으로 받아들였다.

아울러 나는 이 현실 세계에 대하여 타인들에 대하여 적의와 증오를 새롭게 다졌다. 언제나 자신을 책망하고 자신의 약점을 붙들고 자기혐오라는 진흙탕에 빠져 나만큼 혐오받아 마땅한 놈은 없을 거라고 생각하게 만드는 내면의 비평가가 갑자기 사라져 버렸다. 나는 상처를 핥는 심정으로 상처투성이의 전신을 보듬었다. 나는 한 마리의 작은 강아지였다. 그리고 맹목적으로 사랑을 주는 어미 개이기도 했다. 나는 강아지인 나 자신을 무조건적으로 받아 주고 핥아 주고 또 강아지인 나에게 못된 짓을 하는 타인들에게 맹렬하게 짖으며 달려들어 물어뜯었다. 모든 것은 반쯤 잠이 든 몽롱한 상태에서 이루어졌다. 문득 현실 세계에서 내가 타인들에게 쏟아 내야 마땅할 악의와 증오의 말이 실제로 귀에 들려왔다. 그것은 사카키바라 구니히코의 호령 소리였다. 그 연설의 악의와 증오의 형용은 거의 나 자신의 내부의 목소리였다. 그건 바로 나의 영혼의 부르짖음이었다. 몸이 부르르 떨렸다. 그때부터 나는 전신에 힘을 모으고 그 규탄의 소리에 귀를 기울였다.

"그 더러운 새끼들이 말이야, 나라를 팔아먹는 포주 같은 파렴치범들이 일본이라는 신의 땅 위에 집을 짓고 마누라와 자식을 부양한다는 게 이거 웃기는 일 아니야? 소련이고 중국이고 짐승들의 나라로 가서 일본인 딱지 떼고 거기서 살란 말이야. 나는 안 말려. 엉덩이를 뻥 차 줄 테니까. 그놈의 남색가 흐루쇼프에게 엉덩이 구멍이나 뚫려서 방귀 뀔 틈도 없을걸. 깡패 마오쩌둥에게 파업 선동으로 모은 더러운 돈을 뇌물로 바칠 셈이겠지? 그래 봤자 2년만 지나 보라 그래. 우 편향이니 뭐니 해서 숙청당하거나 목이 잘리겠지. 자아비판도 하고 꼴좋다. 그 자식들이 우리더러 폭력단이니 뭐니 하는 모양인데, 자네들도 한번 생각해 보게나. 집단 폭력으로 밥 벌어 먹고사는 게 누군가? 데모네 파업이네 농성이네, 현대에 들어와 우익 테러와 좌익 테러 어느 쪽이 더 많은가? 말할 것도 없이 마구잡이로 사람을 죽이는 게 빨갱이들 아니냐고. 강제수용소라는 게 나치에만 있는 줄 알아? 소련에 있는 게 더 무섭다고. 그 자식들의 대표라는 것들이 중공에 가서 인민의 고혈을 짜낸 돈으로 공짜 밥 얻어 처먹고 한다는 소리가 일본 군국주의는 대학살을 했습니다, 삼광작전*으로 수많은 사람들을 죽이고 불태우는 악랄한 짓을 저질렀습니다, 부디 용서해 주십시오, 그랬다잖아. 그것도 일본제국 신민의 이름을 걸고 사과를 하고 돌아왔다는 거 아니야. 만주에서 돌아온 내 친구는 그 자식들의 마누라를 강간하고 죄다 죽여 버리겠다고 몸부림을 치며 울었다고. 그 자식들은 매국노야. 창피를 모르는 아첨꾼, 한 입으로 두말하는 무책임한 놈들, 살인자, 사기꾼, 샛서방…… 야 정말 구역질 나는구나. 내가 맹세한다. 그 자식들

---

* 중일전쟁 당시 일본이 벌인 대량 살육 작전으로, 삼광은 태우고 죽이고 뺏는다는 의미.

전부 죽여 버릴 거야. 학살해 버린다고. 그 자식들의 마누라하고 딸들은 다 강간할 거고, 아들들은 돼지 사료로 만들겠어. 이게 정의라는 거다! 그것이 우리의 의무다! 우리는 그 자식들의 전원 학살이라는 신의 역사적 사명을 띠고 이 땅에 태어났다! 그 자식들을 지옥으로 떨어뜨리고 말겠다! 우리가 살기 위해서는 그 자식들을 화형 시키는 수밖에 없다! 그 자식들을 지옥으로 떨어뜨려야만 우리가 살 수 있다! 우리는 약하다, 그 자식들을 전부 죽이고 사는 수밖에 없다. 이건 그 자식들의 하느님인 레닌 형님이 떠들어 대던 소리다! '제군, 자신의 약한 인생을 지키기 위해서는 저들은 모두 죽이시오, 그것이 정의라오'라고."

악의와 정의라는 흉포한 음악이 재생 장치를 파괴할 정도의 볼륨으로 온 세상으로 퍼져 나갔다. 자신의 연약한 생명을 지키기 위해서 저들을 다 죽여 버려라. 그것이 정의다. 나는 자리에서 벌떡 일어나 박수를 치며 환성을 질렀다. 히스테리를 일으킨 내 눈에 단상 위의 지도자는 암흑의 심연에서 불쑥 등장한 황금의 인간으로서 찬란한 광채를 내뿜고 있는 것으로 보였다. 나는 계속해서 박수와 환성을 보냈다. 그것이 정의다. 그것이 정의다! 참혹한 세파에 상처 입은 연약한 영혼을 위하여, 그것이 정의다!

"어머, 저 사람 '우익'이네. 젊은 사람이 웬일이라니? 직업 꾼인가 봐."

나는 사납게 뒤를 돌아보았다. 사무원풍의 여자 셋이 움찔했다. 그렇다, 나는 '우익'이다. 나는 갑자기 환희에 휩싸여 몸이 부르르 떨렸다. 나는 비로소 진정한 나를 만난 것이다. 나는 '우익'이다! 나는 여자들을 향해 한 걸음 내디뎠다. 여자들은 서로의 몸을 껴안고 겁에 질려 작은 소리로 자기들끼리 종알거렸다. 나는 여자들과 그 주위의 남자들 앞에 버티고 서서 말없이 적의와 증오로 불타는 눈길로 그들을 노려보았다. 모든 사람의 시선이 나에게 집중되었다. 나는 '우익'이다! 나는 타인들과 정면으로 대치하면서도 전혀 기죽지 않고 얼굴도 뻘게지지 않는 새로운 자신을 발견했다. 지금 타인들이 보고 있는 건 자위로 성기를 질펀하게 적신 푸성귀 줄기처럼 시든 가련한 나, 불쌍하게 벌벌 떠는 고독한 세븐틴이 아니었다. 타인들의 눈은 나를 보자마자 '너의 모든 것을 알고 있다'라고 위협하던 그 무서운 눈이 아니었다. 독립적인 인격의 어른들끼리 바라보는 시선으로 나를 바라보고 있다. 나는 그 순간 내가 연약하고 왜소한 자신을 견고한 갑옷으로 감싸 타인의 시선을 영구히 차단해 버렸다는 걸 깨달았다. '우익'이라는 갑옷이다! 내가 다시 한 발을 더 내딛자 여자들은 비명을 질렀지만 발이 얼어붙었는지 도망치지도 못했다. 여자들의 가슴속에서 뜨거운 피로 고동치고 있을 공포를 생각하니 하늘을 날 듯한 기쁨과 성욕이 느껴졌다. 나는 호령했다.

"'우익'이 뭐, 어이, 우리 '우익'이 어쨌다는 거야? 이 씨발년들아!"

여자들은 겨우 정신을 수습하고 저녁나절의 혼잡한 인파 속으로 도망을 쳤다. 남겨진 남자들은 서로 시부렁거리며 나에 대한 공포를 감추려고 애썼다. 아아, 타인들이 나를 무서워하고 있다! 그들이 씨발년이란 말에 대해 따지려고 드는 순간 내 주위로 황도파라는 글자가 새겨진 완장을 두른 남자들이 모여들었다. 우리는 '우익' 단체였다.

내 어깨 위로 두툼한 손바닥, 친근감 넘치는 근육질의 손바닥이 얹혔다. 돌아다보니 격한 감정으로 격앙된 초로의 남자가 서 있었다. 나는 그의 불타는 눈동자에 완전히 매료되고 말았다. 나는 어린아이처럼 감탄하며 증오와 악의의 연설자를 웃음으로 맞이했다.

"고맙네, 자네같이 순수하고 용감한 애국 소년을 기다렸다. 자네는 천황 폐하의 거룩한 뜻에 합당한 일본 남자다. 자네야말로 진정한 일본인의 영혼을 소유한 선택받은 소년이다."

계시의 말씀은 인파와 전철과 스피커 그리고 도시의 온갖 소음을 제압하고 아름답고 부드럽게 내게 전해졌다. 전에도 경험한 적 있는 히스테릭한 시각 이상 현상이 나를 덮쳤다. 저녁나절의 대도시가 암흑의 심연으로 가라앉고 사방이 금가루와 먹물을 섞어 놓은 것같이 빛나더니 새벽녘의 태양이 찬연하게 모습을 드러냈다. 황금 인간이다. 신이다, 천황 폐하시다. "자네는 천황 폐하의 거룩한 뜻에 합당한 일본 남자다. 자네야말로 진정한 일본인의 영혼을 소유한 선택받은 소년이다."

4

황도파 본부에서 입당 선서를 한 후 사카키바라 구니히코는 나에게 "이로써 자네는 가장 어린 황도파 당원이 되었네"라고 말해 주었다. 그런데 본부 생활을 시작한 초기에 보니 10대 당원은 나 말고는 아무도 없는 것 같았다. 이윽고 열아홉 살이라는 당원을 세 명 찾아내긴 했는데 그들은 내가 가지고 있던 10대의 이미지와는 너무나도 동떨어진 남자들이었다. 이들 '우익' 10대들은 무게를 잡고 거드름을 피우며 절대 근엄한 표정을 풀지 않았다. 내가 무심코 영화나 재즈, 가요 이야기를 꺼내면 그들은 모욕이라도 당한 듯이 비분강개하여 나를 경박한 놈이라고 멸시했다. 그들의 그런 말을 들을 때마다 진흙 덩어리 같은 실망이 하나씩 쌓여 갔다. 그들 젊은 '우익'은 내가 당에 들어오기 전에 혼자서 공상했던 만화적인 이미지와 너무 똑같았다. 게다가 죽기 살기로 고지식한 것까지 똑같았다. 나는 꽤 오래전에 〈메이지 천황과 러일전쟁〉이라는 영화의 광고를 보고 젊은 '우익'은 이런 영화를 보겠지 했던 게 생각났다. 얼른 그 영화를 화제에 올리니 자기들도 여러 번 보았고 굉장히 감동한 영화라며 처음으로 영화 얘기에 맞장구를 쳤다. 그러고는 그 영화가 무슨 역사 다큐멘터리라도 되는 양 배우와 실제 인물을 완전히 헷갈려서는 둘이서 게거품을 물고 떠들어 댔다.

"메이지 천황 폐하께서 근심스러운 얼굴로 병사들을 지켜보셨지"라든가 "노기 대장의 말馬은 정말 대단했어. 도고 원수는 전장에서도 얼굴이 조금도 수척해 보이지 않더라고.* 역시 무사의 마음가짐은 달라. 무사는 섭생이 어려울 때도 완벽한 컨디션을 유지해야지" 등 말도 안 되는 소리를 진지하게 주고받았다. 그들은 그 외에도 전쟁 영화나 시대극에 칼싸움이 나오는 영화면 가끔 영화관에도 가는 모양이었다. 전쟁 영화는 일본 군인이 활약하는 장면에서 감동을 맛볼 수 있고 칼싸움에서는 칼을 가지고 인간을 죽이는 기술이 전개되기 때문이었다. 그들은 서부영화나 현대 암흑가 영화는 경멸하고 쳐다보지도 않았는데 거기에는 무기라고는 피스톨밖에 쓰이지 않기 때문이었다. 피스톨은 그들 손에 들어오지도 않는 물건일뿐더러 총재가 엄격하게 금지하고 있었다. 결국 그들에게는 일본도 하나로 완전한 살해를 완수하는 기술이 중요하고도 현실적인 것으로 여겨졌기 때문이겠지. 특히 '우익' 10대 중 하나는 인체에 붉은 점을 잔뜩 찍어 놓은 표를 애지중지했다. 침술사들이 보는 경혈도 같은 것이었다. 그 붉은 점이 무엇을 가

* 노기 마레스케(1849~1912)와 도고 헤이하치로(1848~1934)는 각각 육군과 해군에서 러일전쟁을 승리로 이끈 주역들이다.

리키는 것인지는 어느 날 아침 신주쿠에서 살인 사건이 일어났을 때 알게 되었다. 그가 신문을 꼼꼼하게 들여다보며 해당 부위에 새로운 붉은 점을 찍어 넣는 걸 보았기 때문이다.

"선배도 누군가를 칼로 찌를 건가요?" 내가 신입으로서의 호기심을 가지고 물어보니 그는 묵도하듯이 눈을 꾹 감고는 엄숙하고 고독한 목소리로 꼭 나를 향해 이야기하는 것도 아닌 투로 중얼거렸다. "놈들이 이상한 짓을 멈추지 않는 한, 그 '좌익' 자식들이 언제까지나 이상한 짓을 멈추지 않는다면 나는 할 거야." 이상한 짓이라는 말이 너무 막연해서 갑갑하면서도 적절한 다른 표현이 없어 눈썹을 찡그린 그 동료의 기분이 충분히 이해가 됐다. 그렇다. '놈들이 이상한 짓을 멈추지 않는 한.' 그 한마디면 모든 황도파 당원들에게 충분히 통하고도 남았다. 웅변은 필요치 않았다.

확실히 젊은 황도파 당원들은 말수가 적었다. 보스는 웅변가였고 간부급 중에는 같은 수준의 웅변가가 있었지만 젊은 당원들은 결코 웅변이 아니고 일상생활에서도 별로 말이 많지 않았다. 오히려 늘 침묵에 빠져 지냈다. 그리고 연설을 해야 할 때는 눈앞에 적이 무기를 들고 덤비기라도 하는 것처럼 소리를 지르고 노려보며 위협적으로 팔을 휘둘렀다. "우리는 빨갱이 놈들이 이상한 짓 하는 것을 막아야 한다!"

황도파 당원들이 아닌 보수당 청년부의 젊은 당원들과 함께 모이게 되면 황도파 당원들은 완전히 벙어리가 되어서 반대로 허풍 떠는 데만 정열을 기울이는 보수당 젊은 당원들의 웅변을 묵묵히 견뎌 냈다. 대체로 황도파 청년 당원들은 보수당 젊은 놈들을 경멸했다. 황도파 당원들끼리 모이면 늘 저 자식들은 출세주의자들이라고 비난하는 소리가 나왔다. "저 자식들은 자기 출세 생각밖에 안 하는 놈들이야. 그래서 어떻게 해서든지 자기를 드러내고 싶어서 저렇게 쉬지 않고 나 불대는 거라고. 저 자식들은 '좌익' 출세주의자들과 다를 게 없어. 저 놈들도 이상한 짓을 멈추지 않으면……" 나는 문득 지방에서 올라온 보수당 청년 당원에게 받은 엽서를 떠올렸다. 그는 단순히 안면이 있다는 이유만으로 나에게 자기 미래의 계획을 미주알고주알 털어놓았다. '나는 주식으로 20만 엔을 모았는데, 지금 사 놓은 주식도 순조롭게 잘 불어나고 있어. 지금 내가 스물네 살이니 스물다섯 살에 도의 간부가 되고, 서른 살에 시의 간부가 되고, 서른다섯 살에 입각한다는 꿈을 달성하기 위해 한쪽으로는 주식으로 자금력을 확보하고 한쪽으로는 당 청년부 분쿄쿠 지부 선전부장 직무를 통해 파벌 참가를 노리고 있어. 나는 인간 실력주의니까 당 본부에 출입할 때는 당 간부들과도 대등한 입장에서 논의를 전개하지. 지난번에도 도내 모 요정에서 당 간사장하고 두 시간이나 세계정세, 국내 정세로 기염을 토해서 완전히 구워삶아 놨지. 내가 내각에 취임할 때쯤 자네도 원외단의 유력 인사로 성장해 있을 것을 생각하니 유쾌하기 짝이 없네. 그래서 이렇게 편지 왕래를 시작하는 거야. 우리 한번 큰 그림을 그려 보자고. 그리고 주식에 관한 거라면 마쓰카와 증권사 사장, 정치에 관한 거라면 당 선전부장 기쿠야마 씨에게 소개해 주겠네.' 너무 엄청난 소리라 그저 어안이 벙벙할 뿐이었다. 그 자식들은 정말로 출세를 위한 연줄 잡는 데만 혈안이 된 심보 비뚤어진 촌뜨기들이었다. 그런 놈들과 황도파 당원들 사이에 가끔씩 충돌이 일어났다. 논쟁에서는 언제나 상대가 안 될 정도로 밀렸지만 우리가 입을 꾹 다물고 위협적으로 그들을 노려보면 금방 우리가 정당하다는 게 판명되곤 했다. 우리로서는 이런 웅변가들과 접촉해서 좋을 일이 하나도 없었다. 우리는 보스를 통해서

만 배웠고, 보스가 추천하는 책만 읽고 자신을 지탱해 주는 지혜를 쌓아 나갔다. 그것도 많은 양의 지혜가 아니라 소량의 황금 지혜를 확고한 신념으로 단단하고 뜨거운 대못처럼 머릿속에 박아 넣었다. 그렇게 해서 우리는 스스로를 단단하고 뜨거운 못처럼 만들어 갔다. 특히 나는 그 결정적인 회심이 일어났던 늦가을 어느 날의 저녁나절부터는 보스의 목소리만을 청종하고 보스가 빌려주는 책만 읽었다. 순수하게 그것만을 추구했고 그 외의 모든 것을 증오와 적의를 가지고 거부했다.

사카키바라 구니히코는 확실히 나를 특별 대우해 주었다. 그리고 나 또한 그가 쏟아붓는 열정에 열과 성을 다해 반응했다. 사카키바라 구니히코는 이렇게 말했다. "자네 머릿속에 우리의 사상을 주입시키는 건 완성된 병에다 통에 있던 술을 옮겨 담는 것이나 마찬가지야. 게다가 자네라는 병은 깨지지도 않으니 그 순수한 명주가 새어 나가는 일도 없지. 자네는 선택받은 소년이고 우리 '우익'은 선택받은 기관이다. 머지않아 아무리 둔감한 놈들 눈에도 그것이 태양처럼 확실하게 보이겠지. 그게 정의라는 것이다."

그 저녁나절로부터 수 주가 지난 어느 날 사카키바라 구니히코는 나를 황도파 본부로 입주시키고 싶다는 취지를 가지고 우리 집을 방문해서 아버지와 엄마를 설득했다. 아버지는 예의 그 미국식 자유주의로 내가 집에 별다른 폐를 끼치는 일 없이 자기 길을 개척해 나간다면 거기에 간섭할 생각은 없다고 했다. 그리고 또 "정치 운동을 한다고 해도 애국심에서 우러나서 하는 거니까 공산당이 하는 전학련보다는 건전하겠죠?" 하며 은근히 사카키바라 구니히코를 추종하는 발언까지 했다. 아버지는 아들이 학생운동에 깊이 개입하면 교사인 자기 입장이 곤란해진다는 걸 생각하고 그 잘난 미국식 자유주의 방침과는 모순되는 발언을 하고 있는 셈이었다. 아버지는 일단 안심을 하는 듯했다. 형은 내가 바라보자 당황하며 눈길을 피했다. 엄마는 내가 누나에게 부상을 입힌 날과 마찬가지로 나에게 직접적으로는 아무 말도 하지 않았다. 누나는 사카키바라 구니히코에게 자위대의 간호사라는 점에 대해 극찬을 받고는 얼굴이 새빨개져서 간호사들 사이에서 사카키바라 구니히코의 저서 『진정으로 일본을 사랑하고 일본인을 사랑하는 길』이 많이 읽히고 있다고 이어폰에서 들려오는 소리같이 조그만 목소리로 대답했다. 사카키바라 구니히코는 내가 본부로 입주하는 것에 동의를 해 준 가족 전원에게 감사를 표하더니 나에 대해서는 평생 책임을 지겠다는 약속을 하고 혼자서 먼저 돌아갔다. 그때부터 가족들은 나에게 언제부터 '우익' 단체에 들어갔으며 저런 거물과 알고 지냈느냐는 등 질문 공세를 퍼붓더니 내가 거짓말을 하나 하자 모두 입을 다물었다. "누나가 자위대 병원에 간호사로 취직했을 때부터야. 자위대 욕하는 놈들을 참을 수가 없었어." 나는 내가 가족을 한 방에 퇴각시킬 수 있는 능력을 획득했음을 깨달았다. 누나에게 말싸움에 밀려 눈물까지 흘렸던 나의 열일곱 번째 생일로부터 불과 10주밖에 지나지 않았는데 나는 기적을 경험하고 완전히 다른 인격으로 다시 태어난 것이었다.

내 이야기는 학교에서 더욱 극적인 성공을 거두었다. 그 허풍쟁이 신토호는 내가 정식으로 황도파에 입당하자 결국 단순한 지지자에 지나지 않았던 자기의 정체를 나에게 들켰다는 것을 깨닫고 그때부터는 나를 위한 선전 역할과 더불어 전기 작가 역할을 했다. 신토호가 하는 말에 의하면 나는 벌써 몇 년 전부터 '우익' 당원이었고, 800미터 달리기 때 나에게 절망을 안겨 주었던 그 실수는 체육 선생에 대한 경멸을 '우익'적으로 표현한 것이었다. 그리고 "저 녀석이 말이야, 신바시 역 앞 광장에서 '우익' 욕을 하러 온 공산당 놈들 스무 명하고 혼자 맞붙었어. 황도파의 사카키바라 구니히코는 저 녀석을 자기 후계자로 여기고 있다고, 녀석은 황도파 본부에서 살고 있단 말이야. 저 녀석은 진짜로 속속들이 '우익'이야"라고 떠들어 댔다.

내가 '우익'이며 황도파 당원이란 것은 금방 전교의 모든 학생들에게 알려졌다. 그것은 교무실에서도 최대의 골칫거리가 된 모양이었다. 나는 주의를 주는 담임에게는 '좌익' 학생도 있는데 '우익' 학생이 있어서 안 될 것이 무엇이냐고 따졌다. 선생 중에서 누가 조금이라도 '우익'을 비난하는 발언을 하면 사카키바라 구니히코에게 보고해도 되겠느냐는 태도를 보임으로써 완곡하게 황도파의 위력을 암시했다. 선생들이 학생들보다 훨씬 더 심각하게 신토호의 선동에 영향을 받았으므로 나의 암시는 충분한 효과를 발휘했다. 세계사 선생이 내가 출석하는 시간만은 과도할 정도로 보수적이 된다는 소문까지 들렸다.

'우익'인 나에게 적의를 가진 자가 우리 학교에 없었을 리가 없었다. 전학련과 연락을 하고 데모에도 참가하는 학생 자치회 위원들은 나에게 논쟁을 걸어왔다. 나는 예전에 '좌익' 지도자의 의견에 대해 가지고 있던 의문점들을 그대로 뒤집어 공격함으로써 항상 승리를 거머쥐었다. 누나가 내 생일날 밤에 나를 참패시켰듯이 나는 그들을 쓰러뜨렸다. 게다가 그들은 자신에 관해서나 평화, 재군비론, 소련, 중국, 미국에 대해 확신을 가질 만큼 제대로 파악하지 못하고 있었다. 나는 다만 지금까지 자신을 불안하게 만들었던 그들의 약점을 찌르는 것만으로 충분했다. 그리고 나에게는 비장의 무기가 있었다. "어쨌든 현재 일본의 지식인들은 '좌익'이 다수파고 '우익'은 소수파지. 그러나 난 훌륭한 대학교수 진보파보다는 먹고살기 힘들어서 자위대에 입대한 농사꾼의 아들 편이 되겠다. 대학교수는 명예도 있고 정의도 자기편이니, 그것만으로 충분하잖아? 너희가 좋아하는 대학교수가 유엔에 뛰어들어 호소한다면 극동의 국지 전쟁쯤이야 금방 해결해 주지 않겠어? 그래도 나는 그 이삼일 사이에 이승만 군대에게 살해당하는 일본 농사꾼의 아들 편이 되고 싶다 이거야. 그리고 너희가 누구보다도 위해 바치는 사르트르가 한 말마따나, 실천하려는 의지도 없이 외치기만 하는 정의가 무슨 의미가 있느냐고. 어쨌든 난 머리도 나쁘고 힘도 없는 인간에 불과하지만 '우익' 청년대에 목숨을 걸었어. 너희 중에 공산당원이 되어서 묵묵히 헌신하는 놈이 하나라도 있어? 너희는 도쿄 대학교 들어가서 언젠가는 관료가 되든가 대기업의 간부가 되겠지?"

파랗게 질려 아무 소리도 못 하는 수재들의 뒤에서 그 오만 방자한 스기 에미코가 노골적으로 나에게 관심을 보이면서 이런 말을 했다. "너같이 시대착오적인 '우익' 소년은 방위대학이나 가지 그러니?" 나는 사카키바라 구니히코에게 방위대학에 입학해서 동지를 모으고 후에 쿠데타를 일으킬 세력을 만들고 싶다는 생각을 전했다. 사카키바라 구니히코는 나의 희망에 대해 깊은 만족을 나타냈다. 나는 뻗쳐오르는 행복으로 온몸이 후끈거렸다.

황도파 제복은 나치 친위대 제복을 본떠서 만든 것이었는데 그 복장을 하고 거리를 걸을 때면 나는 무한한 행복에 사로잡혔다. 갑충처럼 견고한 갑옷을 온몸에 두르면 보기 흉하고 연약하고 상처 입기 쉬운 나의 내부가 타인의 눈에는 보이지 않으리라는 생각에 몹시도 우쭐한 기분이 들었다. 나는 타인의 시선을 느낄 때마다 늘 겁에 질려 얼굴이 뻘게지고 쭈뼛거리며 비참한 자기혐오에 빠져서 살았었다. 자의식에 칭칭 얽매여 있었던 거다. 그러나 지금 타인들은 나의 내부는 보지 못하고 대신 '우익' 제복을 본다. 게다가 어느 정도 두려워하기까지 하면서. 나는 '우익' 제복이라는 차단 막 뒤에 상처 입기 쉬운 소년의 영혼을 숨겨 버렸다. 나는 더 이상 수치스럽지 않았다. 타인의 시선으로부터 고통을 느끼는 일도 더 이상 없었다. 나는 차츰 제복을 입고 있지 않을 때에도 심지어 벌거벗었을 때에도 결코 타인의 시선에 상처 입지 않도록 훈련되었다.

나는 일찍이 자위하는 장면을 남에게 들킨다면 그 치욕을 못 이기고 자살하게 되리라 생각하고 있었다. 그것이야말로 타인의 시선이 갖는 능력의 최대치와 수치심에 사로잡힌 가장 연약한 나의 육체와의 극적인 드라마였다. 그런데 어느 날 극적인 체험을 통해 이 드라마의 위험성조차 의미를 잃고 사라지고 말았다. 그것은 사카키바라 구니히코와의 다음과 같은 문답에서 시작되었다. "자네도 성욕으로 괴로울 때가 있겠지? 억압할 필요는 없어. 여자하고 자 볼 텐가?" "아니요, 자고 싶지 않습니다." "그러면 이렇게 하지. 사창가 여자에게 자네 남근을 주무르게 하라고. 거기 드는 돈은 가지고 가게."

처음에는 그런 일이 가능하리라고는 상상도 못 했다. 나의 수치심의 뿌리가 그렇게 완전히 뽑히게 될 줄은 생각도 못했다. 동료들이 제복을 입고 가라고 했다. 밤이었지만 나는 무척이나 동요한 탓에 동료들의 부추김대로 낮에만 입게 되어 있는 황도파의 정복, 우리 '우익'의 갑옷을 갖춰 입고 신주쿠 구사창가의 유리 진열장 안쪽으로 들어갔다. 발기는커녕 불쌍한 아이가 무참한 형벌을 받으러 온 듯 새파랗게 질려 입당 후 처음으로 총재를 원망하며. 그리고 나는 우리 황도파 제복이 납으로 된 잠수복보다 더 무겁게 우리를 붙잡고 있으며 우리 '우익'의 갑옷이 타인들에게는 가죽 협착의보다 더한 공포심을 불러일으킨다는 걸 깨달았다.

머리를 보릿짚 색깔로 물들인 몸집 좋은 아가씨가 흰색 브래지어와 핫팬츠만 걸친 채 분홍색 개인실에서 나를 맞아 주었다. 따뜻한 알전구 빛 아래서 아가씨는 딱 5초 동안 내 제복을 쳐다보았다. 그러고는 바로 보기 흉할 정도로 자지러지는 표정을 지으며 눈길을 떨구었다. 아가씨는 두 번 다시 눈을 들지 않았다. 나는 옷을 모두 벗었다. 태어나서 처음으로 타인의 시선 앞에서 그것도 젊은 아가씨의 눈앞에서 나체가 된 것이다. 그리고 나는 이제 막 근육이 움트기 시작한 왜소한 나의 벌거벗은 육체가 장갑차처럼 두꺼운 갑옷을 두른 듯이 느껴졌다. '우익'의 갑옷이다. 나는 무시무시할 정도의 기세로 발기했다. 나야말로 새색시의 순결한 질 벽을 뚫어 균열시킨 철근 같은 남근을(사카키바라 구니히코가 말한 대로 남근을) 가진 남자다. 나는 평생 계속 발기할 것이다. 열일곱 살 생일날 눈물범벅이 되어 비참한 심정으로 갈망하던 기적과도 같이 나는 평생 오르가슴이리라. 나의 육체, 나의 마음, 그 전체가 발기할 것이다. 남미 정글에는 항상 발기한 성기를 가진 종족이 있는데 수렵이나 전쟁 때 방해가 되지 않도록 신이 그들의 성기를 개 성기처럼 배 쪽으로 바짝 붙여 주었다고 한다. 나는 말하자면 그 종족의 세븐틴이다. 아가씨가 나를 증기탕에 넣고 씻겨 주더니 탕 목욕을 시켰다. 그다음 수건으로 몸을 닦고 파우더를 뿌리고 병원 진료용 침대 같은 곳에 누이고 마사지를 하더니 자위 습관 때문에 모양이 이상해진 포피를 조심조심 손가락 끝으로 벗기고는 아무 말 없이 남근을 애무하기 시작했다. 나는 마치 귀족이라도 된 양 오만하게 벌러덩 누워 있었다. 아가씨는 자기가 부끄러운 나쁜 버릇을 행하는 것처럼 얼굴을 붉혔다. 아가씨는 스기 에미코에게 보낸 편지에 누나의 시집에서 베껴 썼던 시의 한 구절을 생각나게 했다. 결국 그 편지는 내 손으로 찢어 버렸지만.

층계 맨 꼭대기 포석 위에 서서
정원에 놓인 독에 기대어
그대 머리칼로 햇빛을 짜거라, 짜거라—
헤아릴 수 없는 마음의 고통 그대 손의 꽃을 껴안아라*

나의 남근이 햇빛이었다. 나의 남근이 꽃이었다. 나는 격렬한 오르가슴의 쾌감에 휩싸여 다시 어두운 하늘로 떠오르는 황금 인간을 보았다. 아아, 오오, 천황 폐하! 찬연하신 태양, 천황 폐하, 아아, 아아, 오오! 이윽고 히스테릭한 시각 이상에서 회복된 나의 눈에 아가씨의 볼에서 눈물처럼 반짝이는, 튀어 오른 나의 정액이 들어왔다. 나는 자위 뒤에 느끼던 실망감은커녕 의기양양한 기쁨에 젖어 다시 황도파의 제복을 입을 때까지 이 노예 여자에게는 한 마디도 하지 않았다. 그것은 올바른 태도였다. 이 밤에 나는 다음의 세 가지 사실을 깨달았다. '우익' 소년인 내가 완전히 타인들의 시선을 극복했다는 것, '우익' 소년인 내가 약자인 타인에 대하여 상당한 잔학한 권리를 갖는다는 것, 그리고 '우익' 소년인 내가 천황 폐하의 아들이라는 것이었다.

나는 천황 폐하의 모든 것에 대해서 좀 더 깊이 알고 싶다는 열망에

* T. S. 엘리엇의 시 「우는 처녀La Figlia che Piange」(1920).

사로잡혔다. 지금까지 나는 형보다 위 세대처럼 전쟁 중에 천황을 위해 죽겠다는 결심을 했던 자들만이 천황과 관계가 있는 것으로 생각하고 있었다. 나는 전쟁을 겪은 세대들이 천황에 대해 이야기하는 걸 들을 때마다 질투와 반감을 느꼈었다. 그러나 그건 잘못된 생각이었다. 왜냐하면 나는 '우익'의 아들이며 천황 폐하의 아들이었기 때문이다.

사카키바라 구니히코의 서고에 들어가도 좋다는 허락을 받은 나는 천황 폐하에 관한 나의 궁금증을 풀어 줄 서적들을 찾아냈다. 나는 『고지키』*를 읽고 『메이지 천황 어록집』을 읽고, 신페이타이나 다이토주쿠**의 선배들이 교과서로 사용했던 『나의 투쟁』***도 읽었다. 그리고 사카키바라 구니히코가 보여 준 다니구치 마사하루의 『천황절대론과 그 영향』을 읽고 마침내 내가 그동안 찾아 헤매던 것을 찾아냈다. '충忠에는 사심이 있어서는 안 된다.' 나는 마침내 가장 중요한 진리를 발견한 거다.

나는 이글이글 불타오르는 가슴으로 그것들을 곰곰이 생각했다. 그렇다. 충에는 사심이 있어서는 안 된다! 내가 불안에 떨며 죽음을 두려워하고 이 현실 세계를 파악하지 못해 무력감에 사로잡히는 건 나에게 사심이 있었기 때문이다. 사심이 가득한 나는 자신을 기괴한 모순덩어리, 지리멸렬하고 복잡하고 추잡하고 늘 겉도는 존재로 느끼며 불안에 떨었던 거다. 무엇인가를 할 때마다 혹시 잘못된 선택을 한 건 아닐까 하는 의심이 들어 불안해서 견딜 수가 없었던 것이다. 그러나

* 고대 일본의 신화 및 전설, 천황의 계보와 역사를 기록한 책으로, 일본에서 가장 오래된 문헌으로 알려져 있다.
** 신페이타이나 다이토주쿠 둘 다 우익 단체이다.
*** 아돌프 히틀러 자서전으로 나치의 필독서이다.

충에는 사심이 있어서는 안 되는 것이었다. 그렇다. 사심을 버리고 천황 폐하께 정신과 육체를 모두 드리는 거다. 사심을 버린다. 나의 모든 것을 포기한다! 나는 지금까지 나를 괴롭혀 왔던 모순에 가득 찬 가슴의 응어리가 모조리 사라져 가는 걸 느꼈다. 자신감을 빼앗아 가던 응어리들이 미해결인 채 그대로 사라져 버렸다. 모든 응어리들이 말끔히 없어졌다. 천황 폐하께서 나에게 사심에 가득 찬 응어리들을 버리라고 명하셨고 나는 그에 순종했다. 개인적인 내가 죽고, 나의 사심도 죽었다. 나는 사심 없는 천황 폐하의 아들로 다시 태어났다. 나는 사심을 살육한 순간, 나 개인을 지하 감옥에 가둔 순간 새롭게 불안을 모르는 천황의 아들로 태어나며 한없는 해방감을 느꼈다. 나는 더 이상 어느 쪽을 선택해야 할지 몰라 불안에 떨지 않아도 된다. 천황 폐하가 선택해 주시기 때문이다. 돌이나 나무는 불안을 모르니, 불안에 떨어질 일이 없다. 나는 사심을 버림으로써 천황 폐하의 돌과 나무가 되었다. 나에게는 불안이란 개념 자체가 없으니 불안에 떨어질 일은 없을 것이다. 이제는 가벼운 마음으로 살 수 있다. 내게 그토록 불가사의하고 복잡했던 현실 세계는 극히 단순화되었다. 그렇다, 그렇다! 충에는 사심이 있어서는 안 된다. 사심을 버린 인간의 최고의 행복이란 바로 충이다! 그리고 문득 내가 죽음의 공포에서도 해방되었음을 깨달았다. 내가 그렇게 절망적으로 두려워 떨던 죽음이 이제는 전혀 무의미하게 느껴지며 공포를 불러일으키지 못했다. 내가 죽어도 나는 사라지는 것이 아니다. 나는 천황 폐하라는 영원한 거목의 젊은 가지 하나에 지나지 않기 때문이다. 나는 영원히 죽지 않을 것이다! 죽음의 공포를 극복했다! 아아, 천황 폐하, 천황 폐하, 당신은 나의 신이시며 태양이시며 영원이십니다. 나는 당신으로 인하여 진정한 생명을 얻었습니다.

나는 목적을 달성했으므로 사카키바라 구니히코의 서고와는 인연을 끊었다. 더 이상 책은 필요하지 않았다. 나는 새롭게 가라테와 유도에 빠져들었다. 내 도복에 사카키바라 구니히코가 '칠생보국* 천황 폐하 만세'라고 새겨 주었다. 나는 일찍이 사카키바라 구니히코가 내게 했던 말을 이제는 나 스스로 할 수 있었다. 자네야말로 진정한 일본인의 영혼을 소유한 선택받은 소년이다!

오월, '좌익'들은 전국적으로 데모를 거듭했다. 나는 기세등등하여 황도파 청년 그룹에 들어갔다. 빨갱이 노동자들과 빨갱이 학생들, 빨갱이 문화인들, 빨갱이 배우들을 두들겨 패고 걷어차고 쫓아내어 흩어 버려야 한다! 우리 청년 그룹의 철의 규약은 나치의 히틀러가 1943년 10월 4일 포즈난의 친위대 소장회의에서 사자후로 토한 연설에서 나온 것이었다. '제일 충성, 제이 복종, 제삼 용기, 제사 성실, 제오 정직, 제육 동지애, 제칠 책임의 기쁨, 제팔 근면, 제구 금주, 제십 우리가 중시하고 의무로 하는 것은 우리의 천황이며 우리의 애국심이다. 우리는 다른 어떤 것에도 신경을 쓰지 않는다.' 빨갱이들을 깔아뭉개고, 쳐부수고, 찔러 죽이고, 목 졸라 죽이고, 태워 죽여라! 우리는 용감하게 싸우고 학생들에 맞서 증오의 곤봉을 휘두르고 여자들 무리를 향해 못을 박은 적의의 목검을 내리치고, 짓밟아 쫓아 버렸다. 우리는 몇 번이고 체포되었지만 풀려나면 바로 데모대를 다시 공격하고 또 체포되고 석방되었다. 나는 10만의 '좌익'에 맞서는 스무 명의 황도파 청년 그룹에서 가장 용감하고 가장 흉포하고 가장 우익적인 세븐틴이

---

* '일곱 번 다시 태어나도 천황을 위해 싸우겠다'라는 의미. 천황을 위해 막부 타도에 앞장섰던 구노스키 마사시게(1294?~1336)의 유언에서 유래했으며, 제2차 세계대전 때 일본군의 구호이기도 했다.

었다. 나는 심야 난투에서 극도로 흥분하여 고통과 공포의 비명, 절규, 저주가 난무하는 격심한 암흑 속에서 황금의 광휘를 동반하고 발현하시는 찬연한 천황 폐하를 알현하는 유일한 사람인 행복한 세븐틴이었다. 이슬비가 내리는 밤, 여학생 하나가 죽었다는 정보가 돌며 혼잡하게 뒤엉켰던 대군중은 일순 정적에 빠졌다. 슬픔과 피로에 젖은 학생들이 비를 쫄딱 맞으며 눈물을 흘리면서 묵도하는 동안 나는 강간자의 오르가슴을 느끼며 황금의 환영에게 전원 학살을 맹세하는 너무나 행복한 유일한 세븐틴이었다.

공중 괴물 아구이

空の怪物アグイー

    나는 방에서 혼자 있을 때, 좀 만화 같기는 하지만 검은색 헝겊으로 오른쪽 눈에 안대를 하고 있어야 한다. 오른쪽 눈이 겉으로는 멀쩡해 보일지 모르나 실은 거의 보이지 않기 때문이다. 그렇다고 전혀 안 보이는 건 아니다. 그러므로 두 눈으로 세상을 보려고 하면 밝게 빛나는 선명한 하나의 세상 위에 또 하나의 약간 어둡고 흐릿한 세상이 겹쳐져서 나타나게 된다. 그래서 나는 멀쩡하게 포장이 잘된 길을 걷다가도 가끔은 갑자기 균형을 잃고 시궁창에서 나온 시궁쥐처럼 꼼짝달싹 못하는 경우가 있고, 쾌활하게 이야기를 하는 친구의 얼굴에서 불행과 피로의 기색을 읽어 내고는 반벙어리같이 쩔쩔매며 엉뚱한 소리를 해서 유쾌하게 나누던 일상적인 대화를 느닷없이 엉망으로 만들어 버리는 일이 있다. 그러나 여기에도 조만간 익숙해지겠지. 혹시 끝내

적응이 안 된다면 방 안에서뿐만 아니라 거리에서나 친구들 앞에서도 검은 안대를 할 결심을 해야 할 것이다. 지나가던 사람들이 그걸 시대에 뒤떨어진 취미라고 비웃으며 돌아본다 해도 그런 것으로 일일이 화를 낼 나이도 아니다.

이제부터 나의 생애 최초의 돈벌이 체험을 털어놓으려고 하면서 불쌍한 오른쪽 눈에 대한 이야기로 시작하게 된 것은, 내 그쪽 눈이 폭력적인 사고를 당하는 순간 아무 맥락도 없이 문득 나의 마음에 10년 전의 바로 그 돈벌이 체험이 떠올랐기 때문이었다. 그 생각은 내면에서 타오르며 억압하던 증오로부터 나를 해방시켜 주었다. 그 사고에 대해 이야기하는 것도 아마 이게 마지막이 될 듯하다.

10년 전, 그 체험을 할 즈음 내 시력은 양쪽 다 2.0이었다. 그러나 지금 나는 그중 한쪽의 시력을 잃어버리고 말았다. 돌팔매에 맞아 터진 안구를 계기로 나의 '시간'은 훌쩍 과거로 돌아갔다. 그 감상적인 인물을 처음으로 만났을 당시 나는 '시간'의 의미를 극히 어린아이 같은 감각으로밖에 이해하지 못했다. 뒤에서 지켜보는 '시간'과 앞에서 숨어서 기다리는 가혹한 '시간'의 감각을 전혀 감지하지 못했던 거다.

10년 전 나는 170센티미터에 50킬로그램의, 아르바이트를 찾고 있는 대학 신입생이었다. 나는 아직 제대로 프랑스어를 읽을 줄도 모르면서 표지가 천으로 된 『매혹된 영혼』이라는 원서의 상하권을 사고 싶어 애가 달아 있었다. 그것은 서문이 러시아어로 된 모스크바판이었다. 서문뿐만 아니라 각주와 판권장도 슬라브 문자로 되어 있었고 본문의 프랑스어도 문장 사이에 가는 선이 잔뜩 그어진 기묘한 판본이었지만 그래도 프랑스판에 비하면 장정도 훨씬 멋있고 튼튼했을 뿐만 아니라 가격도 훨씬 쌌다. 동구권의 책을 수입 판매하는 서점에서 그것을 발견한 나는 특별히 로맹 롤랑을 좋아하지도 않으면서 그 책 두 권을 사고 싶어 동분서주했다. 그즈음의 나는 가끔 그런 이상한 정열에 사로잡히곤 했다. 그리고 그것이 특별히 이상하다고는 생각하지 않았다. 그게 진정으로 나를 사로잡는 것이라면 괜히 이것저것 신경 쓰며 고민할 필요는 없다는 게 나의 지론이었다.

나는 그때 막 입학해서 아직 학생 아르바이트 센터에 등록도 하지 않은 상태라 아는 사람들을 찾아다니며 일자리를 구했다. 그러다가 큰아버지를 통해 알게 된 은행가로부터 일을 하나 의뢰받았다. 은행가는 나에게,

"자네는 〈하비〉라는 영화를 봤나?" 하고 물었다. "네, 봤습니다." 나는 난생처음으로 타인에게 고용되는 인간답게 조심스럽고 헌신적으로 보이도록 주의하며 말했다. 〈하비〉는 제임스 스튜어트가 덩치가 곰만 한 상상 속의 토끼와 함께 사는 남자로 나왔던 영화였다. 나는 그 영화를 보고 웃었던 기억이 났다.

"우리 아들이 최근, 그 영화처럼 괴물에 씌었단 말이지. 그래서 일도 그만두고 칩거 중이란 말일세. 가끔은 밖으로 좀 데리고 나와야겠는데 시중을 들어 줄 사람이 필요해. 자네가 그 일을 좀 맡아 줄 수 있겠나?" 은행가는 전혀 웃음기가 없는 얼굴로 그렇게 말했다.

나는 은행가의 아들인 젊은 작곡가 D에 대해서 상당히 자세히 알고 있었다. 그는 프랑스와 이탈리아에서 상을 받은 전위적인 작곡가로 잡지 화보 같은 데에 '미래의 일본 예술가' 등의 사진이 나올 때면 대개는 그 안에 들어가는 사람이었다. 그의 본격적인 작품을 들어 본 적은 없었지만 그가 음악을 담당한 영화는 몇 편 본 적이 있다. 그중 하

나는 비행소년의 모험적 생활을 다룬 영화였는데 매우 서정적인 하모니카의 짧은 주제 선율이 쓰이고 있었다. 상당히 아름다운 멜로디였다. 나는 그 영화를 보면서 서른 살 가까운 남자가(정확히는 내가 고용되었을 때 음악가는 스물여덟 살이었고, 즉 지금의 나와 같은 나이였다) 하모니카를 만지작거리며 멜로디를 만드는 모습에 막연한 위화감을 느끼기도 했다. 나는 초등학교 들어갈 때 하모니카를 동생에게 물려주었기 때문이었다. 그리고 내가 그 음악가에 대해 알고 있는 것은 그런 공적인 일뿐만이 아니었다. 음악가는 몇 번, 아주 안 좋은 소문에 휩싸인 적이 있었다. 그런 종류의 화제는 대체로 경멸하며 관심을 갖지 않던 나도 그에 대한 이야기는 기억하고 있다. 음악가가 태어난 지 얼마 안 된 아기를 잃었다는 것과 그 일 때문에 이혼했다는 것, 또 그가 어떤 여배우와 스캔들을 일으켰다는 것 등이었다. 그러나 그가 제임스 스튜어트의 영화 속 토끼 같은 괴물에 씌었다는 것도 몰랐고 일도 그만두고 집에 틀어박혀 지낸다는 것도 처음 듣는 일이었다. 증상은 어느 정도일까. 심한 신경쇠약 정도려나? 아니면 확실한 정신분열증일까? 여러 가지 생각이 머릿속에서 교차했다.

"외출 시중을 든다는 게 무얼 말씀하시는 건지, 물론 도움을 드리고 싶습니다." 나는 웃음 띤 얼굴로 물어보았다. 나는 호기심과 불안이 드러나지 않도록 조심하면서 표정과 목소리에서 자연스럽게 따뜻한 배려심이 내비치도록 신경을 쓰며 대답했다. 단순한 아르바이트이긴 하지만 그건 내 생애의 첫 구직이었다. 나는 순응주의자적인 자세로 최선을 다할 생각이었다.

"아들이 시내 어디에 나가고 싶다고 하면 거기까지 함께 가 주면 되네. 집에서는 간호사가 있고, 여자 혼자 감당 못할 정도로 난폭해지는 일은 없으니까, 그런 경계를 할 필요는 없네."

은행가의 그 말에 겁먹고 있던 자신을 들킨 것 같은 기분이 들었다. 나는 얼굴을 붉히며 손상된 체면을 회복하고자 얼른 말을 이었다.

"저는 음악도 좋아하는 편이고, 무엇보다 음악가 D 님을 존경하고 있습니다. D 님 옆에서 이야기를 듣게 된다면 무척 즐거울 것 같습니다."

"그것은 지금 자기가 쓴 것에 대해서만 생각하고 그 이야기밖에 안 하는 모양이네." 이어지는 은행가의 인정머리 없는 답변에 나는 다시 얼굴을 붉혔다. "내일이라도 가서 만나 주기 바라네."

"댁으로 찾아뵈면 되겠습니까?"

"정신병원에 넣을 정도는 아니고 집에 있네." 은행가는 지독하게 심술궂은 인간으로밖에 보이지 않을 태도로 말했다.

"저를 채용해 주신다면 인사하러 찾아뵙겠습니다." 나는 머리를 숙이고 거의 눈물이라도 흘릴 자세로 말했다.

"아냐, 그것이 자네를 고용하는 거니까(은행가의 그 말에 나는 문득 패배한 개*의 오기가 발동해서 좋아, D를 나의 고용주라 불러 주리라, 하고 결심했다) 그럴 필요는 없겠지. 나로서는 그것이 외출한 데서 말썽을 일으켜서 추문을 만들지 않게 자네가 신경을 써 주었으면 하네. 그것의 앞으로의 커리어 문제도 있고, 내 체면도 있으니 말이야."

핵심은 은행가의 집안이 다시 한 번 추문에 휩싸이는 일이 없도록 감시 임무를 맡아 달라는 이야기였다. 물론 나는 은행가의 냉담한 마음을 신뢰의 열기로 조금이라도 누그러뜨리기 위해 확실하게 고개를

---

* 사회적 패배 계층을 가리키는 일본의 속어.

끄덕여 보였다.

그리고 마음속에서 무럭무럭 일어나는 궁금증에 대해서도 일절 입을 다물었다. 그건 실제로 물어보기 어려운 문제이기도 했다. 즉 당신의 아들이 씌었다는 괴물이란 도대체 어떤 건가요? 〈하비〉에 나오는 2미터 가까이 되는 토끼 같은 건가요? 아니면 뻣뻣한 털이 잔뜩 난 설인 같은 건가요? 하고 물어보고 싶은 것을 꾹 참았다. 물론 그것들에 대해 본인에게 묻기는 어려울 테지만 간호사와 친해지면 그 사람한테 물어보리라 하며 자신의 궁금증을 달랬다. 그래서 그랬는지 은행의 중역실을 나와 빌딩의 복도를 걸어가는 동안 귀족들을 알현하고 나온 줄리앙 소렐*처럼 굴욕감으로 이를 악물고 재빨리 자신의 태도와 그 효용에 대해 하나하나 점검해 보게 되었다. 내가 대학을 졸업하고도 취직 시험 같은 걸 보려고도 하지 않고 자유업을 선택한 심리적 배경에는 그날 거만한 은행가와 나누었던 대화의 기억도 상당한 비중을 차지하리라. 어쨌든 나는 다음 날 수업이 끝난 후 전철을 타고 교외 고급 주택가에 있는 은행가의 사저를 찾아갔다.

내가 그 성체와 같은 저택의 통용문을 지날 때 마치 심야의 동물원에서 나는 짐승들의 울부짖음 같은 소리가 들려왔던 걸 기억한다. 나는 엄청나게 놀라 바짝 쪼그라들어서 혹시 그것이 나의 고용주가 부르짖는 소리면 어떡하나 하고 잔뜩 겁을 먹었었다. 그래도 그때 내가 그 짐승들의 울부짖음 같은 소리를 내 고용주가 썼던 제임스 스튜어트의 토끼에 해당하는 괴물의 소리가 아닐까 의심하지 않았던 건 그나마 다행이었다. 내가 너무 심하게 충격을 받는 바람에 나를 안내하던

* 스탕달의 『적과 흑』의 주인공으로, 출세를 위해 사회적, 도덕적 가치를 버리고 자신의 뛰어난 지성과 미모로 세상을 속이는 인물이다.

260

심부름하는 아이가 조심성 없이 소리를 내어 웃음을 터뜨렸다. 나는 빽빽한 정원수 사이로 보이는 별채의 창문에서 소리 없이 웃으며 이쪽을 바라보는 또 하나의 얼굴을 발견했다. 그가 나를 고용했을 인간이었다. 그는 소리를 잃어버린 필름 속의 얼굴처럼 웃고 있었다. 그리고 그의 주위에서 야수의 울부짖는 소리가 엄청나게 울려 퍼졌다. 자세히 들어 보니 그것은 한 종류의 짐승 여러 마리가 한꺼번에 아우성치는 소리였다. 그러나 이 세상에 실재하는 동물이라고 생각하기 어려울 정도로 높고 시끄러운 소리였다. 별채 입구까지 안내를 받아 이윽고 혼자가 된 나는 그 짐승들의 울부짖음이 음악가의 녹음 컬렉션 중 하나라고 짐작하고는 용기를 되찾고 문을 열었다.

별채의 내부는 마치 유치원 교실 같았다. 넓은 실내에는 별다른 구획도 없이 두 대의 피아노와 전자오르간 한 대, 몇 대의 테이프리코더, 재생 장치, 그리고 내가 고등학교 방송부였을 때 믹싱이라고 부르던 장치 등이 발 디딜 틈도 없을 지경으로 꽉 차 있었다. 개가 누워 있나 싶던 게 다시 보니 불그스름한 놋쇠로 된 튜바이기도 했다. 이것이야말로 내가 상상했던 대로의 음악가의 작업실로 나는 어디선가 같은 풍경을 봤던 듯한 착각마저 들었다. D가 작업을 중단하고 칩거하고 있다는 건 부친의 오해였던 걸까? 음악가는 테이프리코더를 멈추기 위해 몸을 구부렸다. 나름의 묘한 질서가 있는 혼돈에 싸여 D가 민첩하게 두 손을 움직이자 짐승들의 울부짖음은 순식간에 검고 깊은 침묵의 구멍 속으로 빨려 들어가 버렸다. 음악가는 상체를 일으키더니 정말로 온화하고 어린아이 같은 미소를 지으며 나를 바라보았다. 재빨리 실내를 둘러보고 간호사가 없다는 데 약간 긴장하긴 했으나 은행가가 말한 대로 음악가가 느닷없이 난폭해질 것 같지는 않았다.

"아버지한테 말씀 들었어요. 자 들어와서 그쪽에⋯⋯" 음악가는 균형이 잘 잡힌, 울림이 좋은 낮은 목소리로 말했다.

나는 신발을 벗고 슬리퍼도 신지 않은 채 양탄자 위로 올라가 어디에 앉아야 할지 두리번거렸지만 그 방 안에는 피아노와 오르간 사이에 둥근 의자 외에는 쿠션조차 없었다. 나는 테이프 상자와 봉고* 사이에 엉거주춤 서 있었다. 음악가도 양팔을 늘어뜨리고 서서 이쪽을 바라보며 말없이 웃기만 했다. 저러다가 언제 말을 걸어 줄까 싶었다.

"아까 그건 원숭이 소리였습니까?" 나는 얼른 침묵을 깨기 위해 질문을 했다.

"아니, 코뿔소예요. 회전수를 올려서 그런 소리가 된 거죠. 그리고 볼륨도 상당히 높였고⋯⋯" 음악가가 말을 이었다. "그렇지만 어쩌면 코뿔소 소리가 아닐지도 몰라요. 코뿔소 소리를 녹음해다 달라고 부탁해서 받은 것이긴 한데. 어쨌든 이제부터 학생이 오니까 내가 직접 녹음하러 갈 거예요."

"그럼 저는 고용된 겁니까?"

"물론이죠. 오늘 학생을 시험하려고 오라고 한 게 아니에요. 정상이 아닌 인간이 정상인을 시험할 수 있겠어요?" 내 고용주가 된 남자는 냉정하고 굳이 말하자면 약간의 수치스러움을 보이며 대답했다. 나는 방금 내뱉은, 고용된 것이냐는 계산이 드러나는 듯한 비굴한 자신의 말투가 무척이나 부끄럽게 느껴졌다. 음악가는 실무가인 그의 부친과는 완전히 달랐다. 나도 그에 대해서 솔직해야 했다.

"제발 자신에 대해 정상이 아닌 인간이란 말씀은 하지 마세요. 듣기

* 라틴아메리카 음악에 쓰이는 손가락으로 두드리는 북.

거북합니다"라고 나는 말했다. 솔직하자고 했다고는 하지만 완전히 이상한 말을 해 버렸다. 그러나

"아아, 그렇게 합시다, 그러는 게 일하기도 쉬울 거예요." 음악가는 순수한 뜻으로 그 말을 받아들였다.

일이라고 하면 말이 좀 애매하기는 하지만 적어도 내가 일주일에 한 번씩 그의 집에 얼굴을 내밀고 수개월이 지나도록 그는 직접 동물원에 물소의 소리를 녹음하러 가는 정도의 '일'도 하지 않았다. 다만 다양한 교통수단을 이용하거나 때로는 걸어서 도쿄 시내를 돌아다니며 여기저기 쑤시고 다녔을 뿐이다. 따라서 일이라고 하는 것은 내 입장에서 하는 말에 불과했다. 내 입장에서 본다면 상당히 많은 일을 한 셈이다. 그의 부탁을 받고 교토까지 사람을 만나러 간 적도 있다.

"일은 언제부터 시작하면 좋겠습니까?" 내가 물었다.

"학생만 좋다면 오늘부터 시작합시다."

"저는 언제라도 좋습니다."

"그럼 준비 좀 할 테니까 바깥에서 기다려 줄래요?"

나의 고용주는 그렇게 말하더니 악기와 음향 기구, 악보류 사이를 늪지를 건너는 사람처럼 고개를 숙이고 바닥을 조심스럽게 살피면서 안쪽으로 들어가 검은 칠을 한 널빤지 문을 열고 거기로 들어갔다. 그때 뺨에 주름인지 흉인지 모를 깊은 그늘이 있는, 얼굴이 갸름한 초로에 가까운 간호사가 오른팔로 그를 껴안듯이 맞아들이며 왼팔로 널빤지 문을 닫는 게 흘낏 눈에 들어왔다. 이래서는 고용주와 외출하기 전에 간호사에게 뭔가를 물어보기는 힘들 것 같았다. 나는 컴컴한 실내에서도 유독 더 컴컴한 출입문 앞에서 신발을 신기 위해 꾸물거리며 이제부터 시작되는 나에 일에 대한 불안감이 증폭되는 것을 느꼈다.

남자는 줄곧 웃음을 보였고 내가 유도 질문을 하면 대답도 잘해 주었으나 자기가 먼저 말을 하지는 않았다. 나도 말수를 좀 더 줄여야 하는 게 아닐까 하는 걱정이 들었다. 첫 임무에 만전을 기하겠다는 각오를 했지만 바깥이라는 데가 정확히 어디를 말하는지 몰라서 나는 바깥 통용문 바로 안쪽에 서서 별채 방향을 바라보며 나의 고용주를 기다렸다.

나의 고용주는 키도 작고 야윈 남자였지만 머리통은 보통 사람보다 훨씬 컸다. 두개골의 형태가 드러난 넓고 둥근 이마에 부스스하긴 하나 깨끗하고 연한 색깔의 머리칼을 늘어뜨려 조금이라도 이마가 좁아 보이도록 했다. 하관은 짧고 치열도 고르지 못했다. 그래도 그의 얼굴은 온화한 미소에 잘 어울렸다. 그렇게 정적이고 단정한 인상을 주는 건 움푹 파인 눈의 색깔 때문인 듯했다. 그의 전체적인 인상은 개를 닮았다. 그는 면바지 위에 자잘한 점이 줄무늬를 이룬 스웨터를 입고 있었다. 등이 약간 구부정했고 팔이 길었다.

이윽고 별채 뒷문에서 나온 그는 아까 그 스웨터 위에 푸른빛이 도는 털실로 된 카디건을 걸치고 하얀 고무바닥이 붙은 운동화를 신고 있었다. 그는 마치 초등학교 음악 선생 같은 인상을 풍겼다. 손에 까만색 머플러를 들고 목에 두를 것인지 말 것인지 망설이는 모습으로 자기를 기다리고 있던 나를 바라보며 곤혹스러운 미소를 지었다. 그는 그날부터 나와 함께하는 동안 병실 침대에 누웠을 때를 제외하고는 마지막까지 죽 그 복장을 했다. 털실로 된 푸른 카디건을 걸친 성인 남자에게서 코스프레를 한 여자 같은 우스꽝스러운 점을 발견했기 때문에 그의 복장을 자세히 기억하고 있는 것이다. 그러나 그에게는 그 애매하고 조화가 덜 된 카디건이 너무나도 잘 어울렸다. 그는 약간 안짱

걸음으로 정원수 사이를 걸어오더니 머플러를 쥐고 있던 오른손을 들어 나에게 신호를 보냈다. 그러더니 결연하게 머플러를 목에 감았다. 이미 오후 4시나 되어 바깥은 제법 추웠다.

그가 먼저 통용문을 빠져나가고 이어서 그 뒤를 따라 나가려다가 (우리는 고용주와 피고용인의 관계였다) 왠지 감시당하는 기분이 들어 돌아보니 내가 처음으로 음악가를 발견했던 별채의 창문 안쪽에서 이번에는 뺨에 깊은 주름이 진 초로의 간호사가 도망병을 배웅하는 잔류자 같은 얼굴로 입을 거북이처럼 굳게 다문 채 우리를 바라보고 있었다. 나는 가능한 한 빠른 시일 내에 그 간호사에게 나의 고용주의 병에 대하여 자세히 물어봐야겠다는 생각이 들었다. 그렇다고는 해도 신경쇠약 환자 혹은 정신병자를 간호하는 사람으로서 그 환자가 외출하려고 할 때 그를 수행하는 사람에게 뭔가 주의 사항조차 전달하지 않는다는 건 업무 태만이 아닌가. 그 정도는 이른바 업무의 인수인계 행위가 아닐까? 그런 주의도 필요 없을 정도로 나의 고용주는 얌전하고 무해한 병자인 것일까?

길로 나서니 나의 고용주는 피곤에 지친 여자처럼 넓게 거뭇해진 눈꺼풀을 치켜뜨고 움푹 팬 눈을 희번덕거리며 인적 없는 호화 주택가의 죽 늘어선 저택들과 길을 재빨리 둘러보았다. 그것이 광기의 징조인지는 모르겠으나 그에게는 가끔 돌발적이고 불연속적으로 뭔가 민첩한 행동을 하는 버릇이 있었다. 그는 늦가을의 청명한 하늘을 올려다보고 눈을 깜박거렸다. 움푹 패기는 했으나 그의 다갈색 눈동자는 굉장히 풍부한 표현력을 가지고 있었다. 그는 눈을 깜박거린 다음 높은 하늘에서 무엇인가를 찾는 눈으로 초점을 모았다. 나는 그의 비스듬한 뒤편에 서서 지켜보고 있었는데 그의 눈의 움직임과 함께 나에게 좀 더 날카로운 인상을 주었던 건 주먹만큼이나 큰 그의 목 울대뼈의 움직임이었다. 나는 그가 실은 몸집이 매우 큰 사나이가 될 사람이었는데 유아기에 어떤 장애를 입어 왜소한 인간이 되어 버렸고 목위만 원래 되고자 했던 거한의 흔적이 남은 것은 아닐까 하는 생각이 들었다.

나의 고용주는 하늘을 올려다보던 시선을 아래로 내리더니 의아스러워하는 나를 보고 짐짓 아무 일도 없었다는 듯이 그러나 질문을 허용하지 않는 태도로,

"맑은 날엔 하늘을 떠다니는 것들이 잘 보이지. 그리고 내가 이렇게 밖으로 나오면 가끔씩 하늘에서 그것이 내려오기도 합니다" 하고 말했다.

나는 바짝 긴장해서 예상외로 빨리 몰아닥친 이 위기를 어떻게 극복해야 할지 갈팡질팡하며 나의 고용주로부터 시선을 돌렸다. 이 남자가 '그것'이라고 부르는 것의 존재를 믿는 척해야 할까. 그는 진짜로 완전히 미쳐 버린 사람일까 아니면 단지 나에게 농담을 걸며 유머를 즐기는 포커페이스일까. 쩔쩔매고 있는 나에게 음악가가 구원의 손길을 내밀었다.

"학생에게는 그것이 보이지 않을 테니까 혹시 지금 내 어깨에 내려앉았다고 해도 알 수 없을 거란 건 나도 알아요. 다만 그것이 내게 내려왔을 때, 내가 그것과 이야기를 해도 이상하게 생각하지만 않으면 돼요. 학생이 갑자기 웃음을 터뜨린다든가 내 입을 막으려 든다면 그것이 충격을 받을 테니까. 그리고 내가 가끔 그것과 이야기를 나누다가 학생에게 맞장구를 쳐 달라는 눈치를 보이면 바로 맞장구를 쳐 주기 바라요. 긍정적인 맞장구를 말입니다. 나는 그것에게 이 도쿄라는

도시를 하나의 파라다이스로 설명해 주고 있거든. 학생에게는 미친 것처럼 보이는 이상한 파라다이스로 여겨질지 모르지만, 뭐, 일종의 아이러니한 패러디로 생각하고 긍정해 주길 바라요. 그것이 옆에 내려왔을 때는 말이에요."

나는 나의 고용주가 요구하는 취지를 제대로 파악하기 위해 집중했다. 그것이라는 건 역시 사람 크기 정도의 토끼 같은 것인가, 공중에 집을 짓고 사는? 그러나 나는 그렇게 물어보는 대신,

"그것이 당신 옆으로 내려왔다는 건 어떻게 하면 알 수 있습니까?" 하고 매우 조심스러운 태도로 물었다.

"내가 하는 걸 보면 알 수 있을 거예요. 그리고 그것은 내가 밖에 있을 때만 내려와요."

"차에 타고 있을 때는?"

"차나 전철에서도 열린 창문 옆에 있으면 내려올 때도 있지요. 집에서도 창가에 서 있다가 하늘에서 내려오는 그것과 딱 마주친 적도 있고."

"그럼 지금은?" 내가 주저하며 물었다. 나는 아무리 해도 수학 공식을 이해하지 못하는 초등학생 같았을 거다.

"지금은 나와 학생뿐이에요." 나의 고용주는 관대한 태도로 말했다. "그러면 오늘은 오랜만에 전철을 타고 신주쿠에 나가 보기로 합시다."

우리는 전철역을 향해 걷기 시작했다. 나는 혹시라도 그사이에 나의 고용주의 옆으로 무엇인가가 등장하는 기척을 놓치지 않으려고 눈을 똑바로 뜨고 계속 지켜보았다. 결국 우리가 전철을 탈 때까지 그것은 출현하지 않은 듯했다. 그것을 감시하면서 내가 또 하나 깨달은 점은 음악가 D가 역으로 가는 길에 만난 사람들에게 인사를 받아도 완전히

무시한다는 사실이었다. 그는 마치 자기 자신이 존재하지 않는 양 행동했고, 당신들이 보고 있는 건 나의 환영에 불과하오, 하는 태도로 그들의 접근을 철저히 무시했다.

타인과의 접촉을 일방적으로 차단한다는 점은 전철 표를 살 때나 개찰구에서도 마찬가지였다. 그는 나에게 천 엔짜리 지폐 한 장을 주며 표를 사 오라고 시키고는 막상 표를 사 와도 받으려는 척을 하지 않았다. 그리고 내가 두 장의 표를 개찰하는 동안에 마치 투명 인간이라도 되는 듯이 자유로운 태도로 개찰구를 빠져나갔다. 전철에 타고 나서도 그는 같은 칸의 승객들이 자기를 보지 못하는 것처럼 행동하고, 가장 구석진 빈자리로 가서 몸을 조그맣게 웅크리고 앉아 눈을 꾹 감고 잠자코 있었다. 나는 그의 앞에 서서 그의 등 뒤 열린 창에서 그것이 들어와 그의 옆으로 내려앉는 걸 놓치지 않으려고 긴장의 끈을 놓지 않았다. 물론 내가 그 괴물의 존재를 믿고 있는 건 아니었다. 다만 아르바이트비를 받는 이상 나의 고용주가 그 망상에 사로잡히는 순간을 놓쳐서는 안 된다는 생각을 하고 있었다. 결국 그는 신주쿠 역에 도착할 때까지 죽은 척하는 작은 짐승처럼 꼼짝 않고 있었다. 아직은 그에게 하늘로부터의 방문자가 나타나지 않은 것 같았다. 그는 나이외의 사람과 함께 있을 때는 입을 다문 조개처럼 완전히 딴사람이 되는 터에 그렇게 짐작하는 것에 불과하긴 했지만.

그런데 이윽고 나의 그런 짐작이 확실하다는 걸 확인할 순간이 왔다. 음악가 D에게 너무나도 확실한 무엇이(D의 반응으로 보아서 그렇다는 이야기다) 찾아왔기 때문이다. 나와 나의 고용주는 역 건물을 나와 길 하나를 똑바로 걸어가고 있었다. 저녁나절이 되기까지는 약간 시간이 남은, 통행이 적은 시간대였다. 우리는 가다가 사람들이 옹기종기 모여 있는 곳에 다다랐다. 우리는 걸음을 멈추고 사람들 틈에 끼어들었다. 들여다보니 사람들에 둘러싸여 노인 한 사람이 무언가에 완전히 몰입해서 빙글빙글 돌고 있었다. 꽤 잘 차려입은 노인이었다. 조끼까지 달린 정장을 빼입은 노인은 가죽 가방과 양산을 양쪽 겨드랑이에 바싹 붙인 채 기름으로 단정히 빗어 올린 백발 몇 가닥을 흐트러뜨리고 물살을 가르는 바다표범 같은 숨소리를 내며 필사적으로 돌고 있었다. 구경하는 사람들의 얼굴이 대기에 스며든 저녁 기운에 윤기를 잃고 추위에 칙칙하게 말라 있는 데 반해 노인의 얼굴만은 홍조를 띠고 촉촉하게 땀에 젖어 생기가 넘쳤다.

그 순간 문득 나는 옆에 있어야 할 D가 몇 걸음 뒤쪽으로 물러나 자신의 오른쪽에 서 있는, 그의 키와 같은 정도의 투명한 존재의 어깨를 껴안고 있음을 알아차렸다. 그는 자기의 오른팔을 어깨로부터 수평으로 내밀어 둥글게 만들고 그 원의 약간 위쪽을 반가운 표정으로 올려다보고 있었다. 구경꾼들은 노인에게 정신이 팔려 D의 기묘한 동작에는 관심을 갖지 않았지만 나는 덜컥 겁을 집어먹었다. D가 천천히 내쪽으로 얼굴을 돌렸다. 그것은 마치 친구에게 나를 소개하려는 것 같은 태도였으나 나는 그 동작을 어떻게 받아들여야 할지 알지 못했다. 나는 당황한 나머지 얼굴만 벌게졌다. 예전에 중학교 학예회에서 시시한 대사를 잊어버렸을 때처럼. 나를 바라보고 있는 D의 퀭한 눈 속에 조바심 어린 재촉이 떠올랐다. D는 나에게 하늘에서 내려온 그것에게 들려주기 위한 설명을 요구하고 있었다. 필사적으로 돌고 있는 알지 못하는 진지한 노인에 대해 어쨌든 파라다이스적인 설명을…… 그러나 나의 달아오른 머릿속에는 '저 노인의 상태를 무도병의 발작이라고 해야 할까요?' 하는 정도의 말밖에 떠오르지 않았다.

내가 비통한 기분에 빠져 입을 다문 채 머리를 흔들자 나의 고용주의 눈에서 답변을 요구하는 빛이 사라졌다. 그는 친구와 헤어질 때처럼 팔의 원을 풀었다. 그리고 지상으로부터 공중으로 천천히 시선을 이동시켰다. 마지막에는 그 커다란 목 울대뼈가 확실히 드러날 때까지 고개를 위로 젖혔다. 환영은 공중으로 돌아갔다. 나는 자신이 아르바이트의 의무를 충분히 다하지 못했다는 게 수치스러워 고개를 푹 숙였다. 나의 고용주는 그런 내게 다가오더니,

"자 이제 슬슬 택시로 돌아갑시다. 그것도 한 번 내려왔고, 학생도 많이 피곤하죠?"하고 말했다. 그 말은 아르바이트 첫날의 일이 끝났다는 신호이기도 했다. 그 말을 들으니 비로소 긴장이 풀리며 심한 피로감이 몰려왔다.

나와 D는 창문이 굳게 닫힌 택시를 타고 D 저택이 있는 고급 주택가로 돌아와, 나는 일당을 받고 D 저택을 나왔다. 그러나 바로 역으로 향하지 않고 D 저택 맞은편 전신주 그늘에 몸을 숨기고서 누군가가 나오기를 기다렸다. 노을이 진해지며 하늘이 짙은 장밋빛으로 물들고 어둠의 확실한 징조가 나타날 무렵, D 저택의 통용문에서 색깔이 촌스럽고 기장이 짧은 원피스를 입은 간호사가 반짝반짝하는 여자용 새 자전거를 밀고 나왔다. 간호사 가운을 벗은 그녀는 그냥 평범하고 왜소한 늙은 여자에 불과했고 음악가의 별채에서 받았던 미스터리한 분위기는 전혀 느껴지지 않았다. 그녀는 갑작스럽게 모습을 드러낸 나를 보더니 멈칫했다. 간호사는 자전거에 올라타지도 못하고 그렇다고 발걸음을 멈추지도 않고 자전거를 밀며 걷기 시작했다. 나는 거의 위협하는 말투로 그녀와 나의 공동 고용주의 증상에 대해 설명해 줄 것을 요구했다. 간호사는 짜증을 내며 거부의 몸짓을 보였으나 내가 자

전거 안장을 우악스럽게 잡고 있는 걸 보더니 이윽고 체념한 듯이 이야기를 시작했다. 간호사는 말이 끝날 때마다 입을 꾹 다물었는데 벌어진 아래턱 때문인지 마치 말하는 거북이를 연상시켰다.

"그것은 면으로 된 속옷을 입은 굉장히 커다란 아기라고 하더군요. 거기다 거의 캥거루만 한 크기랍디다. 그것이 하늘에서 내려온다고 하는 거죠. 그리고 그 괴물 아기는 개와 경찰을 무서워한대요. 이름은 아구이라고 하고. 혹시 그것이 그 애에게 내려온 걸 보게 되더라도 모른 척하는 게 좋을 거예요. 무관심한 게 제일이에요. 상대는 어쨌든 정신병자니까. 그리고 학생, 그 애가 혹시 이상한 데 가자고 해도 절대 데려가면 안 돼요. 저기다 성병까지 생기면 내가 감당을 못하니까."

나는 얼굴이 벌게져서 자전거 안장을 잡았던 손을 슬며시 놓았다. 간호사는 자전거 핸들 정도나 될까 하게 가느다란 다리로 페달을 밟고 따르릉 따르릉 벨을 울리며 전속력으로 어둠 속으로 달려가 버렸다. 아아, 면 속옷을 입은 캥거루만 한 아기!

그다음 주 내가 음악가 앞에 모습을 나타내자 그는 그 짙은 갈색 눈으로 나를 들여다보며 특별히 나무라는 투는 아니지만 이런 말을 해서 나를 당황하게 만들었다.

"간호사를 기다렸다가 하늘에서 나에게 내려오는 것에 대해 물어보았다고? 학생 아주 열심이군요."

그날 우리는 지난번과 같은 전철을 타고 반대 방향인 교외로 30분 정도 나가 다마가와 강변에 있는 유원지로 향했다. 우리는 거기서 다양한 놀이 기구를 탔다. 그날은 D가 혼자 대관람차를 타고 있을 때 그 캥거루만 한 아기가 공중에서 내려왔다. 나로서는 퍽이나 다행스러운 일이었다. 대관람차에 매달린 배처럼 생긴 나무 상자가 지상을 떠나 천천히 높은 하늘로 올라갔다. 나는 나의 고용주가 관람차 안에서 가공의 동승자와 평화롭게 대화를 나누는 것을 지상의 벤치에 앉아 지켜보았다. 고용주는 자기를 찾아온 존재가 다시 공중으로 돌아갈 때까지 대관람차에서 내리지 않고 내게 신호를 보내 몇 번이고 달려가서 티켓을 사 오게 했다.

그와 더불어 그날 일어난 일 중에서 깊은 인상을 받았던 또 다른 하나는, 우리가 유원지를 가로질러 출구로 향하다가 어린이 자동차 경주장의 새로 발라 놓은 시멘트를 음악가가 실수로 밟아 버린 일이었다. 거기에 자기의 발자국이 찍힌 것을 본 D는 비정상적일 정도로 당황했다. 그는 내가 작업 중인 인부들과 교섭해서 상당한 돈을 물어내고도 그 발자국이 완전히 보이지 않게 다시 바르기까지 고집스럽게 그 자리를 떠나지 않았다. 그것이 내가 본 그의 거친 성격의 전부였다. 전철을 타고 나서 그는 나에게 거친 말을 했던 데 대해 후회라도 하는 듯 이런 식으로 변명했다.

"나는 지금 적어도 내 의식 안에서는 현재의 '시간' 권내에 살고 있지 않아요. 학생은 타임머신에 의한 과거 여행 규약을 알고 있나? 예를 들면 1만 년 전의 세계로 여행하는 인간은 그 세계에는 아무것도 흔적을 남겨서는 안 된다는 거 말이에요. 왜냐하면 그는 1만 년 전의 '시간'에는 존재하지 않았고, 그가 거기에다 무엇인가를 남기려고 한다면 그 1만 년 전의 역사 전체에 사소하다고는 하나 확실한 뒤틀림이 발생하기 때문이지. 나 자신도 지금 이 현재의 '시간'에 살아 있는 게 아니니까 내가 이 '시간' 안에 흔적을 남겨서는 안 된다는 거예요."

"왜 당신은 현재 이 '시간' 안에서 살기를 그만둔 거죠?" 내가 묻자 나의 고용주는 갑자기 골프공처럼 단단해져서 자기 자신을 침묵 속에 가두고 나를 무시했다. 나는 공연한 소리를 한 것에 대해 후회했다. 내가 무심코 스스로 정한 선을 넘어 그런 말을 한 것도 다 내가 D의 문제에 깊은 관심을 갖게 된 때문이었다. 그 간호사의 말대로 모르는 척, 혹은 무관심이 최선일지도 몰랐다. 나는 앞으로 더 이상은 나의 고용주가 가지고 있는 문제에 주제넘게 나서지 않기로 마음먹었다.

그 후로도 몇 번인가 음악가와 더불어 도쿄 시내를 돌아다녔지만 나는 이 새로운 방침을 고수하는 데 성공했다. 그런데 이번에는 D의 문제 자체가 나의 적극적인 개입을 요구하는 사태가 발생했다. 어느 날의 일이었다. 내가 이 아르바이트를 시작하고 나서 처음으로 고용주는 확실한 행선지를 내게 말했다. 나와 그는 택시를 타고 그곳으로 갔다. 다이칸야마에 있는 호텔같이 생긴 고급 아파트였다. 그곳에 도착하자 나의 고용주는 나 혼자 엘리베이터를 타고 올라가 미리 연락해 놓은 물건을 받아 오라고 시키고 자기는 지하 찻집에서 기다렸다. 그 물건을 나에게 전해 줄 사람은 지금 거기서 혼자 사는 D의 이혼한 전처였다. 영화에서 본 싱싱 교도소*의 독방 문처럼 생긴 현관문을(나는 그즈음 굉장히 영화를 많이 보았다. 당시 나의 교양의 95퍼센트가 영화로부터 흡수한 것이었던 듯하다) 두드리자 불그레하고 투실투실한 얼굴을 역시 실린더같이 두툼하고 둥근 짧은 목에 올려놓은 여자가 문을 열더니 나에게 신발을 벗고 올라와 창가의 소파에 앉으라고 명령했다. 그때 나는 이게 틀림없이 상류사회 인간들이 타인을 맞아들이는 방법일 것이라고 짐작했다. 그것을 거절하고 문 옆에서 나의

* 보안 수준이 최고라고 알려진, 미국 뉴욕 주에 있는 교도소.

고용주에게 전달할 물건만 받아서 바로 돌아가려면 빈민의 아들인 나로서는 일본 상류층 사회 전체에 저항하는 용기, 루이 14세에게 대들던 푸줏간 주인 정도의 용기가 필요했다. 나는 D의 이혼한 전처의 명령에 순종했다.

그것이 내 생애 처음으로 미국식 거실을 직접 밟아 본 경험이었다. 여자는 나에게 맥주를 주었다. 그녀는 D보다 몇 살 연상인 듯했고 도도한 자세로 잔뜩 무게를 잡고 이야기를 했지만 전체적으로 너무 뚱뚱해서 품위라는 게 느껴지지 않았다. 인디언 여자처럼 단의 올이 풀린 두꺼운 천의 옷을 입었고 가슴에는 잉카 제국의 공예가가 금에다 다이아몬드를 박은 것 같은 목걸이가 늘어져 있었다. 이런 나의 관찰도 지금 생각하면 영화적인 냄새가 난다. 창문으로는 시부야 주변 시가지의 모습이 내려다보였다. 여자는 그 창에서 들어오는 빛에 신경을 쓰며 몇 번이고 고쳐 앉아 목과 비슷하게 충혈된 검붉고 통통한 다리를 내 쪽으로 보이고 마치 심문하는 듯이 나에게 꼬치꼬치 이것저것 캐물었다.

그녀로서는 내가 헤어진 남편에 대해 무엇인가를 캐낼 수 있는 유일한 파이프였을 것이다. 나는 작은 병 하나분이 담긴 커다란 컵의 맥주를 마치 뜨거운 커피라도 마시는 양 찔끔찔끔 마시며 내가 아는 범위 내에서 성실히 대답하고자 했으나 내가 가지고 있는 D의 정보라는 게 너무 미미했고 그나마 확실한 것도 아니어서 그의 이혼한 전처를 만족시켜 주지 못했다. 게다가 그녀가 묻는 건 D의 정부인 여배우가 지금도 만나러 오는가 하는 등의 내가 대답할 수 있는 범위를 넘어서는 것이었다. 나는 속으로 그런 게 헤어진 전처에게 무슨 관계가 있으며 그런 걸 묻다니 여자로서 자존심도 없나 하는 반발심이 들었다.

"D에게는 아직도 그 환영이 보인다지?" 하고 D의 전처가 물었다.

"네, 캥거루 정도 크기의 면으로 된 하얀 속옷을 입은 아기고 이름은 아구이라고 한다고 간호사에게 들었습니다. 그것은 보통 때는 공중에 떠 있다가 가끔씩 D 씨의 곁으로 내려옵니다." 나는 주어진 질문에 열을 내서 대답했다.

"아구이라…… 그것은 죽은 우리 아기의 유령일 거야. 왜 아구이라고 하느냐면 그 아기가 태어나서 죽을 때까지 한 말이라곤 아구이라는 단 한 마디였거든. D도 참 자기 편한 대로 이름을 짓는 것 같지 않아요?" 하며 그녀는 비웃었다. 그녀의 입에서 자극적인 역겨운 냄새가 내 쪽으로 풍겨 왔다.

"우리 아기는 처음 태어났을 때 머리 둘 달린 괴물로 보일 정도로 큰 혹이 머리 뒤에 붙어 있었어. 그걸 의사가 뇌 헤르니아*로 오진했던 거지. 의사에게 그 이야기를 들은 D는 나와 자기 자신을 그 엄청난 재앙으로부터 지키겠다는 마음으로 그 의사와 상담해서 아기를 죽이고 말았어. 아마도 아무리 울고 발버둥을 쳐도 우유를 안 주고 대신 설탕물만 줬을 거야. 식물 같은 기능밖에 없는(의사가 그렇게 예언했지) 아기를 받아들이지 못하겠다고 죽게 한 거니까 정말로 무서운 이기심이었지. 그런데 죽은 아기를 해부해 보니 혹은 단순한 기형종에 불과했다는 게 밝혀졌어. 거기에 충격을 받은 D가 그때부터 환영을 보기 시작한 거지. 그는 더 이상 자기의 이기심을 유지할 기력을 잃어버린 거야. 그리고 과거에 자기가 아기를 살리기를 거부했던 것처럼 이번에는 자기 삶에 대한 적극적인 의지를 거부하는 거지. 자살하는 것과

---

* 머리에 외상을 입어 뇌의 일부가 두개강 밖으로 빠져나온 상태.

는 달라. 이 현실에서 환영의 세계로 도피한 거야. 그러나 제아무리 현실로부터 도피한다고 한들 아기를 죽인 피 묻은 손이 깨끗해지겠어? 그 더러운 손으로 아구이인지 뭔지하고 정답게 뒹굴고 있는 거지."

나는 나의 고용주에 대한 전처의 가혹한 비난을 참기 어려웠다. 자기 말에 취해 흥분으로 얼굴이 벌게진 여자를 향해 나는,

"당신은 뭐 하고 있었나요? 당신이 엄마잖아요" 하고 반격했다. 그러나

"나는 제왕절개 수술 후에 심하게 열이 나서 일주일이나 인사불성 상태였어. 정신을 차렸을 때는 모든 게 끝나 있더군." D의 전처는 나의 반박을 가볍게 흘려버리고는 부엌 쪽으로 가더니 "맥주 좀 더 마시지?"

"아니요, 이제 그만 마시겠습니다. 그보다 D 씨에게 가지고 갈 물건이나 주세요."

"잠깐 기다려. 양치질 좀 하고 올게. 치조농루 때문에 10분마다 양치질을 해야 돼. 냄새났지?"

나는 D의 전처로부터 서류 봉투에 담긴 놋쇠 열쇠를 건네받았다. 내가 몸을 수그리고 구두끈을 묶고 있는데 그녀는 뒤에서 나의 대학 이름을 묻더니 자랑스러운 듯이,

"학생, 네 대학 기숙사에는 ** 신문 구독자가 한 명도 없는 모양이네. 이번에 우리 아버지가 그 신문사 사장으로 취임하는데" 하고 말했다. 나는 경멸을 품고 대답도 하지 않았다.

엘리베이터를 타려고 하다가 문득 가슴을 버터나이프로 휘젓는 것 같은 느낌에 휩싸이고 말았다. 뭔가 거대한 의문이 마음속에서 용솟음쳤다. 나는 생각을 정리해야 했다. 나는 엘리베이터를 그냥 보내고

옆에 있는 계단으로 걸어서 내려가기로 했다. D가 전처의 말과 같은 상태라면 그는 이 열쇠로 모종의 상자를 열고 그 안에서 청산가리를 꺼내 자살할 가능성도 있는 거다. 생각이 뒤엉킨 나는 결론을 내리지 못한 채 지하 찻집에서 기다리고 있는 D 앞에 섰다. D는 손도 대지 않은 홍차를 테이블 위에 마주하고 눈을 꾹 감고 있었다. 그가 현재의 '시간'에 살기를 거부하고 별도의 '시간'에서 온 여행자가 된 이상 타인들이 지켜보는 가운데 설령 액체라 하더라도 그 '시간'의 물질을 마실 수는 없을 터였겠지.

"다녀왔습니다." 나는 그 자리에서 거짓말을 하기로 결심했다. "지금까지 담판을 지으려고 했지만 결국 아무것도 못 받았어요."

나의 고용주는 차분한 표정으로 나를 올려다보았다. 움푹 팬 눈의 강아지 같은 눈동자에 미심쩍어하는 빛이 살짝 어렸지만 그는 아무 말도 하지 않았다. 택시를 타고 D의 옆에 앉아 집으로 돌아오는 동안 나의 가슴은 흥분으로 두방망이질 쳤지만 나는 입을 굳게 다물었다. D가 나의 거짓말을 눈치채고 있었는지 어땠는지는 모른다. 내 앞주머니에서 열쇠가 무거웠다.

그러나 나는 그 열쇠를 일주일 정도밖에 가지고 있지 않았다. 차츰 D가 자살할지도 모른다는 나의 짐작이 너무 감상적인 게 아닐까 하는 생각이 들었고 혹시 D가 전처에게 연락을 해서 물어볼까 봐 걱정되었기 때문이다. 나는 열쇠를 봉투에 넣어서 D의 주소만을 써 등기 속달로 보냈다. 다음 날 약간의 불안을 안고 D 저택으로 가니 나의 고용주는 별채 앞 작은 공터에서 손으로 그린 대량의 악보를 태우고 있었다. 그것은 그가 작곡한 초고임에 틀림없었다. 열쇠는 그것들을 꺼내기 위해 필요했던 거였다. 그날 나와 D는 외출도 하지 않고 나는 죽 악보

태우는 일을 도왔다. 악보를 전부 태운 다음 내가 구멍을 파고 풀썩거리는 재를 묻고 있는데 나의 고용주가 문득 조그만 소리로 중얼거리기 시작했다. 공중에서 환영이 내려온 것이었다. 나는 그로부터 환영이 떠나기까지 그의 곁에서 조용히 재를 꼭꼭 밟아서는 묻는 일을 계속했다. 그날 아구이라고 하는 확실히 어리광스러운 이름의 공중에서 내려온 괴물은 20분 정도 나의 고용주 곁에 머물렀다.

그 후로도 같이 외출했다가 공중에서 내려오는 아기의 환영과 마주칠 때마다 D는 내가 옆으로 비켜서든가 몇 발자국 뒤로 물러나, 그와 그의 아구이를 피한다는 걸 알아차렸을 것이다. 그건 나의 고용주가 처음에 내게 했던 말 중에, 이상하게 여기지 말라는 요구만은 잘 지켜졌지만, 맞장구를 쳐 달라는 요청에 대해서는 내가 무시하고 있다는 소리였고 D도 알고 있을 터였다. 그 점에 대해서는 결국 D도 포기한 것 같았다. 그래서 나는 그 일을 하기가 점점 수월해졌다. D는 바깥에 나가 소란을 피울 만한 사람이 아니었고 그의 부친이 내게 주었던 주의가 오히려 우스꽝스럽게 여겨질 정도로 우리의 도쿄 순례는 평온하게 계속되었다. 나는 이미 모스크바판 『매혹된 영혼』을 손에 넣었지만 이 실속 있는 아르바이트를 그만두고 싶지 않았다.

나와 나의 고용주는 정말로 여러 군데를 돌아다녔다. D는 자신의 작품이 연주되었던 모든 연주회장에 가 보고 싶어 했고, 자기가 졸업한 학교도 모두 방문했다. 옛날에 놀러 다니던 장소는 술집이고 영화관이고 실내 수영장까지 한 번씩은 모두 가 보았다. 그러나 안에까지 들어가는 일 없이 발길을 돌렸다. D는 또 도쿄 시내의 다양한 교통수단을 좋아해서 우리는 지하철 전 구간을 타 보았다. 지하에서라면 공중에서 아기 괴물이 내려올 가능성이 없었던 터라 나는 편안한 기분으로 지하철을 즐길 수 있었다. 경찰이나 개를 만나면 나는 간호사의 말을 떠올리며 긴장했지만 그런 때와 아구이의 출현이 겹쳐지는 일은 없었다. 나는 이 아르바이트를 사랑하고 있는 자신을 발견했다. 그것은 나의 고용주에 대한 사랑도 아니고 그의 환영인 캥거루만 한 아기에 대한 사랑도 아닌, 다만 이 아르바이트를 사랑하는 것이었다.

어느 날, 나는 음악가에게서 자기 대신 어디 좀 갔다 오라는 부탁을 받았다. 물론 여행 경비는 그가 부담하고 일당은 두 배였다. 하룻밤 호텔에서 자고 이틀 동안 볼일을 보니 실제로는 네 배의 일당을 받게 되는 셈이었다. 나는 신이 나서 얼른 하겠다고 대답했다. 게다가 그 여행이라는 것이 D 대신 교토에 가서 그와 사귀던 여배우를 만나는 게 목적이었다. 나는 완전히 신이 났다. 그렇게 해서 나의 슬프고도 우스꽝스러운 여행이 시작되었던 거다. D는 나에게 그 여배우가 최근에 보낸 편지 봉투에서 어떤 호텔의 이름과, 그녀가 거기서 그를 기다리고 있을 날짜와 시간을 가르쳐 주었다. 그리고 D는 여배우에게 전해야 할 말을 나에게 외우게 했다. 나의 고용주는 지금 여기의 '시간'을 실제로 사는 게 아니라 타임머신을 타고 1만 년 후의 세계에서 찾아온 인간처럼 살고 있다. 그는 편지와 같이 그의 흔적이 남는 물증을 만들어서는 안 되는 것이었다. 그래서 내가 여배우에게 전달할 D의 메시지를 암기하게 된 것이다.

덕분에 교토의 지하 바에서 심야에 여배우와 마주 앉게 된 나는 우선 내가 무슨 일을 하는 아르바이트 학생인지를 설명하고 나서 D가 직접 오지 못한 사정을 해명하고 D의 '시간'에 대한 사고방식을 여배우에게 납득시킨 다음 이윽고 메시지를 전할 기회를 만들어 냈다. 그

리고

"D 씨는 이번 이혼을 당신과 약속했던 또 하나의 이혼과 혼동하지 말라고 했습니다. 그리고 이제 자신은 더 이상 이 '시간'을 살아서는 안 되므로 당연히 앞으로는 당신과 만날 일도 없을 것이라고 했습니다"라는 말을 전하며 비로소 내가 얼마나 곤란한 역할을 맡고 있는가를 실감했다.

"흠, 흠…… D 짱이 그랬단 말이지." 여배우는 맞장구를 쳐 주었다. "학생은 이 일을 어떻게 생각하고 교토까지 심부름을 온 거야?"

"D 씨가 어리광을 부리고 있다고 봅니다." 나도 모르게 D의 전처에게 들은 말을 불쑥 해 버리고 말았다.

"D 짱은 그런 사람이야. 지금만 해도 학생에게 어리광을 부리고 있잖아. 이런 일을 부탁하고 말이지."

"저는 일당을 받고 고용된 사람일 뿐입니다."

"학생, 지금 뭐 마시는 거야? 브랜디로 해."

나는 그렇게 했다. 그때까지 나는 D의 전처 아파트에서 마신 것과 같은 종류의 흑맥주에 달걀을 넣어서 순하게 만들어 마시고 있었다. 나는 D의 애인을 만나면서 왠지 이상한 심리 관계의 통로를 거쳐 D의 전처 아파트에서의 기억에 영향을 받고 있었던 셈이다. 여배우는 처음부터 브랜디를 마시고 있었다. 나는 외국제 브랜디를 난생처음 마시는 거였다.

"그런데 D 짱이 본다는 환영이란 건 어떤 거야? 그 캥거루만 하다는 아기라는 것은…… 라구비랬나?"

"아구이입니다. 살아 있던 동안 딱 그 말 한 마디밖에 못 했다는군요."

"그걸 D 짱은 아기가 자기 이름을 말했다고 생각하는 거구나, 자상한 아빠네. D 짱은 그 아기가 무사히 태어나면 이혼하고 나와 결혼하기로 했었는데. 아기가 태어난 날도 우리가 함께 침대에 들었던 호텔로 전화가 와서 그렇게 큰일이 일어났다는 걸 알았지. D 짱만 일어나 바로 병원으로 달려가고 그 후로 감감무소식." 그렇게 말한 여배우는 브랜디를 확 털어 넣고는 테이블에 놓인 헤네시 VSOP를 자기 유리잔에 주스라도 따르듯이 가득 따랐다.

우리는 카운터 옆 담배 진열장으로 가려진 테이블에 마주 앉아 있었다. 나의 어깨 쪽 벽에 그 여배우가 나온 커다란 맥주 컬러 포스터가 붙어 있었다. 광대뼈가 살짝 솟았고 턱이 뾰족한 얼굴에 약간 코끼리의 코를 연상시키는 늘어진 코를 한 여배우는 포스터 속에서 맥주 방울과 함께 빛나고 있었다. 내 앞에 앉은 여배우는 그다지 광채가 나는 것도 아니고 이마의 머리털이 시작하는 자리가 움푹 들어가 있었는데 포스터 사진에서는 그것이 더욱 인간적인 인상을 만들어 주었다.

여배우는 아기 이야기에 집착했다.

"생각해 봐, 뭐 하나 살아 있는 인간다운 행위도 못 해 보고 따라서 아무런 기억도 체험도 없이 죽는다는 건 너무 무섭지 않아? 아기인 상태로 죽는다면 그렇게 되겠지. 너무 무섭지 않느냐고."

"아기 자신은 두려움을 느끼지 못하겠죠." 나는 조심스럽게 대답했다.

"아냐, 사후의 세계를 생각해 봐." 여배우는 말했다. 그녀의 논리는 비약으로 가득했다.

"사후 세계?"

"그게 있다고 한다면 죽은 사람의 영혼은 살아 있던 최후 순간의 상태에서 추억과 더불어 영원히 존재하게 되는 거잖아. 그런데 아무것도 모르는 아기 영혼은 사후 세계에서 어떤 상태가 되는 거야? 어떤 추억을 가지고 영원히 존재하게 되는 거냐고?"

나는 대답할 말을 못 찾고 잠자코 브랜디만 홀짝거렸다.

"나는 죽음을 무서워하니까 언제나 생각하게 되거든. 학생이 나의 이 의혹에 대해 당장 대답을 못 했다고 자기혐오에 빠질 필요는 없어. 그러나 어쨌든 내 생각에 D 짱은 아기가 죽은 순간부터 자기도 이미 죽은 사람처럼 새로운 추억을 만들지 말아야겠다 결심하고, 이 현실의 '시간'을 흘려보내겠다고 생각하는 게 아닐까? 그리고 아기 괴물에게 새로운 추억을 많이 만들어 주려고 도쿄의 구석구석을 돌아다니며 지상으로 아기를 불러 내리는 것이 아닐까?"

듣고 있는 동안은 그 말이 정말 그럴듯하게 느껴졌다. 이마 머리칼이 돋는 부위가 푹 파인 술 취한 여배우가 상당히 독특한 심리 분석가처럼 여겨졌다. 신문사 경영자 자리에 오르게 되는 남자의 뚱뚱하고 얼굴이 벌건 딸보다는 이 여배우 쪽이 D라는 음악가와 비슷한 유형의 인간이 아닐까 하는 생각이 들었다. 그리고 문득 돌이켜 보니 D가 없는 이 교토에서 나는 충실한 고용인답게 D에 관한 생각만 하고 있었다. 그것도 D뿐만 아니라 언제나 D와 외출할 때마다 긴장하면서 그 출현을 감시하던 D의 환영에까지 시종일관 신경을 쓰며 여배우와 대화를 나누고 있었다.

바가 문을 닫을 때까지 나는 호텔 예약을 하지 않은 상태였다. 그 나이가 되도록 한 번도 호텔에서 묵어 본 적이 없던 터라 예약을 어떻게 하는지도 몰랐다. 그러나 이 호텔에 안면이 있는 여배우의 주선으로 나는 방 하나를 빌리게 되었다. 엘리베이터로 내 방이 있는 층까지 왔을 때 그녀는 한 잔만 더 하고 가라며 나를 자기 방으로 데리고 갔다.

그때부터 나의 취한 뜨거운 머리에 슬프고도 우스꽝스러운 기억이 남게 되는 일이 일어났다. 여배우는 나를 의자에 앉히더니 출입문 쪽으로 가서 복도를 돌아보고 방 안의 조명을 켰다가 껐다가, 침대에 앉아 스프링 상태를 점검해 보기도 하고 욕실로 들어가 물을 조금 쓰거나 하며 아주 불안정한 일련의 동작을 취했다. 그 후 그녀는 내 옆의 의자로 와서 나에게 약속한 브랜디를 주고 자기는 프랑스산 광천수를 마시면서 D와 연애하는 동안에도 조르는 남자가 있으면 같이 자다가 D에게 얼굴이 삐뚤어질 정도로 맞았다는 등의 이야기를 했다. 그리고 요즘 대학생들은 헤비 페팅을 하느냐고 물었다. 나는 사람마다 다르다고 대답했다. 그랬더니 갑자기 여배우는 밤새우는 아이를 나무라는 엄마 같은 태도로 얼른 네 방을 찾아가서 잠이나 자라고 야단을 쳤다. 나는 인사를 하고 내 방으로 와서 침대로 파고들어 가 바로 잠이 들었다. 새벽녘에 목이 타는 듯해서 눈이 뜨였다.

좀 더 슬프고도 우스꽝스러운 이야기는 그때부터다. 눈을 뜨자마자 나는 어젯밤 그 여배우가 헤비 페팅을 잘하는 대학생을 유혹할 셈으로 나를 자기 방으로 데려갔다는 생각이 들었다. 그 순간 나는 분연하고도 절망적인 욕망의 포로가 되어 버렸다. 나는 아직 여자와 자 본 적이 없었다. 그러나 반드시 이 모욕에 대한 복수를 해야만 했다. 아마도 나는 그때까지도 태어나서 처음 마신 헤네시 VSOP에 취한 상태였고 무엇보다 열여덟 살다운 독이 가득한 욕망으로 머리가 이상해져 있던 거다. 시간은 아직 새벽 5시, 복도에는 인적이 없었다. 나는 미칠 것 같은 분노에 휩싸인 채 발소리를 죽이고 여배우의 방으로 달려갔다. 문은 반쯤 열려 있었다. 나는 그 안으로 쑥 들어가 화장대를 향해 앉아 있는 여배우의 뒷모습을 찾아냈다. 내가 도대체 뭘 하려는 거지? 나는 그녀의 뒤로 살며시 다가가 양손을 둥글게 해서 그녀의 목을 누르려고 했다. 순간 만면에 미소를 띤 여배우가 뒤를 돌아보며 일어나 내 양손 안에 자기 손을 집어넣고는 환영 인사를 받는 내빈처럼 기쁜 표정으로 손을 흔들면서 안녕, 잘 잤어? 하고 노래 부르듯이 말했다. 그리고 나를 그대로 의자에 앉히고 화장을 하다 만 얼굴로 사이드 테이블에 놓인 배달된 모닝커피와 토스트를 나와 반씩 나누어 먹으며 신문을 읽었다.

그러다가 여배우는 마치 날씨 이야기라도 하는 것처럼 나에게, 학생은 지금 나를 강간할 셈이었지? 하고 물었다. 나는 다시 화장을 시작한 여배우로부터 도망을 쳐서 내 방으로 돌아와 실제로 말라리아 환자를 본 적은 없지만 어쨌든 그렇게 벌벌 떨며 다시 침대로 파고들었다. 그 소동이 D에게까지 보고되지 않을까 걱정했지만 그 후 나와 나의 고용주 사이에서 여배우의 이야기가 나온 적은 없었다. 덕분에 나는 아르바이트를 즐겁게 계속했다.

계절은 이미 겨울로 접어들었다. 그날 오후 D와 나는 자전거로 D 저택 주변의 고급 주택가와 농경지를 한 바퀴 돌아볼 계획이었다. 나는 녹이 슨 고물 자전거로 나의 고용주는 초로의 간호사에게 빌린 반짝반짝하는 새 자전거로…… 우리는 D 저택을 중심으로 점차 원의 반경을 넓혀 가며 막 건축을 마친 단지 안에도 들어갔다가 고급 주택가에 면한 농경지 쪽의 언덕을 내려가기도 했다. 땀이 흘러내렸고 기분이 점차 고양되며 우리는 해방감에 젖었다. 우리는, 그러니까 D를 포함해서 나뿐만이 아니라 D도 그날은 정말 기분이 좋아서 휘파람까지 불었다. D는 바흐의 〈플루트와 하프시코드를 위한 소나타〉의 주제 선율 하나를 휘파람으로 불었다. 그것은 〈시칠리아노〉라는 곡이었다. 고등학생 때 입시 공부를 시작하기 전 플루트를 배웠던 나는 그 곡을 잘 알고 있었다. 내 경우에는 플루트 실력은 별로 늘지도 않고 대신 윗입술을 언제나 맥*처럼 앞으로 내미는 습관만 붙고 말았다. 입술이 그렇게 생긴 걸 두고 치열을 탓하는 친구들도 있지만. 어쨌든 대부분의 플루트 연주자의 입이 맥과 비슷하게 생긴 건 사실이다.

나는 자전거 페달을 밟으며 D를 따라 〈시칠리아노〉의 주제를 휘파람으로 불었다. 그 곡은 호흡이 길고 매우 우아했다. D는 정말로 자유롭고 유연하게 휘파람을 불었지만 내 소리는 자전거 페달을 밟느라 숨이 가빠서 금방 삑 삑 소리를 내며 끊어졌다. 창피한 기분이 들어 휘파람을 멈추자 D는 휘파람을 불기 위해 숨을 들이쉬는 붕어처럼 입술을 동그랗게 벌린 채 나를 쳐다보며 다정한 미소를 지었다. 아무리 새것과 헌것이라는 자전거의 차이가 있다고 쳐도 마르기는 했지만 키도 크고 나이도 열여덟 살밖에 안 된 내가 스물여덟이나 된 왜소한 병자보다 숨이 가빠 헐떡인다는 건 뭔가 말이 안 된다는 생각에 기분이 상했다. 한껏 들떴던 기분이 갑자기 가라앉으며 지금 하고 있는 아르바이트 자체에 대한 회의마저 들었다.

나는 안장에서 벌떡 엉덩이를 들어 체중 전부를 페달에 싣고 암울한 기분으로 경륜 선수처럼 속도를 높였다. 그리고 일부러 채소밭 사이의 좁은 자갈길로 들어갔다. 한참을 달리다 돌아다보니 나의 고용주는 거의 핸들에 들러붙을 듯이 몸을 숙이고 좁은 어깨 위의 커다랗

---

* 코뿔소를 닮은 흑갈색의 동물로, 말레이 지방, 중남미 등 밀림의 물가에 서식한다.

고 둥근 머리를 좌우로 흔들면서 자갈을 튕기며 열심히 페달을 밟아 나를 쫓아오고 있었다. 나는 자전거를 세우고 한쪽 다리를 채소밭을 보호하기 위해 쳐 놓은 철조망 울타리에 올려놓고 D를 기다렸다. 금방 나의 유치한 행동에 대한 후회가 몰려왔다.

나의 고용주는 머리를 더욱 세차게 흔들며 급하게 나를 쫓아오고 있었다. 나는 그에게 환영이 내려왔다는 걸 깨달았다. 그는 자전거를 자갈길 왼편으로 바짝 붙이고 달리고 있었다. 그가 머리를 흔들고 있는 듯 보이는 것은 자기 오른편에 있는 존재, 바로 오른쪽에서 뛰거나 혹은 날고 있을 존재를 격려하기 위해 그쪽으로 얼굴을 치켜들고 무언가 말을 하고 있는 거였다. 마라톤 경주에서 코치가 경기에 나선 선수의 옆을 자전거로 달리며 적절한 조언과 격려를 하는 것과 같았다. 아아, 그는 아구이가 자기가 달리고 있는 자전거를 따라 옆에서 달린다는 상황을 상정하고 그런 행동을 하고 있는 것이었다. 캥거루만 한 괴물, 하얀 속옷을 입은 이상한 아기가 그의 자전거 옆을 캥거루처럼 통통 튀면서 따라오고 있다. 나는 나도 모르게 몸을 부르르 떨고는 가시철조망을 발로 차고 자전거를 빙그르르 돌려 나의 고용주와 그의 상상의 괴물 아구이의 도착을 기다렸다.

그렇다고 내가 나의 고용주의 마음속에 있는 아기의 존재를 믿기 시작했다는 의미는 아니다. 미라 도굴꾼이 결국 미라가 된다든지 병자를 돌봐 주던 사람이 병자가 된다든지 하는 간호사의 살짝 불길하고 신경증적인 이야기대로 내가 또 하나의 슬랩스틱 코미디 줄거리를 쓸 수는 없었다. 내가 가진 상식의 추를 결코 놓치지 않으리라 다짐하고 있었고 한 번도 그 사실을 잊은 적이 없었다. 나는 신경쇠약 음악가가 내게 한 거짓말을 증명하기 위해 저런 연출까지 하고, 참 애를 쓰는

구나 하며 극도로 냉소적으로 바라보았다. 말하자면 나는 D와 그 공상 속의 괴물로부터 냉정한 거리를 두고 있었다. 그러던 나에게 그날 기묘한 심리적 변화가 일어났다.

그건 이런 식으로 시작되었다. 겨우 나를 따라온 D와 1미터쯤 간격을 두고 다시 채소밭 사이로 난 좁은 길을 달리고 있을 때였다. 갑자기 어디서 나타났는지 사나운 개 떼의 울부짖음이 느닷없이 쏟아지는 소나기처럼 우리를 포위했다. 어떻게 피하고 말고 할 틈도 없었다. 얼굴을 들어 보니 자갈길 맞은편에서 개 떼가 이쪽으로 다가오고 있었다. 몸높이가 50~60센티미터는 되어 보이는 열 마리 정도의 성견 도베르만이었다. 개들은 사납게 짖으며 좁은 길을 꽉 메우고 달려왔다. 개들의 뒤쪽에서는 검고 가는 가죽 줄 한 다발을 움켜쥔 푸르스름한 작업복을 입은 남자가 달려오고 있었다. 개들을 몰고 오는 것인지, 개들에게 끌려오는 것인지 아무튼 남자는 숨을 헐떡이고 있었다.

등에서 몸통까지는 젖은 물개 같은 새카만 털로 덮였고 뺨에서 가슴, 다리 부근까지는 건조한 초콜릿색 털이 난 사나운 개 떼…… 꼬리를 짧게 자른 개들은 당장에라도 덤벼들 듯이 몸을 앞으로 숙인 채 마치 공격심의 덩어리처럼 사납게 짖으며 허연 거품을 사방으로 튀기면서 숨을 헐떡거리고 다가왔다. 채소밭 너머로는 농사를 짓지 않는 공터가 펼쳐져 있었다. 남자는 그곳에서 개들의 훈련을 마치고 인솔해서 돌아가는 모양이었다.

나는 공포에 사로잡혀서 자전거에서 내려 허둥지둥 가시철조망 너머의 채소밭을 둘러보았다. 가시철조망은 내 가슴 정도나 되는 높이였고 어찌 되었든 간에 키가 작은 음악가를 그 너머로 피신시키는 일은 불가능해 보였다. 공포에 질려서 판단력이 사라지기 시작한 나의 머리는 몇 초 후에 일어날 대재앙의 이미지를 순식간에 너무나 생생하게 그려 냈다. 개 떼가 다가오고 D는 자기의 아구이가 가장 무서워하는 개 떼의 공격을 받게 되었다는 걸 알아차릴 것이다. 그는 아마도 개 떼가 무서워 터뜨리는 아기의 울음소리를 듣게 될 거고, 그러면 이성을 잃고 자기 아기를 보호하겠다는 일념으로 개 떼에 맞설 것이다. 그는 열 마리도 넘는 사나운 도베르만 떼에게 갈가리 찢기고 말겠지. 혹은 아기와 함께 개를 피하겠다고 죽자 사자 철조망으로 빠져나가려 들다가 살갗이 가시철조망에 찢기게 될지도 모른다. 그 고통스럽고 비참한 예감에 나의 온몸이 와들와들 떨렸다.

어떻게 해야 할지 아무런 생각이 떠오르지 않았다. 검은색과 초콜릿색 털로 뒤덮인, 덩치가 큰 망령 같은 열 마리나 되는 개들은 몸을 떨면서 무시무시한 턱으로 허공을 물어뜯고 으르렁대고 짖으며 다가왔다. 그 싯누런 발톱이 자갈을 튕겨 내는 소리가 들려올 정도로 개 떼가 가까워졌다. D와 그 아기를 위해 아무것도 해 줄 수 있는 게 없다는 걸 깨달은 나는 마치 체포된 치한처럼 감히 저항해 볼 엄두도 내지 못한 채 공포의 나락으로 추락하고 말았다. 나는 철조망 가시가 등을 찌를 때까지 몸을 자갈길 구석으로 몰아붙이고 자전거를 장벽처럼 앞으로 끌어당기고는 눈을 꽉 감아 버렸다. 개들의 발소리와 냄새가 덮치는 순간 나의 굳게 닫힌 눈에서는 눈물이 흘러내리기 시작했다. 나는 자포자기한 심정으로 공포의 물결에 몸을 맡겼다……

잠시 후, 내 어깨에 믿을 수 없을 정도로 따뜻한, 세상의 모든 따뜻함의 핵심을 모아 놓은 듯한 손길이 닿았다. 마치 아구이가 나를 만지고 있는 것처럼 느껴졌다. 그러나 나는 그 손이 온갖 공포의 대재앙에 아무런 해도 받지 않고 망령 같은 개 떼도 별일 없이 지나쳐 보낸 나의 고용주의 손이라는 걸 알고 있었다. 꽉 감은 내 눈에서는 눈물이 그치지 않고 흘러나왔다. 나는 한동안 그대로 서서 어깨를 들썩이며 흐느꼈다. 나는 이미 타인 앞에서 눈물을 흘릴 만한 나이는 아니었지만 공포와 충격이 일종의 유아기 퇴행 증상을 불러일으킨 듯했다.

그 후 나와 D는(그는 이미 아구이에 대해서는 잊어버린 듯했다. 내가 우는 동안 사라져 버린 것 같았다) 자전거를 밀며 흡사 강제수용소의 인간들처럼 잠자코 철조망 사이를 걸어 다른 사람들이 개를 훈련시키거나 야구를 하는 공터로 나왔다. 거기다 자전거를 눕혀 놓고 우리도 그 곁에 벌러덩 누워 버렸다. 눈물을 흘린 다음 나는 더 이상 뻐기는 마음도 반발심도 외고집도 다 잃어버리고 말았다. D 또한 나에 대한 경계심이 다 사라져 버린 모양이었다. 양손을 깍지 끼어 풀밭에 대고는 거기에 눈물을 흘리고 나서 기묘하게 가벼워진 머리를 올려 놓고 눈을 감고 조용히 듣는 나에게 그는 한쪽 무릎을 세우고 앉아 내 얼굴을 들여다보듯 하는 자세로 자기의 아구이의 세계를 이야기해 주었다.

"학생은 나카하라 주야의 「부끄러움」이라는 시를 알고 있나? 그 두 번째 연에 이런 게 있어.

나뭇가지들이 교차하는 부근에 슬픈
하늘은 죽은 아기들의 망령에 가득 차 반짝인다
때마침 아득히 저편의 들 위에는
아스트라한 사이를 누비는 고대 코끼리의 아련한 꿈이 있다

이 시는 내가 보는 죽은 아기의 세계의 한 면을 잘 파악하고 있는 것

같아. 또 학생은 윌리엄 블레이크의 그림을 본 적 있나? 특히 〈악마의 향응을 거절한 그리스도〉라는 그림하고 〈화답하는 샛별〉이라는 그림 말이야.* 둘 다에 공중 인간이 묘사되어 있는데 지상 세계의 인간들하고 똑같은 현실감을 가지고 있지. 그것들 역시 내가 보는 또 하나의 세계를 암시한다고 느껴. 달리의 그림에도 내가 보는 세계에 매우 근접한 면이 있어. 하늘에, 그러니까 지상에서 100미터쯤 되는 곳에 아이보리색의 반투명한 수많은 것들이 빛을 발하며 부유하고 있거든. 내가 보는 세계란 건 그런 거야. 뭐가 그렇게 공중에 가득 떠서 광채를 내며 부유하고 있는가 하면, 우리가 이 지상 생활에서 잃어버린 것이지. 그것들이 현미경 속의 아메바 같은 상태로 부드러운 광채를 발하며 100미터 상공을 부유하다가 가끔 내려오는 거야. 우리의(라고 나의 고용주는 말했다. 그리고 그때 나는 아무런 반발도 하지 않았다. 그것을 온전히 받아들인 건 아니었지만) 아구이가 내려오는 것처럼. 그러나 부유하는 그 존재들을 보는 눈, 내려오는 그들을 느낄 귀는 그에 걸맞은 희생을 치르고서야 획득하게 되는 능력이지. 그렇지만 갑자기 아무런 희생도 노력도 없이 그 능력을 받는 순간도 있지. 조금 전 학생의 경우가 아마 그런 거라고 생각해."

아무런 희생도 노력도 없이 단지 약간의 눈물의 대가로……라고 고용주는 말하고 싶은 것 같았다. 나는 공포와 자기 책임을 다하지 못했다는 무력감과 이제부터 전개될 실제 인생에서 맞이해야 할 고난 전체에 대한 막연한 두려움을 느끼고(그것은 나에게 있어 최초로 일해서 돈을 번, 말하자면 인생의 모형 시험이 이 정신이상이 된 음악가를

---

* 밀턴의 『복낙원』 삽화 중 〈Christ Refusing the Banquet Offered by Satan〉(1816)과 『욥기』 삽화 중 38장 7절을 그린 〈When the Morning Stars Sang Together〉(1805).

돌보는 것이었는데, 나는 그 역할을 충분히 수행하지 못했으므로 앞으로도 나에게는 감당할 수 없는 일들이 쉬지 않고 출현하여 나를 망연자실하게 만들 거라는 예측이었다) 눈물을 흘린 것이었지만, 나의 고용주의 의견에 굳이 이의를 제기하지 않고 조용히 그의 말에 귀를 기울였다.

"학생은 나이가 어리니 이 현실 세계에서 잃어버린 무언가를 잊지 못하고 평생 상실감에 시달려야 할 그런 경험은 아직 없었겠지? 그러니까 학생에게는 저 하늘 100미터 정도 위는 아직은 단순한 공중에 불과할 거야. 지금은 공허한 창고에 지나지 않는 거지. 아니면 지금까지 뭔가 소중한 걸 잃어버린 적이 있을까?"

그 순간 무슨 이유에선지 교토 호텔에서 기묘한 회견을 한 음악가의 과거 애인, 이마의 머리털이 시작되는 자리가 엄지손가락이 들어갈 정도로 움푹 팬 여배우가 떠올랐다. 그러나 물론 그녀를 둘러싸고 내가 뭔가 중요한 것을 잃어버렸다고 할 수는 없었다. 나는 다만 눈물을 흘리고 난 다음에 생긴 머리의 빈틈에 감상적인 달콤한 꿀을 채워 넣고 있는 데 불과했다.

"학생은 지금까지 뭔가 특별히 중요한 걸 잃어버린 적이 있어?" 나의 고용주는 나를 만난 이후 처음으로 그렇게 고집스럽게 이 문제에 집착했다.

나는 갑자기 재미있는 대답을 해 주어야겠다는 생각이 들어,

"고양이를 잃어버렸어요" 하고 대답했다.

"샴고양이, 뭐 그런 거?"

"아니요, 그냥 노란 줄무늬의 흔한 고양이요. 일주일 전에 없어졌어요."

"일주일밖에 안 되었다면 다시 돌아오지 않을까? 그런 계절이잖아."

"저도 처음에는 그렇게 생각했는데, 이제 안 돌아올 거 같아요."

"왜?"

"아주 사나운 수놈이라 꽤 넓은 자기 구역을 가지고 있었거든요. 그런데 오늘 아침에 보니 웬일인지 비실비실한 낯선 고양이가 그 구역을 별로 긴장한 기색도 없이 돌아다니더라고요. 이제 그놈은 돌아오지 않을 것 같아요."

그냥 농담으로 싱겁게 끝낼 요량으로 시작한 이야기였는데 어느새 가출한 고양이를 그리는 슬픔에 겨운 주인의 이야기가 되어 버렸다.

"그러면 학생의 하늘에는 고양이 한 마리가 떠다니겠네." 나의 고용주는 진지한 얼굴로 말했다.

나는 눈을 감고 상아색 광채를 띤 반투명한 애드벌룬 같은 거대한 고양이가 비행하는 모습을 머릿속에 그려 보았다. 웃기기는 했지만 왠지 마음이 따뜻해지는 풍경이기도 했다.

"부유물은 점점 가속도적으로 늘어나. 그러나 나는 우리 아기 사건 이후 그 증식을 저지하려고 이 지상 세계에서 현실적인 '시간'을 사는 걸 중지했어. 나는 이미 이 세계의 '시간'을 살지 않으니까 새롭게 얻을 것도 잃을 것도 없지. 하늘, 그러니까 100미터 위 부유 상태는 아무런 변화를 일으키지 않아." 나의 고용주는 안도한 표정으로 말했다.

나의 지상 100미터 공중에는 정말 불룩한 노란색 줄무늬 고양이 한 마리뿐인가 하는 생각이 들었다. 그리고 나는 무심히 감았던 눈을 뜨고 노을이 지기 시작한 초겨울의 맑게 갠 하늘을 올려다보려다 갑자기 쭈뼛하는 생각이 들어 눈을 더욱 꽉 감고 말았다. 나는 그 하늘 가득 상앗빛 광채를 띤 수많은 존재, 우리가 지상의 '시간' 세계에서 잃어버린 것들이 부유하는 모습을 실제로 목격하게 될까 봐 두려웠다. 어린애같이 유치한 생각이었다.

우리는 같은 슬픔에 갇힌 인간들끼리의 소극적인 친화력에 묶여 꽤 오랫동안 풀밭에 누워 있었다. 나는 차츰 감정의 균형을 되찾았다. 내가 이 정신이 이상해진 음악가에게 영향을 받은 셈이다. 참으로 실용주의적인 열여덟답지 않구나! 나는 스스로를 비난했다. 나의 감정이 완전히 평형을 되찾은 건 아니었다. 그 기묘한 공황에 빠졌던 날, 나의 정신은 나의 고용주의 정신과 지상 100미터 높이의 공중에서 부유하는 상앗빛 광채를 발하는 무리에 가장 가까이 다가갔었고 나는 그에 대한 후유증이라는 것에 상당히 시달렸다.

그리고 나와 나의 고용주와의 관계의 마지막 날이 왔다. 그날은 크리스마스이브였다. 나는 D에게서 하루 빠르기는 한데 하는 말과 함께 자기가 차던 손목시계를 선물로 받았던 터라 날짜를 분명하게 기억하고 있다. 그날은 또 오후에 30분 정도 가랑눈이 내렸다. 나와 나의 고용주는 긴자에 갔다가 거리가 이미 혼잡해진 것을 보고 도쿄 항으로 발걸음을 옮겼다. D는 그날 도쿄 항에 들어왔다는 칠레 화물선을 보고 싶어 했다. 나도 배에 눈이 쌓인 모습을 상상하며 신이 나 있었다. 우리는 긴자에서 도쿄 항까지 걸어서 가기로 했다. 우리가 가부키자歌舞伎座 앞을 걷고 있을 때 D가 다시 눈이라도 올 듯이 시커멓게 흐린 하늘을 올려다보았다. 그리고 그의 어깨로 아구이가 내려왔다. 나는 늘 하던 대로 D와 그 환영으로부터 몇 발자국 뒤떨어져 걸었다. 우리는 넓은 건널목에 다다랐다. D와 그 환영이 차도에 내려선 순간 신호가 바뀌었다. D는 멈추어 섰다. 연말의 화물을 무지막지하게 실은 트럭들이 질주해 왔다. 그때였다. 갑자기 D가 외마디 비명을 지르며 무언가를 붙잡기라도 하는 듯이 양손을 앞으로 내밀고 트럭 사이로 뛰어들었다. 그 순간 D의 몸이 공중으로 튀어 올랐다. 나는 넋이 나가 그저 멍하니 바라보기만 했다.

"자살이다. 저건 자살이야!" 낯선 남자가 내 옆에서 놀라서 소리를 질렀다.

그러나 나는 그것이 자살인지 아닌지 의심해 볼 틈이 없었다. 건널목은 갑자기 서커스 대기실처럼 화물을 가득 실은 거대한 트럭이라는 코끼리가 우글거리는 상태가 되었다. 나는 피투성이가 된 D 옆에 무릎을 꿇고 앉아 그의 몸을 끌어안고 개처럼 부들부들 떨었다. 즉시 경찰이 달려왔다가 바로 어딘가로 달려갔다. 나는 어찌해야 좋을지 전혀 알 수가 없었다. D는 아직 죽지는 않았다. 그러나 죽은 것보다 더 끔찍했다. 살짝 눈이 덮인 축축하고 지저분한 보도 구석에 피와 또 뭔지 모를 나뭇진 같은 것을 흘리며 죽어 가고 있었다. 눈이 올 듯 검은 하늘이 찢어지며 스며든 스페인 종교화 같은 장엄한 광선에 나의 고용주의 피는 진득한 기름처럼 번쩍거렸다. 추위와 호기심이 피부를 경계로 다투는 탓에 얼굴이 얼룩덜룩해진 타인들, 즉 구경꾼들이 떼를 지어 나의 고용주를 들여다보았다. 그리고 우리의 머리 위로는 수많은 〈징글벨〉이 공항에 휩싸인 비둘기 떼처럼 날아들었다. 아무 생각도 없이 멍하니 D의 옆에서 무릎을 꿇고 있는 나의 귀로 인간들의 아우성 소리가 아득하게 들려왔다. 우리 주위의 군중들은 그 외치는 소리에도 무관심한 듯 추위 속에서 입을 다물고 있었다. 나 자신도 그 후로 길거리에서 그때같이 무엇인가에 귀를 기울여 본 적이 없었고, 그런 아우성을 듣지도 못했다.

얼마 안 있어 구급차가 도착했다. 나의 고용주는 의식불명인 채 그 차에 실렸다. 먼지와 피로 범벅 된 그의 몸은 충격으로 쪼그라든 것 같았고 발에 신긴 하얀 운동화는 그를 부상당한 맹인처럼 보이게 했다. 나는 의사와 소방대원들과 함께 어딘지 멍해 보이는 나와 동년배인 청년과 구급차에 올랐다. 이 청년은 D를 친 장거리 트럭 소년 노동자였다. 구급차는 점점 더 혼잡해지는 긴자를 가로질렀다. 내가 최근에 본 통계로는 그해 크리스마스이브의 긴자 인파가 최고를 기록했었다고 한다. 구급차의 사이렌을 듣고 차를 바라보는 사람들의 얼굴에는 거의 공통적으로 순순히 근신하는 표정이 떠올랐다. 나는 그걸 보고 멍한 머리로 일본인의 미스터리한 미소 버릇이란 건 그럴듯하지만 실제로는 있을 수 없는 잘못된 통설이라는 생각을 하기도 했다. 그러는 동안에도 D는 의식불명인 채 불안정하게 기울어져 침대 위에서 피를 흘리며 죽어 갔다. 이윽고 병원에 도착하자 흙투성이 신발을 신은 소방대원들은 들것에다 D를 싣고 병원 깊숙한 곳으로 향했다. 아까의 경찰관은 나를 붙잡고 차분한 목소리로 이것저것 물어보았다.

그러고 나서야 나는 겨우 D가 실려 간 병실로 들어가도록 허락을 받았다. 간신히 그곳을 찾아가니 병실 바깥에 장의자가 있고 거기에는 이미 그 소년 노동자가 앉아 있었다. 나는 그 옆에 걸터앉아 오랫동안 기다렸다. 소년 노동자는 처음에 자기 일의 일정이 엉망이 되었다고 불평하듯 중얼거리더니 두 시간쯤 지나자 이번에는 배고파 죽겠다며 어린애 같은 목소리로 징징댔다. 나는 그에게 적의를 느꼈다. 조금 더 있다가 은행가와 그의 아내, 그리고 파티복 차림을 한 세 딸이 찾아와 나와 소년 노동자를 무시하고 병실로 들어갔다. 은행가는 별도로 하고 네 명의 여자들은 모두 키가 작고 뚱뚱한 데다 얼굴이 붉은 D의 이혼한 전처 유형이었다. 나는 또 계속해서 기다렸다. 그 긴 시간 나는 마음속에서 일어나는 중대한 의혹에 시달렸다. 나의 고용주는 처음부터 자살할 생각이었던 건 아닐까? 자살하기 전에 이혼한 부인이나 애인이었던 여자와의 관계를 정리하고 악보를 태우고 그리고 자기 자신을 위해 친숙했던 모든 장소에 작별의 인사를 하러 가고, 그래서 만만한 안내인으로 나를 고용한 것은 아니었을까? 그 계획을 감추기 위해 공중 높은 곳에 부유하고 있는 아기 괴물 같은 발명을 해서 나의 눈을 속이고? 나는 결국 D의 자살을 돕기 위해 이 일을 했단 말인가? 소년 노동자는 그사이 내 어깨에 머리를 비비며 잠들어 가끔 괴로운 듯이 몸부림을 쳤다. 그는 사람을 치어 죽이는 꿈을 꾸고 있는 거다.

완전히 밤이 되고 나서 은행가가 병실 입구에 나타나 나를 불렀다. 나는 소년 노동자의 머리 밑에서 조용히 내 어깨를 빼고 일어났다. 은행가는 나에게 일당을 주더니 병실에 들어오게 했다. D는 농담처럼 고무관을 콧구멍에 끼우고 침대에 비스듬하게 누워 있었다. 그의 훈제 같은 검은 얼굴이 나를 주춤거리게 했다. 그러나 나를 사로잡고 있는 무서운 의혹에 대해 D에게 확인해야만 했다. 나는 빈사 상태의 나의 고용주를 불렀다.

"당신은 자살하기 위해 나를 고용했나요? 아구이 같은 건 다 나를 속이려고 꾸민 거죠?" 나는 내가 생각해도 의외일 정도로 꺽꺽거리며 울부짖었다. "나도 아구이를 믿을 뻔했다고요."

그때 눈물로 범벅 되어 아무것도 안 보일 것 같은 나의 눈에 조그맣게 줄어든 D의 검은 얼굴 위로 사람을 조롱하는 듯한, 혹은 호의에 넘치는 짓궂음 같은 미소가 떠오르는 게 보였다. 나는 은행가의 손에 의해 문밖으로 끌려 나왔다. 눈물을 훔치며 돌아서는데 장의자에 쓰러져 잠든 소년 노동자가 눈에 들어왔다. 다음 날 석간신문에서 나는 음악가가 죽었다는 소식을 알았다.

그리고 올봄에 갑자기 그 사고가 일어났다. 나는 거리를 걷고 있었다. 갑자기 아무 이유도 없이(없었다고 생각한다) 겁에 질린 아이들이 내게 돌을 던졌다. 아이들이 왜 나한테 겁을 먹었는지는 모르겠다. 어쨌든 공포심으로 극단적으로 난폭해진 아이들이 던진 주먹만 한 돌이 내 오른쪽 눈에 맞았다. 나는 그 충격으로 한쪽 무릎을 꿇고 손으로 눈을 감쌌다. 터진 고깃덩어리의 감촉을 느끼며 거기서 떨어지는 핏방울이 자석처럼 보도 위의 먼지를 빨아들이는 것을 한쪽 눈으로 내려다보았다. 그 순간 나의 바로 등 뒤에서 캥거루만 한 다정한 무엇이 아직 겨울의 잔상이 남은 눈물겹게 푸른 하늘로 날아오르는 걸 느끼고 나도 모르게 안녕 아구이! 하고 마음속으로 속삭였다. 그리고 나는 낯모르는 겁에 질린 아이들에 대한 증오가 사라지는 걸 느꼈다. 10년 동안의 '시간'이 나의 공중을 상앗빛 부유물로 꽉 채워 놓았다는 것을 깨달았다. 그것들은 단순히 순수한 광채를 발하는 것만은 아니리라. 내가 아이들에게 상처를 입고 그야말로 무상의 대가를 치렀을 때 한순간이기는 하지만 나에게 나의 하늘 높이서 내려온 존재를 느끼는 힘이 주어졌던 것이었다.

ぼくの雇傭主はしきりに砂利をはじきとばしながら、ハンドルに向かって探々前屈みになり、狭い肩のうえの大きくて丸い頭を振りたてて、懸命にぼくを追いかけてくるのである。ぼくは自転車をとめ片足を野菜畑を保護している有刺鉄線の柵にかけて、Dが近づくのを待った。ぼくはたちまち、自分の子供っぽい気まぐれを恥じていた。

ぼくの雇傭主はなおも頭をふりたてて大急ぎで近づいてきた。そしてぼくはかれを幻影が訪れているのを知った。かれは砂利道の左よりに極端に片よって自転車を走らせている。そして、かれが頭をふりながら右脇を走るように見えるのは、自分の右脇に存在しているものにむかって駈けるか飛ぶかしているものにそちらに顔をむけてはなにかをささやきかけているということなのだ。マラソン競走のコオチが、適切な助言や励ましの掛け声をかけているのに似ている。ああ、かれはアグイーがかれの自転車の疾走にしたがって、傍を駈けている想定のもとに、あんなことをやっているわけだ、とぼくは思った。カンガルーくらいの大きさの怪物、白い木綿の肌着をつけた肥りすぎの、おかしな赤んぼうが、やはりカンガルーさながら、かれの自転車の脇をぴょん、ぴょん、跳んで駈けているのだ。ぼくはなんとなく身震いし、そして有刺鉄線の柵を蹴ると、ぼくの雇傭主と、かれの想像上の怪物アグイーの到着を待った。

II 중기 단편

それでもぼくは、ぼくの雇傭主の心理上の赤んぼうの存在について素直に信じはじめていたわけではなかった。ぼくはあの看護婦の意見にしたがってミイラとりがミイラになるというか、病人の見張番が病人になるという、ちょっぴり深刻でニューロティクなどという、たばた劇の筋書きどおりに、自分の常識の錘を見うしなうことはすまいと誓っていたのだし、ずっとその態度に固執してもきたのだった。そこでぼくは、意識して極度に冷笑的に、あの神経衰弱の音楽家は、おれについてみせた嘘のためのアフター・サーヴィスとして、いまもあんな演出をこらしているわけじゃないのか? ご苦労なことになあ、という風に考えてみたりもした。すなわちぼくは依然として、Dとその空想上の怪物から、冷静な距離をおいていたわけだ。それでいてしかも、このぼく自身の心理に、奇妙なことがおこったのである。それはこういう風に始まった。ぼくと、やっとぼくに追いついて一米ほどの間隔をおいてぼくにしたがっていたDとが、なお野菜畑のあいだの一本道を走ってゆくうちに、ぼくらはふいに驟雨のように思いがけなく、また逃げようもないいっせいに吠えたてる犬の群の声にかこまれたのだ。砂利道の向うから近づいてくる犬どもの群を見た。それらはすべて体高五、六十センチにも発育した、若い成犬のドーベルマンで、十頭以上もいるのである。犬どもは吠えたてながら狭い砂利道いっぱいに犇きあって駈けてきていた。それらの背後から黒く細い皮紐をひと束

슬기로운 '레인트리'

頭のいい「雨の木」

(연작 「'레인트리'를 듣는 여인들」 1)

"당신은 사람보다 나무가 보고 싶은 거죠?" 독일계 미국인 여자는 그렇게 말하더니 파티 참가자들로 가득 찬 응접실에서 나를 밖으로 불러내어 건물을 잇는 넓은 복도에서 현관을 가로질러 광대한 어둠 앞으로 데리고 나왔다. 나는 웃음소리와 떠들썩함을 등진 채 물 냄새가 풍겨 오는 어둠을 응시했다. 그 암흑의 태반이 거대한 나무 하나로 채워져 있으며, 미약하기는 하나 빛을 반사하는 형태로 부챗살 모양으로 굽이굽이 퍼진 판뿌리*가 이쪽으로 뻗쳐 있음을 알 수 있었다. 그리고 검은 울타리처럼 보이는 판뿌리가 희미한 회청색 광택을 띠고 있다는 것도 점차 눈에 들어왔다.

* 판 모양의 뿌리가 수직으로 지표에 노출된 것.

판뿌리가 잘 발달된 수령 몇백 년은 되었을 거목이 어둠 속에서 하늘과 비스듬하게 아득한 아래쪽 바다를 가로막고 서 있었다. 지금 우리가 서 있는 뉴잉글랜드풍의 커다란 목조건축 현관 지붕 밑에서 바라본다면 낮 시간이라고 해도 이 거목은 인간으로 치면 정강이 정도밖에 보이지 않을 것 같았다. 고풍스러운 건물에 걸맞게 조명 또한 지극히 절제된 집이라 정원의 나무는 그야말로 어둠의 벽처럼 보였다.

"당신이 궁금해하던 나무예요. 여기서는 이 나무를 '레인트리'라고 부르죠. 그리고 우리 나무는 특히 슬기로운 '레인트리'입니다."

우리가 성도 확실히 모른 채 그저 아가테라고 부르는 중년의 미국 여자가 말했다…… 이렇게 쓰고 보니 요즘 우리 나라 소설에 흔히 등장하는 외국어 좀 하는 사람이 이국에서 겪는 로맨틱한 스토리로 들릴지 모르나, 내가 여기에서 보낸 열흘의 시간은 그런 것과는 전혀 성격이 달랐다. 나는 하와이 대학의 '동서문화센터'가 주최한 '문화접촉과 전통의 재인식'이라는 주제의 세미나에 참석하는 중이었다. 그리고 나의 영어 실력은 캐나다에서 왔다는 세 명의 대표가 어째서 모두 인도인일까 생각하다가 그들이 실은 인도의 캔나다 지방에서 온 사람들임을 세미나가 거의 중반을 넘긴 다음에야 겨우 알아차렸을 정도밖에 되지 않았다.

사실 이번 세미나는 인도의 인문학자 아난다 쿠마라스와미[*]를 회고하는 의미가 큰 행사였기 때문에 인도 각 지역으로부터 다양한 영어 사용자들이 참가하고 있었다. 봄베이에서 온 유대계 인도인의 발언은

---

[*] 1877~1947 스리랑카의 철학자이자 미술사가. 미국에서의 인도 미술의 보급과 이해를 위해 힘썼다. 인도 사상에 조예가 깊으며 사상과 미술의 관련을 주제로 하여 여러 획기적인 저작을 남겼다.

아주 인도적이면서 또한 유대적이었다. 나는 그의 인간성과 유머가 무척 마음에 들었지만 세미나가 끝난 다음에 중요한 부분을 일일이 다시 물어보지 않고는 계속 따라가기가 힘들었다.

미국 본토에서 온 참가자는 비트의 대표로서 한 시대의 획을 그은 시인이었는데 매일 아침 육체의 피로와 심리의 상흔이 드러난(적어도 내 눈에는 그렇게 보였다) 소년을 데리고 회의에 나타나서는 세미나 참가자 원탁의 뒤쪽 바닥에서 꾸벅꾸벅 조는 소년을 사랑스럽게 쳐다보며 "He is my wife"라고 말하곤 했다. 회의의 담론은 뉴욕에서 자란 그가 거의 독자적인 방향으로 끌고 나갔는데 매우 세련되고 일탈을 다루는 그들의 영어를 따라가기란 내게는 여간 힘드는 일이 아니었다. 게다가 자기가 지은 소위 하이쿠란 걸 보이며 그에 대한 나의 비평을 들으려 했다. 자기가 시로 묘사한, 유리창에 찌그러져 붙은 파리 날개 너머로 본 눈 덮인 산을 카페 종이 냅킨에 그려서 보여 주기까지 했다. 하이쿠의 본고장에서 온 소설가의 수준 높은 비평을 어떻게든 듣고 말겠다는 태도였다. 그런 식으로 안면을 트게 된 그의 발표 동안, 나로서는 다른 공상을 하며 지낼 수도 없었다.

Snow mountain fields
seen thru transparent wings
of a fly on windowpane.

그런 식으로 진행되는 세미나의 하루 일정이 끝나면 매일 밤 파티가 열렸다. 파티가 시작되는 시간까지 조금 쉬어 볼 생각으로 숙소인 학생 기숙사, 그것도 여자 기숙사로 돌아왔는데 누가 기다리고 있었다. 안면에 신경 장애가 있는 참으로 고뇌에 가득 찬 자그마한 미국인이었다. 5년 전까지 일본의 서쪽 해안에 위치한 지방 도시에서 베트남 전쟁에서 탈주한 군인들을 돌보는 일을 했다고 했다. 그러다가 자기가 CIA 스파이라는 소문이 동료들 사이에 퍼진 것을 알고 몰래 도쿄로 도망을 쳐 그대로 미국으로 돌아왔단다. 그 운동의 지도자들은 아직도 자기를 스파이로 생각하고 있을까? 이제라도 연락하려고 해도 자기로서는 그들의 이름조차 기억나지 않는다. 원래 자기는 난청이라서 일본어는 둘째 치고 일본인이 하는 영어를 통 못 알아듣는 바람에 실제로 그 일을 하는 동안에도 그로 인해 여러 가지 착오가 일어나 당황했던 적이 많았다.

미국인 청년은 장황하고 끈덕지게 하소연을 했다. 스파이 혐의를 둘러싼 종잡을 수 없는 기억에 집요하게 시달린 나머지 자기는 지금 정신병자를 위한 민간 시설에 들어가 있다. 여기 하와이에는 비용이 많이 드는 곳부터 다양한 수준의 시설이 있다. 자기는 거의 실비만 부담하는 부류의 시설에 들어가 있지만 어쨌든 그 비용을 벌기 위해 낮 시간에는 거기서 나와 일을 할 때도 있다. 내가 이 비참한 고통 가운데 있는, 조그만 몸뚱이가 온통 기름 연기에 그을린 것 같은 미국인 청년에게(그것은 그가 하고 있는 노동과 관계가 있는 듯했는데) 어떤 위로의 말을 해 줄 수 있을까? 청년은 쉴 새 없이 새처럼 목을 갸웃거리며 내 입술에 귀를 거의 갖다 대다시피 했지만 나의, 즉 일본인이 하는 영어가 난청인 귀에 잘 들리지 않는지 무척 답답해했다.

……눈앞이 어둠을 꽉 채우고 잘 발달된 뿌리 자락만을 살짝 내비치는 거목을 나에게 보여 주고 있는 여자도 그 고뇌하는 미국인이 말한 곳과 같은 정신병 치료하는 민간 시설을 바로 이 뉴잉글랜드풍의

낡고 큰 건물에서 다른 곳보다는 훨씬 고급스럽게 경영하고 있는 모양이었다.

미국 각지의 대학이나 연구 기관에서 주최하는 공개 세미나에는 소위 후원자 모임이 붙어 있는 경우가 많다. 주로 중년을 지나 노년에 이른 부인들이 얼마 되지 않는 액수의 기부를 하고 방청객으로 찾아와 세미나 발표자의 배후에 진을 친다. 때로는 질문이라는 모양새를 갖추고 자기 의견을 발표하려 드는 사람도 있었다. 그리고 밤에는 으레 그들 후원자가 자택에서 파티를 열고 세미나 참가자들을 초대했다. 그 파티는 원어민이 아닌 참가자들, 즉 나같이 영어에 서툰 사람에게는 낮 시간의 세미나 못지않은 고행이 되곤 했다. 그날의 세미나 내용을 둘러싸고 후원자들이 정말로 지치지도 않고 끝없이 질문을 해 대기 때문이었다.

그 후원자 중 한 사람이며 동료들이 아가테라고 부르는 독일계 미국인 부인이 파티가 열리고 있는 연회실에서 나를 불러내어 현관에서 어두운 정원의 거목을 보여 주는 것도 그날의 세미나에서 내가 했던 이야기와 직접 관계가 있다.

세미나와 병행하는 쿠마라스와미의 수집품 전시 중에는 바나나 잎을 이어 붙여 세밀화 데생을 한 〈나무 위의 크리슈나〉라는 인도 민예품 그림이 있었다. 강물 속에는 크리슈나를 부르는 전라의 여자들이 있었다.

그 여자들의 육체 하나하나가 지극히 인도적으로 표현되어 있다, 인도 여인들의 가슴과 복부는 세계 다른 어느 곳의 여자들보다 훨씬 풍성하다, 그런데 실제로 인도를 여행해 보니 정말로 그런 몸매를 가진 여인들이 살고 있더라고 힌두 문화 연구자이기도 한 비트 시인이 먼저 발언했다. 그는 나에게 같은 동양에서 온 사람으로서 논평을 해 달라고 했는데 그 과정에서 방청하고 있던 독일 여자들이 미국 시인에게 반발을 드러내기도 했다. 나는 문제의 초점을 나무로 대치해서 의견을 발표했다.

"방금 앨런이 발표한 내용 중, 인도의 민중예술이 인간의 몸에 대한 표현과 스타일에서 인도적인 개성을 드러내고 있다는 지적에 대해서는 전적으로 찬성합니다. 그리고 그것이 거꾸로 인도 사람들의 육체의 형태 자체에까지 영향을 주고 있다는 의견에도 절반은 찬성합니다. 그것은 인도 인간의 육체 형태가 그 민중예술의 스타일을 결정한다는 앨런다운 표현이라고 이해해도 무방하니까요. 그러나 나로서는 인도 여성의 육체에 관해 경험적으로 이야기할 자격이 없으므로, 같은 주제를 나무에 비유해서 살펴보겠습니다.

크리슈나가 기어올라 가고 있는 이 검은 나무는 일본에선 인도보리수라고 부르는 나무인 것 같군요. 그것은 확실히 인도 민중예술 스타일의 감각과 기법으로 그려져 있습니다. 다시 말해서 특징이 매우 과장되어 있다는 말입니다. 그러나 이 나무줄기의 질감과 나뭇가지가 퍼지는 각도라든가 또 이파리 끝이 꼬리처럼 늘어진 걸 보면 이것은 상당히 사실주의적인 관찰에 입각한 것임을 알 수 있습니다. 그래서 그 나무 전체가 매우 인도적인 것으로 느껴지게 해 줍니다. 나는 그 구체적인 예를 가지고 앨런의 의견에 이어지는 가설을 세우고 싶습니다. 나는 특정 지역의 나무와 거기서 삶을 영위하는 인간은 서로 닮은 데가 많다고 생각합니다. 크라나흐*가 그린 나무를 보면 마치 플랑켄

* 1472~1553 독일 르네상스 시기의 화가. 남부 독일과 오스트리아에 걸쳐 있는 알프스 산기슭의 자연 풍경을 배경으로 종교화를 그렸다.

지방 사람들의 육체가 거기 서 있는 것 같지 않습니까?"

아울러 나는 나무 자체에도 관심이 많지만 그 지역 사람들이 그 나무를 뭐라고 부르는지에 대해서도 깊은 관심이 있다고 덧붙였다. "나는 외국에 나올 때마다 그 풍토에서 정말로 그 토지다운 수목을 보는 것을 큰 즐거움으로 삼고 있습니다. 그리고 그 지역에서 그 나무를 부르는 고유한 이름을 알아야 비로소 그 나무를 이해했다는 생각이 들며 나무와 교감하게 됩니다. 앞서 말한 대로 일본인은 크리슈나가 기어올라 가는 이 나무를 인도보리수라고 부릅니다. 우리에게 그것은 이 나무를 단지 Ficus religiosa Linn이라는 학명으로 분류하는 것과는 또 다른 하나의 표현 행위죠. 학명은 단지 나무에 관한 설명일 뿐이고 나무의 이름과는 다른 것이라는 게 나의 생각입니다……"

아가테는 그날 낮 시간에 있었던 세미나의 이런 내용을 알고 있었기 때문에 나를 파티 자리에서 불러내어 건물 전면의 정원을 차지하는 거대한 나무 앞으로 데리고 온 것이다. 아까 소형 버스를 타고 이 집에 도착한 시간은 이미 해가 넘어간 다음이라 그때도 나무를 보지 못한 나는 나무가 서 있으리라 짐작되는 어둠을 응시할 뿐이었다. 아가테는 이 지역 사람들이 이 나무를 뭐라고 부르는지 설명해 주었다.

"'레인트리'라고 부르는 이유는 밤에 소나기가 내리면 다음 날은 한낮이 지날 때까지 그 우거진 잎사귀에서 물방울을 떨어뜨려 주기 때문이에요. 다른 나무들은 비가 와도 금방 말라 버리는데 이 나무는 잔뜩 우거진 손가락만 한 잎사귀에 물방울을 저장해 두는 거죠. 정말 슬기로운 나무 아닌가요?"

그날 저녁에도 바람이 불고 소나기가 지나갔다. 따라서 지금 어둠 속에서 풍겨 오는 물 냄새는 손가락만 한 잎사귀가 잔뜩 머금고 있던 물방울을 다시 지상으로 떨어뜨리는 비 냄새였다. 앞쪽으로 의식을 집중하니 파티가 열리고 있는 뒤쪽의 방의 소란스러움에도 불구하고 그 나무가 상당한 넓이에 떨어뜨리는 가느다란 빗소리가 들려오는 것 같았다. 그러는 동안 눈앞에 벽처럼 가로막고 있는 어둠이 실은 두 종류의 색깔로 나뉜다는 것을 깨달았다.

거대한 술병 모양의 바오바브나무 같은 암흑과 그 암흑의 가장자리에는 바닥 모를 깊이로 빨아들일 듯한 흡인력이 있는 또 다른 암흑이 있었다. 혹시 뒤늦은 달빛이 비춘다 해도 거기 있을 산들의 능선이나 바다를 비롯한 인간세계의 사물을 드러내 보일 것 같지 않은 깊은 암흑이었다. 그것은 100년 혹은 150년 전에 아메리카 대륙에서 이곳으로 이주해서 이 건물을 지은 사람들이 본 그 첫날 밤의 암흑과 다르지 않은 것이리라…… 그런 생각을 하다 보니 문득 하고 싶은 말이 떠올랐으나 외국어를 할 때마다 속으로 일단 말을 해 보는 버릇 탓에 그대로 입속에 우물거리다 기회를 놓쳤다.

'이렇게 보는 사람의 영혼과 육체를 모두 빨아들일 것 같은 어둠이 뜰 앞에 펼쳐지는 환경이 정도의 차이가 있다고는 하나 어쨌든 정신 이상을 가진 사람들을 수용하는 이 집에 바람직할까요?'

내가 그 말을 미처 내뱉지 않아서 다행스러웠던 건 아가테가 이 건물에 살며 병자들을 책임지고 있는 사람이라고 한 이상, 이는 그녀에 대한 직접적 비난으로 들릴 소지가 다분했기 때문이다. 어쨌든 내가 어둠을 두 종류로 나누어 보고 있다는 것, 즉 상상력이 만든 나무 모양의 암흑과 그 가장자리라는 바깥쪽의 어둠으로 분리해서 보는 방식에는 뒤에 서 있던 독일계 미국인 여자도 공감하는 듯했다. 그녀는 등을 곧게 펴고 갸름한 얼굴의 턱을 앞으로 내민 채 마치 암흑의 화살을 우주로 쏘기라도 하는 양 내 귀에도 확실히 들릴 정도로 푸 하고 긴 한숨을 쉬었다. 그리고 우리는 어둠 속에서 물 냄새를 풍기는 나무를 등지고 마루로 된 넓은 현관을 떠났다.

원래 아가테는 매사에 실용적이고 실제적인 행동가인 세미나 주변 미국인 부인들의 전형에서 벗어나지 않는 사람인지라, 이렇게 잠자코 어둠의 정원에서 물러나는 행위마저 적극적인 동기로 활용하지 않고는 못 배기는 성격인 듯했다. 그녀는 그 긴 현관에 이어지는 많은 방들 중 한 방 앞에서 멈춰 서더니 무릎을 굽히고 등을 구부린 자세로 그 안쪽 정면 벽을 들여다보며 사랑스러워 못 견디겠다는 몸짓을 했다. 덩달아서 나도 회반죽을 바른 높은 천장에서 들어온 침침한 조명 속에 떠오르는(지금 파티가 열리는 방 역시 내가 여기 하와이에 있는 동안 자주 보게 되는 현란한 조명과는 전혀 다른 온화한 조명으로, 그 점이 바로 정신장애인을 위한 시설임을 일깨워 주는 부분이었다) 책장으로 덮인 벽면을 바라보았다. 내 키로는 아가테처럼 몸을 구부릴 필요는 없었다.

그때까지 어둠에 익숙해져 있던 눈에 10호 정도의 유화가 들어왔다. 그림은 조명이 흐릿한 유리창 안쪽 실내의 벽면 전체를 덮고 있는 책장 중간쯤에 마치 책을 가리기라도 하려는 듯 이상한 모양으로 매달려 있었다. 그것은 우리가 지금 하는 대로 현관에서 들여다보든가, 아니면 어두운 정원의 나무뿌리 부근에서 바라보기 딱 좋은 위치에 매달려 있는 듯했다. 그러고 보니 얼기설기 얽힌 나무뿌리 사이에는 어두운 색의 페인트를 칠한 철제 의자가 하나 놓여 있는 것을 본 듯도 했다……

"말 위의 소녀A girl on horseback" 하고 아가테가 마치 그림 제목을 읽기라도 하는 것처럼 또박또박 말했다. 농경마로 보이는 윤기가 자르르 흐르는 밤색 털의 튼실한 말 등에 가운데 부분이 푹 들어간 안장이 올려져 있고 그 위에는 금발에 푸른 눈을 가진 소녀가 앉아 있었다.

그림의 배경이 승마라는 스포츠와 전혀 안 어울리는 수용소 혹은 교도소와 같이 음울하고 위압적인 느낌의 벽으로 둘러싸여 있는 게 좀 이상하기는 했다. ……그러다 나는 그 '말 위의 소녀'가 바로 다름 아닌 아가테의 소녀 시절 초상이 아닐까 하는 생각이 들었다. 내가 그 이야기를 하니 아가테는 어둠 속에서 얼굴을 확 붉히며,

"맞아요. 독일에서 그 끔찍한 불행이 일어나기 전의 '말 위의 소녀' 죠" 하고 대답했다.

아가테의 얼굴은 금색 솜털 끝에서 열이 발산되어 나오는 것으로 보일 정도로 빨갛게 달아올랐다. 형형한 푸른 눈동자에는 그 끔찍한 불행에 대한 여하한 질문도 허락하지 않겠다는 절실하고 강렬한 힘이 서려 있었다. 그녀가 독일이라는 조국을 버리고(그것이 동쪽이었는지 서쪽이었는지조차 모른다) 하와이로 이주한 사람이라는 것만이 내가 아는 전부였다. 그러나 이번 세미나에 참가한 유럽이나 미국의 유대 계 멤버 전원이 오늘 밤 파티를 보이콧한 상황을 보면 모종의 의미가 있는 것만은 분명했다. (봄베이에서 온 유대계 시인은 해변에 나가 조 그만 게 한 마리 잡는 것에도 반대하면서 정치상의 인간 생사에 대해 서는 소위 대승적인 견지를 앞세우고 있었다.) 그러나 모두들 그러한 문제들에 일일이 파고들어 조사하고 판단하는 일보 직전에 멈추어 섰 다. 그런 점에 이런 세미나나 거기에 부속된 파티를 평온하게 진행시 키는 지혜가 숨어 있는 듯했다……

그런데 파티가 진행되는 방으로 돌아오니 우리가 잠시 자리를 비운

사이 그때까지 아가테가 하던 역할을 대신하는 새로운 중심적인 존재가 등장해 있었다. 그는 아가테가 하던 조용한 호스티스 역할과는 달리 파티에 군림하는 독재자처럼 압도적으로 좌중을 장악하는 중심적인 존재였다. 처음에는 동화극에 등장하는 요술 할멈으로 분장한 아이인가 생각될 정도로 몸집이 작은 초로의 남자였다. 길게 기른 상아색 머리칼을 주황색 실크 상의 목깃 부분에서 둥글게 깎은 남자는 휠체어에 깊숙이 앉아 있었다. 큰 입 때문에 개를 연상시키는 얼굴이었지만 코가 우뚝하고 쌍꺼풀 진 잿빛 눈동자는 도도하고 아름다웠다. 그는 방약무인한 태도로 큰 입에서 카랑카랑한 목소리를 울리며 자기 휠체어 주위에 섰거나 무릎 근처에 앉은 사람들에게 끊임없이 주의를 기울이고 있었다. 남자가 그렇게 떠들어 대는 말의 직접적인 표적이 된 사람은 그의 휠체어 정면에 버티고 선 비트 시인이었는데 그들은 이 논쟁을 일종의 게임 혹은 연극적인 퍼포먼스로 의식하고 있는 게 분명했다.

"건축가 코마로비치, 천재 건축가죠! 오늘 밤은 기분이 무척 좋아 보이네요." 아가테는 자랑스러운 자산에 대해 설명하는 것처럼 말했다. 방금 전 '말 위의 소녀'에 대해 설명할 때처럼 뭔가 음울한 것을 깊숙이 숨기고 있는 듯한 분위기와는 전혀 다른, 눈앞의 파티의 흥겨움에 바로 동화되어 버리는 명랑함이었다. 그녀는 나를 뒤에 남겨 두고 바닥에 앉은 사람들의 발과 무릎 사이를 능숙하게 헤치며 반듯하고도 당당한 자세로 성큼성큼 휠체어 남자 곁으로 다가갔다.

나는 입구 옆에 선 채, 이 파티의 거의 중심적인 사건이 되고 있는 휠체어 건축가와 비트 시인의 논쟁을 구경했다. 그날 밤에 일어났던 일과 했던 일의 총체를 균형 잡힌 시각으로 묘사한다면 이 건축가와 시인의 논쟁은 움직임이 적고 대화가 중심인 1막짜리 희곡 형태로 표현해야 할 것이다. 한 시간 정도 이어진 그들의 논쟁은 그 후 바로 급격한 종말을 고한 한밤중의 정신장애인을 위한 시설에서의 파티의 가장 큰 부분을 점했기 때문이다.

그러나 처음에 말했던 대로 나의 듣기 능력으로는 묘하게 기분이 들떠 과도한 수사법을 구사하는 건축가의 어법과, 뉴욕 출신의 도시적이고 비트 세대의 우상이었던 인간다운 풍자와 패러디에 넘치는 시인의 다의적 의미가 뒤얽힌 논전을 따라가기란 여간 어렵지 않았다. 더구나 시인은 거의 입술을 열지 않은 채 웅얼거리는 버릇이 있었다. 나는 조금의 시차를 두고 그들이 주고받는 언어를 재구성해 가며 겨우 그 논리와 비논리의 언어유희를 짐작해 볼 뿐이었다. 그럼에도 이 논전이 벌어지는 거의 한 시간 가까운 동안 나는 전혀 지루한 줄 모르고 집중했다.

내가 여기서 기술하는 것은 그 자리에서 내가 논전을 재구성했던 것에 다시 한 번 기억의 변형이 주어지고, 시간이 가져오는 어긋남에 영향을 받으며 재구성한 데 지나지 않는다. 그래서 단순하고 지루한 요약이 되지 않도록 그 자리에서 느꼈던 시각적인 풍경도 곁들여 기록하려 한다. 건축가와 시인의 자기 연출도 그렇지만, 그런 식의 논쟁에 집중해서 귀를 기울이며 주제넘게 나서는 일도 없이 늘 그곳에 참가하는 것 같은 청자들과 파티 참가자들을 위해 음료나 음식을 준비하고 서빙 하던 사람들의 대응이 그 세미나에서 종종 사용했던 언어로 말한다면 대단히 컬러풀한 것이었다는 게 지금도 선명하게 머리에 떠오른다.

처음부터 끝까지 선 채로 휠체어 건축가에게 응전한 시인의 발치에는 형제처럼 비슷하게 생긴 열대여섯 살 정도의 소년 셋이 앉아 있었다. 바로 그런 얼굴과 체형이 시인이 좋아하는 스타일인 모양이었다. 하와이 현지의 스포츠 소년들과는 완전히 다른 분위기를 가진 소년 셋은 태어나서 한 번도 해안에는 나가 본 적이 없을 것 같은 창백한 얼굴을 푹 숙이고 무언가 골똘히 생각에 잠겨 있었다. 그중 하나는 그날 아침 시인이 세미나에 데려온 소년이었는데 마치 갓 처녀성을 잃은 소녀처럼 황망해하는 태도로 다른 참가자들의 시선이 집중되던 아이였다. 그들을 둘러싸고 바닥에 앉아 있는, 대부분 시인의 지지자인 젊은 사람들 중에는 새것 티가 확 나는 유도복을 차려입은 젊은 아가씨가 한 명 있었는데, 아마도 시인의 관심을 끌어 보려고 젊은 남자 분위기를 낸 듯했다. 그녀는 벌써 상당히 취해 있었다. 시인의 말에 고개를 크게 끄덕거리며 찬동의 몸짓을 보내는가 싶으면 금방 고개를 푹 떨어뜨리고 잠이 들었다가는 다시 고개를 부르르 흔들고는 시인의 말을 열심히 듣고 있다는 표시를 했다……

휠체어 건축가의 양옆과 그 배후에는 이 천재의 견실한 후원자임을 과시라도 하는 듯이 아가테를 포함한 중년 혹은 초로의 부인들이 예의 바르게 의자나 소파에 앉아 특히 적 진영의 유도복을 입은 소녀의 술 취한 모습을 연민에 가득 찬 그러나 결코 직시하지 않는 방법으로 바라보았다. 그녀들의 무언의 비난은 시인을 향한 것이기도 했고 그 윤리적 감정의 총체는 건축가에 의해 대변되고 있었다. 그런데 그런 식의 침묵으로 건축가를 엄호하며 또한 그에게 공격을 대행시키는 부인들이 실은 바닥에 앉아 있는 젊은 사람들보다 훨씬 더 많은 양의 술을 마셨다.

이 늦은 밤의 파티에 아르바이트로 고용된 학생인 듯한 바텐더와 남녀 급사가 서빙 하는 음료는 진 토닉, 물을 탄 버몬트 위스키, 맥주 세 가지뿐이었다. 목깃에 레이스가 달린 아동복 같은 의상을, 그것도 제복처럼 차려입은 노처녀 혹은 미망인의 분위기를 풍기는 부인들은 맥주가 아닌 강한 술을 사람 눈을 피해 재빨리 비워 버리고는 금방 다시 급사에게 신호를 보냈다. 그건 아가테도 마찬가지였다. 그 자리에서 맥주를 마시는 사람은 논전을 멀리서 지켜보는 세미나 참가자들뿐이었다.

바텐더와 급사들은 아르바이트 학생들 같았는데 동일한 훈련을 받은 듯 독자적인 스타일을 가진 어딘지 모르게 부자연스러운 집단이었다. 그들은 모두 고풍스러운 검은 조끼에 소매가 부푼 실크 셔츠를 입고 아가씨들은 부인들과 같은 옷에 장식이 달린 앞치마를 두르고 있었다. 하나같이 빼빼 마르고 얼굴색이 창백한 그들의 외모는 왠지 자폐증을 가진 젊은이들처럼 보였다. 그들은 소리도 없이 파티 참가자들 사이를 오가며 음료나 가벼운 음식을 건넸으나 결코 상대방의 얼굴을 쳐다보는 법이 없었다. 그리고 민첩한 몸놀림에도 불구하고 아니, 너무 빨리 움직이느라 그랬는지는 모르겠지만 옆을 스쳐 지나갈 때 들으면 완전히 기진한 사람처럼 거친 숨소리를 냈다. 청결한 외양과는 달리 왠지 이상하고 퀴퀴한 체취가 풍겨 오는 듯도 했다. 세미나 참가자 중 토론에 냉담한 사람들끼리는 종업원들을 두고 좀 이상하지 않으냐며 수군거리기도 했다.

이런 무대장치 위에서 건축가와 시인의 논쟁이 이어졌던 거다. 건축가의 공격과 이를 반박하는 그러나 결코 무례하지 않은 시인의 방어전. 공격을 하는 측에 서서 나의 짧은 영어 실력으로 들은 걸 요약하자면 그 내용은 다음과 같은 것이었다.

"자네는 소년, 청년을 열렬히 사랑하고 있다고 했는데 그건 그 자체만으로도 매우 멋진 일이네. 나와 자네의 공통되는 기준점이 바로 그것이지. 그러나 우리에게는 출발부터 이미 넘기 어려운 확실한 차이점이 있네. 그건 바로 내가 젊은이들을 상승시키고 계발하는 방향으로 열렬히 사랑하는 데 반해 자네가 그들을 사랑하는 방법이란 그들을 하강시키고 타락시키는 것이기 때문이지. 자네는 젊은이들을 어둡고 신비로운 지성과 감수성의 심연으로 인도하고 있다고 주장하겠지. 조금 전에도 자네는 육체적 사랑이나 정신적 사랑 모두 어둡고 신비한 본질에 속한 것이므로 그것이야말로 인간에게 있어 매우 중요한 것이라고 했어. (이런 식으로 농담처럼 짧고 날카로운 시인의 반박을 건축가는 과다한 수사법을 동원한 장황한 문맥으로 뒤집어 자기뒤에 포진하고 있는 알코올 애호가들에게 승리의 기쁨을 나누어 주고 있었다. 시인은 건축가의 논리의 부정확함을 확실하게 지적은 하면서도 그저 산타클로스 같은 얼굴로 호오 하는 감탄사를 터뜨리며 어깨를 으쓱해 보일 뿐 더 이상 그의 약점을 파고들지는 않았다. 그는 논쟁의 표층적인 연전연패를 즐기는 것처럼 보이기도 했다.) 그러나 육체적 사랑이나 정신적 사랑 모두 찬란한 신적 핵심을 향하여 계속 상승하는 나선형의 계단을 올라가야 되네. 특히 소년, 청년을 성장시키기 위한 행위로서의 육체적 사랑과 정신적 사랑은……"

건축가는 또 건축가의 눈으로 본 이 정신 요양 시설 건물의 특성과 그 특성을 잘 살린 현재의 운영 방식에 대한 이야기도 빠뜨리지 않았다. 자신의 건축 철학을 전개하기 위해 아전인수 격의 해석을 더한 설교 조의 장황한 설명이었다.

"미국 전역에서 이 오래된 건물로 찾아든 예민하고 섬세한, 고통 받는 영혼을 소유한 이들을 위해 그 하나하나의 육체에 바람직한 은신처가 마련되어야 했어. 한 사람 한 사람을 위해서 하나의 언덕, 하나의 계곡이 있다면 얼마나 좋겠는가? 옛날 유럽의 좋았던 시절, 다양한 운명에 시달려 정신이상이 되어 버린 왕들이 은신처로 삼았던 성이나 영지처럼! 그러나 오늘날은 전 미국에 있는 상처투성이 적나라한 영혼에게는 집 한 채조차 보장할 수 없는 형편이지. 그래서 나는 이 건물에서만은 여기에 은신한 사람들에게 그들 한 사람 한 사람을 위한 '위치'를 확보해 주고자 혼신의 힘을 기울여 일했던 거야. 나 자신을 위한 '위치'로는 건물 가장 낮은 곳, 즉 지하 창고에 작업실을 만들었지. 이러한 나의 건축 철학에 대한 이해를 가지고 우선 우리가 지금 서 있는 바닥의 아래쪽 지하 작업실에 내려가 그 '위치'에서 이 건물에 사는 각 방, 각 칸막이 안의 주민의 '위치'를 상상해 보기 바라네.

그건 각각이 항상 상승하는 방향성을 가진 하나의 종합체란 말일세. 그러한 각 '위치'들의 집적이지. 자네들도 금방 깨닫게 될 거야. 나는 그런 '위치'의 집적으로 특히 젊은이들이 자기 자신이 하늘을 향해 나선형의 계단을 올라가고 있다는 사실을 자각할 수 있도록 이 건물 내부 구조를 설계하고 감쪽같이 개축해 버렸지. 이 시설에서 그들과 더불어 살아가는 다른 사람들에게는 그 젊은이들의 끊임없는 상승을 기초 구조로 받쳐 주는 부분에 '위치'가 주어지지. 주로 고령의 부인인 그들은 그 '위치'에서 자녀들, 청년들이 신적인 고지를 향해 상승해 가는 모습을 감탄하는 마음으로 지켜보는 거야. (그때 시인이 의문을 제기했다. "참 감동적인 구상이기는 하지만 그처럼 하부에 '위치'를 할당받은 사람들이 과연 만족할까? 피라미드를 보면 알 수 있듯 상층에 '위치'하는 사람이 적을 테니, 그런 구상은 사회적으로도 비판을 받을 것이고, 그런 구상에 가담한 젊은이들은 오히려 더 비참한 꼴을 당하는 것이 아닌가? 이렇게 폐쇄된 시설인 '사회'에 있어서조차……"

시인의 말을 들은 건축가는 갑자기 신들린 사람처럼 고자세를 취하며 열변을 토했다.) 자네는 청년들을 열렬히 사랑한다 하면서도 그들을 높은 곳으로 인도하는 길에 있어서 사회적으로 공인받는 데는 소극적이구먼. 바로 그 지점에 자네가 그들을 퇴폐와 타락으로 끌고 들어가는 이유가 드러나고 있어. 자네는 젊은이들과 어둡고 낮은 곳으로 숨어들어 가서는 서로를 오염시키며 부패시키는 데만 정열을 기울이는 거지. 시체 애호가 같은 정열을!

그러나 나는 자네와는 근본적으로 다르다네. 나는 이미 이 건물에서 그걸 실현해 냈어. 이 폐쇄된 '사회'의 외부 사회인 미국 전역, 더 나아가 전 세계의 젊은이들이 상승 계단의 자기 '위치'를 잡을 수 있는 건축 운동을 준비 중이거든. 특히 어린이들의 학교, 어린이들을 위한 극장, 도서관부터 착수할 생각이네. 내가 원래는 보통 성인의 키와 몸무게를 가졌던 몸을 응축시키고 수축시켜 지금 이렇게 애들 몸처럼 만들어서 휠체어에 앉아 있는 것도 우선 나 자신이 어린이의 육체와 같은 높이, 같은 '위치'에서 어린이의 육체와 정신의 눈으로는 세계가 어떻게 보이는지 어떻게 느껴지는지 알기 위해서야.

나는 지금 세계 전체를 어린이의 육체와 정신의 규격에 맞게 모델화하기 위해 어린이로서의 내 몸과 정신으로 이 세계를 살아 보며 어떤 공간과 구조가 아이들에게 좋은 건축일까 밤낮 연구하고 있지. 이렇게 응집되고 축소된 육체야말로 미래의 모든 건축을 위한 새로운 롤모델이 되어야 마땅하지."

……이렇게 선언하는 건축가를 자세히 보노라니 그 말도 그럴듯하

게 들렸다. 건축가의 몸은 가슴에서 허리 부분이 이중 삼중으로 접힌 상태로 인공적으로 만든 난쟁이 같은 모양을 하고 있었다. 휠체어는 육체의 외형적인 조작을 위한 소도구로써 필요한 모양이었다. 건축가가 주황색 실크 옷을 입은 양팔을 머리 위로 훌쩍 추켜올리자 그의 모습은 개를 닮은 작고 귀여운 장밋빛 임금님같이 보였다. 취한 탓에 동작이 더욱 신중해진 부인들이 그의 등 뒤에서 조심스럽게 갈채를 보냈다. 논쟁의 당사자인 비트 시인마저 이 남자가 좀 이상하긴 하지만 너무나 환상적이라면서, 수염 달마 대사 같은 얼굴의 도수 높은 안경 너머로 눈동자를 번쩍이며 젊은이들을 부추기자, 그들도 기탄없이 그 박수갈채에 가담했다.

이어서 파티 참가자들이 휠체어 건축가의 위대한 구상이 실제로 구체화된 건물의 내부를 둘러보게 된 건 매우 자연스러운 흐름이었다. 이미 밤이 깊었으나 우리는 건축가가 탄 휠체어를 앞세우고 특히 그의 구상의 핵심인 상승 방향에 따라 방들을 둘러보기로 했다. 파티가 열리고 있던 1층은 집회실과 도서관으로 사용될 뿐이라는 말에 우리는 먼저 우르르 2층 계단으로 올라갔다. 휠체어는 방금 전까지 건축가에게 침묵의 대항을 하던 젊은이 셋이 안아 올렸다. 우리는 공통의 흥분에 휩싸여 연이어 꺾이고 구부러졌다가 다시 나타나는 짧은 계단을 통해 그 광대한 건물 속의 사람이 없는 방을 들여다보며 위로 올라갔다.

그것은 사람이 없는 독방이라기보다 바닥 높이가 다른 상자를 쌓아 놓은 듯한 모양이었다. 원래는 넓었던 방 하나의 내부를 네댓 개의 직육면체로 분할하는 식으로 나누고 그 각각의 공간을 낮은 곳에서 높은 곳을 향해 올라가는 동적인 인상으로 배치해 놓았다. 옆방으로 가면 앞방에서 가장 높은 상자에서 시작해서 조금 더 상승하는, 현실적으로는 있을 수 없는 구조가 눈이 돌아갈 정도의 현란한 색채 기법으로 되풀이되어 있었다.

그리고 특히 계단은 상승하고 있다는 인상을 강조하는 구조로 된 탓에 계속 올라가다 보니 나 자신이 높은 탑 속에 매달려 있는 듯한 기분이 들었다. 나중에는 집단적인 광기에 사로잡혀 탑 속의 계단을 질주하는 쥐 떼가 된 기분마저 들었다. 그런 느낌에 기분이 나빠져 행진에서 이탈하는 사람도 생겨났다······

마침내 행진 대열을 이어 온 사람들만이 건물의 최상층에 이르렀는데(건축물의 구조 탓에 그 위에 또 다른 다락방이 있을 것처럼 느껴졌다) 더욱 작게 분할된 상자처럼 생긴 각각의 방 안쪽의 검은 창 너머에 아까 그 소재만을 확인했던 거대한 나무 '레인트리'의 우거진 잎사귀가 있다 생각하니 이 방들이 도리어 그 나무 속에 깃들여 있는 새집처럼 여겨지기도 했다. 그렇게 사람이 들어 있지 않은 상자 같은 방을 죽 돌아보며 올라가 보니 최상층의 넷으로 구획된 상자 중 하나에만은 사람이 들어 있었다.

앞서 말한 대로 이 행진을 꺼림칙하게 여기는 사람도 있었고 또 목조건축의 계단과 복도의 강도를 걱정하거나, 같은 양식의 반복적인 방의 형태에 진력이 난 사람들이 떨어져 나가는 바람에 그 안쪽 구석까지 올라온 사람은 휠체어 건축가와 아직도 휠체어를 들고 있는 두 사람의 청년, 비트 시인 그리고 아가테와 나, 봄베이에서 온 유대계 인도인 시인뿐이었다.

그리고 그건 도리어 잘된 일이기도 했다. 그 가장 막다른 건물의 벽면에서 돌출된 상자 같은 방에는 바닥을 거의 다 차지할 정도의 커다란 금속 대야가 놓여 있고 마흔이 넘어 보이는 여자가 전라의 몸으로 목부터 그 밑으로 검붉은 액체를 덕지덕지 칠한 채 한쪽 무릎을 세우고 앉아 있었다. 그뿐만 아니라 얼굴 표정만 봐서는 방금 전까지 건축가의 휠체어 곁에서 그의 변설에 푹 빠진 채 술을 즐기던 얌전한 부인들과 혈연관계라도 있는 것처럼 닮은 여자였다. 그녀는 작은 구멍처럼 뚫린 검은 눈으로 우리를 노려보더니 이번에는 사각으로 생긴 좁은 이마에 검붉은 액체를 확 발랐다……

비트 시인은 아무 말도 하지 않았지만 오히려 일종의 감명을 받은 것 같기도 했다. 고지식한 유대계 인도인 시인이 냄새가 지독하다고 불평을 했다. 이에 대해 건축가는 그때까지 들떴던 것과는 완전히 딴판인 침울한 모습으로 변명했다. "지금 이 방은 이 여자의 '위치'가 아니오. 오늘 밤 파티 때문에 임시로 여기로 옮겨 놓는 바람에 '위치'와 장소가 바뀌어 평정심을 잃은 거요." 아가테 역시 인도 시인의 불평에 오히려 반감을 드러냈다. "저 여자가 자기의 묵은 피를 쓴다고 비난하면 안 됩니다. 저 여자는 살아 있는 새로운 자기 피를 쓸 수도 있지만 그건 저 여자의 생명에 있어 특별한 시기니까……"

그 말이 무슨 신호라도 된 양 바로 그때 여러 가지 일들이 순식간에 일어났다. 먼저 유대계 인도인 시인이, 이어서 내가 지금까지의 모든 일이 일종의 속임수였다는 걸 깨달았다. 비트 시인은 처음부터 이 모든 것을 눈치채고 있었음이 틀림없다고 나와 인도 시인이 서로의 얼굴을 쳐다보며 확인하는 순간, 즉 오늘 밤 파티는 이 정신장애인 시설에서 지금 자기 생식기에서 나오는 피로 범벅 된 여자를 뺀 수용자 전원에 의해 열렸다는 것, 아까 계속 술을 마시던 얌전한 부인들은 말할 것도 없고 술과 음식을 서빙 하던 젊은이들도 바로 이 시설의 수용자라는 것을 확인하는 순간, 아래층에서 이란 저널리스트가 급히 뛰어올라 왔다. 그는 참가자 전원이 당장 이 건물에서 떠나기로 했다고 알렸다.

이어서 내가 또렷하게 기억하는 건 그때까지 휠체어에 앉아 있던 어린애 같은 건축가가 갑자기 그 신장을 배 정도 늘이며 휠체어에서 벌떡 일어나 보통보다 오히려 큰 키를 앞으로 구부정하게 숙이고 아가테의 어깨에 의지하여 계단을 뛰어내려 가는 뒷모습이다. 전신에 피 칠갑을 한 여자가 놀라지 않도록 일단 그 아래층까지 뛰어내려 와서 웃음을 터뜨린 비트 시인과 우리를 향해 이란인이 말했다.

"모두 위로 올라간 다음에 진작부터 뭔가 이상하다고 생각했던 나하고 한국 영문학 교수가 건축가의 작업장이라던 지하 창고로 내려가 보았어요. 거기에는 제복을 입은 덩치 큰 남자 둘이 미국 텔레비전 영화처럼 줄에 묶여서 뒹굴고 있더라고요. 그 옆의 칸막이, 즉 화장실에도 역시 줄에 묶인 간호사 세 명이 있었고요. 그들과의 협의를 통해 우리가 바로 세미나 숙소의 소형 버스로 떠난다면 오늘의 사건에 대해 우리에게는 책임을 묻지 않기로 했고, 야간 경비원들도 동의했어요. 그다음에 직원들과 간호사들에게 반란을 일으킨 수용자들에게 일종의 처벌이 내린다 해도 그건 세미나 참가자들이 관여한 일은 아닙니다. 이 시설 자체가 수용자의 가족이 내는 고액의 입원비로 꾸려지는 이상 대단한 처벌이 내려지지는 않을 거예요. ……하지만 이런 불상사에 말려들었다는 게 신문 기사로 나기라도 한다면 한국 대표와 나는 귀국 후에 아주 입장이 곤란해질 수도 있어요(그것은 호메이니 혁명*이 일어나기 수년 전의 일이었다)."

우리는 바로 자기들의 '위치'로 돌아가기 위해 좁은 계단이고 복도고 우왕좌왕하는 술 취한 부인들 그리고 아직도 고개를 푹 숙이고 있는 청년들과 아가씨들에게 작별 인사는커녕 거의 밀치다시피 하며 앞뜰에서 이미 엔진을 붕붕거리고 있는 소형 버스에 올라탔다. 그런데 이상하게도 우리를 내몰아야 할 야간 경비원들의 모습은 하나도 안 보이고, 모두가 등을 구부리고 우왕좌왕하는 와중에 어깨가 떡 벌어진 두 명의 간호사만이 보였다. 그리고 결국 암흑 속에서 모습을 드러냈을, 나는 보지 못했던 슬기로운 '레인트리' 쪽에서 온몸이 갈가리 찢겨 나가는 듯한 비통한 울음소리가 두세 번 들려왔다.

오토바이에 분승해서 급하게 그 장소를 떠나는 젊은이들을 앞서거니 뒤서거니 하며 가파른 언덕길을 허둥지둥 도망치는 버스 안으로 여자의 울음소리의 잔향이 빙그르 파고들었다. 여자의 비통한 울음소리는 그때까지도 낄낄거리고 있던 미국 비트 시인의 웃음까지 잠재우고는, 고국의 독재 체제로부터 내려질 이 스캔들의 영향을 걱정하는 한국과 이란의 대표와 구별할 수 없을 정도로 우울한 얼굴로 만들어 놓았다.

……그렇다고는 하나 나는 비록 아무리 깜깜한 밤이었다고 해도 새벽이 가까운 하늘의 여명으로 비추어 본다면 검은 실루엣으로 전체 모습을 드러냈을 거대한 나무를 버스 창문으로 내다볼 생각조차 하지 못했던 자신이, 지금 생각하면 참 이해가 안 간다. 나는 가끔 그 지면 가까이 거대한 벽처럼 버티고 있던 뿌리 사이, 그녀 스스로 정해 놓은 '위치'에 의자를 두고 현관 너머로 서재에 걸린 '말 위의 소녀'를 바라

* 1979년 이란에서 발생한 혁명으로, 입헌군주제가 무너지고 이슬람 종교 지도자가 최고 권력을 가지는 정치체제로 변화되는 결과를 낳은 사건이며, 호메이니가 집권하게 되었다. 그럼에도 이란 현대사에서 민중의 투쟁으로써 독재 정권을 물러나게 한 시민혁명이라는 의미가 있다.

보며, 한편으로 그 나무와 쌍을 이루는 또 하나의 거목 같은 한없이 천상을 향해 상승하는 구조를 가진 건물을 올려다보는 아가테를 막연히 그려 보곤 한다. 지금은 그녀가 말했던 슬기로운 '레인트리'가 도대체 어떤 종류의 나무였는지를 확인할 방도가 없으므로……

'레인트리'를 듣는 여인들
「雨の木」を聴く女たち

(연작 「'레인트리'를 듣는 여인들」 2)

1년쯤 전에 나는 10년이 넘도록 손대는 일이 없던 단편소설을 하나 발표했다. 그렇게 오랫동안 그 장르를 멀리했던 것이나 또 이제 와서 새삼스럽게 이 분야의 일을 하려고 하는 건 요컨대 나의 작가로서의 삶이 내부에서 새롭게 움직이기 시작했다는 것인데, 이제부터 쓰게 되는 이야기와 관계가 있다. 내가 하고 싶은 이야기는 사람의 인생이란 결국 죽음을 향한 행보에 지나지 않는다는 것이지만—아무튼 그 오랜만의 단편의 주제는 '레인트리'였다.

그로부터 얼마 후에 젊었을 때부터의 친구라기보다는 스승이라 불러야 맞을 작곡가 T 씨로부터 〈레인트리〉란 음악을 작곡하고 있는데 내 소설의 한 대목을 시작 부분에 인용하고 싶다는 이야기가 있었다. 그리고 그 악보집의 발간과 녹음은 외국에서 하게 되니(그즈음의

T 씨의 음반은 우리 나라보다 유럽에서 먼저 발매되는 일이 많았다)
그 부분을 영어로 번역해 줄 수 없겠느냐는 것이었다.

나는 대학 교양과정 때부터의 친구이자 지금은 모교에서 우리가 처음 만났을 무렵의 연령대 학생들을 가르치고 있는 Y에게 번역을 부탁했다. Y는 나로서는 그 정신세계를 다 이해할 수 없을 만큼 깊은 문학적 통찰력을 갖춘 학자였다. (그는 영국에서 길고 고독한 연구 끝에 멜랑콜리의 문학적 시대사조에 관한 위대한 성과를 이루었다.) 요즘 내가 저널리즘으로 풀어내고 있는 '사람은 죽음을 향해 나이를 먹어 간다'라는 삶에 대한 해석도 하나의 주제와 변주로서 그처럼 학구적인 친구와 내가 공유하고 있는 것이었다. 그리고 그와 같은 강의실에서 공부한 적이 있는 다른 한 친구가 앞으로 내가 이야기로 풀어 갈 대상이기도 하다. 우선 음악가 T 씨의 악보에 인용될, 내 소설에서의 '레인트리'의 정의를 Y가 번역해 준 그대로 써 두겠다.

It has been named the 'rain tree', for its abundant foliage continues to let fall rain drops collected from last night's shower until well after the following midday. Its hundreds of thousands of tiny leaves ——finger-like —— store up moisture while other trees dry up at once. What an ingenious tree, isn't it?

나는 T 씨가 완성한 '레인트리'를 주제로 한 음악을 초연으로 들었는데 듣기 시작한 순간부터 눈물이 흘러내렸다. 그곳은 연주회장인지라 나는 정신과 육체의 전력을 기울여(이런 식의 표현은 젊은 비평가에게 또 과장법이란 소리를 들을 것 같은데, 이 또한 나 나름의 유머로서 의도적으로 사용하는 표현 방법이다) 소리가 나지 않도록 무진 애를 썼다. 옆자리의 아내가 의아스럽다는 듯이 역시 소리 없이 몸을 약간 움직였다. 우리는 젊은 시절 서로에 대한 깊은 이해를 가지고 결혼했지만 크고 작은 어려움을 함께 겪어 오는 동안 서로 상대방의 내부에 이해 불가능한 부분이 있다는 걸 발견하기도 했다. 그런데 그것이 우리를 멀어지게 하는 게 아니라 반대의 방향으로 이끌고 있으니 이 또한 사람이 죽음을 향해 나이를 먹어 가는 과정에서 부수적으로 얻게 되는 발견이다.

앞서 말한 여러 가지 크고 작은 어려움 중에서 가장 큰 것은 우리 사이에 장애아 아들이 태어난 일이었다. 내가 장애아 아들에 관한 장편 소설을 쓰기 시작한 이후, 아내는 더 이상 나의 소설을 읽지 않는다. 아내는 T 씨의 음악인 〈레인트리〉 프로그램에서 표제를 보더니 "'오월에는 나무에서 떨어뜨리는 물방울로 빗소리를 내는 것이 가엾고도 기특하다'라는 그 노송나무를 말하는 건가?" 했다. 『마쿠라노소시』*에 나오는, 이슬을 모았다가 비처럼 뿌리는 기특한 나무를 연상하는 모양이었다. 나는 그것을 굳이 정정해 주지는 않았다.

……내가 T 씨의 음악에 그토록 크게 감동한 것은 '레인트리'의 은유가 크게 힘을 받고 있음을 발견했기 때문이었다. 은유의 환기력이란 것이 T 씨 음악의 발상 단계에서 늘 중요한 단서가 된다는 걸 나는 익히 알고 있었다. 그 점에 대해 약간 다른 이야기를 하자면 몇 년 전에 있었던 일인데, T 씨의 연주회가 FM으로 생중계 된 적이 있었다. 나를 비롯하여 친구 몇 명은 연주회 중간 휴식 시간에 내보낼 T 씨의

---

* 세이 쇼나곤이 쓴 일본 고대 후기의 수필. 궁정 사회를 묘사한 작품으로, 직접 독자와 연결되는 문예 장르를 확립시켰다.

음악에 관한 멘트를 녹음하게 되었다. 모니터실에서 나의 말을 듣던 연주회의 주역이라고도 할 수 있는, 혼혈은 아닌데도 마치 북유럽 사람처럼 생긴 일본인 지휘자가 "은유라니요? 도대체 무슨 소리를 하시는 겁니까?" 하고 볼멘소리를 했다. 나는 당황해서 "T 씨가 표현하고 있는 오각형 정원에 새들이 날아오는 그 은유는 마르셀 뒤샹*이나 다키구치 슈조**의……" 등의 설명을 하려고 했으나, 젊은 지휘자는 뭔가 거부하는 듯한 태도를 보이다가 끝내는 외면하고 말았다. 나중에 나는 그 지휘자가 은유라는 말 자체를 몰랐던 것에 불과하다는 걸 깨달았다.

'레인트리'의 은유. 쓰는 동안 그런 의식을 가지고 있지 못했을 뿐 아니라 쓰고 나서 시간이 한참 흐른 뒤, T 씨의 음악회장에서야 나도 비로소 확실히 알게 되었는데 이 소설의 목표는 '레인트리'의 은유를 높이 들어 제시하는 데 있었던 것이다. 하와이 대학 '동서문화센터' 세미나에 참가했던 경험에 허구를 덧붙인 건 틀림없지만 인간관계는 사실대로 살려 나는 이 단편을 썼다. 그 상상력 발휘의 모티브는 써 가는 과정에서도 충분하게 파악이 안 되었던 '레인트리'의 은유에 있었다. 그렇게 소설을 완성하고 나니 아직 완전하다고는 할 수 없으나, 그래도 필요한 힘은 은유에 모두 쏟아부었다는 생각이 들었다. 최종 교정 원고를 읽는 마음의 빈 공간에 확실한 이미지의 '레인트리'가 모습을 드러냈다……

소설의 표층만을 본다면 그 화자도 한밤중 암흑 속에서 '레인트리'

---

* 1887~1968 프랑스 태생의 미국 화가 겸 조각가. 다다이즘의 중심적 인물로 '레디메이드' 개념을 창안했다.

** 1903~1979 근대 일본을 대표하는 미술 평론가, 시인, 화가. 일본 정통 초현실주의의 이론적 지주이다.

의 총체를 확인하지 못했다. 다만 손가락 마디만 한 잎사귀들이(나는 '손가락 마디가 쑥 들어갈 정도의 홈이 있는 잎'이라는 말을 하고 싶었는데 영어로는 거기에 딱 맞는 단어가 없는지 Y가 한 번역이나 그 후에 코넬 대학 일본어과 학생의 번역에서도 그냥 '손가락만 한'이라고만 되어 있었다) 빽빽하게 우거진 거대한 나무라고 인물 중 한 사람의 입을 통해 묘사될 뿐이었다. 사실 나는 새싹이 움터 오른 느티나무의 이미지에 끌렸지만 그것은 줄기의 굵기나 가지가 퍼져 나가는 넓이에 어울리지 않는 조그만 잎사귀를 무수하게 달고 균형을 이룬 모습을 하고 있었다. 하와이의 '레인트리'는 한밤중이 되면 매일처럼 내리는 소나기를 잎사귀의 홈에 한 방울씩 모아 두었다가 다음 날 점심때가 지날 때까지 똑똑 떨어뜨려 준다. '레인트리' 그늘의 지면은 영원히 마를 날이 없다.

T 씨의 음악 〈레인트리〉는 정면을 향해 일정한 거리를 두고 무대를 차지하고 있는 연주자에 의해 연주되었다. T 씨의 작품 연주회에서 연주자의 위치는 근래 들어 점점 더 중요해지고 있다. 그의 음악은 인간과 인간의 위치, 인간과 세계의 위치 관계를 우주론적인 시각으로 다시 세운다. 그리고 완전히 새롭게 매겨진 위치를 확실하게 제시한다. 그것은 먼저 우리 귀에 제시되는 음의 위치이기도 하지만, 그 음악을 만들어 내는 인간, 실제 연주를 하는 인간들 각각의 사이에서 확실히 발견되는 위치이기도 하다. 말하자면 그것은 눈에 보이는 위치였다.

〈레인트리〉의 경우, 무대의 처음 조명은 매우 절제되어 있었다. 연주자의 머리카락의 윤곽이 주는 희미한 광택이나 남자의 복장치고는 어깨 패드가 과장되어 있는 실루엣으로부터 중앙에 홀로 있는 사람이 여자라는 정도를 알 수 있을 뿐, 그런 어둠 속에서 연주가 시작되었다.

세 명의 연주자는 모두 타악기 전문가였다. 그들은 중앙의 비브라폰과 양옆의 마림바 앞에 서 있었다. 그런데 처음 울려온 소리는 조율된 세 개의 트라이앵글 소리였다. 음악에 관한 이런 설명이 많은 의미를 전해 준다고는 생각지 않지만, 각각의 트라이앵글의 우연한 화음, 그리고 인간 정신의 영위라고 확실하게 드러내는 불협화음, 엇갈림. 빽빽하게 우거진 조그만 잎사귀들로부터 쉴 새 없이 떨어져 내리는 빗방울 소리, 길게 이어지는 트라이앵글의 연주 속에서 나는 암흑의 텅 빈 공간에 걸린 환상의 나무를 보았다. 그리고 내가 이 소설에서 표현하고 싶었던 건 그 '레인트리'의 확실한 환상이며 그것은 다름 아닌 나에게 있어 이 우주의 은유라는 생각이 들었다. 내가 그 안에 둘러싸여 존재하는 모습, 그 모습 자체로 파악되는 이 우주. 그것이 지금 '레인트리'의 모습을 하고 허공에 걸려 있는 거라고. 나는 '레인트리'라는 우주 모델을 은유로서 제시하기 위해 수다한 언어를 소비한 셈이다. 그러나 어쨌든 은유는 음악가에게 전달되어 그것과 서로를 비출 또 하나의 '레인트리' 은유가, 이 음악가가 창작한 우주 모델에 더하여져 지금 다시 어두운 무대에서 울려 퍼지고 있다……

그러다가 음악은 비브라폰과 두 대의 마림바에 의해 거대한 골격을 드러내면서 확 트인 전망의 세계로 활기차게 이행했다. 나는 홀로 '레인트리'의 우주 모델 영향 아래 영혼이 정화되는 자신을 느끼며 흐르는 눈물을 주체할 수가 없었고 흐느낌이 새어 나오지 않게 이를 악물어야 했다. 그 눈물은 내가 하와이 세미나 기간 중에 경험하고도 그 단편에서는 전혀 언급하지 않았던 사건에 연유한다는 것을 나 자신은 알고 있었다. 음악가 T 씨는 감상적인 작곡가가 아니고 나 또한 비록 눈물은 흘렸지만 그것을 감상적인 행위라고는 생각지 않는다. 그러나 내가 하와이에서 경험하고도 오히려 은폐할 요량으로 그 이야기를 쏙 뺀 「레인트리」를 쓰는 동안 나는 일종의 비탄에 사로잡혀 있었다.

나를 그토록 비탄에 사로잡히게 했던 사건에 대한 직접적인 언급을 배제하며 쓴 단편에 나의 비탄이 드러나 있는지는 잘 모르겠다. 그 소설의 언어 집적集積에 불을 놓아 순간적으로 타오른 불꽃이라 부를 만한 은유 '레인트리', 즉 이 소설을 통해 내가 확인하고자 하는 우주 모델은 어떤 정서적 색채를 띠고 있을까? 소설의 화자는 끝내 '레인트리'의 구체적인 모습은 보지 못한 채 그쪽에서 들려오는 몸이 찢겨져 나가는 듯한 여자의 울음소리를 뒤로하며 무성한 뜰을 떠나는 것으로 이야기는 마무리된다.

그러나 한밤중에 문득 하와이에서 있었던 사건이 떠오를 때마다 '레인트리' 아래에는 언제나 불행했던 내 친구가 데리고 온 또 한 사람의 불행한 여자가 뉴잉글랜드풍 의자에 앉아 있었다. 그리고 그 '레인트리'의 우거진 잎사귀와 더불어 여자들을 감싸고 있는 것은 비탄이라고밖에 뭐라 달리 표현할 길이 없다. 제삼 제사의 여자들이 그리로 모여드는 기분이 들었다……

그런데 나는 비탄이라는 단어에 영어로 grief라고 덧말을 달고 싶다. 즉 비탄grief에 관해서 쓰고 싶은 거다. 왜냐하면 내가 지금 불행했던 친구라고 부른 옛 대학 동기가 그의 생애 마지막 인사를 하기 위해 (그것은 모든 것을 참으로 비굴한 서글픔으로 물들여 버린 인사였다) 나의 숙소에 나타난 게 하와이 사건의 발단이었기 때문이다. 그 친구가 젊은 시절에 즐겨 쓰던 말이 바로 grief라는 영어 단어였다……

나는 그의 이름을 예전에 우리가 강의실에서 부르던 익숙한 이름으로 표기하려고 한다. 대학 입학 때 썼던 이름은 아니다. 그러나 그는 그렇게 불리기를 원했다. 그것이 그가 열여덟아홉 살부터의 삶의 기본 태도로 삼았던 자기 신비화 혹은 자기 은폐의 하나라는 건 알겠으나 그 이유는 확실하지 않다. 하지만 다른 친구들은 그런 그에 대해서 "어 그래? 그러지 뭐, 그렇게 불러 줄게" 하는 정도로 가볍게 받아 주었다. 필시 거기서부터 그의 불행은 시작되었고, 친구였던 우리는 그 점에 대해 마땅히 비난받아야 하는 것인지도 모른다. 그러나 이제 와서 깨닫고 놀라는 점은 다카야스 갓짱이라는 호칭, 나로서도 지난 20년 동안 그렇게 자주는 아니었지만 듣게 될 때마다 가슴이 철렁했던 호칭, 그 갓짱이라는 이름을 한자로는 어떻게 쓰는지 전혀 모른다는 것이다. 해외에서는 물론 국내에 있을 때도 그는 K. Takayasu라는 서명으로 편지를 보냈었다⋯⋯

언젠가 그 다카야스 갓짱이 고마바 교양과정*에서 같은 강의실에서 배웠던 친구 전원에게 즉 본교 학부로 진학해서는 프랑스 문학과, 영문학과, 서양사학과 등의 학과로 흩어진, 개중에는 A처럼 야구부로 유명했던 농학부로 간 친구도 있었는데, 그 모든 동기 앞으로 타자기로 친 영문 편지를 보낸 적이 있었다. 1957년 봄의 일이었는데 편지에는 미국 버지니아 주의 샬러츠빌이라는 소인이 뚜렷하게 찍혀 있었다. 다카야스 갓짱은 아직 외국 유학 기회가 많지 않았던 당시에 그것도 영문학과 재학생 신분으로 어떤 연줄이 있었는지 미국으로 건너가 있었다. 더구나 그해부터 윌리엄 포크너가 Writer-in-Residence로 버지니아 대학에 온다는 걸 미리 알고 거기서 포크너의 강의를 듣기 위해 미국으로 건너갔다는 것이었다.

---

* 고마바는 도쿄 대학교의 캠퍼스 중 하나로, 이곳에서는 주로 전공을 선택하기 전인 1~2학년생들의 교양과정 수업이 이루어진다.

우리 동기들 가운데는 다카야스 갓짱이 2년 전에 일본에 왔던 포크너와 직접 담판을 해서 그를 통해서 미국으로 간 것이라는 친구도 있었다. 다카야스 갓짱은 편지에서 포크너의 강의는 학생들과의 질의응답 형식으로 이루어진다는 말도 했다. 본인이 직접 그 강의실에 앉아 있었는지 나중에 카페 같은 데서 주워들은 이야기인지는 밝히지 않은 채, 퍽이나 우쭐대는 편지였다. 그의 성격은 늘 그런 식이었으나 어쨌든 자기가 감명을 받은 말이라며 포크너의 말을 덧붙이기도 했다. 한 학생의 질문에 대한 포크너의 답변이라고 했다. ⋯⋯between grief and nothing, man will take grief always.

이 문장 하나 때문에 전문적으로 포크너를 읽고 있던 영문과 친구들을 중심으로 대부분의 친구들이, 나도 그중 하나였음을 고백하지 않으면 안 되겠지만 다카야스를 비웃기 시작했다. 포크너에게 직접 강의실에서 들었다는 그 말은 『야생 종려나무』에서 비극적인 결심을 하는 마지막 장면을 그대로 베낀 거네, 그러니까 포크너가 한 말은 틀림없지, 라고. Yes, he thought, between grief and nothing I will take grief. 이런 연유로 다카야스의 미국 유학을 둘러싼 선망 어린 소동은 점차로 사그라졌다.

그런데 2~3년 후였던가, 내가 소설을 쓰기 시작하고 학교 연구실과는 별로 인연이 없는 길을 걷기 시작했을 때였는데 대학원에 진학해서 포크너를 전공하는 친구가 전화를 해서는 "야 이거 큰일 났네. 큰일 났어. 다카야스 갓짱이 옛날에 보냈던 그 편지에 쓴 포크너가 했다는 그 말 말이야, 그게 진짜 있었던 일이더라고. 『대학의 포크너』라는 제목으로 강의 기록이 출판되었는데 정말 그게 나오는 거야. 포크너란 작가가 참 별난 짓도 하네" 하며 호들갑을 떨었다. 그러고는 "너 그 후에 다카야스 갓짱 소식 들은 거 있어? 그대로 복학도 안 하고, 학생과에 알아봤더니 아직 제적은 안 되었다는 것 같던데, 어떻게 된 거지?"

그때 나는 다카야스 갓짱의 소식을 알고 있었지만 그 친구에게는 웬일인지 사실대로 말하기가 어려웠다. 다카야스 갓짱은 당시 귀국해서 대학의 적은 유지하도록 손을 쓰면서도 버지니아 대학까지 포크너를 쫓아갈 정도로 열성적으로 추구하던 학자의 길을 내팽개치고 소설 쓰는 일에 전념하고 있었다. 계속 작품을 써서 투고했지만 가는 데마다 퇴짜를 맞는 바람에 그는 일찌감치 비탄grief이라는 단어를 입에 달고 살았다. 다카야스 갓짱은 내게 대놓고 이런 말을 하기도 했다. "너같이 흔해 빠진 남자의 소설도 일단 매스컴에서 좋은 평을 받고 나니 승승장구하는데, 나처럼 개성이 풍부한 남자가 쓰는 작품이 무시되는 이 수수께끼, 이건 화가 나는 게 아니고 정말 비탄grief을 느낀다!"

그러고는 어찌어찌 작가 노릇을 이어 가는 나에 대해서는 물론이고 대학원에 진학해서 순조롭게 연구자의 길을 걷고 있는 동기들에 대해서도 유치할 정도로 시기심을 드러냈다. "내가 그 자식들의 후배가 되어 강의를 들으러 갈 수는 없지. 그리고 대학원 입시에서는 그 자식들이 시험 감독으로 올 거 아냐?" 그러다가 결국 학교와는 인연을 끊고 다시 미국으로 건너갔다. 그때부터 죽 외국에서 전해지는 소문밖에 듣지 못했던 다카야스 갓짱이 20년 정도의 세월이 지나 하와이 대학 '동서문화센터'에 갑자기 나타났던 것이다. 알코올과 약물 중독이 겹친 것 같은 피폐한 모습이었다. 그러나 자세만은 꼿꼿하게 유지하며 과도할 정도로 우아한 자세로 담배를 피워 문 다카야스 갓짱은 아직도 나를 비롯한 동기들에 대해 변함없는 시기심을 가지고 있었다. 게다가 이제는 비탄이란 감정을 두꺼운 외투처럼 온몸에 두르고 있는 게 겉모습에서도 확연히 드러났다. 만약 다카야스 갓짱이 살아 있어 이 비유를 마주한다면 얼마나 냉소적인 태도를 보일까 생각하니, 애틋한 마음마저 든다. 어쨌든 하와이 이야기로서 좀 안 어울리는 이 비유는 원고가 완성될 때까지 일단 남겨 두려고 한다.

"어이, 국제적인 작가! 어떻게 이 하와이 촌구석까지 순회를 오셨나? 그건 그렇고 너 영어는 할 줄 아냐?" 이것이 다카야스 갓짱의 첫마디였다. 실제로 내가 '동서문화센터'의 세미나에 와서 영어가 달려 진땀을 흘리고 있던 것만은 분명하니, 다카야스 갓짱은 비록 햇볕에 그을린 것조차 쇠약함의 증거로 보일 만큼 겉모습은 쇠락했을지 모르겠으나 동기를 평가하는 능력만큼은 녹슬지 않았던 셈이다.

어쨌든 어깨를 나란히 하고 교원들과 학생들을 위한 센터 식당으로 향하는데 기숙사 3층에서 큰 소리가 들려왔다. "어이, 일본 사람은 친구와 함께 걸어갈 때도 그렇게 죽을상을 짓나? 그렇다고 울지도 못하면서 말이야. Ken, 진주만을 잊지 마. 힘내라고!" 하고 앨런이 악의 없는 조롱 즉, 격려를 보내왔다. 오뚝이처럼 생긴 저 털보가 유명한 비트 시인 앨런이라고 내가 말하자, 다카야스 갓짱은 갑자기 적개심을 드러내며 시인의 최근 행보에 대해 헐뜯기 시작했다. 나는 앨런의 초기 문학적 업적을 누구보다 높이 평가하고 있었지만 그 점에 대해서만큼은 일찍이 영미 문학 전문가로서의 다카야스 갓짱의 비평을 받아들일 수 있었다. 어쨌든 오랫동안 적조했던 옛 친구와의 재회는 시작부터 비탄에 휩싸이고 말았다. 지금 와서 생각하니 그 장면이 더욱 애통해 견딜 수가 없다.

T 씨는 연주회 첫머리에서 전부 자기 작품인 그날의 연주곡목에 대해 설명했다. 특히 초연곡인 〈레인트리〉에 관해서는 천성적인 조심스

러움을 잃지 않으면서도 예민한 유머를 섞어 부연했다. "나는 삼각관계에 상당히 흥미를 가지고 있습니다. 여기 두 남자와 한 여자로 구성된 연주자의 음악은……" 그때 연주회장에는 호감이 넘치는 웃음소리가 일어나 T 씨의 말이 잘 안 들렸다. 그러나 실제 연주가 시작되자마자 바로 허공에 걸린 '레인트리'의 은유를 보았다, 아니 들었다고 한 아까의 경험과 더불어 '레인트리'의 은유가 세 사람의 남녀 연주자에 의해서도 구체화되어 있음을 깨달았다. 그것은 감상자를 곡의 구조 핵심으로 곧바로 이끌어 들였고 그 곡이 탄탄하게 진행되어 가는 과정에서도 죽 의식 속에 남았다.

그리고 내가 하와이 단기 체재에서 실제로 체험하고 「레인트리」의 동기로 사용했으면서도 소설의 표층에서는 날려 버렸던 사건 역시, 이런 식의 삼각관계로밖에 표현할 수 없는 부분이 있었다. 그것은 기묘하게 비틀어진, 말하자면 일그러진 구체에 그린 삼각형이라고나 할까, 그것도 다카야스 갓짱의 삶의 근저에 있는 무엇인가가 위기를 드러낼 때 그런 삼각관계 형식으로 나타나는 것이리라.

다카야스 갓짱은 느닷없이 세미나 참가자 숙소 현관에 나타나서는 우리가 거의 20년 가까이 아무 연락도 없이 지낸 사이라는 건 전혀 개의치 않는 태도로 그런 도발적인 발언을 했다. 다카야스 갓짱은 이어서 자기 자신도 일원이 되는 또 하나의 삼각관계에 있는 친구의 운명에 관한 말을 꺼냈다. 그날 오후 그가 했던 말을 다 믿는다는 전제하의 이야기이긴 하지만……

"내가 이렇게 일부러 널 만나러 온 건 말이지." 다카야스 갓짱은 내가 점점 옛 추억에 관한 말이 많아지는 데 제동을 거는 투로 이야기했다. 즉 이국에서 옛 친구를 만났다는 말랑거리는 친근감은 거절하겠다는 투로 "너와 만나는 것 자체가 목적은 아니야" 하고 못을 박았다. "사이키 마사아키가 백혈병으로 죽었을 때 네가 장례위원장을 했다며? 장례식을 우리 동기가 주관했었다니 나도 한마디 할 권리는 있는 셈이군. 안 그래? 너는 그 장례식을 어울리지도 않게 호화판 장례식장에서 거행했다며? 자기 명예를 위해서. 비용은 사이키가 다니던 방송국에 부담시키고. 별로 뒷소문이 좋지 않았다던데. 어째서 그런 짓을 했지? 국제 작가쯤 되면 초라한 장례식장에는 행차하시지 못하겠다 이거야?"

"아니야. 무슨 그런 소리를……"

"어쨌든 아오야마 장례식장에서 장례식을 치른 건 사실이잖아. 죽은 사이키가 그걸 원했을 리도 없고, 사이키가 다니던 회사의 경영진들도 어떻게든 장소를 바꾸어 보려고 애를 썼다던데, 거기에 대한 소문이라면 나도 들었어. 그 마누라하고 네가 대형 장례식장으로 하자고 우겼다며?"

"네 질문에 대답이 이미 들어 있어. 그러나 네가 그런 식으로 나를 추궁해서 기어이 내 입에서 대답을 듣고 싶다면 나도 할 말은 있어. 그렇지만 그게 너하고 무슨 상관이 있는데?"

"나는 그 녀석 인생의 전환점에 크게 영향을 준 인간이야. 녀석이 죽은 후에라도 장례식 때문에 사람들 입에 오르내리게 하고 싶지 않아. 불쾌하다고. 사이키가 불쌍하잖아."

다카야스 갓짱이 도대체 무슨 소리를 하고 싶은 건지 파악하기가 어려웠다. 우선 그가 사이키 마사아키의 장례식에 대해 이러쿵저러쿵 한다는 자체가 이해가 안 되었다. 내가 불끈하자 다카야스 갓짱도 바로 반발하는 바람에 우리는 침묵에 빠진 채, 화산섬의 지형적 특징을 살린 부지의 기숙사 언덕에서 아래쪽으로 보이는 교원과 학생들을 위한 식당으로 발걸음을 옮겼다. 잔디밭 사이에 동그란 자갈을 깐 오솔길에 접어들었을 때 머리 위에서 비트 시인의 목소리가 들려왔던 거다. 그 시인의 관찰안이 상당히 정확하다고 할 수밖에.

'동서문화센터' 식당은 교원을 위한 시설이기도 하지만 역시 학생 식당인지라 양쪽에 마주 앉아 이야기하기에는 테이블이 너무 컸다. 하는 수 없이 우리는 나란히 앉았는데 다카야스 갓짱은 그것도 불만인 모양이었다. 그렇게 어깨를 나란히 하고 앉으면 내가 또 과도하게 예전의 친근함으로 밀고 나올까 봐 불편한 것 같았다. 그는 그때까지 헐뜯던 비트의 전설적인 시인 대신 이번에는 공격의 눈을 식당 자체로 돌리더니 "국제적인 작가도 이런 데서 밥을 먹나? 하와이 대학이 좀 더 대우를 해 주었어야 하는 거 아냐?" 하는 것이었다.

"왜? 나는 괜찮은데. 여기 참가자들 중에 외부 레스토랑으로 나가는 사람들도 있는 것 같긴 한데 대부분 여기서 식사하는 것에 불만은 없는 모양이더군. 엔라이트라고 일본에서도 가르친 영국 문인이 있는데, 그의 아시아 행적을 조사해서 책으로 낸 학자가 있어. 그 학자는 우리 세미나 참가자 중에서 가장 상류층 출신이고 나이도 지긋한데 매일 아침 여기서 만나면, 하와이 아침 햇살 속에서 일본식 정원을 바라보며 이곳의 잉글리시 머핀을 먹는다는 건 정말 멋있다, 마치 천국의 즐거움을 누리는 것 같다고 하더군."

우리가 바라보고 있는 게 바로 일본 정부에서 기증한 자금으로 조성한 일본식 정원이었다. 오후의 햇살 아래에서 보니 celestial이라고 할 정도의 전망은 아니었지만 어쨌든 그것이 내다보이는 창가에 앉아 있었다. 그러나 다카야스 갓짱은 정원에 관심을 나타내는 대신 "그 학자가 영어 못하는 일본 작가를 괜히 놀리는 거였겠지" 하고 빈정거렸다. 그러고는 "요리는 어떤 게 나오는데? 나 같은 외부인도 먹어도 되겠지? 너 같은 사람하고 함께 있으면 먹어도 괜찮은 거지?" 하고 주절댔다.

이미 식사를 하는 학생은 별로 없었지만 아직 점심시간은 약간 남아 있었다. 나는 좀 전에 식사를 마쳤지만 다카야스 갓짱을 셀프서비스 배식대로 데리고 갔다. 거기서 다카야스 갓짱이 쟁반에 골라 담는 음식이 모두 중국과 일본 가정 요리를 적당히 섞은 것 같은 간장, 즉 현지에서 말하는 소이 소스를 사용한 음식뿐이었다는 게 아직도 기억난다. 그리고 얼음에 재워 놓았던 맥주를, 그것도 미국 맥주보다는 다소 비싼 일본 맥주를 작은 병이기는 하나 여덟 개나 쟁반 위에 올려놓았다. 다음으로 녹차를 우릴 뜨거운 물을 담을 잔으로 홍차 잔 대신 커다란 유리컵을 올려놓은 걸 보고 뜨거운 물에 유리컵이 갈라지면 어떡하나 걱정을 하기도 했다. 지하철 입구같이 생긴 계산대에 도착하자 다카야스 갓짱은 모든 계산을 나에게 미뤘다. 그 대범하달까, 뻔뻔하달까 한 그의 태도보다도 그가 골라 담았던 음식들이 더 선명하게 기억의 중심을 차지하는 이유는 일본에서 살았던 기간과 거의 같은 세월을 외국에서 산 다카야스 갓짱의 음식에 대한 기호가 거의 강박에 가까울 정도로 일본 지향이었다는 것과 그것을 오랜만에 만난 일본인, 더구나 대학 동기인 내 앞에서 무신경하게 드러낸다는 데 충격을 받았기 때문인지도 모른다.

트레이에 홍차 한 잔밖에 올려놓지 않았던 나는 보다 못해 그의 트레이에서 맥주를 내 쪽으로 옮겨 담았다. 다카야스 갓짱은 건성으로 한잔하겠느냐고 한마디 던지고는 바로 혼자서 먹고 마시며 다시 불평을 이어 갔다.

"너는 자기 장례식이 자기가 근무한 회사의 상사 전원이 반대하고 선후배들과 친구들의 조소 어린 주목을 받게 되면 어떻겠냐. 그렇게 참석자들이 전부 당황할 정도로 대단한 대우를 받은 사이키 입장을 생각해 봐. 내가 여기 세관에서 도움을 주었던 일본 카메라맨한테 그 이야기를 들었어. 그것도 아주 자세히. 그게 너하고 사이키 마누라의 뜻이었다며? 그자가 설령 방송국에서 같이 일하던 녀석이라 하더라도 사이키 생전에 별로 친하지도 않았던 카메라맨에게까지 그런 이야기를 들어야 한다는 게 불쾌하다고. 사이키가 너무 불쌍해."

다카야스 갓짱은 큰 접시에 담긴 '데리야키 라이스'라는 음식을 먹고 '파파야 두부 찬푸루*'라는 오키나와-하와이 노선이 보일 듯한 걸 먹고, 맥주는 일본 것이지만 미국식으로 병째로 입을 대고 마셨다. 나는 홍차를 마시며 묵묵히 듣고 있었는데 그냥 들어 넘길 이야기가 아니었다.

"다카야스 갓짱, 넌 죽은 인간 영혼의 존재를 믿어? 나는 믿지 않아. 그러니까 죽은 인간에 대해 그 사후의 일과 관련지어 불쌍하다느니 어쩌니 하는 생각은 안 해. 어쨌든 장례식이란 건 살아남은 자를 위한 거야. 우리 동기들은 무엇보다 사이키 부인의 의견을 존중했어. 나 역시 장례조직위원장이라고 하지만 뭐든지 미망인이 하라는 대로 했고, 그녀가 적으로 생각하는 상대에게는 나도 같이 대립각을 세웠을 뿐이야. 그 적이라는 게 계속 등장하긴 했지만. 어쩔 수 없는 일이잖아? 갑자기 남편을 백혈병으로 잃고 절망에 빠진 사람인데 다소 비상식적인

* 두부와 야채를 지져 만든 오키나와 대표 가정 요리.

행동을 하더라도 장례식 전후 동안만은 그대로 따라 주는 게 맞는 거 아냐?"

"카메라맨은 너에 대한 평판도 꽤 자세히 말해 주더라." 다카야스 갓짱은 계속 말을 이어 갔다. "너는 나름대로 그에 상응하는 대가를 받았겠지. 그런 게 없었다면 우선은 미담이라고 할 수 있으려나. 어쨌든 사이키 마누라는 아직도 그렇게 매력적인가? 아니, 나는 특별히 널 비꼬는 건 아니야. 다만 일반적인 의미로 사이키 마누라는 소문이 대단했던 여자잖아. 내가 세관에서 뒤를 봐준 카메라맨도 사이키 마누라가 하던 바에 간 적이 있다더군. 그녀는 말이지, 너와는 다른 인간이야. 이건 그야말로 국제 작가의 femme fatale 스타일이라고 하던데 아닌가? 그런 소문은 나도 예전부터 들어서 알고 있었지만 이번에 카메라맨에게 들었더니 아주 재미있더구먼."

다카야스 갓짱이 맥주를 마시는 모습은 이미 정상이 아니었다. 애당초 나는 만났을 때부터 다카야스 갓짱이 어느 정도 취해 있다는 것을 알았다. 그래서 그의 말투가 점점 거칠어지는데도 정색하고 화내지는 않았던 거다. 대학 신입생 시절에도 자주 다카야스 갓짱의 궤변에 말려들곤 했다. 그때도 침묵으로 노골적인 무시를 드러내곤 했는데 지금은 그때보다 형편이 더 심했다. 아무리 참으려 해도 역겨운 생각이 앞서 입을 다물고, 대책 없이 아직도 남아 있는 마개를 딴 맥주병을 지겨운 기분으로 바라보고 있었다.

"어째서 그 사이키 마사아키가 그런 여자와 결혼을 했는지 그게 문제인데, 너희, 사이키 장례식에 동기랍시고 모여서 혹시 그 이야기는 안 했어?"

"너 지금 그런 여자라고 했는데 그게 무슨 소리야. 우리는 모여서 그녀의 과거 얘기 따위는 하지 않아. 그건 우리 문제가 아니니까. 그리고 네 문제도 아니잖아?"

"그래? 뭐 그렇지. 나는 사이키 마누라를 직접적으로는 모르니까, 무슨 일이 일어나든 나에게는 책임이 없어. 게다가 나이도 마흔이나 되고 알고도 모르는 척 엉큼스러운 너희가 그런 여자라는 식의 표현을 좋아하지 않는다는 것쯤은 나도 알아. 너희야 도쿄 대학을 수월하게 졸업하고 20년, 자나 깨나 상류 지향이었으니까 지금은 대학 조교수거나 문예 잡지의 편집장, 민간 방송국의 중견 간부 정도는 되어 있겠지? NHK 관료도 있을 거야. 너는 국제적인 작가고 말이야."

나는 씁쓸한 기분을 숨길 수가 없었다. "그래, 네가 그렇다면 그런 거겠지. 그러나 그녀는 사이키 마사아키가 사랑해서 결혼한 사람이고 남겨진 아이가 둘이나 있어. 그 미망인에 대해 네가 하는 말은 아무런 근거도 없을뿐더러 너무 심한 소리 아니냐? 사이키는 의식이 있을 동안 자기 병이 백혈병이란 걸 모르고 있는 척했지만 나는 그가 처음부터 다 알고 있었다고 생각해. 사이키가 총감독을 맡은 프로그램에 나간 적이 있었어. 라틴아메리카를 소개하는 프로그램이었는데 아메리카의 문학적 측면을 말하면서 에바 페론 이야기를 했지. 그 페론 대통령의 전 부인 성녀 에바 말이야. 자연히 그녀를 죽음으로 이끈 백혈병 이야기가 나왔고, 거기 연관되어 피폭자의 백혈병에 대해서도 이야기가 나왔는데 사이키는 원폭 병원 영상을 넣고 싶어 했어. 그 프로그램은 스페인어판으로 만들어 라틴아메리카에도 보내게 되어 있었지. 그런데 사이키가 백혈병에 대해 아주 자세히 알더라고. 그 사이키가 병에 걸리고 얼마 되지 않아 부인에게 '내가 당신 인생을 엉망으로 만들어 버렸군'이라는 말을 했다더군. 사이키다운 말 아니냐? 부인은 의사고 간호사고 상관없이 싸움도 많이 했다던데, 그게 다 그녀가 혼신을 다해 간병했다는 증거지. 나는 그걸로 충분하다고 생각해. 사이키의 결혼 생활에 대해 더 이상 이러쿵저러쿵하고 싶지 않아. 물론 나에게 그를 동정할 권리가 있다고 생각하지도 않고."

나는 다카야스 갓짱이 내 말투에 발끈해서 완전히 정색하고 덤벼들 줄 알았는데 그렇지는 않았다. 나중에 생각해 보니 그런 점이 젊은 시절의 그와는 달랐고 그의 새로운 처신이었던 것 같다. 실제로 그런 일이 있었더라면 그날 심야에 다카야스 갓짱이 중국계 미국인 여자를 데리고 나의 숙소를 찾아왔을 때 문을 열어 주지 않았을지도 모른다. 어쨌든 내가 그런 식으로 쏘아붙이자 다카야스 갓짱은 양 팔꿈치를 테이블에 올린 채 두 손으로 뒤통수에 깍지를 끼고 크게 한숨을 쉬었다. 그리고 거의 다 먹기는 했지만 완전히 입맛이 떨어진 모양인지 트레이 위에 남은 음식을 외면해 버렸다. 그러다가 다시 기운을 차리고는 한 마디 말도 하지 않으면서 남아 있던 맥주 두 병을 연거푸 들이켰다.

그리고 다카야스 갓짱은 아주 저자세로 그러나 이제 생각해 보면 그것 역시 앞에서 떠벌리던 말의 반복에 지나지 않는 소리를 늘어놓았다.

"그렇지만 사이키가 일본으로 돌아가 다시 일을 시작하고, 도쿄 매스컴 업계에서 생활하다가 하필이면 술집에 나가는 여자와 결혼했는데, 유럽에서 그 계기를 만들어 준 게 바로 나거든. 그걸 생각하면 정말 너무 마음이 아파. 정말 녀석이 불쌍해서 못 견디겠단 말이야. 너한테 그 이야기를 하고 싶어서 이렇게 찾아온 거야. 그런데 이야기가 좀 긴데 너, 가서 맥주 두세 병만 더 사 와라. 역시 내 위장에는 일본 물로 만든 게 잘 맞는 것 같아."

　나는 알코올 중독의 기색이 완연한 다카야스 갓짱에 대한 냉담한 기분으로 그의 말대로 일본 물로 만든 맥주를 사다 주고 그가 털어 놓는 이야기를 들어 주었다. 아직 오후 3시밖에 되지 않은 시간이었고 더구나 거기는 대학 구내의 교원과 학생을 위한 식당이었다. 맥주를 들고 계산대에서 돈을 내고 나오는 나에게 아는 얼굴이 노골적으로 질색하는 태도를 보였다. 국제결혼을 해서 여기서 살고 있다는 일본 여자였다. 이삼일 전에 만났을 때는 도쿄의 가족들에게 잘 계시다고 인사라도 전해 드릴까요? 하니 그건 곤란하다고 웃던 사람이었다.

　다카야스 갓짱의 장황한 이야기는 생전의 사이키에게서 들었던 이야기를 토대로 보건대 꾸며서 만든 것이라는 게 뻔히 들여다보였다. 사실이라고 할 만한 건, 물론 사이키의 시각으로 본 것이긴 하지만 예전에 그에게서 이미 들었다. 사이키는 서른 살이 되던 봄에 그동안 근무하던 민간 방송국의 직원 신분으로 프랑스 정부의 직업 연수생으로 선발되어 프랑스로 건너갔다. 그리고 그는 ORTF로 새로 조직된 국영 방송국에서 연수를 받으며 일도 했다. 사이키의 장례식에서 가장 감명 깊었던 것도 프랑스에서 온 옛 동료의 조전弔電이었다. 그것은 5월 혁명* 때 독자적인 역할을 수행한 이 프랑스 라디오 텔레비전 방송국에서 외국인으로서의 절제된 그러나 과단성 있는 사이키의 행동을 회고하는 내용이었다. 이는 사이키가 프랑스에서 그 기간에 맺은 인간관계를 얼마나 성실하게 유지해 왔는가 하는 증거이기도 했다.

　그 5월 혁명의 혼란이 수습된 직후, 갑자기 미국에서 다카야스 갓

---

* 1968년 5월 프랑스에서 학생과 근로자들이 연합하여 벌인 대규모 사회변혁 운동. 드골 정부의 실정에 항의하며 사회와 교육의 모순 및 관리사회에서의 인간소외 해결을 요구했다.

짱이 파리를 방문했었다는 이야기는 사이키에게 들어서 알고 있었다. 다카야스 갓짱은 일본 전철 회사 계열의 재벌의 딸을 동반하여 뉴욕에서 파리로 날아왔다. 그리고 미국과 유럽에 진출한 그 대기업의 문화적 기반을 구축하기 위해 영어와 프랑스어로 된 국제 잡지를 발행할 계획이라고 말했다. 거기서 방송 미디어이긴 하지만 이미 국제 저널리스트라 할 정도의 활약을 해 온 사이키에게 편집권의 절반을 맡기겠다고 했다. 다카야스 갓짱은 대기업의 딸이 자기 애인인데 사업은 물론이고 이 사업을 맡은 자신에게도 정열을 불태우고 있으니 자금은 아무 걱정이 없다고 떠벌렸다. 다카야스 갓짱은 그런 조건을 들며 사이키의 결단을 촉구했다.

사이키는 처음부터 이 이야기를 엉뚱한 소리로 여겼던 듯하다. "참, 파리에서 다카야스 갓짱을 만났는데 옛날하고 똑같더라고" 하며 그 이야기를 시작했다. 이미 사이키에게서 그런 식으로 들었던 터라 다카야스 갓짱이 심각하게 하는 말이 나에게는 밑도 끝도 없는 허무맹랑한 이야기로밖에 안 들렸다. "다카야스 갓짱이 그 계획의 자금줄이라고 데리고 온 사람이 말이지, 바로 ** 양이었는데, 다카야스 갓짱의 말하고는 딴판이더라니까. 애인이라더니 굉장히 쌀쌀맞고 전혀 이야기에 끼어들지도 않더라고. 시큰둥해 가지고는 말없이 째려보기만 하던걸. ** 양은 그대로 도쿄로 돌아가 버리고 다카야스 갓짱은 할인 왕복 항공권으로 왔기 때문에 하는 수 없이 뉴욕으로 돌아갈 수밖에 없다더니 그대로 감감무소식. 변함없이 엉뚱한 녀석이야. 나로서는 사실 활자 미디어에 흥미가 있었는데 말이지."

역시 대학 동기로 대형 출판사 사장 비서인 친구가 이 이야기를 나와 함께 들었다. 동기들에게 신뢰를 받는 인물로 사이키 장례식에서는 사회자 역할을 훌륭하게 해 준 그 친구는 근심 어린 얼굴로 이런 말을 했다. "다카야스 갓짱은 과대망상에 빠진 거야. 그런데 그 망상이 현실과 뿌리를 잇고 있다는 점에서 더 곤란한 거지. 저렇게 평생 피지도 못하고 죽으면 어떡해. 재능이 아까워."

"아냐, 아냐. 사이키 말로는 다카야스 갓짱은 더 큰 계획을 가지고 있었다고 해. 그건 당연히 가볍게 발설할 문제는 아니었겠지. 그 계획이 실현되기만 하면 지금까지 쌓아 올린 그의 마이너스 카드가 단번에 플러스로 바뀔 만한 것이었대. 그런데 자기가 그걸 도와주지를 못했다고 하더라고."

다카야스 갓짱은 사이키가 자기 애인이었던 재벌 딸을 보자마자 열을 올리는 바람에 계획에 차질이 생겼다고 했다. 그 여자는 다카야스 갓짱과 배타적인 사랑에 빠져 있었다. 그러므로 사이키의 접근을 매우 성가셔했다. 그러나 다카야스 갓짱의 입장에서는 이 계획을 위해 재벌 딸도 사이키도 둘 다 없어서는 안 될 존재였다. 하지만 재벌 딸은 사이키에게는 관심이 없었고 사이키는 사이키대로 아가씨를 향한 사랑이 거부당한다면 당연히 이 계획에는 참가하지 않을 터였다.

"그래서 내가 사이키에게 제안했지. 우리 둘이 함께 그녀를 공유하면 되지 않겠느냐고. 내가 그녀에게 그게 가장 최선의 방법이라고 설득하면 그녀는 기꺼이 내 뜻을 따를 거다, 국제적으로 수준 높은 교육을 받으며 자란 여자니까. 그만큼 사고방식이 자유롭고 무엇보다도 내 사업 계획을 존중하고 있었으니 결국에는 내 의지를 따를 거라고 말이야. 내가 금방 그녀를 설득할 테니까 셋이서 동거할 수 있는 아파트를 구하자고 사이키에게 말했지. 아파트를 넓은 걸로 빌리면 잡지 발행 준비를 위한 사무실로도 사용할 수 있다, 자금 걱정은 필요 없다.

그런데 일이 그렇게까지 진전되니까 사이키가 말이지, 이상스럽게 보수적이 되어 버리더라. 분명 나의 제안에 충격을 받았던 거야.

결국 사이키는 국제적 종합 잡지의 주간으로서 범유럽적으로 활동하는 길을 자기 자신이 포기하고 다시 그 텔레비전 방송국으로 돌아가 버렸지. 도쿄에서 그런 일을 해 봤자 뉴욕이나 파리에서 보면 아무것도 아닌데. 대부분 나중에 남지도 못하는 일이잖아. 그리고 국제적으로 수준 높은 교육을 받은 여자에 대해 거부반응을 갖게 된 거야. 그래서 완전 반대 유형의 여자와 가정을 꾸린 거지. 그 상처를 다시 건드리고 싶지 않을 거야. 이래도 내가 스스로 책임을 느끼고 사이키 마사아키를 동정하는 게 주제넘은 짓이라고 생각하냐?

……어쨌든 사업이 중단된 건 너무 유감스러워. 그 후 같은 종류의 잡지는 나오지 못했으니, 일본의 지적 분야에 엄청난 공적 손실이 발생한 거지. 나는 이 잡지에 영어와 프랑스어로 대하소설을 발표할 생각이었거든. 구상은 전부 되어 있어. 언젠가는 꼭 쓸 거긴 한데 발표할 지면이 정해지지 않으면 좀처럼 글이 안 쓰인단 말이야. 너도 그렇지 않냐? 내 경우는 국제적인 종합 잡지가 아니고는 구상을 생생하게 살릴 수가 없는 일이라서 정말 보통 번거로운 게 아니야. 결국 너하고는 경쟁 관계가 되는 일은 없을 테니 그 점은 안심해도 좋아.”

하려고만 들었다면 나는 다카야스 갓짱에게 ‘내가 사이키에게 들은 바로는 네가 데려왔다는 그 대기업 딸 말이야, 입이 닷 자나 나와 가지고는 무례하기 짝이 없었다던데’라고 해 줄 수도 있었다. 또 ‘네 이야기가 정말이라면 잘된 거잖아. 사이키가 떠난 다음 네가 그 여자와 헤어질 이유가 없지. 그렇게 간단히 헤어질 수 있는 사이도 아니었다면서?’ 하고 되물을 수도 있었다.

그러나 나는 그의 장황한 이야기를 잠자코 듣기만 했다. 다카야스 갓짱은 나의 소극적인 반응에 안절부절못하며 이번에는 자기가 구상하고 있는 대하소설에 관한 이야기를 꺼냈다. "그 대하소설은 지구상의 다양한 장소에 흩어져 살고 있는 남녀들, 모두 현대 세계의 운명 타개를 책임져야 하는 위치에 있는 남녀들이 우주 가장자리에 있는 독수리의 날갯짓에 반응해서 행동을 일으킨다는 이야기야." 나는 그 이야기에도 별다른 반응을 나타내지 않았다. 하지만 우주 가장자리의 독수리 날갯짓이라는 이미지는 사이키 마사아키가 방송국 격무에 시달리면서 준비했던, 그리고 내가 알기로는 그의 부인에게만 말했다는 그 자신이 언젠가 쓰겠다던 소설의 구상이었다.

　　따라서 공정한 입장에서 본다면 내가 다카야스 갓짱에게 너무 관대했던 거였다. 이윽고 저녁 시간대를 위한 청소 시간이 다가왔고 우리는 청소부들에게 쫓겨났다. 다카야스 갓짱은 줄곧 소극적인 반응밖에 보이지 않는 나에게 불만을 나타내며 투덜거렸다. 그래도 나는 다카야스 갓짱을 떼어 버릴 수 있게 된 것만으로도 마음이 가벼워져 와이키키 해변으로 내려가는 버스 정류장으로 그를 바래다주기까지 했다.

　　"사이키 마사아키의 빈곤한 상상력은 너에게도 똑같이 갖추어져 있구나. 졸업할 때까지 도쿄 대학에 매달려 있던 자식들에게는 그게 공유 자산이니까. 말로는 이러고저러고 잘도 주워섬기면서도 결국은 보수의 틀에서 벗어나지 못하지. 남자들이 협동을 이뤄 진실로 위대한 업적을 달성하기 위해서 한 여자를 공유할 수도 있다는 생각을 왜 못하느냐고. 남자끼리는 결국 대립하게 되지. 그렇지만 그 사이를 아울러 주는 여자가 똑똑하면 결코 그들을 이간시키거나 하지 않아. 그런 여자는 여성 특유의 위대한 힘을 발휘해서 잃어버린 우정을 회복시켜 준다고. 그리고 위대한 협동 작업에 힘을 쏟도록 격려하지. 도대체 너희는 언제까지 일부일처 제도라는 하찮은 환상에 붙들려 살 생각이 야?"

　그날 밤 자정 가까운 시간에 숙소의 방문을 두드리는 사람이 있었다. 세미나 시작부터 왼쪽 옆방에 머무는 봄베이 시인에게는 밤에도 가끔 찾아오는 사람이 있었지만 그때까지 나에게는 아무도 찾아오는 사람이 없었던지라 옆방에서 나는 소리이겠거니 하고 그냥 침대에 누워 있었다. 벽 쪽에 붙여서 만들어 놓은 묘하게 낮은 군용 침대에 누워 있는데 노크 소리가 천장 근처까지 울려 퍼지는 느낌이 들었다. 복도에서 계속해서 입속에서 웅얼거리는 소리로 같이 온 사람에게 뭐라고 화를 내는 남자의 말이 내가 들은 대로 쓴다면 그것이 영어임에는 틀림없었으나 한편으로는 일본어같이 들렸다. 나는 자리에서 벌떡 일어났다.
　문을 열자 이미 전등불이 꺼진 복도에서 다카야스 갓짱이 일본 술 냄새를 풍기면서 밀어닥쳤다. 그대로 나를 껴안으려는 건지 밀어제치려는 건지 나에게로 확 다가오는 바람에 나는 얼떨결에 뒤로 물러났다. 그 다카야스 갓짱과 나의 틈으로 우리보다는 열 살은 어려 보이는 여자가 방 안으로 쑥 들어왔다.
　그날 밤중에 일어났던 일은 결코 즐거운 추억은 아니었지만 그 여자가 방으로 쑥 들어왔던 순간의 인상은 내 기억 속에 깊이 새겨졌다. 그것이 그녀에 대한 이미지를 결정했던 만큼 우선 거기에 대해 쓴다. 쑥 들어왔다고 했지만 그건 그녀의 움직임이 민첩하다거나 경쾌한 동작이었다는 뜻은 아니다. 오히려 살집이 좀 있는 몸의 유연하고 의젓

한 움직임이었다. 얼굴은 동양적으로 생겼는데 몸이 늘씬하고 쭉 뻗은 하반신은 좌식 생활을 한 사람의 것이 아니었다. 그런 몸매에 플랫 슈즈를 신은 여자가 쓱 들어왔던 것이다.

그러고는 머리카락을 둥글게 말아 올린 방추형의 머리를 약간 앞으로 숙여 역시 방추형 어깨의 통통함을 드러내고 내가 그때까지 누워 있던 침대를 내려다보았다. 마침 내가 그때까지 누워서 보고 있던 하와이 식물원의 카탈로그가 조그만 사이드 램프 불빛에 표지를 내보이고 있었는데 그녀는 그걸 들여다보았다. 여자는 그냥 그대로 서 있기만 할 뿐 나에게 인사조차 하려고 들지 않았는데 그 점이 오히려 다카야스를 따라온 사람다운 행동으로 보이기도 했다. 여자가 중국계 미국인이라는 건 금방 알 수 있었다.

다카야스 갓짱이 문을 닫고 일본어로 다음과 같은 말을 했을 때, 그날 낮 시간부터 그와는 줄곧 일본어로만 대화해 왔다는 걸 깜박하고는, 영어와 중국어의 이중 언어 사용자인 여자 동행인 면전에서 참으로 노골적인 이야기를 하면서 그가 배려하느라 그러는 줄 알았다. 그것은 내가 세미나에 참석한 이래 줄곧 영어만을 사용하는 생활을 했다는 것과 무관하지는 않을 테지만.

"너 말이야, 미국에서고 프랑스에서고 제대로 된 창녀하고 한 번도 못 자 봤지? 그럴 줄 알고 내가 아주 최고의 여자를 데려왔지. 나중에 300달러만 주면 돼. 너 다음에 나도 할 거야. 그건 소개료야. 여자하고는 계약할 때 이미 얘기가 끝났어. 네가 이쪽 침대에서 하는 동안 나는 저쪽 침대에서 기다릴게.

……성병 걱정은 안 해도 돼. 내가 네 소설을 읽으며 알아차린 게 있는데, 넌 그거야, 일본어로 뭐라고 해야 하나, syphilophobe야. 그렇

지만 애는 성병 같은 건 없어. 피임약 먹고 있으니까 임신 걱정도 없고. 원래 그 문제는 여자가 걱정하는 거지. 자 빡세게 한번 해 봐. 한 번을 하든지 두 번을 하든지 마음대로. 나는 저쪽 침대에서 기다릴 테니까."

다카야스 갓짱은 고주망태로 취해서 제정신이 아니었다. 게다가 아무래도 알코올만으로 취한 모습은 아닌 것 같았다. 다카야스 갓짱은 상체를 흔들흔들하며 그 말만을 아주 천천히 하나씩 뱉어 냈다. 단어 하나하나를 천천히 발음하는 게 아니라 마치 기침이라도 하듯 한 구절을 뱉고 한참을 쉬었다가 다음 구절로 이동해서는 거기서 또 멈추고 하는 식이었다. 그리고 그는 내 침대가 붙어 있는 벽의 반대쪽 벽을 향해서 상체를 흔들흔들하며 걸어가 무너지듯 낮은 침대 위로 몸을 부렸다.

세미나 기간 동안 내게 제공된 기숙사 방은 그런 식으로 양쪽 벽에 침대가 하나씩 붙은 2인실이었다. 가운데 벽면에 뚫린 넓은 창가에는 책상 두 개가 나란히 놓여 있었다. 침대 사이의 거리는 5~6미터쯤 되었고 내 쪽의 사이드 램프밖에 켜져 있지 않아서 방 전체가 매우 어두웠다. 밝은 달이 뜬 밤이었지만 창문은 잔뜩 우거진 인도보리수 잎사귀들이 꽉 막고 있어서 그리로는 아무런 빛도 들어오지 않았다.

다카야스 갓짱이 어찌어찌 몸을 일으켜서 침대 위에서 양 무릎을 세우고 어린애처럼 앉은 모습이 조금은 안정감 있어 보였는데, 침대가 너무 낮아서 그렇게 느껴지는 모양이었다. 그래도 고주망태가 된 다카야스 갓짱이 침울한 얼굴로 지켜보는 가운데 그가 데리고 온 여자와 성교를 할 생각은 없었다. 그녀 역시 나와 성교를 하게 되리라곤 생각하지 않는 눈치였다. 아까 쑥 들어온 그대로 서서 내 침대 위에 있는 식물원 카탈로그의 초록색과 붉은색의 부겐빌레아 사진을 들여다보았다. 꼼짝도 않고 멈추어 선 모습에서는 쓱 들어올 때와는 다른 긴 장감이 느껴졌다……

그리고 그녀의, 나아가서 나의 엉거주춤한 상태는 만취 때문에 일어난 변덕이라기보다는 처음부터 그럴 의도였을 것 같은 다카야스 갓짱의 새로운 행동으로 해소되었다. 그는 머리 무게 자체로 저절로 푹 수그러지는 고개를 다시 일으켜 세우더니 나에게는 일본어로 여자에게는 영어로 이런 명령을 했다. 그렇게 취하고도 2개 국어를 번갈아 능숙하게 구사하는 모습에서 다카야스 갓짱의 미국 생활의 경제 기반이 통역이었다는 게 잘 드러나는 듯했다.

"네가 그렇게 우물쭈물하니 내가 먼저 하는 수밖에 없겠네. 300달러로 하룻밤을 독점할 수는 없으니까. **페니! 이리로 와서 우리가 준비한 오이로 엉덩이 구멍을 찔러 줘.** 내가 늙어 기운이 없어서 최근에는 그렇게라도 하지 않으면 서질 않아. 일부러 일본 농부가 기른 일본 오이를 사왔거든. 가시를 떼어 버리고 소금으로 문질러 준비를 해 두었지. 이 소금 처리라는 게 아주 까다로워. 잘 씻지 않으면 거기가 쓰라리고 너무 많이 문질러 놓으면 너무 부들부들해지거든.

……이쪽 사이드 램프를 켜면 너무 밝아. 그래도 암흑에서는 좀 그러니까, 네 쪽 불은 그대로 켜 둬. 훔쳐봐도 상관없지만 자위는 하지 마라. 내가 한 다음에는 네 차례니까. **페니! 어서 옷을 벗어. 꾸물거리지 말고!**"

그리고 다카야스 갓짱은 상당히 설명 조로 늘어놓던 자신의 말을 그대로 행동에 옮겼다. 침대에 벌렁 누웠으나 그렇다고 다시 식물원 카탈로그를 들여다볼 수도 없이 멍하니 어둠을 응시하는 나의 시야에 저절로 들어오던 광경과 들려오던 소리. 그것은 먼저 다카야스 갓짱이 페니라고 부르는 여자가 녹회색의 저지 원피스를 쓱 벗는 모습이었다. 그녀가 브래지어를 풀었는데도 풍만한 가슴에 흰 천이 감긴 듯보였던 건 하와이에 사는 사람답게 해변에서 생긴 수영복의 흔적이었다. 베이지색 페티코트를 들어 올려 같은 색의 팬티를 벗으니 역시햇볕에 타지 않은 하얀 엉덩이가 쓱 드러났다. 여자가 페티코트만 걸친 채 바닥을 문지르듯 하는 동작으로 구두를 벗는 동안 다카야스 갓짱이 침대에 누운 채 청바지를 벗고 느릿느릿 몸을 뒤집어 엎드렸다. 다카야스 갓짱은 전체가 하얀 허벅지와 엉덩이를 공중으로 쑥 내밀고 앞으로 기는 자세를 취했다. 침대에 모로 앉은 페니는 커다란 핸드백에서 식물원 카탈로그와 같은 녹색의 봉을 꺼내더니 소 혓바닥처럼긴 혀로 정성껏 침을 발랐다……

나는 거기까지만 보고 눈을 감았다. 그러나 다카야스 갓짱이 집요할정도로 자세하게 여자에게 명령하고 설명을 하는 바람에 실제로 그가사정까지 갔는지 아닌지는 별도로 하고 여자가 침대 옆에 무릎을 꿇고 앉아 준비한 오이로 모종의 역할을 수행하다가 허겁지겁 침대로올라가 다카야스 갓짱을 뒤로 누이고 올라타는 전체 과정이 귀로 들려왔다. 여자는 끝까지 아무 말도 하지 않았지만 마지막 순간에는 거친 숨을 토해 냈다.

……그리고 다카야스 갓짱은 아이들이 하는 것처럼 청바지 지퍼를끌어 올리며 어정거리는 걸음으로 내 침대 옆으로 다가왔다. 눈을 뜨고 올려다보니 거기에는 아래쪽으로부터 올라가는 조명을 받은 인간의 얼굴, 왠지 살기가 서린 듯한 다카야스 갓짱의 얼굴이 있었다. 그곳이 더운 하와이임에도 불구하고 소름이 쫙 돋아나게 하는 얼굴이었

다.

"자 이제 네 차례야. 얼른 해."

"난 싫어. 얼른 저 사람 데리고 돌아가 줘."

"뭐? 이제 와서 무슨 소리를 하는 거야? 나는 다 했잖아."

나는 벌컥 화를 냈다. 자신을 제어하지 못했다기보다는 그럴 필요를 못 느꼈다. 그러나 일어나서 다카야스 갓짱에게 달려드는 대신 침대에서 일어나 앉아 바닥에 맨발을 내려놓고 "나는 싫다고. 얼른 저 사람 데리고 나가란 말이야" 하는 소리만 반복했다.

"절대로 안 하겠다는 거야? 그래도 계약은 계약이지, 넌 계약을 한 거야. 300달러를 주지 않고는 쟤를 돌려보낼 수 없어." 다카야스 갓짱은 목에 가래가 걸린 소리로 말했다. 내가 세게 나오니 술 취한 인간 특유의 민감함으로 전술 전환을 꾀하는 거였다. 그리고 그는 자기 동행에게 영어로 명령했다. 그 어구의 하나하나를 내가 모두 잘 알아들었는지는 모르겠으나 그때까지의 돌기형의 분노가 움푹 팬 혐오로 바뀌었다. 대충 이런 말이었다.

"페니, 나는 문밖에서 절대 안 움직일 거야. 어떻게 해서든지 이놈하고 성교하고 300달러를 받아 내. 300달러를 받아 낼 때까지는 절대 저 문으로 나갈 수 없을 줄 알아!" 물론 나 들으라고 하는 소리였다. 그는 여전히 상체를 흔들흔들하면서 문 쪽으로 걸어가더니 다시 나를 돌아보며 이렇게 덧붙였다.

"절망에 직면한 여자가 있다면 다소 상식에서 벗어난다고 해도 그 사람이 하는 일에 반대할 수는 없는 거라고, 누가 그랬지? 그건 그냥 입에 발린 소리였어?"

다카야스 갓짱은 중정에 면해 있는 복도로 나가더니 문을 닫았다.

그대로 문에 기대며 주저앉는 소리가 들려왔다. 그리고 입구에서 종이봉투를 끌어다가 병술을 꺼내는 것까지 확실히 들렸다. 다카야스 갓짱은 완전히 고주망태로 취하고서도 병술을 방 안으로 들고 들어오지 않을 정도의 배려심은 갖추고 있었다. 그것이 미국 대학 기숙사의 규칙인가 싶었다. 그때까지 다카야스 갓짱이 방 안에서 한 짓은 거의 모든 대학 기숙사 규칙에 어긋나는 일이 분명했지만 종이봉투를 밖에다 두고 들어왔다는 사실 하나로 나는 옛 친구에 대한 감정을 회복했다. 역시 열여덟아홉 살 때의 친밀감을 나는 그대로 유지하고 있었던 셈이다.

맞은편에는 다카야스 갓짱이 데리고 온 여자가 솜씨 좋게 침대를 정리하고 조용히 앉아 있었다. 몸에 걸치고 있는 것은 역시 아까의 페티코트 하나, 젖가슴도 가리지 않은 채 허벅지에 두 손을 올리고 눈길을 비스듬히 떨구고 있었다. 그녀의 목도 어깨도 그리고 젖가슴도 단면도로 하면 모두 방추형일 것 같았다. 그것은 내가 일본 여자들에게서 받지 못했던 인상이었다. 종이같이 하얀 젖가슴과 달걀색을 한 전신의 부드러운 피부도 그랬다. 방금 전까지의 격한 움직임으로 도발된 뜨거운 피가 고요한 자세로 앉아 있는 여자의 사지에서 넘실거렸다……

내가 응시하고 있다는 걸 알아차리고 여자는 천천히 방추형의 얼굴을 들었다. 땀방울이 송골송골 맺혀 있었다. 그러나 너무나 진지한 표정이었다. 나는 얼굴을 좌우로 흔들었다. 여자는 화장기 없는 사려 깊은 외까풀 눈으로 안개 속을 꿰뚫듯 이쪽을 바라보고, 나와 마찬가지로 고개를 옆으로 흔들더니 갑자기 얼굴이 환해졌다. 그러나 술 취한 다카야스 갓짱이 문밖에서 버티고 있었다. 이 세미나의 하와이 체재

중 자유롭게 쓸 수 있는 돈이 마침 다카야스 갓짱이 제시한 금액과 거의 비슷한 액수였다. 나는 여권에 넣어 둔 그 돈을 꺼내기 위해 책상이 있는 창가로 다가갔다. 마음의 안정을 되찾고 차분하게 앉아 있던 여자가 나의 움직임에 다시 방어적인 자세를 취하는 것을 보니 새삼 다카야스 갓짱을 향한 분노가 되살아났다. 어쨌든 나는 책상 위에 걸쳐진 녹회색 저지 원피스 곁에 돈을 올려놓았다. 그 옷의 색깔은 하와이에 와서 육지나 바다에서도 딱히 보지는 못했으나 이 땅에서 자라는 식물들의 색깔이 꼭 그럴 것이라는 생각이 들게 하는 색깔이었다……

그때 갑자기 문이 벌컥 열리며 다카야스 갓짱이 4홉들이 일본 술과 종이봉투를 안고 방 안으로 후다닥 뛰어들었다. 나는 마치 성행위를 하다가 기습 공격을 받은 기분이 들었다. 나는 복도에서 멀어지는 느긋한 맨발 소리를 듣고 다카야스 갓짱이 왜 그렇게 기겁하고 방으로 뛰어들었는지를 금방 깨달았다. 그것은 오른편 쪽 방에 묵고 있는, 서사모아에서 세미나 참가를 위해 온 앨버트라는 작가의 발걸음 소리였다. 태평양 작은 섬에서의 민속과 기독교가 서로 얽혀 새로운 신화의 기원이 되는 그의 소설을 읽고 친구가 된 작가였다. 그 앨버트가 벽 하나를 사이에 둔 이쪽 방의 소음에 잠이 깨서 복도 끝의 화장실로 가는 게 분명했다. 그는 잠을 잘 때는 보통 검게 빛나는 벗은 몸에 허리 아래로는 극채색 천을 둘둘 감은 차림이었다. 식민국 지배자로 왔던 독일인을 할아버지로 둔 그 섬의 추장 자손인 앨버트의 몸은 한밤중 복도에서 불쑥 마주친다면 누구라도 기겁하게 만들 정도의 위용을 갖추고 있었다.

아무리 그렇다고 해도 다카야스 갓짱의 두려움은 정도 이상이었고, 취해서 해롱거리던 기운이 쏙 들어가고 완전히 기가 죽어 몸을 떨기까지 했다. 나나 여자에게 한 마디 말도 하지 않은 채 가슴에 부둥켜안은 종이봉투와 4홉들이 술병에 시선을 고정시키고 서서 거의 신음 소리와 같은 숨소리를 낼 뿐이었다. 여자는 방으로 쏙 들어왔을 때와 마찬가지로 차분하게 그러나 매우 효율적으로 이리저리 움직였다. 브래지어와 원피스를 걸치고 침대 옆 마룻바닥에서 팬티를 주워 올려서는 그 옆에 뒹굴고 있는 오이를 싸더니 핸드백에 집어넣었다. 그리고 표정도 말도 잃어버린 다카야스 갓짱을 자연스럽게 부축하여 복도로 데리고 나가더니 야무지게도 앨버트가 돌아올지도 모르는 방향과는 반대쪽 계단의 어둠 속으로 사라져 버렸다.

다음 날 세미나의 모든 일정을 마치고 숙소로 돌아오니, 안내 데스크에 있던 일본인 3세 학생이 방문객이 남긴 메시지를 건네주었다. 오전 중에 어떤 여자가 두고 갔다는 메모는 미국 여학생들이 리포트 작성에 사용할 것 같은 동글동글하고 능숙한 서체로 쓰여 있었다. 다시한 번 고급 창녀라던 그녀에 대한 다카야스 갓짱의 소개에 의심이 들었다. 내용은 이랬다. '잃어버렸는지 도둑을 맞았는지 어젯밤에 받은 돈이 보이지 않아 몹시 당황하고 있습니다. 혹시 방에 떨어뜨리고 온게 아닐까요. 그렇다면 그 돈은 어차피 나중에 되돌려 줄 생각이었으니 오히려 잘된 일입니다만.'

학생은 또 나의 출발 예정을 묻는 여자 방문객에게 숙박 스케줄을 보고 일정을 알려 주었다는 소리도 했다. 그것은 몹시 마음에 걸리는 일이었다. 다카야스 갓짱이 공항 세관에서 일하고 있다고 한 이상, 그가 비행기 시간표를 알아보고 공항 로비에서 나를 기다릴 가능성은 얼마든지 있었다. 그리고 실제로 그 일이 일어났다. 같은 비행기로 출발하는 인도 시인과 함께 세미나 동료면서 와이키키에 사는 시인의 차로 공항에 도착하니 아니나 다를까 거기서 일하는 사람답게 정확한 감으로 다카야스 갓짱이 기다리고 있었다.

탑승 수속을 마치고 면세점에서 자녀들의 선물을 사려는 인도 시인을 따라서 계단을 올라가니(그는 종교상의 이유로 아이를 다섯이나 두었으면서도 셋이나 입양을 했다고), 면세점이 즐비한 커다란 공간 한구석에 짙은 선글라스를 끼고 알로하셔츠를 입은 다카야스 갓짱이 서 있었다. 그러나 그의 알로하셔츠는 하와이 도처에서 보던 원색이 아닌, 수수하나 온화한 새벽녘의 하늘 같은 푸른색으로 그 색상의 조합이 어젯밤 여자의 원피스와 어딘지 모르게 상통하는 느낌을 주었다. 다카야스 갓짱은 나와 인도 시인을 떼어 놓게 된 것에 대해 한 마디 사과도 없이 바로 옆의 카페를 턱으로 가리키며 "맥주라도 한잔할까. 독한 술은 안 마신 지가 오래돼서 말이지"라고 했다. 그러나 어딘지 모르게 불그스름한 얼굴을 보니 이미 알코올이 들어간 게 분명했다.

어쨌든 우리는 스탠드에 걸터앉아 맥주를 마셨다. 오키나와에서 주조한 오리온 맥주였다는 건 바로 이어서 면세품 매장에서 만났던 오키나와 출신 부인과 연관된 일로 확실히 기억이 난다. 다카야스 갓짱은 자기 병을 비우고는 양해도 없이 내 병에 남아 있던 맥주를 자기 잔에 따랐다. 그리고 다음과 같은 용건을 꺼냈다.

"10년 정도 전에 나하고 친하게 지내던 여자인데 지금은 일시적이긴 해도 자기 손으로 벌어서 먹고사는 사람이 있어. 그래서 가끔 면세 시계를 보내 주곤 하는데 말이야. 이번에는 네가 그걸 좀 갖다 주어야겠다. 세관에서 일하는 입장이라 내 이름이 나오면 곤란해서 말이지.

물론 그건 표면적으로만 그렇다는 소리고 나리타 공항의 동료하고는 다 이야기가 되어 있어. 게다가 이건 내가 무슨 이득을 보자고 하는 일도 아니고. 네가 사이키 미망인에게 도움을 주고 싶어 하는 것하고 똑같은 거야. 너도 그런 고립무원의 궁지에 빠진 여자를 위한 거라면 약간 무리한 부탁이라도 기꺼이 들어주겠지? 어쨌든 부탁한다. 일단 이쪽 세관에 들어가 면세품 쇼핑백을 받으면 케이스고 보증서고 다 필요 없으니까 시계만 꺼내서 양복 안주머니에 넣어. 나리타 공항에서는 세관 검색대를 나온 다음에 잠깐 그 근처에 서 있기만 하면 돼. 호출을 통해 금방 연락을 하는 사람이 나타날 거니까." 다카야스 갓짱의 부탁이란 건 그런 것이었다.

경솔하게도 나는 그것을 수락했다. 그런데 지금 와서 생각해 보니 그걸 그렇게 쉽게 받아들인 데에는 자기가 데려온 여자와 자라는 다카야스 갓짱의 요구를 끝까지 거절했다는 데 대한 자기만족과 그를 향한 까닭 모를 미안함이 무의식적으로 작용했던 듯하다. 그리고 남은 맥주를 찔끔거리며 늘어놓는 다카야스 갓짱의 이야기에는 학생 시절의 기분으로 돌아가게 하는 신비한 힘이 있었다. 이야기를 마치고 우리는 이상스러우리만치 높은 스탠드 의자에서 내려와 면세점을 둘러싼 통유리 안쪽으로 향했다. 거기서 다카야스 갓짱은 면세품을 살 때 필요한 여행자용 카드를 보여 달라고 했다. 하와이에서 쓸 수 있었던 여분의 돈은 그가 데리고 온 여자에게 주어 버리고 여행 선물 살 여유를 잃어버린 내가 그런 걸 가지고 있을 턱이 없었다. 다카야스 갓짱은 내 여권을 가지고 가서 카운터 여자에게 보이고 카드를 만들었다.

수속을 하는 여자의 말투에는 오키나와에서 품위 있는 교육을 받은 사람의 악센트가 들어 있었다. 나는 새로 만들어진 카드를 가지고 시계 매장으로 가는 다카야스 갓짱을 그대로 보내고 그 여자에게 슈리* 출신이냐고 물어보았다. 여자는 "어머, 아시겠어요?" 하며 부끄러워했다. 대답이 궁해진 나는 오키나와 문화에 관심을 가지고 있고 지금 하와이 대학에 와 계신 『오모로소시』** 전문가 H 선생을 존경한다는 말을 했다. 여자는 자기도 H 선생의 공개 강의에 나가고 있다면서 친밀감을 나타냈다. 그러다 그 자리에 다카야스 갓짱이 돌아오자 내가 그와 관계있는 인간이란 걸 알고 갑자기 태도를 바꾸며 입을 다물어 버렸다. 다카야스 갓짱은 나에게 구멍이 뚫린 카드를 건넨 다음 세관을 통과하고 시계를 받으면 어떻게 해야 하는지를 몇 번이고 설명하더니 서둘러 그 자리를 떠났다. 나중에야 이상하다고 생각하긴 했지만 다카야스 갓짱은 그때 알로하셔츠 앞주머니에 달려 있는 컬러사진이 붙은 신분증이 내 눈에 띄지 않도록 굉장히 신경을 쓰는 눈치였다……

나리타 공항의 세관을 나와서 호출을 기다리던 내게 확실히 호출은 있었다. 그러나 호출 스테이션으로 향한 나를 맞아 준 것은 아직 스물두세 살 정도밖에 되지 않은 너무나도 자기 임무에 강한 충성심을 가진 세관원이었다. 취조실로 안내받은 나는 시계를 '밀수'했다는 추궁을 당했다. 그리고 그건 변명할 여지가 없는 사실이었다. 그러나 여전히 다카야스 갓짱을 세관 직원이라고 믿고 있던 나는 어쨌든 그의 이름을 발설하지 않기로 했다. 그래서 취조는 풀기 어려운 수수께끼같이 진행되었고 담당자는 아주 나쁜 쪽으로 심증을 굳히기에 이르렀

---

* 오키나와에 있었던 류쿠 왕국(1429~1879)의 수도이자 오키나와 현청 소재지인 나하 북동부의 지역 이름이다.
** 류쿠 왕국의 옛 노래 '오모로'를 모은 가요집.

다.

시계의 브랜드는 실물을 보면 아는 것인데 당사자는 가격을 모른다고 우긴다. 보증서 등은 모두 버렸다. 게다가 포장도 다 풀어 버리고 달랑 시계 한 개만 주머니에다 넣고 세관을 빠져나오다니 악질적인 수법 아닌가. 어째서 여기까지 와서도 시계 값을 속이려고 하나? 그러나 나는 정말로 모르니 당황스러울 뿐이었다. 담당자가 취조실에 나만 남기고 나가 버린 다음 우울한 마음으로 다듬기만 하고 칠도 되어 있지 않은 책상을 물끄러미 내려다보노라니 여기저기에 볼펜이나 만년필의 깨알 같은 글씨로 '관대한 처분을' 하는 투의 한자를 섞은 단문이 쓰여 있었다. 나도 비슷한 조서에 서명했는데 여기에서 취조를 당했던 여행자들이 당국에 관대한 처벌을 호소하는 조서를 쓰며 작성한 초고인 것 같았다. 나를 위해 만들어진 조서에서 기억에 남았던 건 실제로는 스피커에서 호출해서 이리로 불려 왔는데도 불구하고 '세관을 통과하다가 담당자에게 저지당했습니다'라는 문구였다. 아마 그렇게 문구가 정해져 있는 모양이었다. 또 하나는 담당자가 다른 방에서 조사하고 와서 기입해 넣은, 문제의 시계의 면세점 소매가격이 300달러였다는 것이다.

손가락 끝을 시커멓게 물들이며 내가 조서에 날인을 마치자, 그때까지 '밀수'범 추궁에 열을 내느라 표정이 굳어 있던 담당자가 약간의 그 나이다운 웃음을 보였다.

"당신 작가죠? 당신이 쓴 책 읽었어요. 『우리의 실패』라는 책요"라고 했다.

확실히 나와 다카야스 갓짱은 실패했다. 그러나 그 소설은 다른 작가가 쓴 것이었고* 특히 그 작가는 나와 혼동당하는 것을 좋아하지 않을걸, 하는 말이 속에서 올라왔지만 가볍게 그런 말을 주고받을 기분은 아니었다. 나는 그때까지도 다카야스 갓짱에게 속았다는 걸 깨닫지 못하고 시계를 받으려고 하염없이 기다리고 있을 불행한 부인 생각에 몹시 마음을 졸이고 있었다.

그러나 당시 내가 마음 아파 해야 했던 여자는 지금은 가공의 인물임이 알려진 시계 수령인이 아닌 다른 여자였다. 다카야스 갓짱에게 보기 좋게 당했다는 걸 오랫동안 깨닫지 못한 나도 참 우스운 인간이지만 그 이면에는 나 역시 다른 동기들과 마찬가지로 다카야스 갓짱에 대한 업신여김이 있었던 것이리라. 가령 다카야스 갓짱에게서 드러나는 악의를 보고도 그조차 대수롭지 않게 여기는……

그 사건으로부터 반년 정도 지나 하와이에서 하드커버로 된 책 한 권이 왔는데 표지 안쪽에 편지가 셀로판테이프로 붙어 있었다. 발신인이 Penelope Shao-Ling Lee라고 되어 있는 걸 보고도 퍼넬러피라는 이름을 애칭으로 부를 때는 흔히 페니라고 한다는 데까지 생각이 미치지 못한 나는 그것이 다카야스 갓짱이 데리고 왔던, 그의 소개대로라면 고급 창녀 페니가 보낸 것임을 한참이 지날 때까지 깨닫지 못했다. 그도 그럴 게 그녀가 보내온 책은 더글러스 데이라는 연구자가 쓴 『맬컴 라우리 평전』이었다. 나는 하와이 세미나에서 멕시코에서 온 학자를 중심으로 하는 『화산 아래서』의 분과 회의에 나간 적도 있었던지라 때마침 새로 나온 미국판 개정증보판을(옥스퍼드에서 나온 초판은 이미 가지고 있었다) 세미나 참가자 중 누가 보내 준 것이겠거니

* 이시카와 다쓰조(1905~1985)의 1962년 작. 사회적 윤리나 도덕을 탐구하는 작품을 많이 썼고 사회문제를 제기하는 사회 평론가로도 활동했다. 제1회 아쿠타가와상 수상자이다.

생각했다.

편지 앞부분에는 다카야스 갓짱에 관한 언급이 전혀 없었다. 내용은 하와이 대학의 청강생으로서 맬컴 라우리 연구를 하는 여학생이 자기 자신에 관해 서술한 거였다. 그녀는 소녀 시절에 홍콩에서 제작된 젊은 여전사가 활약하는 무술 영화 시리즈에서 주연배우로 활약했고 지금은 사정이 있어 하와이에서 살고 있다고 했다. 결국은 『화산 아래서』 결말 부분의, 천둥 벼락이 내리치는 밤 멕시코의 어느 숲 속에서 인디오가 놓쳐 버린 말에 차여 쓰러진 이본. 의식이 돌아오는 순간, 그 사고 광경을 지옥으로 떨어지는 것처럼 영원히 반복해서 보겠구나 직감했던 이본이 예전에 할리우드 서부극의 소녀 스타였던 점을 생각하면 페니의 경험은 맬컴 라우리의 세계와 직접 통하는 구석이 있다.

그리고 그녀는 대학에 다니며(그것도 일하면서 야간 수업을 통해) 맬컴 라우리를 연구하고 있는데 자기의 관심의 초점은 완성한 작품이라곤 『화산 아래서』 하나밖에 없는 이 알코올 중독 작가의 전기적 사실에 있다. 더 나아가 말하자면 작가의 아내 마저리의 혼에 사로잡혀 있다. 대학에 제출할 논문에서는 그녀의 운명을 중심에 놓을 생각이다. 맬컴의 천재성을 믿고 또한 그 천재성이 이미 하나의 작품으로 구체화되고 성공했다고는 하지만 가끔은 매도당하고 폭력적 언사에 부상까지 당하면서도 알코올 중독 작가를 끝까지 지켜 준 마저리에 깊은 관심을 갖고 있다. 아울러 맬컴 사후, 그녀가 쓴 편지에서 발견되는 겉치레와 왜곡 혹은 거짓말을 하나하나 읽어 보면 마저리가 세계 각지에 흩어져 있는 남편의 친구들에게 자신의 무죄를 호소하는 것을 잘 알 수 있다. 맬컴이 알코올과 수면제 다량 복용으로 사망하기 직전에 자신과 언쟁을 했다는 사실 때문에 쏟아지는 살인 혐의에 대한 두려움. 그것이 너무 AWARE* 하다.

그런데 K. Takayasu는 마찬가지로 맬컴 라우리처럼 오랫동안 알코올 중독 상태다. 그 스스로도 극복을 위해 끊임없이 노력은 하는데 효과를 얻지 못하고 있다. 반복적으로 정신병자 시설에 들어가는 그의 노력은 맬컴이 감옥의 독방처럼 좁고 어두운 곳에 틀어박혀 행했던 자기치료와 비교해 봐도 그 용기 면에서는 조금도 뒤지지 않는다. 그러나 최근에는 정신병자 시설에 들어가는 자체에 강한 반발을 드러내기 시작했다. 그것은 맬컴 라우리에 관해서 자신과 대화하던 중에 맬컴의 동창생 의사가 뇌엽 절제술**을 고려하고 있었다는 것을 알고 피해망상에 사로잡혔기 때문이다. 1950년대의 영국과 오늘날 미국의 뇌엽 절제술의 평가가 다르다는 걸 이성으로는 알면서도 감정이 받아들이지 못했다. 맬컴 라우리 같은 천재의 뇌를 일개 동창생 의사가 절제하다니! 그런 수술이 실제로 행해지고 있다는 것만으로도 다카야스는 엄청난 공포에 짓눌렸다. 맬컴 라우리는 그 수술을 받을 새도 없이 알코올과 수면제로 자기를 파괴하고 말았지만……

'교수님, 다카야스는 당신을 세미나 분과 회의에서 발견했다면서 얼마나 흥분했었는지 모릅니다. 그래서 이전부터 하고 싶었으나 실현시키지 못했던 소설을 당신과 합작으로 쓰겠다는 결심을 했던 거지요. 청춘 시절을 같은 강의실에서 보낸 친구들의 합작이란 얼마나 자연스러운 계획인지요. 오랫동안 일본을 떠나 외국인들 사이에서 생활해 온 다카야스에게는 세계를 편력했던 경험에 입각한 원대한 구상과 다

---

* 애처롭다, 가엾다, 불쌍하다는 의미의 일본어 '아와레ぁゎれ'를 로마자로 표기한 것.
** 정신과적 치료를 위해 실시했던 뇌 수술. 높은 사망률과 부작용으로 인해 1970년대에 전 세계적으로 금지되었다.

양한 세부 설정이 준비되어 있었습니다. 하지만 일본어 문체에 불안이 있었던 것 같습니다. 그리고 알코올 중독을 극복하고 지속적으로 소설을 쓰려면 자기를 속박해 줄 파트너가 필요하다고 생각했던 거죠.

그러나 당신과 다카야스의 논의는 어이없는 실패로 끝나고 말았습니다. 내가 따라갔던 두 번째 교섭에서도 다카야스가 그렇게 엉망으로 취하는 바람에 내용 있는 결과를 얻을 수 없었죠. 교수님, 다카야스는 당신의 거절을 아주 큰 모욕으로 받아들이고 이미 그에 상응하는 보복을 했다고 하더군요. 그 말이 사실인가요? 다카야스 갓짱은 자기가 보복을 했다고 확신하고 있으며 술에 취하거나 숙취에 시달릴 때면 그 죄책감에 몹시도 괴로워하는 것 같습니다. 그러나 혹시 그게 다카야스 갓짱의 착각에 불과한 것이라면 말입니다, 혹시 그 계획을 재고해 줄 의향은 없는지요? 당신이 다카야스와 합작할 가능성은 정말로 전혀 없는 겁니까? 현재로서는 그 작업을 통한 치료만이 다카야스를 회복시킬 유일한 수단입니다. 다카야스의 소설 구상은 참으로 원대합니다. 이 현실 세계를 싸고 있는 우주 가장자리에 독수리 한 마리가 있는데 그 독수리의 날갯짓이……'

퍼넬러피 샤오링 리는 자기에게 직접 답장해 달라는 말은 하지 않았다. 오히려 그렇게 할까 봐 걱정하며 어디까지나 나의 자발적인 생각으로 다카야스 갓짱에게 협동 작업을 제의하는 형식으로 편지를 써 달라고 몇 번이고 부탁했다. 다카야스 갓짱의 주소는 같은 세미나에 참가했던 중국계 미국인 여류 작가 맥신 혼 킹스턴에게 물어본 걸로 해 달라는 구체적인 사항까지 덧붙였다. 그것을 보니 다카야스 갓짱도 술에 취하면 맬컴 라우리처럼 아내에게 폭력을 행사한 게 아닌가 하는 의구심이 들었다. 물론 나는 다카야스 갓짱에게도 페니에게도 답장을 하지 않았다. 그리고 그건 나로서는 어쩔 수 없는 문제였다고, 지금도 그 생각에는 변함이 없다.

......어쨌든 앞서 이야기한 대로 나는 '레인트리'의 은유를 둘러싼 소설로서 물론 허구를 섞기는 했지만 하와이에서의 경험을 바탕으로 한 단편을 썼다. 그리고 다카야스 갓짱은 책이 나오고 얼마 지나지 않은 시점에 그 단편을 읽은 듯했다. 아마도 페니가 일본 문학과 연구실에서 복사해 온 것이리라. 소설을 발표하고 100일도 지나지 않았을 즈음, 이번에는 퍼넬러피 샤오링 다카하시라고 서명된 편지가 하와이에서 날아왔다. 다카야스 갓짱이 몇 년 동안 끊었던 독한 술에 다시 손을 대고 약물까지 병용하다가 마침내 사고로 사망했다는 소식이었다. 자신은 술에 취해서 폭력을 휘두르는 다카야스 갓짱을 피해 같은 아파트에 사는 친구 집 주방에서 아침까지 이야기를 했다. 따라서 그 심야의 다카야스의 사고사와 아무런 관련이 없고 증인도 있다고 쓰여 있었다. 맬컴 라우리의 사고사 때도 마저리는 이웃 노부인 집으로 피신을 갔었기 때문에, 즉 증인이 있었다......

다카야스는 「레인트리」를 읽었다며 거기 나오는 정신장애인 시설이란 아이디어는 자신의 것이라고 말했다고 했다. 내게는 그런 경험이 없었으므로. 그리고 소설에서 직접 언급하지는 않았지만 어둠 속에서 끊임없이 물방울을 떨어뜨리는 거목은 바로 자신에 관한 은유임이 틀림없다는 소리도 했다고 한다. 페니의 편지 마무리 부분을 인용해 본다.

'나도 그 소설을 읽었습니다. 다카야스에게는 말하지 않았지만 나는 그 나무가 단순한 은유라고는 생각지 않습니다. "레인트리"는 현실 속에 존재하고 있을 것입니다. 당신은 "레인트리"를 보지 못했다고 했지만 나는 당신이 나무를 보지 못했을 리가 없다고 생각합니다. 하와이의 밤이 집 앞의 나무를 볼 수 없을 정도로 어두운가요? 다카야스가 입원했던 시설에는 어디에도 "레인트리"는 없었습니다. 도대체 어느 시설이 실제 모델인지 "레인트리"가 있는 시설을 가르쳐 주십시오. 나는 "레인트리"의 물방울 소리를 들으며 그 아래 앉아 다카야스를 추억하고 싶습니다. 내 옆에 정신장애 여성이 있어 나와 함께 "레인트리"를 들어도 상관없습니다.

이 현대 세계에는 우리 같은 여자가 있는 법이니까요. 맬컴 라우리는 일기(미발표)에 What do you seek? / Oblivion이라고 썼습니다. 그렇지만 다카야스처럼 한 번도 세상에 알려지지 못한 인간이 다만 망각 속으로 사라지는 건 AWARE 하다고 생각합니다. AWARE란 grief의 일본어라고 다카야스가 가르쳐 주었죠. 앞으로는 교수님, 당신과 나만이 다카야스를 기억하게 되겠지요. 다카야스의 소설, 독수리의 날갯짓의 구상은 당신이 사용해도 됩니다. 죽음이 다가오고 있다는 걸 알고 나서 다카야스는 당신을 용서했습니다. 그 소설의 구상을 아무 조건 없이 당신이 사용해도 좋다고 했습니다. 그것은 이제 사실상 당신의 것입니다, 페니.'

거꾸로 선 '레인트리'
さかさまに立つ「雨の木」
(연작 「레인트리」를 듣는 여인들」 4)

'교수님, 당신은 설마 "사소설私小說"을 쓸 작정은 아니겠죠? 일본 문학을 배우려는 우리가 처음부터 놀라게 되는 그 사소설 말입니다. 당신은 현실 경험을 기반으로 하고 있긴 하지만 어쨌든 허구를 만들어 냅니다. 그런데 하다 보니 자기도 모르게 "사소설"의 작가로 피해 가는 함정에 빠진 건 아닌지요. 자기가 만들어 낸 이야기에 함몰되어 현실감을 잃어버리고 허구와 현실의 경계마저 애매해져 버린 것이 아니냐는 말입니다.

맬컴 라우리가 바로 그랬었다고 그의 소설론을 쓴 학자가 말하더군요. 1957년 6월 27일 밤, 작가가 왕창 삼켜 버린 수면제는 오랜 세월을 거쳐 조금씩 자행해 온 자살행위의 마침표에 지나지 않았다고. 교수님, 당신도 이미 그 과정에 진입해 있는 건 아닙니까? 다카야스도 죽었고 당신 또한 그와 같은 시기에 죽음이 시작된 것은 아닙니까? 지금도 죽어 가는 중이 아니냐고요, by degrees for many years.'

나는 얼마 전에 하와이에서 죽은 다카야스 갓짱의 미망인 페니로부터 이런 식으로 쓴 편지를 받았다. 길고 긴 그 편지가 나에게 일으킨 반응은 한마디로 "졌다, 졌어. 뭐 하나 항변할 수가 없군" 하는 탄식이었다. 물론 우리가 흔히 '졌다, 졌어' 하면서 그야말로 성한 데가 없을 정도로 철저하게 당하고 나면 일종의 카타르시스를 느끼기도 하는 것처럼 나 역시 이 편지를 되풀이해 읽으니 재미도 있고 편지를 쓴 사람의 인간적 자질에 새삼 호감이 들기도 했다.

기가 푹 죽으며 웃음이 나왔다. 나 자신이 무신경하게 구축해 놓은 고정관념이 아무 근거가 없었다는 데 대한 실소이기도 했다. 그러나 한 가지 이상하다고 느껴지는 점도 있었다. 다카야스 갓짱에게는 자기의 생각과 남이 생각해 낸 것의 경계 같은 건 전혀 개의치 않는 버릇이 있었다. 그리고 그게 바로 최근의 젊은 코미디언들이 말하는 일종의 '정신 질환'이었던 듯한데, 페니에게도 동일한 경향이 있다는 것이었다. 게다가 여기서는 알면서도 노골적으로 남의 문장을 그대로 자기 문맥에 도입해 버렸다. 그런 부분을 보면 비록 사별했다고는 하나 참으로 질긴 인연으로 묶인 부부로구나 하는 생각이 들었다.

이야기를 순서대로 늘어놓기 위해서는 내가 「레인트리」를 듣는 여인들」이라는 단편을 발표한 시기로 거슬러 올라갈 필요가 있다. 그 작품은 내가 대학 신입생 시절부터 함께했던 친구, 뭔가 묘하게 꼬인 채로 관계가 끝나 버린 다카야스 갓짱의 삶과 죽음에 관해 쓴 것이었다. 페니가 말한 대로 내 소설 작법은 사실에 기반을 두고 있기는 하지만 거기에 상상력을 더하는 데 아무런 제한을 두지 않는다. 즉 자유로운 소설 창작 논리로 썼다는 말이다. 페니는 다카야스 갓짱의 생애에서 최후를 함께한 사람이었다. 나는 딱 한 번 만났던 그녀의 이미지를 다카야스 갓짱의 초상과 하나로 얽어서 묘사하고 또한 그녀에게 받은 편지를 번역해 작품 중에 인용하기도 했다. 지금 그 편지를 다시 읽어보면 이렇다. '나도 그 소설을 읽었습니다. 다카야스에게는 말하지 않았지만 나는 그 나무가 단순한 은유라고는 생각지 않습니다. "레인트리"는 현실 속에 존재하고 있을 것입니다.'

페니는 내 소설을 읽었다고 확실하게 썼다. 그런데 내가 다카야스 갓짱과 페니를 만났을 때, 그들은 영어로만 이야기를 했고(다카야스가 그녀를 고급 창녀라고 우겼으니 페니는 자기가 일본어를 안다는 걸 드러낼 수가 없었던 거다. 아무리 하와이라 해도 일본어까지 아는 중국계 미국인 창녀는 너무 억지스럽다) 또한 페니가 보낸 편지가 너무나 미국 여대생풍의 영어로 쓰인 탓에 그녀가 일본어를 읽을 수 있으리라고는 생각지도 못했다.

그 페니가 내가 '레인트리'를 주제로 쓴 또 하나의 소설 즉 다름 아닌 다카야스 갓짱과 그녀를 둘러싼 이야기를 쓴 소설을 읽었다며 편지를 보내왔다. 나름대로 재미는 있었지만 이 소설은 다카야스와 자기의 행복한 시기를 그린 게 아니고, 그러니 자기에 대해서는 어찌되었든 간에 다카야스 갓짱이 너무 하찮은 인간으로 그려진 것이 AWARE 해서 견딜 수가 없다. 이래서야 맬컴 라우리가 말하는 세상 사람들의 망각, oblivion보다 더 심한 게 아니냐고. 나는 페니의 긴 편지에 솔직히 충격을 받았다.

페니의 어법대로 한다면 '그렇다면 교수님, 당신은 내가 일본어를 읽지 못하리라 생각하고 대수롭지 않게 그런 소설을 쓴 겁니까? 혹시 내가 당신의 소설을 일본어로 읽을 수 있다는 걸 알았다면 소설의 묘사 방식이 달라졌을까요?' 페니는 이런 식으로 따지고 싶은 것이리라. 그러나 나는 그렇지 않다고 대답할 수 있다. 다카야스 갓짱이 죽었다는 소식을 들은 이후 그와 관계된 모든 사람들이 동일하게 죽음의 그림자를 띠고 사라져 간다는 느낌을 받았다. 그건 나 자신에 대해서도 마찬가지였다. 다카야스 갓짱과 함께 사라져 버린 자신의 인생의 한 부분을 기록으로 남기기 위하여 나는 그 소설을 썼던 것이었다. 나는 이렇게 소설을 시작했다.

'1년쯤 전에 나는 10년이 넘도록 손대는 일이 없던 단편소설을 하나 발표했다. 그렇게 오랫동안 그 장르를 멀리했던 것이나 또 이제 와서 새삼스럽게 이 분야의 일을 하려고 하는 건 요컨대 나의 작가로서의 삶이 내부에서 새롭게 움직이기 시작했다는 것인데, 이제부터 쓰게 되는 이야기와 관계가 있다. 내가 하고 싶은 이야기는 사람의 인생이란 결국 죽음을 향한 행보에 지나지 않는다는 것이지만—아무튼 그 오랜만의 단편의 주제는 "레인트리"였다.'

죽은 다카야스 갓짱과 가장 밀접하게 얽혀 깊은 죽음의 영역으로 후퇴해 버린 사람. 그런 인물이라면 단연 그의 죽음을 전해 준 퍼넬러피 샤오링 다카야스가 있었다. 나는 다카야스 갓짱을 추도하는 의미로 쓴 이 소설 속에 페니의 생의 단편도 동일하게 '사라진 삶'으로서 봉인해 버릴 생각이었다. 그런데 당사자인 페니에게서 이렇게 생생한 항의 편지가 날아오니 내가 당황하는 것도 지극히 당연한 얘기였다.

나는 상당히 거북한 기분으로 페니의 긴 편지를 읽어 내려갔다. 그러나 차츰 앞서 썼던 대로 재미있다는 생각이 들면서, 내가 졌구나 하는 마음이 사라진 건 아니었지만 어느 정도 여유를 되찾을 수 있었다.

'맬컴 라우리의 삶의 목적은 자신의 경험을 문학에 합일시키는 것이었습니다. 그리고 그에게 있어 가장 생생한 경험이란 곧 쓰는 일 자체였습니다. 그런데 프루스트나 말라르메에게라면 가장 풍요로운 주제가 되었을 것들이 라우리에게는 치명적으로 작용했습니다. 그가 작품 내에서 구체화한 생활이 또 하나의 자신을 만들어 내고 그것이 작가 자신을 파멸시키는 쪽으로 작용했습니다. 그도 그럴 것이 라우리는 자기 작품에 너무 몰입한 나머지 거기서 벗어나면 정체성을 잃어버렸으니까요.'

페니는 그 말에 이어 바로 나에 대해 직접적인 공격을 했는데, 그녀가 편지에서 주장하고 있는 것들은 실은 페니 자신의 글이 아니었다. 라우리의 소설론을 썼던 학자가 이렇게 말하더라며 자기 입으로 거론했던 문장들을 그대로 옮겨다가 편지를 채우고도 자기 주장인 양 제시하는 데 아무런 주저함이 없었다. 그 점은 역시 죽은 내 친구의 창작 계획을 자신의 것인 양 떠벌리던 다카야스 갓짱의 모습과 닮은 것이었고 그 대범함마저 공통되어 있었다.

퍼넬러피 샤오링 다카야스는 처음 편지에서 자기소개를 했던 바와 같이 나도 앞의 소설에 썼지만, 하와이 대학에 제출할 라우리 연구 논문을 준비 중이었다. 따라서 그녀가 집중적으로 읽고 있는 책이 라우리의 몇 안 되는 저작물과 그에 관한 연구서임은 당연한 이야기다. 그것들에 영향을 받고 있다는 건 바람직한 일이라고 할 수도 있다. 문제가 되는 것은 그녀가 남의 말을 빌리면서도 '인용'임을 밝히지 않고 모두 자기의 관점인 양 주장하는 것이었다. 그것도 아주 그대로 베껴 쓰다시피 하니 40대에 멕시코시티에서 체재할 때부터 『화산 아래서』의 저자인 라우리에게 관심을 갖고 그에 대한 연구서도 함께 읽어 온 나에게는 페니의 편지에 인용된 구절이 어느 책 어느 부분에 나왔던 것이라는 사실까지 훤히 보였다. 빨간 줄을 그으며 읽고 있던 비교적 새로운 연구서 『맬컴 라우리—그의 소설에 부치는 서문』이라는 리처드 K. 크로스의 책을 꺼내 보니, 바로 페니가 인용 부호 없이 새로운 편지에 쓴 문장이 있었다. 그것도 여기저기 무수히……

'인용'은 페니가 다카야스 갓짱의 옛 친구들을(누구보다 나를 맨 앞줄에 잡아다 앉혀 놓고) 비난하는 부분에서도 얼굴을 내밀고 있었다. 그녀는 먼저 다카야스 갓짱이 아직 학생 신분이었을 때, 일본 영미 문학 교수들도 성취하지 못했던 일, 즉 포크너 강의를 들으러 미국으로 건너가는 일을 이미 실현시켰다는 것을 상기시켰다. 그리고 요컨대 다카야스는 동기들에게 지도자로서 영향력을 가지고 있었을 것이라고 썼다. 다카야스의 영향력은 패션 감각에서 시작해서 생활 전반에 걸쳐 드러났으며 이는 다카야스가 간사이 지방 재력가의 아들이었기 때문에 가능한 일이었다, 일본 경제가 아직 미친 듯한 성장을 하기 이전 시대의 일이었다!

페니가 자랑스럽게 그렇게 쓴 걸 읽고 나니 비로소 나는 다카야스 갓짱이 유학을 갈 수 있었던 조건을 깨달았다. 우리가 학생이었던 시절은 서로의 빈부의 차가 그렇게 심하지 않았다. 즉 전후 총체적 빈곤의 여파에서 헤어 나오지 못하던 시기로 기억하지만, 그러고 보면 확실히 다카야스의 복장에는 두드러진 면이 있었다. 그것이 동기들에게 특별한 감명을 주었는지는 별도로 하고……

페니는 다카야스를 향한 동기들의 흠모가 동성애 수준에 달했었다고 확신에 차서 주장했다. 졸업 후 얼마쯤 지나 프랑스에서 국제 출판 문제로 협력을 구했던 친구는 다카야스의 당시 애인에게 반했다. 그것은 과감하게 동성애에 빠질 용기가 없는 자가 친구의 아내나 애인과의 성관계를 통해 친구와 좀 더 밀착된 관계를 형성하려고 취하는 행동과 상통하는 것이었다.

여기서 언급되고 있는 동기 사이키 마사아키가 다카야스에게 얼마나 냉담한 반응을 보였는지 다 알고 있는 나에게 이러한 페니의 주장은 처음부터 말도 안 되는 소리에 불과했다. 더구나 이 또한 아까의 책에서 『화산 아래서』의 주인공과, 그 아내와 성관계를 맺고 있는 프랑스인의 관계에 대한 크로스의 분석을 그대로 '인용'한 것에 지나지 않았다.

이어서 페니는 내 소설에 대한 격렬한 비난으로 돌아왔다. '교수님, 이 소설에서 정말 용납할 수 없는 것은 당신 자신에 대해 정직하게 묘사하고 있지 않다는 점입니다. 당신은 많은 것들을 은폐했습니다. 소설 속의 당신은 그저 사람 좋은 방관자이며 가벼운 피해자로 묘사되어 있죠. 그렇다고 매력적인 인물은 아닙니다. 맬컴 라우리는 그 자신에 관해 쓰면서도 적당히 넘어가는 일이 없었고 그래서 멋진 작품을 만들어 냈습니다. 그러나 교수님, 이것도 자신이 뿌린 씨, 어쩔 수 없는 일이죠.

……그것보다 내가 더 화가 나는 부분은 당신이 스스로를 중립적인 위치에 놓고 속마음을 감추어 버렸다는 점입니다. 그 결과, 다카야스의 인간상은 왜소화되었습니다. 그의 행동은 모두 나와의 공동 행동으로서 묘사되고 있으니, 나에게도 항의할 권리가 있겠지요. 다카야스가 했던 모든 시도는 영혼이 병든 인간의 변덕으로 폄하되고 말았습니다. 당신이 죽은 친구에게 한 짓은 이다지도 불공평한 일이었습니다. 당신은 젊은 시절부터 가지고 있었던 다카야스를 향한 동성애

적인 감정을 은폐시켰습니다. 그리하여 당신은 다카야스를 우스꽝스럽고 독선적인 몽상가로 묘사했습니다. 다카야스는 결코 그런 사람이 아니었습니다.

다카야스가 나를 데리고 당신의 숙소에 가서 먼저 나와 성교하고 이어서 당신에게 성교하라고 재촉한 것. 그건 당신이 다카야스에게 품은 동성애적 희구에 있어 가장 근접한 달성을 맛보게 하려는 배려였습니다. 후에 다카야스는 끝내 나와의 성교를 거부한 당신에 대해 이렇게 말하더군요. "참, 방법이 없네! 어린애처럼 삐쳐서 말이야. 녀석은 나와 동성애 관계를 맺고 싶어 안달을 하면서도 그럴 용기는 없고. 그렇다고 대안을 받아들이지도 못하지. 그저 떼만 쓰고 있어. 자기가 떼를 쓰고 있는 걸 알기나 하는지…… 녀석도 참 AWARE 하지만, 난 동성애자가 아니니 그 이상은 해 줄 게 없단 말이지!'"

그렇게까지 나오는 데는 절로 한숨이 나왔다. 그러나 이어진 페니의 지적에는 그럴지도 모르겠다 혹은 한 수 배웠다는 기분도 들었다. 나는 소설에서 다카야스 갓짱이 페니와 성교할 힘을 얻기 위해 오이로 자신의 항문을 자극시키는 장면을 넣었다. 이에 대해 한 비평가로부터 이미 다른 작품에서 나왔던 장면이라는 비판을 받은 적이 있다. 그리고 생각해 보면 그건 맞는 말이었다. 페니는 그 사실들을 거론하며 다카야스가 구상했던 오이의 역할에 대해 밝히고 있었다.

'교수님, 다카야스는 당신이 젊은 시절에 쓴 소설에 나오는—그 소설의 영역판은 하와이 대학 구내 서점에도 있습니다—몸을 새빨갛게 칠하고 항문에 오이를 끼운 채 목매달아 죽은 인물에 대한 이야기를 자주 했습니다. 그것이 자신들에게 공통된 AWARE 한 청춘상의 상징이라고 말이에요. 교수님, 다카야스는 당신이 그 심벌처럼 죽고 싶으나 그렇게 못 하니까 대신 소설을 쓰는 거라고 하더군요. 그런 이유에서 다카야스는 그날 밤 오이를 가지고 간 겁니다. 평상시 우리 침실에 오이가 등장한 적은 없습니다. 당신은 오이의 상징적인 의미와 내밀한 자신과의 관계를 은폐시키기 위해 그것을 희화화해 버렸습니다.

이 두 가지 사실을 은폐함으로써 당신은 다카야스를 성교도 제대로 못하는 별 볼 일 없는 인간으로 그렸습니다. 많은 사람들에게 그렇게 기억되겠지요. 나는 다카야스가 AWARE 해서 견딜 수가 없습니다. 그건 어떠한 oblivion보다 나쁜 것입니다.'

퍼넬러피 샤오링 다카야스는 긴 편지의 말미에 다카야스 갓짱과의 더할 나위 없이 행복하던 시절의 추억에 관해서 썼다. '교수님, 나는 이 생활을 소설로 쓰고 싶습니다. 그러나 아직 때가 아닌 것 같습니다. 어쩌면 나에게는 그런 재능이 없는지도 모르겠습니다. 몇 번이고 시도는 했으나 아직 성공을 못 했으니까요. 그러나 교수님, 내가 쓴 소설 대신 라우리의 사후에 발표된 단편을 읽어 주기 바랍니다. 우리와 동일한 불행을 짊어진 남녀의 더할 나위 없이 행복한 순간들이 그려져 있으니까요.' 페니는 이어서 크로스의 연구서에서 따온 것이 명백히 드러나는 다음 글을 인용이라는 표시도 하지 않고 자기 글과 구분 없이 써 내려갔다.

「샘으로 가는 숲 속의 오솔길」이라는 그 단편은 『화산 아래서』의 등장인물들이 부활의 땅으로 동경하고, 또 라우리와 아내 마저리가 실제로 오랫동안 살았던 브리티시컬럼비아의 어촌 에리다누스를 무대로 한다. 어느 가을날 산책길에서 그 땅의 풍경에 감명을 받은 주인공은 음악이나 소설로 그것을 표현하고자 마음먹는다. 그러나 주제가 너무나 풍성해서 오히려 창작에 방해를 받는다. 좀처럼 일이 진척되지 않는 나날이 지속되던 중 그는 음표 하나 그려져 있지 않은 악보에서 몇 년 전에 써 놓았던 기도문을 읽는다.

그건 다음과 같은 글이었다. 사랑하는 하느님, 온 마음을 다해 기도합니다. 부디 저에게 제 작품에 질서를 부여할 수 있는 힘을 주시옵소서. 그것이 비록 추하고 혼란스럽고 깊은 죄의 본성을 가진 것일지라도 당신의 용서를 얻게 하시고…… 폭풍과 천둥 번개로 어지럽게 흔들릴지라도 그것을 통해 마음이 끓어오르는 '말'이 울려 퍼지고 인간에 대한 희망을 전할 수 있을 것입니다. 그것은 또한 무게 있는 사랑으로 균형이 잡히고 공감과 유머에 넘치는 작품이어야만 합니다……

주인공을 보호하고 있는 건 그의 아내였다. 어촌에서 일상을 보내며 남자는 비로소 그녀에게서 진실한 내면과 깊이를 발견한다. 그녀는 바닷새들과 야생화, 별들의 흐름에 관해 가르쳐 주고 남편이 아무런 선입견 없이 세상에 대해 사랑을 가지고 모든 것을 새롭게 다시 경험할 수 있도록 매개자 역할을 다한다……

'미국에서 여러 가지 사업을 계획했다가 실패를 거듭한 다카야스와 홍콩에서 영화배우 생활을 하던 나는 하와이에서 만났습니다. 저마다의 기나긴 고통의 세월을 지나 또 우리가 만나서 새로 겪어야 했던 고통도 지나가고 하와이는 우리에게 에리다누스 같은 곳이 될 터였습니다. 다카야스의 부친은 암에 걸려 있었고 머지않아 그의 죽음은 맬컴 라우리가 받았던 것과 같은 거대한 유산을 우리에게 가져다줄 터였습니다. 생활 기반이 안정되면 나도 다카야스를 다시 일으켜 세우는 역할이 좀 더 수월해질 거였습니다. 실제로 그런 예감은 다카야스는 물론이고 나도 느끼고 있었습니다.

교수님, 당신이 하와이에 나타나는 바람에 다카야스는 엄청난 격정에 휘둘렸습니다. 그건 가장 안 좋았던 선까지 다카야스를 퇴행시켰습니다. 교수님, 당신이 본 건 그런 다카야스입니다. 그 직전까지만 해도 우리의 하와이 생활은 점차 맬컴 라우리와 마저리가 경험한 숭고하고 아름다운 것으로 바뀌고 있었는데…… 교수님, 다카야스는 당신이 자기를 바르게 기억해 줄 인간이라고 믿고 우주 가장자리에서 날개를 퍼덕이는 독수리의 이미지를 당신 소설에 양보하려 했습니다. 그러나 당신은 독수리 같은 다카야스 대신에 병들고 왜소한 다카야스를 그리고 말았습니다. 교수님, 이 편지는 당신에게 항의하고 다카야스의 소설 구상을 되찾아오기 위해서 쓰는 것입니다. 안녕히 계십시오. 나와 당신은 더 이상 친구가 아닙니다.'

다카야스 갓짱은 '레인트리' 아래서 자기를 추억해 줄 여자 하나를 남기고 죽었다고, 내가 페니가 항의하겠다는 그 소설의 말미에 쓴 것은 틀림없다. 그러나 그 부분에 관해서는 페니도 나의 방법이 틀렸다고는 하지 않을 것이다. 내가 그녀의 항의를 들어주는 길은 그녀가 주장하는 부분에 대해 다시 하나의 「레인트리」를 쓰는 수밖에 없으리라. 그래서 나는 그녀의 외골수적인 생각에 지나지 않는 부분도 편지를 그대로 번역하거나 요약했다. 그러나 하나만은 페니의 항의와 더불어 살펴보고 싶다. 앞에서 단편의 무대가 된 바닷가에 작은 집을 짓고 살았던 맬컴 라우리와 마저리의, 즉 다카야스 갓짱과 페니가 더없이 행복했던 생활의 규범으로 그린 생활에는 평전 작가 더글러스 데이에 의하면 다음과 같은 날도 있었다.

맬컴은 어느 날, 늘 그랬듯이 술에 취해 수영 팬티 하나만 입고 집 안을 헤매다 밖으로 나갔다. 가까운 오두막에서 목수 일을 하는 남자를 찾아가 술을 얻어먹었다. 아마 한 잔에 그치지는 않았을 것이다. 그리고 술을 마시다 완전히 취해 버렸다. 목수의 자녀 중 하나는 심한 지적장애인이었다. 맬컴은 괴로워하는 아이를 힐끗거리며 조롱하는 투로 목수에게 말했다. "도대체 넌 어떻게 생겨 먹은 인간이기에 저런 게 네 몸에서 나오느냐?" 목수는 맬컴의 얼굴을 힘껏 후려치고 오두막에서 해변 바위 쪽으로 밀어 버렸다. 맬컴 라우리는 바위 위로 넘어져서 피와 눈물범벅이 되어 아내의 도움을 찾아 비틀거리며 집으로 돌아왔다……

다카야스 갓짱과 페니를 둘러싼 소설을 쓰고 발표하는 동안 일종의 안이함에 빠져 있었던 듯하다. 나로서는 다카야스 갓짱과 또 하나의 대학 동기의 죽음을 애도하며 어느 정도는 나 자신의 죽음을 보는 것 같은 두려움을 가지고 있었다. 그들의 죽음은 실험용 막을 통한 것처럼 희미하나 착실하게 이쪽 삶에 침투해 들어왔고 나는 죽 그 압력 아래서 소설을 썼다. 거기에서 유일하게 살아남은 인물로부터 반격이 있을 줄은 생각지도 못했다. 그녀의 편지를 받고 안이함에서 비롯된 나 자신의 둔감함에 몇 번이고 깊은 밤에 얼굴을 붉히며 생각에 잠기는 일이 있었다.

실은 이 편지를 받았을 때 나는 다시 하와이에 갈 계획이 있었고, 가면 다카야스 갓짱의 미망인이 된 페니와 함께 그의 묘에도 들르고 전에 '레인트리'라고 소개받았던 거목을 열대 한낮의 태양 아래서 보기 위해 찾아가리라 마음먹고 있었다. 그 나무가 있는 곳은 같은 세미나에 참가했던 하와이에 사는 미국 멤버들에게 물어보면 금방 알 수 있을 터였다. 높은 절벽에서 바다를 내려다보는 정신장애인들을 위한 민간 시설의 정원에 서 있는 '레인트리'. 앞의 편지에서 페니는 그 시설에 사는 정신에 상처를 입은 여자와 함께 무성한 잎사귀에서 떨어지는 물방울 소리를 들으며 조용히 앉아서 죽은 다카야스를 추억하고 싶다고 했다……

그로부터 얼마 후 그녀에게서 온 편지에 찬물을 뒤집어쓴 듯한 느낌을 받았지만, 이미 정해진 하와이 여행 계획은 실행하는 수밖에 없었다. 하와이의 일본계 미국인 상공회의소 센터가 주최하는 심포지엄에 나가기로 약속이 되어 있었다. 그것은 전의 '동서문화센터'의 세미나에서 이야기했던 일본 정치 상황과 문학의 주변성의 문화적 의미라는 테마를 심포지엄 주제로 하기로 했으니 참가해 달라는 하와이 대학 일본 문학 연구자의 초청이었다. 심포지엄 전체는 하와이의 일본계 미국인이 일본에서 연구나 사업을 할 때 어떤 식으로 받아들여져 왔는지 하는 것과 2세, 3세 일본계 미국인이 하와이에서 형성한 이민 문화유산을 어떻게 발굴할까 하는 것, 그리고 직접적인 접근으로서 정치적인 수준의 주제까지 통합하여 구성되어 있었다.

그리고 실은 이 심포지엄에 참가하면 상대에게 항공료를 부담시키지 않고도 또 한 모임에 갈 수가 있었다. 오히려 그 점이 심포지엄의 구체적인 계획을 추진시키는 동기가 되었다. 그해 여름, 오본 성묘차 귀국했던 하와이에 거주하는 난요 지방 출신의 부인에게서 자기들이 민간으로 운영하는 반핵무기 모임에 와서 강의를 해 달라는 부탁을 받았던 것이다.

그 부인은 사별한 남편의 고향인 히로시마에 본사를 두고 있는 신문사에서 가르쳐 준 주소를 들고 우리 집으로 찾아왔다. 어린 시절에 미국으로 건너간 이른바 원형原型의 육체를, 그때까지와는 다른 지방과 단백질로 두른 몸매를 하고 있었지만 같은 난요 지방에서 어린 시절을 보낸 나로서는 정겨운 느낌을 주는 사투리 억양을 가진 사람이었다.

자기들은 영어만을 사용하는 손주들에게 옛날식 일본어를 쓴다고 놀림 받는 게 싫어서 다들 손주들이 집에 없는 틈을 타서 친구들 집을 방문하는 세대라고 했다. 미야자와라고 하는 노부인은 카우아이 섬에서 관엽식물과 정원수 농원을 경영하고 있다고 했다. 신문사의 지인으로부터 그 전화를 받고 나서 내가 부인을 학수고대했던 것은 농원을 소유하고 있다는 부인에게 하와이의 수목에 대해서, 나아가서는 '레인트리'에 대해 물어보고 싶어서였다.

미야자와 부인은 벌써 10년도 전에 하와이 제도 중에서도 서쪽 구석에 있는 카우아이 섬을 방문했던 히로시마 저널리스트 K 선생님에 대해 물어보고 싶다는 용건을 가지고 있었다. 미야자와 부인과 K 선생님은 그때 딱 한 번 만난 후, 부인이 일방적으로 크리스마스카드(옛 난요 사투리를 사용하는 부인의 입에서 연하장이 아닌 크리스마스카드라는 말이 나오는 게 무척 재미있게 들렸다)를 보냈을 뿐 K 선생님과 별다른 교제는 전혀 없었다. 그런데 이번 여름, 죽은 남편을 대신해서 원폭으로 돌아가신 시댁 친척들의 성묘를 겸해 귀국하게 되었는데 이 기회에 꼭 K 선생님을 만나고 싶었단다. 그것은 K 선생님이 자기 농원을 방문했을 때 남편과 K 선생님 사이에 큰 말다툼이 있었기 때문이다.

그러고는 오랫동안 외국에서 살아서 간접화법으로 고쳐 말하기가 어려운지 그 논쟁 장면에 대해서는 생각나는 대로 대화를 천천히 옮겼다. 부인은 매우 송구스러워하면서 조그만 목소리로 성대모사 하듯이 남편의 난폭한 언어를 그대로 옮겼다. 그것이 내용의 난폭함과 묘한 대비를 이루며 핀트가 어긋나는 점이 독특한 재미를 자아냈다. 거기에 대한 K 선생님의 대응을 묘사할 때는 그 미야자와 부인의 말솜씨나 억양 속에 문득문득 이전에 내가 유신 시대의 하급 무사 같다고 쓴 적이 있는 K 선생님의 목소리나 억양이 되살아나는 느낌이 들었다. 우리 어머니나 동네 할머니들이 그랬던 대로 미야자와 부인에게는 시골 할머니들의 장기인 흉내 내기 재능이라고 할 만한 것이 있었던 거다.

당시 K 선생님은 하와이를 시작으로 미국 서해안의 많은 일본계 미국인들에게 호소하고자 하는 바가 있었다. 그쪽의 일본계 미국인 사회는 히로시마 출신자의 비율이 상당히 높았는데 K 선생님은 그들에게 히로시마와 나가사키의 원폭 피해자의 참상을 전하고 싶어 했다. 그것은 일본계 미국인을 중심으로 한 핵 폐기 운동을 전 미국으로 확산시키기 위해서라고 K 선생님은 농원 주인에게 아주 조심스럽게 그러나 단호한 태도로 말했다. 미야자와 부인은 그렇게 이야기를 시작했다.

부인이 하는 말은 마치 K 선생님의 목소리를 그대로 듣는 듯했다. 전쟁 말기, 군인으로서 전장에 나가 있느라 자신은 원폭의 피해는 면했지만 병역이 해제되어 돌아온 후에는 히로시마 현지의 신문기자로서 핵 문제의 보도와 논평에 생애를 쏟아부었던 K 선생님. 이 저널리스트를 처음 만났을 때 나는 이미 딱 그대로의 인상을 받았다. 1964년 여름 히로시마에서의 핵금지세계대회의 한 분과 회의에서였다. K 선생님은 '핵 피해 백서'의 제안을 내놓았다. 그때 나는 회의를 방청하는 보도진들과 함께 K 선생님을 지켜보고 있었다. 히로시마에 온 지 얼마 되지 않아 보이는 기자가 K 선생님을 향해 이런 질문을 했다. "히로시마 일반 서민은 핵 체제에 별로 분노를 품고 있는 것 같지 않던데요." 그때까지 단호하기는 했으나 매우 조심스럽게, 즉 내가 르포르타주에 했던 묘사를 그대로 인용한다면 '성실한 유신 시대의 하급 무사 같은 인상'으로 죽 보고를 하던 K 선생님이 이 질문에 대해서는 거의 눈물을 글썽일 정도로 흥분해서 목소리를 높였다. "서민들도 분노를 느끼지만 그걸 어떤 식으로 표현해야 할지 몰라 갈팡질팡하고 있는 겁니다. 우리도 역시 마찬가지고요."

K 선생님이 카우아이 섬을 방문해서 관엽식물과 정원수를 가꾸는 농원 주인과 대화를 나누었을 때, 그는 조심스러우나 확신에 찬 K 선생님의 주장을 난폭한 말로 물리치고 마침내는 K 선생님을 자기 집에서 쫓아냈다. 어린 시절 하와이로 건너와 성인이 되어 만난 남편인, 히로시마 출신의 일본계 2세 농원 주인이 말이다. 그때까지 정치에 관해서 남편과 전혀 대화가 없었던 부인은 남편의 태도에 충격을 받고 풀리지 않는 마음의 응어리를 간직하게 되었다.

미야자와 부인의 죽은 남편은 K 선생님에 대해 강한 반발을 드러냈다. 일본인이 진주만을 공격했다. 그 결과 근대 전쟁에 기습의 가능성이라는 것이 추가되었다. 동서 냉전, 핵무기의 위협 전쟁의, 그 최초의 발단은 진주만을 공격한 일본군의 소행이 국제 관계의 기본형을 바꾸어 버렸기 때문이다. 가령 이런 상황을 가정해 보자. 일본이 다시 군사 국가가 되어 처음부터 핵무장도 하고, 그래서 미국과의 긴장 관계가 고조되었다고 하자. 대부분의 미국 사람들은 언제 일본인들이 핵무기로 진주만을 공격해 올 건가 하고 불안하게 된다.

그러면 조금이라도 먼저 일본을 핵으로 공격해야 한다는 여론이 고조되어 펜타곤을 움직일 것이다. 다행히도 지금은 일본이 그들 마음 대로 투하할 수 있는 핵무기를 가지고 있지 않지만 대신 소련과 미국 상호 핵무기에 의한 전쟁의 위협이 있다. 우리가 낸 세금으로 미국의 '핵우산'을 일본에 씌워 주고 있는 거다. 그래도 언제 적국이 전면 공격을 해 올지 모르니 거기에 대항하자는 핵무장 경쟁의 원리는 진주 만 공격이 만들어 낸 것이다. 진주만을 잊지 말라는 말은 원래 그런 의미다.

K 선생님은 농원 주인의 주장에 진지하게 귀를 기울였다. K 선생 님이 '핵우산'이라는 말에 대해서 반문하자 농원 주인은 흉포한 일본 을 가두는 '핵 감옥'이라는 의미로 사용하는 거라 대답했다. K 선생님 은 매우 탁월한 해석이라며 찬성하기도 했다. 다시 말해서 '핵우산'이 란 일본을 보호하기 위한 게 아니라고. 이번에는 K 선생님이 위압적 인 농장 주인의 태도와는 전혀 다른 온화한 말투로 다음과 같이 말했 다. 핵 위협의 가능성이 급격히 커진 기점이 진주만 습격이라는 생각 을 인정하자. 오히려 그걸 인정함으로써 미국에서 일본계의 히로시마 나가사키의 실상에 적합한 핵 폐기 운동이 일어난다면 그쪽이 기대가 된다. 그런데 농장 주인은 거기에 대해 사리에 맞는 논리도 없이 마구 잡이로 화를 내더니 급기야는 악수조차 없이 K 선생님에게 농원에서 나가라는 말을 했다……

미야자와 부인이 남편의 논리와 갑작스러운 격분에 놀라기도 하고 부끄럽게도 생각한 이유는 다음과 같은 배경이 있어서였다. K 선생 님의 방문이 있기까지 미야자와 부인과 긴 세월을 함께 살면서 농원 주인은 한 번도 진주만 공격을 일본의 악행이라고 비판한 적이 없었 다. 불시착한 폭격기 조종사를 숨겨 주고 그와 함께 미국군에 저항하다 자결한 일본인 이민자도 있었지만 남편은 그 정도까지는 아니라도 전시 중에 수용소에서 고통스러운 생활을 할 때도 일본군을 비판하는 일이 없었고, 전쟁이 끝난 후 오랫동안 사업 부진으로 고생을 할 때도 그것은 마찬가지였다.

그런데 K 선생님이 미국에서의 일본계의 반핵운동에 대해 말하는 것을 듣자마자 진주만 기습을 비판하더니 점점 더 화를 내다가 손님을 쫓아내기까지 했던 거다. 미야자와 부인으로서는 이해가 안 되는 일이었지만, 그래서 오히려 남편이 측은하고 불쌍하게 생각되었다. 그러나 그 후 남편이 절대 그 이야기를 입에 올리지 못하게 하는 바람에 찜찜한 기분인 채로 사별하고 말았다. 그건 도대체 무슨 일이었을까?

미야자와 부인은 히로시마에 온 김에 K 선생님에게 물어보려고 했으나 히로시마 신문사에 문의해 보니 K 선생님은 암으로 세상을 떠났다고 했다. 거기서 K 선생님의 저서의 제목을 가르쳐 주긴 했지만 그건 자신들이 읽을 수 있는 것들이 아니다. 그래서 K 선생님에 관해서 약간의 글을 썼다는 당신에게 K 선생님에 대해 듣고 싶다. 당신은 나와 고향도 같으니 혹시 친절하게 상대해 줄지도 모른다고 생각했다. 당신은 애초에 히로시마 원폭 피해자에 관한 책을 쓴 작가라고 하니 나로서도 더욱 물어보고 싶은 것이 있다……

나는 우선 K 선생님과의 추억부터 이야기하기 시작했다. 먼저 내 머리에 떠오른 건 만약 하와이에 사는 일본인들에 대해 좀 아는 척하고 나서는 기자가 있었다면 히로시마 대회에서 했던 것과 똑같은 대답을 하지 않았을까, 라는 것. 다시 말해 '하와이 일반 서민은 진주만에서 일어난 일에 대해 지금은 별다른 분노를 품고 있지 않은 것 같은데요' 하고 도발당했다면 역시 눈물을 글썽일 정도로 흥분해서 '서민들도 진주만 공격에서 비롯된 작금의 사태에 분노를 느끼지만 그걸 어떻게 표현해야 할지 몰라 갈팡질팡하고 있는 겁니다. 우리도 역시 마찬가지고요' 하고 대답했을 것이다. K 선생님이 그런 성품의 저널리스트였다는 걸 조금이라도 잘 전달하기 위해 나는 히로시마 대회에서의 K 선생님의 말투를 생각해 가며 그대로 이야기를 옮겼다.

미야자와 부인은 거친 비바람에 대항해 살아오며 만들어졌을 미국인다운 넉넉한 인상과 나에게는 옛날 생각을 불러일으키는 시골 노부인같이 조신한 태도로 나를 응시했다. 어린 소녀의 눈빛처럼 순수한 호기심에 반짝이는 부인의 모습은 무척이나 호감을 자아냈다. 그렇게 열심히 귀 기울이고 있는 미야자와 부인을 위해 그녀의 귀에 익숙할 듯한 말들을 찾아 가며 설명을 하다 보니 이것이야말로 K 선생님의 가치관을 가장 잘 재현할 수 있는 방법이 아닐까 하는 생각이 들었다.

K 선생님은 지방에 적을 둔 노련한 저널리스트답게 강경파의 주장을 구체적인 언어로 표현하는 것이 장기였다. 평상시 현장에서 느낀 것들을 깊이 있게 분석하고 이를 반추하여 간결한 문장으로 자신의 견해를 피력했다. 원폭 자체는 그 '위력'에 의해 널리 알려졌다고 해도 그것으로 비롯된 사람들의 '비참함'은 아직도 덜 알려졌다는 것이 그의 주장이었다. 또한 K 선생님은 거기에서 전개된 사고의 확장에 기반하여 히로시마와 나가사키 이후의 '난민 제상諸相의 종합 연구'를 제창하기도 했다. K 선생님은 히로시마와 나가사키의 핵 공격에서 살아남은 사람들을 '원폭 난민'이라고 불렀다. 그리고 그것을 오늘에서 내일로, 온 세계에 퍼져 가는 '공해 난민'과 함께 다루었다. 그런 논점으로 본다면 미래를 향한 일본인의 절실한 출발점으로 '원폭 난민'을 상정해야 한다는 것은 얼마든지 이해가 가지 않는가……

그즈음 나는 비밀로 하고는 있었지만 K 선생님에게 연락할 만한 일이 있어 전화를 했다가 K 선생님이 입원 중이라는 소식을 신문사로부터 들어 알고 있었다. 전장에서 앓았던 결핵이 재발했다는 신문사의 말을 그대로 믿었다. 마침 히로시마에 용무가 있어서 일을 마친 어느 날 저녁 K 선생님이 입원하고 있다는 대학 병원으로 문병을 갔다. 의사가 일부러 간호사 스테이션까지 나와 이 환자는 한번 논쟁을 시작했다 하면 끝이 없으니 오래 있으면 안 된다는 주의를 주는 순간 나는 당연히 K 선생님의 병에 대해서 깨달아야 했다. 그러나 그때까지 주변에서 심각한 환자를 본 적이 없는, 즉 무경험자의 젊은 기분으로 나는 별생각 없이 병실로 들어갔다.

부인이 침대에 앉은 K 선생님의 등을 문지르고 있었다. 이상하게 선생님의 몸집이 작아 보였다. K 선생님은 어리둥절한 표정으로 나를 보더니 갑자기 오열을 토했다. 그러나 바로 평정을 되찾고 육체적인 고통과 싸우다 보면 감정의 균형이 깨지기 쉽다며 너무나도 K 선생님다운 설명을 하고 나서는 '난민 제상의 종합 연구'에 관한 이야기만 했다. 나는 거의 입을 다문 채 듣기만 했으나 그러는 동안 K 선생님의 초조하고 심상치 않은 기색에 의사가 하던 말이 생각났다. 황급히 병실을 나와 허망한 마음으로 어두컴컴한 복도를 걸어가는 나를 K 선생님의 사모님이 종종걸음으로 쫓아왔다. K 선생님이 대량으로 구입해서 병실에 가지고 있었던 듯한 무스타키*의 〈히로시마〉 도넛판을 줄 테니 가져가라고 했다. 그로부터 반년도 지나지 않아 연이어 인도와 프랑스 그리고 중국의 핵실험 뉴스가 들려오는 가운데 장마 속에서 K

---

* 1934~2013 노래하는 음유시인으로 불린 이집트 출신의 프랑스 샹송 가수.

선생님은 세상을 떠났다. 암이었다. 현대 세계를 싸고 있는 '핵 권력'을 분석한 저서가 선생님의 사후에 출판되었다. 우리에게 남기는 유언이라 해도 좋을 내용이었다……

"이게 그 책인가요? 사 오기는 했는데 말씀드렸듯이 저희가 읽을 만한 책은 아닌 것 같군요." 미야자와 부인은 남의 이야기 하는 양 담담하게 그러나 희미한 슬픔이 드러나는 표정으로 자기의, 또한 하와이 친구들의 독서력을 비평하듯 말했다. "지금 당신의 이야기를 들으니 K 선생님이라는 분은 우리가 생각하던 대로의 분이셨군요. 그분이 어떤 인생을 사셨는지 원폭이 그분에게 얼마만큼 중요한 일이었는지 그것도 잘 알게 되었어요. 우리 남편이 그렇게 펄펄 뛰며 퍼부어 대도 K 선생님은 묵묵히 아무 대꾸도 안 하셨어요. 그렇지만 마음속으로는 무척 애가 탔을 거예요.

……이건 좀 이상한 이야기인데요, 항상 마음에 걸렸던 거라 한번 여쭤 볼게요. K 선생님은 우리 남편과 같은 생각을 가진 분이 아니셨을까요? 자꾸 그런 생각이 드네요. 그래서 그때 더욱 가슴속 뱃속이 애끊는 마음으로 들끓었을 것 같아요. 우리 남편이 생각 없는 소리를 하면서 외부에서 온 사람은 그 말에 반박할 수가 없는 거라고 우겼죠. 그래도 K 선생님은 말이죠, 어쩐지 우리 남편에게 공감하고 있던 것 같았어요. 슬프기도 하고 화도 나고 참으로 안타까웠을 거란 생각이 들어요.

귀국하고 나서 K 선생님은 우리 농원에 대해서 아주 멋지게 쓴 기사가 실린 신문을 보내 주셨어요. 우리 남편이 했던 말에 대해서는 일절 언급하지 않고 일본 사람 눈에 아주 좋게 보이게 써 주셨더라고요. 정말 정중한 기사였죠. 그리고 남편의 히로시마 친척들에 대해서도 조사해 주셨어요. 그 기사 덕분에 친척들과 편지 왕래를 시작하게 되었답니다. 그렇게 서로 연락이 되어서 이번에 저도 이렇게 성묘를 오게 된 거랍니다. 남편의 유골도 분골해서 여기다 모시고. K 선생님이 돌아가셔서 정말 안타까워요. K 선생님을 뵙고 의논드리고 싶은 계획도 있었는데……"

미야자와 부인의 그 '플랜'이 결국 나를 하와이로 부른 것이다. 소녀 같은 표정을 하고는 있지만 비바람을 헤쳐 온 노부인에게 어울리는 단호한 그러나 한편 막연한 구석도 있는 '플랜'이었다. 미야자와 부인은 K 선생님을(하와이의 그녀와 친구들은 K 선생님의 죽음을 생각지도 못했으므로) 카우아이 섬으로 모셔다가 전에는 미야자와 부인 남편의 반발 때문에 충분히 전개하지 못했던 핵 상황에 관한 이야기를 듣고 싶어 했다.

그렇다고 그녀의 그룹에 K 선생님을 하와이로 초청할 만한 돈이 있는 건 아니었다. 그래서 미야자와 부인과 친구들은 K 선생님이 신문사의 출장이나 혹은 개인적으로 미국에 다시 오게 되는 날을 기다리려고 한다. 2~3년 혹은 4~5년 내라면 언제라도 상관없다. 일단 K 선생님이 하와이를 통과하게 되면(로스앤젤레스 혹은 뉴욕으로 직행하는 여정이라면 귀국하는 길에 시간을 내서 하와이에 들러) 카우아이 섬에 초대하고 싶다. 하와이 체제 중에 K 선생님의 수발은 그녀 그룹에서 기꺼이 맡는다. 그런 식으로 하면 K 선생님을 카우아이 섬 농원으로 모셔 와 핵 상황에 대한 이야기도 들을 수 있지 않겠느냐……

미야자와 부인과 친구들의 '플랜'이 단호하기는 하나 막연한 점도 있다고 한 것은 2년에서 5년이라는 긴 세월 동안 K 선생님이 미국을 방문하는 기회가 생기기만을 무작정 기다린다고 해서였다. 그런데 그

'플랜'도 K 선생님이 타계하고 나니 아무 소용 없는 게 되고 말았다. 그러다가 미야자와 부인은 K 선생님 대신, 카우아이 섬에 와서 K 선생님의 사상을 이야기해 줄 수 있는 사람으로 나를 발견한 것이었다. 나를 카우아이 섬으로 초대하는 계획의 세부 사항 역시 K 선생님의 경우와 동일한 것으로 다시 그만한 기간을 인내심을 갖고 기다리겠다고 했다.

나는 하와이 대학의 일본 문학 연구자에게 심포지엄에 참가하겠다는 뜻을 전보로 알리고 동시에 카우아이 섬의 미야자와 농원으로도 항공우편으로 편지를 보냈다. 바로 미야자와 부인으로부터 카우아이 섬 강연회가 이렇게 빨리 실현되다니 기쁘기 한량없다는 답장이 왔다. 가능한 한 많은 친구들을 심포지엄에 참가시켜 강연을 듣게 할 것이고 그것이 끝나는 대로 나를 카우아이 섬으로 데리고 가기 위해 호텔로 오겠다는 것이었다. 자신의 그룹은 카우아이 섬뿐만 아니라 하와이 각지에 흩어져 살고 있는데 이번 기회에 처음으로 모두 카우아이 섬에 모이게 되어 여간 기쁜 게 아니라고 했다.

미야자와 부인의 친구들이 그렇게 여러 섬에 흩어져 있는 건 그룹의 생성 과정과 관련이 있다. 미야자와 부인 그룹은 원래 청취자가 전화로 참여하는 하와이 라디오 방송국의 일본어 토크 프로그램을 통해 생겼다. 오후 긴 시간에 걸쳐 생방송으로 진행되는 그 프로그램에서는 아나운서가 방송실에 대기하고 있으면 각지에서 전화가 걸려 온다. 대개는 자연스럽게 하나의 주제로 전화가 집중되면서 그날의 방송 내용이 결정되어 전파를 타게 되었다. 처음에 전화를 건 사람이 내놓은 토픽에 대해 다음 사람이 전화로 자기 의견을 말하면 또 다른 청취자가 거기에 더해지는 방식으로 이루어지는 방송이었다. 이 방송의 팬이었던 미야자와 부인은 어느 날 문득 생각이 나서 카우아이 섬을 방문했던 일본 신문기자와 남편의 언쟁에 대한 이야기를 했다. 그것은 죽은 남편에 대한 추억이라는 토픽에 따라 내놓은 이야기였는데 미야자와 부인의 전화를 계기로 화제가 핵 문제로 옮아갔다. 게다가 평소에는 그런 발언을 거의 하지 않던 노부인들로부터의 전화가 많았다. 평일 낮 시간에 하는 방송을 들으며 전화를 걸 수 있는 사람이란 대부분 미야자와 부인과 같이 현역에서 물러난 부인들이었기 때문이었다. 그리고 라디오 방송국을 통해 알게 된 번호로 통화를 하면서 그 이야기를 계속 나눌 수 있는 그룹이 만들어졌다.

……이런 식으로 하와이 여행 준비를 한창 하고 있던 중에 페니로부터 항의 편지를 받은 것이었다. 나는 하와이에 있는 동안 페니를 만나 그녀와 함께 다카야스 갓짱의 무덤을 찾고 예의 '레인트리'를 보러 가려던 계획을 포기할 수밖에 없었다. 그러나 그러는 사이에 미야자와 부인의 농원을 방문하는 계획이 심포지엄 대신 여행 목적의 중심을 차지하게 되었고 하와이 여행 자체에 대한 기대감이 높아져 갔다. 관엽식물에다 정원용 수목을 많이 기르고 있는 미야자와 부인의 농원에는 오래된 '레인트리'가 여러 그루 있다고 했다. 미야자와 부인은 내가 정신장애인 민간 시설의 뜰에서 바다를 내려다보는 어둠을 가로막고 서 있던 키가 큰 거목으로 확실히 '레인트리'의 존재를 (눈으로 보지는 못했지만) 느꼈다고 했을 때, 나무 농원을 경영하는 전문가다운 신중함을 드러내며 다음과 같은 말을 했다.

"정말 멋진 나무죠. 그게 혹시 우리가 말하는 monkeypod tree였다면 하와이 말로는 ohai라고 하는데 아까시나무 꽃보다 조금 큰 꽃을 피우죠. 그 나무가 무척 크긴 하지요. 위로 높이 자라기보다는 옆으로 가지를 뻗는 나무예요. 그래서 당신이 본 쭉 뻗고 키가 큰 나무하고는 좀 다를 것 같은데. 그렇게 생각되네요. 오아후 섬 고지대에 있는 저택이었나요? 그런 집의 정원수라면, 그것도 그 높이에 맞을 정도로 옆으로도 가지를 뻗은 ohai라면 유지하기도 보통 어렵지 않을 텐데요. 당신이 그 '레인트리'를 직접 보셨다니 그런 나무가 있기는 있겠지요."

다시 한 번 말하지만 나는 그 나무가 있어야 할 범위를 가득 채우고 있는 암흑의 벽을 보았고 부챗살 모양으로 퍼지는 나무 밑동의 판뿌리를 보았지 '레인트리' 전체를 확실히 본 것은 아니었다⋯⋯

지정된 하와이 호텔에 도착해 보니 심포지엄에 초대받은 일본인은 나만이 아니었다. 오히려 나는 심포지엄 주류에서는 떨어진 곳에서 중심 과제의 문학적 반영을 토론하는 분과회에 배정되어 있었다. 여성 문제의 일미 비교라는 과제를 포함한 분과회에는 에스키모 촌락을 비롯해서 수많은 야외 조사를 한 여성 문화인류학자 H 씨가 참가하고 있었다. 또 정치학자 M 교수도 와 있었다. 첫날 심포지엄의 기본 방향을 정하는 전체 회의에서 해외 참가자의 영접 책임을 맡고 있는 핀란드 여자가 일본과 미국의 선거에서 나타나는 정치의식 비교를 했다. 그때 그녀는 M 교수가 만들었다고 알려진 전문용어를 분석의 축으로 사용했다. 그런 점들로 미루어 보건대 이 심포지엄은 미국에 있는 M 교수의 제자들이 조직한 것 같았다.

그렇다고 초대받은 일원으로서 자기가 나가는 분과회에만 참석할 수는 없는 노릇이었다. 그래서 작가로서 그래도 어느 정도는 관심이 가는 첫날과 둘째 날 오전 H 씨의 문화인류학 토론을 방청하려고 했는데 그중 하나는 여성 문제의 활동가들을 대상으로 특별히 조직된 터라 청중까지도 (회장에 들어가지 못한 학생의 비판하는 언어를 빌리자면) female-chauvinism이라는 인상이 드는 모임이었다. 반드시 입장하겠다는 열의까지는 없었던 나는 일찌감치 포기하고 돌아서는데 대부분이 젊은 아가씨들인 북적이는 입구의 혼잡한 속에서 너무나 우뚝한 모습의 여자가 쓱 하고 줄을 헤치고 지나가는 게 눈에 들어왔다. 그 동작이 나의 기억의 한 부분을 자극했다.

확실한 것은 아니었지만 뭔가 마음에 걸리는 부분이 있었다. 다카야스 갓짱이 고급 창녀라며 데리고 왔던 페니가 그런 움직임을 보이는 여자였다. 얼굴 생김새는 기억에서 희미했지만 그 몸동작만은 뚜렷이 기억에 남아 있었다. 인디언풍인지 태평양 제도풍인지는 모르겠으나 몇 겹이고 겹쳐진 구슬 목걸이를 하고 있었다. 뒷모습만 보았을 뿐이지만 그때와는 분위기가 많이 달랐다. 다카야스가 창녀라고 우기며 데려왔던 그녀는 보통 하와이 색채감각과는 다른 차분한 분위기였는데……

내가 발표를 하는 분과회에서 선도적 역할을 맡은 사람은 나도 이전부터 알고 있는 일본 문학과 철학의 전문가인 E. N. 씨였다. 남유럽풍의 차갑고 귀족적인 분위기를 풍기는 그는 하와이 대학의 교수였는데 만날 때마다 점점 더 정치적으로 변한다는 인상을 주는 사람이었다. 그는 내가 미리 제출한 문화적인 주변성의 과제를 완전히 정치적인 주변성 문제로 바꾸어서 말하더니 나중에는 최근에 일어난 니카라과 혁명이야말로 주변성의 승리라고 하고 이어서 엘살바도르에도 혁명의 승리가 다가오고 있다고 주장했다.

E. N. 씨는 내가 바로 자기 의견에 동조해서 같은 정치적 입장을 표명하리라 기대했던 모양이었다. 그러나 그때까지 적지 않은 정치 집

회에 나갔던 나는 모처럼 문화적 주변성이라는 과제를 다루게 된 이상, 정치적인 견해를 밝히는 일은 마지막으로 미루고 싶었다. E. N. 씨는 점차로 내가 미온적인 태도를 보인다고 생각하며 성에 차지 않아 했다. 그가 미국인의 신분이고 왕년에 미국 대학에 적을 두었던 사람으로서 엘살바도르의 군사정권을 두둔하는 미국군의 개입을 두고 그것이야말로 주변의 자율성에 대한 시대에 뒤떨어진 중심 논리의 노출이라고 비판하자 맨 앞줄에서 긴 다리를 꼬고 앉아 있던 금발의 여학생이 "브라보!" 하고 외치기도 했다.

E. N. 씨를 제일 활기찬 극우로 친다면 나와 나란히, 아니 나보다 더욱 기운이 없는 젊은 미국 작가가 우리와 같은 쪽의 패널을 이루고 있었다. 그는 자기의 알코올 중독을 제대로 다스리지 못해서 매일같이 문제를 일으키는 장본인이었다. 회의 전에 나와 두세 마디 나눌 때는 아직 독한 술은 한 잔도 안 한 모양으로 매우 수줍어하며 갑자기 여자애처럼 얼굴이 새빨개지기도 했다. 토론에서 그의 발표 때 보니 오후 순서라는 점도 있고 벌써 몇 잔 마신 것 같았다. 작가는 교묘하게 자기 자신을 드러내지 않으면서도 너무나 적극적이었던 E. N. 씨를 보기 좋게 비꼬았다.

그의 주장으로는 학생은 물론이고 학자도 작가도 모두 현실 사회에서는 전혀 도움이 안 되는 자들이며 적어도 실제 일에 착수하기 이전의 모라토리엄에 빠진 자들이라는 것이었다. 실제로 사회에 도움이 되는 일을 하는 건 중심에 있는 자들, 인사이더들이고 우리의 미래는 그들로부터 더욱 주변으로 밀려나게 되어 있다. 그 주변이란 것은 성병에 걸려서 치료받는 일도 금지된 자들의 병동 같은 거다. 좋다, 그 자리에 어울리는 사람답게 스스로를 부끄럽게 여기고 찌그러져서 고름이 흐르는 성기나 쥐고 있자. 그 정도의 행위는 허용될 테니까. 중심 권력을 쥔 자들의 자기 확인을 위해서 필요한 도구. 주변의 아웃사이더들을 그들이 더 이상 어떻게 박해할 건가. 우리가 극성을 떨며 자기 회복을 성취했다고 하지만 않는다면. 그래도 죽을 때는 우리는 모두 평등하다.

젊은 작가는 이런 말을 마치고는 마치 파리라도 쫓는 양 이미 성글어진 머리 위로 손을 홰홰 저으며 노골적으로 한잔하기 위해 자리를 떴다. 아마 그대로 계속 마셨는지 다시 패널로 돌아오지 않았다. 오전 중에 잠시 나누었던 대화에서 그는 내 작품의 번역본을 읽었다면서 숲 속 마을의 폭동이 매우 흥미로웠다고 했다. 자기 책도 읽어 달라며 문고판 표지에 서명을 해서 주더니, 무슨 이유에선지 얼굴이 새빨개져 "이 책에서 읽을 만한 데는 콘래드를 인용한 구절뿐"이라고 하면서 인용이 있는 면에 내 이름과 자기 이름을 쓰고는 그 장을 찢어서 나에게 주었다. 그런 식으로 자기 책을(그것도 일부분을) 주는 작가를 만난 건 그때가 처음이었다. 그러나 나는 결국 사람들 앞에서 이야기를 하기로 약속한 자신에게 화를 내던, 나보다 열 살이나 젊은 미국 작가에게 호감을 품게 되었다.

찢어진 장에 인쇄된 콘래드의 한 구절은 나카노 요시오의 번역 『어둠의 심연』에서, 즉 가장 좋은 일본어 번역을 인용하면 다음과 같은 것이었다. '폭력, 탐욕, 정욕이라는 도깨비 같은 것들도 알고 있다. 그러나 그것들은 너무나 튼튼하고 활기가 넘치고 피에 미친 듯한 눈을 가진 악마들이다. 그리고 그것들이 인간을—잘 들어, 인간을 말이지—지배하고 그리고 몰아붙인다. 그러나 나는 이 산 중턱에 도착했을 때 이미 예견하고 있었다. 눈도 멀게 할 강렬한 태양의 나라, 여기에서 나는 이윽고 겁이 많고 허약한 주제에 다만 탐욕적이고 무자비한 악마 짓을 과시하는 어리석은 인간을 알고 지내게 되리라는 것을.'

그가 토론을 기다리지 않고 자리를 뜬 것만 봐도 알 수 있듯이 우리 분과회 패널은 별로 성공적이지 못했다. 후반의 일반 질문과 답변으로 이루어진 토론 시간은 우리가 제시한 큰 주제를 좀 더 구체화하고 심화하는 방향으로 가지 못하고 패널 개인에 대한 비판적 질문과 궁색한 답변으로 일관되고 말았다. E. N. 씨만은 엘살바도르에서의 미국의 역할을 높이 평가하는 세계 질서의 옹호자인 척하는 청중을 상대로 치열한 공방을 벌였고 아까 말한 금발의 여학생으로부터 "브라보, 브라보!" 하는 고독한 성원을 받기도 했지만.

나의 발언에 대한 비판자는 2세인지 3세인지로 보이는 일본계 미국인 여자였다. 점 하나 찍어 놓은 것 같은 외까풀 눈을 한 희미한 윤곽의 아무 특징이 없는, 아니 특징이 없다는 게 특징인 미국 대학 도시에서 자주 보게 되는 일본계 미국인, 혹은 유학생 타입의 아직 서른 남짓한 여자의 비판은 이런 것이었다. "교수님이 일본 작가로서 일본계 미국인의 글에서 새로운 일본어 문체에 대한 환기성을 발견한다고 한 말씀, 그게 무슨 소리인지 이해가 안 갑니다. 영어는 영어, 일본어는 일본어가 아닙니까? 특별히 이해하고 싶은 마음은 없습니다. 왜냐하면 나는 미국 사람이니까요. 미국 사람으로 태어난 우리에게 일본인 2세, 3세라는 이유로 일본인들이 자기들 멋대로 친근감을 드러내는 건 정말 귀찮습니다. 교수님은 일본계 미국인 문학자와 일본인 문학자의 가교 역할을 하고 싶다고 했습니다. 그러나 제발 그런 짓은 하지 마세요. 일본계든지 뭐든지 미국인과 일본인 사이에는 극복하기 어려운 구렁텅이가 있습니다. 그 구렁텅이를 메우는 길은 far, far away 한 길이며……."

상대방으로부터 그런 소리까지 나오고 나니 하와이 대학의 초청을 받은 일본인 작가로서 정말 뭐라고 대답을 해야 할지 막막했다. 토론 전에 자리를 떠 버린 미국 작가를 부러워하며 앞에서 이미 말했던 것을 다시 설명하고 있자니 일본계 미국인 질문자는 의자에서 일어나 far, far away라는 의미의 제스처를 반복하면서 점점 더 의기양양해져 갔다. 그녀가 나의 답변이 끝나기를 기다렸다가 다시 사회자의 핸드 마이크로 팔을 뻗치는 순간 어느 틈에(시각의 한구석에 쓱 나타난 느낌도 있었지만) 패널석에서 가장 가까운 문에 서 있던 여자가 발언권을 청했다. 인디언풍 혹은 태평양 제도풍의 패션을 한 퍼넬러피 샤오 링 다카야스가 마이크 따위는 필요로 하지 않는 직업적으로 잘 단련된 발성으로 일본계 미국인 비판자를 향해 대항 발언을 했다.

"같은 청중의 한 사람으로 당신에게 묻겠습니다. 왜냐하면 교수님이 미국 청중들에 대해 나쁜 인상을 가지게 되는 게 싫으니까요. 당신은 자신을 미국인이라고 생각한다고 했는데 그것은 좋습니다. 그런데 당신의 발언은 무언가를 감추고 있는 듯하네요. 죽은 사람이긴 하지만 예를 들면 존 오카다 같은 일본계 미국인 작가와 존 업다이크가 패널로서 토론을 했다고 합시다. 그때 당신은 두 사람의 존 중에서 어느 쪽에 친근감을 가질까요? 자신도 와스프WASP*라도 된 것처럼 업다이크 쪽이라고 하지는 않겠죠? 두 사람의 존에게 같은 느낌을 갖지는 않을 거예요. 그렇다면 지금처럼 교수님을 거부하는 태도는 공정한 것인가요? 스스로 정직하다고 생각합니까?

* 백인 앵글로색슨 개신교도White Anglo-Saxon Protestant의 두문자를 따서 줄인 말로, 흔히 미국 주류 지배계급을 뜻한다.

지금 당신이 여기 와 있는 것도 역시 당신이 일본계 미국인이기 때문이 아닙니까? 그래서 일본과 미국, 일본인과 미국인이라는 테마에 흥미를 느끼는 게 아닌가요? 당신은 바로 일본계 미국인이기 때문에 교수님의 말에 화가 나는 겁니다. 영어도 잘 못하고 외모도 별로인 패널이 일본인 작가라는 데 당신은 일본계 미국인으로서 수치심을 느끼는 거겠지요. 그렇다면 비평의 내용을 바꾸었어야죠."

무엇보다 페니의 당당한 영국식 영어에(그건 그녀가 홍콩에서 자랐다는 이유 때문이 아니라 배우로서의 재능을 발휘한 것과 관계있으리라. 나중에 나와 이야기할 때의 영어가 완전한 미국식이었던 걸 보면) 논쟁 상대는 기가 팍 꺾였다. 페니가 발언하는 동안 그녀가 자리에 앉아 버리는 바람에 페니의 추궁에 대한 답변도 없이 토론은 끝이 났다. 나는 페니의 비호로 위기를 극복하기는 했지만 영어 실력이나 외모에 대해 근거도 없이 폄하당한 셈이기도 했다.

원래 남의 앞에서 말을 하고 나면 많든 적든 타인에 대해 부당한 권리 행사를 했다는 기분이 들어 이쪽을 부정하려 드는 말에도 왠지 수용적인 태도를 보이게 된다. 그날도 심포지엄이 끝난 후 혼잡한 속에서 좀 전의 일본계 미국인과 얼굴도 비슷하게 생기고 화장도 비슷하게 한 여자가 다가와 어색한 일본어로,

"다리가 떨리던데요. 제일 앞쪽에 앉아서 똑똑히 보았어요"라며 윤곽이 희미한 얼굴에 도전적인 웃음을 띠고 나의 대답을 기다렸다.

"나는 몰랐는데⋯⋯" 하고 내가 당황해서 변명을 하고 "학생은 3세입니까?"라고 물었다.

"아니, 아니에요. 고베 대학에서 미국 문학을 전공하고 여기서는 일본의 근대문학으로 박사 학위를 딸 예정이에요. ⋯⋯어째서 일본 남

자 어른들은 본격적으로 영어를 하지 못하실까……"

그런데 또 한 번 내 옆으로 쓱 나타난 퍼넬러피 샤오링 다카야스가 개입했다.

"교수님 영어는 당신이 생각하는 것보다 아주 고급 영어예요. 문법도 정확하고 어휘도 아주 철학적이고. 유창하지 못한 건 말할 기회가 없어서겠죠. 그건 작가라는 직업으로 보면 결코 부자연스러운 현상이 아니죠…… 도쿄의 대학에는 일본 근대문학을 가르치는 박사 코스가 없어요? 아니면 당신이 연구하는 근대 작가가 특별히 하와이와 관계가 있나요?"

여자 유학생은 내가 페니를 교사해서 반론을 시키기라도 한 것처럼 원망스러운 눈으로 나를 흘겨보고는 자리를 떴다. 뒤에 남겨진 나는 생각해 보니 페니와 직접 이야기하는 것도 처음이거니와 앞의 편지로 어색한 사이가 되어 버린 그녀와 아무런 앙금 없이 자연스럽게 대화를 나누는 상황이었던 거다. 이야기를 시작하고 얼마 지나지 않아서 그녀가 이전에 내게 품었던 감정은 풀리지 않고 아직 그대로 살아 있다는 걸 깨달았지만……

우리의 심포지엄에 기분이 상한 건 아니었지만 분과회 책임자가 자리를 뜨는 바람에 E. N. 씨는 별도로 하고 토론자들은 김빠진 인사를 나눈 후, 각자 점심 식사를 위해 흩어졌다. 심포지엄 장소가 시내 상공회의소 센터였던 관계로 나는 점심을 먹기 위해 자연스럽게 페니와 둘이서 두세 블록 떨어진 중국집으로 가게 되었다.

키가 작은 화염목 가로수 길을 따라 걸으며 페니는 다카야스 갓짱을 어떤 식으로 매장했는지에 관해서 이야기했다. 그것은 정확하게 말하면 매장이라고 할 수 없는 방법이었다. 죽음이 머지않았음을 예감한 다카야스 갓짱은 자신을 화장해서 이 지상에서 가장 오염되지 않은 곳을 찾아 뿌려 달라고 했다. 육체는 인간의 사후 원자 혹은 분자화되어 지상에 편재遍在하게 된다. 그렇게 생각하면 비로소 사람은 죽음의 공포를 상대화할 수 있다. 그것은 자신이 청년 시절에 깨달은 지혜라고 말했다고. 페니는 '동서문화센터'의 심포지엄에서 처음으로 만난 서사모아 작가에게 부탁해서(그렇다면 내 숙소로 쳐들어왔던 다카야스 갓짱을 어두운 복도에서 공포에 사로잡히게 했던 작가 앨버트와 그때 알몸으로 내 방 침대에 앉아 있던 페니는 전혀 모르는 사이는 아니었다는 결론이 된다) 미크로네시아 외딴섬으로 갔다.

거기에다 다카야스의 유언대로 재는 높은 산에 올라 아래쪽의 원시림을 향해 뿌리고 다시 카누를 몰아서 산호초가 있는 맑고 투명한 바다에 뼈를 가라앉혔다. 똑바로 가라앉은 몇 개의 무거운 뼈는 금방 산호초에 섞여 눈으로는 구별이 안 되었다. 이런 식으로 다카야스 갓짱의 유골은 자연의 한가운데로 아니, 세계의 품속으로 돌아갔다. 그 이야기를 들으며 나는 전혀 생각지도 못했던 놀라운 사실을 발견했다. 지금까지 살아오면서 혼자서 스스로 깨달았다고 여겼던 삶과 죽음에 대한 근본적인 생각, 그것이 젊었을 때 다카야스 갓짱으로부터 받은 것이라는 사실을 발견한 것이었다.

학생 시절부터 오랫동안 가르침을 받았던 W 선생님의 타계 후, 멕시코로 향하는 비행기에서 태양 빛에 반짝이는 구름과 바다를 바라보다가 문득 이 자연 속에 원자화된 선생님의 육체가 편재하고 있다는 생각이 들었다. 그것은 말할 수 없는 해방감으로 나의 영혼 깊은 곳을 치유시켜 주는 경험이었다. 그리고 그런 깨달음은 나의 내부에서 솟아난 것이라고 믿어 의심치 않았다. 그런데 이렇게 옛 생각이 떠오르는 계기가 주어지고 보니 확실히 고마바 교양과정에서 수업이 시작하기 전의 분위기와 함께 떠오르는 광경이 하나 있었다. 그날 아침, 다카야스 갓짱은 무척이나 상기된 얼굴로 자기는 오랫동안 극복하지 못하던 죽음의 공포를 마침내 극복했다며 떠벌렸다. 친구들은 모두 또 경박한 심각 취미가 시작되었구나 하는 투로 "아아, 그래? 그렇구나, 그러나 분자가 되어 편재한다는 게 정확하지 않아?" 하는 식으로 흘려들었다. 그러나 그날 아침의 다카야스 갓짱의 흥분에 우리가 동조하지 않았을 뿐 아니라 조금의 감명도 받지 않았던 건 지금 생각해 보면 다만 우리가 너무 어렸던 거다……

　조명이 붙은 천장이 너무 높은 탓에 묘하게 휑하고 침침한 중국집에서 나와 페니는 식사를 했다. 페니는 중국계답게 본격적이면서도 실속 있게 메뉴를 선택했다. 그렇다고는 해도 우리가 주문한 것은 파인애플이 들어간 탕수육과 거무스름한 볶음국수, 닭튀김과 야채 볶음한 접시씩에 불과했다. 우리는 마치 부부처럼 한 접시의 음식을 반씩 나누어 먹었다. 식사를 하는 동안, 방금 깨달은 젊은 다카야스의 가치관의 영향에 갑자기 허를 찔린 듯한 기분이 들고, 심포지엄의 피로도 겹쳐 말수가 없어진 나에게 페니도 수다스럽지는 않지만 다카야스에 관한 역시 의외의 이야기를 또 하나 들려주었다.

　다카야스 갓짱은 미국에 정착하고 바로 뉴욕에서 유대계 여자와 결혼을 했다. 얼마 지나지 않아 그녀와는 이혼했는데 둘 사이에는 재커리 K라는 아들이 있다. 그 K는 갓짱의 약칭이라고 했다. 그 말을 들으니 좀 미안한 생각이 들었다. 갓짱이라는 호칭은 우리 친구들이 어느 정도는 그를 우습게 여기고 부르는 이름이었기 때문이었다. 재커리 K는 다카야스와 헤어져 미국인과 재혼한 엄마와 함께 자랐다. 지금은 스물다섯 살, 친구들과 결성한 음악 그룹을 가지고 있다. 그는 그룹의 리더일 뿐만 아니라 발매되는 LP 레코드의 작사 작곡도 전부 도맡고 있는 뮤지션이었다.

다카야스 갓짱의 사후, 연락을 받고 하와이에 온 재커리 K는 끝내 작품으로 태어나지 못하고 오랫동안 노트에 써 두기만 했던 아버지의 초고에 큰 감명을 받았다. 그는 비로소 자기의 아버지를 발견했다. 그리고 방대한 양의 초고에서 음악에 활용할 말을 발췌해서 쓸 때마다 페니에게 사용료를 지불하는 조건으로 모든 노트를 뉴욕으로 가지고 갔다. 아버지의 초고에 감화를 받아 이미 그룹명도 변경한 재커리 K 다카야스와 그 친구들의 LP는 이미 발매되어 있다. 거기에 수록된 곡 중 싱글 음반은 두 종류의 히트 차트에서 10위 안에 들었다. 실제로 페니는 그 레코드분의 노트 사용료를 받기 시작했다. 미크로네시아에 가는 비용과 현재의 생활비는 그 돈으로 충당하고 있다······

"차에 한 장 있는데 나중에 드릴게요. 싱글 음반이 아니라 모든 곡을 연속성을 가지고 들어야 하는 음악이니까요. 재커리 K도 아버지의 옛 친구가 자기가 어떤 식으로 아버지의 예술을 이어 가는지 알아준다면 기뻐할 거예요.

······당신은 다카야스의 생애가 oblivion 너머로 사라져 가는 게 그저 AWARE 할 뿐이라고 생각하고 있었겠죠? 나도 얼마 전까지는 그 생각에 괴로워했죠. 당신 소설에 실망한 것도 그 때문이었어요. 지금은 다카야스가 잊히리라곤 생각하지 않아요. 오히려 그렇게 생각했던 내가 이해가 안 돼요. 맬컴 라우리도 사후, 오히려 더욱 왕성하게 출판되었죠. 다카야스의 초고도 노트에 지나지 않아서 출판 불가능하다 생각했었는데 재커리 K의 음악이라는 길이 있었던 거예요. 그걸 통

해 앞으로 널리 이해받게 될 거예요. 다카야스가 소설로서 완성했다 해도 기대하기 어려웠을 정도의 큰 규모로 말이죠. 그리고 그건 너무나 당연한 일이기도 하죠. 다카야스는 그만큼 특별한 사람이었으니까요. 다카야스가 살아 있는 동안 우리 생활은 불우했지만 그 사람이 죽은 후 전망이 점점 밝아지고 있어요. 그것도 라우리의 경우를 생각해 보면 당연히 그렇게 될 수밖에 없는 것이었어요. 나는 앞으로도 재커리 K와 공동으로 다카야스의 노트에서 계속 새로운 음악을 세상에 내놓을 거예요. 맬컴의 사후 마저리가 했던 노력을 본받아 내가 그렇게 하리라 예측하고 다카야스는 안심하고 죽었는지도 모르죠. 정말 그런 게 아닐까요? 교수님⋯⋯"

페니는 심포지엄 장소까지 걸어와 주차장에서 헤어지면서 처음 만났던 날 옷 색깔을 생각나게 하는 녹회색 폭스바겐에서 그 LP 레코드를 꺼내 주었다. 레코드 재킷에는 느릅나무처럼 줄기의 껍질이 터진 커다란 나무가 세밀화로 그려져 있었다. 그런데 그것은 거꾸로 선 모습이었다. 처음에는 그걸 뒤집어서 보았을 정도다. 확실히 가지나 잎사귀는 세밀한 선으로 묘사되었지만 식물도감풍의 그림은 아니었다. 그림에는 지상으로 뻗은 나무와 같은 크기의 뿌리가 바깥으로 묘사되어 있었다.

거대한 나뭇가지에 우거진 초록 잎사귀들에 그려져 있는 투명한 동그라미에 레코드 제목과 연주 그룹의 이름이 한 자씩 들어 있었다. 'Inverted Qliphoth'라는 제목에 'Máquina Infernal'이라는 연주 그룹.* 노골적으로 맬컴 라우리 기원을 전면에 내건 것이었다. 카발라의

---

* 클리포트Qliphoth는 유대교의 신비주의적 교파인 카발라에서 악의 세력을 나타내는 개념으로서, 나무 형태로 도식화된다. 마키나 인페르날Máquina Infernal은 '지옥 기계'라는 의미.

우주론에 나오는 '거꾸로 선 악마나무'라는 이미지, 원래는 장 콕토가 쓴 『지옥의 기계』도 라우리의 『화산 아래서』의 독자라면 매우 친숙한 장면, 주인공 퍼민이 떨어진 고뇌의 세계에 대한 은유다.

"처음부터 끝까지 온통 맬컴 라우리군요."

"그렇습니다. why not? 그러나 그건 다카야스의 초고에 의한, 다카야스의 해석을 통한 맬컴 라우리입니다. 다카야스라는 매개가 있었으니까 '지옥 기계'는 그들의 음악을 발견한 거죠. 다카야스가 남긴 노트에 인용된 라우리에서 재커리 K가 음악의 영감을 받았기 때문에 언어는 라우리의 것을 그대로 사용하죠. 그러나 재커리 K의 작곡을 보고 있으면 맬컴 라우리가 모든 노래에 드러나 있다 해도 그건 라우리가 다카야스의 일부를 이루고 있기 때문이란 걸 알 수 있어요. 교수님, 내가 당신에게 다카야스의 구상을 소설로 써 달라고 부탁했던 건 정말 어리석은 일이었어요. 그 구상을 포함한 초고 노트 그 자체가 거기에 있는 수많은 인용을 포함해서 다카야스의 작품이었는데 말이죠.

그걸 다른 작가에게 부탁해서라도 소설로 완성하지 않으면 모든 게 제로라고 착각을 했었어요. 다카야스의 죽음으로 인해서 너무 마음이 약해졌던 탓이죠. 다카야스의 초고 노트를 토대로 음악으로 interpret한 재커리 K의 방법은 무엇보다 탁월한 것이었죠. 어쩌면 다카야스는 그것까지 예견하고 있었는지도 몰라요. 교수님도 이 레코드를 들어보면 지금까지 알지 못했던 다카야스의 깊이와 힘을 발견하고 놀라게 될 거예요."

그 기름지고 잡다한 중화요리 점심 식사에 기운을 차렸는지 페니는 적극적인 정기라고 할 만한 것을 온몸으로 드러내며 그렇게 말했다. 그러고는 쓱 하고 차에 타더니 이쪽은 쳐다보지도 않은 채 손을 흔들며 달려가 버렸다.

오후에 열린 총괄 전체 회의 동안 나는 청중석에 앉아 레코드 재킷 뒷면의 작은 글씨들을 읽어 보았다. 거기에는 K 다카야스의 노트에 의한 것이라는 주석 아래, 다른 것도 아닌 더글러스 데이가 쓴 맬컴 라우리 평전의 문장이 그대로 인용되어 있었다. 그럼에도 마지막까지 그것 외에는 아무것도 쓰여 있지 않다는 게 상당히 흥미로웠다. 무엇보다 판권에 엄격한 미국의 레코드 재킷에 인쇄된 문장인 이상, 인용한 것임에도 판권에 대해서는 확실하게 저작권자가 표시되어 있었다.

재커리 K와 그의 그룹에는 판권 등에 관한 문제를 처리하는 유능한 프로듀서가 붙어 있을 것이다. 다카야스 갓짱의 노트에서 재인용한다는 이유로 다카야스 미망인에게 사용료를 지불하는 건 재커리 K의 생각이겠지만.

아무튼 인용된 문장을 번역하면 이랬다. 안에 수록된 『화산 아래서』의 한 구절은 이미 출판되어 있는 가노 히데오의 번역을 인용하겠으나 거기에는 반 줄 정도의 원문이 생략되어 있는데 그 부분은 나 나름의 해석을 덧붙이겠다. 왜냐하면 그 생략된 부분은 앞에서도 언급했던 크로스의 연구서 결론 부분에도 인용되었듯이 라우리의 정신세계를 이해하는 데 꼭 필요한 키워드가 되기 때문이다. 물론 그 God's lightning back to God이라는 부분에 관한 나의 해석에 어학적으로 자신이 있다는 소리는 아니지만……

'……이 모든 것에 대한 완벽한 설명을 위해서라면 필 엡스타인이 쓴 『맬컴 라우리의 개인적 미궁』을 읽어야 할 것이다. 그러나 우리의 당면한 목적을 달성하기 위한 것이라면 우선 다음의 언급 정도면 충분하리라 본다. 카발라의 거룩한 책 『조하르』*에 의하면 신은 그 천지

창조에서 자신의 존재를 열 개의 세피로트(신에게서 발현하는 것)로 드러냈다. 이는 플라톤의 지적 존재와 비슷한 것으로 눈에 보이지 않는 것과 물질세계 사이의 매개물이다. 신으로부터 발현된 이것들은 영적인 상태에서 물질적인 상태로 계층을 이루며 이어져 있다. 복잡한 구조로 이루어진 세피로트의 나무, 구도자가 자기 구원을 달성하는 길은 이 길뿐이다. 낙원을 잃어버리기 이전의 인간은 이 나뭇가지 끝까지, 즉 세피로트의 케테르(왕관), 호크마(지혜), 그리고 비나(이해)까지 도달할 수 있었다. 그러나 인간은 타락으로 인해 (카발라의 밀의를 깨닫지 못하고는) 제2, 제3의 헤세드(자비), 게부라(준엄), 그리고 티페렛(세계적인 영광) 이상은 도달할 수 없게 되었다. 보통 사람은 이 나무의 아랫부분의 가지인 욕구와 정념의 물질세계에 속한 가지에밖에 도달하지 못한다.

구도자가 순수하고 정결하다면 이 나무는 똑바로 서 있을 것이므로 그 사람은 자신의 구원을 향해 올라갈 수 있다. 그러나 그가 규례를 어기는 순간 이 나무는 (지옥 기계처럼) 뒤집히고, 죄인이 정상을 향해 올라가는 행위는 다름 아닌 악마의 영역인 클리포트 속으로 미끄러져 들어가는 게 된다. 이것이야말로 제프리 퍼민이 잘 알고 있던 바대로 또 이본이 멕시코를 떠나고 6개월 뒤에 편지에 쓴 것처럼 그의 신상에 일어난 일이었다. ……내가 자비와 이해의 사이에서 즉 헤세드와 비나(나는 아직 헤세드에서 우물쭈물하고 있다)의 가운데서─나의 균형. 균형이 깨지면 금방이라도 무너져 내릴 불안정한─다리를 놓을 수도 없는 공포의 허공 위, 신을 대신하는 번개들, 돌아올 수 없는 좁

---

* 카발라의 가장 중요한 경전. 모세 오경에 대한 신비주의적인 해석서.

은 길 위에서 균형을 잡으며 시소를 타고 있는 것을 알겠나? 내가 마치 헤세드에서 떨어져 나오지 못하는 것 같아. 클리포트를 닮은 것 같다고.

한차례 뒤집힌 세피로트의 나무 모양을 한 지옥 기계가 움직이기 시작하자마자 세상의 온갖 것들이 힘을 합해서 착실하게 증가하는 기세와 더불어 나무 아래 심연으로 그를 끌어내린다.'

전체 회의가 진행되는 동안 나는 LP 재킷에 인쇄되어 있는 뒤집힌 세피로트의 나무 혹은 생명의 나무에 대한 설명과 지옥 기계에 관한 언급을 읽으며 다카야스 갓짱과 유대계 아내 사이에서 태어난 아들, 더구나 성인이 된 스물다섯 살의 아들이라는 뜻밖의 존재가 만들어 내고 있는 음악을 상상해 볼 따름이었다. 그런데 페니의 말대로 이 '지옥 기계'라는 그룹에 대한 미국 젊은이들의 관심은 꽤 뜨거운 모양이었다. 그 명백한 증거로 그날 오후 늦게 심포지엄의 폐회 선언 후 혼잡한 속에서 상당히 많은 하와이 대학 학생들과 고등학생들에게 인사를 받았는데 그들은 물론 내가 오전 중에 했던 발표에 대해서도 한마디씩 인사는 했지만 그보다는 한결같이 어떻게 그 LP 레코드를 구했느냐며 열렬한 관심을 보였다.

다음 날 아침, 날씨는 매우 화창했지만 호텔 고층에서는 창문도 열 수 없을 정도로 바람이 심하게 불었다. 그것이 와이키키 해변의 특징인지는 모르겠으나 바다는 그다지 거칠지 않았다. 그 해변에 수영하는 사람은 물론이고 일광욕하는 사람들도 나타나지 않은 시간부터 나는 미야자와 부인의 연락을 기다렸다. 그런데 아무 연락도 없이 오전이 후딱 지나가 버리고 2시가 넘었을 즈음 전화가 울렸다.

나한테 전해 달라며 책을 두고 가려는 손님이 있는데 혹시 만나겠느냐는 프런트의 연락이었다. 로비로 내려가니 소녀같이 화사한 얼굴의, 그러나 새하얀 피부에는 서서히 피로의 기미가 보이는 서른 남짓한 여자가 만면에 미소를 띠고 기다리고 있었다. 웃는 모습이 하도 탐스러워 일본계 미국인의 웃음과는 어딘지 달랐는데 나중에 이야기하다 보니 아일랜드의 피가 4분의 1이 섞여 있다고 했다. 그녀의 뒤쪽에는 그녀의 남동생 정도로밖에 안 보이는 일본계 미국인 남편이 어린아이를 목말 태운 채 조심스럽게 거리를 두고 이쪽을 지켜보고 있었다.

그녀는 어제 나의 발표를 들었다고 영어로 천천히 말했다. 내 영어실력에 대한 배려인 듯했다. 질문자가 일본의 문학자와 일본계 미국인 문학자의 교류에 부정적인 의견을 피력했지만 자기들은 그렇게 생각하지 않는다며 그녀는 표지가 대나무 사진으로 된 소설 한 권을 나에게 건넸다. 소량으로 인쇄된 책이라서 그것은 자기가 가지고 있던 복사본인데 오늘 아침 작가를 찾아가 내 앞으로 사인을 받아 왔다고 했다. 책에는 세 개의 중편이 들어 있었는데 그중 하나인 「I'll crack your head Kotsun」이 단적으로 드러내듯이 일본계 미국인이 소년 시절을 회상한 소설이었다.

바다와는 반대편에 있는 주차장과 선물 가게 사이의 통로에 커피 자동판매기와 아이스크림 판매대가 있었다. 바람이 부는 곳이기는 하지만 아이가 그리로 가고 싶어 해서 자리를 옮긴 다음, 나는 어른들을 위한 커피와 아이를 위한 아이스크림을 사고 잠시 동안 서서 이야기를 나누었다. 그녀 자신은 'Talk story'라는 일본계 이민자의 추억을 글로 기록하는 문학 그룹의 일원이고 남편은 건축가인데 자기 일을 잘 이해해 준다고 했다. 일본계 미국인의 창작 활동에 관한 조사에 도움이 필요하면 언제든지 연락을 달라고 하더니, 별로 시간이 많이 지난 것도 아닌데, 시간을 뺏어서 죄송하다며 거듭 사과를 했다. 건축가라는 남편은 시종일관 한 마디도 하지 않고 그저 웃기만 했는데 이 두 사람이 뭔가 중요한 용건을 가지고 왔으면서 말을 못 하는 게 아닌가 하는 생각이 들었다.

나로서는 그들의 용건을 짐작도 못 한 채 말이 끊어진 김에, 오늘이나 내일 중으로 카우아이 섬으로 갈 예정인데 하와이의 섬과 섬 사이의 비행기 편은 자주 있는지, 또 공항까지와 비행시간은 어느 정도 걸리는지 등을 묻기도 했다. 미야자와 부인은 동료가 호텔까지 와서 안내해 준다고 했지만 나 혼자 카우아이 섬으로 가야 할지도 모르기 때문이었다. 그런데 그녀는 내 질문에는 바로 답을 안 하고 다른 이야기로 화제를 돌렸다.

어제 심포지엄의 청중이었던 일본계 미국인 중에는 온건한 방법으로 핵 폐기 운동을 염두에 두고 있는 그룹이 있었다. 그들은 나에게 히로시마에 대해서 이야기를 듣고 싶어 했었는데, 엘살바도르에의 미국의 간섭을 비판한 E. N. 교수와 내가 매우 가까운 사이라는 걸 알고 충격을 받은 모양이었다. 하와이에 있는 일본계 미국인의 핵 폐기 운동은 매우 신중하고 온건하게 실천되어야 한다는 게 그 그룹의 생각이다. E. N. 교수는 자신의 신조를 가지고 하와이의 유력 신문에 반핵무기 투서를 계속하고 소수의 참가자들과 시위행진도 한다. 그 일본계 미국인들도 E. N. 교수에게 경의를 품고는 있으나 자기들로서는 넓은 층의 지지를 받을 수 있는 방향에서 운동을 하고 싶어 한다. 즉 정치적인 방향성을 가진 지식인과는 일정한 거리를 두고 싶다. 그래서 어제 심포지엄이 시종일관 E. N. 교수에 의해 진행된 데 대해서는 경계심을 가지게 되었다……

거기까지 이야기를 한 그녀는 현재 일본의 그 세대에서는 이미 자취를 감추다시피 한 매우 일본적인, 예의 단정함이라고밖에 할 수 없는 멍한 듯한 황송해하는 태도로 커피와 아이스크림에 대해 인사를 하고 나의 시간을 방해한 것에 대해 거듭 사과하고 돌아갔다. 나는 다시 방으로 올라가며 방금 나누었던 이야기들을 반추해 보기도 했으나 이를 미야자와 부인에게서 연락이 없는 것과 연관을 짓지는 못했다. 그렇게 저녁 무렵까지 계속 기다렸으니, 결국 그게 나의 어수룩한 점이라고 한다면 할 말은 없지만……

오후 4시에 시작된 일본어 라디오 방송으로 나는 도쿄 집을 방문했던 날 미야자와 부인이 말한 프로그램을 듣게 되었다. 그걸 들으면서 미야자와 부인에게서 연락이 오면 먼저 그 이야기를 해야겠다는 생각을 했다. 그러니까 그때까지도 조금 전의 방문자가 조심스럽게 들려주었던 말의 숨은 뜻을 전혀 깨닫지 못하고 있었던 거다. 그것을 외국 체재 동안 나에게 자주 일어나는 일종의 퇴행, 유아화의 발현의 하나라고 해야 할지도 모르겠다……

그날의 청취자 참가 전화 문답에서는 달고나가 화제가 되었다. 직접적으로 미야자와 부인을 연상시키는 목소리의, 그것도 주고쿠 지방 사투리를 생각나게 하는 말투의 노부인이 먼저 전화로 달고나 이야기를 꺼냈다. 스튜디오에 있던 아나운서는 도쿄 젊은이들의 현대풍 말투를 쓰는 순발력 있는 여자였다. 그래도 서른은 넘었는지 말투는 경박스럽다 할 정도로 가벼웠지만 생활 상식은 풍부해서 전화 응답을 막힘없이 술술 끌고 나갔다. 제일 먼저 전화를 건 노부인은 아주 옛날 어린아이들이 모여서 달고나를 만들어 먹곤 했는데 그건 그냥 굵은 설탕에 소다를 넣어 부풀리기만 했던 것인지, 다시 한 번 해 보고 싶은데 만드는 제대로 된 방법을 알고 싶다고 했다. 이어서 달고나를 만드는 방법에 대한 다양한 목소리의(거의 초로 혹은 노년의 부인들 목소리였다) 전화가 왔는데 그러는 중에 논점은 달고나를 만드는 쇠 국자로 집중되었다. 쇠 국자는 꼭 필요한 물건이었다. 그러나 지금은 일본에서도 쇠 국자를 구하기는 어렵지 않은가.

어떤 사람은 이런 추억을 이야기했다. 자기는 전쟁 전에 하와이로 건너온 사람인데 출발하기 직전에 일본에 남게 된 언니와 거실 화로에서 달고나를 만들었다. 어떻게 된 영문인지 설탕 녹은 것이 튀어 올라 코 옆에 붙어서, 크지는 않지만 어쨌든 화상을 입고 엄청나게 울었던 기억이 난다. 아나운서는 나중에 이 부인을 한 번 더 전화로 연결했다. 부인은 밝은 바깥으로 나가 코 옆을 자세히 살펴보니 지금도 흉터가 남아 있더라며, 울먹였다. 그녀는 노인 요양 시설에서 생활하는 듯했다. 그리고 그날의 유일한 남자 청취자의 전화로 방송은 종료되었다. 남자는 쇠 국자는 지금도 하와이에서 만들어지고 있으며 케아모쿠 농림국 앞의 잡화점에서 팔고 있다고 했다. "이 방송을 듣고 사람들이 한꺼번에 몰려갈까 봐 처음 전화를 했던 고다 씨를 위해서 잡화점 주인 후루겐 씨에게 전화를 걸어 쇠 국자 한 개를 확보해 놓았습니다." "어머, 어머. 사우스킹가街의 오카모토 씨 정말 감사합니다. 스미에 감격했어요" 하는 아나운서의 멘트로 방송은 끝이 났다.

라디오 프로그램 청취자를 중심으로 핵무기를 둘러싼 대화 모임이 만들어졌다던 미야자와 부인의 이야기가 생각나며 그 그룹의 분위기가 그려졌다. 당사자인 미야자와 부인으로부터는 저녁 시간이 지나도록 연락이 없었다. 이윽고 나는 심한 바람을 뚫고 책 한 권을 전해 주러 와서는 이상할 정도로 황송해하며 이야기하던 낮 시간의 손님의 방문 의도에 생각이 미쳤다. 아직 젊은 사람이지만 그녀는 미야자와 부인 그룹의 일원이었던 것이 확실하다.

거기에 생각이 미치자 모든 것이 너무나 명료하게 정리되었다. 매우 완곡한 방법이기는 하지만 미야자와 부인 그룹은 이미 강연 중지를 통고한 셈이었다. 어제 심포지엄에서 리더 E. N. 씨가 했던 대로 엘살바도르에서의 미 제국주의에 대한 강도 높은 비난과 같은 수준의 핵 체제 비판이 또 나와서는 곤란하다는 이유로. 실제로 어제의 심포지엄에서 엘살바도르에 미국 군대가 개입하는 문제와 관련하여 그 배후의 핵 체제까지 옹호하는 청중이 있었다면 나 역시 E. N. 씨와 더불어 강한 반대를 표했을 것이다. 내 논리를 충분히 표현할 수 없는 영어 실력이 안타까워 다리 정도가 아니라 온몸을 부들부들 떨기만 했을지도 모르지만⋯⋯

일이 이렇게 되고 나니 오히려 하와이에 실제로 와 있는 나를 어떻게 해야 좋을지 고민하고 있을 미야자와 부인이 안됐다는 생각이 들었다. 어쨌든 내 비행기 표는 카우아이 섬 농원 방문을 예정에 넣어 사흘 후 돌아가는 것으로 되어 있었다. 나는 앞으로 이틀을 어떻게 보내야 좋을까 이리저리 생각하며 창가 쪽뿐만 아니라 온 사면이 바람 소리에 갇힌 어둠 속에서 어떻게든 눈을 붙여 보려고 애를 썼다. 낮에 받았던 일본계 미국인이 쓴 소설을 읽는 동안 얕은 잠이 들었다가 답답하고 어두운 꿈을 꾸었다. 하와이에 핵 공격이 임박했음을 이전부터 알고 있었더라는 느낌의 답답한 꿈에 깜짝 놀라 벌벌 떨면서 눈을 뜨고는, 매달리는 꼴로 베개 옆에 놓여 있던 소설을 다시 집어 들었다.

책은 영어로 쓰여 있었지만 깊은 곳에서 일본인에게 정겨움을 불러일으키는 문체로 되어 있었다. 그에 마음이 풀려 다시 짧고 불안한 잠이 드는 식으로 바람이 잦아드는 새벽을 맞았다.

다음 날은 아침 일찍부터 수영을 했다. 해변을 둘러봐도 멀리 일광욕하는 사람들이 드문드문 보일 뿐 수영을 하는 사람은 없었다. 차갑지만 깨끗한 물살을 가르며 고글을 통해 바닷속 깊은 곳에서 화려한 색깔의 열대어들과 재빨리 도망가는 게들을 구경했다. 또 너무나 흔한 꼬치고기나 쥐치를 닮은 고기들이 자기들의 생활권에 불쑥 뛰어든 외부자에 불쾌감을 드러내며 도망가는 것도 보았다. 그러나 악몽이 이어지는 것처럼 찜찜하고 불안하기만 했다. 평상시 풀에서 수영을 했던 터라 자연스럽지만 불규칙한 파도의 움직임이 낯설어서 그런가, 아니면 수영한 거리를 가늠할 수 없어서 그런가 하며 나는 해변으로 올라왔다. 둘러보니 조금 높은 곳에 풀이 있었다. 아직 발자국이 나지 않은 모래사장을 가로질러 콘크리트 계단을 올라서 관람석까지 있는 200미터 경기용 풀이 있는 것을 확인하고 거기서 수영을 하기로 했다.

그런데 별생각 없이 물에 뛰어들어 올려다보니 설비는 낡을 대로 낡은 데다가 관리도 제대로 하지 않는지 수면에서 벽까지가 이상스럽게 높고 조그만 갑각류가 다닥다닥 붙어 있는 게 아닌가. 풀 바닥도 깊고 어두울뿐더러 어디 한쪽이 바다와 연결되어 있는지(?) 풀 같지 않게 물이 넘실거렸다. 벽을 따라서 한 차례 왕복을 하다 보니 물에서는 죽은 물고기 냄새가 났다. 일단 물에서 올라가려고 했는데 갑각류가 달라붙은 벽면은 어디 한 군데 안전해 보이는 곳이 없었고 금속 파이프 사다리가 있는 곳까지는 한참이나 더 가야 했다.

겨우 풀 가장자리로 올라가자 밀짚 색깔의 머리카락을 가진 열대여섯 살 정도의 소녀가 다가와 발성기관에 장애가 있는지 억지로 쥐어짜는 듯한 목소리로 "여기서 수영을 하면 어떡해요? 물고기들이 살잖아요?" 하며 호통을 치는 것처럼 말했다. 조금 떨어진 곳의 콘크리트 관람석에는 그보다는 조금 나이가 들어 보이는 흑인 소년이 앉아서 이쪽을 지켜보고 있었다. 어젯밤부터 풀장 어딘가에서 밤을 보낸 듯한 둘은 사람들이 별로 수영을 하지 않는 장소를 왕복하는 중년 남자, 그것도 일본인을 위협해서 10달러쯤 얻어 볼 꿍꿍이인 모양이었다. 그러나 모처럼 찾아낸 풀에서도 만족스럽게 수영을 못 해서 몹시 기분이 상해 있던 나는 "물고기? 그건 저쪽 바다에도 많은데?" 하고 쏘아주고는 다시 모래사장으로 내려갔다.

그사이 수영하는 사람들이 많아져 물이 회청색 모래로 뿌예지고, 물고기들의 모습이 보이지 않는 바다에서 호텔 부지 너비만큼 돌출되어 있는 둑 사이를 왕복하기로 했다. 해변에서 멀리 나갔다가 다시 돌아오는 동작을 계속하는 동안 뱃속에서 솟아오르는 단순하고 강력한 무엇, 그건 주체할 수 없는 분노였다. 오늘 새벽까지 계속해서 놀라 눈을 뜨는 바람에 조각조각 나뉘기는 했지만 죽 연속되던 불길한 꿈과 철저한 무력감을 닮은 잠, 그것들이 되풀이되면서 쌓인 피로처럼 스며든 분노였다. 그러는 동안 입속이 소금 맛이라기보다 쇠 냄새로 채워졌다. 그것은 분노 자체의 냄새다. 나는 그저 헤엄을 쳤다. 바닷물에 반쯤 몸을 담그고(계속 가라앉아 있을 수만 있었다면 더 좋았겠지만) 상어에 쫓기기라도 하는 듯이 헤엄을 쳤다. 그냥 막연한 분노에 사로잡힌 채……

그 분노에 대해서 예를 들어 다카야스 갓짱의 망령이 나타나 '넌 결국 자기를 위해서도 타인에게도 아무짝에도 쓸모없는 긴 여행을 와서는 여자 청중에게 무시하는 말을 듣고도 대답 하나 시원스럽게 못 하고, 여행 목적이었던 약속은 바람맞고 그러고도 상대방 원망도 못 하고. 그 얼간이 같은 자신에게 화가 나는 거야'라는 소리를 한다면 그것도 맞는 말이다. 그러나 이 무력감이라는 재에 파묻혀 있는 불같은 분노는 내 삶의 근본에 긴 세월에 걸쳐 장착된 것이기도 했다. 나는 그것을 표현하기 위해서 소설을 써 왔는지도 모른다. 그러나 실제로 이 경험을 소설로 쓰게 된다 해도 지금 내 속에서 솟아오르는 분노를 제대로 그려 내기는 쉽지 않을 것이다.

　지금 나는 우리 아버지가 급사했던 나이에 가깝다. 세는 나이로 쉰 살의 아버지는 한겨울 밤중에 윗몸을 일으켜서 옆에서 자고 있던 엄마가 너무 놀라 평생 두통약에 의지할 수밖에 없게 만들 정도의 분노에 불타는 소리를 지를 때가 있었다. 아버지는 마침내 홍수가 진 강에 거룻배를 타고 나갔다가 죽었다. 그 아들인 나 또한 어정쩡한 자신의 삶을 끝낼 때 불쌍하게도 분노의 고함만 지르게 되지는 않을까? 사후에 원자 혹은 분자로 이 세상에 동화. 그 평안을 가져다주는 죽음에 관한 사상도 우리가 젊은 시절부터 동정이나 하고 진지하게 상대하지도 않았던 다카야스 갓짱에게서 나온 것이었다. 그 생각이야말로 분노의 고함에 더불어 면할 수 없는 죽음을 응시하는 그 최후의 순간 유일한 위로일지도 모르는데. ……꼬리에 꼬리를 무는 자잘한 생각들도 어느새 뜨음해지고 나는 그저 분노의 덩어리가 되어 50미터 정도 되는 두 개의 방사제 둑 사이를 헤엄쳤다.

　해는 이미 높이 올라와 있었다. 일단 물에서 나왔으나 햇볕이 너무

강해서 자외선 차단 크림도 바르지 않은 몸으로는 모래사장에 누워 쉴 수도 없었다. 방사제 돌계단에서 모래사장을 가로질러 서둘러 호텔 뒤쪽으로 발걸음을 옮기는 나를 퍼넬러피 샤오링 다카야스가 모래사장까지 뻗어 나온 레스토랑에서 지켜보고 있었던 모양이었다. 나뭇잎이 두꺼워서 이름도 새겨 넣을 수 있다고 하와이에서는 '오토그래프 트리'라고 불린다는 해풍에 강하게 자란 나뭇가지 사이에서 예의 그 쓱 하는 느낌으로 그녀가 모습을 드러냈다.

"역시 교수님이었네요. 수영을 즐기는 것도 아니고 무슨 시위를 하는 것도 아니고 그렇게 그저 헤엄치는 일에만 골몰하는 교수님에게서 다카야스가 말하던 일면이 보이더군요." 지속된 관찰에 의거한 정확하고 차가운 감상이었다. "카우아이 섬 모임으로는 이제 출발할 건가요?"

나는 가쁜 숨을 몰아쉬며 그것이 주최자 측 사정으로 사실상 중지되었다고 대답했다. 페니는 눈을 내리뜨고 무언가 생각에 잠기는 모습이었으나 직접적으로는 아무 말도 하지 않았다. 중국인 특유의 부드럽고 넓은 뺨에 속눈썹이 그림자를 드리웠다. 그녀 또한 내가 카우아이 섬에 가지 못했으리라 생각하고 호텔에 들른 것 같았다. 그녀들은 내가 알 수 없는 하와이에서의 반핵운동의 어려움을 공유하고 있는지도 몰랐다. 그러고 보면 엘살바도르의 반정부군에 대한 지지를 계속하며 반핵무기 시위까지 전개하는 E. N. 씨는 참으로 용기 있는 실천을 해 오고 있는 셈이었다. 남유럽의 피가 흐르는 대학교수와 일본계 미국인 노부인이라는 차이까지 생각할 것도 없이 나에게는 미야자와 부인을 원망하는 마음은 없었다.

"같이 '레인트리'가 있는 시설에 가 보지 않을래요? 그저께 심포지엄에 온 시인에게 그때 파티를 열었던 장소를 확인해 두었는데." 내가 제안했다.

"'레인트리'요? 우리, 죽은 사람보다 산 사람을 위한 일을 하는 게 어떨까요?" 페니는 마치 준비해 온 대사를 읊듯이 말했다. "교수님, 재커리 K 레코드 아직 못 들어 보셨죠? 친구 아파트에 오디오가 있는데 그걸 빌려서 들어 보지 않을래요? 아파트에서는 포카이 만이 가까우니 거기서 수영도 더 할 수 있어요. 포카이 만은 여기처럼 오염되지 않은 바다다운 바다니까요."

나는 와이키키 해변이 오염되었다고는 생각하지 않았지만 물고기가 있는데 수영을 하면 어떡하느냐고 애기 같은 목소리의 소녀에게 지청구를 들었던 그 수영장의 죽은 물고기 냄새가 생각나서 그 냄새가 배어 있을까 봐 좀 길게 샤워하고 옷을 갈아입었다. 그러고 나서 '지옥 기계'의 LP 레코드를 가지고 페니가 승차장으로 몰고 온 폭스바겐에 올라탔다. 그러나 우리는 바로 오아후 섬 서해안의 포카이 만으로 가는 대신 1년 전에 다카야스 갓짱과 재회했던 하와이 대학의 고지대를 향해 올라갔다.

왜냐하면 페니가 대학 구내 서점에서 펭귄 모던 클래식에 들어 있는 맬컴 라우리를 몇 권 보았다고 했기 때문이었다. 전문적인 학자나 연구자들과는 달리 나는 특별한 관심을 갖는 작가에 대해서도 일부러 수입 서적상에 주문하거나 하는 일은 하지 않는 편이었다. 그냥 서점에 나가 무심한 듯 계속 살피는 게 내 방법이었다. 처음으로 받은 페니의 편지에 나왔던 단편이 들어 있는 『하늘에 계신 하느님, 우리의 기도를 들어주소서』를 비롯해서 아내 마저리와 라우리 연구자 데이가 편집한 유작 세 권을 구한 것이 무엇보다 기뻤다. 내가 책 계산을 마치고 오는 동안 태평양 제도 관련 책이 진열된 책장 앞에서 늘씬한 자세로 기다리던 페니에게 나는 『천년왕국과 미개사회』라는 제목으로 번역되었던 피터 워슬리의 『The Trumpet shall sound』를 발견하고 상당히 재미있는 책이라고 설명했다. 그리고 포카이 만까지 차로 데려다주는 감사의 표시로 그 책을 선물했다.

오아후 섬을 동서로 횡단하는 차 안에서 그녀가 이미 알고 있을지도 모르지만, 나는 카우아이 섬의 모임이 무산된 이유로 짐작되는 바를 이야기했다. 그런데 그에 대한 페니의 반응은 매우 독특했다. 미국인들이 하는 핵 폐기 운동은 전부 무의미하다는 거였다. 하와이 대학 급진파 교수가 조직한 시위도, 카우아이 섬의 일본계 노부인들의 온건한 모임도 무의미하다는 점에서는 결국 차이가 없다. 다카야스는 나의 반핵무기 담론도 그 무의미의 범위 안에 든다고 말했다. 페니의 말에서 다카야스가 나의 평론도 죽 읽고 있었다는 걸 깨달았다.

다카야스는 내가 히로시마 피폭자들의 비참함을 묘사하는 동시에 그 자신도 피폭자인 의사들의 재기를 향한 분투에 관하여 경의를 담아 묘사하며 이를 인류에의 신뢰로 보는 나의 해석에 대해서도 안이한 생각이라는 비판을 멈추지 않았다고 했다. 그가 나와 다시 만났을 때 그 말을 입에 올리지 않았던 건 근본적인 비판을 들이대서 혹시나 내가 합작 소설을 쓸 의욕을 잃어버리지 않을까 걱정했기 때문이었다. 다카야스는 그처럼 합작 소설을 중요시하며 나의 문학적인 업적은 인정을 했지만 그렇다고 나에 대해 아무런 비판 의식이 없었던 것은 아니었다. 핵무기에 대한 견해차가 그 일단을 드러낸다고 페니는 말했다. 다카야스 갓짱이 했던 나에 대한 비판을 페니는 그대로 자기 것으로 하고 있었다. 운전하면서 그녀는 이런 이야기를 했다……

"교수님은 핵무기 상황에 위기감을 느끼고 있다고 하지만 결국 세계 규모의 핵전쟁은 일어나지 않으리라 믿고 있는 건 아닙니까? 이렇다 할 근거도 없이? 그렇지만 다카야스는 카발라에서 배운 철학적 신조를 바탕으로 미국권과 소련권, 다시 말해서 현대 문명의 태반은 핵의 불길로 타 없어질 거라고 생각했어요. 왜냐하면 벌써 '지옥 기계'는 움직이기 시작했고, 세피로트 나무는 뒤집히고 있으니까요.

문명권 인류의 대부분은 세피로트 나무를 올라가고 있다고 생각하는데 실상은 무서운 기세로 지옥, 즉 클리포트로 떨어져 내리는 거죠. 다카야스는 그렇게 믿고 죽었어요. 나도 그렇게 믿고 살고 있죠. 다카야스는 《뉴스위크》 표지에 나왔던 원폭의 버섯구름 사진을 오려서 초고 노트에 붙였었죠. '거꾸로 선 세피로트 나무'라고 주를 달아서, 라우리 인용도 같이. 재커리 K의 이번 LP에는 직접 그 면에서 영감 받은 노래가 들어 있어요."

오아후 섬 서해안에 있는 페니 친구의 아파트는 지대가 높아서 바다가 한눈에 내려다보이기는 했지만 침대 대신 쓰는 것으로 보이는 커다란 소파 외에는 가구 하나 없는 창고 같은 곳이었다. 내부는 흰색으로 밝게 칠해져 있었다. 집을 비운 친구는 학생인 모양인지 문고판 낡은 고전과 역시 문고판 베스트셀러들이 바닥에 쌓여 있었다. 우리는 그 속에 놓여 있는 소니 오디오로 재커리 K 그룹이 연주하는 일련의 노래를 들었다.

모든 노래는 재커리 K가 작곡했는데, 핵이 테마인 노래 또한 이 LP의 다른 노래들이 그렇듯이 가사는 다카야스 갓짱이 인용한 맬컴 라우리의 말이었다. 다카야스 갓짱은 버섯구름 사진과 함께 『화산 아래서』의 마지막 부분에서 퍼민이 살해된 개의 사체와 더불어 깊은 협곡으로 떨어지는 죽음 직전의 환상을 노트에 베껴 쓰고 있었다. 이 역시 가노 히데오의 번역을 인용한다.

'엄청난 폭발, 아니 잠깐만, 이건 화산이 아니다. 세계가 폭발하고 있는 것이었다. 폭발하다 못해 마을들이 통째로 허공으로 분출되며 새카맣게 튀어 오른다. 나도 그 안에 섞여 함께 낙하한다. 상상도 할 수 없는 무수한 전차의 대혼란 속을, 육체를 태우는 무시무시한 불길 속을 낙하한다. 숲 속으로 낙하한다—'

그리고 연주 그룹 전원의 기나긴 절규가 이어지는데 이 역시 라우리의 의도를 살린 것이 되리라. 소설은 다음과 같이 끝이 나니까. '그는 갑자기 절규했다. 그 소리는 나무에서 나무로 울려 퍼지며 메아리치고 마침내 숲이 밀어닥치면서 가엾게도 그를 푹 덮쳐 버렸다…… / 누군가 그에 이어 죽은 개를 협곡으로 던져 버렸다.'

LP 레코드는 음악적으로도 매우 독특했다. 젊었던 우리 동기 누구도 정식으로 상대해 주지 않았던 다카야스의 재능, 젊은 우리의 능력으로는 미처 알아보지 못했던 그의 재능이 그의 피를 이어받은 재커리 K를 통해 나타났다고밖에 할 수 없을 것 같았다. 그러나 그 레코드의 양쪽 면을 다 듣는다는 것은 너무나 우울한 음악 수용의 경험이었다. 그 기분은 페니도 마찬가지인 듯, 우리는 커튼이 없는 창문(그것도 하와이 아파트치고는 이상할 정도로 아무렇게나 해 놓은 느낌이었다)으로 만으로 둘러싸인 금속 용액처럼 투명하게 푸른 바다를 내려다보았다. 그러나 사람의 기적이 느껴지지 않는 그곳으로 내려가 볼 기분도 들지 않았고 서로 아무 말도 없이 바닥에 누워 버렸다.

페니는 친구가 돌아오지 않을 거라 알고 있었는지 나에게는 아무래도 걸리는, 알지도 못하는 타인의 아파트에서 문득 결심했다는 듯, 쓱 하고 알몸이 되었다. 전에 말도 안 되는 이상한 상황에서 내가 본 그녀의 알몸, 그때는 그녀 몸의 모든 부분이 방추형으로 생겼다고 생각했었는데 그 몸 구석구석에는 미광을 발하는 지방이 붙어 있었다. 나와 페니는 커다란 소파에서 성교를 했다. 굳이 이 이야기를 하는 이유는 저녁 무렵 와이키키 해변의 호텔로 돌아오는 차에서 했던 페니의 말을 기록해 두고 싶어서다. 아직 바다에는 빛이 남아 있는 동안, 산속에서 차를 세운 페니는 수풀로 모습을 감추더니 새하얀 유카 꽃 하나를 따다가 나에게 건네주었다. 그러나 그런 시적인 태도와는 전혀 어울리지 않는 메마른 어조로 했던 그 말을 나는 정말 잊을 수가 없다.

"나하고 다카야스는 그가 쇠약해진 후에도 횟수는 줄었지만 할 때마다 정말 좋았어요. 정말 굿 픽이었죠. 다카야스가 죽은 다음에 몇 사람인가하고 해 보았는데 그렇게 완전한 데까지 가지 못하겠더라고요. 심리적인 측면과는 별도로 물리적인 단계에서 벌써 잘 안되는 느낌. 그리고 생각해 보니 다카야스와의 결혼 기간 동안 까맣게 잊고 지낸 게 이상하게 여겨질 정도로 그건 다카야스하고 만나기 이전 성교할 때마다 내가 느낀 불만이었던 거예요.

다카야스가 일본 사람이라 좋았던 건가 싶어서 오늘은 교수님하고 해 보았는데 역시 별로였어요. 다카야스의 육체 그 자체가 독자적인 점이 있었던 것 같아요. 교수님한테도 불만스러운 성교였죠? 그래도 노력은 많이 하고 있단 건 알겠더군요. 아마 그건 내 성기의 위치하고 관계가 있는 것 같아요. 나하고 다카야스는 서로의 성기의 위치 각도까지 다른 누구도 대신할 수 없는 완벽한 조합이었던 거죠. 죽은 사람보다 산 사람을 위한 일을 하자고 하고선 역시 죽은 사람에게 돌아와 버렸네요."

나로서는 뭐라 대꾸할 말이 없었다. 이튿날 아침 눈을 뜨니 배와 등에 오랫동안, 아니면 그동안 한 번도 사용한 적이 없는 부위의 근육에 가벼운 통증이 느껴졌다. 그것은 페니의 말을 수긍하게 만드는 것이기도 했다.

　도쿄로 돌아와 반년쯤 지났을 때, 즉 올겨울 중반쯤에 퍼넬러피 샤오링 다카야스로부터 사진 한 장이 들어 있는 편지가 왔다. 요즘 들어 텔레비전이나 클럽 잡지에 나무의 자세한 모습이 나오면 나도 모르게 턱을 쑥 내밀고 유심히 들여다보는 습관이 생겼다. 아내는 그 모습이 자기는 보지도 못했던 우리 아버지의 늙은 모습을 연상시킨다며 좋아하지 않는 눈치였다.

　페니가 보낸 사진을 들여다보는 내 모습이 바로 그러했으리라. 공연히 아내의 시선에 떳떳치 못한 기분이 들었다. 나는 페니와 또 한 명의 안면 있는 여자가 서 있는 사진에서 두 여자 사이에 우뚝한 새카만 수목의 아래 둥치를 들여다보고 있었던 거다. 그 나무는 사람 키보다 위쪽은 최근 완전히 불타 버린 모양이었다. 지면에서 솟아오른 나무줄기에서 지면 위로 드러난 판뿌리가 확실하게 찍혔는데 그것은 산 채로 불타면서 고통스러워하던 나무의 몸부림이 그대로 굳어 버린 듯한 참혹한 모습이었다.

　나는 그 타다 남은 무참한 나무가 암흑 속에서 그 밑동만 보았던 거대한 '레인트리'라는 것을 깨달았다. 따라서 페니와 나무를 사이에 두고 똑바른 자세로 나란히 선 금발의 여자가 독일계 미국인 아가테라는 것도 알아보았다. 나와 만났을 때의 상냥하고 젊은 모습은 간데없고 근엄한 50대 여자의 얼굴이 거기 있었다.

그녀가 정신장애인 민간 시설에 수용되어 있는 동료들과 주최했던 파티에서 나는 매우 기묘한 경험을 했다. 그것을 이 「레인트리」 연작의 첫 작품으로 쓰기도 했는데 하와이의 '레인트리'라는 호칭과 그 유래에 대해 내게 이야기해 준 사람이 바로 아가테였다. 그 아가테의 콩알만 한 얼굴이 타다 남은 나무와 마찬가지로 똑바로 바라볼 수 없을 정도로 슬픈 표정을 드러내고 있는 걸 보니 가슴이 답답해져 왔다.

나치 수용소의 책임자였다는 부친과 높은 담 안에서 살면서 거기서 열심히 승마를 배우던 소녀 시대를 가진 아가테는 나와 만났을 때와 마찬가지로 자세는 꼿꼿했지만 표정은 완전히 달라져 있었다. 얼굴 표정에서 그녀의 내부로부터의 신호를 읽는다고 하면, '레인트리'를 태우고 당연히 그 나무가 있던 시설의 뉴잉글랜드풍 목조건물을 태워버렸을 화재 원인과 아가테가 관련이 있는 게 아닌가 하는 의혹이 들었다.

그러나 페니의 편지에는 그런 것들을 짐작케 하는 요소는 전혀 없었다. 그녀는 정신장애인 민간 시설이 화재로 전소되었다는 신문 기사를 읽고, 내가 썼던 '레인트리'가 있는 곳이 아닐까 생각했다. 바로 차로 달려가 보니 과연 그렇더라는 것이었다. 그리고 단 한 사람이 불타 숨졌을 뿐 다른 사람들은(불타 죽은 사람은 자기가 흘린 피로 온몸에 칠갑을 하던 내가 본 그 여자임에 틀림없다) 모두 무사했다. 수용자들이 피신해 있는 곳을 방문해서, 간호사는 아니지만 시설에서 일하던 수용자이며 특히 이번 화재에서 대피 유도에 공이 있다는 아가테를 알게 되었다.

'교수님, 당신의 "레인트리"는 완전히 불타 버리고 말았습니다. 맬컴 라우리는 죽음의 나락으로 추락하는 인간의 절규가 나무에서 나무로 메아리친다고 했는데 "레인트리"도 불타면서 인간의 귀에는 들리지 않는 엄청난 절규를 내뱉지 않았을까요? 그러나 머지않아 미국도 소련도 유럽도 일본도 핵폭탄의 불길에 휩싸여 다 타 버릴 텐데 교수님, 그러니 "레인트리"가 조금 먼저 타 버렸다고 해서 특별히 애도를 하는 것도 너무 감상적인 태도겠죠? 원래 그런 종류의 감상주의가 다카야스가 지적했던 교수님의 종말관의 안이함과 쌍을 이루어 실재하는 것이라 해도 말이지요.

이 세계의 세피로트 나무는 이미 거꾸로 뒤집혀 버렸어요. 재커리 K가 LP 레코드 재킷에 인용한 글처럼. (그 싱글 음반은 크리스마스까지 판매가 200만 장을 넘을 거라고 합니다.) 역시 라우리의 자살에 관한 논평처럼 당장에라도 세계 각지에서 핵폭탄의 거대한 불길이 시작되려고 하는데 그것은 세계가 오랜 세월 동안 저질러 온 자살행위의 "only a ratification"인 거죠.

그러나 나는 나 자신을 핵폭탄으로 멸망당해 마땅한 인간이라고는 생각지 않아요. 다카야스의 뼈와 재를 뿌리러 찾아갔던 태평양의 작은 섬에도 핵의 불길에 타 죽어야 할 이유가 없는 사람들이 살고 있어요. 그들은 핵폭탄을 만들어 낸 문명에 협조한 적이 없으니까요. 그 섬들 중에서 미국에 핵실험 피해 보상 청구 소송을 하고 있는 마셜 제도의 주민이나 벨라우의 반핵운동 단체 이야기는 들었겠죠? 그러나 이들 미크로네시아 사람들은 좀 더 공격적인 운동을 펼쳐야 합니다.

교수님은 멜라네시아의 화물숭배 운동을 분석한 책을 내게 주었죠. 거기에는 특별한 메시지가 담겨 있다고 나는 생각하고 있습니다. 멜라네시아의 수많은 섬에 당장에라도 "천년왕국"이 올 것이고 그리고 물자의 선물인 화물을 많이 받게 될 것이라는 신앙이 생겼습니다. 그것을 맞이하기 위한 준비로 우선 자기들의 가축이나 농작물을 전부 먹어 없애고 돈은 바다에 던져 버리는 운동.

화물숭배 운동에 대해서는 나도 다카야스의 뼈와 재를 뿌린 사모아 남쪽에서 들었습니다. 그 운동의 지도자 중에는 감옥에서 나와 아직도 살아 있는 사람이 있다고 들었어요. 피터 워슬리의 책을 읽고 그런 유의 지도자는 계속해서 새로 태어날 거라 믿게 되었어요. 그것이 나에게 주고 싶었던 교수님의 메시지가 아닌가요?

나는 아가테와 그녀의 친구인 건축가와 셋이서 다카야스의 뼈와 재를 뿌렸던 섬으로 이주하려고 합니다. 재커리 K의 레코드에서 받는 돈으로 자금은 충분하리라 생각합니다. 우리는 현지의 젊은 사람 중에서 지도자를 찾아내겠죠. 그리고 가능하다면 새로운 화물숭배 운동을 시작할 작정입니다. 그건 핵폭탄 화물숭배 운동이라고 불러야 될 듯합니다.

소련과 미국, 유럽과 일본이 핵의 대참사에 휘말린다면 분명 많은 물자가 화물로서 태평양에 떠다니게 될 것입니다. 섬사람들은 다만 그걸 줍기만 하면 되는 거죠. 그 위대한 날이 오기까지 거꾸로 뒤집힌 세피로트 나무의 세계에 가담하는 일을 중지해야만 합니다. 그것이 우리의 운동 원리입니다.

떠밀려 오는 걸 그저 줍기만 하는 게 아니라 천천히 몇십 년이 지나 방사능이 감소될 때까지 기다리기만 하면 온갖 문명권의 물자는 카누를 타고 나간 섬사람들 것이 될 거예요.

교수님, 이제 당신과 다시 만날 일은 없을 것이고, 편지를 쓸 일도 없을 겁니다. 그래서 마지막으로 맬컴 라우리의 기도문을 다시 한 번 당신에게 보냅니다. 거꾸로 뒤집힌 세피로트 나무 쪽에 서 있는 당신을 위해 더 이상 해 줄 수 있는 일이 없군요. 매우 슬픈 일이기는 하나 라우리도 다카야스도 역시 그렇게 절망 속에 죽었습니다. 교수님, 당신의 "레인트리"도 홀로 불탔습니다……

"Dear Lord God, I earnestly pray you to help me order this work, ugly chaotic and sinful though it may be, in a manner that is acceptable in Thy sight…… It must also be balanced, grave, full of tenderness and compassion and humor.'"

순수의 노래, 경험의 노래

無垢の歌、経験の歌

(연작 「새로운 사람이여 눈을 떠라」 1)

일이나 혹은 여행을 하느라고 어느 정도 길게 외국에서 체류하게 될 때마다 낯선 땅에서 부평초 같은 심경에 빠지곤 하는 나는 혹시 닥쳐올지도 모를 위기에 어떻게든 대처할 수 있도록—적어도 마음의 평정을 유지할 수 있도록 꼭 준비하는 일이 있다. 그렇다고 뭐 대단한 준비를 하는 건 아니고 그저 읽고 있던 일련의 책을 챙겨 가는 일이다. 지금도 이국땅에 혼자 나와 있지만 그런 이유로 도쿄에서 읽던 책의 이어지는 부분을 읽고 있으면 공연히 불안하거나 안달이 나거나 우울해지거나 하는 자신을 추스를 수가 있다.

올봄에는 유럽 여행을 했다—여행이라고 해도 텔레비전 방송국 제작 팀과 같이 분주하게 돌아다니기만 했던 빈에서 베를린으로 가는 여정, 어디에서도 나뭇잎은 아직 피어나지 않았고 꽃이라고는 이파리보다 먼저 핀 엄청나게 노랗기만 한 개나리와 역시 푸른 이파리도 없이 땅에서 바로 꽃봉오리부터 내미는 크로커스뿐이었다. 이번 여행에는 2~3년 전부터 읽어 오던 맬컴 라우리의 '펭귄 모던 클래식'판을 네 권 가져왔다. 최근 2~3년 동안 라우리를 계속 읽으며 라우리에게서 촉발된 메타포를 가지고 일련의 단편집을 완성했다. 나는 이번 여행 동안 라우리를 차분히 다시 한 번 읽고 그것으로 라우리를 매듭지으려고 마음먹고 있었다. 그리고 다 읽고 난 책은 이번 여행을 함께하는 사람들에게 하나씩 선물할 생각이었다. 젊은 시절에는 마음이 급해서 한 작가에게 오랫동안 머물러 있지 못했다. 중년이 지나고 나니 내게 남겨진 노년에서 죽음에 이르는 시간 동안 집중해서 읽을 수 있는 작가의 수가 대충 보였다. 그래서 가끔 의도적으로 이런 식으로 매듭을 짓고 넘어가게 되었다.

어쨌든 이번 여행은 전에 없이 빡빡한 일정으로 진행되었지만—나는 제작 팀의 일정을 잘 지켜 그들과 기분 좋은 관계를 유지하면서—이동하는 비행기나 기차 혹은 호텔 방에서 언제 그랬는지는 잊어버렸어도 이전에 내가 그어 놓은 붉은 밑줄이 있는 라우리의 소설을 하나씩 읽어 나갔다. 해 질 녘 기차가 막 프랑크푸르트 역으로 들어가는 순간이었다. 라우리의 가장 아름다운 중편 『샘으로 가는 숲 속의 오솔길』에서 작가이며 음악가인 화자가 창작에 대한 영감을 갈구하는 기도 부분이 새삼스럽게 마음에 와 닿았다.

새삼스럽다는 건 그 부분이라면 이전에도 깊은 감명을 받아 내 소설에서 인용까지 했었기 때문이었다. 그런데 이번에는 그 구절의 후반부가 특별한 느낌으로 다가왔다. 새로운 삶을 추구하는 작곡가인 화자는 악상이 떠오르지 않아 고통스러워한다. 그는 어느 날 사랑하는 하느님……이라고 절규하며 자신을 구해 줄 것을 간구한다. '사랑하는 하느님, 죄악이 가득한 이 몸은 온갖 그릇된 생각에서 벗어날 길이 없사옵니다. 그러나 이 몸을 당신의 종으로 삼아 위대하고 아름다운 이 과업을 달성하게 하여 주소서. 애매하고 무의미한 소리에 질서를 부여할 수 있는 힘을 제게 허락하소서. or I am lost……'

물론 그 문장 전체가 다 좋았지만 특별히 마지막 부분, 원어로 인용한 그 반 줄 정도의 문장이 내 마음을 사로잡았다. 마치 일종의 신호를 받은 느낌이었다—자, 이제 라우리를 떠나 다른 세계로 가서 그곳에 머물러라. 바로 이곳으로, 하며 특정한 작품군을 지시하는 스승의 따뜻한 목소리가 들려오는 것 같았다…… 그날은 일요일 밤이었다. 금요일부터 외박을 나왔던 젊은 군인들이 병영으로 돌아가기 위해 다시 기차에 오르는 시간이었다. 학생 나이의 군인들이 침대차의 창가 통로에 서서 압축 밸브가 달린 작은 나팔로 높은 곡조를 길게 울리면서 그들의 도시에 이별을 고했다. 아직 플랫폼에 남은 군인들과 함께 있던 앳된 소녀들이 이별을 아쉬워하며 기차에 오르는 애인을 쓰다듬거나 와락 다시 껴안았다. 마침 그런 풍경의 플랫폼에 내려섰다는 게 나로 하여금 자신의 이별을 결심하도록 이끌었기도 하지만……

역을 나와 호텔로 이동하면서 나는 제작 팀이 대량의 기재를 옮기는 시간을 이용해서 역구내 서점에서 발견했던 한 권으로 발간된 '옥스퍼드대학출판부'판 『윌리엄 블레이크 전집』을 샀다. 그날 밤부터 나는 몇 년 만에, 아니 십몇 년 만에 다시 블레이크를 집중해서 읽기 시작했다. 내가 제일 먼저 읽은 쪽은 '아버지! 아버지! 어디로 가세요? 아아, 그렇게 빨리 걷지만 말고 말을 걸어 주세요, 아버지, 그렇지 않으면 저는 미아가 되고 말 거예요'라는 구절이 있는 곳이었다. 이 마지막 한 줄은 원어로 하면 'Or else I shall be lost'였다.

여기에서 인용하는 번역은 14년 전에—앞에서 몇 년 만에라고 썼다가 다시 십몇 년 만에라고 고쳐 쓴 것처럼, 요즘 지나간 일을 거론할 때 자주 그런 실수를 한다—장애가 있는 큰아들과 아버지인 나의 위기적인 전환기를 극복하기 위해 썼던 소설에서 내가 한 것이다. 그런 식으로 예전에 영향을 받았던 시인의 세계에 다시 강력하게 이끌린다는 건 아들과 나 사이에 새로운 위기적 전환기가 도래하고 있다는 말이 될 것이다. 그렇지 않다면 어째서 라우리의 or I am lost가 블레이크의 or else I shall be lost에 이렇게 직접 이어진 듯한 느낌을 받게 되는 걸까. 프랑크푸르트 호텔에서 나는 쉬 잠들지 못하고 몇 번이고 침대 사이드 램프를 껐다 켰다 하며 새삼스럽게 블레이크에게—이 책은 붉은 표지에 스러져 가는 남자가 검은색으로 인쇄되어 있었는데—돌아가 이 생각 저 생각에 무척이나 마음이 뒤숭숭했다.

나는 아들이 두개골 기형으로 태어났을 당시 쓴 소설에서도 블레이크의 글을 한 줄 인용한 적이 있다. 지금 생각해 보면 아직 나이도 어리고 책도 그다지 많이 읽지 못했던 나의 머릿속에 어떻게 블레이크의 그 문장이 들어 있었는지 신기하기만 하다. 『출애굽기』의 페스트를 주제로 한 블레이크의 판화에 대한 언급과 더불어 'Sooner murder an infant in its cradle than nurse unacted desires', 아직 움직이지 못하는 욕망을 키워 주느니 아기는 요람에서 죽이는 게 낫다, 라는 20년 전에 번역해서 이 소설에 인용했던 부분인데……

그런데 처음에 인용한 「순수의 노래」의 「길 잃은 소년The Little Boy Lost」 후반부는 이렇게 되어 있다. '밤은 어두웠고 아버지는 거기 없었다 아이는 밤이슬에 흠씬 젖었다 늪은 깊고 아이는 서럽게 울었다 그리고 안개가 아이를 감쌌다'.

삼월 말이었지만 프랑크푸르트는 아직도 해 질 무렵에 안개가 올라왔다. 부활절 축제가 한두 주 앞으로 다가와 있었다. 나로서는 죽음과 부활이 하나로 얽힌 그로테스크 리얼리즘의 뿌리가 되는 유럽의 민속 축제라고 관념적으로밖에 이해하지 못하고 있던 부활절 축제를 사람들이 왜 그렇게 애타게 기다리고 성대하게 축하하는지 그 절실한 의미를 비로소 이해할 수 있을 것 같았다. 잠이 오지 않아 창가로 다가가 거리를 내려다보니 길가에 늘어선 마로니에 거목이 눈에 들어왔다. 아직 새싹이 돋아날 기미가 느껴지지 않는 검기만 한 가지를 가로등 불빛을 머금은 안개가 감싸고 있을 뿐이었다……

나리타 공항에 도착하니 일본의 봄은 벌써 막바지를 달리고 있었다. 그 화사함만으로도 몸과 마음이 풀리며 느긋해지는 기분이 들었다. 그러나 공항 마중을 나온 아내와 작은아들 녀석은 나의 그런 기분과는 어딘지 동떨어진 느낌이었다. 다른 때 같았으면 도심 공항 터미널이 있는 하코자키까지 공항버스로 갔을 텐데, 그날은 방송국에서 준비해 준 차로 움직였다. 아내와 아들은 차에 타고서도 좀처럼 입을 열지 않았다. 그들 나름대로 막다른 곳에 몰린 전투에 시달려 온 듯 지친 모습으로 자동차 시트에 몸을 깊이 묻었다. 사립 여중 상급반에 올라가 숙제나 시험 준비로 바쁜 딸은 그렇다 치고 큰아들이 공항에 나오지 않은 데 대해서도 일언반구 말이 없었다.

어스레한 석양빛 속에서 꽃의 자취가 사라지고 신록의 기운이 완연한 수풀을 바라다보다가 죽 마음에 걸리던 일이 문득 떠올랐다. 여행 후반, 블레이크를 읽으며 혹은 행간에 멍해지며 아들과 나 사이, 결국 우리 가족 전체에 위기적인 전환기가 찾아오고 있다는 걸 상당히 여러 번 느꼈었다. 그리고 사뭇 피폐해진 아내의 얼굴로부터, 이미 현실에서 시작되고 있는 징조들에 대해 듣게 될 때 닥쳐올 끔찍한 충격을 어떻게든 줄여 보려는 무의식의 발동이었는지 말없이 나무들의 신록만을 바라보며—한 소설에서 장애가 있는 아들을 그렇게 불렀듯이 여기서도 이요라는 별명으로 부르고자 한다—이요는 어땠어? 하는 질문을 계속 뒤로 미루고 있는 자신을 깨달았다.

그런데 나리타에서 집이 있는 세타가야까지는 너무 멀었다. 마침내 아내가 입을 열었다. 한번 열린 입에서는 그녀의 마음을 뒤덮고 있던 새카만 절망의 언어들이 비어져 나왔다. 아내는 낮고 우울한 그러나 병든 아이 같은 목소리로 "이요가 안 좋았어, 정말 안 좋았어!" 하는 보고를 했다. 이어서 운전기사의 귀에 신경 쓰며 소리를 작게 죽여 쏟아놓은 말이 이랬다.

내가 유럽으로 떠나고 닷새째 되던 날, 아들은 모종의 확신에 도달하여—남의 귀에 이상하게 들릴 것을 우려한 때문인지 확신이란 게 어떤 것인가에 대해서는 차 안에서는 말하지 않았고 또 집에 돌아와서도 아들에게 기저귀를 채워 침대에 누일 때까지 그 말을 꺼내지 않았다—난폭해졌다. 특수학교의 고등부 1학년에서 2학년으로 올라가면서 봄방학 기간 중 하루 그때까지 한 반이었던 친구들과의 송별 파티가 있었다. 학교에서 가까운 기누타 패밀리 파크라는 곳에 모였는데 도깨비 놀이를 하게 되었다. 아이들이 도깨비가 되어 각자 자기 엄마를 쫓아다니는 형식이었다. 아내가 다른 엄마들과 함께 아이들을 향해 다가가는데 아들이 이성을 잃을 정도로 극도의 흥분 상태라는 게 멀리서도 확연히 보였다.

겁에 질려 그 자리에 서 버린 아내에게 달려온 아들은 엄마에게 체육 시간에 배운 유도의 밭다리후리기를 걸었다. 벌러덩 뒤로 나자빠진 아내는 뇌진탕을 일으켜 한동안 일어설 수도 없었고, 깨진 머리에서는 피까지 흘러내렸다. 담임선생과 다른 엄마들이 모두 어서 사과하라고 야단을 해도 아들은 완고하게 입을 다물고 그 자리에 꼼짝 않고 서서 땅바닥만을 노려볼 뿐이었다.

그날 귀가 후 아내는 몹시도 무거운 마음으로 아들을 관찰했다. 아들은 남동생 방으로 쳐들어가서는 공연히 뒤에서 껴안아 꼼짝 못 하게 하기도 하고 톡톡 때리면서 못살게 굴었다. 자존심이 강한 남동생은 울지도 않고 엄마에게 이르지도 않았다. 동생은 차 안에서 엄마가 그 말을 하는 동안에도 말의 내용을 부정하지는 않았지만 창피하다는 듯이 고개를 숙이고 몸을 잔뜩 웅크렸다. 기저귀를 채우는 일에서부터 매사에 장애를 가진 오빠를 우선적으로 배려하는 여동생은 마음을 써 주다가 오히려 얼굴 한가운데를 주먹으로 맞기도 했다.

그런 일들이 되풀이되자 가족들도 겁이 나고 화도 나서 더 이상 아들에게 접근을 못 하게 되고 말았다. 마침 특수학교도 방학에 들어간 때라 아들은 아침부터 밤까지 오디오로 음악을 엄청나게 크게 틀어 놓았다. 그리고 이것도 집에 돌아온 다음에 아내가 심야에 마침내 들려준 이야기인데—사흘 전쯤, 접시에 있던 음식을 일부러 한꺼번에 우걱우걱 먹어 치우는 아들의 엄청난 속도에 따라가지 못하고 아내와 다른 아이들이 식당 구석에서 긴장한 채 식사를 마저 계속하고 있자니 부엌에서 칼을 들고 나온 아들이 양손으로 그걸 꽉 움켜쥐고 가슴 앞으로 치켜들고는 가족들과는 반대쪽 구석의 커튼 옆에 서서 어두운 정원을 뚫어져라 내다보았다……

"병원에 입원시키는 수밖에 없겠구나 하는 생각이 들더라고. 키나 몸무게가 당신하고 같잖아. 이제 우리로서는 감당이 안 돼……"

아내는 거기까지 이야기하고 다시 입을 다물어 버렸다. 한 번도 입을 열지 않았던 작은아들을 포함한 우리 세 사람은 거대한 어둠에 납작 눌린 채 암담한 기분으로 길고 긴 귀갓길을 함께했다. 칼 이야기는 그렇다 치고 아까 말이 나왔던, 아들을 사로잡은 기이한 확신에 관해서는 아직 듣지도 않았는데도 나는 이미 유럽 여행에서 축적된 피로의 총체에 저항할 수 없는 지경에 이르고 말았다.

그리고 이러한 일을 당하게 되면 우선 뒤로 물러나는 성격 때문이기도 하거니와 나는 아내가 한 말에 직접적인 반응을 나타내기 전에 일단 우회로를 취해서 생각하기로 하고 블레이크의 또 하나의 시를 마음속으로 그려 보았다. 작은아들을 사이에 두고 앉은 아내 앞에서 차마 무릎 위의 숄더백에서 '옥스퍼드대학출판부'판을 꺼내 보기까지는 안 했지만……

「경험의 노래」에 부정관사가 붙은 「길 잃은 소년A Little Boy Lost」이라는 시―제일 널리 알려진 한 편이 있다. 「순수의 노래」의 정관사가 붙은 소년과는 달리 특이한 성격의 아이는 아버지에게 도전적으로 항변한다. '아무도 남을 자기 자신만큼 사랑하지 않아요 남을 자기 자신만큼 존경하지 않아요 또한 "사상"으로 그보다 위대한 것을 알 수 없어요 / 그러니 아버지, 어떻게 내가 나 자신 이상으로 당신이나 형을 사랑할 수 있어요? 문간에서 빵 부스러기를 쪼아 먹는 작은 새만큼만 저는 당신을 사랑해요.'

옆에서 그 말을 들은 사제가 분노하여 소년을 끌어다가는 악마라고 고발을 해 버린다. '그리고 그는 화형을 당했다 일찍이 많은 사람이 화형 당한 거룩한 곳에서, 울고 있는 부모들의 눈물은 헛되다 이런 일이 아직도 여전히 앨비언 벼랑에서 행해지고 있을까?'

우울한 가족을 태운 차가 마침내 집에 도착하고 어두운 현관 앞으로 트렁크를 옮기는데 딸이 얼굴을 내밀었다. 딸의 얼굴에도 엄마나 남동생과 같은 짙은 우울함이 배어 있었으나 딸의 얼굴을 보니 일단 안심이 되었다. 차 안에서 아내에게 차마 말은 못 하고 참고 있었지만 상황이 그렇게 안 좋은데 둘만 집에 남겨 두었다는 것에 죽 걱정을 하고 있었기 때문이었다. 우리는 우울한 채로 어쨌든 무사히 여행을 마치고 돌아온 데 대한 인사를 나누며 거실로 들어갔다. 아들은 소파에서 스모 잡지를 들여다보느라 정신이 팔려 있었다.

헐렁헐렁한 검은색 교복 바지에 꽉 끼는 나의 낡은 셔츠를 입고, 양 무릎을 꿇은 채 엉덩이는 번쩍 든 부자연스러운 자세로 방금 끝난 봄철 스모 경기를 특집으로 다룬 잡지의, 그것도 자디잔 글씨로 나와 있는 하위 순위표를 정신없이 들여다보고 있었다. 등과 다리를 이쪽으로 향한 아들의 뒷모습을 바라보니 마음속에서 애증이 엇갈렸다. 여행하는 동안 또 하나의 내가 거기에 줄곧 있었던 듯한 생각이 들었다. 일찍이 나를 거부하기로 각오를 굳힌 아들과 거기 있었던 거라고. 신장도 체중도 나와 똑같고 살이 붙기 시작한 구부정한 자세까지 나를 닮은 아들에게 평상시 그 소파에 드러누워—내 경우는 반듯하게 엎드려 누워—책을 읽으며 지내는 나를 겹쳐 보는 것은 나로서는 오히려 자연스러운 생각이었으나, 그때 나는 아들이 (또 하나의 아들인 나의 분신과 함께) 확실하게 아버지인 나를 거부하고 있음을, 그것도 단순하게 지나가는 반발이 아니라 깊숙한 내면에서 비틀리고 왜곡되는 과정을 통해 확실한 각오로 굳어진 거부를 드러내고 있다는 느낌이 들었다.

"이요, 아빠 돌아왔다. 스모 어떻게 되었니? 아사시오는 잘했나?" 하고 말을 거는데 새삼스럽게 아내와 아이들의 우울함의 무게가 절실하게 다가왔다.

그러나 나는 그때까지는 아들의 눈을 미처 보지 못했었다. 귀국한 날 밤, 이제 일어나려는—이미 일어나기도 한—문제의 핵심을 단적으로 보여 주는 게 바로 아들의 눈이었는데…… 나는 그를 위해서 베를린에서 하모니카를 사 왔다. 스위스 나이프를 받은 작은아들이 불러도 소파에서 꼼짝도 않는 형에게 하모니카를 가져다주었지만 아들은 쳐다보지도 않았다. 식사를 하면서 내가 몇 번이고 재촉하자 겨우 종이 상자에서 하모니카를 꺼냈다. 다른 때에는 악기라면 종류를 가리지 않고 관심을 보이며 여러 가지 화음을 만들어 보였는데—그리고 하모니카를 그때 처음 보는 것도 아니면서—무서운 상대라도 마주친 양 별로 내키지 않는 태도로 양쪽으로 연주할 수 있는 긴 하모니카를 이상한 물건이라도 되는 듯 만지작거리기만 했다. 그러다가 음을 내어 보기는 했으나 하모니카를 비스듬히 기울여 1단의 구멍 하나만을 불어 바람 소리 같은 단음을 냈다. 혹시 두 개 이상의 구멍에 바람을 불어 넣으면 화음 대신 무서운 불협화음이 콧잔등에 달라붙을까봐 겁이 나는 것처럼……

면세점에서 사 온 위스키를 마시던 나는 식탁에서 일어나 아내와 아이들이 긴장하며 지켜보는 가운데 칼을 비스듬히 꽂은 것처럼 허리를 죽 펴고 소파에 기대고 있는 아들에게 다가갔다. 아들은 그 자세 그대로 양손으로 꽉 움켜쥔 하모니카를 홀笏처럼 얼굴 앞에 세우더니 그 양쪽으로 나를 올려다보았다. 그 눈을 보고 내 몸이 부르르 떨렸다. 열이 나는가 싶게 붉게 충혈된 눈에서는 눈곱 같은 누런 광채가 형형했다. 발정 난 짐승이 충동이 이끄는 대로 갖은 난음亂淫을 다 하고도 그 여운에서 풀려나지 못한 눈이었다. 머지않아 그 격렬하고 난폭한 활동기는 침체기로 바뀌겠지만 아직은 몸 안에서 사납게 날뛰고 있는 것이 있다. 아들은 말하자면 그런 짐승에게 내부를 물어뜯기고 자기로서는 아무런 저항도 할 수 없다는 눈길이었다. 그러나 검고 진한 눈썹과 우뚝 솟은 코, 붉은 입술은 완전히 이완되어 얼굴은 완전히 무표정이었다.

그 눈을 내려다보며 심한 충격에 빠진 나는 아무 말도 할 수가 없었다. 아내가 다가와 이제 자러 갈 시간이라고 하자 아들은 유순하게 그 말을 따라 그날분의 기저귀를 가지고 2층으로 올라갔다. 그 전에 하모니카는 자신에게는 아무런 의미도 없는 것을 우연히 쥐고 있었을 뿐이라는 태도로 바닥으로 툭 떨어뜨렸다. 아들은 내 옆을 스치면서 흘낏 나를 쳐다보았다. 아들의 눈은 마치 인간이 없는 곳에서 웃다 웃다 충혈된 개의 눈 같았다……

"지금 하모니카를 쥐고 있던 식으로 이요는 칼을 가지고 그 커튼 뒤쪽에 머리를 처박고 가만히 정원을 내다보았더랬어. 우리가 식사하는 동안 말을 걸기도 무서울 정도로 꼼짝도 않고……" 아들을 침대에 누이고 돌아온 아내가 아까 하던 칼에 대한 이야기를 다시 했다.

아울러 아내는 아들이 되풀이하던 기묘한 말에 대한 이야기를 꺼냈다. 내가 집에 돌아오고 나니 아들도 더 이상은 엄마에게 반항도 하지 않고, 아빠 마중하러 공항에 간다는 소리를 듣더니 금방 순해져서 더 이상 여동생도 괴롭히지 않아 둘만 집에 두고 공항에 나왔다는 이야기도 했다. 아들은 나를 어려워하므로 난폭한 행동을 시작했을 때 아내는 아빠가 돌아오면 이르겠다고 하며 진정을 시킨 모양이었다. 그런데 아들은 엄청나게 큰 볼륨으로 틀어 놓은 FM 방송에서 나오는 〈브루크너 교향곡〉이 무색할 정도의 큰 소리로,

"아닙니다, 아닙니다, 아빠는 죽어 버렸습니다!" 하고 소리를 질렀다고 한다.

아내는 기가 막혔지만 어쨌든 정신을 차리고 아들의 오해를 바로잡아 주려고 했다. "아니야, 아버지는 죽지 않았어. 전에도 오랫동안 집에 없을 때가 있었잖아. 그건 외국에 가서 살고 있는 거지 죽은 게 아니야. 지금까지도 언제나 여행이 끝나면 집으로 돌아왔던 것처럼 이번에도 돌아올 거야" 하고 〈브루크너 교향곡〉에 대항할 만한—나는 그 외중에도 궁금해서 테이블 위에 놓여 있던 FM 방송 프로그램 잡지를 펼쳐 곡명을 확인해 보았다. 〈브루크너 교향곡 제8번 다단조〉였다—큰 소리로 설득하려고 애를 썼다. 그러나 아들은 완고한 확신을 드러내며 고집스럽게 우겼다.

"아닙니다, 아빠는 죽어 버렸습니다! 죽어 버렸습니다!"

아내와 주고받은 아들의 말은 이상하긴 하지만 나름대로 맥락을 갖추고 있기도 했다.

"죽은 거하고는 달라. 여행하고 있는 거잖아. 그러니까 다음 주 일요일에는 돌아오실 거야."

"아, 그렇습니까? 다음 주 일요일에 돌아옵니까? 그때는 돌아올지 모르지만 지금은 죽어 버렸습니다, 아빠는 죽어 버렸습니다!"

〈브루크너 제8번〉은 한없이 계속되고 아내는 큰 소리로 아들과 말을 주고받다가 기누타 패밀리 파크에서 자빠졌을 때 찢어진 후두부에

새로 피가 나는 듯한 기분이 들며 극도의 피로에 빠지고 말았다. 아내를 더욱 절망의 구렁텅이로 밀어 넣은 건 이런 상황이 장래 얼마든지 일어날 가능성이 있다는 생각 때문이었다. 실제로 내가 죽었지만 아들을 통제하기 위해 아버지가 살아 있는 것처럼 둘러대야 하는 일 말이다……

그래도 귀국한 다음 날 아침, 나는 아들과의 소통의 실마리를 찾아냈다. 그리고 그것을 계기로 가족 모두와 아들의 화해가 이루어졌다. 밤이 깊어질 때까지 잠들지 못했던 나는 아이들이 깨워서 겨우 식탁에 앉아 아침을 먹는 동안, 같은 식탁에 앉아는 있었으나 (큰아들은 가족 모두에게서 거리를 두고 비스듬한 자세로 식탁에 앉아 어깨에 추라도 달린 것 같은 젓가락질로 느릿느릿 밥을 먹었다. '히단톨'이라는 항간질약을 먹기 시작하면서부터 아침에는 동작이 유난히 굼떠지기는 했지만 그사이 그는 나와 아내가 말을 걸어도 한 마디도 귀에 들어가지 않는 것 같았다) 아침 식사를 마치고 아직 봄방학 중인 다른 아이들이 자기 방으로 들어가 버리고 나서는 어제까지 큰아들이 점령하고 있던 거실 소파에서 다시 잠이 들었다.

그러다가 유년 시절의 추억을 환기시키는, 내가 아주 어렸을 때 한 장소에서 있었던 사건이 복원된 것 그 자체인 듯한 진한 그리움에 몸을 떨며 눈을 떴다. 눈에는 눈물이 그렁그렁 맺혀 있었다. 아들이 소파 옆 바닥에 앉아서 담요에서 삐져나온 내 한쪽 발을 깨지기 쉬운 물건이라도 만지듯이 손가락을 둥글게 구부려 살살 어루만지고 있었다. 낮고 부드러운 음성으로 확인이라도 하는 듯 뭐라고 중얼거리면서. 그 말은 내 그리운 감정이 덩어리진 살아 있는 젤리처럼 떨렸다. 잠에서 깨면서 그 소리를 들었던 거다.

"발, 괜찮아요? 착한 발, 착한 발! 발 괜찮아요? 통풍 괜찮아요? 착한 발, 착한 발!"

"……이요, 아빠 발 괜찮다. 통풍이 아니라서 괜찮다니까." 나는 아들이 중얼거리는 정도의 소리로 말했다.

그러자 아들은 눈이 부신 듯 가늘게 뜨고 나를 바라보았다. 내가 출국하기 이전의 눈으로 돌아와 있었다.

"아아, 괜찮습니까? 착한 발입니다! 정말 훌륭한 발입니다!" 아들이 대답했다.

잠시 후 아들은 내 발치에서 물러나더니 어젯밤에 던져두었던 하모니카를 집어 들고 몇 개의 화음을 불었다. 그러다가 화음은 멜로디로 변했다. 나로서는 바흐의 〈시칠리아노〉 중 한 곡이라는 정도만 알 수 있는 쉽고 아름다운 멜로디였다. 하모니카 양면의 조성이 다르다는 것을 파악한 듯했다. 점심때는 내가 들뜬 기분으로 카르보나라 스파게티를 만들었다. 작은아들과 딸이 먼저 식탁에 앉은 다음 아들을 부르자 아내가 쿡 하고 웃음을 터뜨릴 정도로 너무나 온화하고 맑은 대답이 들려왔다.

"발에 대해서 내가 이요에게 정의해 주었어. 그게 우리 사이에 소통의 통로가 되고, 화해할 수 있는 계기가 된 것 같아." 내가 아내에게 이야기했다. 나는 이요에게 이 세상의 모든 것에 대한 정의를 내려 주겠다고 말해 왔다. 그런데 지금 가장 확실한 것은 발에 대한 정의고 그것도 내가 고안해 낸 게 아니라 통풍 덕분에 정의를 내리게 된 것이었다……

정의. 이 세상의 모든 것에 대한 정의집定義集. 앞에서 썼던, 내가 블레이크의 세계로 돌아간다는 혹은 새롭게 다가간다는 예감이 이미 실현되고 있음을 아울러 나타내기 위해 나는 우선 말해 두고 싶다. 헌법을 알기 쉽게 설명하는 것으로 시작할 이 정의집을 구상하는 단계에서, 그러니까 벌써 10여 년 전에 『순수의 노래, 경험의 노래』와 블레이크에 이끌려 그것은 이름 붙여져 있던 것이었다.

그리고 이 정의집은 실제로 그림책이나 동화의 형태로 편집 방향을 잡았는데 좀처럼 실현이 되지 못했다. 7~8년 전에 아이들과 상상력에 관해 이야기하는 공개 석상에서 도중에 내가 이런 말을 한 적도 있다. 지금까지도 벌써 여러 번 시도를 해 보았지만 이 계획을 실현시키기란 여간 어려운 일이 아닐 것이라는 걸 깨달았다. 그러나 공개 석상에서 말을 함으로써 나 자신에게도 강제 장치를 걸어 두고 싶은 속사정이 있었던 것인지도 모른다.

"이 특수학교에 다니는 아들의 친구들을 위하여 이런 어린이들이 장래 이 세상에서 살아가기 위한 핸드북을 쓰고 싶은 마음이 있습니다. 그런 특수학교 아이들이 이해할 수 있는 말로 이 세상과 사회, 인간이란 무엇인가를 알려 주고, 자신감을 가지고 이런 부분들에 주의를 기울이며 살아가라고 부탁하고 싶습니다. 예를 들면 생명이란 무엇인가에 대해 짧고도 쉽게 쓰는 것이지요. 내가 전체를 다 쓸 필요는 없을 겁니다. 다양한 분들이 예를 들면 음악에 관해서는 T 선생이 우리 아들에게 설명하는 식으로 써 주실 겁니다. 그렇게 생각하고 시작한 일이기는 한데 실제로는 범위가 너무 넓고 어려운 점이 많습니다. 단순 명쾌한 것에 대해서 생생한 상상력을 환기시켜 주는 말로 쓰려고 해도 써야 할 현실 때문에 불가능한 경우가 너무도 많다는 것을 금방 깨달아야 했습니다."

그 말에는 솔직하지 못한 부분도 있었다. 여기서 하는 말대로 하자면 내가 우리 아들이나 특수학교의 친구들을 위해 이 세상과 사회, 인간에 대해 정의집을 쓴다. 헌법에 관해 이야기하는 것을 주제의 중심에 둔다. 그런데 그 헌법하의 현실 자체가 간결하고 정확한 언어로 표현하기 어렵다. 이렇게 말하는 것이 완전히 사실에 어긋난다고는 지금도 이야기할 수 없다. 그러나 솔직하게 말하면 외부적인 요인보다는 나의 내면에 문제의 핵심이 있었다.

좀 더 정리해서, 즉 좀 더 용감하게 말한다면 나의 나태함이 원인이다. 그 나태함이 초래된 곳에는 자신의 능력 부족을 두려워하는 무력감이 숨어 있다. 나는 아들이 취학하기 전에 이미 이 구상을 가지고 있었다. 그리고 집에서 나간 적이 없는 유아 때부터 시작해서 초등학교, 중학교의 장애아 학급으로 진학하는 동안 아들과 그의 친구들의 연령대에 맞게 문체를 바꾸어 가며 초고를 쓰기는 했다. 이제 특수학교 고등부 2학년에 올라가는 아들에게 지금까지 확실하게 정의가 된 건 발, 착한 발에 관한 것이고, 그것도 내가 이전에 통풍을 앓았던 데서 비롯된 거였다……

내가 통풍을 앓았을 때 아들은 막 중학교 장애아 학급에 진학한 참이었다. 덩치나 체력에서는 자기를 압도하는 아버지가 빨갛게 부은 왼쪽 엄지발가락 관절에 전적으로 지배를 당하던 모습이 아들의 뇌리에 깊이 새겨진 모양이었다. 시트의 무게에도 격심한 통증이 일어나는 바람에 밤에는 발을 내놓고 자고―알코올 없이 자려고 애를 쓰며―낮에는 같은 모습으로 소파에 누워 있다가 화장실에 갈 때도 한쪽 발을 들고 기어가는, 완전히 무력한 인간의 모습을 보여 주었으니 그럴 만도 하다.

아들은 어떻게 해서든지 무력한 인간이 되어 버린 나를 도와주려고 애를 썼다. 복도를 기어갈 때마다 얼마나 정강이뼈가 아픈지 뼈저리게 느껴야 하는 아버지 곁을 아들은 무리에서 떨어져 나온 양을 몰고 가는 목양견처럼 종종걸음으로 따라왔다. 그러다가 원래 걸음걸이가 확실치 못하던 아들은 육중한 몸을 통풍이 있는 내 발 위로 넘어뜨리는 일도 있었다. 내가 악 하고 비명을 지르면서 이를 악무는데 아들이 어쩔 줄 몰라 하며 쩔쩔매는 모습이 눈에 들어왔다. 내가 평소에 폭력을 휘두르는 난폭한 아버지였나 하는 생각이 들 정도로 아들은 벌벌 떨었다. 아들의 그런 모습은 나의 마음에 일종의 상처로 새겨졌다. 아들은 통풍은 많이 가라앉았지만 아직도 빨갛게 부어오른 내 엄지발가락의 관절을 살짝 구부린 손가락으로 어루만지면서—몸무게가 앞으로 쏠리지 않도록 한 손으로 몸을 지탱하며—발가락 자체에 대고 말을 걸었다. **"착한 발, 괜찮아요? 정말 착한 발입니다!"**

"이요가 비로소 아버지도 언젠간 죽는다는 문제에 대해 나름대로 깨닫게 된 게 아닐까? 이요가 많이 안 좋았고 무척 힘들게 한 건 사실이지만……" 나는 한참 생각한 끝에 아내에게 말했다. "그래도 알 수 없는 부분은, 그러니까 이요가 죽은 인간도 다시 살아난다고 생각하는 것 같다는 건데, 앞으로 주의 깊게 관찰하면 어째서 그런 생각을 하게 됐는지 알 수 있겠지. 이요는 생각나는 대로 그대로 입에 올리는 성격은 아니니까. 그리고 나도 어렸을 때 그런 생각을 했던 것 같아.

……어쨌든 내가 여행을 떠나서 좀처럼 돌아오지 않으니까, 그래서 이요는 내가 죽었다고 생각한 거지. 아버지가 어딘가 먼 곳으로 가 버리고 그 아이의 감정적 경험으로는 죽은 거나 마찬가지였겠지. 거기

다 게임이라고는 하지만 엄마마저 자기를 남겨 놓고 도망가려고 한다고 생각했으니 이요로서는 뒤집히는 것도 당연해. 아이에게 게임은 특히 현실의 모델이 되는 거니까. 이요가 칼을 쥐었던 모습도 생각해 보면 방어적 자세였잖아. 그렇게 커튼 뒤에서 바깥을 내다보았던 것도 실은 아버지 사후에 자기가 대신 가족을 지켜야 한다는 생각에 외적을 감시할 작정이 아니었을까? 나는 아무래도 그런 것 같다는 생각이 들어."

이어서 나는 아내에게가 아니라 나 자신에게 속으로 이렇게 말했다. 내가 죽은 후에 일어날 일들에 대해 아들이 자기 나름대로 그렇게 절실하게 생각하고 있는데, 아버지인 나도 언젠가는 내게 닥칠 죽음과 그 후에 혼자 남겨질 아들과 세상, 사회, 인간의 관계에 관해 두려워하지 말고, 또 나태함에 빠지는 일 없이 준비해야 하지 않겠는가?

나의 사후에 결코 아들이 삶의 길을 잃지 않도록 세상과 사회, 인간에 관한 완벽한 길잡이를 그가 잘 이해할 수 있는 말로 실제로 쓸 수 있을지 어떨지—물론 그건 불가능하다고 이미 깨닫고 있었지만, 그래도 어떻게든 아들을 위한 정의집을 쓰기 위한 노력은 해 보자. 이제 이것은 아들을 위한 게 아니라 오히려 나 자신을 정화하고 격려하기 위해 세상, 사회, 인간에 관한 정의집을 쓴다는 마음으로. 아들은 통풍을 통해 발에 대한 명확한 정의를 얻었고, 나 또한 그의 수용을 매개로 '착한 발'이란 무엇인가를 인식할 수 있었다.

나는 여행하는 동안 시작된 흐름에 따라 앞으로 한동안은 블레이크를 집중적으로 읽으려고 한다. 책을 읽는 것과 동시에 세상, 사회, 인간에 관한 정의집을 쓴다는 게 불가능한 일일까? 이번에는 아들과 그의 친구들이 이해할 수 있는 문장으로 쓰겠다는 생각은 일단 접어 두고 우선 현재 나 자신에게 절실한 요소가 되고 있는 정의가 어떠한 경험을 통해서 내 것이 되었는지―나아가 그것을 순수한 영혼을 가진 자들에게 전하고자 하는 소망이 얼마나 강렬한 것인지, 소설로 쓰는 것을 통하여⋯⋯

나는 일찍이 한 가지 꿈을 가지고 있었다. 그리고 그것을 글로 쓰기도 했다. 내가 죽는 날, 오랜 경험을 통해 내 안에 축적된 모든 것이 아들의 순수한 마음으로 흘러 들어가는⋯⋯ 만약에 그 꿈이 실현된다면 아들은 이미 한 줌의 재가 된 아버지를 땅에 묻은 후, 여유만만하게 그때부터 내가 쓴 정의집을 읽게 되겠지⋯⋯ 그런 어린애 같은 꿈에 매달리며 나 자신의 사후의 세상에 남아 어려움을 당하게 될 아들에 대한 여러 가지 근심 걱정에서 구조되기를 바라면서 이 정의집을 시작하게 될지도 모른다.

'강'을 정의한다, 그런 식으로 나와 아들에게 공유된 '착한 발'의 정의 정도로 확실하게 기억에 새겨져 있는 게 있다. 그것이 얼마나 간결하고 명료한 것인지―정의해 준 선배 작가 H 씨는 말조차 거의 쓰지 않은 셈이었다. 벌써 10년도 전의 일인데, 나는 H 씨와 비행기를 타고 뉴델리에서 동쪽으로 향하고 있었다. 자고 있는 줄 알았던 H 씨가―잠든 적이 없었다는 듯이 갑자기 몸을 벌떡 일으켜 나의 주의를 환기시키더니 비행기 창문 아래쪽을 손가락으로 가리켰다. 벵골 지방 일대의 황토색 비옥한 평야에 천을 꿰매어 놓은 듯이 깊고 완만하게 흘러가는 강을 가리키는 것이었다.

나는 눕혀 놓았던 의자에 몸을 누이며 다시 눈을 감은 H 씨의 무릎 위로 몸을 구부려서 (비행기를 타기 전에 나와 H 씨는 약간의 갈등이 있었다. 금방 화해하긴 했지만 여전히 찜찜한 마음이 있었는데, H 씨의 이 말, 아니 태도는 나의 마음을 상당히 풀어 주었다) 창문 아래쪽을 내려다보았다. 마침 비행기도 고도를 낮추기 위해 선회한 덕에 그야말로 인도의 강다운 진짜 강이―나로서는 강이라고 하면 시코쿠 숲 속의 산골 마을을 흐르는 맑은 강이 전부였는데 이 경험으로 또 하나의 진짜 강의 이미지가 더해졌다―시야 가득 들어왔다. 마찬가지로 황토색인 바다로 흘러들어 가는 것이 틀림없겠지만 강만을 보면 어느 쪽으로 흐르고 있는지 알기 어려웠다. 지면보다 약간 연한 황토색 강. 방금 전의 이어지던 침묵 속에서 손목과 손가락만을 살짝 움직이며 소리 없이 입술로만 '강'이라고 하던 그 동작 전체에서 나는 '강'에 대한 최고의 정의로 그 이후 그 비행기를 타기 전에 있었던 일과 함께 기억에 남겨 둔 거다.

인도 대륙을 제트기로 횡단했던 그날, 나와 H 씨는 장장 열 시간이나 인도 사람들 속에 섞여서 비행기의 출발을 기다려야 했다. 일본인은 우리 단 두 사람뿐이었다. 그런데 그동안 H 씨가 나에게 한 말이라고는 소리도 없이 입술만 움직였던 그 '강'이라는 말과 공항에 도착하자마자 《인터내셔널 헤럴드 트리뷴》의 한 기사를 가리키며 "이거 읽어 볼래요?"라는 말, 그리고 그 전에 택시에서 더러운 안경에 얽힌 에피소드에 관해 잠깐 이야기를 나눈 게 전부였다.

캘커타행의 그 비행기가 이륙하기 직전까지는 H 씨가 나에게 화가 나서 말을 안 하는 줄 알았다. 그 가을날 H 씨는 내가 조바심을 내는 바람에 호텔에서 편히 쉴 수도 있었던 그 열 시간이나 되는 시간을 휑 뎅그렁한 창고 같은 공항에서 불편하게 지내야만 했으니까. 다 인도의 습관을 몰랐던 나의 성급한 실수였다. H 씨가 그것 때문에 화가 났다고 생각한 나는 어떻게 말을 붙이기도 어려웠다.

항구도시에서 해상운송 중개업을 하던 유서 깊은 집안에서 태어난 (그 유서 깊은 집안의 인간적 축적의 진수를 도리어 실업계로 진출하지 않은 이 사람이 이어받은 것 같다) 그는 패전 후 일부러 고난의 길을 찾아서 혼란스러운 중국으로 가 온갖 쓰라린 고통을 체험했다. 그리고 그야말로 전후적인 작가, 사상가로서 독자적인 길을 걸어온 H 씨였다. 그에게는 또한 그와 같은 경험과는 별도로 이 사람이 어떤 가계에서 태어나 어떤 생애를 거쳐 왔든지 간에 역시 그랬을 것이라 여겨지는 소위 천성적인 인품이 있었다. 그런 H 씨가 화를 내고 분을 품는다면 그건 스스로 풀어지지 않는 한 다른 사람이 쉽게 해소시켜 줄 수 있을 것 같지 않았다. 그의 화를 돋운 장본인으로서는 더욱 말할 것도 없었다.

확실하게 화가 나기 전에 H 씨가 서류 집게에서 빼서 보여 주었던 《인터내셔널 헤럴드 트리뷴》의 기사 내용은 명료하게 생각난다. 소비에트의 언론 탄압을 비판하는 첼리스트 로스트로포비치에 관한 기사였다. 당시 국내에서 맹우 솔제니친의 변호 활동에 정력을 쏟아붓던 이 음악가의 담화를 그날 읽던 책의 책장에 옮겨 적어 두었으니까.

로스트로포비치는 이렇게 말했다. '모든 사람이 자립적으로 생각하고, 또 자기가 알고 있는 것, 개인적으로 생각한 것, 경험한 것에 대해 아무런 공포 없이 자기의 의견을 표현할 권리가 있어야 합니다. 자기에게 주입된 의견을 앵무새처럼 되뇌는 것이 아닌……'

그리고 차츰 H 씨의 짜증이 나의 서투른 일 처리와 항공 회사에 관한 것 말고도 소련의 언론 탄압, 인권 억압과도 관계되어 있음을 깨달았다. 더러운 안경 에피소드는 이런 것이었다. 당시 나와 H 씨는 뉴델리에서 열린 아시아 아프리카 작가 회의에 참가하고 있었는데 거기에는 소련의 작가와 시인들도 많았고 H 씨의 오랜 친구인 여류 시인도 있었다. 전날 밤 늦게까지 H 씨는—임시로 네페도브나 씨라고 부르기로 하고—자기와 비슷한 50대 중반의, 키가 작고 지적이고 자유분방한 분위기를 풍기며 유대계다운 도회적인 세련미로 열 살 정도는 어려 보이는 여류 시인과 언쟁을 했다.

H 씨가 국제적인 백전노장답게 섣불리 정치적인 문제를 화제로 삼는 사람이 아님을 아는 나는 질문을 삼가고 있었지만 언쟁은 앞서 언급한 로스트로포비치의 발언과 관계있는 현재 소련의 인권 문제에 관한 것인 듯했다. H 씨는 소련의 문화 관료 등과도 관계가 깊지만 로스트로비치가 변호하는 예술가, 과학자들에게도 확실하게 친밀감을 표명해 온 사람이었다. H 씨가 아시아 아프리카 작가 회의에서 소련에서 온 대표들에게 자기다운 온화한 어조의 영어로 인내심을 가지고 꾸준하게 드러냈던 강력한 전략적인 비판도 그편의 것이었다. 그러나 H 씨는 네페도브나 씨가 모스크바에서 실제로 인권 운동을 지나치게 과격하게 전개한다는 점은 조금 생각해 볼 문제며, 일단 그게 발각되면 이런 외국 여행은 물론이고 유대인인 네페도브나 씨로서는 지금까지 했던 국내 활동도 못 하게 될지도 모르지 않느냐고 설득한 모양이었다. 하지만 거의 15~16년 동안 이런 국제회의 때마다 만나는 친구 사이로 허물이 없어진 네페도브나 씨는—H 씨의 말대로라면 그 지독하게 고집스러운 러시아 인텔리 여자는—H 씨의 권고에 동의하지 않았다. H 씨는 어렸을 때부터 안경을 썼지만 네페도브나 씨는 요즘 들어 쓰기 시작한 독서용 안경을(즉 돋보기를) 가방에 넣어 가지고 다닌다. 그리고 작은 활자가 대부분인 전문 서적을 꾸준히 읽는 네페도브

나 씨는—그녀는 시인으로도 유명하지만 또한 인도의 고대어 연구로 많은 업적을 이룩한 사람이기도 하다—평소에 안경을 안 쓰는 사람들이 대부분 그렇듯이 그 안경을 잘 안 닦는다. 그래서 신경질적인 면이 있는 H 씨가 그녀의 안경을 닦아 주곤 했는데 어젯밤에는 거꾸로 주머니에 있던 쓰레기를 꺼내 네페도브나 씨의 안경에 문질러 버렸다……

공항으로 가는 택시에서 H 씨는 그 이야기를 들려주었다. 공항에 도착한 H 씨는 방금 문을 연 바의 카운터에 자리를 잡고는 맥주였는지 좀 더 센 술이었는지를 마시기 시작하더니 나는 완전히 무시해 버렸다. 비행기는 오전 7시 출발 예정이었는데 전날 일본 작가 대표단의 주력 팀과 헤어져 H 씨와 둘만 남게 된 나는 H 씨에게 시간을 잘 지켜야 한다고 무척이나 재촉을 했던 것 같다. 조그만 숲을 이룬 중정을 면하고 외부로 노출된 복도를 몇 번이나 왔다 갔다 하며 H 씨를 깨우러 갔었고—매우 거대한 나무줄기도 황금색을 띤 갈색 낙엽도 식물이라기보다는 광물처럼 보이는 굉장히 황폐한 인상을 주는 나무가 우거져 있던 곳이었다. 그리고 그야말로 인도다운 그 나무가 무슨 나무일까 궁금해했던 기억도 있다—나중에는 보이에게 다시 팁을 주며 좀처럼 일어나지 않는 H 씨를 억지로 깨워서 데리고 나왔을 정도니까. 그러나 나는 그렇게 극성을 떨면서 H 씨를 깨우러만 다녔지 비행기가 예정대로 제시간에 출발을 하는지 공항에 전화로 알아보는 일은 깜빡했다. 택시를 재촉해 가며 겨우 예정 시간에 맞추어 공항에 도착했지만 확실한 이유도 밝히지 않은 채 출발은 연기에 연기를 거듭해 오후가 되어도 별다른 안내가 없었다.

인도 체재 경험을 살려 쓴 책의 저자이기도 하고 이 나라 사정에도 정통한 H 씨는 진작부터 정각 출발은 있을 수 없다는 걸 알았을지도 모르니 나는 공연히 H 씨의 화를 돋우는 짓을 한 셈이었다. 나는 그 생각을 하며 H 씨가 공항 바에서 혼자 술을 마시는 동안 출발 예정을 보여 주는 전광판 앞에서 안내 방송을 놓치지 않으려고 신경을 쓰면서 호텔 매점에서 산 인도 야생동물에 관한 책을 읽었다.

E. P. 기라는 농원 주인의 더할 수 없이 성실한 성격과 생활이 그대로 문체에 반영된 진지한 회상록이었는데 군데군데 기묘하고 우스운 장면도 있었다. 그야말로 여행하면서 읽기 딱 좋은 책이었다. 그 책의 책장에 앞에서 말한 로스트로포비치의 담화를 베껴 놓았던 거다. 책은 아직도 가지고 있다. 1947년 파키스탄 분할 때 새로운 국경에서 일어났던 재미있는 현상에 대해 카슈미르 지방 친구들의 증언을 바탕으로 쓴 이런 글도 있었다. 국경이 새롭게 바뀌자 소를 신성시하는 힌두교도들이 파키스탄에서 인도로 옮겨 오고 돼지를 먹지 않는 이슬람교도들이 거꾸로 파키스탄으로 옮겨 갔을 때, 야생 짐승들도 또한 본능적으로 생존의 길을 찾아갔다. 파키스탄 영내의 대량의 들소가 인도로, 같은 수의 야생 돼지가 파키스탄으로 안전을 찾아서 이동했다는 것이었다!

벌써 오후도 한참이나 지났다. 그렇게 길게 기다리고 있었던 셈인데 나는 H 씨에게 이 이야기를 들려주어 그를 웃겨 줄 생각이었다. 그래서 카운터 자리에 혼자 붙박여 있는 H 씨의 바로 옆 바 의자에 앉아 맥주를 주문했다. 손님에 대해 붙임성이 없어서라기보다는 시커멓게 그을린 우울함이 인생의 기본 태도인 듯한 얼굴의, 그건 그것대로 또 인도적인 바텐더가 어이구, 일본인 알코올 중독자가 또 하나 등장했군 하는 표정으로 미적지근한 맥주를 내주었다. 나는 우선 그걸 마시고 조금 전에 읽은 동물들 이야기를 했으나 H 씨는 정면의 술병이 놓인 빈약한 선반과 커다란 인도 지도에 눈길을 준 채 시큰둥했다. 민망해진 나는 맥주를 한 병 더 주문하고 역시 술병과 인도 지도를 멍하니 바라볼 뿐 할 일이 없었다. 그렇게 맥주 주문을 되풀이하다 보니 결코 낯설지 않은 어떤 충동이 나를 휩쌌다.

나는—생각해 보면 지금의 아들 나이였지만—열일고여덟 무렵 처음으로 그런 충동을 자각했을 때 젊은 기분에 붙였던 이름 그대로 지금도 그걸 리프(뛰다)라 부르고 있는데, 그 리프가 엄습할 것 같을 때마다 어떻게든 물리치고 그 녀석에게 놀아나는 일이 없도록 거부했다. 그러나 때로는 내가 먼저 리프를 불러내어 엉뚱한 짓을 하는 경우도 있다. 술에 취해서 저질렀던 어리석은 행동을 포함해서 리프는 정도의 차는 있지만 1년에 한 번은 나를 점거했고, 어쩌면 그 누적이 나의 삶의 경로를 비틀어 구부려 왔는지 모를 정도다. 거꾸로 리프가 나를 만들었다고 할 수 있을지도 모르지만……

뉴델리 공항에서 나를 엄습한 리프는, 이렇게 말하면 허풍을 떠는 것처럼 들릴 수도 있는데—오랜 세월 동안 경애하던 H 씨를 놀리는, 그것도 H 씨를 애절한 사랑에 고뇌하는 중년이 넘은 남자로 묘사하는 놀리는 시로 안 그래도 잔뜩 화가 나서 술만 마시고 있는 H 씨에게 보여 주겠다는, 무례도 아니고 짓궂은 장난이라고도 할 수 없는 위험한 짓을 생각해 냈던 거다.

나는 컵 받침을 뒤집어 먼저 눈앞에 있는 인도 지도를 그렸다. 그리고 그 위에 몇 군데 지점에 별을 그려 넣고 지명을 짜 맞추어 영어로 된 시를 썼다. 제목은 '인도 지명 안내'. 내가 지금 그 영시(?)에 관해서 확실히 기억하고 있는 것은 사랑에 고뇌하는 중년이 넘은 남자가 역시 상당한 나이를 먹은 애인이 가 버린 지방 도시 마이소르를 생각하며 끙끙거리면서 술을 마시는 부분이다. 그 지명을 이어 붙여서 에둘러 놀리는 것이 내 계획의 핵심이었다. 그날 이쪽은 기차로, H 씨가 어제 언쟁을 한 네페도브나 씨는 언어학 학회에 참가하기 위해 마이소르로 떠났다.

마이소르, MYSORE를 분해해서 MY SORE로 하면─지금 책상 위에 있는 사전을 그대로 인용한다면, 나의 ①건드리면 아픈 곳, 상처, 부스럼 ②괴로움(슬픔, 분노)의 씨앗, 괴로운 추억, 이라는 뜻이 된다…… 솔직하게 말하면 나는 H 씨와 네페도브나 씨의 국제회의를 통한 오랜 친구 관계를 연애 감정이 있는 것으로 보지는 않았다. H 씨 세대, 즉 전후문학자들에게 영향을 받으며 학생 시대를 지낸 우리는 H 씨 세대에 대해 악동처럼 굴 때가 있었다. 예를 들어 같은 대표단이었던 O 군 등은, 자주 네페도브나 씨를 H 씨의 애인 취급하며 놀려 대곤 했었다. 그러나 O 군도 나와 같이 H 씨에 대해 혹은 네페도브나 씨에 대해 자기 세계를 확실하게 구축한 선배 지식인으로 존경하는 마음을 가지고 있었고, 그들을 흔한 연인 사이로 한데 엮을 생각은 전혀 하지 않았다.

그런데 나는 시비의 소지가 다분한 그 경박한 시를 쓴 컵 받침을 안경을 벗은 채 고개를 떨어뜨리고─안경을 벗으면 중세의 귀한 신분인 지방 호족 같았던 H 씨의 머리 모양이 떠오른다─카운터를 내려다보고 있는 H 씨의 시선이 머무는 곳으로 밀어 넣었다. 아침에 좀 일찍 깨웠다고 또 비행기가 좀 늦는다고 그렇게 계속해서 화를 내다니, 자, 어디 더 화를 내 보쇼, 이쪽도 삼가지 않을 테니까 하며 감당 못할 리프에 완전히 놀아나면서.

H 씨는 자세는 조금도 바꾸지 않은 채 컵 받침을 들여다보았다. 눈에 힘이 들어가는 게 느껴졌다. 그리고 안경을 집어서 쓰더니 천천히 몇 번이고 컵 받침에 쓰인 짧은 시를 읽었다. 관자놀이에서 눈 주위로 팽팽한 긴장감이 떠올랐다. 나는 금방 후회로 마음이 새카매졌다. ……이윽고 천천히 나를 향해 얼굴을 든 H 씨의 그 눈에 떠오른 표정에 사실상 나는 녹다운 당했다.

나는 유럽 여행에서 돌아와 처음으로 아들의 얼굴을 정면으로 보았을 때 내가 집에 없는 동안 한없이 난폭했다는 아들의 눈이 발정 난 짐승이 충동이 이끄는 대로 갖은 난음을 다 하고도 그 여운에서 풀려나지 못한 혹은 그런 짐승에게 내부를 물어뜯기고 있는 것 같은 차마 마주 볼 수 없는 눈이었다고 쓴 적이 있다. 그런데 지금 생각해 보면 눈곱 같은 누런 광채가 형형한 그 눈에서 가장 생생하게 드러나던 것은 형언할 수 없는 비탄이었다. 그러나 아들의 발작에 관한 보고와 선물로 사 온 하모니카에 대한 아들의 반응, 그리고 스스로의 여행 피로가 겹쳐 신경이 날카로웠던 나는 그 순간 그 비탄을 보지 못했다. 마음의 여유가 없었던 거다.

그래도 어떻게 아비 된 자로서 아들의 눈에 드러났던 참으로 황량하고 서늘했던 비탄의 덩어리를 보지 못하고 지나쳤는지 지금 생각하면 이상할 뿐이다. 하지만 결국 그 비탄을 통해 우리 가족은 아들을 이해하고 화해에 이를 수 있었다. 그리고 그 자리에는 블레이크의 시가 매개로 작용했다는 것을 깨달았다.

'흐르는 눈물을 보며 내 어찌 함께 슬퍼하지 않으랴? 아이가 울고 있는 것을 본 아비가 어찌 슬픔에 잠기지 않으랴?'라는 구절이 들어 있는 「타자의 슬픔에 관하여」란 시. 그것은 「순수의 노래」 중에서 이렇게 마무리되는 시였다. '오오 그분은 우리의 비탄grief을 부숴 버리려 그 기쁨을 내어 주신다 우리의 비탄이 사라지기까지 우리 곁에 앉아 탄식하신다'.

그러나 늦게나마 내가 경험을 통해 얻은 감각으로 아들의 눈에서 비탄을 읽어 낼 수 있었던 건 뉴델리 공항의 바에서 H 씨의 눈에 일순 드러났던 '비탄'의 정의가 있었기 때문에 가능한 일이었다.

분노의 대기에 차가운 갓난아이가 솟아올라
怒りの大気に冷たい嬰児が立ちあがって

(연작 「새로운 사람이여 눈을 떠라」 2)

'순수는 지혜와 함께 거하나 무지와는 결코 함께하지 못한다.' 블레이크는 그렇게 말했다. 이 격언과도 같은 말, 나는 이 말의 의미를 명확하게 파악하지 못하고 있는 것 같다. 그리고 매혹적인 다음의 구절 '조직을 갖추지 않은 순수, 그것은 불가능한 것이다'라는 구와 짝을 이루며 하나의 긴 시를 이룬다.

그 장시長詩를 지금까지 여러 시기에 반복해서 그러나 수박 겉핥기식으로 읽어 왔다. 블레이크 장시의 성격상 상세하게 파고들어 읽지 않으면 그건 읽었다고 할 수 없는 것이지만 나는 그래도 나름대로 가슴에 새겨지는 시구를 발견해 냈다고 생각했다. 소위 「네 조아The Four Zoas」, 정식으로는 조아를 그리스어 묵시록의 '네 생물'이라는 말로 해서 「네 조아, 옛사람 앨비언의 죽음과 심판에서의 사랑과 질투의 고뇌」란 제목이 붙은 장시였다.

그중에서도 최후의 심판 때, 죽은 자가 생전의 모습을 상처까지 전부 들춰내서 고발하는 풍경 등이 깊은 인상으로 남았다.

'그들은 상처를 드러내며 탄핵하며 압제자에게 매달린다 / 황금 궁전에 절규가 울려 퍼지고 노래와 환희는 사막에서 울린다 / 차가운 갓난아이가 분노의 대기 속에 솟아오른다 그는 절규한다 "6천 년 동안 어려서 죽은 아이들이 미친 듯이 분노한다 수많은 자들이 미친 듯이 분노한다 기대에 가득한 대기 속에서 벌거벗은 몸으로 파랗게 질린 채 서서 구원받고자"'.

앞서 내가 수박 겉핥기 식으로 읽었다고 쓴 건 블레이크를 충분히 이해할 능력이 있어서 빨리 읽었다는 소리가 아니다. 완전히 그 반대로 블레이크의 시는 읽기 시작한 지 몇 년이 지나도 나에게는 너무 어렵기만 했다. 특히 예언시라고 불리는 중기부터의 장대한 시는 이방인의 이해를 방해하는 요소들로 가득했다. 난해한 부분이 태산같이 많았지만 그래도 주석을 참고해서 시간을 들여 읽어 가면 나도 상당한 수준까지 파악할 수 있을 것이다. 실제로 몇 개의 연구와 주석 종류를 수입 서적상에 들어오는 대로 구해 놓고 있었다. 지금도 그 일은 계속하고 있다. 그러나 아직 젊었던 나도 그렇게 해독하는 식으로 읽어 가다 보면 아무리 시간이 많아도 부족할 거라는 걱정이 들었다. 그렇게 마음은 급했지만 855행으로 되어 있는「네 조아」전체를 일단은 읽어 둘 생각으로 이해가 되는 부분을 징검다리 건너는 식으로 끝까지 읽었다.

그리고 작품 전체의 복잡한 문체나 블레이크의 독자적인 우주관에 입각한 신, 혹은 신에 근접한 사람의 조건화와는 별도로 나를 강렬하게 사로잡은 한 구절을 인용하자면 바로 이것이었다……

'인간은 땀 흘려 일해야 한다, 슬퍼해야 한다, 배워야 한다, 잊어야 한다, 그리고 돌아가야 한다 / 자기가 떠나온 어두운 골짜기로 또 새로운 노역을 위하여'.

내가 이 구절을, 전체가 아니라 딱 이 구절만 읽었던 것은 대학의 교양과정 1학년 때의 일이다. 목을 쑥 빼고 이 시를 읽던 내 모습과 나를 둘러싼 당시의 풍경이 지금도 생생하게 기억난다. 그것은 대학에 입학하고 몇 주 되지 않았을 때 일어난 일이었다. 구내에서 다양한 철쭉을 모아 놓아 식물학적 가치가 높은 장소라고 알려진, 일고* 시절부터 도서관으로 쓰이고 있는 곳에서 나는 우연히 이 구절을 읽게 되었다. 나는 여전히 의기양양하게 피어 있는 철쭉 덤불 하나하나에 대고 "너희는 철쭉이 아니야. 내가 태어나고 자란 계곡의 우뚝 솟은 산비탈에 핀 것들이 진짜 철쭉이지. 그 녀석들은 뿌리로 벼랑의 붉은 흙을 꽉 움켜쥐고 있거든" 하고 비웃었다.

나는 하드커버로 장정된 커다란 책에서 이 시를 발견했다. 그 책은 내가 앉았던 옆자리에 놓여 있었다. 그 책 옆에는 몇 권의 원서를 아무렇게나 꾸려 놓은 책 보따리가 뒹굴고 있을 뿐, 자리는 비어 있었다.

나는 자리에서 엉거주춤 엉덩이를 들고 펼쳐져 있는 책을 들여다보았다. 시의 각 행에서 따옴표가 눈에 거슬렸는데 아마도 시의 화자의 말이라는 표시인 것 같았다. 그리고 그때 내가 읽은 게 바로 위에 번역해 놓은 시다. 나는 당시 막 새롭게 전개된 나의 삶에 대한 결정적인

* 도쿄 제국대학 예비교로서의 기능을 하다 교육제도가 개편되면서 도쿄 대학교의 교양학부로 흡수되었으며 현재 도쿄 대학교의 교양과정을 담당하는 고마바 캠퍼스는 제일고등학교의 부지와 교사를 그대로 사용하고 있다.

예언을 받은 듯이 느꼈다……

　실제로 나는 멍하니 있었던 것 같다. 마침 그 옆자리에, 펼쳐 놓았던 책 주인이—생각해 보면 지금의 나보다 젊었을 교수 혹은 조교수인 듯한 인물이—돌아왔다. 그 남자는 의자에 앉으면서 뭔가 의심스럽다는 표정으로 나를 뚫어지게 바라보았다. 멍한 표정으로 불안스레 그 눈길을 받던 나는 퍼뜩 이 자리가 혹시 교수 전용석이 아닌가 하는 생각이 들었다. 갓 입학한 풋내기 신입생이던 나는 도망치듯이 그 자리를 떠났다. 자리를 떠나면서도 나를 뚫어져라 바라보는 교수 혹은 조교수가 내가 자기 원서를 훔치려 했다고 의심하는 게 아닐까 찜찜해했던 기억이 난다. (수입 원서를 학생이 부담 없이 살 수 있는 시대가 아니었다.)

　방금 내가 읽은 시 한 구절이 어떤 시인의—내 눈에는 극시劇詩로 보였다—무슨 작품인지 책 주인에게 물어보지도 못했지만 그래도 내 힘으로 찾아보면 된다고 생각했다. 그렇게 나를 동요시킨 시구를 잊어버릴 리도 없고 당시에는 기억력에는 자신이 있었다. 또 그만큼 그 구절이 마음속에 깊이 새겨졌기 때문이기도 했다. 나는 처음에 앉았던 곳에서—그 자리는 선 채로 펼쳐 볼 수 있도록 대형 웹스터 사전을 비스듬하게 올려놓은 책상이 있는 곳에서 가까웠다. 그것만 보아도 학자나 연구자들을 위한 특권적인 공간이라는 느낌이 들어서 반사적으로 몸을 일으켰던 것인데—넓은 홀로 이루어진 열람실을 대각선으로 가로질러 반대편 구석에 자리 잡고는, 그즈음 사전을 뒤적이며 읽고 있던 지드의 소설을 꺼낼 생각도 않은 채 두 손으로 머리를 받치고 골똘히 생각에 잠겼다.

　그리고 돌아가야 한다 / 자기가 떠나온 어두운 골짜기로, & return

/ To the dark valley whence he came. 나는 그때까지 내가 태어나 자란 숲 속 골짜기를 어두운 골짜기라고 생각해 본 적은 없었기 때문에 제일 먼저 그 말이 마음에 걸렸던 게 기억난다. 숲 속 마을에서 특히 우리 집이 있던 간선도로 부근은 나루라고 불렀는데 우리 지방에서는 평평한 땅을 나루이라고 하는 터라 평탄한 곳이란 뜻의 지명으로만 알고 있었다. 그런데 삼림 벌채 반출로 강제 이주해 온 한국인 노동자의 동생이었던 친구로부터 나루는 날 일日의 날이 아니냐는 소리를 들은 다음부터 골짜기에는 태양이 비추는 장소라는 이미지가 더해졌었다.

그러나 골짜기를 떠나 찾아온 대도시의 낯선 대형 건물 안에서, 더욱 적응이 안 되는 상자형 칸막이에 붙은 전깃불 앞에서 머리를 감싸고 있자니, 갑자기 나의 골짜기는 어두운 골짜기였구나 하는 생각이 들었다. 그 어둠을 꼭 나쁜 의미로 해석한 건 아니었지만……

인간은 땀 흘려 일해야 한다, 슬퍼해야 한다, 배워야 한다, 잊어야 한다, That Man should Labour & sorrow, & learn & forget. 땀 흘려 일하는 것과 슬퍼하는 것을 대립항이 아닌 인접한 삶의 두 측면으로 받아들이는 것이, 10대 후반이었던 내게는 아버지가 돌아가신 후에 어머니가 감당해야 했던 노동에 대한 생각과 함께 대단히 설득력 있게 다가왔다. 그리고 거기에 더해진 다음 구절이 나의 장래에 딱 들어맞을 적확한 예언이라고 느꼈던 거다.

당시 나는 도쿄 대학에 들어와 막 프랑스어 공부를 시작한 참이었다. 고등학교를 졸업하고 나서 1년간의 숙고 끝에 선택한 분야였고 실제로 그것을 계속하는 데에는 일말의 망설임도 없었지만 뭔지 모를 위화감이 의식의 밑바닥에 흐르고 있었다. 그런데 그 시 구절을 매개로 골짜기를 떠나온 나의 상태를 연결 지어 생각해 보니 그런 감정을 구체적인 언어로 드러낼 수 있을 것 같았다. 정든 골짜기를 떠나 나로서는 동서남북조차 제대로 분간하기 어려운 대도시 한구석에서 있는지 없는지 모르게 살아간다. 그리고 프랑스어를 배우는 것 외에 아르바이트를 몇 개 하고는 있지만 노역이라고 부를 만한 것은 면하고 있었다. 즉 그것은 슬픔으로부터도 일시적으로 비껴선 상태, 즉 Labour & sorrow와는 다른 수준의 임시 생활을 하는 데 지나지 않는다. 나는 이런 식으로 프랑스어를 배우기는 하지만 언젠가는 잊어버릴 것이다. 그건 전적으로 확실한 사실이다. & learn & forget, 오히려 잘 잊어버리려고 배우기라도 하는 것처럼……

쫓기듯이 골짜기를 떠나와 대도시에서 고립된 생활을 하고 있는 나의 생활의 전체상은 바로 그런 것이었다. 결국 나는 골짜기로 돌아가게 되겠지. 그리고 그곳에서 지금은 도시에서 살며 임시로 면하고 있는 노역과 슬픔이 진짜로 시작된다. 그것은 얼마나 새로운 시작이 될까? & return / To the dark valley whence he came, to begin his labours anew.

나는 기진한 모양으로 그 자리에 앉은 채 머리를 감싸 쥐고 한참을 그러고 있었다. 점심시간이 되자 구내 기숙사 입구에 있는 매점에서 빵과 크로켓을 사서 다들 하는 식으로 소스를 발라 샌드위치로 만들고—매장에는 크로켓을 사지 않은 사람은 빵에 소스를 뿌려서는 안 된다는 생활협동조합의 공고가 붙어 있었다. 그렇게 가난한 시절이었다—우유를 살 돈이 없어 수돗가 앞에 몰려든 학생들 사이에 서서 먹었다. 나는 자신이 지금 생애 전반을 조망하여 그 음울한 전망을 그대로 수용한 참이었으므로—다만 그 주관적인 이유만으로—주변에 있던 학생들이 다 어린애로 여겨졌다.

　노역, 슬픔이라는 시구가 블레이크의 작품이라는 것을—옆자리에 펼쳐져 있던 책에서 그 몇 줄을 읽었을 때 언젠가는 누구의 작품인지 알게 되겠지 하고 생각했던 대로 나는 내 힘으로 그걸 알아냈다. 그 일이 있고 나서 10년이나 지나 큰아들이 태어나기 1년 전쯤이었다. 프랑스 문학도였던 동안, 또 졸업하고 4~5년간 나는 그것이 자신에게 결국에는 & learn & forget의 과정임에 불과하다고 느끼면서도 외국어로 된 책을 읽을 때는 프랑스어만을 더구나 사전을 찾아 가며 읽기 위해 꼭 책상에 앉곤 했다. 그러다가 스스로 프랑스 문학 연구자가 되지는 못할 거라는 전망이 선 때부터는—일찍이 & learn & forget의 미래를 확인한 바 있다—프랑스어 책을 읽는 틈틈이 영어로 된 서적을 읽고 그것도 소파에 누워서 사전은 적당히 찾았지만 책에 적어 넣지는 않았으며 다양한 종류의 책을 닥치는 대로 읽었다. 결혼하고 생활 방식이 변했다는 이유도 있었다.

　그러다 하루는 블레이크가 들어가 있는 영시 앤솔러지를 읽게 되었다. 거기서 우연히 블레이크의 처음 보는 시를 읽었는데 그 문체나 표현 방식에서, 소년에서 청년으로 변해 가던 그 어느 날에 나를 강하게 사로잡았던 그 시와 같은 정서적 맥락을 가졌다는 느낌을 받았다. 느낌은 확신으로 변했고 나는 그날 바로 마루센으로 나가 한 권으로 된 『블레이크 전시집全詩集』을 샀다. 그리고 시의 첫 구절을 살피는 식으로 책장을 넘기며 정확하게 외우지는 못하지만 기억에 남아 있는 시구를 찾기 시작했다. 그다음 날, 드디어 앞에서 언급한 「네 조아」라는 장시에서 그 구절을 찾아냈다.

이미 밤이 깊었지만 나는 고마바 시절의 동기이자 이제는 영문과 대학원에 들어가 그즈음 여자대학에서 강사를 하고 있던 Y에게 전화를 걸었다. 우리가 함께 교양과정 학생이었을 시절에 구내 도서관에서 블레이크를 펼쳐 놓고 있을 만한 교수 혹은 조교수라면 누가 있을지 생각나는 사람이 있느냐고 물어보았다. 혹시 그 사람이 쓴 블레이크 연구 논문이 있다면 「네 조아」의 그 부분에 대해 무슨 언급이 있을지도 모르지 않겠느냐⋯⋯

"1953~1954년에 고마바에서 근무했던 교수나 본교에서 출강 나온 교수라⋯⋯ 블레이크와 관계있는 사람이라면 S 교수 아니면 T 교수인데. 너도 그 교수들은 잘 알잖아? 그런데 나이가 안 맞네. 당시 두 분은 이미 쉰은 넘겼을 테니까⋯⋯" Y는 젊었을 때부터의 그의 성격대로 우선 객관적인 사실을 제시한 다음, 비로소 자신의 추측을 제시했다.

"이건 그냥 가정으로 해 보는 소리인데, 혹시 '독학자'라고 불리던 그 사람이 아닌가 싶네. 우리 때 영문과에선 유명한 인물이었는데, 일고 시대에 병으로 중퇴한 사람이야. 그때는 건강이 회복되어서 학적을 되찾고 복학하려고 학교 측과 협상하고 있었지. 그런데 학제도 바뀐 데다가 정신병 병력을 가진 사람이라 처음부터 무리한 이야기였던 것 같아. 학생과에서는 그저 도서관 출입 정도는 봐주었나 봐. 그 사람 별명이 '독학자'였어. 대개는 존 던의 시집을 가지고 학생들에게 임의로 책장을 펼치게 하고는 거기 나오는 메타포나 상징으로 운명을 점쳐 주는 일도 했지. 나는 직접 만나 본 적은 없지만."

나의 경우에는 던이 아니라 블레이크였지만, 나도 그가 펼쳐 놓은 책장에서 나의 운명을 발견한 것 같은 느낌을 받았고 10년 가까이 그 강렬한 느낌을 그대로 간직하며 살다가 드디어 이렇게 그 시 구절을 찾아냈다……

"그 사람을 '독학자'라고 하는 건 바로 네가 전공한 사르트르의 그 『구토』에서 나온 거야." Y는 어딘지 거북스러우면서도 약간은 재미있어하며 이야기를 시작했다. "운명 진단으로 사귀게 된 학생에게는 그 뭐랄까…… 동성애 행위 같은 걸 요구했다나 봐……"

"나는 다행히 미소년이 아니라서 그런 재난은 면한 셈이네. 아무래도 그때 블레이크를 펼쳐 놓고 자리를 비웠던 사람이 바로 그 '독학자' 인 것 같은데…… 그렇다면 그 책은 도서관 책이 아니고 그 사람 개인 책이었을 테니 지금 도서관에 가서 확인해 봐도 소용이 없다는 소리 군. 그 사람이 지금도 그 책을 들고 도서관에 출몰한다면 이야기가 달라지겠지만."

"그 사람은 죽었어. 방금 말한 그 행동이 발각되어 사르트르의 작중 인물처럼 도서관에서 쫓겨나서는—『구토』에서는 체포되지만—더 이상은 못 들어가게 되자 꽤 좌절했던 모양이야. 옛날 학생과 사람이 신경이 쓰여서 아파트로 찾아갔었대. 거기서 죽은 지 이삼일이나 지난 '독학자'를 발견했지. 신문에도 났었어."

문제의 구절은 블레이크의 장시에서 독자적인 인물인 신인神人의 아내 중 하나가 무덤의 동굴을 두고 묘사하는 말이었다. 만약에 그 첫 만남의 순간, 내가 도시 생활에 익숙한 젊은이였다면 당황하지 않고 자리로 돌아온 '독학자'에게 그 책장의 시에 대한 질문을 했을 것이다. 그러면 그는 대답을 해 주었을 테고 틀림없이 나의 운명에 관해서도 뭔가 말해 주었겠지. 그 말이 나 자신이 그 구절에서 받아들인 미래의 예감과 맞아떨어졌다면 그것이야말로 운명적인 만남으로 가슴에 남았을 것이고―'독학자'에게서 운명에 관한 예언을 들은 다른 젊은이 들의 반응이야 어찌 되었건―나는 그의 예언을 믿고 '독학자'와 사제 관계를 맺었을지도 모른다. 그의 동성애적 구애 때문에 얼마 가지 못 해 그 관계가 깨졌을지는 모르지만……

그리고 돌아가야 한다 / 자기가 떠나온 어두운 골짜기로. 이 구절의 dark valley는 어두운이라는 부정적인 형용사가 붙어 있기는 하지만 나에게는 강한 그리움을 불러일으켰다. 큰아들이 태어난 후 그러니까 대학을 졸업하고도 자기의 골짜기로―거기서 프랑스어를 어디다 쓸 것인가!―돌아갈 수 없는 형편에서 주위 상황이 하나씩 고정화되어 가고 이미 차기의 골짜기란 것도 상상력의 영역에서나 가능한 일이 되었으나 그래도 골짜기로 돌아가는 나와 아들의 모습을 꿈꾸는 일이 있었다. 물론 자면서 꾸는 꿈이 아니라 눈을 뜨고 있는 동안 의식이 또 렷한 상태에서 기묘한 특성이 있는 꿈을 꾼다는 것임을 우선 밝히고 싶다. 꿈풀이 법으로 분석하려 드는 독자에게는 그와는 또 다른 것임 을 미리 밝혀 두기 위해……

꿈을 꿀 때, dark valley라는 말대로 골짜기는 어두컴컴하고 어머니 를 비롯한 나의 가족들은 모두 그늘진 칙칙한 얼굴색을 하고 방에 모 여 있었다. 내가 어릴 적에 돌아가신 아버지도 가문의 문장이 그려진 하카마를 입고 근엄한 표정으로 함께하고 있던 것을 기억한다. dark valley, 어두운 골짜기로 머리에 있던 혹을 떼어 버리고 붕대를 칭칭 두른 아들을 데리고(꿈속에서도 아내는 결코 골짜기에 나타나는 일이 없었다) 막 돌아갔을 때였다. 어머니 이하, 나의 가족은 장애가 있는 아들이야말로 대도시에서의 나의 삶 즉 Labour & sorrow의 총체를 통해 획득한 유일한 자산이라도 되는 양 받아들였다. 분위기상, 가족은 아무도 밝고 흥겨운 목소리를 내지는 않았지만 어쨌든 잘했다, 수고했어 하는 표정을 드러냈다……

　나는 오랜 세월 동안 자주 그런 꿈을 꾸었다. 아들이 성장해 감에 따라 점차 우리 둘의 모습은 변했지만 어두운 골짜기의 어머니와 가족들은 그대로인 그런 꿈을…… 지금 돌이켜 보면 확실히 낮 시간에 몽상하는 식으로 내가 만들어 낸 이미지는 죽음에 관한 생각과 이어져 있다. 바로 그런 까닭으로 어두운 골짜기의 어머니 옆에는 현재의 내 나이 즈음 돌아가신 아버지가 혼자만 고풍스러운 정장 차림을 한 채 앉아 있는 것이었다.

　죽음의 정의. 그것은 내게 몇 겹이나 층을 이루어서, 시코쿠 숲 속 골짜기에서의 유소년기의 경험과 그걸 떼어 내고는 그릴 수 없는 골짜기의 지형과 연결되어 있었다. 골짜기를 떠나와서 벌써 30년이 넘는 세월 동안에도 당연히 죽음에 얽힌 경험은 해 왔지만, 모두 이차적인 것이었다고 회상될 정도로. 할머니와 할머니의 강한 영향력을 받은 아버지가 비슷한 시기에 찾아온 죽음을 맞은 것도 골짜기에서였다. 또 목매달아 죽은 사람을 처음 본 것도 이 골짜기에서였다. 어쨌든 후자의 경우에는 이 골짜기에서라는 게 그 체험을 상징해 주는 중요한 지표다. 목매달아 죽은 시체를 중심으로 한 그날의 정경을 회상하면 그것은 확실해진다.

　신사의 숲 옆으로 이어지기는 했으나 지면이 푹 가라앉아 주변보다 한 단 정도 낮은 곳에 있던 지장당 뒤에서 목매달아 죽은 남자가 발견되었다. 목을 맨 사람은 길에서 우연히 마주치면 어린 우리 눈에도 어딘지 모자라 보였던 중년의 왜소한 남자였다. 동생이 시체를 만져 보고 와서는 "굉장히 흔들흔들하네" 했다. 나는 마을 안팎에서 모여든 구경꾼들 뒤에서 그걸 바라보았다. 내가 사람들 가운데 섞여서 서 있던 자리는 마을에 하나밖에 없는 양조장의, 술통을 말리는 곳이었다. 그때는 이미 폐업했지만 평소에는 아이들이 들어올 수 없는 곳이었다. 거기에서 목매달아 죽은 왜소한 남자의 시체에 초점을 두고 지장당, 신사, 그리고 그 배후를 두르고 있는 다른 곳보다 훨씬 짙푸른, 인간이 사는 장소가 아닌 숲을 둘러보니, 아아, 인간은 이런 위치에서 목을 매는구나! 하는 감탄이 나왔다. 그리고 목을 맨 남자를 중심에 놓고 보니 골짜기 지형의 형성 과정의 의미가 확실히 보이는 듯했다. 나중에 그 느낌을 바탕으로 우리 마을이 어떻게 생겨났는가 하는 것을 외부에서 들어온 초등학교 선생님에게 이야기했는데 말의 맥락이 잡히지 않는 바람에 비웃음만 사고 말았다……

또 하나의 죽음의 정의. 그것은 내가 이 골짜기 마을에서 경험한 또 하나의 사건을 통해 깨닫게 되었다. 내 육체에는 그 사건으로 생긴 흉터가 아직도 남아 있다. 흉터는 오래전의 그 사건을 지금도 생생하게 떠올리게 해 준다.

거의 전쟁 말기로, 나는 초등학교 4학년이었다. 우리 집 뒤쪽 이웃집과 사이로 난 좁은 돌길을 달려 내려가면 오다 강이 된다. 나는 집 앞에 펼쳐진 간선도로와 함께 이 강도 또 하나의 도로로 여겼는데(뗏목이 엮어져서 그곳을 떠내려오는 걸 보면, 평소 보이지 않던 도로로서의 강의 의미가 드러난다) 어느 초여름 아침, 혼자서 아직 아이들이 놀러 나오지 않은 아무도 없는 차가운 강물 속으로 고기 잡는 고무줄이 달린 작살을 들고 들어갔다. 빼빼 마르고 혈색도 창백한 아이였던 나의 머리에 확실한 동기라고는 못 하지만 지금 생각해 보면 그 이삼일 전에 강 상류 오다 미야마 마을 근처에서 일어난 사고 이야기가 육체를 포함하여 정신에까지 영향을 끼쳤던 게 틀림없다.

사고에 관한 자세한 사정은 사람들이 길가에서 수군거리는 소리를 통해 강 상류에서 하류로 전해져 우리 마을까지 닿았다. 아이 하나가 오다 강 상류의 깊은 소沼에서 익사했다는 거였다. 소년은 깊은 데까지 잠수해 들어가 바위틈으로 그 너머 동굴에 무리 지어 있는 물고기를 고무 작살로 잡으려고 했다. 머리를 가로로 눕혀서 좁은 바위틈을 통과하고 약간 옆으로 움직이자 어깨까지는 안 들어갔지만 머리를 돌리면서 자유롭게 동굴 안을 둘러볼 수도 있고 팔도 뻗칠 수 있었다. 거기서 물고기를 고무 작살로 잡은 다음 원래의 방향대로 이동해서 머리를 가로로 눕혀 좁은 바위틈을 빠져나와 그대로 수면으로 떠오르면 된다. 소년은 차분하게 그 과정을 잘 마쳤으나 마지막 관문에서 머리를 가로로 눕혀야 한다는 걸 깜빡했다. 바위틈에 턱과 정수리를 물린 채 익사한 소년을 끌어내는 것도 보통 힘이 드는 일이 아니었다. 그 이야기는 호흡이 가쁜 상태에서 수면으로 올라오려고 허둥거리다 보면 꼭 아이가 아니더라도 머리를 가로로 눕히는 정도의 간단한 일도 쉽게 잊어버리는 게 사람이라는 교훈과 함께 전해졌다. 나는 어른들이 하는 이야기를 옆에서 들었다······

그리고 다음 날 아침, 나는 쑥 잎을 뭉쳐서 물안경을 닦고 고무줄이 낡아서 제대로 작동도 되지 않는 고무 작살을 오른손에 든 채 햇빛이 부서지는 수면을 거칠게 차면서 부부 바위라고 불리는 곳으로 올라갔다. 강물은 크고 작은 두 개의 바위 뿌리 쪽에 깊은 소를 만들며 흐르고 있었다. 골짜기의 아이들은 오다 강의 모든 바위와 못, 여울의 이름을 알았다. 우리는 골짜기 지형 전체를 이름을 붙여 파악하고 있었다.

그날 아침 나는 연장자들의 입을 통해 듣기만 했던 황어들의 서식지를 보려고 물속으로 들어갔다. 과연 내 폐활량이 그 정도 깊이까지 들어갈 수 있을 만한지 확실하지도 않은 상태에서 그것도 혼자서 무모하게 잠수를 해 버린 것이었다. 바닥에 닿으면 역시 머리를 가로로 눕혀서 관문을 통과하는 거다. 바위틈을 들여다보기 위해 나는 잠수를 감행했다.

이미 한 번 시험적으로 해 보기라도 한 것처럼—같은 오다 강의 상류에서 이삼일 전, 해 봤다는 듯이—나는 잠수한 자세로 바위틈으로 머리를 눕혀서 들이밀고 위로 떠오르려는 몸을 수평으로 유지하며 옆으로 이동했다. 이어서 똑바로 든 얼굴 바로 앞으로, 새벽녘의 희미한 빛으로 가득한 청정한 공간 속에서 유유히 헤엄치고 있는 수십 마리의 황어 떼가 나타났다. 가만히 정지하고 있는 황어 떼. 그런데 자세히 보니 정지되어 있는 건 황어 개체들 사이의 공간일 뿐, 황어 하나하나는 소 밑바닥의 흐름에 거스르며 강 상류로 이동하고 있었다. 빛을 머금은 녹황색의 몸체에 빼곡히 박힌 자잘한 은색 점이 반짝였다. 그리고 모든 황어의 까맣고 둥근 작은 눈이 나를 돌아보았다.

나는 오른쪽 어깨를 내밀어 작살을 쏘았지만 동굴은 생각보다 깊어서 안 그래도 낡아 제대로 작동을 못 하던 고무에 퉁겨진 작살은 황어 떼 근처까지도 가지 못했다. 그러나 나는 불만스럽기는커녕 황어 떼를 교란시키지 않아 다행이라는 생각이 들었다. 나도 그냥 이대로 이 골짜기를 흐르는 강의 중심, 어떻게 보아도 알 속 같은 가장 중심의 동굴에서 아가미 호흡으로 살아갈 수 있을 것 같았다······

정말로 나는 상당히 오랫동안 물속에 머물렀던 듯한 느낌이 든다.

어쩌면 나는 지금도 그곳에 계속 머물고 있으며 지금까지의 나의 삶이란 모두 황어 떼가 아주 살짝 위치를 바꾸면서 끊임없이 만들어 내는 모양을 해석한 내용에 불과했던 게 아닐까 하는, 그런 기분까지 들정도다. ……그런데 어느 순간 나는 바위틈으로 들어왔던 것과는 반대 방향으로 옮아가 갑자기 머리와 턱이 바위틈에 꽉 끼여 버렸다. 다음으로 기억나는 것은 극도로 당황해서 버둥거리면서 물을 마시며 꺽꺽거리다가 거대한 힘을 가진 팔에 내가 탈출하려던 방향과는 반대로 황어 떼 쪽으로 쑥 처넣어졌다가 양다리를 비틀린 채 끌려 나온 거였다. 뒤통수가 깨져 물속에서 피가 연기처럼 피어오르던 광경. 이어서 바위로부터도 사람의 손으로부터도 자유롭게 된 나는 물 위로 떠올랐다기보다는 물결에 휩쓸려 급류가 흐르는 얕은 여울로 밀려갔다……

바위 모서리에 부딪혀 생긴 뒤통수의 흉터는 지금도 이렇게 글을 쓰면서 왼손가락으로 더듬으면 쉽게 손에 잡힌다. 그대로 황어 떼 속에 머물러 있었다면 뒤통수의 흉터도 생기지 않았을 것이고 구름 속의 악마처럼 홀딱 벗은 알몸으로 노역도 슬픔도 모르는 채 배우는 일도 잊어버리는 일도 없이 골짜기에 죽 머물렀을 것을. 되풀이해 떠오르는 오래되고 친숙한 감정에 잠겨 손가락으로 뒤통수의 흉터를 더듬고 있다……

그런데 지금 내가 머릿속에 떠오르는 대로 인용한 '구름 속의 악마처럼'이라는 말도 역시 블레이크의 표현이다. 그날 나를 사로잡았던 온 세상을 조롱하기라도 할 듯하던 무모한 감정은 훗날 블레이크를 읽으며 생각해 보니 바로 그 비유에 딱 들어맞는 것이었다. 시는 아주 유명한 「아기의 슬픔」이라는 제목의 작품으로, '악을 쓰며'라고 내가 번역한 piping loud는 일반적으로 '소리 내어 울며'라고 번역되어 있을 것이다……

'내 어머니는 신음했다! 아버지는 울었다. / 위험이 가득한 세상으로 나는 뛰어들었다. / 혼자서 알몸으로 악을 쓰면서 / 구름 속으로 숨는 악마처럼.'

아기의 출생을 노래한 이 시를 읽는데 먼 옛날 어느 아침의 파괴적일 정도로 들떴던 감정이 떠올랐다. 나는 그날 아침 갓난아이가 우는 것과는 정반대로(생각해 보면 그 움직임에 마이너스 부호를 붙인 것처럼) 환희에 들떠서 수면의 빛을 발로 차며 부부 바위 아래 소로 들어갔다. 상징적으로 말한다면 출생과 역방향의 길을 더듬어(역시 마이너스 부호를 붙이는 방향으로) 어머니의 태내로 돌아가려 했던 것이다. 출산의 고통으로 인한 신음 소리는 슬픔도 기쁨도 관계없는 매우 중립적인 것일 터였다. 그러니 마이너스 부호를 붙여 전환할 필요는 없다. 이미 죽은, 즉 저세상에 있는 아버지는 아들의 회귀를 기뻐할 것이다. 위험이 가득한 세상에서 원래의 안전한 곳으로 돌아가는 거다. 혼자서 알몸으로 악을 쓰면서 구름 속으로 숨는 악마처럼……

이것이 블레이크를 통해서 깨닫게 된 내가 경험한 것의 의미고 죽음에 관한, 나로서는 그리움을 자아내는 또 하나의 정의인 셈이다. 상처 입은 큰 물고기처럼 피를 흘리며 얕은 여울의 급류 속에 엎어져 있던 나는 어머니 손에 구조되어 병원으로 실려 갔다. 어머니는 그날 아침 이상스럽게 들뜬 아들의 태도를 이상하게 여기고 내가 샛길을 뛰어 내려갈 때부터 쫓아온 모양이었다. 그렇다면 부부 바위 아래 깊은 소에서 마치 나를 벌주는 것처럼 황어 떼 쪽으로 쑤셔 넣었다가 끌어낸 게 역시 어머니가 아닐까? 피가 연기처럼 피어오르는 물속에서(양수 같은!) 짧고 짙은 눈썹과 화가 나서 눈을 부릅뜬 30대 후반의 어머니 얼굴을 본 것 같은 기분도 든다. 그러나 깊은 물에 잠수한 상태의 여자 몸에서 그런 엄청난 힘이 나올 수 있을까?

본래부터 이 경험의 총체에는 다른 사람들에게는 말하기 어려운 요소가 있다는 것을 어린 마음에도 자각하고 있었다. 그래서 나는 어머니에게도 그날의 일에 대해서는 이야기를 하지 않았고 어머니 역시 지금까지도 얕은 여울에 엎어져 있던 나를 발견했다고만 한다. 만약에 물속에서 구조해 준 사람이 어머니였다면 내 뒤통수에 남은 흉터도 어머니가 만들어 준 것이다. 머리 흉터에 관해서 생각나는 건 열이 나서 꼼짝도 못 하는 나를 무릎에 누이고 붕대를 갈아 주면서 어머니가 몇 번이고 "아이고, 불쌍한 것, 불쌍한 것……" 하고 되뇌었다는 거다. 그것 역시 어린 마음에도 단순히 눈앞의 상처에 대한 한탄만이 아니라는 걸 알 수 있을 정도였고 그 말을 생각하면 나는 더욱 그날의 경험에 대해 어머니에게 물어볼 수가 없었다.

시간이 지나면서 물속에서 보았던 어머니의 이미지는 내가 뒤통수에 상처를 입고 열에 시달리는 동안 꾼 꿈을 지속적으로 재생산한 것에 지나지 않는다는 확신을 가지게 되었다. 그렇게 나는 어머니로부터 독립하는 과정을 통과했다. 꿈은 계속해서 되풀이되었지만 오히려 그렇기 때문에 꿈에서 깨어날 때마다 그것이 꿈이었다고, 다시 말해 현실이 아니라는 것을 확인해 주었다.

그런데 성인이 되고 결혼해서 장애를 가진 첫아이가 태어났을 때, 이 꿈의 이미지에 현실의 새로운 빛이 던져졌다. 반 정도는 현실의 어머니의 태도, 그것도 의식해서 단편적으로 툭툭 던지는 말에서 또 반은 그것으로 환기되는 나의 내부에서 일어나는 연쇄적인 생각들을 통해서……

태어난 아기에게는 뒤통수에 마치 머리가 하나 더 달린 것처럼 보일 정도로 크고 새빨간 혹이 붙어 있었다. 얼마 동안 나는 N 대학 병원 신생아 특별 병동에 아이를 맡긴 채, 아내나 어머니에게 사실대로 이야기도 못 하고 허망하게 왔다 갔다 하고만 있었다. 혹으로도 영양이 공급되는지 아기의 머리가 커짐에 따라 혹도 쑥쑥 커졌다. 혹에서 발생하는 번쩍번쩍하는 빛이 신생아실 유리창 너머로도 확실하게 보였다. 생후 두 달 반이 지나도록 충격에 빠져 아무런 대책도 세울 수 없었던 나는 처음부터 신세를 진 M 선생에게 아이의 수술을 받기로 했다.

수술받기 전날 밤, 우리를 도와주기 위해 올라온 어머니는 별로 도와줄 일이 없을뿐더러 오히려 며느리에게 짐이 된다는 걸 깨닫고 수술 당일 우리가 병원으로 간 뒤에 시코쿠 숲 속의 골짜기로 내려갈 채비를 하고 있었다. 출산 후에 몸조리도 제대로 못 하고 바람에 날리는 병아리처럼 연약했던 20대의 아내는 그녀와 동일한 두려움을 가진 어머니를 위로하고 있었다. 거실 겸 주방에서 등나무 흔들의자의 등받이를 찬장에 부딪치며 앉아 있던 나는 소외감을 느끼며 아내와 어머니를 바라보았다. 두 사람은 바닥에 앉아서 소형 트렁크를 사이에 두고 머리를 맞댄 모습으로 이야기를 나누고 있었다. 두 사람은 이상스러울 정도로 닮아 있었다. 나이도 다르고 더구나 피 한 방울 섞이지 않은 사람들끼리 어떻게 저렇게 닮았나 할 정도로……

아내가 멍한 얼굴로 가냘픈 목소리로 말했다. 이요는 정상적인 아기들하고 달라서 엄마 아빠가 불러도 아무런 반응을 안 한다. 수술 중에 생사의 갈림길에 서게 되면 생명 쪽으로 확실히 끌어올 수 있도록 부를 방법은 없을까? 너무 걱정되어 견딜 수가 없다…… 1~2주 전부터 아내는 계속 같은 소리를 했다. 나는 그건 정상적인 아기들도 다르지 않을 거다, M 선생에게 맡기는 수밖에 없다고 대응하는 중이었다.

어머니는 불안에 떠는 아내의 그 불안에 공감한 나머지 더욱 동요하고 있었다. 깊이 고개를 끄덕이는 대신 야윈 목을 세차게 흔들면서 "그러니? 그런 거구나! 우리 마을에서도 자기 식구들 목소리를 듣고 죽었던 목숨이 살아 돌아오는 일이 자주 있었어!"라며 깜짝 놀라 숨을 삼키고는 입술을 깨물었다.

나는 그때 문득 W 선생님의 말씀이 떠올랐다. 이제 와 생각하면 제멋대로인 행동이었는데 아들의 출생에 대해 호소할 상대를 찾아서 대학 시절의 은사인 W 선생님을 뵈러 갔었다. W 선생님이 프랑스 문학과가 신설된 사립대학으로 자리를 옮긴 무렵으로, 내 이야기를 듣고 얼굴에서 목덜미까지 새빨개진 일은 다른 데서도 썼지만, 그때 선생님은 "이 시대에는 태어나지 않은 것보다 태어난 게 반드시 좋다고 말할 수는 없으니……" 하고 신설로 보이는 생생한 기풍의 연구실의 모두에게서 눈길을 돌린 채 말했다.

"육체 그 자체에 생명으로 향하는 것과 죽음으로 향하는 것이 있다고 하고, 아기가 그 경계에 있다고 하면 본인의, 그러니까 몸 자체, 그 녀석의 자유에 맡겨야 하지 않겠어? 태어나지 않은 것보다 태어난 게 꼭 좋다는 보장은 없는 시대니까……"

어머니와 아내는 내가 좁은 장소에서 등나무 의자를 흔들거리며 쭈뼛쭈뼛 꺼낸 이야기를 싹 무시했다. 나는 방음벽에 둘러싸인 방에서 혼잣말을 하는 기분이 들었다. 자신의 무릎과 아내의 무릎을 내려다보는 듯이 고개를 숙이고 있던 어머니의 옆얼굴이 하얗게 굳어지는 게 보였다. 그리고 굳은 눈썹과 꽉 다문 입술은 긴장해서가 아니라 완전히 화가 난 표정이라는 걸 깨닫고 아무리 젊어 철이 없다고는 하지만 경박했던 자신의 말투를 후회했다.

"저런 인간이니까, 우리는 의지할 수가 없겠구나. 네 힘(으로), 이요를 구하는 수밖에 없다."

어머니는 낮은 목소리로 속삭이듯 그렇게 말했고 아내는 파마를 해서 더욱 작아 보이는 머리를 힘없이 끄덕였다……

그날 밤 혼자서 서재 침대에 누워 어머니가 했던 말을 반추하다가 점차 내가 잘못 들은 것 같다는 생각이 들었다. 나의 힘이나 아내의 힘이나 내일 수술에서는 너무나 무력할 뿐이라는 건 처음부터 잘 알고 있었다. M 선생에게 매달리는 수밖에 없다. 그걸 인정하고 나서 아내와 어머니는 아기의 육체 자체가 생명을 향한 의지를 확인하기 어려운 불안한 대상이라고 이야기 나누고 있던 것이었다. 아기의 몸을 만든 두 종류의 피. 우리 가족의 피와 아내 가족의 피. 생과 사를 가르는 육체의 방향성에 대해 어머니는 자기 아들에게서 온 피가 의지가 되지 않는다고 생각하고 그래서 조그만 목소리로 비참할 정도의 희구를 담아 아내에게 '네 피로부터'…… 생명을 향한 힘을 얻자, 그런 의미가 아니었을까.*

일단 그렇게 생각하니 그때 그 부부 바위 깊은 소에서 내가 보았던 건 역시 어머니의 얼굴이었다는 확신이 들었다. 어머니는 그 사건을 통해 자신의 아들은 일부러 생의 방향으로부터 일탈을 할 놈이라고 분노 속에서 단념한 바가 있었다는 생각이 들었다. 그렇게 깨닫고 보

* '네 힘'과 '네 피로부터'는 일본어 발음이 같다.

니 그 사건으로부터 아들의 첫 수술까지 어머니의 그런 생각이 몇 번 드러난 적이 있었다.

M 선생과 제자들에 의해 긴 시간에 걸쳐 치러진 수술은 성공적이어서 아들은 또 하나의 머리 같았던 번쩍거리는 혹에서 자유로워지고 아내와 장모님과 어머니는 무척 기뻐했다. 수술 전날 했던 말도 있고 해서 젊은 아버지였던 나는 기쁨을 마음껏 표현하기에는 뭔가 켕겼다……

죽음의 정의. 내가 지금 장애가 있는 아들에게 죽음에 관해서 정확하고도 간결하게 또한 그를 격려할 수 있는 정의를 내릴 수는 없다. 게다가 나와 아내는 아들에게 부주의하게 죽음이라는 단어를 사용해 왔다. 이를 우리가 자각하게 된 하나의 계기가 있는데 돌아보면 2년도 더 전에 일어난 일이었다. 2년이라고 확실하게 시점을 말할 수 있는 건 아들을 중심에 두고 돌아가는 우리의 생활에 명료한 획을 그은 사건이 있었기 때문이다. 그것은 2년 전 늦봄에 일어났던—나는 계절의 흐름, 즉 우주적 순환이 인간의 육체 깊은 곳의 움직임과 보이지 않는 끈으로 연결되어 있다는 것을 경험적으로 믿고 있다—아들의 간질 발작 사건이었다.

물론 발작이 일어난 상황에서 전문의에게 간질이라는 진단을 받은 것은 아니다. 발작이 있은 후에 M 선생에게 상황을 설명하니 M 선생이 나의 일방적인 판단인 간질 발작이라는 말에 반대 의견을 보이지 않았을 뿐이었다.

아들의 간질에 대해 나와 아내는 처음부터 다른 견해를 가지고 있었다. 꼭 대립된 의견이라고는 할 수도 없는 게 나와 아내는 아들을 두고 같은 방향을 향해 다른 견해를 품을 때가 있기 때문이다. 아들이 비록 짧은 시간이기는 하나 눈이 안 보여서 길에서 오도 가도 못하는 상황에 처할 때가 있다. 건널목이나 횡단보도에서 그런 일이 일어나면 여간 위험한 게 아니다. 5~6년이나 이어지고 있는 그 간헐적인 발작을 억누르기 위해 M 선생으로부터 가장 부작용이 적다는 항간질약 '히단톨'정을 처방받았다. 그것이 아들의 새로운 발작을 해석하는 나의 논거가 된다. 아들의 잇몸은 전체가 장미색으로 부어오르고 빨갛고 쌀알 같은 게 이 사이에 돋았는데 항간질약의 약간의 부작용인 것 같았다.

아내는 아들이 다녔던 특수학급과 특수학교의 학부모회 친구로부터 간질이란 건 좀 더 별다른 것이라고, 혹시 이게 간질이라면 굉장히 경증이라는 말을 들은 모양이었다. 또 아내는 학교에 제출한 진단서에도 '뇌 분리증'이라고 쓰여 있었고—이것도 단어 자체만으로 우리 같은 일반인에게는 굉장히 무섭고 그로테스크한 이미지였지만—간질이란 말은 없었다고 주장했다. 실제로 나는 몇 개의 백과사전에서 간질 항목에 '뇌 분리증'이라는 소항목이 있는지 찾아보았지만 없었다……

아들이 처음으로 발작을 일으킨 날, 아내는 마침 외출 중이었다. 발작이라고 해서 소리를 지른다든가 경련을 일으키는 게 아니라 오히려 그런 식의 돌출된 증상과는 반대로 함몰이라고 해야 적당한 표현이 될 듯한 특별한 느낌으로 시작되었다. 우리는 거실에서, 나는 평소처럼 소파에서 책을 읽고 아들은 오디오에 모차르트를 걸어 놓은 채 양탄자 바닥에 엎드려 있었다. 그런데 아들이 레코드가 끝났는데도 새로 걸 생각도 하지 않고 식욕이 없는 아기가 음식물을 뱉어 내는 것처럼 자기가 골라서 쌓아 놓았던 레코드를 팔꿈치로 밀어냈다.

계속 책을 읽고 있으면서도 그게 좀 이상하게 여겨졌다. 그러다가 갑자기 아들의 몸이 있는 곳으로부터 이상한 낌새가 전해져 왔다. 뭔가 딱 끊어지고 정지된 느낌이었다. 눈을 들어 보니 두 팔꿈치로 상체를 받치고 엎드려 있던 아들의 얼굴에서 일체의 표정이 사라지고 멍하게 뜬 눈은 마치 돌 같았다. 살짝 벌어진 입술 사이에서는 침이 흘러내렸다.

"이요, 이요, 왜 그래?" 내가 아들을 불렀다. 그러나 아들은 자기 내부의 거대한 무엇인가에 붙들려 설령 아버지인 내가 부르는 소리를 들었다 해도 거기에 대응할 겨를이 없는 것처럼 표정이 완전히 사라진 얼굴로 무거운 머리를 지탱하고 가만히 있었다⋯⋯

계속 이름을 부르면서 자리에서 일어나 다가가는 잠깐 동안 아들은 왼쪽 손바닥과 팔꿈치로 바닥을 두드리기 시작했다. 난폭한 동작은 아니었지만 확실하게 탁탁 소리를 내며 바닥을 치는 아들의 눈이 허옇게 뒤집혀 있었다.

"이요, 이요, 괜찮아? 많이 괴롭니?" 나는 무의미한 말을 걸면서 바지 주머니에서 꺼낸 손수건을 왼쪽 엄지손가락에 감아 그대로 아들의 이 사이로 집어넣었다. 아들은 바로 내 손가락을 꽉 물었다. 아무 소리도 없이 고통 받는 아들 대신 내 입에서 신음 소리가 새어 나왔다. 1~2분쯤 지나자 아들은 더 이상 바닥도 두드리지 않고 악물었던 이의 힘도 약해졌다. 그대로 벌렁 누워 버리려는 아들을 소파로 안아다 누이자 아들은 무섭게 코를 골며 혼수상태 같은 잠으로 빠져들었다.

내가 간질이라고 하는 것은 아들에게 일어난 이런 증상을 두고 하는 말이다. 마침 봄방학이기도 해서 아들은 며칠 동안 '히단톨'정 먹는

476

것을 잊어버리고 있었다고 하는데 과연 이런 증상을 간질이라고 해도 맞는 것인가? 간질의 정의에 관해서 가끔씩 백과사전을 찾아보기는 했지만 아내나 나는 거기에 대해서 M 선생에게 자세히 물어보려고도 하지 않았다. 아들의 병에 관해서라면 우리가 알아야 할 건 M 선생이 먼저 다 알려 주었고 그 외의 것은 전문가도 아닌 우리가 알아봐야 별 도움이 안 되는 것들이라고 들어 왔기 때문이었다. 십수 년 동안 죽 그렇게 지내 왔기도 했거니와 또 다른 이유로는 우리의 심리적 습관의 밑바닥에 자리 잡고 있는 뿌리 깊은 공포 때문인지도 모른다……

간질의 정의로 내가 늘 보던 분야의 책에서 이런 것이 눈에 띄었다. 그 일이 있었던 후로 죽 신경이 쓰여 그 문제에 대해 민감하게 마음이 움직인 탓이다. 문화인류학자 Y 씨가 쓴 그리스 감독 테오 앙겔로풀로스의 영화 〈구세주 알렉산더〉를 분석한 글이었다. 거기에 보면 그리스의 농민적인 게릴라의 수령은 간질이 있는 자로 묘사되어 있는 모양이었다. 이동 중에 물을 보급하기 위해 강변으로 내려간 게릴라 수령 알렉산더는 햇빛에 반짝이는 수면을 바라보다가 발작을 일으킨다. 부관은 재빨리 부하들에게 "뒤로 돌아!" 하는 호령을 내려 수령이 경련 발작하는 모습을 보지 못하게 한다.

수령은 이동 중에 만난 소년들에게 세례를 주고 모두 알렉산더라는 이름을 붙여 주는데 그중 한 소년이 정부군의 공격으로 머리에 부상을 입는다. 수령이 살해당하고 괴멸한 게릴라군은 이 소년 하나를 말에 태워 탈출시킨다. 훗날 소년이 아테네 거리에 입성하는 장면에서는 "이리하여 알렉산더가 아테네에 입성하였다!" 하는 내레이션이 흘러나온다. 이는 일찍이 수령 알렉산더가 소년의 몸으로 마을에 나타났을 때 머리에 부상을 입고 있었다는 또 하나의 일화에 너무나도 명확할 정도로 의미를 부여한다……

나는 Y 씨의 글을 상당히 편향적으로 해석한 셈이긴 하지만 간질에 관한 부분을 주목하며 읽었다. 지금 아테네에 입성하는 머리에 부상을 당한 소년과 수령 알렉산더의 과거를 겹쳐서 게릴라 지도자가 간질을 앓게 된 건 어렸을 때 머리에 부상을 입었기 때문이고, 새롭게 머리에 부상을 입은 소년, 즉 차기 알렉산더로 저항군을 지도하게 될 소년도 간질 발작을 일으키리라고, 머리 부상, 간질, 지도자라는 신화적 맥락을 마음에 새기게 되었다.

어째서 그런 생각을 했느냐 하면 백과사전에 나온 간질 항목을 보면 대개는 유소년기에 입은 머리 부상에 의한 증상이라는 설명과 함께 그것이 간질의 원인의 하나로 꼽히고 있었기 때문이었다. 나 역시 내 아들의 간질이 생후 두 달 반 만에 받았던 머리 수술이 원인이라고 생각하고 있었다. 두개골에 작은 결손이 있고 거기로 뇌의 내용물이 바깥으로 누출되는 것을 방지하기 위해 또 하나의 머리통만 한 혹이 만들어져 내부로부터의 압력에 저항했다. 혹을 갈라 보니 그 속에는 탁구공 같은 것이 들어 있었다. 아내와 가족들과 함께 수술 결과를 들으러 간 날, M 선생은 적출한 것을 보겠느냐고 물었다. 당황해서 그 순간 사양하고 말았지만……

그렇다고 수술 시 아들의 뇌가 손상되었다고 생각하는 건 절대 아니다. 그렇지만 그렇게 큰 혹을 떼어 내고 두개골의 결손 부분을 막기 위한 수술까지 했는데 어찌 그 어린것의 뇌가 아무런 영향을 받지 않을 수 있을까? 오히려 그 어려운 수술을 이겨 내고 살아남은 생명력에 훈장처럼 붙은 것이 지금 간질이라는 증상으로 나타난 거다. 나는 일종의 경의를 품고 아들의 증상을 대했다. 그리고 순전히 신비 취미의 몽상이라고밖에 할 수 없을지 모르지만, 아들의 간질은 내가 소년 시절 황어 집단 서식지에서 머리에 입은 부상이 초래했을지도 모를 나의 간질을 떠안은 게 아닌가 하는 생각이 들 때가 있었다. 아들의 두개골에 결손이 있는 부분과 같은 자리에 있는 내 머리의 흉터를 손가락으로 더듬어 가며 그런 생각을 하고 있으면 그 황어 집단 서식지에서 출현했던 거대한 힘이 아들의 기형적인 탄생을 초래한 것과 바로 연결되어 있는 듯이 생각되었다……

처음 간질 발작이 있고 며칠 동안 육체 내부의 후유증이 회복이 안 되는 모양으로 축 늘어져서 침울한 침묵에 빠져 있던 아들이 소파에 누워 텔레비전 뉴스를 보다가 일본 음악계 노대가의 죽음을 보도하는 아나운서의 목소리에 뜻밖의 기민함으로 상체를 벌떡 일으키더니,

"앗! 죽어 버렸습니다, 저 사람이 죽어 버렸습니다!" 하고 감정이 격해져서 큰 소리로 외쳤다.

아들이 지른 무겁고 깊은 한탄에 내가 충격과도 같이 깨달은 것. 처음에는 생각지도 못한 곳을 한 대 얻어맞은 것처럼 우스웠다.

"왜 그래? 이요? 왜 그러니? 저 사람이 죽었다는 말이야? 네가 저 사람을 그렇게 좋아했니?" 하고 열심히 말을 걸며 나는 삐져나오는 웃음을 참을 수가 없었다. 이미 빙긋이 웃고 있었는지도 모른다.

그러나 아들은 내 말에는 아무런 반응을 나타내지 않고 다시 소파에 깊숙이 몸을 묻고는 양손으로 얼굴을 감싸 안고 잔뜩 웅크렸다. 나는 어쩔 줄 몰라 당황하며 얼굴에서 웃음기가 사라졌다. "왜 그래? 이요, 저 사람이 죽었다고 그렇게 놀랄 것까지는 없잖아." 말을 계속하면서 일어나 다가갔다. 소파 옆에 쭈그리고 앉아 아들의 어깨를 흔들어 보기도 했지만 아들은 더욱 몸을 웅크렸다. 나는 아들의 얼굴에서 양

손을 떼어 내려고 했다. 그런데 아들의 손은 고정된 쇠뚜껑이라도 되는 듯 단단하게 얼굴을 감싸고 있었다.

……돌이켜 보면 이때부터 부모로서 쉽게 다루기 어려운 아들의 육체적인 저항이 나타나기 시작한 것이었는데 나는 몸의 다른 부분과는 전혀 다르게 지적인 섬세함을 드러내는 아들의 열 손가락을 지켜보며 그대로 쭈그리고 앉아 있는 외에는 아무것도 할 수 없었다.

아들로부터 철저하게 차단된 느낌. 그건 간질 발작 직후에도 내가 체험한 것이었다. 그때 아들은 전신을 사용한 격심한 운동이라도 하고 난 것처럼 녹초가 되었었다. 그 아들이 코를 골며 잠에 떨어지기 직전과 또 눈을 뜬 직후,

"이요, 많이 힘들었지? 숨이 막히는 것 같았니? 토할 것 같았어? 힘들었어?" 그렇게 나는 되풀이해서 물었지만 아들은 침울하고 쇠약한 모습으로 자신의 내부에 깊이 침잠해 버리고 내가 하는 말에는 일체의 반응을 나타내지 않았다. 그때와 지금, 아들의 간질 발작 이후 두 번에 걸쳐 나로서는 검색 불가능한 그의 내부가 드러난 것이었다.

이제까지 나는 아들에게 일어나는 일들은 육체적인 것이나 정신적인 것이나 모두 다 알고 있다고 생각했다. 그런데 아들에게 발작이 일어나 눈을 허옇게 뒤집고 바닥을 탁탁 두드리는 동안, 그의 내부에 퍼지고 있었을 광경에 대해—아들은 실제로 무슨 큰일을 치른 것처럼 녹초가 되어 코를 골며 곯아떨어졌고, 그 큰일에는 무엇인가 중대한 환상을 보는 일이 있었던 게 아닌가 하는 생각이 들었다—나는 아무것도 감지할 수 없었다. 나는 아들이 내가 전에 황어 떼 서식지에서 봤던 것처럼 한순간 거기서 영원이 현현하는 광경을 본 것일지도 모른다는 상상을 해 보기도 했다……

그러나 아들이 죽음에 대해서 어떤 생각을 가지고 있기에 그렇게 가슴이 미어지는 듯이 슬픈 목소리를 냈는지는 전혀 짐작 가는 바가 없었다. 아들의 내부에 도대체 어떤 경로를 통해 죽음에 대한 감정이 자리 잡은 것일까?

그 의문에 대해서는 금방 답이 나왔다. 역시 같은 봄방학 기간 동안의 일이었는데, 아들은 발작의 흔적인 침울한 상태로 FM 방송을 크게 틀어 놓고 들었다. 몇 시간이나 그러고 있으니 가족들이 죽을 맛이었다. 그래서 여동생이 오빠에게 다가가,

"이요, 소리 조금만 줄여 주면 안 될까?"라고 부탁했다. 아들은 벌컥 화를 내며 위협적인 몸짓으로 제 몸의 반밖에 안 되는 동생을 물리쳤다.

"이요, 그런 짓을 하면 어떡하니?" 아내가 나무랐다. "엄마 아빠가 죽으면 동생들이 너를 돌보아 주어야 할 텐데, 지금처럼 그러다가 다들 너를 싫어하게 되면 어떡해? 우리가 죽은 다음에 어떻게 살려고 그러니?"

그 일을 생각하니 씁쓸한 깨달음이 있었다. 그렇다, 우리는 이런 식으로 아들에게 죽음이라는 문제를 주입하고 있었던 거다. 그것도 한두 번이 아니라 아주 지속적으로 되풀이하여…… 그런데 그날, 아들은 우리의 판에 박힌 잔소리에 뜻밖의 반응을 보였다.

"괜찮아요! 나는 죽을 거니까! 나는 금방 죽을 거니까 괜찮습니다!"

일순 숨이 멈춘 듯한 침묵이 흘렀고—생각지도 못했던 그러나 확신에 찬 침울한 선언에 내가 망연해 있던 것과 마찬가지로 아내 역시 휘청했던 게 틀림없는데—그때까지 나무라던 목소리와는 다르게 달래는 태도로 아내가 곧 말을 이었다.

"아니야, 그렇지 않아, 이요. 이요는 죽지 않아. 왜 그러니? 왜 금방 죽을 거라는 생각을 했어? 누가 그런 소리를 하던?"

"나는 금방 죽습니다! 발작이 일어났으니까요! 괜찮습니다. 나는 죽을 거니까요!"

나는 소파 옆에 서 있는 아내 곁으로 다가가 양손으로 얼굴을 폭 싼 아들을 내려다보았다. 시커먼 눈썹과 배우였던 외삼촌을 닮아 우뚝한 코가 손가락 사이로 내다보였다. 지금은 무슨 말을 해도 소용없으리란 생각에 아내와 나는 하려던 말을 꿀꺽 삼켰다. 금방 그렇게 똑 부러진 소리를 했으면서 아들은 전혀 미동도 없이 침묵을 지켰다.

30분 정도 후에 아들은 나와 아내가 침묵 속에 마주 앉아 있던 식탁 옆을 이상한 자세로 느릿느릿 지나 화장실로 갔다. 양손은 여전히 얼굴을 감싸고 있는 탓에 그런 걸음걸이가 되는 것이었다. 좀 전의 상황에 대해서 책임을 느끼고 있던 여동생이 옆구리를 부축하며,

"이요, 이요! 위험해. 그렇게 손으로 얼굴을 가리고 걸으면 부딪친다고. 넘어져서 머리 깨지면 어떡해?" 하고 말을 걸었다. 거기에는 오빠를 나무랐던 엄마를 향한 비난이 다소 들어 있었다. 남동생이 나와 두 사람을 호위하듯 화장실로 데려갔다. 열어 놓은 화장실에서 엄청난 양의 방뇨 소리가 들려왔다. 그리고 아들은 그대로 화장실 앞에 있는 엄마의 침실로 들어가는 모양이었다.

"저런 말을 하는 건 좋은 징조가 아니야. 이요는 미래의 일을 걱정하는 거야. 아, 슬퍼!" 식탁으로 돌아온 딸이 소름이 오스스 돋은 것 같은 조그맣게 위축된 표정으로 말했다.

누나 옆에 나란히 섰던 남동생도 부모인 우리와는 다른 의견을 가지고 있다는 태도로 말했다.

"이요는 검지를 옆으로 죽 밀어서 마치 눈을 자르는 것처럼 눈물을 닦더라. ……이요가 눈물을 닦는 방법은 바른 거야. 아무도 그렇게 하지 않지만……"

아내, 그리고 나는 스스로를 부끄럽게 여기며 풀이 죽어 지금까지 수없이 되풀이해 왔던 말, 우리가 죽은 다음에 이요, 너는 어떻게 되니? 넌 어떻게 할 거야? 하는 말을 생각하고 있었다. 나는 그렇게 중대한 말이 아들에게 어떻게 들릴지 생각조차 하지 않았고 또한 죽음에 대해—아들에게 죽음이 어떤 의미일까 하는 건 말할 것도 없고 나 자신의 죽음에 대해서도 제대로 된 정의를 얻지 못하고 있다는 자각이 들었다……

대규모 지진의 여파로 일어나는 여진처럼 간질 발작이 몰고 온 육체적 정서적 혼돈. 그 흔적에서 회복되는 동안 봄방학도 끝나고 다시 중학교 특수학급에 다니게 될 무렵에는 아들의 기분도 많이 좋아져 있었다. 발작이 있고 나서 한동안은 음악 감상에도 정상이 아닌 면이 스며들어 있는 듯했지만, 이제는 음악에 몰두하는 모습에도 기분이 좋아서 즐겁게 듣고 있는 밝은 인상이 돌아와 있었다.

그러나 어떤 종류인지 확실히 알 수는 없지만 아들의 내부에 죽음에 관한 관념이 자리를 잡은 것만은 의심할 여지 없는 분명한 사실이었다. 매일 아침마다 아들은 교복을 입은 채로 거실 바닥에 쭈그리고 앉았다. 살찐 두 무릎을 벌리고 엉덩이를 바닥에 철썩 붙인 자세로 조간신문을 펼쳤다. 그러고는 바로 부고란을 들여다보았다. 새로운 병명을 볼 때마다 아내나 나에게 물어서 익힌 한자를 숨죽여서 읽고는 감정을 넣어서 낭독했다.

"아아! 오늘도 또 이렇게 많이 죽어 버렸습니다! 급성폐렴, 89세, 심장 발작,

69세, 기관지폐렴, 83세, 아아! 이분은 복어 중독 연구의 원조이셨습니다! 동맥혈전, 74세, 폐암, 86세, 아아! 또 이렇게 많이 죽어 버렸습니다!"

"이요, 많은 사람들이 죽고 또 그보다 많은 새로운 생명이 태어나는 거야. 자, 걱정 그만하고 얼른 학교에 가야지. 건널목에서 조심해라. 안 그러면……"

아내는 흠칫하며 안 그러면 네가 죽게 될지도 몰라 하는 뒤쪽의 말을 꿀꺽 삼켰다. 아들은 또 텔레비전 뉴스에서 식중독 보도에 민감해졌다. 장마에서 여름에 걸쳐 여러 건의 식중독 뉴스가 있었다. 그때마다 그는 텔레비전으로 달려가서,

"아아! 닛포리 상점가의 사람들이 도시락을 사 먹고 식중독에 걸렸습니다! 찻집에서 만든 도시락이었습니다!" 하고 큰 소리로 복창을 했다. 그리고 한두 주일 후 여름방학이 되어 군마 현에 있는 산장으로 가는 기차에서 옛날에 그렇게 좋아하던 역전 도시락에 손도 대지 않았다.

우리는 몇 번이고 먹으라고 권했다. 그랬더니 아들은 눈이 안으로 몰리며 극도의 내사시 증상을 보이면서 한 손으로는 입을 틀어막고 다른 한 손을 앞으로 내밀어 우리를 밀쳐 냈다. 그 태도가 얼마나 절박한지 옆에서 우리를 지켜본 사람들이 있다면 부모가 자식에게 뭔가 강제로 잔혹한 일을 시키는 줄 알았을 것이다. 그해 여름부터 아들은 그동안 그렇게도 좋아하던 초밥에 손도 안 대게 되었다. 그것은 생선은 일절 입에 대지 않게 되었다는 뜻이기도 했다. 족발도 좋아했었는데, 한 번 너무 많이 먹었다가 설사를 한 후로는 절대 안 먹는 음식이 되고 말았다. 그래서 아들은 1년 사이 살이 10킬로그램이나 빠졌다. 살이 찌면 장애가 일어난다고 학교 의사에게 주의를 들었던 효과도 있었던 듯하나……

항간질약을 꾸준히 복용한 덕에 처음에 나를 놀라게 한 것 같은 큰 발작은 일으키지 않았지만, 그 2년간 몇 번이고 발작의 전조 증상이라고 할 만한 것이 있었다. 그래서 학교를 쉬고 소파에 누워 낮 시간을 보내게 될 때마다 아들은 신체 기관의 새로운 이상에 관해서 영탄조의 대사를 읊었다.

"아아! 심장 소리가 전혀 안 들립니다! 나는 죽을 거예요! 심장이 소리를 내지 않으니까요!"

아내와 나는 고무관으로 만든 청진기를 아들의 가슴과 귀에 붙여 주었다. 또는 심장 발작에 대해 길고 장황하게 그것도 아들이 이해할 수 있는 말을 찾아서 설명해 주면서 어떻게든 죽음의 공포에서 벗어나게 해 주려고 애를 썼다. 그뿐만 아니라 나는 현재 아들이 느끼는 고통, 혹은 불안을 통해서 최초의 발작이 일어났을 때, 그것이 어떤 것으로 자각되었는지 알아내려고 했다. 그럴 때마다 결국 확실한 정보를 얻어 내지는 못했지만……

그러나 그런 과정을 통해서 간접적으로나마 아들이 전에 했던 이상한 행동에 대한 그 자신의 평가를 하나 발견했다. 나와 아들 사이의 그 대화를 복원하니—실제로는 좀 더 많은 대화가 있었지만 요약해서 복원하면—다음과 같은 문답이었다. 아들의 대답은 의미가 불투명한 것도 있었지만 그래도 나와 아내에게는 무언가를 깨닫게 하는 이상한 울림을 품고 있었다.

"이요, 간질 발작이 일어나기 얼마 전에 머리카락을 손으로 뽑은 적이 있지? 머리의 구멍이 난 부분에 댄 플라스틱 뚜껑 위 머리카락을 조금씩 뽑아서 원형 탈모가 되었었잖아. 며칠 동안 계속 머리카락을 뽑았는데 왜 그랬어? 가려웠니? 아니면 뚜껑 위 피부가 땅기고 아프던? 아니면 머리카락이라도 뽑지 않고는 못 견딜 정도로 머릿속이 아프던? 기억나지? 왜 머리카락을 뽑았어? 왜 그런 거야?"

  "그때는 재미있었습니다! 옛날에는 재미있었습니다!" 아들은 추억을 더듬는 것처럼 빙그레 웃으며 말했다.

  그해 장마가 끝날 즈음 우리는 아들을 데리고 N 대학 이타바시 병원으로 갔다. 내가 유럽 여행에 가고 없는 동안 일어났던 아들의 난폭한 행동이 몸속에 무슨 이유가 있어서 일어난 일이라면 전문의의 진단을 받아 둘 필요가 있었기 때문이었다. 뇌외과에서 늘 하던 대로 M 선생의 진료 신청 카드를 접수하러 갔다 온 아내가 완전히 기운 빠진 모습으로 대기실 구석에 자리를 확보하고 기다리고 있던 나와 아들 옆으로 다가왔다.

  "M 선생이 정년퇴직하셨대. 아직은 일주일에 몇 번 정도 나오니까 꼭 그 선생님에게 진료를 받고 싶은 사람은 만나 주시기는 한다던데……"

  오랜만에 M 선생을 만나게 되었다고 아들은 상당히 들떠 있었다. 자기에게 관계된 화제에는 민감할 정도의 이해력으로 아들은 M 선생이 뭔가 이유가 있어 진료실에 없다는 걸 알아채고는 바로 풀이 죽었다. 병원에만 오면 언제든지 M 선생에게 아들과 관련한 정확한 지시를 받을 수 있다고 믿어 의심치 않았던 나와 아내도 당황하기는 마찬가지였다.

  그렇지만 생각해 보면 이 19년간 언제나 같은 진료실을 배경으로 하고는 있었지만 조심스러우나 확고한 의지, 그리고 그 아래에는 좋은 환경에서 자란 사람다운 맑은 유머가 있었던 백의의 M 선생의 풍모도 역시 해가 지나면서 조금씩 변해 가고 있었다. 잠자코 앉아 있던 우리의 가슴속에서는 M 선생의 모습들이 하나씩 주마등처럼 되살아났다. 셋 중에 가장 낙담한 건 바로 나였다. 스피커에서 아들의 이름이 불렸을 때, 아내와 아들은 나름대로 기운을 회복하고 새로운 선생의 진료실로 들어갔지만 나는 짐을 지킨다는 핑계로 그 자리에 남아 있었다.

10분 후 진료실에서 나온 아들은 다시 기분이 좋아져 있었다. 아내도 왠지 적극성을 보이며—그러나 그 고양된 모습에는 내심으로 뭔가 여러모로 생각하고 결심한 것 같은 느낌이 있어 오히려 나에게 다음에 일어날지도 모를 사태에 대한 마음의 준비를 시켰지만—지금부터 몇 종류의 검사를 받을 거라고 했다. 우선 혈액과 소변 검사를 하고 엑스레이 촬영실로 간다고……

바로 이동하면서 아내는 새로운 의사가 19년 전 아들의 수술 때부터 M 선생의 집도에 참가했던 사람이라고 말했다. 또 그 의사는 요즘에 나타난 아들의 증세를 듣더니 간질은 아닌 것 같다는 말을 했다고 했다. 의사가 기억하는 바로는 결손 된 아들의 두개골을 사이에 두고 두 개의 뇌가 있었다. 바깥쪽의 뇌가 활동하지 않는다는 걸 확인하고 절제하긴 했지만, 그 수술 부위 가까이에 살아 있는 뇌는 시신경과 관계하는 부분이었다. 그 영향으로 짧은 시간이지만 눈이 안 보이게 되는 등의 증세가 나타나는 게 아닌가, 나아가 간질 발작으로 생각했던 전조 증상도 같은 맥락에서 일어나는 것 같다……

"뭐라고? 두 개의 뇌?" 나는 말을 가로막았다. 활동하지 않는 외부의 뇌를 절제했다고?

"당신은 알고 있을 거라던데. 나도 비로소 뇌 분리증이라는 병명의 의미를 이해했어."

두 개의 뇌, 그렇다면 또 하나의 머리라고 생각될 정도로 번쩍거리는 살색 혹을 달고 태어난 아들의, 그 작은 육체가 단적으로 나타내고 있던 기형의 의미가 오해의 여지 없이 이해되겠는데…… 그러나 수술 당시 내가 M 선생에게 듣고 아내에게 감췄다는 건 있을 수도 없는 일이다.

"서재 책상 앞에 펜화로 된 뇌의 데생이 걸려 있었잖아? 가운데 눈이 하나 있고 눈의 크기로 보면 뇌 전체가 조금 작은 듯한…… 그건 또 하나의 뇌의 데생이 아니었어?"

그 말을 듣고 보니 확실히 나는 그 뇌 데생을 소중하게 보관하고 있었다. 그것은 W 선생님의 『광기에 대하여』라는 전후에 발표된 수필집 속표지에 인쇄되어 있었던 거다. 나는 그 책의 한 구절에서 깊은 인상을 받고 속표지를 나무 액자에 끼워서 걸어 놓았었다. "'광기' 없이는 위대한 사업은 이룰 수 없다고 말하는 사람도 있습니다. 그것은 거짓말입니다. "광기"에 의해 이루어지는 사업은 반드시 황폐함과 희생을 동반합니다. 진실로 위대한 사업은 인간이란 "광기"에 사로잡히기 쉬운 존재임을 남보다 깊이 자각한 인간적인 사람에 의해 성실하고 집요하며 착실하게 이루어지는 것입니다.'

수술이 끝난 다음 M 선생에게 들은 대로 탁구공 같은 것을 두개골 결손과의 상관관계에 따라 뼈 종류로 분류했는데, 혹은 다만 그걸 담기 위한 것이었다고 아내에게 했던 말 자체를 뭔가 은폐의 의도가 있었던 걸로 의심하는 모양이었다. 그녀의 의심에 영향을 받았는지 나의 내부에서도 이상한 생각이 떠올랐다. M 선생은 처음부터 두 개의 뇌에 대해서 이야기를 했는데 나의 의식이 자기방어의 심리 기제가 작동하는 대로 그걸 흘려들은 것은 아닐까? 대신 무의식이 확실히 정상적인 뇌에 비해 눈이 좀 작다는 것을 알 수 있는 W 선생님의 펜화에 나를 집착하게 만든 건 아닐까……

엑스레이 촬영실에서 FM 방송 아나운서의 말투로 감사 인사를 남기고 아들이 복도로 나왔다. 의사의 지시대로 몸을 움직이려고 애를 써 보지만 골격에 이상이 있는지 의심될 정도로 몸을 제대로 못 가누는 아들에게는 검사를 받는다는 것 자체가 보통 큰일이 아니다. 엑스레이 촬영실을 마지막으로 검사를 모두 마치고 택시에 올랐을 때, 아들은 아주 혼이 났다는 투로 그러나 흥분을 나타내며 말했다.

"매우 힘들었지만 최선을 다했습니다!"

나로서는 마음에 걸리는 게 있었다.

"아까 그 이야기, 선생이 이요도 알아듣게 말한 거야?"

"알아들었을 거야. 굉장히 관심을 표하던걸. 오호! 두 개나? 내 뇌가? 하며 놀라워했어."

"그렇습니다! 나에게는 뇌가 두 개 있었습니다! 그러나 지금은 하나입니다. 엄마, 나의 또 하나의 뇌, 어디로 간 것일까요?"

귀를 쫑긋 세우고 있던 운전기사가 푹 하고 웃음을 터뜨리고는 볼부터 귀까지 빨개졌다. 자신이 저지른 실수에 당황한 모양이었다. 병원을 중심으로 운행하는 운전기사 중에는 환자나 그 가족에게 친근감을 나타내는 데 소위 사명감을 품고 있는 사람도 있는 법이다. 그 운전기사는 손님에게 친근감을 표하려다 오히려 실수했음을 깨닫고 자책하고 있는 듯했다. 그러나 아들은 기분이 좋을 때면 농담도 곧잘 하고 말장난도 즐기는 편이라 지금도 텔레비전 광고를 패러디 한 것이었기 때문에 운전기사의 웃음은 아들을 우쭐하게 만들어 준 터였다. 그 기

세로 몰아갈 심산으로 내가,

"이요, 너의 또 하나의 뇌는 죽었다. 그러나 너의 머릿속에는 살아서 최선을 다하는 훌륭한 뇌가 있어. 뇌가 두 개씩이나 있었으니 이요는 정말 대단한 사람이야"하고 말했다.

"그렇습니다, 참 대단했었습니다!"

두 개의 뇌가 있었다는 그 새로운 정보를 어떻게 받아들여야 할지 몰라 망연해 있던 나는 그 사실을 있는 그대로 받아들이고 놀라워하는 아들의 태도에 힘을 얻었다. 나라고 그 사실을 기쁘게 받아들이지 못할 이유가 없었다. 처음부터 두 개의 뇌라는 무거운 짐을 지고 태어난 아들도 수술과 그 후유증을 잘 견디고—굉장히 고통스러웠겠지만 잘 참고—여기까지 성장하지 않았는가.

"또 하나의 뇌가 죽어 주었기 때문에 이요 네가 지금 이렇게 살아 있는 거야. 너는 지금의 뇌를 소중히 하고 최선을 다해서 오래 살아야 돼."

"그렇습니다! 힘을 다해 오래 살겠습니다! 시벨리우스는 92세, 스카를라티는 99세, 에두아르도 디 카푸아는 112세까지 살았지요! 아아! 대단하다!"

"아드님은 음악을 좋아하시나 봐요?" 운전기사가 자신의 실수를 만회하려는 듯 앞을 본 채 말을 걸었다. "에두아르도라는 사람은 어떤 음악가예요?"

"〈오 솔레 미오〉를 작곡하였습니다!"

"아드님이 대단하시네요. ······앞으로 큰 인물 되시겠는데요."

"감사합니다, 최선을 다하겠습니다!"

나는 사막의 경관을 머릿속에 그리고 있었다. 차가운 갓난아이가—그것도 작은 뇌에 눈이 하나 달린 갓난아이가 분노의 대기 속에 솟아오른다. 그는 절규한다, 다만 뇌뿐인 갓난아이가 낼 수 있는 소리로. '6천 년 동안 어려서 죽은 아이들이 미친 듯이 분노한다 수많은 자들이 미친 듯이 분노한다 기대에 가득한 대기 속에서 벌거벗은 몸으로 파랗게 질린 채 서서 구원받고자'.

떨어진다, 떨어진다, 절규하며······

落ちる、落ちる、叫びながら······

(연작 「새로운 사람이여 눈을 떠라」 3)

2년 전, 당시 중학교 특수학급에 다니던 아들에게 수영을 가르치기 위해 스포츠 센터에 데리고 다닌 적이 있다. 그해 가을에서 겨울에 걸친 몇 개월 동안 매주, 어떤 때는 한 주에 세 번이나. 여름이 끝나 갈 무렵 학부모회 모임에 갔던 아내가 학교 체육 선생으로부터 우리 아들에게 수영 실습을 시키는 일이 얼마나 힘든가 하는 하소연을 듣고 왔던 게 계기였다.

체육 선생은 아내에게 아들에게는 물에 뜨려는 의지가 없다, 사람의 몸은 본능적으로 물에 뜨려는 의지가 있는 법인데 아들에게는 그조차 없는 것 같다는 소리를 한 모양이었다. "이런 애에게 수영을 가르친다는 건 컵을 훈련시키는 거나 마찬가지······"라는 말까지 들은 아내의 마음이 편할 리는 없었겠지만, 그 이야기를 들은 나는 왠지 알 것 같은 기분이 들었다. 실제로 아들을 실내 수영장으로 데리고 갔다가 나도 모르게 웃음을 터뜨릴 정도로, 체육 선생의 당혹스러움이 충분히 이해가 갔다. 정말이지 컵에게 수영을 가르치는 것 이상으로 어려운 일이었다.

컵을 수면에 눕힌다면 바로 가라앉을 것이다. 혹 컵에 귀가 있다고 해도 '가라앉지 말고 좀 떠 있어 봐!' 할 수 있겠는가. 우리 아들의 경우, 뜨지 않는 것은 확실했으나 그렇다고 금방 가라앉는다고도 할 수 없었다. 물속에서 내가 내리는 지시는 순순히 잘 따라 했지만 어찌 보면 아버지의 존재에는 별로 신경을 쓰지 않는 것 같았다. 점차 특수학급 전임도 아니었던 체육 선생이 느꼈을 조바심이 이해가 되면서 그에게 측은한 생각이 들 정도였다.

"이요, 다시 한 번, 머리를 물에 담그고, 팔을 앞으로 뻗고, 다리를 첨벙첨벙 차 봐!"

아들은 물을 전혀 무서워하지 않았다. 일체의 망설임도 없었다. 그리고 내가 지시한 대로 움직였다. 다만 내가 막연히 생각하고 있던 속도와는 완전히 다르게 너무나 천천히 움직인다는 것이 문제였다. 진한 액체가 지긋이 스며들듯 혹은 조개가 모래를 파고드는 듯한 동작이었다.

머리를 편안하게 물에 맡기고 두 팔을 앞으로 뻗고 바닥에 있던 발을 올린다. 그렇게 해서 물에 뜬 이요는 자유형을 하는 것처럼 팔을 움직였다. 그러나 그 동작이 어찌나 느린지 물의 저항을 조금도 이끌어 내지 못했다. 그러는 동안 몸은 차츰 아래로 가라앉는다. 그러면 이요는 지극히 자연스럽게 발로 바닥을 딛고 선다. 가라앉지 않으려고 허우적거린다거나 물을 마시고 허우적거리는 일은 없었다. 그래도 그 일련의 동작을 하는 동안 1미터는 앞으로 나가게 되니, 그걸 되풀이하면 느리기는 하지만 수영장 끝에서 끝까지 갈 수는 있다. 이요는 아마도 실내 수영장에서 하는 수영이란 그런 것이라고 생각하는 모양이었다.

"이요, 팔을 세게 저어 봐!" 혹은 "걸을 때처럼 발을 움직여서 앞으로 가 봐!" 하고 내가 계속 말을 하면 아들은 그때마다 싹싹하고 기분 좋은 소리로 대답했지만……

"네에! 그렇게 하겠습니다!"

그러나 일단 머리를 물에 담그고 나면 꿈속에서 헤엄치는 사람, 혹은 느린 동작 화면 같은 움직임이 되고 그것이 개량될 조짐은 전혀 보이지 않았다. 물속에서 지시를 하면 좀 나으려나 싶어 물안경을 쓰고 잠수해서 보니 아들은 길고 쭉 째진 달걀형의 눈을 크게 뜨고 조용히 감탄하는 표정으로 코와 입 주위에서 기포가 반짝이며 방울방울 올라가는 게 보일 정도로 조심스럽게 몸을 움직이고 있었다. 그것은, 이런 태도야말로 어쩌면 인간이 물속에서 취해야 할 가장 자연스러운 자세가 아닌가 하는 반성이 들 정도로 평화로웠다……

앞에서도 말한 대로 나는 일주일에 두 번, 혹은 그 이상으로 아들을 수영장에 데리고 다녔지만 그의 수영은 전혀 나아질 기미가 보이지 않았다. 그래도 본인이 수영장에 가는 걸 좋아하는 덕에 힘든 점은 없었는데 수영장이 붐비는 날은 좀 곤란하기도 했다. 스포츠 센터에는 경주용 풀 두 개에 다이빙이나 스쿠버다이빙 훈련을 위한 깊은 풀을 합쳐 모두 세 개가 있었는데 중심이 되는 25미터짜리 풀은 '자유 수영 코스'가 될 때만 이요를 데리고 들어갈 수 있었다. 그래서 25미터짜리 풀을 수영 강습을 받는 사람들과 '트레이닝 코스'를 훈련하는 사람들이 차지하고 있는 동안, 이요를 데리고 들어갈 수 있는 유일한 곳은 20미터짜리 정회원 전용 풀밖에 없었다.

그런데 가을 중반부터 가끔 그 정회원 전용 풀의 유리로 된 출입문이 모두 자물쇠로 잠기곤 했다. 어떤 단체가 전세로 빌렸다는 이야기다. 전세로 빌린다고 해도 두 시간을 넘기지 않으니까, 25미터짜리 풀아 비어 있으면 그리로 들어가고, 그게 안 되면 전세 시간이 끝날 때까지 기다렸다. 이요에게 수영복을 갈아입히고 풀로 내려온 이상 그날 수영을 할 수 없다는 걸 이해시키란 불가능했기 때문이다. 대신에 풀 옆의 벤치에 앉아서 기다리게 되면 아들은 아무 소리 없이 얼마든지 기다렸다.

정회원 전용 풀을 전세로 빌려 독점하는 집단이라고 내가 말한 그 남자들은 스포츠 센터의 다른 사람들과는 매우 다른 특이한 행동을 했다. 그 집단은 20대 후반의 열다섯 명의 청년들로 이루어져 있었다. 열다섯이라고 확실히 말할 수 있는 건 수영 훈련의 전후, 그들이 닫힌 유리 칸막이 안쪽에서 점호를 하는 것이 언제나 이쪽까지 들려왔기 때문이다. 게다가, 이에 대해서는 나중에 설명하겠지만 uno, dos, tres, cuatro……라고 스페인어로 점호를 했고 언제나 quince에서 끝이 났다.

그러나 그들은 일본인이었고 체격이나 얼굴, 하는 행동까지 모든 면에서 일본의 옛날 군대식 훈련을 받는 사람들 같은 분위기가 흘러넘쳤다. 실제로 그 스페인어로 하는 점호 자체가 명백한 일본 군대식이었다. 나는 전에 멕시코시티에서 몇 달 동안 생활한 적이 있었다. 일요일 같은 날, 아침 일찍부터 아파트 밖에서 떠들며 노는 아이들이 주고

받는 스페인어에는 고향 시코쿠 마을에서 보냈던 어린 시절을 단번에 불러올 정도로 그리움을 자극하는 모음 중심의 울림이 있었다. 그 소리에 아침나절의 얕은 잠에서 꾸던 꿈이 깨어지곤 했던 추억이 있다. 그런데 지금 이 수영장에서 울려 퍼지는 스페인어 점호는 친근함을 불러일으키는 공통적인 요소가 밑바닥에 흐르기는커녕, 철저하게 거칠고 난폭하기만 한 일본의 옛날 군대식 발성, 발음이었다.

이 청년들에게서 군대의 이미지를 느낀 단적인 이유로는 일제히 스포츠머리를 하고 카키색 수영복을 입고 풀로 내려오기 때문이기도 하지만—호송차처럼 생긴 중형 버스를 스포츠 센터 옆에 세우고 내린 그들과 마주친 적도 있는데, 그때 그들은 쑥색과 황록색이 어지럽게 뒤섞인 위장복을 입고 있었다—그 체격들이 거의 균질하게 보였기 때문이기도 하다.

풀에서 혹은 3층 트레이닝실에서 기구를 이용해 팔다리의 힘을 강화하는 대학 소속의 수영부원들은 피부도 그렇고 근육도 그렇고 영양 과잉을 조절한 실로 유연하고 여유 있는 형태를 하고 있다. 그것은 거의 관능적일 만큼 부드럽고 부티가 흐르는 일종의 특권적인 육체였다. 그리고 그들의 얼굴에는 나이보다 어려 보이는 어리광이 어려 있었다. 연습을 하지 않는 동안에는 이완되어 멍청한 표정을 보인 적도 있었으나……

그에 비해 군대식 청년들은 모두 수영 선수들보다 나이를 열 살은 더 먹었다는 점도 있었지만 수영 선수의 몸이 지닌 특성은 조금도 갖추지 못한 육체를 가지고 있었다. 그들의 몸도 단련된 몸인 것은 분명했으나 마치 토목 작업 같은 가혹한 노동의 결과로 그런 모양이 된 게 아닌가 싶은 일종의 궁기가 흘렀고 외모에는 전혀 신경을 쓰지 않았다는 인상을 주었다. 수영장에서 훈련을 받을 때도 보면 그저 억세기만 할 뿐 전혀 유연성 없는 동작으로 팔다리를 휘두르며 요란스럽게 물을 차 내면서 수영을 하는데 통솔자는 한 번도 그걸 교정해 주러 내려오지 않았다.

슈무타라는 이름의 통솔자는 일본 스포츠계에서 들어 본 적이 있는 트레이닝 전문가였다. 청년들은 나무틀로 창문을 좁혀 놓아 답답한 느낌을 주는 중형 버스로 스포츠 센터에 도착하면 줄을 지어서 직원용 입구로 들어와 수영 스쿨 생도들의 탈의실 한쪽을 독점하고 옷을 갈아입었다. 그러고는 유리 칸막이를 엄중히 닫아건 풀에서 수영을 끝낸 다음에는 샤워만 하고 건조실이나 사우나에는 들르지 않고 바로 버스로 돌아갔다. 즉 그들의 행동 범위는 스포츠 센터에 오는 일반인들과는 완전히 차단되어 있었다. 여자 회원이 노골적으로 반감을 보이며 "꼭 교도소에서 온 사람들 같아. 서로 이야기도 안 하고, 얼굴도 무섭게 생겨 가지고는, 우리와 같은 시대를 사는 사람들의 집단이 아닌가 봐"라는 소리를 하기도 했다……

실은 나도 같은 인상을 받았던 터라 그 말이 선명하게 기억이 나는데, 특히 수영 선수들과 청년 집단 사이에 전후 고도성장의 최전성기가 다 들어가고도 남을 시대의 차이가 벌어져 있다는 생각을 했다. 그런데 그들의 인솔자 슈무타 씨는 무척이나 활기가 넘치는 그야말로 현대풍의 인물로, 청년들이 풀에 있는 동안 혼자 사우나실과 욕탕 근처에 자리를 잡고 앉아 이 사람 저 사람 가리지 않고 싹싹하게 말을 거는 인물이었다. 오히려 그러한 대비가 슈무타 씨와 그가 통솔하는 청년들의 무언지 모를 그로테스크한 관계를 드러내 주는 것이 아닌가 하는 생각이 들 정도였다.

자세한 이야기는 듣지 못했지만—이 오십 줄의 통솔자의 전력은 스포츠 센터 단골 회원들에게는 상식에 속하는 일이라 굳이 물어본다는 것 자체가 새삼스러운 분위기였다—어쨌든 그는 올림픽 육상 선수급의 인간이었다는 것만은 확실하다. 그런데 현역에서 한창 활동하던 시기에 발가락을 몇 개씩이나 절단해야 하는 사고를 당하고 말았다. 슈무타 씨는 욕탕에 몸을 담그거나 할 때면 아무 거리낌 없이 그 다부지고 기다란 다리를 쭉 뻗고 앉는 바람에 발가락이 잘린 자리가 그대로 드러났다. 절단면은 아직도 붉은색이 선명했다.

부상으로 선수 생활은 포기했지만 슈무타 씨는 선수들의 기초 체력 강화 훈련 코치로 변신하는 데 성공해서 올림픽이 열릴 때마다 선수단 본부 임원 자격으로 해외 원정을 가는 사람이다. 얼마 전까지는 K 대학 체육 강사도 했다. 슈무타 씨는 또 이 스포츠 센터의 이사장이 대학 시절 특히 아끼던 제자였다는 관계로 스포츠 센터 창립 이래 죽 상담역도 맡고 있다는 것 같았다. 임시라고는 하지만 정회원 전용 풀을 독점적으로 사용하는 것도 다 그런 연줄을 동원해서 억지로 허가를 받아 낸 듯했다.

슈무타 씨는 훌떡 까진 이마와 양 볼이 빨간 세 개의 산처럼 보이는 얼굴에, 옅은 눈썹 아래의 실처럼 가는 눈은 언제나 웃고 있었다. 언뜻 보면 아기 같은 얼굴로 사우나실이나 목욕탕에 큰 덩치를 부려 놓고 쉴 새 없이 커다란 웃음을 터뜨리곤 했지만, 실제로 이야기를 나누어 보면 그저 천진하고 순수한 면만 있는 사람은 아니라는 걸 금방 알 수 있었다. 그 가늘게 찢어진 눈 자체가, 반짝반짝 빛나는 행복한 우량아 같은 얼굴 한가운데서 이전에 한 번도 웃어 본 적이 없을 것 같은 느낌을 주었다.

"선생!" 어느 날 저온탕에서 나올 생각을 안 하는 아들을 그대로 두고 혼자서 사우나실로 들어가자, 마치 기다리고 있었다는 듯이 슈무타 씨가 나를 불렀다. 그런데 그 선생이라는 말이 대학에서 동료끼리 부를 때와 같은 악센트가 아니고, 꿍꿍이속을 감추고 있는 육체노동자가 책상물림 서생을 깔보는 듯한 그런 투였다. "선생 이야기는 멕시코시티에 있는 친구에게 많이 들었어요. 나는 멕시코 올림픽 이후에 그쪽 사람들하고 죽 연락을 하고 지냈거든. 그 친구들과는 별도로 원예식물을 재배하는 농원으로 크게 성공한 일본인이 하나 있는데, 나는 말이에요, 이 젊은이들을 그리로 데려갈 생각이오. 노동력이 멕시코로 들어간다는 걸로 귀찮은 문제가 좀 있긴 한데, 농원에서 일단 훈련을 받고 황무지 한가운데로 들어갈 거니까, 문제는 곧 흐지부지될 거예요. 그래서 선생에게 부탁이 하나 있는데 우리 아이들에게 멕시코 이야기를 좀 해 줄 수 있겠소? 스페인 말로 말이오."

"그건 말도 안 되는 소리예요. 내 스페인어라는 게 그저 조금 흉내나 낼 정도라……"

"아니, 아니, 아니! 선생 같은 사람이 현지에서 반년이나 있었다면 분명 그 나라 말 정도는 유창하게 할 텐데."

"멕시코시티에 살기는 했지요. 그렇지만 스페인어를 집중적으로 공부한 적은 없어요."

"아니, 아니, 아니! 선생 같은 사람은 현지에 가면 말 정도야 금방 배울 테지만 우리 애들은 절대 그렇지가 못하거든. 한참 전부터 스페인어 특별훈련을 하고 있어요. 합숙에서는 스페인어밖에 못 쓰게 하죠. 벌써 1년씩이나 자유 외출도 금지하고 합숙시키면서 일본어 책은 전부 추방. 신문도 텔레비전도 안 보여 주죠. 라디오도 못 듣게 하고. 지금은 잠꼬대까지 스페인어로 하는 녀석이 나올 정도요. 그런데 눈을 뜨면 그놈의 스페인어가 안 나온다는 게 문제지만. 앗핫하……

일본어 활자에 굶주린 탓인지 지난번 어떤 아이가 수영장에 가져온 만화 주간지가 녀석들 손에 들어갔던가 봐. 이 녀석들이 순식간에 달려들어 서로 뺏다가 찢어진 낱장을 들고 풀 옆에 선 채 들여다보고 있더라니까. 내가 그걸 보고 전원 탈의실로 올라오게 해서 서로 따귀를 갈기게 했죠. 물론 어린애들이 못 보게 경계는 엄중히 하고 말이오. 여기 이사장이 교육에 관해서 엄청나게 까다롭잖아요. 앗핫하…… 내가 보기엔 상호 왕복 따귀만큼 교육적인 것도 없는데 말이야. 앗핫하!

그래서 선생에게 스페인어로 이야기를 좀 해 달라는 거요. 우리 애들은 절반은 전前 우익, 절반은 전 좌익 과격파예요. 그런 자식들이 무슨 이유에선지 선생하고 토론을 하고 싶어 한단 말이죠. 그중에서도 M 선생의(라고 슈무타 씨는 몇 해 전에 자살한 유명 작가의 이름을 들먹였다) 훈도를 받은 놈들이 아주 열심히……"

"나는 스페인어는 정말로 못 하고 영어도 길게 말을 하려면 상당히 준비를 해야 하거든요."

"아니, 아니, 아니! 그렇게 경계하실 게 아무것도 없다니까! 우리 애들은 어디까지나 전에 과격파였다는 거지, 지금은 갱생해서 멕시코 신천지에서 새 삶을 시작하려는 녀석들이라 폭력을 휘두른다거나 하는 일은 절대 없어요. 토론만 하면 돼요. 그냥 토론만…… 앗핫하…… 한번 생각 좀 해 보시오, 선생. M 선생의 자결 10주년 전후쯤 어때요? 앗핫하…… 부탁 좀 드립시다."

이야기 도중에 내열 유리 너머에서 슈무타 씨의 큰 웃음소리에 불안한 얼굴로 사우나실을 들여다보는 이요를 발견하고 그대로 사우나실에서 나가는데 땀범벅이 된 등에 들러붙는 슈무타 씨의 웃음기 어린 도발적인 목소리에 공연히 켕기는 기분이 들었다. 사실은 스페인어를 잘하면서도 성격이 소심해서 괜한 조심성으로 나와 이야기를 하고 싶어 하는 잘해야 30대 초반이나 될까 말까 한 전 우익, 전 좌익 청년들을 피하는 게 아니냐는 의심을 받는다는 느낌이 들었기 때문이다……

　슈무타 씨와 그런 이야기를 나누고 나서부터, 나는 그가 통솔하는 젊은이들에게 자연히 관심을 갖게 되었다. 슈무타 씨가 말한 작가 M 씨의 자결 10주년을 기념해서 그의 기일에 집회를 하겠다는 취지의 다양한 단체의 포스터가 여기저기 눈에 띄기 시작한 시기이기도 했다.

　동시에 스포츠 센터 회원 중에서는 슈무타 씨가 통솔하는 집단에 대해 그의 설명과는 다른 평가를 내리고 이런저런 비평을 하는 사람들도 있었다. 슈무타 씨의 말에 따르면 M 자결 10주년이라는 것에는 특별한 의미가 있는 듯했다. 그 비평은―한 집단이 정회원 전용 풀을 일정 기간 독점하고 다른 사람들을 못 들어오게 하는 데 대한 당연한 반발도 있었던 탓에 상당한 수준의 비평적인 목소리도 나왔다―슈무타 씨가 이전에 체육과 강사를 하던 K 대학에서, 신체 고유 영역에서부터 심리학에 속하는 수준까지 통합된 스포츠의학을 연구하고 있는 조교수 미나미 씨의 말이었다.

　결국 상당히 신빙성 있는 말이라 할 수 있었는데, 그러나 스포츠 센터 회원끼리 들뜬 학생 기분으로 악동처럼 서로를 놀리는 느낌도 들어 있는 말이었다. 목욕탕에서―마침 슈무타 씨가 없을 때―그 이야기가 나왔다. 미나미 씨는 그 화제의 어두운 성격과는 어울리지 않게 온순한 여자애처럼 눈가에 미소를 띠고 이야기를 했다……

청년들 중 몇 사람이 M 씨의 훈도를 받았다고 슈무타 씨가 말했지만 사실과는 좀 다르다. 오히려 청년 전원이 확실히 극좌, 극우로 사상적으로 갈라진다 해도 양자를 묶어 주는 것은 M 사상, M 행동이다. M 씨의 죽음에 의해서—그렇다고 그들 전원이 M 씨가 만든 사병 조직에 속해 있었던 건 아니다.

대부분이 혼자서 M 씨의 책에 관심을 가지고 있다가 M 씨가 자결하자 자기들은 버림받았다고 느끼고 있었다. 그들은 M 씨의 사후 처음으로 모여서 M 사상, M 행동을 연구하는 집단을 만들었다. 그러다가 슈무타 씨 밑에서 운동을 하던 학생이 매개가 되어 이 집단과 슈무타 씨가 만나게 된 것이었다. 슈무타 씨는 보디빌딩을 하던 M 씨와도 친교가 있었다.

그리고 10년, 청년들은 슈무타 씨를 고문으로 하여 집단을 유지해 왔다. 작년 말부터는 소수 정예로 인원을 줄이고 합숙 체제로 들어갔다. M 씨 자결 10주년을 맞이하여 확실히 매듭을 짓겠다는 의견이 다수파를 점령, 탈락하는 자는 쫓아낸 다음에 슈무타 씨가 이 역시 친교가 있는 우익계 거물에게 자금을 지원받아 오다큐센 근처에 있는 숲속에 훈련 농장을 만들었다고. 멕시코에도 확실히 토지를 보유하고 있고, 그곳으로 이주하기 위한 준비 단계로 현재의 훈련, 특히 스페인어 학습이 있다. 실제로 미나미 씨의 젊은 동료가 스페인어를 가르치러 다니고 있다. 합숙에서는 스페인어밖에 사용하지 못하게 하는 것도 사실인 듯하나, 청년들은 등산용 나이프를 개조한 것 등으로 무장 훈련에도 열을 올리고 있다는 거다.

"그러나 그건 슈무타 선생의 계획이고, 청년들은 10년이나 되었는데 이대로는 우리는 망한다, 다시 시작하는 기분으로 멕시코를 가느니 어쩌느니 하지 말고, 지금이야말로 10년 동안 갈고닦은 칼을 휘둘러야 할 때가 아니냐 한대요. 선생님은 생전의 M에게 정치사상이 마음에 들지 않는다는 비난을 받지 않았나요? M의 사후에는 선생님이 M의 자살 방법을 비난했고…… 괜히 태평하게 강연인지 뭔지 갔다가는 궐기 전초전 개전의 제물로 사라지게 될지도 몰라요. 스페인어라는 것도 10년이나 지나 복수전에 돌입할 때 그 패거리가 큰 소리로 주고받는 암호 지령일지도 모르고."

길거리에는 M 씨의 10주기라는 포스터가 매일처럼 늘어 갔다. 그러던 어느 날 스포츠 센터에서 슈무타 씨 문하의 청년 몇이 탈주하는 사건이 일어났다—내가 없었을 때 일어난 일이었다. 그것은 그들 집단의 새로운 측면을 환기시키는 작용을 했다. 우연히 미나미 씨와 슈무타 씨의 대화를 옆에서 듣게 되어 그 탈주에 관해 상세한 걸 알게 되었다.

십일월 초 어느 오후, 이요와 스포츠 센터에 도착해서 풀로 내려가니 정회원 전용 풀에 수영하는 사람이 아무도 없었다. 샤워를 하고 그리로 내려가는 나와 아들에게 아르바이트 학생이 뛰어와서는 그곳은 사용 금지가 되었으니 가지 말라고 막았다.

오전 중에 사고가 있어서 바깥쪽 길로 면한 유리 벽이 파손되었다. 이쪽 유리를 통해서 보니 넓은 유리 벽 너머 구석이 터널이라도 뚫어 놓은 것처럼 뻥 뚫려 있었다. 수리 견적을 내러 온 건축 회사 직원 같은 사람들 셋이 작업복 차림으로 유리 벽 구멍 옆에 서 있었다. 또 슈무타 씨가 자동차 타이어같이 단단한 고무로 된 인형처럼 근육이 부푼 몸으로 헐레벌떡 이리저리 돌아다니며 큰 소리로 뭐라고 떠들고 있었다.

무슨 일이 일어났는지도 모른 채 그런 것들을 지켜보다가 수영 강습생들이 풀을 비운 틈을 이용해서 이요에게 가라앉는다고도 뜬다고도 할 수 없는 연습을 시켰다. 그러고 나서 다시 풀 옆 벤치에 이요를 앉히고 나는 시간을 절약하기 위해 힘차게 발을 차며 풀을 몇 번 왕복했다. 사우나실에 올라가니 목욕탕 수도꼭지 앞에서 슈무타 씨와 미나미 씨가 유쾌한 듯이 이야기를 나누고 있었다. 나는 그들로부터 거리를 두고 앉아서 또한 그들에게 인사를 안 한 이유라도 대듯이 아들의 몸을 부러 비누 거품 덩어리로 만들어 씻기기 시작했는데……

"판유리 가격이 많이 싸졌네. 100만 정도 들 거라 생각했는데 몇 분의 일로 끝났어. 공사비도 따로 안 받는다니 도리어 미안한 기분까지 드네. 앗핫하……" 하고 슈무타 씨는 물이 아닌 땀으로 범벅 된 굵고 짧은 목을 흔들어 대며 떠들었다.

"그보다 애들한테 부상이 없어서 다행이에요." 미나미 씨는 슈무타 씨에게 거리를 두려는 말투로 대꾸했다.

"단련을 받은 몸이니까요. 그 정도 일로 부상은 안 당하지! 혹시 부상을 입더라도 최소한의 경상으로 끝내지요. 그렇게 단련받은 육체니까! 선생, 나도 보통 사람 같았으면 다리 하나는 날아갔을 사고였다고요."

"두 명이 벤치를 들고 뒤에서 한 명이 방향을 틀어 가며 유리에 꽝 부딪쳐서 탈출구를 만들었다니까. 그리고 유리 파편이 떨어진 곳에 벤치를 다리처럼 걸쳐 놓고 그 위로 걸어 나갔다니, 행동 하나하나에

허점이 전혀 없었어. 프로야."

"탈주의 프로가 되어 봤자 어디에 쓸 건지."

"그래서 어떻게 하실 거예요? 경찰에 신고는 하셨어요?"

"경찰 따위는 아무런 상관도 없어요, 선생. 도망갈 놈은 도망가면 돼. 그런 자식들 다시 끌고 와 봤자 아무런 도움이 안 되니까. 원래 내 아래서는 생활 규율이 엄격해요. 그렇지만 도망 못 가도록 감시하는 짓은 하지 않았소."

"그러면 어째서 일부러 풀에서 도망을 쳤을까요, 슈무타 선생님? 대형 유리 벽을 벤치로 깨고 수영 팬티 한 장으로 도망을 친다는 건 자칫 잘못했다가는 크게 다칠 위험이 있는 모험이잖아요?"

"단련된 몸이라 자칫 잘못하면이라는 게 없는 거요. 앗핫하…… 놈들에게는 옷을 입고 도망간다는 정도의 생각도 없었다는 게 되니까. 내가 여기 2층에서 기다리고 있는 게 그렇게 무서웠나? 아니면 풀에 내려가 있는 동안 녀석들을 돌발적으로 유혹한 게 그렇게 절박하게 느껴졌나?"

"그 양쪽 다겠죠" 하고 묘하게 단호하게, 즉 언제나 눈가에 소녀 같은 부끄러움을 띠고 이야기하던 것과는 다른 어조로 미나미 씨가 말했다.

"그렇지만 실제로 내가 없는 데서 유리 벽엔 구멍도 뚫려 있었는데 남은 애들은 도망도 가지 않고 있었단 말씀이야……" 슈무타 씨가 그렇게 주절거리는 동안 미나미 씨는 더 이상 대답도 않고 라커 룸으로 나가 버렸다.

슈무타 씨는 표정을 잘 알 수 없는 눈이 깊은 주름 같은—그러나 빨개진 양 볼과 이마와 함께 항상 무의미하게 웃는 얼굴을 내 쪽으로 돌렸지만, 나는 미나미 씨를 대신해서 듣는 역할을 할 생각이 없다는 것을 나타내기 위해서 아들의 머리를 더욱 열심히 감기는 척했다.

"안 돼, 안 돼, 선생, 그런 과보호는 정박아들에게 좋지 않소. 아직 야뇨증도 못 고쳤지요? 자립정신을 심어 주지 않으면 안 돼요. 그렇게 하려면 우선 단련을 해야죠."

슈무타 씨는 옅은 눈썹을 찡그리고—그렇다고 명랑한 아기 거인 같은 인상이 사라지는 건 아니었지만 비참할 정도의 그로테스크한 인상을 자아냈다—나에게 그렇게 말을 걸어왔다. 마침 세면대에 놓고 간 물안경과 수영복을 가지러 온 미나미 씨가 말을 거는 것을 틈타 나는 슈무타 씨에게 좀 미안하긴 하지만 아들을 재촉해서 라커 룸으로 나왔다.

"슈무타 선생님, 그보다 빨리 제자들 있는 곳으로 가 봐야 하지 않을까요? 도망갔던 놈들이 남아 있는 애들을 훑어가려고 계략을 짜서 다시 올지도 모르잖아요. M의 최후 순간이 담긴 목이 잘린 '머리' 사진으로 포스터를 만들고 집회를 열어서, 이치가야 궐기 10주년 기념으로 뭔가 계획을 세우는 놈들이 있단 말이에요. 대학에서는 소문이 파다해요. 정보가 차단된 채 선생님 밑에서 합숙을 하던 녀석들이 그 포스터를 보면 이성을 잃고 날뛰지 않겠어요?"

그로부터 일주일이 지난 11월 25일이자 음력으로는 요시다 쇼인*의 기일이 M 씨의 자결로부터 10년이 되는 날이었다. 아침부터 그 사건을 회고하는 텔레비전 프로그램을 보거나 라디오를 들었다. 사건 당

---

* 1830~1859 일본 막부 말기의 교육자. 근현대적 의미의 일본 우익 사상의 창시자이다.

시 일본에 없었던 나에게 생생한 현장감을 느끼게 해 주는 영상과 녹음들이었다. 텔레비전은 물론이고 신문 지상에서도 M 씨의 목이 잘린 '머리' 이미지는 공개 금지가 된 모양이었고, 미나미 씨가 학생들이 만들 거라고 했던 M 씨의 '머리'를 사용한 집회 포스터에 관한 언급도 없었다.

이른 오후, 특수학급에서 돌아온 이요가 마치 복창이라도 하듯 학교에서 있었던 이야기를 했다. 체조 시간에 선생님으로부터 수영 연습은 어찌 되었느냐는 질문을 받고 **"아니, 잘 모르겠습니다, 잊어버렸습니다!"** 하고 대답한 모양이었다. 연락장에는 다시 한 번 가정에서 진지하게 검토해 달라는 메모가 있었다. 그러면 오늘도 풀에 갈까 물었더니 아들은 좋아라 했다.

내가 아들을 데리고 수영장에 가니 그 청년 집단이(이전보다 세 명 감소했으니 점호도 doce에서 끝났을 그들이) 정회원 전용 풀을 독점하고 요란하게 물보라를 튕기며 수영을 하고 있었다. 이것 또한 오늘 같은 날도 도시 한가운데 있는 풀에 청년 집단을 등장시킴으로써 눈에 보이지 않는 무언의 도전에 대해 슈무타 씨 나름대로 정면 대응한 게 아닌가 하는 인상을 주었다. 오늘따라 수영 강습을 받는 학생들도 많아서 나와 이요가 수영을 할 만한 곳이 없었다. 이미 계절은 겨울로 접어들어 거리를 걸어 다니는 사람들은 모두 외투를 걸쳤는데 수영복 한 장만 걸치고 물에도 들어가지 않고 우두커니 있자니 엉뚱한 곳에 와 있는 듯이 어색했다. 나와 이요는 우선 샤워실 옆의 벤치에 앉아 수영 스쿨이 끝나기만을 기다리는 수밖에 없었다.

벤치는 풀의 수면보다 몇 단 정도 높은 곳에 있어서 왼편에 있는 25미터짜리 풀이나 오른편에 있는 자물쇠가 걸린 유리문 칸막이로 된 정회원 전용 풀이 다 잘 보였다. 그리고 벤치 정면에는 다이빙이나 스쿠버다이빙 훈련을 위한 깊은 풀의 짧은 쪽 면이 있었다.

그 건너편에는 둥근 손잡이로 조절되는 점프대가 있어서 역시나 수영계에서 이름 있는 대학 교원이—나는 그 사람이 쓴 책으로 자유형의 팔 젓는 방법을 교정했다—그 스포츠 센터 선수로 양성하고 있는 여자 초등학생에게 다이빙 연습을 시키고 있었다. 대학 교원은 풀의 긴 쪽에서 즉 정회원 전용 풀의 유리문을 등지고 서서 여자아이에게 지시를 내리며 계속해서 다이빙을 시켰는데—다이빙대와 수면의 거리가 너무 짧아 코치가 머리를 흔들거나 끄덕이거나 하는 판정의 근거를 일반인인 내 눈으로는 알 수 없었다. 그런데 그 초등학생의 건조한 식물 같은 몸이 순간적으로 긴장, 수축과 폭발, 이윽고 이완하는 과정에는 사람의 눈길을 사로잡고 놓아주지 않는 무엇이 있었다……

대학 교원 코치 옆에 슈무타 씨가 나타났다. 추리닝을 입은 둥글고 커다란 몸을 코치와 나란히 세우고, 즉 자기가 통솔하는 청년들을 등지고 다이빙 연습을 주시하고 있었다. 슈무타 씨도 오늘 같은 날 스포츠 센터까지 청년들을 데리고 오는 배짱은 부렸지만 역시 평상시처럼 청년들이 연습하는 동안 사우나실이나 목욕탕에서 느긋하게 지낼 기분은 아니겠지. 그러나 자기 나름의 체면도 있고 청년들과—그들 중 세 명이 부수고 달아난 유리 벽을 수리한 다음의 정회원 전용 풀에는 차마 내려가지는 못하고 유리 칸막이 너머인 이쪽에 서서 청년들에게는 등을 돌린 채 다이빙 연습을 보고 있는 것 같았다.

갑자기 정회원 전용 풀 유리 칸막이 너머에서 소리 없는 대소동이 일어났다. 카키색 팬티를 입은 청년들이 엎치락뒤치락하며 유리문 옆으로 몰려들더니 이쪽을 향해서 아주 절박한 몸짓을 했다. 벤치에서 몸을 일으키는데 재빠르게 유리로 된 칸막이 너머의 소란을 돌아보는 슈무타 씨의 모습이 눈에 들어왔다. 무슨 일이 일어난 것일까? 나는 그때 나를 사로잡았던 긴박한 분위기를 전후의 맥락도 없이 선명하게 기억하고 있는데—그 M의, 목이 잘린 '머리'의 힘이 청년들을 부추기고 있는 거라면 나도 거꾸로 '머리'의 힘에 위축되지는 않을 테다, 피하지 않고, 도망치지도 않고 '머리'의 힘에 대항해야 한다. 이 억세고 다부진 사병들에게 밀려 이요 앞에서 녹다운 당하는 한이 있어도—라는 분연한 기분에 사로잡혀 있었다.

다음 순간, 유리 칸막이 안에서 마구 엉켜 있던 한 사람이 결연한 태도로 주먹으로 유리창 하나를 깼다. 유리창이 깨어지며 팔꿈치까지 피범벅이 된 팔로 이쪽을 가리켰다. 깨진 유리창 틈을 통해 청년들이 외치는 고함 소리가 들려왔다.

"El niño, el muchacho, la piscina, difícil, enfermo······ peligroso, anegarse!"

즉, 아이, 소년, 풀, 곤경, 병, 그리고 위험한, 빠지다 등등······ 그들은 자기들이 배워서 알고 있는 모든 스페인어를 총동원해서 악을 악을 써 댔다. 나는 스스로 생각해도 밉살맞을 정도로 느리게 뒤를 돌아보았고 그때서야 벤치에 이요가 없다는 사실을 깨달았다. 그 순간 전신의 근육을 팽팽하게 부풀린 슈무타 씨가 놀랄 만큼 민첩한 동작으로 내 곁을 스쳐 지나갔다—엉뚱하게도 그 순간, 슈무타 씨의 몸이 미쉐린 타이어 광고에 나오는 인간하고 닮았구나 하고 오래된 의문이 풀리는 기분이 들었다.

샤워실 맞은편 기둥 옆에 폭이 각각 2미터에 깊이는 15미터가 되는 잠수 훈련용 수조가 있다. 평상시에는 그물이 덮여 있었는데 그날은 개방되어 있는 걸 언뜻 본 듯도 했다. 슈무타 씨는 훈련 수조 앞에 우뚝 서더니 아래쪽을 주시하며 단 두 동작에 추리닝을 벗어 던졌다. 슈무타 씨가 발을 집어넣는 수조 아래에는 이요가 입을 크게 벌리고 우주 유영이라도 하는 자세로 가라앉고 있었다. 'Down, down thro' the immense, with outcry, fury & despair' 하고, 훈련 수조의 가장자리에 두 손을 짚고 있는 내 머리에 맥락도 없이 그 시구가 떠올랐다. 그 순간 코앞으로 슈무타 씨의 발가락 없는 빨갛고 큰 발이 쑥 디밀어졌다가 그대로 물속으로 수직 하강했다……

그날, 물에 빠졌다가 겨우 살아나 어린아이처럼 완전히 기가 죽은 나와 이요는 전철 의자에 앉아서 집으로 돌아왔다. 나는 슈무타 씨가 아들에게 솜씨 좋게 물을 토하게 한 다음, 지난번처럼 정박아를 과보호하지 말라는 종류의 고자세 말투가 아니라,

"선생이나 나나, 다 아이들 뒤치다꺼리하느라 고생이 이만저만이 아니오. 앗핫하…… 그렇지만 시작해 놓은 일을 중간에 나 몰라라 할 수는 없는 노릇이지"라고 한 말이 최후의 일격처럼 내 마음에 꽂혔다. 그 긴급한 순간에 내가 할 수 있었던 일이란 블레이크의 '떨어진다 떨어진다 무한 공간을 절규하며 분노하며 절망하며'라는 시 한 구절을 떠올린 것뿐이었다.

그러나 이런 기분에 빠졌을 때 늘 곁에서 효과적으로 나를 격려해 주는 유일한 존재는 바로 이요였다. 아들은 자기가 말을 걸어도 좋을지 몰라 흘끔흘끔 내 눈치를 보고 있다가 내가 알아차리고 기분을 바꾸어, 그러나 내 귀에도 맥없는 쉰 목소리로,

"이요, 왜 그랬어? 아직도 괴롭니?" 하고 묻자

"아닙니다, 완전히 나았습니다!" 하고 힘차게 대답했다. "나는 물에 가라 앉았습니다. 앞으로는 헤엄을 치겠습니다. 나는 이제부터 헤엄을 치기로 했습니다!"

새로운 사람이여 눈을 떠라

新しい人よ眼ざめよ

(연작「새로운 사람이여 눈을 떠라」7)

나는 장애를 가진 큰아들과의 공생과 블레이크의 시에서 환기된 영감을 하나로 엮어서 일련의 단편집을 완성했다. 거기에는 올 유월에 스무 살이 되는 아들을 중심으로 우리, 아내와 여동생 남동생을 포함한 우리 가족의 지금까지의 나날들을 돌아보고 앞날을 전망해 보고 싶었다는 동기가 있었다. 이 세상, 인간에 대해 나의 삶과 연관 지어 정의집을 만들어 보고 싶기도 했다. 그 작품군을 마무리하면서 단편들의 주제였던 '레인트리'가 되살아나며 아들과 블레이크를 잇는 커다란 원에 더해지는 것을 발견했다. 내가 아직「레인트리」소설을 구상하기도 전에 자바 섬에서 쓴「'레인트리' 저 너머에」라는 시 비슷한 것을 매개로 하여.

「레인트리」소설이 한 권으로 출판되었을 때 이 작품군에는 우주론적인 메타포가 제시되어 있다고는 하나 그 메타포가 심화되는 과정에서 마땅히 형성되었어야 할 제삼자를 설득하는 힘이 없다는 비판이 있었다. '당신은 "레인트리"를 허공에 높이 걸었다고 말한다. 그건 그렇다고 치자, 그 메타포가 음악가 T 씨에게 전달되어 풍성한 메아리가 되어 돌아왔다고 당신이 쓰고 있으니까. 그러나 키워드에 해당되는 그 "레인트리"가 지상에서 사라진 다음에도 당신은 변함없이 그 이미지를 붙들고 있다. 즉 당신의 "레인트리" 버전은 진화도 하지 않고 새로운 전개도 하지 않는다. 당신은 죽을 때까지 조금씩 말라비틀어지는 "레인트리"란 메타포를 부적처럼 품고 갈 셈인가?'

「레인트리」는 이미 연작으로 끝이 나 있는 상태라 나는 이 비판에 대해 침묵할 수밖에 없었다. 그러다가 나는 소설에 쓰지 않았던 또 하나의 '레인트리'에 생각이 미쳤다. 실재하는 '레인트리'. 그 큰 나무숲 아래에서 안내원이 하는 설명 중에 '레인트리'라는 말이 내 귀에 꽂혔다. 나는 뒤돌아보고 싶었지만 이요를 생각하고 참았다. 그리고 그 순간 앞에서 말한 「'레인트리' 저 너머에」의 시상이 떠올랐다.

내가 그런 식으로 '레인트리'를 멀리서 본 건 보고르 식물원에서였다. 만약 이요를 데리고 다시 한 번 인도네시아를 방문하는 일이 생긴다면 나는 곧장 식물원으로 가서 그 나무를 볼 것이다. 틀림없이 사만 속屬의 사만 나무라는 걸 확인하게 되리라. 일본에서는 미국자귀나무 혹은 강우목降雨木이란 이름으로 불리는 이 나무는 정작 미국에서는 멍키 포드 내지는 rain tree라고 부른다.

우에하라 게이지의 저서 『수목 대백과』에 나오는 이 나무에 대한 기술을 그대로 옮겨 보겠다. 사만이란 말이 그리스어의 작은창자라는 어원에서 유래했고, 멍키 포드라는 미국식 이름은 이 나무에 달리는 꼬투리에서 유래한 것이라는 사실은 속 항목에서 이미 설명한 바 있다.

'낙엽교목, 높이 20미터, 가지가 매우 발달했고 나무 하나가 600평을 덮는 것도 있다. 이파리는 두번깃꼴겹잎으로, 잎자루 양쪽에서 작은 잎이 새의 깃 모양을 이룬다. 큰 잎은 2~6쌍, 작은 잎은 2~7쌍이 달리고 작은 잎은 달걀형, 장방 타원형, 길이는 2~5센티미터이다. 여러 개의 작은 꽃이 모여서 하나의 커다란 꽃 모양을 만드는 두상꽃차례이고 꽃잎은 황색이나 꽃잎 끝에 다홍색을 띤다. 화관은 깔때기 형상. 꼬투리는 곧고 길며 때로는 구부러지기도 하는데 길이는 100~150밀리미터, 폭은 20밀리미터, 과육은 달콤해서 사료로 쓰인다. 가공되지 않은 채 수출된다. 남미, 서인도에서 자라는 주요한 재목. 정원수, 그늘을 위한 나무, 사료를 위한 나무로 재배된다. 가축의 배설물에 의해 씨로 각지에 분포된다. 실론에는 1853년, 필리핀에는 1860년에 들어갔다.'

문제의 나무는 역시 일반적으로 rain tree라고 불리는 자귀나무 속 미국자귀나무일지도 모르나 이 속 자체가 사마네아란 것이므로—물론 이 또한 스페인어 사만이 변한 것이기는 하지만—서로 공통점이 많은 수목이다. 일본에도 들어와 있는 미국자귀나무라는 이름보다 사만이라고 하고 싶은 이유는 미국자귀나무가 비가 올 때, 이파리를 붙인다는 기술이 마음에 걸리기 때문이다. 내가 염두에 둔 '레인트리'는 소설에서 쓴 단어를 끌어온다면 다음과 같은 특성을 가지는 것인데 이파리를 붙여 버린다면 물방울을 머금을 수가 없지 않나 하는 생각이 들었다.

"'레인트리'라고 부르는 이유는 밤에 소나기가 내리면 다음 날은 한

낮이 지날 때까지 그 우거진 잎사귀에서 물방울을 떨어뜨려 주기 때문이에요. 다른 나무들은 비가 와도 금방 말라 버리는데 이 나무는 잔뜩 우거진 손가락만 한 잎사귀에 물방울을 저장해 두는 거죠. 정말 슬기로운 나무 아닌가요?'

나는 동행들과 발리 섬을 여행하고 돌아오는 길에 보고르 식물원에서 혼자 세 시간을 보냈다. 발리 섬의 풍토, 지형, 신화적 민속예능 등 눈이 번쩍 뜨일 만한 새로운 것들을 접하고 또한 비록 지나가는 나그네의 입장이긴 했으나 현지에서 삶을 영위하는 사람들에게 혈맥처럼 흐르는 명확한 우주 감각에 접촉하며 얻게 된 정서적 고양이 새로운 극복에의 의지로 나타나는 것 같았다. 오랜만에 열흘이나 떨어져 있게 된 이요에 대해서도 깊은 곳에서 연결되어 가는 느낌이 들었다.

특히 발리 섬으로 향하던 도중에 들른 보로부두르의 불교 유적지와 도착한 다음 '죽음의 사원' 푸라 달렘에서 영혼의 일격을 받은 듯한 사건을 경험하고서. 그런 사건이 중첩되는 중에 형성된 것이 일행과 떨어져 행동한 보고르 식물원에서 타오르듯 현재화되어 나로 하여금 하나의 선택을 하게 했다. 오랫동안 그토록 보고 싶어 했던 '레인트리'가 바로 옆에 서 있음을 알게 된 순간, 나는 울창한 수목이 정연하게 늘어선 반대 방향의 미로를 향해서 발걸음을 돌리는 선택을 했다.

보고르 식물원에서 지도나 안내도도 없이 식물원 전체를 돌아보고 또한 상상력을 발휘해서 그쪽에 내가 보고 싶은 수목이 있을 것이라는 예감으로 오솔길을 이리저리 걷고 있을 때였다. 자연적으로 우거진 열대 섬의 정글 같은 느낌과는 동떨어진 영국 정원같이 밝고 넓은 곳에서 나는 바오바브나무 앞에 서 있었다. 왼편으로 비스듬한 앞쪽에 미국 관광객으로 보이는 마 슈트를 입은 남자들과 흰색의 여름옷을 입은 여자들의 품위 있는 집단이 모여 있었다. 안내인이 독특한 억양의 영어로 그러나 자기 일에 대해 자부심이 강하게 느껴지는 말투로,

"이것이 그 유명한 '레인트리'입니다" 하고 확실하게 설명하는 소리가 내 귀에 들어왔다.

자바의 뜨거운 태양 아래서 나는 느닷없이 오한에 휩싸였다. 나뭇잎이 떨어져 바람이 잘 통하는 넓게 퍼진 자잘한 가지들을 한 번 올려다보고 나는 고개를 숙이고 반대 방향으로 발걸음을 옮겼다. '레인트리'는 이요와 함께 봐야 한다, 이요를 두고 나 혼자만 봐서는 안 된다는 생각이 들었기 때문이었다. 그것은 곧 이요를 뒤에 남겨 두고 나 혼자 안식의 세계로 떠난다는 생각과 겹쳐지는 것이기도 했다. 또한 이요가 옆에서 지원해 주지 않으면 '레인트리'를 제대로 볼 수 없을 것 같다는 생각도 들고, 병이 나서 자카르타에서 기다리고 있는 함께 여행하는 일행에게 폐를 끼치게 될지도 모른다는 생각에 발걸음마저 비틀거렸다.

나의 내면에 그런 감정이 생성되고, 생각지도 못했던 '레인트리'라는 말이 표면으로 드러났던 여행 경험. 우선 이것에 대해 기록하고 싶다. 보로부두르 불교 유적지의 돌산을 가득 메운 수많은 석상들과, 산 자체가 수복 중이어서 유적지와 건축 현장이 병존하는 것 같은 어수선한 느낌 속에 나는 긴 돌계단을 내려갔다. 거기서 한숨 돌리는데 제일 목 좋은 자리에 노점을 펼치고 있던 조그만 체구의 노인이—어쩌면 나와 동년배인데 열대의 태양과 비바람에 노출된 채 한데서 사느라고 피부는 물론 몸집마저 피폐해졌을지도 모른다—향이 진한 차, 보라색이 도는 은색 종이와 흙으로 만든 개구리를 팔고 있었다. 주름

이 잡힌 머리를 점토에서 쑥 잡아당기면 여행하는 동안 가끔 들었던 그야말로 인도네시아 개구리 소리가 나는 완구.

나달나달한 자바 면직물의 긴소매 왼쪽 소맷부리에서 며느리발톱 같이 생긴 흉물스러운 여섯 번째 손가락이 언뜻언뜻 보였다. 그 손가락을 가지고 있다는 이유로 특별한 것이라곤 뭐 하나 없는 남자가 자바 섬 최고의 유적지에서 제일 목이 좋은 노점 자리를 확보하고 있는 거겠지. 나는 여섯 번째 손가락이 달린 손에서 종이와 흙으로 만든 개구리 하나와 거스름돈을 받아 들고, 타마린드 나무의 조그만 그늘로 들어가 이요가 자바 섬에서 태어나 자랐다면 며느리발톱 같은 손가락 대신 두개골에 붙어 있던 또 하나의 머리 덕택으로 역시 유적지 최고 노점 자리를 차지했겠구나 하는 엉뚱한 생각을 했다. 인도네시아의 민중이 가지고 있는 그런 사회공동체적인 발상이 참 좋아 보였다.

발리 섬 사건의 무대가 된 '죽음의 사원' 푸라 달렘에 있어 섬 주민들의 민속에 대한 우주론적 의미 관련해서는 우리 일행의 리더 역할을 하던 철학자 N 씨가 일본에 소개한 글이 있다. 그 대략을 소개하면 내가 도대체 어떤 장소의 내부 정원에 서 있었는지 짐작할 수 있을 것이다. 발리 섬의 모든 마을에는 세 종류의 사원이 갖추어져 있다. 발리 섬 사람들의 풍수지리적인 사고방식으로는 바닷가는 부정한 곳이고 산 쪽이 성스러운 곳이다. 푸라 달렘은 죽은 자의 영혼이 성스러워지기 전, 즉 장례식을 치르기 전에 가는 사원이므로 바닷가에 있었다. 뒤이어 성스러워진 사자의 영혼은 또 다른 사원으로 모셔진다.

아울러 마을 공동체 생활을 이끄는 역할의 제삼의 사원이 있다. 푸라 달렘의 수호신, 마녀 란다는 온갖 것에 들러붙는다. 또 마법을 써서 병을 고치기도 한다. 발리 섬의 민속에서 출발하여 독자적으로 전개되뜬 N 씨의 사상이 잘 드러나 있는 글을 하나 인용해 보겠다. '이러한 마녀 란다의 성격에는 사악한 것이나 인간의 연약함을 무조건 잘라 내거나 억압하고 무시하지 않으며 오히려 이를 겉으로 드러내서 해방 시키고 추앙함으로써 "파토스"(수난, 정념, 수동)로부터 자기를 지키 면서 문화에 활력을 일으키는 발리 문화의 절묘한 지혜가 숨어 있는 듯하다.'

우리는 한 마을의 푸라 달렘에 들어갔다. 마침 작은 축제가 있는 날 인지 꽃 장식을 한 아가씨들이 지나가는 비에 촉촉이 젖은 땅바닥을 맨발로 밟으며 바나나 잎에 얹은 제물을 높은 돌문 안으로 나르고 있 었다. 중정의 원두막 식으로 지은 초가지붕의 창고에서 가슴에 붉은 천을 감은 어린 소녀들이 지켜보고 있었다. 우리가 사원 경내 여기저 기에 서서 사원의 독특한 공간 배치를 살펴보고 있는 동안, 저녁나절 이기도 해서인지 소녀들과 아가씨들이 하나둘 사라져 버렸다.

그런데 마지막까지 한 아가씨와 동생으로 보이는 두 명의 아이가 갈 생각을 안 했다. 그 아이들은 우리를 포함해서 모든 외부인이 자리 를 뜬 다음에 푸라 달렘 깊숙이 들어가 특별한 기도를 하려는 것 같았 다. 우리는 문득 이를 알아차리고 차분한 사원이라는 공간에 영향 받 아 조용조용 이야기를 나누며 산 쪽으로 걸어갔다. 그런데 나는 초가 지붕이 얹힌 견고한 평상 위에다 노트를 두고 왔다는 것이 생각났다. 그래서 그걸 가지러 혼자서 되돌아와 보니 신부처럼 화장을 한 아가 씨와 그 동생들이 엄숙한 표정으로 중정으로 내려와 탑처럼 생긴 돌 문으로 향하는 중이었다.

그리고 내가 본 건 아가씨의 아름답고 사랑스러운 얼굴의 콧날 아 래쪽으로 생겨나 있는 흉측스러울 정도로 일그러진 모습이었다. 아마도 선천적인 기형인 것 같았다. 그러나 그런 기형적인 모습에도 불구하고 아가씨는 동생들의 경건하고도 친밀감 넘치는 도움을 받으면서 함초롬한 자연스러움을 자아내며 우아하게 걸어갔다. 나는 어릴 적 신사 경내를 혼자서 지나가야 할 때 그랬던 것처럼 건물도 없는 사원 마당의 공간에다 대고 꾸벅 인사를 하고 물러났다. 그 순간 이요가 만일 발리 섬에서 태어났다면 우리 가족은 저녁마다 푸라 달렘에 참배를 하고 마녀 란다에게 기도하는 조용한 생활을 했을 것이라는 생각이 들며 왠지 가슴이 뭉클했다.

보고르 식물원에서 자카르타의 호텔로 돌아와 같이 여행하는 일행들과의 저녁 식사 자리에 나가기 전에 발리 섬에서 단 한 번 맛본, 어찌할 바를 모를 정도의 적막감 속에서—이른 식전주를 마시고 넘겨 버릴 종류의 것이 아니었다—나는 한 편의 시 비슷한 것을 쓰고 「'레인트리' 저 너머에」라는 제목을 붙였다.

'레인트리' 속으로, '레인트리'를 지나서, '레인트리' 저 너머에. 이미 합일을 이루었으나 개체로서 더욱 자유로운 우리가 귀환한다……

이 짧은 한 구절이 오랜 세월 동안 정신적 지주 역할을 해 주기도 했던 음악가 T 씨의 영향을 받은 것이었음은 나중에 깨달았다. 「'레인트리' 저 너머에」라는 제목 자체가 당시 T 씨가 구상 중이던 바이올린과 오케스트라를 위한 곡 〈먼 부름의 저 너머에!〉에 직접적으로 연유하고 있다.

또한 나는 이 시 비슷한 것을 먼 출발점으로 하여 「레인트리」 연작이라고 불리는 단편을 연달아 썼는데 퇴고를 하는 오랜 시간 동안 나 자신을 격려한다는 기분으로, Somewhere over the raintree way up high / there's a land that I heard of once in a lullaby 하고 노래 부르며 또 Somewhere over the raintree blue birds fly / birds fly over the raintree, why then, oh why can't I? 하고 부르기도 했다. 멜로디도 가사도 모두 T 씨가 기타를 위해 편곡한 〈Over the rainbow〉로.

이번 발리 섬 여행에는 동행하지 않았지만, 우리보다 앞서 인도네시아의 민속음악 가믈란의 투명하고 맑은 아름다움에 대한 설명을 들려줌으로써 우리에게 여행의 계기를 마련해 준 사람이 바로 T 씨였다. 나는 발리 섬의 밤, 하늘로 죽죽 솟은 돌기둥 구조가 강조되고 나무들도 그렇게 자라도록 강요당한 듯한 사원의 뜰에 앉아 어두운 하늘의 높이 뜬 별 아래, 가믈란 음악을 듣고 궁중무용에 눈길을 빼앗기면서 문득 T 씨가 옆에 앉아 조용한 목소리로 들려주는 이야기를 듣는 것 같은 기분에 빠졌다.

내가 '레인트리' 메타포를 제시한 단편의 첫 부분을 T 씨가 실내악곡으로 만들고 아내와 오랜만에 그 음악을 들으러 갔으며 그것이 계기가 되어 「레인트리」를 계속 쓰게 되었다는 이야기는 그 소설에서 이미 쓴 대로다.

그런데 「레인트리」 소설을 위한 노트보다도 이 「'레인트리' 저 너머에」가 더 오래전에 써 놓은 것인데 나는 끝내 그것을 연작에서 사용하지 않았다. 한참 단편을 쓰고 있는 동안 나의 '레인트리'가 허망하게 불타 버렸기 때문이었다. 그래도 나는 여전히 포기하지 않고 '레인트리'의 부활을 기대하며 연작 중에서도 가장 긴 작품을 쓰고 있었다. 그러나 최종적으로는 '레인트리'를 잃어버린 상태에서 연작을 끝냈고 그 원고는 끝내 폐기해 버렸다. 그리고 「레인트리」 연작의 마지막 작품에는 이런 말을 써넣었다.

'나는 지금도 건강 유지를 위해 매일 수영장에 다니며 수영을 하고 있지만 메타포로 든 잃어버린 "레인트리"를 다시 찾아낼 날이 있을지 요원하기만 하다. 그러면서도 이렇게 계속 쓰다 보면 마침내 "레인트리"의 부활을 맞이하는 "종장"에 다다를 수 있으리라는 외곬 생각을 어째서 버리지 못하고 있는 것일까? 왜, 나는 부질없이 실제적인 게 아닌 허구에서 현실의 자신을 지탱해 주는 힘을 얻고자 기대하는 것일까? 이런 식으로 계속 소설을 써 나간다면 마침내 가짜 "레인트리"가 출현하게 되겠지. 이래서는 현실의 나 자신, 아무리 열심히 수영을 한다고 한들 그것으로 병든 마음을 극복할 수 있을지는 미지수다……'

그런데 아들의 스무 살 생일에 완성하려고 지금 아들과의 삶의 과정과 블레이크를 겹쳐서 단편군을 써 나가면서 나는 4년 전에 자바 섬에서 썼던 시 비슷한 것의—블레이크가 했던 대로, 보고르 식물원의 수목의 혼에 구전된 것을 그대로 종이에 기록했다고 말하고 싶은 기분도 있다—깊은 내면에 자리 잡은 의미를 확실히 자각했다고 느끼고 있다. 힘겹게 블레이크의 신화 세계를 한차례 둘러본 지금, 겨우 입문을 마친 블레이크를 앞으로 소설의 표층에 드러내는 일은 없다 하더라도 죽을 때까지 계속 읽게 되리라는 예감이 든다.

말할 필요도 없을지 모르나 이 감각 또한 블레이크를 매개로 한다. 나는 차츰 신플라톤주의를 포함한 블레이크의 밀교적인 측면에 관해 배울 필요를 느꼈는데 그런 찰나에 발리 섬에 동행하여 민속예능에 드러난 신화적인 우주론을 설명해 주던 문화인류학자 Y 씨로부터 캐슬린 레인의 『Blake and Tradition』을 빌릴 수 있었던 거다. 그 대저大著는 그야말로 블레이크에 대해서 내가 좀 더 상세히 알고 싶어 하던 측면을 시원하게 해결해 주었다. 더욱이 그것은 발리 섬에 가기 전날 완성한 『동시대 게임』의 최종 편에서 내가 숲 속 골짜기에서 몽상하고 실제로 꿈에서도 보았던 광경의 장면을 의식화해서 재해석하도록 도와주었다. 게다가 내가 「'레인트리' 저 너머에」의 환상의 의미를 이해하는 것까지 합쳐서. 오히려 블레이크의 밀교적 사상을 '레인트리'의 메타포로 표현을 바꾼 것이 그 한 구절이었다는 생각이 들 정도로.

따라서 내가 지금 쓰고 있는 이 단편은 블레이크와 아들에 관한 소설인 동시에 「레인트리」 소설의 마무리가 되는 것인지도 모른다. '레인트리' 속으로, '레인트리'를 지나서, '레인트리' 저 너머에. 이들 언어를 써넣으며 내가 생각했던 것은 나와 이요의 죽음이었다. 이미 합일을 이루었으나 개체로서 더욱 자유로운 우리가 귀환한다…… 나와 이요는 그렇게 죽음의 영역으로 걸어 들어가 시간을 초월하여 거기에 머물게 될 것이다. 이 환상 자체로부터의 빛을 반사하는 것처럼 현재의 나와 이요의 공생의 의미가 밝게 떠오른다.

대문의 나무 문짝이 다른 가족들이 열 때와는 달리 벌컥 열리는 소리를 낸다. 커다란 신발 밑창을 지면에 끌며 걷는 소리에 이어 현관문이 역시 벌컥 열린다. 현관 앞에 우뚝 서서 한 발씩 흔들어 운동화를 벗는 시간이 걸리고 거실 입구를 꽉 메우며 교복과 가방으로 커다래진 이요가 무대에 등장하는 것처럼 기분 좋게 나타났다. 그것이 월요일부터 토요일까지 늦은 오후 시간에 우리 집에서 거의 의식처럼 행해지는 일이었으며 또한 매일 같은 나의 은근한 기다림이 충족되는 시간이기도 했다.

올해 초 어느 날, 소파에 누워 옆구리에 낀 나무 상자—이요가 중학교 특수학급에서 1년이나 걸려 주황색으로 칠한 것이다—위에 사전과 연필, 빨간 색연필을 올려놓고 캐슬린 레인의 새로운 논집 『블레이크와 신시대』를 읽고 있던 나를 언제나처럼 거실 입구에 얼굴을 내민 이요가 곤란한 표정으로 또는 아주 절실한 눈으로 내려다보았다. "어서 오너라, 이요. 집까지 무사히 잘 왔구나" 하는 내 말에는 고개만 끄떡하더니 서둘러 식당을 가로질러 부엌으로 들어가 버렸다. 그리고 아내에게 보고를 하기 시작했다.

"기숙사에 들어가는 순서가 되었습니다! 준비는 되어 있습니까? 다음 주 수요일에 들어가게 되어 있습니다!" 이어서 이요는 이런 소리도 했다. **"그러나 내가 없는 동안 아빠는 괜찮을까요? 아빠가 이 위기를 잘 넘길 수 있을까요?"**

뭔가를 썻고 있던 아내가 그만 웃음을 터뜨리며 대답했다. 그 말에 나는 뒤통수를 맞은 기분이 들어 울지도 웃지도 못하고 엉거주춤하고 있었을 거다……

"꼭 스모 중계하는 아나운서 말투 같구나. 와카노하나가 연패했을 때 아나운서가 하던 소리 같네…… 그보다 이요가 더 걱정이야. 요즘 늦게까지 안 자니까 아침에 발작이 일어나잖아. 기숙사에서는 매일 아침, 잠에서 깨면 바로 약을 먹어야 한다."

이요가 다니는 특수학교에는 모든 학생이 한 학기씩 교내에 있는 기숙사에 들어가야 한다는 규칙이 있었다. 이번 학기에 이요가 기숙사에 들어가는 건 벌써부터 정해져 있던 일이었다. 이를 아는 이요도 죽 신경을 쓰고 긴장했던 모양이었다. 연초 방학 때 가족이 함께 늦은 아침 식사를 하고 있는데, 식사에 관해서는 대개는 민첩하게 움직이는 이요가 갑자기 동작이 굼떠졌다. 겨우 식사를 마치기는 했으나 일어나 소파로 가서 누운 얼굴을 보니 사람이 바뀌기나 한 것처럼 딱딱하게 굳어 있었다. 순식간에 중년이 지난, 그것도 아주 옛날 사람 같은 얼굴로 변해 있었다. (문득 W 선생님의 임종 자리에서 원래 일본인의 얼굴이라고 하고 싶을 정도로 장중한 얼굴로 변하셨던 게 생각났다.)

그러다가 눈 주위가 충혈되면서 눈에서 누런 광채가 나타나기 시작하더니 그 자신도 이해할 수 없는, 따라서 말로 뭐라고 호소할 수도 없는 괴로움에 시달리는 모습이 역력했다. 널찍하고 단단한 이마에 손을 얹어 보니 상당히 뜨거웠다. 항간질약 먹는 걸 잊어버린 탓에 일어난 발작이었다. 이요는 간질이 아니라고 아내는 우기고 있지만, 요즘 책에서 읽은 바로는 이런 종류의 발작도 넓은 의미에서는 간질에 속하는 모양이었다. 그러나 굳이 새삼스럽게 그 이야기를 꺼내지는 않았다……

기숙사 입소일이 정해진 날, 스웨터와 코르덴 바지로 갈아입고 내 옆으로 다가와서 신문에 끼워진 FM 주간 프로그램 편성표를 들여다보고 있는 이요에게 전에 엄마에게 왜 그런 말을 했는지 슬며시 물어보려고 했다.

"이요, 너는 내가 위기를 잘 넘길 수 있을까 걱정했지? 요전의 위기는 언제였더라?"

나는 절반 정도는 '아니요, 잊어버렸습니다!'라는 아들이 늘 하는 말을 예상했는데 이요는 신문에서 얼굴을 들더니 공중을 노려보듯이 올려다보았다. 눈동자가 가운데로 모여든 얼굴로 이요는 확실하게 대답했다.

"그것은 H 씨가 백혈병으로 돌아가신 때였습니다! 사쿠짱은 소아암이었고! 아아, 무서웠지! 아빠는 잘 극복했습니다! 수고하셨습니다! 3년 전, 1월 25일 전후의 일주일간이 위기였습니다!"

사쿠짱, 이요의 남동생은 결국 소아암이 아닌 것으로 판명되었지만, 아이가 스스로 알 정도의 혈뇨가 나와서 단골 병원에 다녔는데 며칠이 지나고도 소변에서 혈액 반응이 사라지지 않는 바람에 도쿄 대학병원에 다니고 있었다. 병원에서는 계속해서 각종 검사를 하면서 담당 의사의 말대로 하자면 좀처럼 '무죄방면'을 시켜 주지 않았다. 상당한 고통을 수반하는 방광경 검사까지 받았지만 이요의 동생은 잘 참고 견뎠다. 오히려 병원에 쫓아다니던 내가 점차로 지쳐 갔다.

오차노미즈에서 전철을 내려 다리 위의 버스 정류장에서 도쿄 대학구내까지 들어가는 버스를 탔다. 버스를 기다리며 올려다보게 되는건너편 언덕 정면의 병원에는 대학 동기 H가 백혈병으로 누워 있었다. 20년 정도 전에 그 자리에서 늘 함께 버스를 기다리곤 했는데……그것도 일단 회복의 기미를 보이다가 연말에 뇌내출혈 발작을 일으켜의식불명으로 누워 있는 거였다. 나는 검사가 끝난 다음 집으로 돌아가기 전에 이요 동생을 병원 외래 대기실에 남겨 놓고 친구 문병을 가기도 했다. 간병에 지쳐 신경이 날카로워진 친구의 부인과 서서 몇 마디를 나누고는 고개를 푹 숙이고 대기실로 돌아오는 것이 고작이었지만.

마침내 H가 죽고 나는 장례식의 책임자 역할을 맡게 되었다. 밤샘하는 손님에게 인사를 하고 찬 바람이 몰아치는 툇마루에 앉아 있는데 아직도 검사를 계속 받고 있는 아들이 걱정되기도 하고, 밤샘을 온선배 작가가 "그 녀석 아들 중에 큰애가 아니라 이번에는 작은애가 병에 걸렸다니, 참 안됐네" 했던 말이 떠올라 신경 쓰였다. 솔직히 털어놓자면 의식의 밑바닥에 있던, 동생 대신 이요가…… 하는 순간적으로 지나갔던 잔혹한 생각을 예민하게 잡아내서 창으로 찔러 내 앞으로 들이민 것 같았기 때문이다……

"네 신장에 병이 있을지 몰라 검사를 했을 때 말이야……" 그날 밤 저녁 식사 자리에서 나는 이요의 남동생에게 물었다. "혹시 신장을 떼어 내야 한다면 아빠나 엄마 혹은 이요의 신장 중에서 하나를 너에게 이식해야 한다고 의사 선생님하고 의논했잖아. 너는 어떻게 생각했어? 누구의 신장을 받을 생각이었니?"

"글쎄……" 무슨 말을 할 때면 한 박자 쉬었다가 하는 버릇이 있는 이요의 남동생은 한참을 더 생각하더니 대답했다. "이요는 '히단톨'을 먹으니까……"

나는 속에서 욱하는 걸 느꼈다. 그런 소리를 하다니…… 그건 너무나 이기적인 선택이다. 상대방 장기의 성능으로 판단하겠다는 건가? 아무리 어쩔 수 없는 선택이라 해도…… 나는 속에서 올라오는 말을 가까스로 억누르고, 이렇게 물어보았다.

"이요의 신장은 나빠져 있다고 생각했니?"

이요의 동생은 얼굴이 새빨개지며 다시 곰곰이 생각하더니 한 박자 쉬었다가 대답을 했다. 그는 아버지의 오해로 그려진 자기 모습을 수치스러워하는 것 같았다.

"이요는 '히단톨'을 먹으니까" 하고 그는 거듭해서 확실하게 말했다. "항간질약 같은 약은 몸에 해로운 성분도 들어 있을 거야. 그걸 처리하려면 신장이 두 개가 아니면 곤란하지 않아?"

나는 아이에게 사과했다. 그리고 이요 동생의 세심한 배려심을 칭찬해 주었다. 식사가 끝난 다음, 이요의 기숙사에는 카세트를 가지고 들어갈 수 있는지라 나는 아직 녹음이 안 된 음악을 얼른 녹음해 줄 요량으로 레코드를 골라 놓으라고 이요에게 말했다. 이요는 내 제안에 응답할 생각으로 행동을 개시하기는 했으나 벌써 한 시간째 수북하게 쌓아 놓은 레코드판 앞에 앉아 한 장도 고르지 못하고 있었다. 아내가 이요에게 "이요, 얼른얼른 하지 않으면 기숙사에 들어가는 다른 애들에게 폐 끼치게 된다" 하고 주의를 주었다. 그러는 중에 이요의 여동생이 이렇게 말했다.

"이요에게는 전체가 음악이니까 그 안에서 하나를 고른다는 게 불가능하지 않아?"

"그렇습니다, 정말 그 말대로입니다! 감사합니다!" 이요가 대답했다.

나도 이요의 여동생에게 "관찰력이 정말 대단하구나" 하고 칭찬해 주었다. 잠자기 전에 아이들 방에서 여동생과 남동생이 이야기를 하고 있었다. 여동생은 자기가 칭찬받은 일에 대해 남동생에게 이야기한 모양이었다. 예의 그 한 박자의 틈이 있은 다음, 이요 남동생의 대답이 들려왔다.

"잘됐네. 오늘 밤에는 나도 칭찬받았어."

기숙사 입소도 가까워지고 부모의 관심이 이요에게 집중되었다. 이요의 남동생과 여동생은 특히 나에게 무시당한다는 기분을 느끼는 모양이었다. 나의 부끄러움을 대변이라도 하는 듯 아직도 레코드판 앞에 앉아 있는 이요가 혼잣말로 중얼거렸다.

"이거 큰일 났습니다! 정말 야단났습니다!"

H가 백혈병으로 입원하고 처음의 위험 상태에서 약간 차도를 보였

을 때 나는 몇 번 문병을 가서 이야기를 나누었다. H의 아내를 비롯해서 주위 사람들은 그에게 정확한 병명을 숨기고 있었지만 내가 보기에는 그가 자기 병에 대해서 알고 있고 또 자기가 알고 있다는 걸 슬며시 신호처럼 내보이는 듯했다. 입원하고 얼마 지나지 않아서 아직 활기가 있었던 H는 몸 여기저기 든 멍을 내게 보여 주었다. 이내 방사선 치료로 머리카락이 완전히 빠져 버려 금색 광택을 가진 빳빳한 흰 머리만을 남기고 잘생긴 두개골이 그대로 드러났다. 어느 날, 그는 이상스러울 만큼 투명한 눈동자를 묘하게 흘금거리며 (곁에서 시중들던 아내가 자리를 비운 짧은 틈을 타서) 내게 이런 이야기를 했다.

"인간이 살아가는 과정에서 타인에게 상처를 주고 혹은 타인에게 상처를 받고 그러잖아. 그걸 살아 있는 동안 대차貸借 없이 만들어 버리는 거야. 내가 상처를 준 사람에게는 사죄하고 또 내게 상처를 입힌 사람에게도 나름대로 보상을 받는 거지. 그렇게 정산을 끝내고, 그리고…… 학생 시절부터 나중에 그렇게 해야지 생각하고 있었어. 그런데 그게 살아 있는 동안 정산이 되는 문제가 아니었네.

결국 내가 상처를 준 타인에게는 용서를 구하고 내게 상처를 준 사람은 그저 용서하는 수밖에 없는 것 같아. 예수도 죄를 용서했잖아. 그 용서라는 생각은 그리스 이래 유럽에선 기독교에서 최초로 등장한 거라며? 자네는 이런 생각 해 본 적 없나?"

"내가 기독교에 대해 뭘 알아야지" 하고 나는 자신의 무력함을 느끼며 대답했다. "블레이크를 읽어 보면 그런 문제가 꽤 진지하게 다루어지고 있는 걸 알 수 있는데 이 세상의 모든 인간은 죄에 빠져 있고 이는 이성의 전횡의 반영이므로 규탄하거나 보복하는 건 무의미한 것이고 예수에 의한 '죄의 용서'가 무엇보다 중요하다고 하지."

"죄의 용서'라…… 그렇게 생각할 수만 있다면 아주 편하겠지? 타인에게 죄를 짓고 사는 것도 그렇지만 원한을 품고 사는 것도 자기에게 고통이 되는 일이니까."

H는 병으로 쓰러진 직후 자기 아내에게 "내가 당신 인생을 엉망으로 만들어 버렸군"이라는 소리를 했었다고 그의 사후에 들었다. 그 말을 듣는 순간 전에 그와 나누었던 대화가 생각났다. 그의 사후 거꾸로 그 아내가 H의 인생을 일그러뜨렸다고 굳게 믿는, H가 단골로 다니던 술집 여주인이 술을 마시러 온 H의 아내에게 그 말을 했다가 엄청나게 크게 싸웠다는 소리를 들었을 때도 역시 H와 나누었던 이야기를 회상하며 몹시도 씁쓸한 마음이 들었었다.

또 하나의 대화의 기억은 H가 발병한 해의 가을 끝 무렵이었다. 그때는 일시적으로 회복의 기미를 보이며 머리카락도 상당히 자라나 있었다. 내가 오랫동안 써 온 『동시대 게임』이 출판되었다는 소식을 들은 H는 바로 읽고 싶어 했다. 그러나 담당 의사에게 독서를 삼가라는 권고를 받은 상태였다. 또한 누워서 무거운 책을 읽게 되면 체력도 소모될 것을 염려해서 나는 해가 바뀌면 책의 장정을 풀어서 얇게 분책을 해다 주겠다고 약속했다. 그런데 어느 날 병문안을 가 보니 H는 아내에게 책을 사 오라고 해서는 벌써 다 읽었다는 거였다. H는 이제는 더 이상 흘금거리지는 않았지만 너무 투명해서 역시 이상해 보이는 눈동자에 웃음을 띠고 따뜻한 감상을 들려주었다. 그 마지막 자리에서 H는 나로서는 기억이 잘 안 나는 학생 시절의 한 사건을 추억 삼아 이야기했다.

"자네가 스나가와 투쟁*에 지원 가는 버스에서, 나는 경찰 곤봉에 머리를 맞아서 죽게 되더라도 아무렇지 않다면서 어릴 적에 했던 '혼의 이륙' 연습이라는 이야기를 했지. 버스에 탔던 모두가 웃음을 터뜨렸었어. 나도 자네를 그냥 남 웃기기 좋아하는 놈으로 생각했을 정도였으니까. ……그런데 왜 자네는 그 에피소드를 소설에서 뺐지? 이 나이가 되어서 생각해 보니 웃기는 얘기가 아니라 옛 생각을 불러일으키는 절실한 이야기인데 말이야……"

H가 말한 그 이야기가 확실히 생각난 건 그가 회복 가능성이 사라진 중태가 되어 그날도 이요의 동생을 같은 도쿄 대학 병원에 데리고 갔다가 집에 돌아와서는 자리에 앉지도 않고 바로 오차노미즈의 병실로 달려가 대기하던 중이었다. H는 심한 두통을 호소하며 의식이 혼탁해지더니 그 상태로 며칠이 지나는 동안 이번에는 신장의 기능이 멈추어 버렸다―그 설명을 듣자 바로 또 이요의 동생 생각이 났다―그런데도 계속 링거액이 주입되는 바람에 전신이 물 풍선 상태가 되었다. 나중에 해부를 해 보니 머리와 폐의 혈관이 터져 갈 데가 없어진 혈액이 고이는 바람에 온몸이 피 주머니가 되어 있었다고 한다. 그러나 히비야 고등학교 럭비부에서 단련된 심장은 높이 들린 가슴안에서 여전히 뛰었고 초보자가 수공예로 만든 것 같은 딱딱한 고무 밸브와 부드러운 고무호스가 달린 인공호흡기는 풀무 소리를 냈다.

그런 H를 지켜보고 있는데 불쑥 2주 전에 그가 했던 말의 의미가 이해되었다. 확실히 스나가와로 가는 버스에서 친구들에게 '혼의 이륙' 연습 이야기를 했던 기억이 났다. 그러나 그것은 어린 시절 정형화된 일련의 꿈의 연장에서 본 또 하나의 꿈의 추억이었다. 숲 속 골짜기에 아이들이 모여서 여기저기 비탈에서 글라이더 활공처럼 지면을 뛰

---

* 1955년의 미군 기지 확장 반대 투쟁.

어가다가는 공중으로 뛰어오르는 연습을 했다. 죽을 때 혼이 원활하게 육체를 빠져나갈 수 있도록 하는 '혼의 이륙' 연습인 것이다. 혼은 육체를 빠져나가면 골짜기의 하늘로 날아올라 자신의 껍데기인 유해가 가족들과 친구들에게 처리되는 걸 내려다보며 글라이더 활공을 계속한다. 그리고 더 큰 원을 그리며 올라가 골짜기를 둘러싼 숲의 꼭대기에 착지하는 거다. 혼은 숲의 수목 가운데서 오랫동안 머문다. 다시 새로운 육체로 들어가기 위해서 글라이더 활공으로 골짜기로 내려가는 날이 오기까지…… 이 죽음과 부활의 과정이 원활하게 이루어지게 하기 위해서 골짜기의 아이들이 비탈길에서 양팔을 벌리고 부웅! 하는 소리를 내며 달리는 '혼의 이륙' 연습.

이 꿈에 대해서 『동시대 게임』에 쓰지 않은 건 백혈병 병상에서 사투를 벌이는 H만큼 그 장편에 골몰한 동안의 나에게는 죽음과 부활에 관한 절실함이 없었기 때문이어서가 아닐까? H는 생애 최후의 비평에서 그 점을 지적해 주고 떠났다.

『동시대 게임』은 신화학이나 민속학, 문화인류학에서 빌린 이미지나 상징이 너무 많이 등장한다는 비평이 자주 나왔다. 그러나 오히려 내가 소설을 쓰는 동안 그쪽 분야에서 많은 도움을 받은 저서의 저자인 문화인류학자 Y 씨로부터는 나의 소설의 핵심 이미지나 상징이 매우 독자적이라는 소리를 들었다. 사실 그 작품의 많은 동기와 실마리들은 골짜기에서 보낸 유소년기의 어두운 꿈의 창고로부터 나온 것이다. 그렇게 작품을 쓰면서 개인의 꿈이 다양한 나라의 다양한 지방의 신화와 뿌리가 이어지고 있다는 것에 문학 표현의 흥미로운 면을 발견하기도 했다.

『동시대 게임』에서 그렸던 신화 세계의 궁극의 핵심을 이루는 이미지와 상징은 고열에 시달리며 밤중에 숲에서 방황하던 나=소년의 몽상으로, 동시에 현실의 숲에서 간파하게 되는 환상으로도 나타난다. 전쟁 중에 마을로 피난을 와 있던 천체역학 전문가 두 사람에게 나=소년은 이런 발상을 이야기한 적이 있었다. 은하계뿐만 아니라 모든 우주를 한꺼번에 바라본다면 세계는 공간×시간의 단위로 거의 무한에 가까우며, 지금 우리가 유일무이한 것으로 믿고 있는 이 세계의 미래는 실은 그와 비슷하나 약간 다른 변종과 함께 공간×시간의 단위의 총체 속에서 얼마든지 발견되는 것이 아닌가? 즉 임의로 역사의 진행 방향을 게임처럼 만들고 신과 같은 존재가 그중 하나를 골라잡아 우리의 세계에 제시한 것이며 우리는 게임 시스템 속의 하나의 요소에 지나지 않는 것이 아니냐고 나=소년은 까부는 척하며 물어본 적이 있었다.

이 발상은 천문학 팬인 내가 유소년 시절부터 가지고 있던 생각이었다. 아울러 다음에 제시하는 이야기는 나=소년이 반쯤은 자고 반쯤은 깬 상태에서 고열에 시달리는 머리로 꿈꾼 장면을 '누이'에게 들려주는 것인데, 이 역시 내가 숲 속 골짜기에서 꾼 꿈과 또 시간이 지나면서 조금씩 변형되며 되풀이되던 꿈의 통합이었다.

'그리고 누이여, 내가 까부는 척하며 천체역학 전문가들에게 했던 질문이 그 엿새 동안의 숲 속 경험을 통해 모두 현실로서 존재한다는 걸 나는 똑똑히 보았어. 산산조각으로 해체된 **파괴자**의 모든 파편을 모으기 위해 걷던 나의 눈앞에 분자 모형의 유리구슬처럼 투명한 공간이 나타났고, 수목과 덩굴식물로 둘러싸인 그 안에 '개 끄는 남자'의 개도 있었고 또 시리메도 있더라고. 그런 식으로 차례차례 다가오는 유리구슬 같은 투명한 공간에서 나는 우리 고장에서 전승되어 오는 온갖 인물들은 본 거야. 그것도 미래에 일어날 사건에 관련된 사람까지 모두 동시에 함께 있는 광경을. 나는 며칠이고 그걸 보면서 걷는 동안 은하계 우주의 외부까지 찾으러 갈 것도 없이 아포 할아버지, 페리 할아버지 2인조가 말한 대로 숲 속에는 실지 조사 가능한 모든 것이 존재한다는 사실을 알게 되었지. 지금 여기에 실제로 나타난 것이야말로 내가 말한 거의 무한에 가까운 공간×시간 단위 전체의 한 부분을 보여 주는 거야. 그것도 이 같은 말에 의한 게 아니라 쉬지 않고 눈앞으로 다가오는 환상의 총체가 자연스럽게 가르쳐 주었지. 그뿐만 아니라 그런 식으로 숲 속에 모든 것이 공유된 마을＝국가＝소우주라는 신화와 역사 그 자체가, 거인화된 **파괴자**를 나타내고 있는 거야. 내가 숲 속을 구석구석 걸어 다니며 환상을 보고 온 것이 산산조각으로 해체된 **파괴자**를 회복하는 행위인 건 그 때문이지……'

  H의 감상을 곰곰이 생각해 보다가 불현듯 나는 그 작품에서 탄생과 죽음에 관해서 아무런 언급도 하지 않았다는 걸 깨달았다. 산산조각으로 해체되었으나 오염되지도 않고 썩지도 않는 **파괴자**의 시체에 관해서 서술할 뿐이다. 그러나 그 이미지의 원형을 이루는 유소년기의 꿈으로 거슬러 올라가면 그것은 언제나 탄생과 죽음에 직접 연결되어 있었다. 숲 속의 어둡게 우거진 빽빽한 수목들 사이에서 떠오르는 분자 모형처럼 생긴 투명한 구슬, 내부가 미광으로 빛나는 그 안에는 우리의 마을＝국가＝소우주의 과거에서부터 현재, 미래에 걸쳐서 일찍이 살았고, 지금 살고, 이윽고 살게 될 모든 인간이 들어 있다.

  나 자신도 번데기와 같은 유기체의 정지 상태로 고치 속에 있다. 마을＝국가＝소우주인 골짜기의 현실 세계에 인간이 태어난다는 것은 한 생명이 고치 속에서 골짜기로 내려오는 것에 불과하다, 글라이더 활강을 하며. 죽을 때는 역시 글라이더 활강을 해서 숲이라는 고치 속으로 돌아가는 것이다. 오랜 세월이 흐르고 다시 고치에서 나와 골짜기로 내려오는 부활은 몇 번이고 이루어진다. 우리의 마을=국가=소우주의 모든 역사에 속하는 사람들을, 즉 숲 속의 투명한 구슬의 총체를 합치면 **파괴자**가 된다. 고열에 시달리며 숲 전체를 다 걸어 보려고 했던 나=소년은 그 행위로 **파괴자**를 부활시키려 했다.

그리고 일단 **파괴자**가 부활하게 되면 그 안에 포함된 마을=국가=소우주의 과거, 현재, 미래의 모든 인간은 새로운 단계로 접어들 터였다. 그 거대한 성취에 대한 예감은 내가 계속 꾸어 온 꿈속에서 언제나 무시무시한 두려움과 갈망으로 동시에 존재했던 것이었다. 『동시대 게임』에서 나=소년은 성취를 향해 그렇게 열심히 다가갔지만 끝내 달성하지 못했던 시도에 대해 이렇게 말한다. 이것이 소설의 사실상의 결말이었다.

'누이여, 내가 구조대로 온 소방단원들에게 잡힌 다음 그렇게 끝없이 울며 절규한 것은 그 **파괴자**의 육체를 복원하는 일, 내게 시련으로서 주어진 그 과업을 거기서 포기해야만 했기 때문이야. 숲 속에 있는 마을=국가=소우주 신화와 역사의 공간×시간의 모든 단위를 끝까지 돌아다니며 수집해서 **파괴자**의 갈기갈기 흩어진 모든 살, 뼈, 근육, 피부 그리고 눈과 이, 모든 체모에 이르기까지 복원해야만 했는데. 더구나 거의 그것을 완수할 단계였는데. 시련의 성취를 단념해야만 하는 비통함에 나는 울부짖으며 골짜기로 실려 내려와, 그때부터는 '덴구*의 남창'이라는 조롱을 받으면서 숲 밖에서 살게 된 거지……'

그런데 유소년기의 꿈에 기원이 있는 나의 이 환상은 블레이크의 말과 페트워스** 컬렉션에서 유명한 수채화 〈최후의 심판〉을 아울러서 분석한 캐슬린 레인의 발자취를 따라가는 것이다. 나 자신의 무의식에 가까운 영역을 포함해서 느끼고 생각한 모든 것이 블레이크 안에 예언되어 있었을지도 모른다고 생각하는데 그 근거는 이러하다.

(산산조각으로 해체된 **파괴자** 사체의 파편이라는 이미지는 우리 집을 방문했던 미국 여학생이 질문한 오시리스 신화를 위시해서 디오니소스 신화, 오르페우스 신화를 매개로 하며 블레이크 분석에서 레인이 자주 사용한 상징에 연결된다 할 수 있다. 생사의 경계를 초월해서 밤중의 숲을 헤매고 다니던 나=소년 자체가 블레이크의 '길 잃은 소년' '되찾은 소년'의 상징이라고 할 수 있다.)

레인은 〈최후의 심판〉에서 왕좌에 앉아 광채를 발하는 그리스도를 향해 올라가거나 지옥을 향해서 떨어지는 인간의 모습을 두고 이는 개인을 표현했다기보다 '살아 있는 우주적 생명의 흐름 속을 순환하는 세포군 같다'고 분석했다. 또한 레인은 이 그림이 스베덴보리***의 '위대한 사람'을 나타내고, 그의 영향을 받은 블레이크에게는 '신적인 인간성' 혹은 '예수=상상력'을, 즉 모든 것 중에 유일한 신, 유일신 안에 있는 모든 것을 나타낸다고 했다. 무수한 인간을 세밀하게 묘사해 낸 〈최후의 심판〉이 총체로서 상상력인 예수 한 존재를 드러내고 있다고 보았다.

* 얼굴이 붉고 코가 높으며 신통력이 있어 하늘을 자유로이 날면서 깊은 산속에 산다는 상상의 괴물.
** 조지프 말러드 윌리엄 터너와 그린링 기번스의 작품 상당수를 포함하여 고가의 예술품을 소장하고 있는 영국 웨스트서식스의 대저택.
*** 1688~1772 스웨덴의 신학자이자 천문학자. 태양계의 형성에 대한 가설인 성운 가설을 제창한 것으로 유명하며, 이후 영적 생활에 들어가 천사나 여러 신령과 말하고 천계 및 지계에 대한 독자적인 해석을 시도했다.

레인은 블레이크의 다음의 말을 상기해 보자고 말한다. '상상력의 이 세계는 영원한 세계다. 그것은 우리가 식물처럼 움텄던 육체의 죽음 이후에 모두 가게 되는 신의 품속이다. 상상력의 세계는 무한하고 영원하다. 그러나 생식되는 혹은 번식하는 세계는 유한하고 한시적인 것이다. 우리가 자연의 식물이라는 거울 속에 비치는 것을 본다, 모든 사물의 항구적인 실존은 그 영원한 세계에 있다. 모든 사물은 구세주인 신의 육체 안에 있다, 그 영원한 형식에 의해 이해된다. 구세주, 진실하고 영원한 포도나무, 인간의 상상력, 그것은 나에게 영원한 무언가가 확립되는 것처럼 성인들 안에 심판으로 더해지는 것, 일시적인 무언가를 내던져 버리는 것으로 나타난다. 그리고 그의 주위로는 나의 상상력의 눈에 걸맞은 모종의 질서에 따라 존재의 이미지가 발견되었던 것인데……'

레인은 '신적인 인간성'의 집단적 존재라는 개념이 「네 조아」에도 나타나 있다고 보고 '세계 가족 모두를 하나의 인간으로서' 나타낸 예수, 라는 시구를 들어 〈최후의 심판〉이야말로 블레이크의 영적인 우주를―즉 하나의 인간에 의해 성립된 우주로서의 예수를―묘사한 것이라고 했다. 숲 속에서 분자 모형의 투명한 구슬의―그것을 세포라고 바꾸어 말해도 좋겠다―무수한 군집과, 동시에 그 총체인 **파괴자**를 둘러싸고 내가 느끼고 생각해 온 바를 레인의 분석에 맞추어 본다면 참으로 많은 의미가 명백해진다.

나의 환상에 결여된 점이 있다고 한다면 **파괴자** 즉 구세주, 예수의 육체가 원래대로 되는 날을 '최후의 심판'의 날이라고 보는 사상뿐이었을 것이다.

캐슬린 레인의 분석을 가지고 유소년기의 꿈을 더욱 블레이크에 밀착해서 살펴본다면 은은한 빛을 발하는 분자 모형의 투명한 구슬에 내재한 인간이란 이미지에서 블레이크의 신화 세계의 근간을 이루는 또 하나의 특질과의 연관을 찾아낼 수 있다.

이를테면 블레이크의 아름다운 작품으로 꼽히는 그림의 하나인 〈시간과 공간의 바다〉란 제목이 붙은 템페라 회화를 매개로 해서 레인이 정령들의 동굴이라고 부르는 밀교적인 상징주의를 본다. 신플라톤주의 범주로도 볼 수 있는 사고방식이지만 영원한 생명에서 추락하여 생식되고 생육하는 지상의 육체 안으로 들어와, 즉 죽을 수밖에 없는 존재가 되는 과정이 블레이크에게 있어서는 현실 세계로의 탄생이다.

『셸의 서』의 천상의 영혼은, 영원한 생명에서 떨어져 나와 일시적인 세계의 주민이 된 자들이 어떻게 지상에서 울리는 고통의 소리를 듣고도 지상으로 내려올 수 있었는지 의아해한다. 하늘과 땅을 잇는 동굴 속에서 죽을 수밖에 없는 자가 되기 위한 육체가 베틀로 짜이듯 만들어지는 인간이란 상징은 블레이크의 시 도처에서 발견된다. 이요가 기형적인 머리를 달고 고통 속에 지내야 했던 신생아기를 생각하며 나는 블레이크의 이 시가 아내의 눈에 띌까 봐 두려워한 적이 있었다. '나의 죽을 수밖에 없는 몸의 어머니 된 당신은 / 잔인하게도 내 심장을 만들고 / 거짓의 자기기만의 눈물로 / 나의 콧구멍, 눈과 귀를 붙들어 맸다'.*

대학 신입생인 내가 블레이크의 시인지도 모르는 상태에서 충격을 받았던 시 한 구절 '인간은 땀 흘려 일해야 한다, 슬퍼해야 한다, 배워

---

* 「경험의 노래」 중 「디르사에게To Tirzah」의 일부.

야 한다, 잊어야 한다, 그리고 돌아가야 한다 / 자기가 떠나온 어두운 골짜기로 또 새로운 노역을 위하여'는 인간의 육체가 만들어지는 동굴에서 반복해서 지상으로 추락하는 영혼을 비탄하는 노래였던 거였다.

너무 어렸던 나는 이 시에서 바로 내가 나고 자라난 숲 속의 골짜기를 생각하고 나의 미래를 예언받은 기분을 느꼈는데 그 숲 속에서 숲을 무대로 유소년기의 내가 몇 번이고 꾼 꿈이야말로 정령들이 동굴 속에서 영원한 영혼을 죽을 수밖에 없는 육체로 짜는 장면과 동일한 뿌리를 가진 것이었다. 마침내 결정적인 구원의 때가 오기까지─블레이크의 상징에서는 '최후의 심판'에 이르기까지, 내 꿈과 소설의 상징에서는 **파괴자**의 부활이 완수될 때까지─모든 사람들의 영혼은 숲의 나무들 사이 미광을 발하는 투명한 구슬 속에 있으면서 반복해서 육체를 걸치고 골짜기로 떨어지지 않으면 안 된다……

이요가 기숙사에 들어가기로 된 날이 이틀 뒤로 다가왔다. 낮 시간에는 이런저런 집안일에 쫓기던 아내는 이요가 기숙사에 가지고 들어갈 물건들에 이름표를 만들어 붙이느라고 한밤중까지 일을 했다. 항간질약을 하루 분량씩 종이봉투에 나누어 담고 날짜를 적어 넣는 일부터 이름표를 붙여야 할 물건이 한두 가지가 아니었다. 그것도 반드시 이름표를 실로 꿰매어 달도록 되어 있었다. 이불과 요 하나씩, 담요도 까는 것 덮는 것 구분해서 한 장씩 이름표를 붙여야 하고, 파자마 한 벌, 베개, 파자마 싸는 수건, 셔츠 세 벌, 팬티 네 장, 평상복 셔츠 둘, 바지 둘, 교복과 와이셔츠 둘, 추리닝 한 벌, 반바지 하나, 손수건 다섯, 양말 다섯, 옷걸이 셋, 우산 하나, 실내화, 덧신, 평상시에 신는 운동화 하나씩. 칫솔, 치약, 컵, 비누, 비누 상자, 빗, 플라스틱 용기, 세숫대야 대소, 샴푸 하나씩도 이름을 써넣어야 했다. 그리고 얼굴 수건 둘과 큰 수건 하나.

아내는 돋보기를 쓰고 고개를 옆으로 기울인 채 바늘로 이름표를 달았다. 아내의 그런 모습을 처음 보는 것도 아니면서 문득 예상치 못했던 기분이 들었다. 나는 나이에 어울리지 않게 아이 같다는 말을 자주 들어 왔다. 그런 것이 언제까지나 어린아이의 영혼을 가진 이요와의 관계에서 비롯되었다면 그건 아내에게서도 마찬가지일 것이다. 이요의 말과 행동의 자잘한 부분에서 재미있는 점을 발견하고는 소리를 내며 웃는 아내에게서는 아들의 탄생 이전부터 본질적으로 가지고 있으면서도 하나도 변하지 않은 일종의 젊음이 느껴졌다. 그러나 이요가 기숙사에 들어가 버리면 아내는 별로 소리 내어 웃을 일도 없을 테고 조용해지며, 즉 소녀 같은 발랄함을 모두 세월의 너머로 던져 버린 인간이 되는 것은 아닐까. 그것은 또한 나에게도 마찬가지로 일어날 수 있는 일이겠지 하는 생각이 들었다. 그런데 아내도 똑같은 생각을 한 모양인지 손으로는 계속 바늘을 움직이며 이런 말을 했다.

"사쿠짱이 오늘 클럽활동이 끝나고 돌아와서는 바로 이요가 기숙사에 들어가 버리면 이제 웃을 일이 별로 없을 거라는 소리를 하네. 이요가 웃기는 짓을 해서 웃으며 살아온 게 아니라 이요는 아무것도 아닌 데서 우리를 웃게 해 주는 재주가 있다면서……"

"그래, 그건 맞는 소리야." 나는 이요의 남동생의 말에 동의했다. 우리 가정에 늘 축제 분위기가 있었던 것은 축제의 어릿광대이자 또한 제사장이기도 한 이요가 있었기 때문이다.

"당신이 유럽으로 여행 갔을 때는 이요 앞에선 소리 내서 웃는 일도 삼갈 정도로 모두들 숨을 죽이고 지냈지만……"

"오늘 독일에서 신년 인사 편지가 왔는데 함부르크에서 만난 작가가 이요 걱정을 하던걸. 편지를 쓴 사람은 일본인 유학생인데 그 학생이 이요에 대해 쓴 단편을 번역한 걸 그 작가가 읽었대. 작가는 나나 당신에게보다 이요에게 더 큰 동정을 보낸다고 하더군. 그 사람은 폭력의 발현에 관해 특별한 감수성을 가진 작가고 또 매사에 경험에 근거하여 말하는 사람이니까 그냥 지나가는 소리로 하는 말은 아닐 거야. 이름은 에펜도르프라고 하는데……"

나는 머리는 벗어졌지만 눈가와 입 주위에 젊음의 아름다움이 남아 있던 그 거한과 함께 함부르크 중앙역 및 환락가 레페르반의 공공 핵방공호에 내려갔었다. 그를 좌장으로 하여 함부르크 지식인들과 심포지엄을 하기도 했다. 나는 유럽의 반핵, 평화운동을 돌아보고 와서 보고용 팸플릿을 출판한 적이 있는데 거기에 썼던 작가 소개를 인용해 본다.

'올해 40세가 되는 에펜도르프라는 작가에 대해 특별히 설명해 두고 싶은 것이 있다. 그것은 핵이라는 세계 규모의 폭력과 개인에게 깃들어 있는 폭력을 연관 지어 생각하여 그 폭력 양상을 확실한 이미지로 만들어 냈다는 점이다. 에펜도르프 씨는 함부르크에서 활동하는 작가로 그의 대표작이라고 해도 좋을 자전적인 『가죽 남자』에 의하면 청년 시절 여자 친구가 너무나도 엄마를 닮았다는 이유로 그녀를 살해한 사람이다. 그리고 10년간 감옥에서 독방 생활을 했다. 현재는 동성애자들을 위한 잡지를 편집하면서 작가로서 활동하고 있다. 『가죽 남자』가 직접 제시하고 있는 것은 전신을 가죽옷으로 감싼 페티시즘 인간이다.

작가 자신이 만든 연극판 〈가죽 남자〉의 팸플릿에 결론으로서 제시하고 있는 말을 프랑스어 원문에서 번역한다―인간이라면 누구나 다양한 감정을 살아갈 권리가 있다는 건 매우 자연스러운 것이다. 그러나 사람들은 자기가 하는 일에 대해 이해하고 그 감정들을 통제할 수 있어야 한다. 왜냐하면 인간으로서 살기 위해서는 다소의 제한이 있기 때문이다. 여기에서 당신을 향해 제시되어 있는 것은 감정의 인플레이션적 전개 시대에 공격의 지진계 기록으로서의 도큐먼트, 폭력의 가택침입 시대에 그것을 제어하는 시도이다.

개별적인 폭력, 정념의 막장을 너무나 잘 아는 인간이 세계 규모의 폭력, 정념의 폭발에 대해서 항의하고자 하는 것이다. 핵 상황에 대한 그런 그의 태도에 나는 공감을 가진다. 앞서 말한 환락가 레페르반에서 생활하는 창녀나, 거리 공연을 하는 하층민의 인터뷰를 모아서 그 장소 전체의 전기를 쓰는 것이 에펜도르프 씨가 현재 하고 있는 일이다. 그의 일과 핵무기 반대 시민운동의 전개 방향이, 앞서 언급한 시의 방공호 관계자와의 문답을 테이프리코더에 담는 형식으로 긴밀하게 연결되어 있다는 점이 매우 흥미로웠다.'

"에펜도르프는 폭력적인 것을 인간이 어떻게 제어하는가를 말하고 있는데, 그 전에 폭력에 의지하게 되는 인간, 자기 내부의 폭력적인 것의 소재를 부정하지 못하는 인간에게 깊이 공감하는 사람이지. 그는 지금의 이요와 같은 나이에 성적인 충동에 휘둘려 살인을 저지른 사람이니까. 그런 자신을 이요에게 잠재해 있는 폭력적인 것과 중첩해 본 게 아닐지……"

아내가 이름표를 달던 손을 멈추고 돋보기를 쓴 채 나를 돌아다보았다. 그 항의하는 듯한 눈빛에 순간적으로 움츠러드는 나에게 아내는 이런 말을 했다.

"그거야 당신 소설이 이요에 대해서 그런 이미지를 느끼도록 쓰여 있기 때문이겠지. 당신이 일부러 이요를 나쁘게 쓰지는 않았겠지만. ……당신이 쓴 걸 읽어 보니 유럽에서 오랜만에 돌아온 당신이 이요를 보고 얼마나 충격을 받았는지 알겠더라고. 당신이 집을 비운 사이 이요 상태가 아주 안 좋았을 때, 나와 이요 동생들이 느꼈던 것과 당신이 본 건 좀 다른 것 같아."

아내가 지적하고 있는 것은 귀국한 날 밤 이요의 눈을 본 내가 썼던 다음 부분임이 틀림없다. '그 눈을 보고 내 몸이 부르르 떨렸다. 열이 나는가 싶게 붉게 충혈된 눈에서는 눈곱 같은 누런 광채가 형형했다. 발정 난 짐승이 충동이 이끄는 대로 갖은 난음을 다 하고도 그 여운에서 풀려나지 못한 눈이었다. 머지않아 그 격렬하고 난폭한 활동기는 침체기로 바뀌겠지만 아직은 몸 안에서 사납게 날뛰고 있는 것이 있다. 아들은 말하자면 그런 짐승에게 내부를 물어뜯기고 자기로서는 아무런 저항도 할 수 없다는 눈길이었다. 그러나 검고 진한 눈썹과 우뚝 솟은 코, 붉은 입술은 완전히 이완되어 얼굴은 완전히 무표정이었다.'

"나는 오히려 당신이 충격 받는 걸 보고 이제는 돌이킬 수 없는 사태에 이른 게 아닌가 하는 공포를 느꼈어. ……당신과 이요가 화해하고 그리고 우리 모두 이요와 좋은 관계가 회복되어서 너무 다행이지만 돌이켜 보면 당신이 유럽에 가고, 이요가 나빠진 열흘 중에서도 당신이 귀국한 날이 가장 심각했어……"

"당신은 그렇게 느꼈을지도 모르겠네." 나는 거의 1년간 유보되어 있던 반격에 위축되며 대꾸했다. "아니, 틀림없이 그랬을 거야. 에펜도르프가 이요에게 청년 시절의 자신을 이입시켜 바라보게 된다는 소리를 했는데, 이제 돌이켜 생각해 보니 유럽에서 막 돌아왔던 나는 그 에펜도르프가 저지른 범죄를 통해 이요를 바라봤던 것 같아."

유럽에서 경험한 것 중에 또 하나 나의 견해를 새롭게 만들어 준 것이 있었다. 그러나 그것은 직접 아내 앞에서 말하기는 어려운 사건이었다. 아내가 다시 생각에 잠기는 표정으로 돋보기 너머로 미간을 찡그리면서 이름표를 붙이는 작업으로 돌아가는 걸 나는 잠자코 지켜보았다. 그리고 무의미하게 머리를 흔들고는 자기 전에 마시는 술을 채운 컵을 챙겨 들고 작업실 겸 침실로 올라갔다.

늘 반쯤 열린 아들 방 문 앞에 멈춰 서서 이틀 후면 거기에 없을 이요를 어둠 속에서 들여다보았다. 복도에서 비쳐 드는 희미한 빛에 똑바로 위를 향해 누운 매부리코를 한 이요의 커다란 머리가 보였다. 그 모습은 커다란 덩치로 똑바로 누워 있던 임종 시의 H를 생각하게 했다. 속죄할 길 없는 상실감이 들며 한없는 무력감에 사로잡힌 채 나는 한참이나 그 자리에 서 있었다. 그런 나에게 천장을 바라보는 자세로 꼼짝도 않고 누워 있던 이요가 온화한 목소리를 말을 걸었다.

"아빠, 잠이 오지 않습니까? 내가 없어져도 잘 잘까? 힘을 내서 잘 주무세요!"

1년 전 유럽에서 경험한 또 하나의 사건. 빈에 도착하는 공항에서 우리 텔레비전 제작 팀은 반핵 평화운동을 계속해 온 일본인 유학생과 오스트리아인 그룹과 접촉했다. 내가 그들의 운동에 초대 손님으로 참가하는 것도 취재가 예정된 프로그램이었다. 이어서 함부르크로 이동하여 앞서의 에펜도르프 그룹과의 공동 작업이 있었고 거기에서 야간열차로 스위스 국경 근처의 프라이부르크까지 남하해서 '새로운 선택'이라는 그룹의 정치가, 운동가들을 만났다. 바젤에도 들러서 스위스 운동가들과 이야기를 나누고 프랑크푸르트를 거쳐 베를린으로 가는 것이 전체 여정이었다. 아직 생성 도중에 있는 텔레비전 보도 미디어에서 일하는 사람들의, 업무 고유의 논리와 거기에 맞추어 몸을 사리지 않고 움직이는 모습이 다른 분야에 있던 내게는 매우 자극적이고 기분 좋은 것이었다. 그러나 그 정도의 일정을 일주일 만에 마쳐야 하는 여정이었으므로 매일 아침 일찍 활동을 시작해서 한밤중이 되어야 저녁 식사를 하는 날들이 이어졌다.

그렇게 바쁘게 돌아가는 바람에 오히려 의욕이 유지되었던 점도 있다. '검은 숲'의 가장자리 산지 비탈에서 라인 강을 내려다보는, 역사 깊은 대학 도시에서 겨울답지 않은 따스한 햇볕 아래 교외의 스키장용 호텔로 점심을 먹으러 갔다. 잎을 모두 떨군 너도밤나무, 떡갈나무와 전나무가 우거진 숲을 바라보다가 광대한 숲이 핵의 대화재로 불타오르는 환상을 보았다. 그런 심리 상태로 밤낮 핵무기 상황을 보고 다니는 여행이었으니 심야에 눈이 뜨이면 여행 중에 산 케인스* 편編의 블레이크 시를 읽고 거기에 매달리는 심정이 되기도 했다.

이윽고 베를린에 도착한 날 밤에도 유럽에 비핵 지역을 만들어 내자는 운동을 추진하고 있는 베를린 자유대학 그룹의 미팅에 참석했다. 동베를린 운동과도 연관이 있는 사람들과의 미팅이었는데 대도시 주민 특유의 세련되고 침착한 토론이 프라이부르크의 열정적인 모임과 대비가 되며 상당히 흥미로웠다. 그날도 심야에 파독 한국인 노동자들을 위한 정통 한국 요리인 것 같은, 국물도 없이 단지 고추 양념으

---

* 1887~1982 영국의 외과 의사이자 전기 작가, 서지학자로 윌리엄 블레이크에 대한 세계적인 권위자이다. 경제학자이자 철학자, 정치가인 존 메이너드 케인스의 동생이다.

로 비벼 놓은 냉면을 먹었다. 공동 작업의 첫날에 필요한 일련의 과정인 텔레비전 제작 팀 전원의 저녁 식사의 기능을 새삼스레 깨닫고 호텔로 돌아왔다.

밤 2시가 넘은 시간에 머리맡의 전화가 울렸다. 외국어로 살아온 일본인이 모국어로 말하게 되었을 때 묘하게 유창해지면서 어딘지 부자연스러운 것이 처음부터 느껴지는 목소리로 중년 여성이 자기 이름을 대려고 했다.

그 순간 나는 마지막으로 만나고 나서 20년이나 지난 상대의, 그것도 처음 만났을 무렵의 10대의 그녀 전체가 순식간에 떠올랐다. 한국인으로 당시 합병된 나라의 사람으로서 개명하고 도쿄 제국대학을 졸업한 후 일본 여자와 결혼한 그녀의 아버지가 패전을 계기로 되찾게 된 이李라는 성을 나무 목木 자와 아들 자子 자를 분리시켜 기코라는 별명으로 부르던 친구였다. 그 기코가, 특별히 반갑다는 것도 아니고 그러나 어쨌든 외국에서 같은 도시에 있게 되었으니 한 번은 만나 봐야 하지 않겠느냐는 투로 전화를 한 것이었다. 어쩌면 마음 한구석에 그녀를 의식하고 있었기 때문에 베를린에 오자마자 한국 음식점을 찾았는지도 모르겠다는 생각이 들었다.

"갑자기 전화해서 기분 나쁠지 모르겠는데 나 기코야. 현재 라스트 네임이 새로 바뀌었지만 자기는 들어도 모르는 독일 이름이니까 생략하고……"하고 그녀는 말을 이었다. "자기가 베를린에 온다는 건 H씨가 백혈병으로 죽었다는 소식과 같이 들었어. 너무 슬퍼. 어쨌든 오늘 밤에 좀 만날까?"

"오늘 밤은 좀……"하고 나는(그때 그녀가 어디에서 전화를 하고 있는지 알았다면 바로 승낙했을 텐데, 막연하게 베를린 시내에서 전화를 걸었다고만 생각했다) 남의 사정은 전혀 고려하지 않는 그 친구의 오랜 습관을 생각하며 사양하는 의사를 밝혔다. "내일 오전에는 텔레비전 제작 팀과 회의가 있고 오후에는 동베를린에 가는데 밤에나 올 거야. 모레 오토브라운 강당에서 '베를린 반핵 티치 인'이라는 게 있는데 그 후에 베를린 주재 공사 주최 행사가 끝나면 시간이 나는데……"

"대단히 사무적이네. 그래, 나를 꼭 만나야 하는 이유가 있는 것도 아니고…… 어쨌든 모레 티치 인에는 나도 갈게. 옛날 기코의 모습이 남아 있는 아줌마가 어디 있나 연단에서 두리번거리면 안 돼. 그럼 자기가 공사들하고 식사를 마치고 돌아올 때쯤 연락할게. 텔레비전 제작 팀과의 단체 여행이라 여자들 만나러 다니지도 못했을 거 야? 나를 만나는 게 여러모로 편리하지 않겠어?"

중간에 한 번 만난 적은 있지만 그렇게 그녀가 하는 말을 직접 들으니 거의 30년 전의 인상이 되살아나며 하나도 안 변했군 하는 생각이 들었다. 또한 지나간 세월을 훌쩍 건너뛸 심산으로 일부러 그런 목소리를 연출하는 그녀에게서 물씬 성숙한 느낌이 풍기기도 했다……

"내일 동베를린에 간다니, 반핵, 평화운동의 비공개 그룹하고도 연락한 거야?" 하고 묻더니 입을 다물고 아무 대답도 안 하는 나에게 그때까지와는 다른 말투로 이런 소리를 하고 먼저 전화를 끊어 버렸다 (그 말의 뜻은 금방 알게 되었지만). "그만큼이나 국내외로 선전한 공개 티치 인을 하기 바로 전날이잖아? 내일 동베를린에 가는 건 중지되지 않겠어? 직원 중에는 열정적인 사람도 있겠지만 신중파도 있을 거 아야? 자기 같은 타입의 인간을 모시고 다니는 걸 보면. 그럼 모레 행사 기대할게."

기코는 도쿄 대학 본교 근처에서 전쟁 전부터 하숙을 치던 집에서 살았다. 증축에 증축을 거듭하는 바람에 복도가 올라갔다 내려갔다 하는, 배처럼 생긴 건물이었다. 그 하숙집은 거의 무한의 수용 능력을 가지기라도 한 양 무턱대고 넓기만 한 현관과 정면 계단 근처에서 늘 새로운 얼굴을 만나곤 했다. 기코도 애도를 금치 못했던 H와 나의 중개 역 같은 역할을 하던 I라는, 현재는 발자크 연구자가 된 친구가 그 하숙집의 오각형으로 된 방에서 살았던 관계로 그곳은 우리의 아지트였던 거다.

상당한 미인이며 같은 학년인 H의 애인도 그 하숙집에서 다른 여학생들과 한방을 쓰고 있었다. H와 애인 사이에 단순한 오해가 생겨—생각해 보면 H는 평생 동안 몇 번이나 그런 일을 겪었고 그때마다 인생이 크게 바뀌곤 했다—그녀는 이미 시인으로 왕성하게 활동하던 대학원생에게로 가 버렸다. 이런 고풍스러운 사연이 지금 내 머리에 떠오른 것은 H의 장례식이 끝난 다음, 옛날에 H의 애인과 한방을 썼던 여학생이, 그녀도 지금 프랑스 문학과 선배의 부인이 되었지만, "H 씨와 사이가 틀어진 건 내 친구가 너무 성급했던 것 같아. 그날 밤부터 그녀는 같은 층에 있는 대학원생 방에서 돌아오지 않았어"라고 한 말에 기인한다.

무엇보다 당시 나는 그런 일에는 전혀 관심이 없었고, 친구의 연애로는 I가 고등학생 애인을 교육해서 도쿄 예술대학에 입학시킨 것에 좋구나 하는 정도였다. 나 혼자만 하숙집이 달랐다는 점도 있지만 H와 삼각관계 당사자 모두를 알고 지내며 나는 완전히 어린애 취급을 받으면서 그런 문제에서는 소외당하고 있었던 것 같다.

그런데 그 하숙집에서 마치 보초가 있는 탑처럼 외떨어진 방에 여학생 하나가 들어왔다. 한국인과 일본인 부모가 독일 건설 회사에서 근무하는 관계로 베를린에서 자란 여학생이었는데 일본 대학 교육을 받기 위해 도쿄로 돌아왔다는 거였다. 독일에서 기숙사 제도로 운영되는 사립학교를 나온 터라 영어, 프랑스어, 독일어가 모두 유창하기는 했지만 일본어는 복잡한 문장은 독해가 안 되는 수준이었다. 나에게 그녀와 함께 책을 읽는 가정교사를 하지 않겠느냐는 제안이 들어왔다.

베를린의 회사는 실은 일본의 대기업 건설 회사와 자본 제휴 관계에 있었는데 H는 일본 회사의 중역이었던 아버지로부터 그녀를 돌봐 주라는 부탁을 받은 상황이었다. 회사가 제휴한 외국인 전용 아파트에서 사는 기코를 그런 데서는 일본인의 생활에 대해 제대로 경험할 수 없다며 이쪽 하숙집으로 데려온 것도 H였다. 그러나 그즈음 삼각관계에 한창 휘둘리던 H에게 남의 가정교사를 해 줄 여유 같은 게 있을 리 없었다.

기코는 당시 스무 살이었던 나보다 두 살 어렸다. 다다미방에서 침대도 없이 생활하는 것은 처음이라고 하던 그녀는 바닥에 앉는 자세도 이상했지만 얼굴 생긴 것이나 몸집까지 어딘지 모르게 균형이 깨지고 별나 보였고 명랑하고 우스꽝스러웠다. (10년 후 그녀가 독일인 남편과 결혼을 하고도 혼자서 도쿄에 체재할 즈음에는 10대 때는 그렇게 엉성하게 따로 놀던 관절이 이게 또 모두 야무지게 제자리를 찾아갔는지 얼굴 생김이나 태도에서 도도함이 드러났다.)

이상할 정도로 숱이 많은 머리카락을 병풍처럼 늘어뜨리고, 시대극의 공주처럼 반달같이 생긴 눈썹, 동그란 눈, 복스러운 코, 그리고 입술이 도톰한 오므린 입이 광대뼈가 두드러진 커다란 얼굴에 엉뚱한 간격으로 퍼져 있었다. 그녀 스스로도 자신의 그런 얼굴에 질려서 늘 쓴웃음을 짓고 있는 듯했다. 마찬가지로 어딘지 모르게 엉성해 보이는 큰 덩치. 그래도 허리부터 아래쪽은 동양인의 골격이 아닌 것처럼 쭉 뻗어 있었는데, 기코는 언제나 복숭아뼈까지 내려오는 두꺼운 치마를 입고, 긴 두 팔로 무릎을 껴안고 앉아 있었다. 수업도 그 자세로 받았다. 그렇게 앉지 않으면 몸이 뒤로 넘어가기 때문에 어쩔 수 없는 모양이었다. 목소리로 말할 것 같으면 베를린 호텔에서 전화로도 금방 떠오르게 한, 코에 걸린 어리광 부리는 아이 같은 목소리였지만 말하는 내용이나 논리는 철저하게 즉물적이었다……

내가 그녀를 우스꽝스럽고 이상하다고 생각했던 것처럼 그녀 또한 나를 그렇게 봤을 것이다. 몇 년이 지나 H에게 들은 이야기로는 친구 중에서 가장 웃긴 인간을 소개해 달라는 것이 그녀가 가정교사를 구하면서 내건 유일한 조건이었다고 했다. 그리고 그녀는 내가 붙여 준 기코라는 재미있는 별명을 마음에 들어 했다. 지금 생각하면 좋은 환경에서 자란 H가 한 일치고는 좀 이상하게 여겨지는 점이 있는데 그는 그녀가 성적으로 자유로운 땅에서 자라서 일본의 상식으로는 생각할 수도 없을 만큼 자유로울 것이라고 도발하듯 혹은 조롱하듯 내게 털어놓았다. 애초부터 그때나 지금이나 H에게 책임을 전가한 일이 없었고 지금도 그런 의도는 아니지만, 내가 나중에 한 행동은 역시 경험이 없는 젊은이로서 H의 말에 큰 암시를 받았던 게 분명하다. 사월 신학기에 가정교사를 시작해서 1년 후에는 기코를 외국인 유학생이 많은 국제 기독교 교육대학에 입학시키는 것으로 가정교사 일은 끝이 났지만, 우리는 그녀의 생리 기간 외에는 매일 만나서 성교를 하는 관계로 들어갔다.

그리고 여름방학이 되어 내가 시코쿠 숲 속의 고향으로 귀향하고 기코는 어머니가 한국인과 결혼했다는 이유로 오랫동안 절연 상태였던 홋카이도의 친척 집을 방문하게 되었다. 나는 떨어져 생활하게 된 그 40일 동안 서로의 장래에 대해 생각해 보자는 제안을 했다. 초가을이 되어 상경한 내가 숲 속 골짜기에서 읽던 갈리마르판 사르트르를 배낭에 지고 바로 기코의 하숙집으로 갔더니 그녀의 방에는 기코의 스웨터를 입은 동남아시아 계통의 곱상하게 생긴 청년이 역시 거북한 자세로 둥글게 뭉쳐 놓은 이불에 기대어 빈방을 지키고 있었다. 나는 기겁하여 허둥지둥 I의 방으로 가 배낭에서 책을 한 권씩 꺼내서 책에 대해 설명하고 의견을 나누었다. 그러면서 겨우 마음이 진정된 나는 나의 하숙집으로 돌아왔다. 어쨌든 그 가을에서 겨울에 걸쳐 젊고 미숙한 나는 생각지도 못했던 혹독한 괴로움에 시달려야 했다……

결국 기코와 개인적으로 어떤 관계였는지 확실치 않은 H와—그에게는 별난 여자에게 철저하게 헌신하다가는 손바닥 뒤집듯 무관심해져 버리는 버릇이 있었는데 그의 사후, 역시 어떤 관계였는지 확실히는 모르겠으나 그에게 특별한 애틋함을 드러내는 여자들을 꽤 만났다—기코 사이에 열려 있던 파이프를 통해 들은 소식으로는 기코는 싱가포르에서 온 유학생과 헤어진 후, 독일에서 기술 연수를 위해 와서 그녀를 통역으로 고용했던 정보공학 기사와 결혼해 대학을 중퇴하고 유럽으로 건너갔다는 것이었다.

이요가 기형의 머리를 가지고 태어난 직후, 내가 한참 혼란에 빠져 정신을 못 차리고 있을 때 갑자기 기코로부터 연락이 와서 국제문화회관에 묵고 있던 그녀를 만났다. 역시 그때도 중간에서 연락책 역할을 해 준 것이 H였다. 아내는 이때까지 입원 중이었다. 그때의 기코가 예전과는 비교도 안 될 정도로 세련되어 있더라는 얘기는 앞에서도 했다. 그때 기코에게 받은 성적 치료라고 해도 좋을 대응에 나는 상당한 치유를 경험했다. 그러는 동안 친누이와 성교하는 것과 비슷한 생생한 죄의식이 들며 그로테스크한—호메이*의 말을 빌리자면—'절망적 만용'이라고도 할 만한 것이 되살아나기도 했다. 그 일을 통해 내가 이해하게 된 바는 스물한 살 때의 내가, 여름 한 철 떨어져 우리의 관계에 대해 재고해 보자는 생각을 하게 된 건 나보다 어리게 느꼈던 기코와의 관계에서 친누이와 성교하는 것 같은 죄의식이 들었기 때문이라는 것이다.

거의 10년이나 끊어져 있던 기코와의 성관계의 회복은 『개인적인 체험』에서 블레이크를 졸업논문으로 썼던 동기와의 성적인 장면에 반영하고 있다. 그러나 나는 기코의 사심 없는 헌신에 그렇게 확실한 도움을 받았으면서도 그녀와의 관계에 있어 항상 자기 본위로밖에 보지 않았던 20대 초의 습관을 버리지 못했던 듯하다. 20대 후반이 되어서도 여전히 자기중심적인 성격을 바꾸지 못한 나는 기코의 오른쪽 손목 안쪽에—왼손잡이라는 점도 18~19세의 아가씨인 그녀를 덩치가 큰 병아리처럼 어설퍼 보이게 하는 데 한몫했다—면도칼 자국이 있는 걸 보고도 아무것도 묻지 않았다. 즉 그녀가 유럽에서 보낸 10년 가까운 세월에 대해 완전히 무관심했다는 소리가 된다.

그러나 2주가 지나고 그녀가 독일로 돌아가 버리자, 기습적으로 되살아난 스물한 살 가을에서 겨울에 걸쳐 경험했던 쓰라림에 한동안

---

* 이와노 호메이(1873~1920)는 일본의 자연주의 소설가, 시인. 현재의 순간적 쾌락을 중시하는 문예관을 주장하여 주목을 끌었다. '절망적 만용'은 『호메이 5부작』의 「독약을 마시는 여자」에서 나온 말이다.

괴로워했다. 그렇다고 여기 이렇게 내달리듯 그 일을 회상하는 내가 젊은 시절의 나 자신이 안이하게 저지른 잔인함과 제대로 직면하고 있는가 하면 그도 아닌 것 같다.

티치 인이 실제로 진행되는 장소에서 바로 도쿄로 전파를 보내는 위성중계의 시간 조정을 위해 잠깐 쉬는 사이, 베를린에 도착하자마자 만났던 반핵 지대 운동가 몇 명이 단상의 나에게 다가왔다. 그들은 매우 조심스러운 말투이긴 했으나 '당신이 동베를린 활동가 모임에 나타나지 않았던 건 매우 유감이다'라는 내용으로 나에 대한 비판을 드러냈다. 교회 관계 중요 인사와의 회담도 예정되어 있었고 그쪽에서는 『히로시마 노트』의 영역판을 배부하기도 했다고 했다. 그러면서 일본 시민들에게도 서명을 받고 싶다며 동독의 반핵 평화운동의 호소를 지지하는 문서를 건네더니, 내가 만날 예정이었던 인물이 장애를 가진 나의 아들의 건강을 위해 기도하고 있다는 가슴에 와 닿는 말을 전해 주기도 했다.

기코가 규범에 얽매이지 않는 생활 감각에 더불어 세상을 읽을 줄 아는 안테나를 가동시켜 예측했던 바와 같이 제작 팀의 예정 변경이 있었고 나의 동베를린행은 중지되었던 것이다. 기코는 만약에 음악회였다면 로열석에 해당하는 정면 중앙 위치에서 도도한 모습으로 주위를 제압하며 앉아 있었다. 회장을 6할 정도 채우고 있는 청중은 일본 대사관에서 만든 홍보지를 보고 모인 소수의 재독 일본인 외에 서독 각지에서 반핵, 평화운동을 하는 활동가들이었다. 그들은 생활을 간소화하고 자원 낭비를 막자는 운동을 포함해서 이른바 '새로운 선택'의 사람들이었다.

그런 자리인지라 밍크코트를 걸치고 앉아 있는 기코는 매우 눈에 띄었다. 패널 중에는 서독 대통령으로서는 유일하게 히로시마를 방문했던 하이네만의 딸인 신학자가 밍크코트를 걸치고 있었다. 금발의 푸른 눈인 전 대통령의 딸과 칠흑 같은 머리를 변함없이 높이 묶어 올린 기코가 한 쌍을 이루며 단을 사이에 두고 아래위에서 대치하는 듯한 광경이 만들어졌다. 그리고 이제 중년 티가 나는 기코는 큼직한 이목구비도 다 확실하게 제자리를 잡은 풍모인데도 새삼스럽게 18~19세 때의 우스꽝스러운 인상이 겹쳐지는 느낌이 들었다. 눈이 마주치자 그녀는 이미 우리 세대의 것이 아닌 고풍스러운 인사를 보내왔다. 눈빛은 어두웠고 기울인 이마에서 코를 타고 내려오는 선에는 왠지 커다란 우울이 서려 있는 것처럼 보였다. 그러나 티치 인이 후반으로 접어들며 분위기가 고조됨에 따라 나는 더 이상 그녀에게 신경을 쓸 여유가 없었다.

이윽고 티치 인이 끝나고 패널끼리 작별 인사를 나눈 다음, 통역이 잘못되었다고 지적하러 온 재독 일본인 청중을 상대하는 동안 나는 항구에 들어오는 군함과도 같은 모습으로 기코가 천천히 다가오는 느낌을 받았었는데 일단의 마무리가 끝나고 바라보니 그녀의 모습은 회장에서 사라지고 없었다. 베를린 주재 공사와의 저녁 식사를 마치고 자정 가까운 시간에 호텔로 돌아오니 기코에게서 전화가 걸려 왔다. 바로 만나자는 것이었다. 그녀는 실은 사흘 전부터 같은 호텔의 최상층 방에서 묵고 있다고 했다.

오늘은 기다리면서 10분마다 계속 전화를 했다며, 한 시간이 조금 못 되어서 기코가 태연한 모습으로 열어 놓은 문을 노크도 없이 들어왔다. 광택이 나는 연두색 한국 비단으로 만든 드레스를 예전의 기억에서처럼 복숭아뼈까지 내려오게 입고 깊게 파인 목덜미에 난蘭 꽃을 달고 있었다. 그러고 보니 이번에 유럽 여행을 하는 동안 꽃이라고는 개나리와 크로커스밖에 보지 못했다는 걸 새삼 깨달았다.

구두를 신은 채 누워서 책을 읽고 있던 내가 침대에서 일어나 앉고 기코는 사용하지 않은 맞은편 침대에 걸터앉았다. 우리는 잠시 동안 아무 말도 없이 서로를 바라보았다. 그리고 벌써 술 냄새를 풍기고 있는 기코와 나를 위해서 냉장고에서 술병과 유리잔 등을 꺼내는 사이, 기코는 티치 인에 관해 이야기를 꺼냈다. 우선 자신은 티치 인이라는 말이 마음에 안 든다면서 역시 독일어 통역에 있어 그녀 나름의 지적을 했다.

기코의 말에 의하면 통역은, 나의 발언은 현재 드러나는 핵 공격의 가능성을 약간 모호하게 표현했으며 또 자민당의 국회의원이기도 한 작가 I 씨의 발언에 대해서는 소비에트 위협설을 완곡하게 들리도록 배려했다는 거였다. "그래서 독일 청중들에게는 당신들 두 사람의 토론이 매우 날카롭게 대립하고 있다는 점이 제대로 전달되지 않았을 거야. 그것이 프로 통역사들의 균형 감각인지는 모르겠지만……"

그런 말을 하면서 기코는 젊은 시절 나의 하숙집에 놀러 왔을 때 곧잘 그러했듯이 침대 머리맡에 놓인 책을 집어 들고는 자세히 들여다보았다. 블레이크, 그리고 펭귄판 『러시아 연극의 황금시대』, 같은 판의 오웰 에세이 선집 등…… 내가 음료수 잔을 건넬 때 기코는 오웰의 책을 잡고 있던 왼손으로 받아 함께 쥐고 다시 침대에 걸터앉으며 거만한 여선생의 말투로 이렇게 말했다.

"저널리스트가 된 H 씨가 서독 과격파를 조사하러 왔을 때, 자기 아들 이야기를 하더라. 이제 거의 성인이 되었겠네. 'must'의 경우 곤란하겠다. 대책은 생각하고 있어?"

나의 안색이 변했던 것 같다. 혀가 마비되는 감각을 느끼며 아무 대답도 못 하고 있는데 한 대 얻어맞기라도 한 듯이 기코의 커다란 이목구비가 전부 겁에 질린 슬픔을 드러내며 보기 싫게 일그러졌다. 진한 화장 아래서 진한 주근깨가 다닥다닥한 칙칙한 피부가 드러났다. 나는 그때 처음으로 기코의 그런 모습을 봤던 거지만.

"넌 그걸 'must'라고 하는구나. 우리 아들이 코끼리나 낙타처럼 발정하지만 그걸 쏘지는 못하겠다 하는 말이지? 『코끼리를 쏘다』에서 인용했다는 건 알겠는데. 그럼 나도 오웰의 말을 인용해 볼까? 너는 좀 더 'decent' 한 인간일 거라고 생각했어."

우리는 각자 자기 잔을 내려다보며 침묵에 빠졌다. 이윽고 기코는 소녀처럼 어설픈 왼손 동작으로 잔을 테이블에 내려놓고 일어나 신음하듯이 가래를 삼키더니 침울하게 이렇게 말하고 방을 나갔다. 나는 내가 빠져들게 될 암담한 기분을 눈앞에 내려다보며 다시 혀가 마비라도 된 듯이 입을 다물고 고개조차 들지 않았다.

"오늘은 이 정도로 하자. 나답지 않게 실수를 한 것 같네. 내일은 베를린 안내를 해 드리지."

다음 날 기코와 나는 침울한 기분으로 별난 베를린 관광을 했다. 텔레비전 제작 팀의 예정도 계속 변경되어 그날 오후 3시에는 프랑크푸르트로 떠나게 되어 있어서이기도 했지만 우리는 각자 가고 싶은 곳을 한 곳씩 방문하는 것 외에는 아무 일정도 잡지 않았다. 나는 대학 시절 사진으로 본 적 있었던 노란 전기뱀장어가 있다는 부다페스트 거리의 수족관을 가자고 했다. 그런데 그 유명한 뱀장어를 비롯해서 물고기 종류는 기대했던 정도는 아니었고 오히려 물고기가 원래 살던 환경을 재현하기 위해 연극적일 정도의 설정으로 심어 놓은 각종 식물들이 볼만했다. 기코는 물고기고 나무고 전혀 관심을 보이지 않고 계단 올라가는 것조차 귀찮아하며 1층에서 늙은 수위와 계속 수다만 떨었다.

기코의 희망은 지금은 부활절 축제 휴가로 남쪽 해안에 먼저 가 있는 독일인 남편이 데려다주지 않아 호기심만 증폭된 하드 포르노 영화란 걸 한번 보고 싶다는 거였다. 수족관에서 걸어갈 수 있는 거리에 있는 쿠담이라는 번화가의 잡다한 상품들을 파는 건물 지하에서 우리는 그런 종류의 영화관을 찾아냈다. 티켓을 사니 로비에서 미니어처 술을 주었다. 기코는 계급 차를 과시하며 낭랑한 독일어로 담당 청년과 교섭하더니 작은 병에 든 2인분의 진과 맥주를 한 병씩 받아 와 자리에 앉자마자 맥주를 한 모금 마시고 생긴 공간에 진을 부었다. 나도 따라 했지만 우리는 그걸 모두 마시기도 전에 자리에서 일어났다. 다시 지상으로 올라와 온 김에 한국 식품 장을 보겠다는 기코를 베를린에서 식품 매장이 가장 잘되어 있다는 백화점 앞까지 데려다주려고 쿠담 거리의 동쪽으로 걸어가면서 우리는 짧은 대화를 나누었는데 그것이 내게는 참으로 아픈 기억으로 남았다.

"주인공 아가씨, 참 무참할 지경으로 성교를 하데. 얼음주머니로 성기를 식히는 장면은 유머러스하더라" 하고 내가 영화에 대해 말하자,

"우리도 어린 시절에는 그랬지. 자기 말대로라면 무참할 지경으로, 아니 그 이상으로……" 하고 기코가 받았다.

기코는 내가 티치 인에서 했던 말에 대해서도 비평을 했다.

"자기는 말이야, 이 지상에서 핵전쟁에 의한 세계의 파멸이 한 번도 일어난 적이 없었으니까 사람들은 가까운 장래에 그런 일이 일어나지 않을 거라고 믿고 있을 뿐이다, 그러나 그렇게 믿을 근거는 없는 거라

고 했지. 유감이지만 나는 그렇게 생각하지 않아. 오히려 세계는 몇 번이고 파멸하지 않았나? 그리고 불과 얼마 되지 않은 수가 겨우 살아남아 이 별 볼 일 없는 세상을 재건한 게 아니냐고. 그러고도 인류는 아무런 교훈을 얻지 못했다는 것이 유럽에 오랫동안 살며 얻은 나의 결론이야. 제2차 세계대전에서의 독일의 파괴는, 폐허 상태인 카이저빌헬름 기념 교회가, 자, 저기 보이지? 역시 세계 파멸의 규모였어. 그 작자들은 핵무기를 사용해서 세계를 파멸시키고 다시 재건하려 했던 거야. 여기선 핵 방공호라는 것도 굉장히 실감이 나지. 우리 집에도 만들었다니까."

"혹시 가능한 경우라면, 그렇다는 말이지?" 내가 말했다. "재건이……"

"아니, 그 작자들은 재건이 불가능하다 하더라도 그건 그것대로 상관없다고 주장하잖아? '최후의 심판'을 믿는 사람들이니까."

그러나 블레이크는 '최후의 심판'을 그런 식으로 생각한 게 아니었다고 반격하려다 기코와 더 이상 논쟁하고 싶지 않아 입을 다물었다.

기코는 작별의 악수를 위해 옛날에 하던 식으로 왼쪽 손을 내밀며 그날 처음으로 내 얼굴을 똑바로 바라보았다. 흐린 하늘에 공기는 건조한 독일 바깥바람 속에서 바라본 그녀의 얼굴은 유명한 판소리 명인을 바로 생각나게 하는 위엄과 화사함은 사라지지 않았지만 확실히 중년도 막바지로 접어든 한국인의 얼굴이었다. 내가 혼자서 호텔로 돌아왔을 때, 현관문 밖까지 산더미 같은 방송 기자재를 옮기고 있던 텔레비전 제작 팀의 젊은 사람들은 온몸에서 비탄grief이라는 기분을 여과 없이 드러내는 중년 끝자락의 일본인을 보지 않았을까? 나는 블레이크의 예언시와 장애가 있는 아들과의 공생을 엮어서 쓴 일련의 단편을 이미 선배 작가가 드러낸 비탄과 아들의 짐승과도 같은 그러나 불발의 충동과 엮어서 그리는 것으로 시작했으나 오히려 비탄이며 짐승과도 같은 불발의 충동은 유럽 여행으로 나의 내부에 배태된 것이 아니었을까? 그래서 귀국 직후 이요에게서 동일한 것을 발견해 내고 자신의 핵심이 송두리째 뒤흔들리는 느낌을 받은 건 아닐까?

당일 내가 눈을 떴을 때, 이요는 벌써 기숙사로 떠나고 없었다. 그 월요일, 이요가 없는 집에서 내가 발견한 것은 아주 낯선 넓은 공간과 여분의 시간이었다. 시간 쪽이 더욱 낯설었다. 하루가 30시간으로 늘어난 듯한 무료함에 아내에게 그런 기분을 이야기하려고 집 안을 이리저리 돌아다녀 보았지만 공간마저 갑자기 넓어졌는지 좀처럼 아내를 찾을 수가 없었다. 그런 허전함도 맛보았다. 아내는 또 아내대로 시간이 남자 겨울 동안 바싹 마른 정원의 관목 덤불에서 드라이플라워로 사용할 열매가 달린 산귀래 덩굴을 걷던 중이었다……

그래서 나는 블레이크를 때로는 세세한 부분에서 멈추기도 하고 그 자리에서 마냥 헤매기도 하며 천천히 읽어 나갔다. 그렇게 최후의 예언시 『예루살렘』을 어드먼*의 주석이 붙은 텍스트에 더해 블레이크 본인이 작업한 채색 판화를 보며 읽어 나가다가, 처음에 인용한 시와 블레이크를 직접 연결 지을 수 있는 발견을 했던 거다.

물론 나 혼자의 힘으로 발견한 것은 아니었다. 친구라기보다는 스승이라고 앞에서도 이미 말했던 음악가 T 씨의 예술에 직접 인도를 받은 것이다. 이요가 기숙사에 들어간 첫 번째 주간에 그즈음 일본에서 최고의 기량을 자랑하는 젊은 연주가들의 음악회가 있었다. 레퍼토리

* 1911~2001 미국의 문학비평가, 편집자. 블레이크 학자로 명성이 높다.

의 대부분이 T 씨 작품으로 이루어진 음악회였다. 연주회장은 요코하마였는데 이요가 태어난 후로 둘이서만 도쿄를 벗어나 본 적이 없었던 나와 아내는 왠지 신선한 기분으로 전차를 탔다. 아내 역시 그런 기분인지 평소답지 않게 전차 안에서 말을 많이 했다. 이요가 기숙사에 들어가는 입소식 후에 도쿄 장애인 학부모회의 임원인 노부인이 했다는 이야기를 꺼냈다. "아이들이 기숙사에 들어간 한 학기가 처음으로 받은 휴가였고 또 마지막 휴가였다고 하시더라고."

"휴가라……" 내가 말을 받았다.

"이요 치다꺼리는 두 명 치다꺼리하는 것과 같으니까." 아내는 자기 주장이 담긴, 그것도 밝게 해방된 휴가 중인 인간의 목소리로 대꾸했다.

그러나 전차가 다마카와 강을 건너는 동안 우리는 무거운 침묵에 빠지고 말았다. 강물은 금방이라도 눈이 내릴 듯이 흐린 하늘을 비쳐 보이며 을씨년스러운 색깔로 빛나고 있었다. 그 수면으로부터 마음속 깊이 감추어진 어둠을 휘젓는 어떤 힘이 올라오는 것처럼 느껴졌다. 음악회가 시작되고 작품 해설을 위해 무대에 오른 T 씨가 〈바다에〉란 제목의 기타와 플루트 3부작 중 〈케이프 곶〉이라는 장을 설명했다. 낸터킷 섬 주변 해안의 어둠에 대하여 언급하는 부분에서 옆에 앉아 있던 아내의 몸이 살짝 떨리는 게 느껴졌다. 곡이 연주되는 중간에도 또 한 번 그렇게 몸을 떨었다. 아마도 아내 역시 그 을씨년스러운 다마카와 강을 지날 때 나와 같은 느낌을 받은 모양이었다.

독특한 과학적인 예리함에 요즘 들어 더욱 풍부한 부드러움이 더해진 여류 피아니스트 A 씨가 〈'레인트리' 소묘〉라는 신곡을 연주했다. T 씨가 전에 썼던 실내악곡 〈레인트리〉의 주제를 명확하고 강인하게 재

제시한 피아노곡이었는데 짧은 작품이었지만 단순한 재제시를 넘어 상당한 인상을 주었다. T 씨의 음악적 메타포로서의 '레인트리'는 더욱 우거져 자잘한 잎사귀가 붙은 가지를 넓게 펼치고 있었다. 그 음악을 들으며 이미 소멸되어 버린 내 소설의 '레인트리'를 생각하면서 수치심을 느끼는 동시에 깊은 위로를 받았다.

휴식 시간에도 그런 감개무량한 느낌은 계속되었다. 제2부의 첫 곡은 〈무나리 바이 무나리〉라는 타악기 독주곡이었는데 무나리라고 하는 이탈리아 디자이너의 종이 작품에 T 씨가 격언이나 기호 등을 적어 놓은 것이 악보다. 정말로 사변적인 타악기 주자 Y 씨가 T 씨의 음악어법으로 즉흥연주를 했다. 연주회장에는 그때까지 울리던 T 씨 음악의 잔향이 남아 있는 듯도 했지만 어쨌든 그것은 눈앞에서 새롭게 만들어지는 음악이었다. 미래를 향해 현재를 사는 T 씨의 정신과 육체를 타악기 주자가 연주하고 있다는 생각이 들었다……

그 음악을 들으며 나는 하나의 큰 깨달음을 얻었다. 그것은 실로 그리운 사람을 다시 만난 것 같은 느낌이었다. 나의 내부에서는 이런 소리가 울렸다. '아아, 블레이크의 "생명의 나무"는 내가 하와이의 어두운 정원에서 보고 묘사한 바로 그 "레인트리"가 아닌가! 블레이크의 나무줄기도 "레인트리"처럼 시커먼 벽 같은 모습으로 전방을 가로막고 있고, 판뿌리 같은 모습도 확실하게 그려져 있다……'

나는 「레인트리」 소설의 첫 부분에서 어둠 속 '레인트리'와의 첫 대면을 다음과 같이 묘사했다. 파티의 소란스러움을 등지고 물 냄새가 나는 어둠을 응시하고 있는 자신.

'그 암흑의 태반이 거대한 나무 하나로 채워져 있으며, 미약하기는 하나 빛을 반사하는 형태로 부챗살 모양으로 굽이굽이 퍼진 판뿌리가 이쪽으로 뻗쳐 있음을 알 수 있었다. 그리고 검은 울타리처럼 보이는 판뿌리가 희미한 회청색 광택을 띠고 있다는 것도 점차 눈에 들어왔다.

판뿌리가 잘 발달된 수령 몇백 년은 되었을 거목이 어둠 속에서 하늘과 비스듬하게 아득한 아래쪽 바다를 가로막고 서 있었다.'

음악회에서 돌아오자마자 바로 펼친 팩시밀리판*『예루살렘』판화 그림 76은 그때까지 그 생각을 못 했다는 게 이상하게 여겨질 정도로 여기에 쓴 '레인트리'와 똑같았다. '생명의 나무'에 매달려서 처형당한 예수. 거대한 나무의 뿌리 쪽으로 양손을 벌리고 서 있던 앨비언, 즉 모든 인류가 구원받고 유일하게 그의 안에만 있는 거인이 숭고한 시선을 예수에게 보내는 그림. 앨비언은 너무 젊고 예수는 초로에 가까운 연령으로 보인다.

이 그림은 『예루살렘』 마지막 즈음의 예수와 앨비언의 확신에 찬 아름다운 대화 모습을 그린 것이었다. '예수 가라사대, 두려워하지 마라 앨비언, 내가 죽지 아니하면 너는 살지 못한다. / 그러나 내가 죽으면 내가 부활할 때 너와 함께하리라. / 이것이 우정이고 동포애니라. 이것 없이 인간은 없으니. / 그렇게 예수가 말씀하셨을 때, 암흑 속에서 수호천사가 다가와 / 그들에게 그림자를 던졌다. 그리고 예수는 말했다. 이렇게 영원 속에서도 사람은 사는 것이다 / 한 사람은 다른 한 사람이 모든 죄에서 해방될 수 있도록 용서하는 것에 의해.'

이렇게 나는 블레이크를 계속 읽어 가던 중에 나의 '레인트리'의 이미지와 너무나 비슷한 '생명의 나무' 그림을 만나게 되었다. 위에서 인

---

* 도서나 미술품 등을 복제하면서 원래의 내용뿐만 아니라 물리적인 형태를 포함하여 가능한 한 충실하게 재현한 판본.

용한 시도 그 거대한 나무에 매달려 처형당하는 예수와 젊디젊은 앨비언의 긴 대화를 그린 『예루살렘』에서 발견한 것이다. 그리고 허풍스럽게 들릴지 모르겠으나—또 나 자신 이전에 임종의 자리에 누운 H에게 말했던 대로 기독교를 믿는 것도 아니고 더욱이 잘 알지도 못하면서 이런 소리를 한다는 게 이상하다고 할지 모르겠으나—나는 역시 일종의 은총 같은 것을 느꼈다. 물론 이 은총이란 말을 쓰기가 망설여지기도 했지만 내가 거기까지 도달한 건 전적으로 T 씨의 음악적인 인도로 가능했다는 점을 생각하고 이 말에 대한 망설임을 극복했다. 은총은 앞에서 언급한 시에서 예수의 사상의 핵심을 이루는 '죄의 용서'를 향하여 나를 밀어 주었다.

나는 팩시밀리판 판화 그림 76을 바라보며 블레이크의 시행을 되풀이해 소리 내어 암송했다. 그러다가 「'레인트리' 저 너머에」가 이 시와 서로 통하는 울림을 발한다는 것에도 생각이 미쳤다. '레인트리' 속으로, '레인트리'를 지나서, '레인트리' 저 너머에. 이미 합일을 이루었으나 개체로서 더욱 자유로운 우리가 귀환한다……

이요는 지상 세계에 태어나 이성의 힘으로 많은 것을 얻었다고는 할 수 없고 무언가 현실 세계의 건설에 힘을 보태고 있다고도 할 수 없다. 그러나 블레이크에 의하면 이성의 힘은 오히려 인간을 착오로 이끌며 이 세계는 그 자체가 착오의 산물이다. 그 세계를 살면서 이요의 영혼의 힘은 경험에 의해 손상되지 않았다. 이요는 순수한 힘을 그대로 유지하고 있다. 그 이요와 내가 이윽고 '레인트리' 속으로, '레인트리'를 지나서, '레인트리' 저 너머에 이미 합일을 이루었으나 개체로서 더욱 자유로운 우리가 귀환한다. 그것이 이요에게나 나에게 의미 없는 삶의 과정일 뿐이라고 누가 말할 수 있겠는가?

다시금 나는 H가 백혈병과 싸우던 병실에서 나눈 '죄의 용서'에 대한 대화를 생각했다. 나는 여전히 블레이크에 대해 잘 모르면서도 그래도 무엇인가 알지 못하는 힘에 이끌린 듯이 블레이크의 이름을 입에 올렸다. 만약 그때 블레이크를 제대로 읽고 있었더라면, '죄의 용서' 사상을 생각할 때 편해진다던 H를 위하여 침대에 누운 채로 한 장씩 가슴에 올려놓고 볼 수 있도록 팩시밀리판을 해체해서 갖다 주었을 것을…… 이제 와서 아무 소용도 없게 된 발상을 깊은 후회로 가슴에 품었다. 이는 내가 죽음을 맞이하게 될 병상에 눕는다면 한 장으로 두세 시간은 충실하게 보낼 수 있는 시가 든 그의 판화를 감상하게 되리라는 것을 마음 깊이 예감하고 있다는 다른 표현이기도 하다……

토요일 오후 늦게 남동생과 여동생이 먼저 돌아와 기다리는 중에 이요가 첫 귀가를 했다. 기숙사 생활은 이제 일주일밖에 되지 않았지만 이요는 상당히 변해 있었다. 마당 문을 벌컥 열고 신발 끄는 소리를 내며 들어와서는 또 현관문을 쾅당 소리가 나도록 벌컥 여는 습관이 완전히 사라지고 아주 점잖게 집으로 들어왔다. 거실 소파에 누워서 전과 다름없이 블레이크를 읽고 있던 내가 올려다보자 빨랫감이 든 커다란 가방을 어깨에 멘 이요가 막 거실로 들어오는 참이었다. 이요는 소파에서 일어나기 위해 불쑥 치켜든 내 왼발을 재빨리 잡더니 악수하듯 흔들며,

"착한 발, 착한 발, 괜찮아요? 잘 지냈습니까?" 하고 인사했다.

누운 채로 움직일 수 없게 된 나는 말할 것도 없고 자기들 방에서 달려 나온 동생들과 부엌에 있던 아내가 모두 깔깔 웃었다. 확실히 이요는 특별히 의식해서가 아니라 자연스러운 행동으로 우리 집에 축제

기분을 불러오는 제사장이다. 물론 이요는 전신으로 피로를 드러내며 기숙사 생활에 대해 묻는 아내의 말에 대답하려는 척도 안 했다. 오디오 앞에 주저앉았지만 처음에 어떤 판을 걸어야 할지 몰라 막연한 듯 멍하니 있었다. 그 옆얼굴이 말쑥해지고 쌍꺼풀 진 눈매가 영리해 보이기조차 한 건 역시 얼굴이 수척해졌다는 거겠지. 이요는 마침내 자기 힘으로 레코드 고르기를 단념하고 NHK FM 클래식 리퀘스트 방송에 스위치를 맞추었다. 그대로 저녁 식사 준비가 다 될 때까지 목말랐던 몸과 마음에 음악이라는 수분을 빨아들이는 양 아무 말도 없이 음악을 들었다. 기숙사에 가져갔던 카세트는 혼자 힘으로 조작하는 데 실패한 모양이었다.

그래도 한 번 일어나 부엌에 들어간 이요에게 냉장고에서 주스든지 뭐든지 꺼내 마시라고 아내가 말했다. 그러나 아들은 그때까지는 그런 일이 없었는데 그 말을 거절하고 다음 정보를 전할 뿐으로, 리퀘스트 방송 마무리 순서인 '소곡 코너'를 놓치지 않으려고 오디오 앞으로 돌아갔다.

"기숙사에서는 차가 나오지 않는다고 했는데, 차가 있었습니다! 율무차였습니다!"

철저하게 이요가 좋아하는 요리가 모두 나온 저녁 식사—스파게티, 감자 샐러드, 크림소스를 얹은 구운 송아지로 이루어진 저녁 식사 테이블로 FM 방송이 끝나기를 기다렸다가 나와 아내와 이요의 동생들은 둘러앉았다. 그런데 라디오는 껐지만 쭈그리고 앉아 레코드 재킷을 넣었다 뺐다 하는 이요에게 내가 말했다.

"이요, 저녁 먹자. 자, 이리 오너라."

그런데 이요는 레코드장만 똑바로 바라보는 자세로 넓고 두툼한 등에 힘을 꾹 주어 추어올리고는 곰곰이 생각하다가 결심을 표명하는 것처럼 이렇게 말했다.

"이요는 그쪽으로 가지 않습니다! 이요는 이제 없으니까요, 이요는 절대로 여러분이 있는 곳으로 갈 수 없습니다!"

내가 식탁으로 눈길을 떨구는 모습을 아내가 지켜보았다. 그 시선 앞에서 더욱 수습할 길 없는 명백한 상실감에 사로잡혔다. 도대체 무슨 일이 일어난 것일까? 실제로 일어나고 더욱 전개되겠지? 서서히 발버둥 치고 싶은 기분이 고조되며 눈물까지는 나오지 않았지만 뺨에서 귀로 열이 뻗치면서 붉게 물드는 것이 느껴졌다.

"이요, 무슨 소리야. 지금 이렇게 돌아왔으니까 이요는 집에 있는 거야." 여동생이 달래듯이 말했지만 이요는 입을 꾹 다물고 아무 소리도 안 했다.

성격적으로 한 박자에서 두 박자를 두고 자기의 생각을 검토하느라 늘 누나에게 밀리던 남동생이 이렇게 말했다.

"올해 유월로 스무 살이 되었으니까 이제 이요라고 부르는 게 싫은 거 아닌가? 자기 진짜 이름으로 불리고 싶을 거야. 기숙사에서는 모두 그렇게 불렀지?"

일단 논리가 서기만 하면 뻔뻔스러울 정도로 당당한 행동가인 남동생은 바로 일어나서 이요 옆으로 다가가 쭈그리고 앉았다.

"히카리 형, 저녁 식사 하자. 엄마가 맛있는 거 많이 만들었어" 하고 말했다.

"네, 그럽시다! 감사합니다!" 막 변성기에 접어든 남동생과는 전혀 다른 낭랑한 어린아이 목소리의 이요의 대답에 아내와 이요의 여동생은 긴장에서 놓여난 안도감과 그것을 능가하는 엉뚱함에 다시 한 번 소리를 내어 웃었다.

키도 덩치도 완전히 차이가 나는 형제 둘이 어깨동무를 하고 식탁으로 다가왔다. 그리고 각자 기세 좋게 먹기 시작하는 걸 보면서 나는 여전히 직전의 상실감을 떨쳐 버리지 못한 채 그래, 이요라는 별명이 없어지는구나 하는 생각을 했다. 그러나 그건 자연스러운 세월의 흐름이겠지. 아들아, 확실히 우리는 지금 너를 이요라는 아명이 아니라 히카리라고 부르지 않으면 안 될 것이다. 너는 그만한 나이가 되었으니까. 자네, 히카리, 그리고 금방 자네의 남동생 사쿠라오라든지, 두 사람의 청년으로 우리 앞에 서게 되리라.

가슴속에 블레이크의 『밀턴』 서문에서 늘 암송하던 시구가 솟아오르는 듯했다. 'Rouse up, O, Young Men of the New Age! set your foreheads against the ignorant Hirelings! 눈을 떠라, 오오, 새로운 시대의 젊은이들이여! 무지한 용병들에게 너희의 이마를 들이대어라! 왜냐하면 우리는 병영에, 법정에, 또 대학에 용병들을 껴안고 있기 때문이다. 그들이야말로 혹시 가능하기만 하면 영구히 지혜의 싸움을 억압하고 육체의 싸움을 질질 끌 자들이다.' 블레이크에 이끌려 내가 환상으로 보는 새로운 세대의 젊은이로서의 아들들의─그것이 사위스러운 핵의 신세대라면 더욱, 용병들에게 확실히 이마를 들이대어야 하는 그들의─옆에서 또 한 사람의 젊은이로서 부활한 나 자신이 서 있는 것처럼 느꼈다.

'생명의 나무'로부터의 목소리가 모든 인류에게 격려로 고하는 말을 이윽고 노년을 맞이하여 죽음의 고난을 겪어야 할 나의 운명에 맡기고. '두려워하지 마라 앨비언, 내가 죽지 아니하면 너는 살지 못한다. / 그러나 내가 죽으면 내가 부활할 때 너와 함께하리라.'

조용한 생활

静かな生活

(연작 「조용한 생활」 1)

　아빠가 캘리포니아 대학의 거주 작가로 초청되고, 사정이 있어 엄마까지 동행하게 되었던 해의 일이다. 출발을 앞둔 어느 날, 비록 집에서이긴 하지만 식탁을 둘러싸고 평상시보다는 조금은 격식을 차린 듯한 저녁 식사를 했다. 이런 순간에도 가족에 관계된 이야기라면 뭔가에 빗대어 농담처럼 말할 줄밖에 모르는 아빠는 이번 봄에 성인이 된 나의 결혼 계획에 대해 무슨 재미있는 이야기나 되는 양 말을 꺼냈다. 내 이야기가 화제의 중심에 오르는 경우에도 원래 어려서부터 성격이 그랬기도 했거니와 요즘 들어 더욱 굳어진 습관으로 그저 다른 사람의 이야기에 귀를 기울일 뿐 별다른 말을 하지 않았다. 그런데도 맥주를 마시고 한껏 기분이 좋아진 아빠는 더욱 신이 나서

　"그래 어쨌든 절대 양보할 수 없는 조건이 있다면 한번 말해 봐라"

하고 말했다.

처음부터 톡 쏘는 소리가 나오리라 예상한 아빠는 입을 반쯤 벌리고 웃으며 내 얼굴을 응시했다. 나는 문득 평소에 머리에 떠오르곤 하던 생각을 말해야겠다는 기분이 들었다. 지나치게 단호하게 나오는 목소리가 좀 걸리기는 했지만⋯⋯

"난 시집을 간다면 이요를 데리고 갈 거니까 적어도 방 두 개에 거실과 부엌 딸린 아파트를 확보할 수 있는 남자가 아니면 안 돼. 거기서 조용한 생활을 할 거야."

말을 마치고 입을 다물면서 곧바로 엄마 아빠가 각각 상당한 충격을 받았다는 걸 알아차렸다. 일단 엄마 아빠는 모두 내가 한 말을 어린 애가 부리는 귀여운 고집처럼 여기며 짐짓 웃어넘기려 했다. 그런 전개가 가족의 대화를 이끌어 가는 아빠의 특기이기도 했다. 이요라고 불리는 나보다 네 살 위인 오빠는 지적장애인을 위한 복지관에 다니고 있다. 신부와 이런 인물이 같이 나타난다면 젊은 신랑은 어떤 식으로 이들을 맞이할까? 결혼식이 있기 전에 미리 충분한 설명을 한다 해도 너무나 황당한 이야기인지라 그냥 흘려듣지는 않을까? 그러다가 신혼집에서의 첫날, 드디어 손에 넣은 방 두 개짜리 아파트에 덩치가 태산만 한 형님이 나타난다면, 경험 없는 신랑이 얼마나 놀랄까?

그러나 나는 엄마 아빠가 농담처럼 하는 말 속에 뭔가 진지한 의도가 있다는 것을 깨닫고 긴장하며 가만히 고개를 숙이고 있었다. 물론 상식적인 발상은 아니라 해도 일단 의사를 밝힌 만큼 내게는 더 이상 사소한 일이 아닐뿐더러 계속 잠자코 있을 수만도 없어서

"유머가 안 통하는 사람이라는 소리 계속 들어 왔고, 그 말이 틀린 것도 아니고⋯⋯" 하고 덧붙였다. "엄마 아빠가 뭔가 다른 뜻으로 그

런 말을 했는지 모르지만…… 어쨌든 난 그렇게 생각하고 있었어. 내가 시집을 간다면, 이라고 했지만 뭐 구체적인 대상이 있어서 한 말은 아니고. 여러 가지 경우를 가정해 보았는데 모두 막다른 골목에 부딪히다 보니 이런 생각을 하게 된 거야.

물론 나도 말이 안 되는 이야기라는 건 알아. ……이요와 나를 같이 받아 줄 사람이 있을 리가 없지. ……그렇지만 막다른 골목을 실제로 어떻게 넘을 건지 엄마 아빠가 가르쳐 줄 것도 아니잖아.”

나는 그렇게 말을 쏟아 놓고 입을 꾹 다물어 버렸다. 설명이 부족했다는 건 잘 알고 있었다. 어려서부터 나는 엄마가 침실에서 화장을 하는 동안 옆에 붙어 서서 이야기를 하는 습관이 있었다. 그 방법으로 다음 날 아침 나는 이야기를 이어 갔다. 남동생 오짱의 입버릇을 빌리자면 일단은 준비를 해 두는 셈이었다. 오히려 무의식이 발동하여 나에게 준비를 시켰다고 하는 편이 정확할지도 모른다……

어제 내가 한 이야기는 스스로도 실망스러웠다. 차라리 아무 말도 하지 않는 것만 못했다. 그래서 내 방으로 올라와서도 잠들지 못하고 이런저런 생각을 하면서 한편으로는 신경이 날카로워져서 아무도 없는 텅 빈 공간에 혼자 쓸쓸히 서 있는 무서운 꿈을 꿀 것만 같기도 했다. 그것도 아직 잠들지 않은 현실의 의식이 남아서 꿈속으로 섞여 들어오는 느낌. 그 슬픈 것 같기도 하고 아득하기도 한 기분으로 나는 꼼짝을 못 하고 있었다—자신의 몸이 침대 위에 누워 있다는 건 잘 알고 있었지만.

그러다가 꿈속으로 빠져드는 내 뒤에 나와 같은 기분의 또 한 사람이 서 있다는 걸 깨달았다. 돌아다보지 않아도 ‘미래의 이요’임을 나는 알고 있었다. 금방이라도 뒤쪽에서 나를 향해 성큼성큼 다가올 것 같은 '미래의 이요'는 신부 들러리니 그렇다면 나는 신부다. 신부 의상을 완벽하게 갖춰 입은 내가 신랑이 누군지도 모르는 채 '미래의 이요'를 들러리로 텅 빈 공간에 외로이 서 있다. 그곳은 벌써 해가 넘어간 넓은 들판. 나는 그런 꿈을 꾸었다……

한밤중에 눈을 뜬 나는 꿈속의 그 쓸쓸함에 가슴이 미어져 어두운 침대에 더 이상 누워 있을 수가 없었다. 나는 위층으로 올라가 오빠가 화장실에 갈 때 넘어지지 않도록 꼬마전구를 켜고, 약간 열어 놓은 문을 통해 오빠 방으로 들어갔다. 어렸을 때부터 습관적으로 늘 안고 다니던 낡은 담요로 무릎을 덮고 이요의 침대 가까운 바닥에 쪼그리고 앉아 인간의 폐의 규모를 초월하는 크기의 숨소리에 귀를 기울였다. 한 시간쯤 지났을 때 오빠는 어두컴컴한 방에서 침대를 내려오더니 성큼성큼 걸어 맞은편의 화장실로 들어갔다. 오빠에게 완전히 무시당했다는 것 때문에 나는 새삼스럽게 외톨이가 된 듯한 기분에 빠졌다.

큰 소리를 내며 한없이 이어질 것 같은 오줌 떨어지는 소리가 멈추고 이윽고 내 곁으로 돌아온 이요는 머리나 코끝을 비벼서 주인을 확인하는 커다란 개처럼 몸을 숙이고 내 어깨 근처에 이마를 대더니 내 옆구리에 무릎을 세우고 앉아 그대로 다시 자려고 들었다. 나는 금방 행복한 기분이 되었다. 한참이나 지난 후에 오빠는 완전히 분별 있는 어른이 어린애의 우스꽝스러운 짓을 참고 있다는 듯한 말투로 그러나 목소리만은 맑고 부드러운 어린아이의 것으로 "마짱, 어떻게 된 일입니까?" 하고 물었다. 나는 완전하게 기력을 되찾아 이요를 침대에 재우고는 내 방으로 돌아왔다.

가을 학기부터 그쪽에서의 일정이 시작되기 때문에 다음 날이면 엄마 아빠가 미국으로 떠날, 여름이 끝나 가는 어느 날이었다. 꼭꼭 채운 무거운 트렁크를 옆에 놓고 소파에서 신문을 읽던 아빠가 부엌에서 일을 하는 엄마에게인지 혹은 나에게인지 모르게 아니 오히려 곰곰 생각하다 자기도 모르게 새어 나오는 말처럼 중얼거렸다.

"이요에게 다시 운동을 시켜야겠는걸. 수영이 좋겠지?"

오빠가 평상시처럼 아빠 옆에서 바닥에 배를 깔고 작곡을 하고 있었다면 생각하느라 한 박자 쯤을 들인 다음에

"운동 말입니까? 수영이라면 자신 있지만요!"하며 가족 모두에게 웃음을 선사하는 독특한 대답을 했을 터였다.

그리하여 아빠의 말이 이렇게 무거운 납덩이처럼 내 가슴에 눌러앉을 일도 없었을 거다. 오빠는 가족 사이에서 그런 식으로 완충재 역할을—어느 정도는 자기도 알면서—유머러스하게 수행했다.

하지만 아빠가 느닷없이 운동이라는 단어를 끄집어냈을 때 이요는 옆에 없었다. 아침에 내가 복지관에 데려다주고 아침 먹은 설거지를 돕고 있을 때 늦게 일어나서 나온 아빠가 조간신문을 읽다가 나온 말인 것 같았다. 나는 앞서 이야기한 것처럼 무거운 이물질을 삼킨 듯한 기분을 떨쳐 버릴 수가 없었다. 그리고 아빠가 서재로 올라가자 바로 거실 청소를 하려다가 펼쳐져 있는 조간신문에서 지적장애를 가진 청년이 여름 캠프 중인 여학생을 덮쳤다는 성적 동기의—로 간주되는—폭행 사건에 대한 기사를 보게 되었다.

그런데 나의 내부로부터 끓어오르던 '빌어먹을, 빌어먹을!' 하는 공격적인 기분은 그 자리에서 갑자기 생겨났다기보다는 계속 준비되어 있었던 것이라는 생각이 들었다. 실제로 나는 요즘 자주 "빌어먹을, 빌어먹을!" 하는 말을 쓰다가 이요에게 난폭한 언사라고 지적을 받아 온 터였다. 그날 조간신문 기사에도 나왔던 것처럼 요사이 정신지체가

있는 사람의 성적인 '폭발'이라는 단어가 자주 눈에 띄었다. 이 신문사가 의도를 감춘 채 모종의 캠페인을 벌이는 게 아닌가 하는 의구심이 든 나는 엄마에게 신문을 바꾸자는 소리까지 한 적이 있었다. 그런 상황에서 아빠가 바로 그 신문의 지적장애인 청년의 성적 '폭발' 캠페인에—그것이 실제로 시행되고 있다고 치고—순진하게 경도되어 그 생각을 촉발시킨 기사에 관한 이야기는 빼고 오빠에게 다시 운동을 시켜야겠다는 등의 소리를 하는 것에 대해 화가 치밀고 너무 우울했다.

이요가 성적으로 한창 끓어오르는 나이라는 건 틀림없는 사실이다. 이요와 같은 20대 초반의 건강한 남자들이라면 학교를 오가는 길에 혹은 캠퍼스에서 얼마든지 보아 왔다. 그리고 그들 전부가 그런 건 아니고 특히 자원봉사 활동을 함께 하는 남자들에게서는 그런 느낌을 받은 적은 없지만 그 연령대의 남자들에게서 번뜩이는 성적 에너지가 방사되는 거라면 얼마든지 봤다. 지하철 광고 같은 데서 넘쳐흐르는 것도 그런 종류의 주간지 기사였다.

하지만 그러한 일반적인 선입견으로 아빠마저 신문기자와 똑같은 견해를 가지고 이요의 '폭발'을 걱정해 그 대책(?!)으로 운동의 필요성을 거론한 것이라면 아빠에게도 사실을 제대로 보지 못한 데서 오는 '통속적'인 면이 있는 게 아닌가? 바로 그 점에 내가 반발하는 거였다.

복지관에서도 실제로 몇 번인가 '폭발'에 가까운 사례가 입에 오르내린 적이 있었다. 그러나 자녀들을 데리러 온 엄마들 그룹에 끼여서 얻어들은 바로는 같은 또래의 건강한 청년들의 번뜩거림에 비하면 아주 미미하고 사소해서 가련하기조차 한 '폭발'에 불과했다. 한구석에서 얌전하게 듣고 있는 내 가슴속에서 이런 말이 메아리치고 있다는 걸 아는 사람은 아무도 없었으리라. '빌어먹을, 빌어먹을!' 무엇보다 경찰이 달려오거나 할 만한 사건이 일어난 것도 아니었다.

이요가 처음 그 복지관에 다니기 시작했을 무렵, 나는 다만 등하굣길에 동행하는 엄마를 따라다니기만 했는데 기억하기로는 복지관 주변은 공터였다. 그런데 지금은 멋진 목조 아파트가 죽 들어차서 골목 끝까지 한눈에 볼 수 있는 상태가 아니라 약간은 위험하다고도 할 수 있게 되었다. 혹시 불미스러운 사고라도 일어나면 그 새로운 아파트 입주자들이 복지관 반대 운동을 시작할지도 모른다.

올봄 처음으로 바람이 몹시 불던 어느 날, 오빠를 데려다주고 돌아오다가 교통량이 유난히 많은 도로에서 중고차 판매장의 펜스를 따라 들어가는 샛길로 접어들었을 때의 일이었다. 나중에 복지관 당일 결석자와 출석자를 조회한 결과 그 아이는 오빠가 다니는 복지관 원생이 아니라는 것이 밝혀졌지만, 확실히 지적장애로 보이는 남자아이가 새하얗고 예쁜 엉덩이에서 무릎 뒤까지를 드러내 놓고 펜스 너머의 먼지 쌓인 자동차를 바라보며 성기를 만지고 있었다. 함께 가던 엄마들의 리더 격으로 언제나 결단력 있는 발언을 하는 A 씨가 "어머, 어머!" 하는 소리를 내더니 "마짱은 여기 있어요. 나하고 M 씨가 앞서갈 테니까!"라며 이상한 말투로 나를 제지하고는 그 아이 곁으로 다가갔다.

마침 차도를 사이에 둔 반대편에서 여자 셋이 함께 지나가다가 남자아이의 행동을 수상히 여기고 모종의 행동을 취하려던 참이었다. A 씨는 남자아이에게 바지를 올리게 하고 옆의 길바닥에 떨어져 있던 가방을 주워서 고쳐 메 주었다. 그리고 그 아이가 다니는 학교의 방향을 물어보고 데려다줄 채비를 척척 했다. 멈추어 섰던 여자들은 뭐라 욕도 못 하고 다만 항의하는 듯한 시선으로 이쪽을 돌아다보며 자리를 떠났다.

나중에 따라붙은 나와 역으로 가면서 A 씨는 이런 말을 했다. "근처 사는 아줌마 구경꾼들만 없었다면, 우리 복지관 아이로 오해받을 염려만 없었다면 그대로 실컷 만지게 해 주었을 텐데 말이지!"

이번에는 M 씨가 나를 의식하고 "에구머니나!" 하며 기겁했지만 나는 오히려 A 씨에게 동조하여 그런 의미로 마음속으로 '빌어먹을, 빌어먹을!' 하고 외쳤던 거다. 무엇보다도 얼굴이 새빨개지며 눈물까지 솟을 것 같은 나 자신이 한심스러워 울화가 치밀었다……

어쨌든 나는 그 남자아이를 비난할 생각도 없었고 이요는 적어도 우리 가족이 지금까지 본 바로는 그런 종류의 행위를 한 적이 없었다. 또한 우리가 모르는 곳에서도 그런 일은 지금까지 없었고 앞으로도 없으리란 게 솔직한 나의 느낌이었다. 그렇다고 그것 때문에 안도한다거나 기뻐하는 건 아니다. 상당히 착잡한 기분이다……

이요는 성격적으로 지나치게 성실한 면이 있어서 성적인 것이라면 장난이라 할지라도 거부감을 나타냈다. 아빠가 성적인 문제를 짐짓 쾌활한 농담으로 다루는 데 대해서도—엄마의 말에 의하면 아빠의 그런 태도는 학생 시절에는 전혀 없던 것인데 제2의 천성으로 스스로 개발한 것 같다고—오빠는 매우 진지하고 엄숙하게 반응했다. 그러고 보니 집에서 늘 사용하는 '킹'이라는 말도 오빠는 속으로는 싫으면서도 억지로 참고 있었던 게 아닐까?

'킹'. 언제라도 금방 쾌활한 농담으로 돌려 버릴 수 있는 성격의 성적 표현으로 아빠가 개발한 단어다. 그게 사전에는 나와 있지 않은 표현이라는 건 나도 잘 안다. 그래도 아빠는 그 말을 그야말로 만능 용어로 사용했다. 아빠 입장에서는 이요에게 자신이 감당할 수 없는 성적인 상황이 일어난 경우, 거꾸로 그것을 유쾌한 농담처럼 처리해 버리기 위해 필요한 장치였는지도 모른다.

이요가 특수학교 고등부에 다닐 때의 일이다. 늘 하던 대로 거실 바닥에 엎드려 작곡을 하거나 FM 방송을 듣던 오빠가 몸의 방향을 바꾸려고 하면서 허리를 위쪽으로 당기며 머뭇머뭇 엉거주춤, 영어로 한다면 awkward 한 자세를 취할 때가 있었다. 그걸 보면 아빠는 짐짓 큰 목소리로 쾌활하게—내게는 그렇게 들렸다—오빠에게 말을 했다. "이요! '킹'이 커졌구나. 옳지, 어서 화장실에 다녀오너라."

그러면 이요는 병원에서 본 아랫배에 이상이 있는 여자들 같은 어색한 걸음걸이로 화장실로 향했다. 커진 '킹'이 속옷에 쓸려서 아픈 게 아닐까 하고 도와주려 한 적도 있었지만, 그럴 때면 오빠는 극히 방어적이 되어 우리의 손길을 뿌리치는 바람에 아무것도 해 줄 수가 없었다. 그 점에 있어서는 엄마도 손을 댈 수가 없었다고 했다.

그렇다고는 하지만 같은 시기에 우리가 이요의 커진 '킹'과 대면하는 일도 있었다. 오빠는 갓난아기 때부터 죽 기저귀를 차고 잤다. 점차로 일반적으로 파는 기저귀는 작아져서 우리 가족은 시내에 나갈 기회가 있을 때면 백화점의 잡화 매장 선반을 늘 살피고 다녔다. 그런데 특수학교 선생님으로부터 야뇨증을 치료하자는 제안이 있었고 밤 11시부터 12시 사이에 오빠를 깨워서 화장실에 데리고 가게 되었다. 대개는 엄마나 아빠가 그 역할을 했지만 가끔 아빠가 지방에 여행 중이고 엄마가 너무 피곤해서 못 일어나는 것 같으면 마침 고등학교 입시를 위해 수험 공부를 하고 있던 내가 오빠를 화장실에 데려가는 일을 맡았다.

침실의 불을 켜면 이요는 민감하게 눈은 떴지만 자발적으로 움직여 일어나는 일은 없었다. 곰이 한 마리 들어 있나 할 정도로 담요를 불룩하게 솟아 올린 채 움직이지 않았다. 먼저 담요를 걷어 내고, 전신을 활짝 펴고 누운 오빠의 파자마 바지를 내려야 했는데 그럴 때면 그저 축 늘어져 있는 것으로만 보이던 오빠가 바지를 벗기기 쉽게 미묘하게 협조해 주었다.

아직 기저귀가 젖지 않았으면 화장실에 다녀온 후에 다시 사용해야 하므로 접은 전체 모양이 흐트러지지 않게 주의하면서 접착테이프를 뗐다. 소변이 이미 나와 버린 경우에는 뜨뜻한 온기로 금방 알 수 있었지만 그렇지 않은 경우는 마치 사냥 나가서 사냥감을 포획했을 때 이런 기분이겠지 할 정도로 기뻤다.

그러나 그런 순간에도 기본적인 문제는 있었다. 접착테이프를 떼는 순간 안쪽에서 기저귀를 박차 버리듯이 '킹'이 튀어 올랐기 때문이다. 그렇게 하반신을 전부 벗겨 놓으면 이요는 스스로 상체를 일으켜 침대 아래로 내려서므로 더 이상 손은 가지 않았지만 뭐랄까 커다란 짐승 냄새 같기도 하고 금속성 물질이 화합하면서 내는 거품 냄새 같기도 한, 아무리 맡아도 익숙해지지 않는 입 냄새가 났다. 그것은 낮에 오빠의 숨결에서 느껴지는 냄새와는 완전히 달랐고 발작을 일으킬 때의 입 냄새와도 달랐다……

이요의 야뇨증은 극복하자는 제안이 있었던 반년 후, 특수학교 기숙사의 숙박 훈련에서 정열적인 남자 선생님이 딱 한 번에 완전히 고쳐 주었다. 그 후 가족들은 더 이상 오빠의 '킹'이 메두사 머리에 달린 뱀 대가리처럼 벌떡 일어서는 광경은 보지 못했다. 그러고 보니 벌써 몇 년이나 오빠가 '킹'이 커지는 바람에 awkward 한 자세를 하는 걸 본 기억이 없다. 이요가 지나칠 정도로 성실한 성격이거니와 가족의 눈을 의식해서 그런 일들을 감추는 사람도 아닌 이상, 이제 더 이상 '킹'이 커지는 일은 없어진 것 같았다.

내가 엄마에게 그런 말을 했더니 "그런 시기는 이미 지나간 모양이야. 너무나도 짧았던 청춘이구나" 하는 처연한 목소리의 대답이 돌아왔다. 우리가 부엌에서 하는 대화를 거실에서 듣고 있던 아빠가 "어쨌든 나쁜 일은 아니야, 이젠 안심할 수 있잖아"라는 말을 했다가 엄마와 나의 반발을 샀다.

'그게 이요에게 좋은 일인지 나쁜 일인지 어떻게 알아?' 나는 마음속으로 말대답을 했다. 확실히 그렇게 된 거라면 그 남자아이와 같은 짓을 하지는 않을 것이었다. 그러나 잘 모르는 채 느낌만으로 하는 소리지만 나는 그것으로 안심이라는 말은 하고 싶지 않았다. 오히려 '빌어먹을, 빌어먹을!' 하는 생각이 치밀 뿐이었다……

엄마 아빠가 나리타 공항으로 출국한 첫 일주일 동안은 미리부터 마음의 준비를 단단히 했는데도 불구하고 생각지도 못한 사건들로 눈이 팽팽 돌 지경이었다. 밤에는 너덧 시간밖에 못 자는 바람에 낮 시간에 사이사이 몇 번이나 낮잠이 들어 버리는 통에 출발 전에 엄마와 약속한 '가족일기'를 하루에 두 번이나 쓴 날도 있었다. 실제로 그만큼 쓸 일이 많았다.

오히려 이것저것 해야 할 일에 정신이 팔려서 쓸쓸하다거나 불안하다는 생각을 할 겨를이 없었다. 다만 두 가지 일, 아니 두 사람이 굉장히 마음에 걸렸다. 그냥 정신적인 부담 정도가 아니라 실제로 뭔가가 명치끝에 걸려 있는 듯한 느낌이었다. 그것은 이전에 내가 짜증을 내며 '광신자'라고 매도했던 두 사람에게서 기인한 거였다. 아빠는 나의 그런 말에 당혹스러워하면서도 아무 소리도 안 했지만, 엄마는 다른 사람들 앞에서는 그런 말을 입에 올리면 안 된다고 주의를 주었었다.

작년 말부터 매주 한 번은 우리 집 문 앞에 뭘 갖다 놓고 가는, 정체를 알 수 없는 사람이 둘이나 있었다. 그 하는 짓을 보고 나는 그 두 사람을 '광신자'라고 부르게 된 거다. 한 사람은 꽃집에서 만들어 파는 흔한 종류가 아닌, 작은 꽃들을 독특한 모양으로 만든 꽃다발을—언제나 눈을 내리깔고 있지만 자칫 틈을 보이면 내부로 밀고 들어올 것 같은 어두운 동급생 느낌의 꽃다발!—갖다 놓고 갔다. 또 한 사람은 코르크 마개로 막은 청주 2홉들이 물병을 갖다 놓았다. 그 사람은 벽돌담 위에 병을 올려놓고 돌아갔는데 한번은 연말에 온 택배를 받으러 나간 나와 딱 마주친 적이 있었다. 덩치가 크고 근육질인 남자는 어딘지 모르게 고행하는 수도승 같은 인상을 풍겼는데 넓은 이마 아래로는 점처럼 작은 흐린 갈색 눈이 좌우로 멀리 떨어져 박혀 있었다.

꽃다발 남자는 벨을 누르고 가족 중의 누군가에게 꽃다발을 전해 주고 갔다. 은행원 혹은 교사로 보이는 몸집이 자그마한 사람이었는데 꽃다발에는 작은 봉투에 담은 편지가 곁들여져 있었다. 내용을 읽어 본 적은 없지만 봉투에는 회사 주소까지 찍혀 있었으니 비교적 신원이 확실한 사람이 아닐까 하는 게 나의 느낌이었다. 그러고 보니 이 사람과 관련된 사건이 몇 년쯤 전에 있었던 것 같기도 하다. 엄마 아빠는 아무 말도 해 주지 않았지만 희미하게 기억이 난다. 그러나 밤중에 일어난 일인 데다가 당시 태평한 어린애였던 나는 자느라고 그 사건에 대해 막연한 기억밖에 없던 터라 자세한 걸 알고 싶어서 이요에게 물어보아도 "아아! 정말 곤란했습니다! 경찰차가 소리 없이 다가왔습니다!" 하고 예의 그 한 박자 늦긴 하지만 확실한 기억이 있는 듯한 대답을 했다. 다시 "무슨 일이었는데?" 하고 물어도 "곤란했습니다, 곤란했습니다"라며 너무나 진지하게 고개를 푹 숙이고 나의 추궁을 피하려 들었다. 아마도 아빠한테서 입 다물고 있으라는 말을 들은 것 같았다.

내가 아는 한 이러한 방문자의 출현을 정점으로 동일한 성질의 편지나 전화가 늘어난 건 아빠가 어느 여자대학교에서 했던 「신앙이 없는 자의 기도」라는 강연이 텔레비전에서 방송된 다음부터였다. 어느 정도의 직접적인 피해를 입은 입장에서 말한다면, 스스로에 대해 굳이 신앙이 없는 차라고 할 필요는 없을 것이고, 또한 그렇게 말해 놓고 기도라는 단어까지 언급한 것은 특정한 대상을 겨냥한 건 아니더라도 분명히 실례되는 말이라고 나는 생각했다. 그런 일을 한 이상, 아빠에게 어느 정도 가벼운 벌이 내려도 할 수 없는 노릇이었다. 그러나 가족은 무슨 죄람. 나는 엄마에게 그런 말을 한 적이 있고 아빠에게도 확실히 전해진 모양이었다. '광신자'라는 말도 그때 처음으로 내 입에 올린 단어였다.

실제로는 아빠도 자신이 받아야 할 가벼운 벌이라면 인내로 견딜 모양이었지만, 막상 일가의 책임자가 집을 떠난 다음에도 그런 방문이 이어질 것을 생각하니 내게 미안했는지, 꽃다발을 가져오는 사람에게는 편지를 써서 앞으로는 방문하지 말아 달라고 부탁했다. 그렇게 해서 작은 꽃다발이 집으로 배달되는 일은 없어졌다. 그런데 물병을 가져오는 남자에게는 이쪽에서 연락을 취하려고 해도 방법이 없었다. 출발하기 일주일 전, 아빠는 거실에서 일을 하면서 계속 대문 주위에 신경을 쓰며 상대방이 찾아오면 건넬 편지를 준비하고 있었는데 나중에 보니 어느새 물병 하나가 주말의 황혼 속에 덩그러니 문 앞에 놓여 있었다.

그렇게 엄마 아빠가 캘리포니아로 떠난 다음, 나에게는 그 물병 남자와 또 문 앞에서 마주치게 되면 어쩌나 하는 걱정이 남았다. 딱 마주치지는 않았지만 물병을 보는 것만으로도 마음이 짓눌렀다.

아빠가 쓴 편지는 그대로 현관 우편함 위에 놓여 있었다. 나는 원래 누가 썼건 수취인이 누구건 다른 사람의 편지를 읽는 취미가 없었으므로 그 편지가 신경 쓰이기는 했지만 그대로 두었다. 교수 기숙사에서 짐 정리를 끝낸 후 처음 걸어온 전화에서 엄마는 아빠가 신경을 많이 쓰고 있다며 그 편지를 물병 남자에게 전달하지 말고 그냥 두라고 했다. 편지에는 아이들만 남겨 놓고 부모가 한동안 해외에 체재하게 되었다고 썼는데 오히려 물병 남자에게 이요를 자신의 신앙의 힘으로 수호하겠다는 사명감을 불러일으킬지도 모른다는 것이었다. 아빠는 전화를 바꾸더니 그렇다고 너무 신경을 쓸 필요는 없다며 달래듯이 말했지만 나는 그 말에서 일종의 무책임함을 느꼈다.

엄마는 이렇게 갖다 놓은 물병을 언젠가는 돌려 달라고 할지도 모른다고 걱정하며 순서대로 창고방 구석에 나란히 세워 놓았다. 코르크 마개로 꽉 봉해진 똑같은 모양의 물병은 매우 깔끔해 보이기는 했으나 아마추어가 직접 만든 이상 고온 살균 등의 조치를 하지는 않았을 듯했다. 그러나 오래된 걸 흔들어 보았지만 물이 상한 것 같지는 않았다. 새삼스레 그 물병이 마치 명치끝에 달려 있는 듯한 느낌이 들었다……

엄마 아빠가 출발하고 열흘째 되던 날 저녁나절. 경찰차가 오빠가 기억하는 것과는 달리 큰 소리로 사이렌을 울리며 우리 집에서 불과 얼마 떨어지지 않은 일대로 모여드는 소동이 있었다. 지금에야 사건의 자초지종을 다 알고 있지만, 처음부터 시간대별로 나의 느낌이나 생각을 그대로 회상하며 써 나가고 있다. 물병 남자에 관해서도 이미 그런 식으로 기술하고 있다.

사방에서 몰려드는 경찰차의 사이렌 소리를 들으며 나는 머릿속이 하얘질 정도로 충격을 받았다. 캄캄한 구름 속에서 벌떡 일어났다가 빈혈을 일으켜 그때까지 리포트를 쓰고 있던 식탁 의자에 털퍼덕 주저앉을 정도로…… 내가 그렇게까지 당황한 것은 그때 마침 오빠가 이발을 하러 나가 집에 없었기 때문이었다.

이발을 하러 갈 때는, 역으로 가는 큰길과 버스 길이 교차하는 곳에 있는 이발소까지 오빠를 데려가서 미리 계산을 하는 게 내 일이었는데, 벌써 오래전부터 그 이발소를 다닌 터라 이요에게는 아주 익숙한 일이었다. 오빠는 이발이 끝나면 "괜찮아요? 괜찮아요?" 하며 몇 번이고 물어 주는 젊은 주인을 아주 재미있어했다. 그리고 머리도 산뜻하게 깎고 기분도 새로워져서 천천히 산책을 겸하여 집까지 걸어오는 코스를 좋아했다. 젊은 아가씨가 이발소 대기실에 앉아서 기다리는 것이 어색했던 터라 오빠 혼자서도 집에 돌아올 수 있다는 점이 다행스러웠다.

여러 대의 경찰차 사이렌 소리가 요란하게 뒤엉켜 울려 퍼지는 가운데 이요가 아직 돌아오지 않았다는 사실만을 아무 소용도 없이 되풀이해 확인하며─남동생 오짱은 학원에 가고 없었다─이발이 끝날 때까지 함께하지 않는 습관에 대하여 무의미한 후회를 했다……

그래도 나는 스스로를 일으켜 세워 운동화를 신고 달려 나갔다. 오빠가 돌아올 코스의 세 번째 모퉁이에서 집과 이발소를 잇는 선으로부터 바깥쪽으로 떨어진 방향의, 대지도 건물도 울타리도 모두 옛날 모습 그대로 남아 있는 집이 늘어선 일대에 경찰차 네 대가 서 있었다. 아직 여름의 기운이 남은 저녁나절의, 사람의 얼굴이며 목의 피부가 땀에 젖은 듯 보이는 빛 속에서 근처에 사는 사람들이 더위도 식힐 겸 모퉁이에 모여 서서 우왕좌왕하는 경찰관들을 바라보고 있었다.

내 몸의 중심은 이미 그 방향으로 옮겨 가고 있었지만 달려 나가려는 힘을 일단 조절하고 잠방이를 입은 노인에게 "교통사고예요?" 하고 벌렁거리는 가슴으로 물었다. 돌아다보는 고풍스러운 얼굴의 노인들의 표정에서는 파란만장한 텔레비전 드라마에 열중하고 있을 때와 같은 호기심이 넘쳐흘렀다. 그 얼굴들에서 나는 지금 건너편에서 경찰을 움직이게 만든 사건이 단순한 교통사고가 아니라 뭔가 복잡하게 뒤얽힌 인간관계에 속한 사건이라는 예감을 했다. 노인은 혈색이 돌아와 윤기가 흐르는 얼굴을 흥분으로 빨갛게 물들이고,

"교통사고가 아니에요" 하고 분개한 소리로 대답했다. "치한이라나 봐요. 아가씨는 저쪽으로 다니지 마우."

나는 꾸벅 인사를 하고 오빠가 돌아올 방향으로 몸을 돌려 달리기 시작했다. 뭐야, 치한이었어? 호모 치한이라는 소리는 이 나라에서 들어 본 적도 없고, 이요는 안전할 거야. 안전하다고. 가슴에 그득 차오르는 안도감을 느끼며 다시 달리기 시작했다. 그러나 막상 이발소에 도착해서 보니 이발실에도 대기실에도 사람이라곤 한 명도 없이 가게는 문을 닫기 위한 청소를 시작하고 있었다. 괜찮아요 아저씨는 빗자루를 든 상체를 일으키더니 의아한 표정을 지으며,

"동생분은 벌써 아까 돌아가셨는데요"라고 했다. 오빠를 동생이라고 하는 건 많이 듣는 소리다.

다시 집으로 돌아오면서 나는 새로운 두려움에 사로잡혔다. 호모 치

한은 없을 거라며 태평하게 생각했지만 혹시 이요가 누군가를 덮쳤을 가능성도 없으란 법은 없다. 이요에게 처음부터 그럴 의도가 없었다고 해도 귀여운 여자애를 보고 예쁘다고 다가갔는데 여자애가 무서워하며…… 이요는 고함 소리나 울음소리를 아주 싫어하니까……

오빠는 무사히 돌아와 거실 소파에 앉아서 석간신문에서 주간 FM 소식란을 들여다보고 있었다. 나는 계속 두근거리는 가슴을 진정시키며 오빠 옆에 앉았다. 그런 나를 이상하다는 듯이 힐끗 쳐다보고는 아무 소리도 없이 다시 클래식 곡명에 빨간 펜으로 표시를 하는 오빠의 짧게 깎은 머리에서는 샴푸 냄새가, 와이셔츠 어깨에서는 무성하게 우거진 식물의 싱그러운 냄새가 났다. 그 자리에서 나를 완전히 안도하게 만들었던 그 냄새는 실은 다음 날부터 시작된 나의 고뇌의 직접적인 물적 증거가 되어, 생생하게 되살아나서 나를 괴롭혔다. 또한 그날 문을 잠그려고 나가 보니 벽돌담 위에 오랜만에—반갑다는 의미는 절대 아님—물병이 놓여 있어 나를 좌절하게 만들었다.

다음 날 조간신문 지역 소식란에 우리 동네에서 일어났던 치한 사건에 대한 기사가 나왔다. 피해자는 초등학생 여자아이였다. 나는 모르고 있었지만 같은 수법의 치한이 작년 말부터 출몰하고 있었다고 했다. 작년에도 결국 체포는 실패로 끝났다. 이삼일 후에 현관과 문 사이를 청소하고 있는데 건너편에 사는 아줌마가 언제나 역 앞으로 함께 장을 보러 다니는 비슷한 연배의 아줌마와 이야기를 나누고 있었다. 나는 짧은 비로 청소를 하느라고 앉아서 비질을 하고 있었으므로 닫힌 문 너머의 한 단 낮은 길에서 이야기를 나누는 아줌마들은 내가 있는 줄 몰랐을 터였다.

치한이 주택 모퉁이에 서 있다가 여자애를 붙잡아서 생나무 울타리의 움푹 들어간 곳으로 끌고 가 한 손으로 여자애의 두 손목을 꽉 잡아서 움직이지 못하게 만들고 또 한 손은 바짓가랑이 사이에서 움직여 여자애 얼굴에다 무언가를 뿌렸다고. '안면 방사'라는 말도 들려왔다. 혹시 에이즈에라도 걸린 사람이면 얼마나 무서운 일이야? 여자애의 얼굴은 눈물까지 더해져 완전 엉망이었단다. 여자애는 어째서 소리를 지르지 않은 걸까? 처음에 세게 한 대 얻어맞고 완전히 겁에 질렸다나 봐. 그러고 보니 일전에도 저쪽 생나무 울타리 근처에 꼼짝 않고 서 있는 사람의 뒷모습을 본 적이 있어……

내가 문밖을 쓸려고 나가면서 인사를 하자 아줌마들은 이야기를 딱 멈추고 웃기만 했다. 그리고 내가 청소를 채 마치기 전에 한 사람은 집 안으로 한 사람은 자전거를 타고 서둘러 자리를 떴다.

치한이 출몰한 다음 날부터 죽 고뇌에 짓눌려 발버둥 치던 나의 마음은 아줌마들의 이야기를 듣고 더욱 동요했다. 특히 내가 문 위로 작은 머리를 내밀자 뚝 끊어진 이야기, 생나무 울타리에 꼼짝 않고 서 있던 사람을 본 적이 있다는 부분에서 가슴이 쿵 하고 내려앉았다. 실은 고뇌 끝에 오빠에게 미안하다는 생각을 하면서도 한 가지 실험을 했던 참이었기 때문에.

그 전날 나는 이요와 역 앞 커피숍에 가서 미리 커피 값을 내고, 나는 슈퍼에서 장을 보고 갈 테니 커피를 다 마시면 혼자서 먼저 집으로 돌아가라고 부탁했다. 그러고는 길 건너편의 작은 이파리들이 벌써 오그라지며 노랗게 물들기 시작한 회화나무 그늘에 숨어 망을 보았다. 조용한 긴장의 바로 안쪽에서 금방이라도 미소가 비어져 나올 것 같은 부드러운 표정을 감추고, 즉 매우 기분이 좋은 오빠가 나타났다. 나의 특별한 제안을 받고 혼자 그 일을 실행하는 게 무척이나 유쾌한 모양이었다. 교통량이 많은 버스 길에서는 차가 멈추기를 기다렸다가 아주 주의 깊은 태도로 건너더니 옛날 사람이 유람 여행이라도 하는 모습으로 오빠는 천천히 걸음을 옮겼다.

이요가 우리가 역 앞에 다닐 때 늘 다니는 길로만 걸어가 준다면 지금까지의 나의 고뇌는 한낱 기우에 불과한 게 될 것이다. 실제로 오빠는 코스대로 모퉁이를 돌아 걸어갔다. 나의 마음은 이미 환하게 개었다. 그런데 오빠는 치한 소동이 있었던 사거리 모퉁이에서 반대쪽인 남쪽이기는 하지만, 우회로로 접어들었다. 그것도 확신에 차서 불편한 다리를 전에 없이 척척 구부리며 활기차게 걸어갔다. 그리고 아니나 다를까, 오래된 주택가의 철쭉을 중심으로 만든 생나무 울타리가 여름철에 비죽비죽 자란 채로 내버려 둔 곳에 오른쪽 어깨를 푹 찔러 넣고 몸을 감추는 것처럼 멈추어 섰다.

나는 단 1분도 지켜볼 수 없었다. 근처에 지나가는 사람은 없었다. 멀리 새 한 쌍인가 여겨질 정도로 가냘픈 여학생 둘이 다가오는 것이 보일 뿐이었다. 나는 고뇌에 사로잡혀 필사적으로 달려 나가 이요의 옆에 멈추어 서서는 "어떻게 된 거야? 왜 그래? 길이 틀리잖아. 집에 가자!" 하며 울먹였다……

그리고 열흘이 지났다는 건 '가족일기'를 읽어 보면 알 수 있다. 그 열흘간도 나는 거대한 고뇌 덩어리에 짓눌려 있었는데, 그것도 엄청난 무게로 나를 누르던 것이었는데도 지나고 보니 고뇌의 증거는 무엇 하나 남아 있지 않다는 게 너무 이상하다. 그래도 그 고뇌 속에서 열흘을 살아 냄으로써 나의 내부에 얼마간의 뚜렷한 변화가 있었던 셈이었다. 매사에 소극적이고 겁쟁이인 평상시의 나로서는 상상조차 못 하던 일을 해냈으니까.

문제의 그날도 좀처럼 가시지 않는 늦더위 속에서 바람 한 점 불지 않는 대기에 서쪽 하늘의 아련한 석양빛만이 아름다웠다. 석간신문을 가지러 나간 나는 벽돌담 위에 예의 그 물병이 놓여 있는 걸 발견했다. 저녁나절의 외기를 조용히 반영하며 코르크 마개 바로 아래의 조그만 수면이 노을빛을 렌즈로 모아 놓은 것처럼 빨갛게 물들어 있었다— 의기양양한 얼굴로 고개를 빳빳이 쳐들고 있는 듯이 보였다. 금방 가져다 놓은 거라면 지금 얼른 쫓아가 돌려줄 수 있다는 데 생각이 미치자 나는 피가 머리로 콱 치솟으며 미칠 것 같은 기분이 들었다.

현관으로 돌아가 레이스 커튼 너머로 이요가 바닥에 배를 깔고 작곡을 하고 있는 것을 확인한 다음 조용히 문을 닫고 자전거를 대문까지 끌고 갔다. 그리고 나는 아직 미지근한 물병을 핸들에 붙은 바구니에 눕혀서 안전하게 놓인 걸 확인하고—달리니까 대굴거리기 시작했지만—역으로 향하는 길로 속도를 내어 달려갔다.

버스 정류장까지 곧바로 달리고 그 보도를 남쪽으로 질러갔지만 교통신호가 있는 사거리까지 오고 나니 왼쪽으로 돌면 역으로 가는 길이 되는데 이 시간대라면 교통량도 많아서 물병 남자를 쫓아간다 해도 딱 한 번 보았을 뿐인 얼굴을 확실히 알아볼 수 있을지 자신이 없었다. 오히려 우리 집과 버스 정류장 사이라면 저녁나절에는 거의 사람들이 지나다니지 않으니까 남북으로 뻗은 길을 하나씩 달려 보는 게 물병 남자와 만날 경우 확실하게 알아볼 가능성이 높다……

내가 아직 어려서 아무 걱정을 몰랐던 시절, 군마의 산속 집에서 여름을 보내며 아빠에게 망아지처럼 뛰어다닌다는 소리를 들은 적이 있었는데, 오랜만에 정말로 말처럼 어깨를 흔들며 페달을 밟았다. 우선 버스 정류장에서 첫 번째 길을 북쪽으로 거슬러 올라가며 사거리가 나올 때마다 꼼꼼하게 양쪽을 살폈다. 북쪽 끝까지 가서 유턴하여 옆의 길로 남쪽으로 내려오기 시작했을 때였다. 오래된 주택가의 빽빽하게 가꾸어 놓은 호랑가시나무와 물푸레나무의 생나무 담장이 이어진 한쪽 편의, 손질이 잘되어 있지 않은 이웃집의 원에 노송나무 울타리와 경계를 이루는 곳에서 옥신각신하는 크고 작은 두 개의 사람 그림자를 발견했다.

나는 두 사람에게서 5~6미터 지나친 곳에서 브레이크를 꽉 잡았다. 옥신각신하며 몸싸움을 하는 둘 중 하나는 멀쩡하게 맑은 날 초록색의 레인코트를 입은 남자로, 진한 분홍색 원피스를 입은 초등학교 고학년에서 중학생 사이로 보이는 여자아이를 한쪽 팔로 껴 눌러서 자기 가랑이 사이로 주저앉히려 하고 있었다. 그리고 다른 한쪽 팔은 레인코트의 배 부분으로 찔러 넣고는 앞뒤로 맹렬하게 움직이고 있었다……

내가 순간적으로 취한 행동은 나중에 경찰서에서 이야기하면서 스스로 생각해도 참 이상한 것이었다. 나는 어렸을 때 하던 척후병 놀이라도 하는 양 안장에서 엉덩이를 들고 머리를 숙인 채 페달을 밟으며 따르릉따르릉하고 벨을 울리면서 뒤엉켜 있는 두 사람의 옆을 지나쳤다. 순간적으로 나는 레인코트의 남자가 갈색의 점과 같은 눈으로 나를 뚫어지게 바라보고 있다는 걸 곁눈으로 확인했다.

그대로 15~16미터 정도 지나가서는 자전거에서 뛰어내려 방향을 돌려 다시 안장에 올라타서 지면에 한쪽 발을 붙이고 남자를 똑바로 노려보았다. 그러는 사이에도 자전거 벨은 따르릉따르릉하고 계속 울렸다. 남자는 레인코트 속에서 움직이던 팔의 동작은 멈추었지만 여자아이를 잡고 있는 팔은 그대로 둔 채 얼굴을 내 쪽으로 돌렸다. 남자는 레인코트에 박고 있던 팔을 쑥 빼더니 마치 개라도 쫓는 듯한 동작으로 나를 향해 휘둘렀다.

분한 마음에 얼굴이 빨개지며 울음이 터질 것만 같았다. 그때 손질이 잘되어 있지 않은 생나무 울타리 너머 부지의 상자같이 생긴 건물 2층에서 서른너덧 살 정도로 보이는 여자가 내다보고 있는 게 눈에 들어왔다.

"여기요, 도와주세요. 여기 좀 도와주세요!" 나는 목청껏 외쳤다. 여자는 큰 소리를 내며 유리창을 열어젖히고 몸을 내밀어 길을 내려다보더니 머리를 휙 돌리고는 뒤쪽을 향해 뭐라고 소리를 질렀다.

무슨 소리가 나서 다시 고개를 돌리니 레인코트 남자는 여자아이를 풀어 주고 묘하게 어깨를 뒤튼 자세로 급하게 도망을 치려고 했다. 여자아이는 비로소 엉엉 울음을 터뜨리며 무릎걸음으로 내 쪽으로 다가왔다. 나는 벨을 더욱 세게 누르며 여자아이의 옆을 지나 남자를 쫓아갔다. 그러나 내가 할 수 있는 일이라고는 내가 쫓아오는 것을 알아챈 남자가 멈추어 서서 점처럼 생긴 눈으로 이쪽을 노려보면, 나도 자전거를 멈추고 거리를 두고 같이 노려보는 것뿐이었다. 남자는 '배트맨'처럼 레인코트를 펄럭이며 옆 골목으로 무서운 기세로 달리기 시작했다……

남자가 잡힌 것은 2층 여자의 남동생이 재빨리 오토바이를 꺼내서 그것도 나처럼 단순히 쫓아만 간 게 아니라 버스 정류장으로 앞질러가 있었기 때문에 가능했다. 그러나 파랗게 질려 땀을 철철 흘리며 헐떡거리면서도 모르는 척 시침을 떼는 남자를 방금 전의 그 치한이라고 증명할 수 있었던 건 꽤 늦기는 했지만 벨을 울리며 자전거로 쫓아

온 내가 있었기 때문이다. 즉 나도 나름대로 상당한 역할을 한 셈이었다.

경찰차가 오기까지 다부진 오토바이 청년과 그 집의 남편이—여자는 어린 피해자를 진정시키기 위해 남아 있었다—남자의 양팔을 단단히 잡고 있었다. 그사이 나는 이제는 열병에 걸린 메기 같은 갈색 점눈의 남자가 나를 가만 노려보고 있는 게 마음에 걸렸지만, 경찰에게 들은 바로는 남자는 오히려 나에게 얼굴을 들켰다는 걸 알았기 때문에 도망갈 생각은 아니었다고 했다고 한다.

남자는 또한 우리 집에 죽 물을 배달했다고도 말했다고 한다. 그 말을 들을 때까지 나는 치마 앞쪽이 푹 젖어 있는 것에 의아해하며 언짢아하고 있었는데 핸들 앞 바구니에 실었던 물병의 코르크가 빠졌기 때문이었음을 비로소 깨달았다.

다음 날부터 내가 고열이 나서 자리에서 일어나지 못하자 이요는 복지관에 결석하고 식사 준비는 오짱이 해 주었다. "일단은 영양의 균형을 생각한 거라고……" 하며 식탁을 차리곤 했는데 대부분이 슈퍼의 특별 판매 즉석식품이었지만 그래도 잘도 골랐다 싶어 기특했다. 열이 지속되어 누워 있는 며칠 동안 그나마 마음이 가벼웠던 건 그때뿐이었던 것 같다. 그 후로 다시 밤이고 낮이고 두렵고 답답한 심정이 계속되었다.

어째서 치한은 물병을 배달했던 걸까? 경찰은 남자가 이 동네 주택가를 돌아다니다가 불심검문을 당하게 되면 이 동네의 한 집에 물을 배달하고 있다는 핑계를 대려고 신문에 이름이 오르내리는 집을 임의로 고른 듯하다고 했다. 그러나 나는 이 남자가 여자애를 억누르고 있을 때나 도망을 칠 때는 물론이고 체포당할 당시에도 나를 뚫어져라 노려보던 모습에서 뭔가 심상치 않은 점이 있다고 느끼고 있었다. 갈색 점같이 생긴 그의 눈에서는 아빠의 기도에 관심을 가진 '광신자'의 내면이 표출되어 있었다.

밤이 깊었지만 잠들지 못한 채 반쯤은 꿈속을 헤매는 기분으로 두려운 일들을 상상했다. 아무리 치한이라고 해도 그렇게 오래 잡아 두지는 못할 거다. 남자는 교도소에서 나오게 되면 바로 우리 집 근처로 찾아와서 생나무 울타리에 숨어 있다가 줄곧 노려보아서 얼굴을 익힌 나를 붙잡아서는 억센 완력으로 꿇어앉히는 건 아닐까? 얻어맞고는 울음소리도 내지 못하던 여자아이처럼 최소한의 저항도 하지 못하는 나의 눈에 코에, 작은 병에 담긴 채 영원히 썩지 않는 물이 부어지는 것은 아닐까……

겨우 열이 떨어진 가을이 물씬 느껴지던 날, 나는 장을 보기 위해 이요와 같이 역 앞 슈퍼로 외출했다. 기력이 완전히 쇠해서 슈퍼마켓 봉지 두 개를 팔심이 센 이요에게 들리고, 천천히 걸어서 집으로 돌아오던 때였다. 전에 오빠가 혼자 서 있는 걸 본 생나무 울타리 모퉁이에 이르자 나의 인도자를 자임한 오빠가 척척 그쪽 모퉁이로 돌아갔다. "왜 그래, 이요? 그리로 가면 돌아가는 거잖아" 하고 내가 작은 소리로 항의하며 따라갔지만 오빠는 이미 철쭉 생나무 울타리의 움푹 파인 곳에 어깨를 디밀고 서서 아주 진지한 얼굴로 무엇인가에 귀를 기울이고 있었다. 피아노 연습하는 소리가 자그맣게 들려왔다. 잠시 귀를 기울이고 있던 이요는 온화하고 만족스러운 표정을 지으며 나를 돌아다보았다. "쾨헬번호 311 피아노 소나타입니다. 이제 괜찮아요. 뒤쪽에는 어려운 부분은 없으니까 전혀 걱정 없어요!"

그 순간 나는 그동안 나를 사로잡고 있던 고뇌에서 벗어났다는 걸 깨달았다. 새로운 걱정거리가 또 생긴다 해도 그 고뇌에 비한다면 정말 대수로운 게 되지 못할 것 같았다……

안내인
案内人
ストーカー

(연작 「조용한 생활」 3)

남동생이 심야 텔레비전 영화에서 녹화해 준 〈스토커〉*를 보았다. 영화를 별로 보지 않는 이요도 끝까지 같이 보았다. 아마도 영화에 나오는 음악에 흥미를 느끼는 모양이었다. 인도 음악인가 여겨지는 낯선 음악이었다. 영화가 거의 끝나 갈 무렵, 좀 신비스러운 분위기의 아이가 눈의 힘으로 세 종류의 컵을 움직이는 장면이 있었다. 기차의 소리와 진동이 겹쳐지며 아이의 얼굴이 클로즈업되는 장면에서 그때까지 늘 하던 대로 내 발치께 양탄자에 누워 있던 오빠가 "흐앗!" 하는 감탄사를 터뜨리며 일어나 앉았다. 오히려 그건 그 장면 앞부분에서 아이가 눈의 힘을 발휘한 것에—일단 그런 걸로 치고—이상한 기운

* 우리나라에는 〈잠입자〉라는 제목으로 소개되어 있다.

을 느낀 개가 겁을 먹고 짖어 대는 소리에 대한 반응인지도 모른다. 오빠는 개 짖는 소리를 끔찍하게 싫어하니까. 어쨌든 확실한 것은 이어서 〈베토벤 교향곡 9번〉의 〈환희의 송가〉가 울려 퍼지자 이요가 허리를 쭉 펴고 격렬한 동작으로 지휘를 하기 시작했다는 거다.

영화가 세 시간이나 이어지는 바람에 나는 녹초가 되어 저녁 준비는 미리 계획해 두었던 것보다 간단하게 줄여 버렸다. 식사 자체는 금방 끝난 저녁 식탁에서 오짱과 영화 이야기를 하게 되었다. 이야기를 했다고 했지만 나는 주로 듣는 역할. 동생은 어젯밤에 수험 공부를 하면서도 녹화가 잘되고 있는지 확인하러 방송이 끝날 때까지 몇 번이나 내려왔고 그때마다 조금씩 본 모양이었다. 또 영화 중간에 하는 광고는 물론이고 내가 좋아하지 않으리라 생각해서 언젠가 주간지 화보에 미국 여자 경찰 복장을 한 모습을 본 적이 있는 살찌고 건강미 넘치는 영화 비평가의 '5분이나 되는' 해설까지 지워 놓았다. 나는 〈스토커〉의 분위기와는 전혀 동떨어져 보였던 그런 사람은 어떤 소리를 하는지 들어 보고 싶었는데……

어쨌든 저녁을 먹은 후, 오짱이 했던 이야기를 종합하면 이런 내용이 된다. 이야기를 그대로 옮기지 못하는 것은 오짱의 이야기를 들으면서 내가 몇 번이나 멍하니 다른 생각을 했기 때문이다. 동생은 "나는 거의 영화를 안 보는 편이고 〈스토커〉도 제대로 본 건 아니지만, 한 가지 깨달은 게 있어. ……마짱은 어땠어?" 하고 이야기를 시작했다.

"나로서는 전체를 가지고 이야기하기는 어렵지만, 예를 들면 들판 장면에서 말이지, 인물이 모여 있고 그 주위에 여러 가지 것들이 여유롭게 화면에 들어 있었잖아? 그리고 그 장면이 꽤 길게 이어졌지. 그때 나는 마치 연극 무대를 보는 감각으로 인물 하나하나를 마음대로 관찰할 수 있어서 좋던데. 나같이 머리 회전이 느린 사람에게는 말이야."

오짱은 그가 잘 사용하는 단어로 이야기하자면 일단은 내 말에 귀를 기울였다. 그리고 이런 이야기를 했다. "타르콥스키 감독은 거대한 운석인지 뭔지가 떨어져 순식간에 소멸해 버린 마을을 그린 것 같은데 그건 체르노빌 원전 사고 후의 마을의 모습이라고 해도 좋겠지. 물론 지금 당장 그런 데로 끌려간다면 방사능 문제로 난리가 나겠지만. 나는 리본을 묶은 나사를 앞에다 던지면서 지그재그로 나아가는 그 안내 방법이 좋더라고. 우리가 어렸을 때 가루이자와에서 우리끼리 한 약속을 꼼꼼하게 지키면서 하던 탐험 놀이도 생각나고. 옛날 생각이 나는 걸 보니까 나도 나이를 먹었나 봐……

안내인이 '존zone'으로 데리고 간 교수나 작가보다 훨씬 강한 육체와 정신력의 소유자면서도 가끔은 누구보다 지쳐서 땅바닥에 쓰러져 괴롭게 숨을 몰아쉬는 장면도 좋았어. 고등학교 때 오리엔티어링*에 나가 뛰어 돌아다니다가 풀에 발이 미끄러져서 넘어지면 잘됐다 하고 땅바닥에 벌러덩 드러누워서 피로를 과장했었지. 아무도 보는 사람이 없으니까 결국 나 자신에게 그러는 거지만, 그러면 이 지구와 나의 관계, 내 몸 자체에 관한 것까지 제대로 파악되는 기분이 들었어.

내가 타르콥스키 감독이 전체적으로 하고 싶은 말은 이런 거다 말할 자신은 없지만 일단은 이런 생각이 들더라고. '세계의 종말'은 온다. 그러나 지금 당장 오는 건 아니다. 우리가 살아 있는 동안에는 안 올지도 모른다. 그것은 느릿느릿하게 다가온다. 이쪽도 느릿느릿한 상

---

* 산야에서 지도와 나침반을 이용하여 일정 중간 지점을 통과해 목적지에 빨리 도달하는 것을 겨루는 경기.

태로 살면서 그저 기다리고 있을 수밖에. 그렇다면 느릿느릿 다가오는 '세계의 종말'을 미리 전체적으로 쫙 파악하고 싶은 생각이 드는 것도 당연한 이야기겠지. 예술가들이 하는 일이 일단은 그런 거 아닐까?"

동생은 역시 나보다 머리가 좋구나 하는 생각을 하면서 나는 가끔 멍하니 딴생각을 하며 그의 말에 귀를 기울였다. 그건 영화 앞부분에서 안내인의 아내가 괴로워하는 모습이 신경 쓰여서였다. 영화관에서 예고편으로 예기치 않게 보게 되는 '성인영화'에서 욕망에 괴로워하는 아내를 그린 장면에 기겁한 적도 있었지만, 안내인의 아내가 당하는 괴로움은 그런 것들과는 차원이 다른 영혼의 괴로움이었다. 자존심이 강한 오짱이 오리엔티어링에서 풀에 발이 미끄러져 지면으로 쓰러졌을 때 하는 행동도 단순히 육체적인 피로 때문만은 아니듯이.

안내인의 아내는 어두운 정열을 간직한 아름다운 여인이었다. 발작을 일으킨 것처럼 바닥에 쓰러져 괴로워하는 장면도 그렇지만 조용히 괴로워하는 모습도 정말 아름다웠다. 자기도 모르게 '성인영화'를 연상하게 되는 것도 그녀에게는 숨을 삼킬 정도의 관능적인 아름다움이 있었기 때문이라고, 오짱이라면 분석하지 않을까. 그렇게 아름다운 자태는 아무나 갖게 되는 것이 아니라는 생각에 나는 선망이라기보다는 일종의 존경 비슷한 마음이 들었다. 더구나 어쩔 수 없이 위험한 '존'으로 손님을 안내해야만 하는 남편에게 절망하며 "결혼한 게 잘못이야. 그래서 '저주받은 아이'가 태어난 거야"라고 울부짖는 대사가 나의 마음을 사로잡았다.

겨우겨우 무사히 '존'에서 녹초가 되어 돌아온 안내인도 손님들이 '존'의 중심인 '방'에서 인간에게 주어질 영혼의 기쁨을 진정으로 추구하고 있지 않았음을 깨닫고 절망한다. 안내인은 '존'이 타락한 인간을 회복시켜 준다고 굳게 믿는 가엾을 정도로 성실한 사람이었으니까.

그 안내인을 침대에 재우고 난 아내는 갑자기 카메라로 얼굴을 돌린다. 그러고는 마치 인터뷰에 응하는 사람처럼 카메라를 바라보며 마음속의 생각을 털어놓기 시작한다. 극영화에는 이런 수법이 흔히 사용되는 것인지 모르지만—외할아버지도 영화감독이셨고 외삼촌도 현역 감독이지만 나는 동생과 마찬가지로 영화를 그리 많이 보는 편은 아닌지라—그 장면에서 상당히 깊은 인상을 받았다. 아내는 자기 남편이 좀 무딘 데가 있어서 사람들에게 바보 취급을 받는 청년이었다는 것, 자기가 결혼할 때 친정어머니가 안내인은 저주받은 사람이라서 이상한 애를 낳게 될 거라며 반대했다는 것을 회상했다. 그럼에도 자기가 이 사람과 결혼하기로 결심한 것은 평생 단조롭고 지루하게 사느니 차라리 다소 괴로운 일이 있을지라도 가끔은 행복도 맛볼 수 있는 생활이 나을 거라고, 아니 이건 나중에 억지로 만들어 붙인 이유인지도 모르지만 어쨌든 그렇게 생각해서였다고 했다. 여기서 나는 '아니에요. 당신은 나중에 이유를 갖다 붙인 게 아니라, 처음부터 그렇게 생각하고 있었고, 그 생각은 결코 잘못된 게 아니에요'라고 말해 주고 싶었다.

이와 관련해서 아주 중요한 또 하나의 장면인 것 같은데 나로서는 잘 이해가 안 되는 부분에 대해 다음 날 아침 오짱에게 물어보았다. 동생은 일단 자기가 시작한 이야기에 대해서는 굉장히 신경을 쓰는 성격인지라 나와 이요가 자러 간 다음에 수험 공부 시간을 쪼개서 그 긴 영화를 끝까지 다 본 눈치였으므로……

"오짱, 그 금색 스카프 말이야. 플라토크라고 하던가? 아빠가 모스크

바에서 선물로 사 온 러시아 전통 스카프 말이야. 그걸 머리에 감은 여자애에 관해서 궁금한 게 있어. 영화에서는 그 애 엄마가 자기 딸에게 '저주받은 아이'라고 하는 장면이 두 번이나 나오긴 하지만, 안내인을 술집으로 마중 온 장면에서 그 애 엄마가 목발을 가지고 온 걸 보면 다리가 불편하다는 건 알겠는데 그 밖에 다른 장애는 없는 아이 아냐? 얼굴도 아주 예쁘고……"

"내 생각에 그 아이는 정신의 능력만으로, 즉 염력이라고 해야 하나, 그걸로 물건을 움직일 수 있는 능력을 가졌어. 그 점에서는 안내인보다 훨씬 신비하고 새로운 능력을 가진 아이라고 할 수 있지. 눈의 힘으로 세 종류의 컵을 움직이는 긴 장면 있잖아. 비디오 다시 돌리기로 보니까 거꾸로 컵을 끌어당기는 느낌이 나서 재미있더라. '저주받은 아이'란 건 본인도 주위 사람들도 미처 파악하지 못한 초현실적인 능력을 가진 아이라는 의미가 아닐까?"

"컵이 움직이는 장면은 두 번 있었지. 시작 부분과 끝부분에. 시작 부분에서 아이는 자고 있었어. 그러다가 기차 소리가 점점 커지고, 훨씬 전부터 들려왔을 테지만 아파트 근처까지 온 기차의 진동으로 테이블 위에 있던 게 떨어지는 것처럼 보이도록 찍었지. 타르콥스키 감독은 그런 식의 표현을 좋아하는 것 같아. 처음에는 영문을 알 수 없다가 점차로 중요한 의미를 깨닫도록 전개하는 방법 말이야. 안내인이 교수와 작가에게 나사에 리본을 묶으라고 시키는 장면도 그랬어. 그리고 그 장면부터 잘 생각해 보면 역시 그건 기차의 진동으로 움직이는 거지?"

"이과생인 내 입장에서 본다면 기차의 진동으로 움직인다고 해석하는 게 맞을 것 같지만 아무래도 염력이 아닐까? 영화를 보면서 아, 이

건 '기사技師'들에 대한 예방책이구나 하는 생각이 들더라고. 아빠한테 들은 건데 소련에서는 지방 도시의 지식인 대중을 대표해서 문학이나 영화에 비판적인 투서를 하는 사람이 '기사'들이었대. '기사'는 과학적 실천을 통해 사회주의 건설에 공을 세우는 자들이니만큼 작가나 영화감독보다 실제로 높은 지위를 차지하지. 그 '기사'로부터 이건 도대체 말이 안 되는 소리라는 투서가 들어오면 곤란해지는 거야. 그래서 컵이 움직인 건 기차의 진동 때문이라는 설명을 할 수 있는 길을 만들어 놓고 염력으로 물건을 움직이는 능력을 가진 아이를 그려 낸 것 같아."

"나도 반쯤은 그렇게 생각했어. 그저 막연히 그런 생각이 들더라고. 너처럼 '기사'라는 개념은 몰랐지…… 일단 그렇게 해석한다면 그 금색 스카프를 머리에 두른 소녀는 '재림'하는 예수 그리스도의 이미지가 아닌가 싶네. 그 아이를 목말 태우고 안내인이 오랫동안 걸어가잖아. 역시 타르콥스키 감독이 자주 쓰는 방법인 것 같은데. 이리저리 구부러진 길을 목말을 태우고 가는 장면이 죽 이어지잖아. 그건 그리스도를 업은 사람이라는 게 있었지? 크리스토포로스*였던가? 그걸 암시하는 게 아닌가 싶어."

"그리스도의 '재림'이라고 하면 아주 대사건이지. 우선 적그리스도가 출현해서 세상을 큰 혼란에 빠뜨리게 될 테니까 말이야."

"운석이 떨어져 '존'이 생겼다는 자체가 세상이 근본적인 혼란에 빠

---

* 전설에 의하면 크리스토포로스는 사람들을 업고 강을 건너다 주는 일로 생계를 꾸려 나간 거인이었다. 그는 자기보다 더 힘센 사람이 나타나면 그를 주인으로 섬기겠다는 생각을 가지고 있었다. 그러나 악마는 구세주를 겁내기 때문에 그리스도만이 최고 힘센 장사일 것이라고만 추측하였다고 한다. 어느 날 그의 손님 가운데 조그마한 아이가 있었는데, 그가 강을 건너려고 물속으로 들어가면 갈수록 점점 더 무거워져서 강을 건널 수가 없었다. 이상하게 여기는 그에게 그 아이가 이렇게 말했다. "너는 지금 전 세계를 옮기고 있는 것이다. 나는 네가 찾던 왕, 예수 그리스도다."

졌다는 증거 아닐까. 내가 러시아 농촌에서 태어난 아이였다면 그런 대재앙은 당연히 예수 '재림'의 전조라고 생각했을 것 같은데."

"아마도, 안내인과의 결혼을 반대한 친정어머니는 아이를 불길한 전조로 느끼고 그래서 '저주받은 아이'라고 하는 것 같기는 한데. 역시 나로서는 잘 모르겠는 영화야. 영화가 나쁘다는 소리는 아니고, 내 이해력이 모자란 거지."

"오짱, 자세히 설명해 줘서 고마워. 그래도 처음보다 많이 알게 되었어. 나머지는 혼자서 생각해 볼게."

나에게는 또 하나 〈스토커〉의 엄마에 관해서 생각해 볼 문제가 있었다. 엄마 아빠가 미국으로 떠난 다음, 특히 엄마에 대해서 자잘한 사건들과 연관시켜 이런저런 생각을 안 한 것은 아니었지만 그저 그뿐으로, 한 가지 문제에 대해서 시간을 들여 곰곰이 생각해 보지 못했다. 나는 먼저 그걸 집중적으로 생각해 보기로 했다.

내가 엄마를 두고 생각을 했다는—산만한 내가 상상한—건 이런 거였다. 지금 '가족일기'에서 옮기려고 하니, 별로 길지도 않고 단순한 내용에 지나지 않아 보이지만 그것은 한동안 내 머릿속에서 떠나지 않던 문제였다. 절대로 그럴 일이 없을 줄 잘 알면서도 혹시 엄마가 이요를 '저주받은 아이'로 생각한 적이 있다면? 또 이건 어느 정도 가능성이 있는 가정으로, 아빠가 엄마에게 당신은 '저주받은 아이'를 낳은 거야 하고—예의 그 아빠 특유의 아슬아슬한 농담을, 요컨대 상대에게 상처를 준다는 생각도 없이 말을 하고서는 거기에 대해 오해를 받으면 오히려 자기가 더 상처를 받고 상대를 원망하는—말을 했다면? 하는 등의 생각이었다. 만약에 그런 일이 있었다면 엄마가 얼마나 괴롭고 슬펐을까. 생각하는 것만으로도 마음이 아팠다.

물론 만약에라는 가정하의 말이지만, 혹시라도 과거에 그런 일이 있었다면 결혼하고도 많은 세월이 흘렀고 이요를 낳은 지도 25년이나 된 부부로서, 이제 와서 새삼스럽게 부부만의 생활을, 그것도 외국에서 시작했다는 건 어쩌면 일찍이 주고받았던 상처와 파괴의 흔적을 지우고 치유와 재생을 시도하려는 노력의 일환일지도 모른다. ……그런 생각을 하다 보니, 만약이라는 가정을 의식의 안전핀으로 삼았음에도 불구하고 비틀비틀 침대로 파고들어 갈 정도로—이번에는 평소처럼 이요의 옆으로 다가가 무언의 위로를 얻고자 하는 시도도 할 수 없었다—완전히 녹초가 되어 비통한 기분에 사로잡히고 말았다.

　그런 일도 있고 해서 그랬는지, 작곡 레슨을 받는 이요를 시게토 선생님 댁으로 데려가서는 그때까지 죽 생각하고 있던 〈스토커〉 이야기를 꺼내게 되었다. 엄마 아빠가 이요를 가지고 '저주받은 아이'라고 생각한 적이 있었나 하는, 밤에는 어둠의 공포와 더불어 확실하게 떠올랐다가 낮이 되면 한없이 어리석게만 생각되는 그 상상에 관해서는 입을 다물고, 금색 스카프를 머리에 두른 아이에 관해서만 자세히 이야기했다.

　"〈스토커〉라고? 난 영화를 별로 안 봐서 말이지. 그런 러시아 말도 못 들어 본 거 같고. 영화 제목이니까 영어나 뭐 다른 나라 말에서 온 새로운 단어를 쓴 게 아닐까? 일본에서도 보통 그렇게들 많이 하잖아. stalker라면 집요하게 쫓아다니는 사람이란 말이고. stoker, 즉 화부火夫는 아닐 테고 말이야. ……아이에게 금색 러시아 전통 스카프로 추위를 감싸 주고 목말까지 태워 애지중지 집으로 데려갈 정도라면 부모가 평소에 '저주받은 아이'라고 생각하진 않겠지. 그 말은 아내가 마음이 허해져서 원망처럼 내뱉은 걸 거야…… 남편도 위험한 '존'으로 처자를 데리고 갈 생각은 없는 걸 보면 확실히 가족을 소중하게 여기고 있는 거고. 거기 가고 싶어 하는 사람들을 데려다주는 일을 자기의 사명으로 삼은 안내인을, 그러니까 '존'에 미쳐서 제대로 된 일자리도 없는 가장을, 아내는 원망은 하면서도 사실은 남편에 대한 걱정으로 그러는 거니까, 아름다운 가족이네."

시게토 선생님은 그런 말을 하다가 옆에 앉은 사모님이 자기 말을 듣고 웃는 것을 알아차리고는 황급히 근엄하다 할 정도로 딱딱한 표정을 지었다.

"타르콥스키 감독의 의도는 화면에 다 표현되어 있는데도, 제 이해력이 부족해서 이걸까 저걸까 하고 우왕좌왕하는 것 같아요. 시선으로 컵을 움직이는 아이는 '재림'한 그리스도인가요? 아니면 적그리스도인가요?"

"직접 보지 않고는 뭐라고 할 수가 없을 것 같은데. ……그럼 마쨩에게 들은 이야기를 가지고 한번 생각해 볼까? 운석이 떨어져 마을 하나가 완전히 없어졌다. 그 정도의 대재앙이 있었던 거네. 그 후, 사람들은 '천년왕국'을 고대하게 되었고 때마침 메시아로 여겨질 만한 인물이 출현했다는 거지? 안내인이 과연 그런 존재인가 하면 그건 아닌 것 같아. 오히려 그가 사람들을 데리고 가려고 하는 '존'의 '방' 그 자체가 거기 해당하는 것인지도 모르지. 그곳을 찾아온 사람의 마음속 비밀스러운 소원을 이루어 주기도 하고 또 그것이 계기가 되어 목을 맬 정도의 절망에 빠뜨리기도 하니까. 그러나 장소는 역시 인간이 아니라서 말이지.

그렇게 보면 역시 그 아이야. 아직은 정식으로 사용하지는 않았지만, 대단한 잠재 능력을 가진 것 같으니까. 아주 신중하게 상상해 본다

해도 그녀가 2대 안내인이 될 가능성은 매우 높지. 사명감은 있으나 착하기만 하고 어리석은 제 아버지 대신 무서운 능력을 가진 안내인이 될 수 있을 거야. 결국은 그 아이가 그리스도냐, 적그리스도냐 하는 문제인데. 사람들을 데리고 물속을 통과한다는 것에서는 세례의 이미지도 있고, 마침내는 '존'의 '방'에서 구원을 베푸는 걸 보면 완전히 그리스도의 역할을 하고 있는 것이고 말이지. 그러나 떼를 지어 '존'으로 몰려든 사람들이 죽게 된다든가, 기껏 성취된 현세적인 소원이 더러운 욕망뿐이라면 결국 혼란을 불러일으키는 적그리스도가 되는 게 아닐까. 그 후에 예수가 재림한다고 해도 말이지…… 나로서는 운석에 의한 대재앙 다음에 오는 '천년왕국'에서 아이가 메시아가 되어 세상을 이끌어 간다는 이야기가 더 매력적이긴 한데."

"아이가 눈의 힘으로 의식을 집중해서 테이블 위의 컵을 움직이는 동안 개가 아주 불안스럽게 계속 짖어 댔어요. 기차 소리는 아직 멀리서 들려올 뿐이었는데 역시 개라서 사람보다 먼저 그 소리에 반응한 것인지는 모르지만요. 개는 그 아파트에 온 지 얼마 안 됐거든요. 기차 소리가 고조되면서 테이블 끝에 있던 컵이 바닥에 떨어져 깨져 버리죠. 그때까지 컵에 가려져 있던 아이의 얼굴이 클로즈업되며 컵이 깨지는 소리를 즐기는 것 같은 표정이 떠오르고요. ……그리고 이어서 음악이 나와요. 베토벤이었지, 이요?"

"네, 〈환희의 송가〉였습니다. 전부 연주하면 20분 이상 걸리지만 영화에서는 잠깐 나왔습니다!"

그때까지 조용히 앉아 있기는 했지만 이야기의 내용을 아는지 모르는지 확실하지 않던 오빠가 음악에 관해서 확실한 반응을 보이자 시게토 선생님과 사모님이 환하게 웃었다.

"마짱은 이요와 함께 있을 때면 언제나 화제를 공유하려고 드네. 자연스럽게 말이야. 마짱은 정말 대단한 인물이야, 이요."

"그것은 좋은 의미입니까?" 오빠는 조심스럽게 확인했다.

"최고로 좋은 의미예요." 사모님이 대답하자 시게토 선생님은 다시 근엄한 표정이 되었다.

"나도 마짱이 대단한 인물이라고 생각합니다." 오빠는 그렇게 말해 주었다.

다음 주 목요일은 작곡 레슨이 없는 주였는데 시게토 선생님 사모님이 놀러 오라는 전화를 주셨다. 시게토 선생님이 이요를 레슨 하는 일을 무척 좋아한다는 건 알았지만 그날은 유난히 우리 둘을 반갑게 맞아 주셨다. 오빠도 작곡 레슨 시간을 좋아하지만 평소보다 훨씬 더 느긋한 모습으로 내 옆에 앉아 얼굴을 똑바로 들고 시게토 선생님의 말씀에 귀를 기울였다. 시게토 선생님은 바로 우리를 부른 이유를 말씀해 주셨다.

"나도 〈스토커〉를 봤어. 러시아 문학가 친구 집에서 비디오로 봤지. 아마 마짱이 녹화해서 본 것하고 거의 같은 편집일 거라고 그 친구가 그러더군. 우선 안내인이라는 말 말이야. 전에 짐작했던 대로 영어의 stalker가 러시아 말로 СТАЛКЕР란 자막으로 나오더라고." 시게토 선생님은 그것을 종이 위에 쓰셨다. 이요는 신기한 활자체에 "흐앗!" 하며 놀라는 눈치였다.

"친구가 가지고 있는 현대 러시아 사전을 찾아봤는데 어디에도 나오지 않더군. 아카데미판이나 우샤코프 사전, 오제고프 사전도 찾아봤지만 없더라고. 1970년대 신조어 사전에도 없고. 아마 러시아 말이 아니고 외래어, 즉 외국어로 최근에 만들어진 말인 것 같아. 친구는 원작 소설을 읽었다는데 본문에 СТАЛКЕР라는 말이 나오기는 하지만 제목은 완전히 다르다더군. 스트루가츠키 형제의 『노변의 피크닉』인데, 영화 제목으로는 이쪽이 더 잘나갈 것 같다 싶어."

"……그렇게 자세한 조사까지 해 주시다니 정말 감사합니다." 내가 황송해하며 말하자 소파에 나란히 앉아 있던 이요도 바짝 긴장하는 게 전해졌다. 학자분께 그런 질문을 그렇게 가볍게 하는 게 아니었다는 생각이 들었다.

"아냐 아냐, 요즘 통 외출도 안 하고 특히 영화관 같은 데는 가지 않던 터라 말이지. 이 영화도 마짱이 가르쳐 주지 않았으면 모르고 지나갔을 거야. 안내인 맡은 배우 아주 괜찮던데. 번민하는 모습 연기가 아주 좋았어. 그 아내의 말대로 정말로 바보 취급을 당할 만큼 어리숙한 사람으로 보이더라고. 그리고 그렇게 어두운 고통 가운데 있는 남자를 두고 더할 수 없이 아름다운 아가씨가 '나는 이 남자를 사랑하니 결혼할 수밖에 없다'고 결심하는 전개도 별 무리 없이 자연스러웠고."

"난 그 아내가 좋던데. 담배를 피워 문 모습이 퇴폐적이긴 하지만 세련되어 보이고 러시아 사람이면서 뚱뚱하지도 않고, 특별한 근거는 없지만 유대계가 아닌가 싶더라고." 시게토 선생님 사모님이 나와 이요에게 줄, 뼈끝에 붙은 기름을 제거해서 짧은 빗처럼 만들어 놓은 양갈비 덩어리에 마늘 간 것을 바르며 말했다.

"남편이 그렇게 허점투성이에다 마음속에 있는 걸 모두 있는 그대로 겉으로 드러내는 성격이니 그동안 아내가 얼마나 많이 챙겨 주었겠어. 게다가 아이도 그렇고, 여자도 상당히 힘든 상황이지."

옆에서 부지런히 움직이는 사모님을 보며, 아이는 없지만 시게토 선생님이 자기가 하고 싶은 일을 계속할 수 있도록 옆에서 죽 내조하는 일도 보통 일은 아닐 거라는 생각을 했다. 살며시 사모님 쪽을 바라보니 얼굴에 멋쩍은 듯이 홍조를 띤 채 손가락을 귀엽게 구부리고 양 갈비에다 열심히 마늘 간 것을 바르고 있었다.

시게토 선생님 역시 사모님 쪽을 보면서 예의 그 근엄한 얼굴에 ?! 하는 표정이 더해지며 말을 이었다. "안내인에게서는 범죄자 유형의 어둡고 위험한 부분도 자주 나타나지. 쇠 지렛대를 던지려다가, 무심히 풀 넝쿨을 잡아당기던 손님이 위험하지 않느냐고 화를 내자 보이는 반응은 꽤 실감이 나더라. 취약하고 상처 받기 쉽고 어둡고 격정적인, 결국에 가서 범죄를 저지를 놈은 진짜 무서운 법이거든.

그런데 마짱, 내 생각에 이 아이는 '재림'하는 예수는 아닌 것 같아. 범죄자가 될 가능성이 농후한 아이 아버지의 그 위험한 성격은 예수와 통하는 구석이 없어. 아니 그 아이는 엄마가 처녀의 몸으로 잉태한 아이라는 반론이 나올 수는 있겠지. 그런데 내가 보기에는 그 아이의 눈에서도 뭔가 사악한 기운이 느껴지더라고. 그렇다면 역시 그 아이는 이 세상을 파괴해 버릴 역할의 인간, 즉 적그리스도로 성장해 갈 것이라는 결론이 나오지. 결국에 가서는……"

"그렇다면 그 기차 소리가 울리는 가운데 나왔던 〈환희의 송가〉는 무슨 의미일까요? 이요는 기분이 고조되어 지휘까지 했는데요."

"그렇습니다!" 이요가 동조했다.

"파괴의 환희라는 것도 있을 수 있잖아. 그런 식으로 철저하게 파괴한 다음, 비로소 예수 그리스도가 '재림'하는 게 아닐까? 역사에는 '천년왕국'적인 환희와 더불어 파괴에 매진했으나 끝내 메시아를 찾아내지 못했던 불행한 사례는 얼마든지 있는데……"

"이야기가 점점 어려워져서 무슨 말인지 모르겠습니다, 시게토 선생." 사모님이 이야기의 흐름을 따라가지 못해 쩔쩔매는 나에게 도움의 손길을 내밀었다. "당신이 충분히 생각하지 않은 이야기라면 마짱에게 실감 나게 전해질 리가 없죠. ……마짱 이리 와 보렴. 관심을 요리로 돌려서 허브와 소금, 후추를 어떤 배합으로 쓰는지 기억해 둬. 요새는 슈퍼마켓에서도 냉동 양고기를 훌륭하게 해동시켜 파니까 구하기가 쉬워. 외국인들이 그러는데 일본에서 싼 가격으로 살 수 있는 유일한 양질의 고기라더라고. 오늘 먹어 보고 입에 맞으면 이요에게도 가끔씩 만들어 주면 좋겠지."

그리고 좁긴 하지만 잘 정돈된 주방에서 내가 사모님과 서서 일을 하는 동안 시게토 선생님은 오래된 LP 레코드와 방송을 녹음한 테이프를 테이블 위에 잔뜩 쌓아 놓고 몇 종류의 〈환희의 송가〉를 이요와 함께 전문가적인 태도로 비교하며 듣는 모양이었다.

저녁 식사가 시작되었을 때, 이요는 시게토 선생님께 〈환희의 송가〉의 모든 연주를―처음 듣는 연주까지도―소요 시간을 정확하게 기억했다가 나중에 다 말하더라는 칭찬을 들었다. 사모님에게 이건 지휘자의 스타일을 파악했다는 거라며 설명적으로 덧붙이는 이야기를 듣고 시게토 선생님이 어른들의 문제처럼 진심으로 감탄하고 있다는 걸 깨달았다.

"처음부터 이건 좀 속도가 빠른 연주구나 생각했는데 끝까지 들어 봤더니 역시 빠른 연주가 있는가 하면 반대로 느린 연주도 있었어. 그것도 특별히 푸르트벵글러*나 토스카니니**같이 아주 익숙한 이들에

* 1886~1954 베를린 필하모닉 오케스트라를 30년간 상임 지휘한 독일의 명지휘자이자 작곡가. 베토벤과 바그너의 음악을 주로 지휘하였다.
** 1867~1957 이탈리아에서 태어난 미국의 지휘자, 첼리스트, 작곡가. 20세기 전반을 대표하는 세계적인 지휘자이다.

게서 말이야. 역시 기억이란 왜곡되기 마련이야. 이요가 가르쳐 주지 않았다면 그 왜곡을 죽을 때까지 모르고 살았을 거야.

지금 〈환희의 송가〉 시작 부분을 몇 개 비교해서 들어 보면서 연주 속도에 대한 이야기를 하는데 우리의 연주 해석이 아무래도 서로 다른 것 같은 느낌이 들더라고. 이요는 뭐랄까 조용한 확신을 가지고 이것과 저것이 연주 속도가 같다 하는 식으로 몇 개의 그룹으로 나누더군. 그래서 이건 아닐 것 같다고 여겨지는 걸 골라 스톱워치로 시간을 재 보았는데 역시 이요 말이 맞았어. 20초도 다르지 않더라고."

시게토 선생님 사모님은 은테 안경 너머로 깊은 생각에 잠겨 선생님을 바라보던 시선을 그대로 이요에게 돌리더니 어린아이같이 감탄하며

"차이가 20초밖에 안 난다면 그건 거의 똑같은 거잖아" 했다.

"거의 똑같다고 생각합니다." 이요가 신중한 자세로 대답했다.

"음악 듣는 능력이 정말 대단하네요, 이요. 시게토 선생님, 잘 가르치셔야겠습니다."

"선생보다 제자가 뛰어난 거, 그게 바로 이상적인 사제 관계니까." 시게토 선생님은 짐짓 시치미를 떼며 대답했다.

식사를 하는 동안 이요는 세련된 농담 같은 이야기를 해서 우리를 웃겨 주었다. 다시 시게토 선생님을 중심으로 〈스토커〉 이야기가 이어졌다. 안내인이 예의 여자아이를 목말 태워 아파트로 돌아오는 장면에 대해 이야기를 하면서 이번에는 시게토 선생님이 개의 연기가 대단하다는 말을 하는 바람에 사모님과 둘이서 한차례 토론이 있었다. 사모님은 텔레비전 영화에서 〈달려라 래시〉나 〈용감한 린티〉 같은 예를 빼고—그들은 역할이 고정되어 있는 이상 그걸 연기라고 할 수는

없다고 주의를 환기시키고 나서―개의 명연기라는 것도 다 우연의
소산이 아니냐는 말을 했다. 의외로 영화에 대해서 놀라울 정도로 지
식이 풍부한 사모님이 연이어 개가 나오는 명장면을 예로 들다 보니
때로는 재미있게도 시게토 선생님의 의견을 방증하는 경우도 있었다.

이윽고 시게토 선생님이 일단 결론을 지으려고 했는지 이런 방향으
로 이야기를 끌고 갔다.

"이렇게 이야기를 하고 보니 역시 동물이 의식을 가지고 연기를 한
다는 건 디즈니 만화영화에서나 가능한 일인지 모르겠군. 그러고 보
니 초기에 나왔던 〈베티 부프〉는 목양견이었지. 수집가의 개인 상영회
에서 본 적이 있어."

"네, 정말 그래요. ……단지 베티 부프가 이야기 속으로 들어오는 것
만은 잘 이해가 안 갔지만" 하고 사모님은 부분적으로 이의를 달았지
만 전체적으로는 대체로 동의했다.

사모님은 만면에 미소를 띠고 오빠에게 양 갈비를 더 권했다. 그러
나 오빠는 복지관에서 체중 증가에 관한 주의를 들은 다음부터는 처
음 접시에 나온 분량 외에는 절대 먹지 않았다. 내가 오빠가 왜 그러는
지를 설명하자 사모님은 화제를 바꾸어

"이요도 그 커다란 개가 나오는 장면을 보았지?" 하고 물었다.

"그랬잖아. 이요도 내 옆에서 작곡하면서 보았잖아. 아이가 목말을
타고 돌아오는 장면에서 화면이 구불구불 돌아가니까 재미있다고 했
지. 개도 생각나지?"

"유감입니다만, 나는 자세히 보지 못했습니다. 개는 너무나 이리저
리 돌아다녔습니다."

"맞아. 그때의 개는 이리저리 돌아다니도록 설정되어 있었던 거야.

608

이요는 정말 그 장면의 의미를 제대로 잘 파악했네."

그리고 오빠는 "나는 자주 목말을 태웠습니다!" 하고 마음속에 죽 품고 있던 생각이라는 듯 말했다. "자주 아빠를 목말 태웠습니다."

"아빠가 목말을 태워 준 거지, 이요. 그전에 아빠는 살도 찌고 무거웠는걸."

"옛날에, 나는 건강했습니다. 발작이 시작되지 않았으니까요. 나는 자주 목말을 태웠습니다."

그래서 우리는 오빠를 포함해서 모두 유쾌하게 웃음을 터뜨렸다. 오빠는 컨디션이 좋았고 기분도 아주 좋았다. 그날 밤, 나는 이러한 옛날로 돌아간 것 같은 오빠의 모습에 기분이 좋아진 나머지 주의력마저 풀어졌는지도 모른다. 돌아오는 길에 시게토 선생님 집 앞의 가파른 언덕을 빠른 걸음으로 올라가는 오빠를 따라가다 보니 오빠가 몸을 가볍게 움직일 수 있던 때가 생각났다. 매년 여름이면 가던 북가루이자와에서 일과로 한 조깅에서도 나는 마음만 먹으면 앞지를 수 있었지만 오짱은 도저히 이요의 속도와 지구력을 따라가지 못했다. 옛날에는 오빠도 정말 건강했는데……

그런데 나중에 돌이켜 보니 역에 도착해서 개찰구를 향해 계단을 올라갈 때 이요는 이미 평소와는 다른 피로감을 보였던 듯하다. 일단 신주쿠행 전철이 별로 붐비지 않아 느긋하게 나란히 앉아 쉴 수 있어서 다행이었다. 요즘 들어 밖에 나가서 사람들이 있는 자리에서는 가족에게도 일절 말을 하지 않게 된 오빠는 시게토 선생님과는 또 약간 다른 근엄한 표정으로 묵묵히 앉아 있었다. 그래도 나는 오빠를 데리고 신주쿠에서 외곽으로 가는 혼잡한 오다큐센을 갈아타야 하는 것에 대해 별로 걱정을 하지 않았다.

신주쿠 역의 급행 플랫폼에서 상당히 취한 남자들 틈에 끼여 혼잡함을 헤치고 나가다가 비로소 나는 옆에 서 있는 오빠 몸속에서 이상이 일어나고 있음을 알아차렸다. 오빠는 대나무 살에 종이를 발라 만든 커다란 인형을 보이지 않는 벽에 기대 세워 놓은 듯, 무방비하고 불안정한 자세가 되었다. 벌겋게 달아오른 얼굴의 눈도 충혈된 채 뜨고는 있었지만 아무것도 보는 것 같지 않았다. 가슴이 철렁한 나는 어찌할 바를 모르고 오빠의 몸을 붙들며—일단 달라붙어서—발작이 일어나 펄펄 끓어오르는 몸을 버텼다. 오빠의 상체는 무게중심을 잃고 어느 쪽으로 쓰러질지 가늠이 안 되는 상태로 아슬아슬하게 내 어깨 위로 천 근 같은 체중을 부려 놓았다……

그때 전철이 들어왔고 맞은편으로 승객들이 다 내린 후 이쪽 편 출입문이 열리는 소리가 등 뒤로부터 들려왔다. 온몸이 얼어붙는 것 같았다. 순식간에 행렬이 밀려들기 시작했다. 나는 천 근같이 무거워진 이요를 간신히 지탱하면서 쏟아져 나오는 승객들에게 밀려 두세 걸음 앞으로 물러났다. 지금 오빠의 몸에서 일어나고 있는 일에 대해서 밀려드는 사람들에게 설명은커녕 비명조차 지를 수가 없었다. 승객들의 진행을 방해하는 모양으로, 그것도 남들 앞에서 공공연하게 애정 행각을 하는 젊은 커플이 되어 버린 우리를 향해 노골적으로 비난하는 사람들과 서로 빤히 시선을 교환했다. 이 피곤에 지치고 술까지 취한 사람들은 당장에라도 나와 오빠를 밀치고 밟고 넘어가 서둘러 전철을 탈지도 몰라. 그들의 가죽 구두의 딱딱한 앞부분이 플라스틱으로 막아 놓은 이요의 후두부를 걷어찰지도 몰라. 나는 소리도 내지 못하고 공포와 절망 속에서 입을 벌린 채 눈물만 흘렸다. 그러면서도 등 뒤에서 밀려드는 사람들에게 밀려 쓰러지지 않으려고 안간힘을 썼다……

그런데 바로 정신을 차리고 보니 내가 지탱하고 있다고 생각했던 오빠의 몸이 사실은 나의 몸을 행렬의 진행 방향에 거슬러 보호하며 게다가 조금씩 내 몸의 위치를 바꾸고 있었다. 이제는 아주 우리 귀에 대고 야유를 퍼붓는 사람까지 있었다. 그래도 오빠는 몸을 비스듬히 돌려서 나를 꽉 누르고 있던 쪽을 밀어내고 마침내 자기 두 팔로 나를 감싸며 밀려드는 사람들과 정면으로 대치하는 자세를 취했다. 그것을 계기로 옆구리와 등을 쿡쿡 찌르며 지나가던 사람들의 압력이 사라지고 조금은 자연스러운 흐름이 생성된 것 같았다. 그때쯤 사람들은 자리에 앉기를 포기하고 천천히 움직이기 시작했다. 눈물이 흥건한 눈으로 올려다보니 이요가 타인에 대한 반사적인 적의라기보다는 차분하고 위엄 있는 표정으로 내 머리 뒤쪽을 똑바로 응시하고 있었다……

그러다가 오빠가 걸을 수 있게 되자 우리는 다시 승객이 모여들기 전에 플랫폼으로 올라가는 계단 뒤쪽으로 옮겨 가 벽에 몸을 기대고 잠시 쉬었다. 그동안에도 오빠는 벽과 나의 어깨 사이에 팔을 끼워서 나를 감싸 주었다. 이요의 입에서는 발작 때에 나는 금속성 냄새가 심하게 났지만 표정만은 평온한 평상시의 오빠로 돌아와 있었다. 모르는 사람들이 계속 지나가지만 않았다면 자기가 먼저 웃어 버리는 종류의 농담이라도 할 수 있을 것 같은 정도로, 나는 거대한 위험을 벗어났다는 안도감을 느꼈다.

그사이 문득, 혹시 이요는 적그리스도같이 사악한 능력을 감추고 있는 게 아닐까? 하는 생각이 들었다. 그리고 만약에 그렇다고 해도 나는 그곳이 어떤 곳이든지 이요와 함께하리라는 이상한 결의가 끓어올랐다. 어째서 적그리스도와 오빠를 결부시키게 된 것일까? 어쨌든 〈스토커〉의 황금색 러시아 전통 스카프로 머리를 감싼 소녀가 매개가 되었다는 것만은 확실하다. 오빠의 어린 시절 사진을 보면 대개는 머리를 붕대로 감고 있든가, 털실로 뜬 모자를 푹 뒤집어쓰고 있었다……

그렇지만 방사선으로 퍼지는 빛처럼 내 몸을 꿰뚫으며 강력하게 솟아오르는 사악한 환희 속에서—나는 이 세상의 인간 중에 오빠와 나 자신밖에 생각하지 않았으므로—하나 건너편 플랫폼을 떠나는 급행 전철의 소리에 섞여, 〈베토벤 교향곡 9번〉과는 비교가 되지 않겠지만 역시 일종의 〈환희의 송가〉가 들려오는 것을 내 머리 바로 위에 있는 이요의 부푼 귀와 함께 용기에 넘치는 마음으로 받아들였다.

하마에게 물리다

河馬に嚙まれる

(연작 「하마에게 물리다」 1)

　사스래나무 숲에 가려 산봉우리는 보이지 않았지만 만일 그 산에서 분화가 일어난다면 지척에 바로 화산재가 날아와 쌓일 정도의 거리에 자리 잡은 산장에 와 있었다.

　메밀국수, 우동, 돼지고기생강구이 정식 같은 음식을 파는, 옛날부터 이웃 도시로 가는 사람들이 지나다니던 길가 식당에서 좁은 지역의 한정된 독자를 상대로 발행되는 듯한 지역신문을 읽다가 나는 한 기사를 보고 화들짝 놀랐다. 그것은 참으로 일어나기 힘든 일이었으나 내가 직접 겪은 일과 밀접하게 관련된 것이었고, 기사를 본 순간 나의 내면이 심하게 요동쳤다. 왜 그런 생각을 하게 됐는지 너무나 괴상한 이야기지만 내게는 절실했던 그 일에 대해 기록하려고 한다.

　신문에서 내가 본 것은 우간다의 머치슨 폭포 국립공원 선착장에서 일본 청년 하나가 하마 수놈에게 물려 오른쪽 어깨에서 옆구리에 걸쳐 큰 부상을 입었다는 기사였다. 그 신문의 사장 겸 주필이 일본항공 초청으로 유럽 여행을 갔다가, 자기 부담으로 아프리카 여행을 하면서 자기 신문 1면 톱으로 여행기를 올리고 있었다. 하마에게 물렸다는 것도 흔한 일은 아니지만 일본인이 당한 사고라는 데 흥미가 생긴 사장은 청년을 만나러 갔다. 부상 치료가 끝난 청년은 재활 치료의 일환으로 관광객들이 이용하는 산장에서 막일을 돕고 있었다. 청년은 사고 당시 "왓, 왓!" 하는 소리를 질렀다는 것 외에는 재난에 대해 다른 말을 하고 싶어 하지 않았으나, 아사마 산 근방에서 지역신문을 발행하고 있다는 소리를 듣더니 묘하게 옛날을 회상하는 듯한 표정을 지으며 아사마 산의 지형이나 기후 등에 대해 물었다. 말투로 미루어 아사마 지역 출신은 아닌 것이 분명한 청년에게 아사마 산과 무슨 인연이라도 있느냐고 물었더니 바로 입을 다물고 일절 대답을 하지 않았다. 신문에 기행문으로 싣는다는 이야기를 듣고는 청년은 절대 자기 이름을 밝히지 말라고 신신당부를 했다. 그래서 하는 수 없이, 청년은 현지 사람들이 붙인 별명대로 '하마 용사'로 표기한다는 것으로 기사는 마무리되어 있었다.

그런 이유로 나도 별명을 사용하겠는데 우간다에서 하마에게 물린 이 '하마 용사'는 나와 약간의 연관이 있던 청년이고 그 청년이 아프리카로 가게 된 데는—요컨대 국립공원의 하마에게 물리고 만 데는—나에게도 절반쯤의 책임이 있다.

'하마 용사'를 직접 만난 일은 없지만 우리는 한동안 편지를 주고받은 적이 있고 한 동물학자의 책을 보내 주면서 청년의 진로에 대한 충고를 곁들이기도 했었다. 10년쯤 전에 청년과 나 사이에 있었던 일이었다. '하마 용사'의 어머니—이쪽도 익명 겸해서 학생 시절에 우리가 그녀를 부를 때 썼던 마담을 살려서—마담 '하마 용사'와는 대학 교양 과정 친구들과 함께 한동안 아주 친하게 지냈었다. 그러다 마담 '하마 용사'의 신세를 지던 친구들이 모두 취직을 하든가 연구 생활을 하느 라고 관계가 소원해진 상태에서 그것도 딱 나를 지명해서 마담 '하마 용사'로부터 연락이 왔다. 당시 전국을 떠들썩하게 만든 한 사건에 자기 막내아들이 연루되었다는 것, 지금 어떤 시설에 수용되어 있는 자기 아들에게 편지를 보내 격려해 줄 사람은 그때 친하게 지냈던 우리 밖에 없다는 것, 내 주소는 신문사에서 알았다는 이야기였다.

나는 그날 중으로 마담 '하마 용사'의 편지에 있던 연락처로 전화를 걸었다. 전화를 받은 상대는 경찰에 쫓기다 막다른 지경에 몰린 지도자 그룹이 일으켰던 '아사마 산장'의 총격전과, 그 배경이 되는 '좌파적군'의 강화 훈련으로 산악 베이스캠프에서 일어난 린치 살인 사건 후에 체포된 사람들을 위해 구명 운동을 하는 조직과는 주소도 다르고, 사상성 따위의 냄새가 전혀 나지 않는 소규모 집단으로, 전화는 개인 집 번호였다. 나는 거기서 '하마 용사'에게 어떻게 편지를 보내야 하는지에 대한 안내를 받았다. 이 사건을 일으킨 '좌파적군'뿐만 아니라 무장투쟁과 젊은이들의 눈으로 본다면 당시의 나 같은 전후 민주주의자는 비판 정도가 아니라 조롱을 받아 마땅한 입장에 있었다.

그럼에도 내가 그렇게 궁지에 몰린 사람처럼 바로 행동에 나선 데는 상당한 이유가 있었다. 지금도 가끔 교양과정 때 친구들을 만나면 마담 '하마 용사' 이야기가 나올 때가 있었고 우리 모두는 그녀에 대해 일종의 죄책감을 가지고 있었다. 나이가 들고 보니 당시, 청춘을 산다는 그 이유 하나로 우리가 마담 '하마 용사'에게 너무 무례했다는 걸 조금씩 깨닫게 되었기 때문이었다. 그런 감정에 이끌려 아직 열일곱 밖에 되지 않은, 말하자면 미성년자 신분으로 대사건의 주모자 취급을 받으며 감금되어 있는 '하마 용사'에게 편지를 썼다.

어쩌면 두세 통으로 이어서 보낸 편지인지도 모르나—그사이 한 번도 답장이 없던 터라—첫 번째 편지에 그렇게 쓴 것으로 기억하고 있는데 대충 이런 내용이었다. 나는 교양과정 후반기에 친구들과 함께 자네 어머니에게 많은 신세를 진 사람이다. 패전 후 10년, 그때까지도 외식권이라는 것을 가지고 식당에 가서 밥을 사 먹던 때가, 우리가 다니던 식당에 외식권을 내고 조금 싼값에 밥을 먹는 아주 열악한 식생활을 하던 시절이었다. 지방에서 올라온 학생들이 생활을 하던 기숙사 바로 옆에 자네 어머니가 혼자서 사는 집이 있었다. 토요일마다 다섯 명이나 되는 우리 그룹이—공통점이라고는 제2외국어로 프랑스어를 한다는 것뿐, 진학하는 학부도 다른 친구들이었지만—단골로 초대를 받아 밥을 얻어먹고 약간의 술도 얻어 마시곤 했다.

우리는 월요일에서 금요일까지 교대로 자네 어머니에게 초급 프랑스어를 가르쳐 줄 의무를 가지고 있었다. 그리고 토요일에 모두 모여 식사를 할 때는 자네 어머니를 계몽하기 위해서 항상 '문화 문제'를 이야기하기로 약속이 되어 있었다. 자네 어머니는 우리가 설익은 건방진 논리로 문학이니 정치니 하며 제멋대로 토하는 기염에 조용히 귀를 기울였다. 그렇게 1년이나 모임이 계속되고 방학 때나 시험 때를 제외하고는 매주 토요일 자네 어머니가 만들어 준 당시로서는 아주 호화로운 식사를 했다. 지금 자네와는 편지를 주고받는 일 외에는 아무것도 할 수 없지만 이를 통해서 조그만 도움이라도 될 수 있다면 기쁘겠다. 이렇게라도 해서 자네 어머니에게 받았던 후의를 갚을 수 있게 된다면 고맙겠다……

편지에 쓰지 못한 내용도 있었다. 그것은 마담 '하마 용사'에 대한 우리의 막연한 죄책감, 청춘이라는 무모함에 저질렀던 철없는 짓에 대한 미안함이었다. 우리는 마담 '하마 용사'가 그렇게 늦게 고독한 공부를 시작한 동기를 이해하고자 하는 진심이 없었을 뿐만 아니라, 별로 전망이 없는 짓으로 여기고 있었다. 무엇보다 나빴던 건 우리에게는 프랑스어를 가르칠 능력이 없었다는 거다. 그러면서도 그녀의 제안을 받아들여 매주 토요일 밥을 얻어먹었고 아예 어떤 녀석은 특별한 요리를 주문하기까지 했다.

마담 '하마 용사'는 전쟁 통에 청춘을 보낸 세대, 그러니까 우리보다는 15~16년 연상으로 전쟁 직후 바로 결혼을 했던 사람이었다. 그러나 7년에 걸친 결혼 생활 동안 이대로 산다면 자기의 생애는 무의미하다는 결론을 내리고 둘이나 있던 아이도 남편에게 맡기고는 홋카이도를 떠나 도쿄로 올라왔다. 그녀의 증조할아버지는 유명한 클라크 박사*의 제자였는데 낙농 사업과 사과 과수원 경영에서 큰 성공을 거둔 자산가이기도 했다. 특히 전쟁 직후에는 그녀의 아버지가 도쿄에 지점을 낼 정도로 사업이 번창했다. 그즈음에는 이미 폐점 휴업에 가까웠던 그 지점이 마담 '하마 용사'가 사는 집이었는데 그녀는 사무실 전화를 받는다는 구실로 월급을 받는 신분이었다. 그 돈은 우리에게 토요일마다 음식을 해 주고도 남을 액수였다는 소리다.

마담 '하마 용사'는 그야말로 홋카이도 개척자의 피가 흐르는 체격이 당당한 여자였다. 안쪽 거실 경대 옆에는 클라크 박사의 수제자였

* 1826~1886 미국의 과학자이자 교육자. 삿포로 농학교(현 홋카이도 대학) 초대 교감을 역임했으며, 그가 남긴 명언 중 가장 많이 알려진 것으로 'Boys, be ambitious'가 있다.

던 증조할아버지가 모닝코트 차림으로 찍은 사진이 걸려 있었는데 툭 튀어나온 이마와 짙은 눈썹과 큰 눈, 우뚝한 코 등, 남자치고도 약간은 고풍스러운 잘나가는 실무가로서의 용모가 증조할아버지로부터 그녀에게로 이어진 듯했다. 그러나 그녀도 여자는 여자, 그녀의 머리칼은—아버지의 아내가 아닌 하녀였던 자기 어머니에게서 이어받은 것이라며 그 사연을 소설로 쓰고 싶다고도 했지만—흔히 볼 수 없는 곱슬머리였다. 어쨌든 우리는 마담 '하마 용사'를 여자로, 다시 말해 성적인 존재로 생각해 본 적은 한 번도 없었다. 남자와 마찬가지라고 생각한 것은 아니나 아무튼 성을 초월한 종류의 인간이라는 느낌으로 대했고 그런 감정은 우리 모두가 공유하고 있었다. 그렇다고 마담 '하마 용사'가 못생긴 편은 절대 아니었다. 다만 한 가지, 가끔 그녀의 윤곽이 뚜렷한 입술에서 턱을 거쳐 목 쪽으로 뜨거운 것이 흘러내리는 듯한 모양의 연한 갈색 흉터가 눈에 띄는 적이 있었는데 나는 지금도 접시에 담긴 스튜가 한 방울씩 흘러내리는 걸 보면 순간적으로 뭔가 켕기는 듯한 기분이 들고 만다……

　우리가 매일 돌아가며 자기들도 처음 배우기 시작한 초급 프랑스어를 마담 '하마 용사'에게 가르쳤다는 것과 토요일 저녁 식사 및 식후에 '문화 문제'를 토론했다는 것은 앞에서도 이야기했지만 이 '문화 문제'라는 말은 마담 '하마 용사'가 먼저 꺼낸 것인 만큼 이혼한 후에 크나큰 결심을 하고 홋카이도를 떠나 도쿄까지 올라온 그녀의 목적의식을 잘 나타내고 있는 말이었다. 그녀는 현대의 각종 '문화 문제'에 정통하게 되는 것을 목표로 하고 있었다. 그리고 도쿄 대학 교양과정 학생 그룹을 프랑스어와 '문화 문제'의 개인교사로 채용하고, 그 대신 토요일 밤의 식사가 딸린 단란한 시간을 제공한 셈이다. 모든 '문화 문제'를 다양한 각도에서 이해하고 받아들이는 것이야말로 전쟁 중에 황량하게 보내야만 했던 소녀 시절의 청춘의 정수를 되찾는 길로 여기는 듯했다……

그녀는 가끔 "나는 슬로 스타터니까"라는 말을 했다. 즉 이렇게 약간은 멋을 부린 외국어를 섞어서 예술이나 사회문제에 관해 잡담하는 것이 그녀가 말하는 '문화 문제'를 다루는 방식이었다.

개인적으로도 '문화 문제'라는 말에 얽힌 추억이 하나 있다. 친구들 중에도 그런 식으로 초대받은 녀석이 몇 명이나 있었는데 내 수업이 있던 어느 날, 토요일의 식사와는 별도로 저녁을 같이 먹자고 했다. 그녀의 생가에서 만들어 파는 사과주까지 얻어먹게 되었는데 마담 '하마 용사'는 나에게 자고 가라는 거였다. 그날은 내가 수업 진도에 맞추어 처음으로 원어로 끝까지 읽은 지드의 『좁은 문』을 가지고 간 날이었다. 둘이서 식사를 마친 다음 나는 여느 토요일에 하던 대로 『좁은 문』의 여기저기를 조금씩 해석해 가며 지드에 관한 이야기를 해 주었다.

잠자리에 들 시간이 되자 그녀는 벽장에서 이불을 두 채 꺼내더니 2층 창가 쪽 방에 나란히 깔았다. 1층에는 사무실과 사과주 종이 상자를 쌓아 놓은 창고 같은 방이 있고 2층에 우리가 '문화 문제'를 토론하는 방과 마담 '하마 용사'의 거실 겸 침실이 있었다. 전깃불은 껐지만 길에서 비쳐 드는 불빛에 마담 '하마 용사'의 입술에서 턱을 거쳐 목으로 이어지며 솟아오른 흉터가 그림자 지는 것이 눈에 들어왔다. 그 장면이 생생하게 기억나는 이유는 그때 이런 일이 있었기 때문이다. 우리는 각자의 이불 속에 들어가서도 마주 보며 '문화 문제'를 계속 이야기하고 있었는데, 늘 듣기만 하던 마담 '하마 용사'가 목울대가 크게

움직일 정도로 침을 한 번 꿀꺽 삼키고 나서는

"성욕 문제는 어떻게 처리하고 있어? 별로 성욕이 없는 편이야?" 하고 밑도 끝도 없이 물었다.

나는 절대 '성욕이 없는 편'이 아니었다. 오히려 성욕 문제로 심한 괴로움을 겪고 있었다. 당시 고등학교 친구의 여동생을 좋아하고 있었는데, 그녀를 생각하는 마음에 언제나 성적인 요소가 끼어드는 바람에 괴롭기 짝이 없었다. 친구들 중에는 사창가에 가 보았다는 소리를 공공연히 떠벌리는 녀석도 있었지만 방금 말한 심리적인 이유로 마스터베이션에 관해서조차 전에는 느끼지 않았던 죄의식을 품게 되고 괴로움이 점점 깊어져 가는 상태였다. 나는 그 괴로움을 생각하며 나도 모르게 목소리를 높이고 말았다.

"그건 '문화 문제'가 아니잖아요."

큰 덩치의 몸을 잔뜩 움츠리고 가는 탄식을 연이어 내뱉는 마담 '하마 용사' 옆에서 나는 순식간에 머릿속을 점령해 버린 평소의 성욕에 대한 고민, 그리고 성욕 그 자체와 격투하는 꼴로 열심히 머리를 굴리면서 그래도 어떻게든 잠들어 보려고 애를 썼다. 1미터도 되지 않는 곳에 바로 그 성욕 문제를 당장에 해결해 줄 확실한 가능성—즉 30대 중반 여자의 육체가 누워 있다는 사실은 전혀 떠올리지 않은 채……

새해가 되어 전공 학과가 정해지고 신학기 기숙사 재편성이 있을 무렵, 희망하기만 하면 기숙사에 남을 수도 있었지만 우리 그룹은 미리 의논이라도 한 것처럼 모두 개인 하숙으로 거처를 옮겼다. 학부의 학생이 되니 아르바이트 조건도 좋아지고, 장학금을 받게 되기도 해서 하숙비를 지불할 정도의 여유가 생겼다는 것과 사상이며 감수성을 갈고닦기 위해서는 독방이 꼭 필요한 시기가 되었다고 생각했기 때문이었다. 우리 그룹이 기숙사를 나온다는 것은 마담 '하마 용사'에게 토요일 저녁을 제공받고 '문화 문제'를 토론하던 모임의 해산을 의미하기도 했다. 물론 새로 기숙사에 들어가는 녀석들 중에 그 일을 이어 갈 사람이 있는지 찾아보지 않은 건 아니었다. 그러나 확실하게 그 일을 이어 나갈 그룹의 탄생을 보지 못한 채 신학기가 되고 말았다. 해마다 식생활 사정이 좋아지던 시대였고 그 영향은 학생 생활수준에도 확실하게 영향을 끼쳤다.

그리하여 마담 '하마 용사'는 교양과정 학생들을 모으는 일을 포기하고 이번에는 회사원이 포함된 신규 그룹을 조직해서 프랑스어 수업은 없이 토요일 저녁 식사 모임만 계속했다. 다시 1년이 지나갔을 무렵 왕년의 멤버들을 황당하게 할 소식이 들려왔다. 마담 '하마 용사'와 토요 모임의 멤버들 중 두 남자가 성관계를 가졌고 그것이 원인이 되어 본인이 홋카이도 본가로 돌아갔다는 것이었다. 남자는 하나는 회사원이고 또 하나는 예술대학 건축과 학생이었는데 둘 다 임신한 마담 '하마 용사'에 대한 책임을 회피했고 그녀 역시 특별히 책임지라고 고집하지 않은 모양이었다. 나는 그 점에 있어 그녀를 '씩씩한 여자'라고까지 생각했다. 그렇게 홋카이도로 돌아가 아이를 낳은 마담 '하마 용사'로부터 나는 정확히 만 17년이 지난 다음, 바로 그 아이임이 틀림없을 '하마 용사'의 신변에 관한 연락을 받은 거였다.

나는 당신이 소설의 소재를 찾으려는 목적으로 알지도 못하는 사람에게 편지를 보냈다고 생각하여 교관에게 어서 답장을 쓰라고 야단맞고도 답장을 보낼 생각을 하지 않았습니다. 이렇게 시작되는 편지가 '하마 용사'의 첫 답장이었다.

그러나 엄마의 부탁이 있었다는 걸 알게 되었고, 나는 언제나 엄마를 불쌍하게 생각하는 사람인지라 답장을 쓰기로 했습니다. 편지를 받고 나서 3주나 지난 다음에야 엄마에게 당신의 이야기를 들었습니다. 엄마는 자기를 가리켜 슬로 스타터라고 합니다. 엄마는 당신과 당신의 친구들은 모두 열성적으로 데모를 하고도 지금은 각자의 분야에서 출세해서 잘만 살고 있는데, 너는 어째 별로 운동을 열심히 한 것도 아니면서 바로 구덩이에 빠져 헤어 나오지를 못하느냐, 도대체 뭐가 문제냐고 성화입니다. 나에게는 이미 늦은 일인 것 같은데, 엄마는 당신에게서 구덩이에 빠지는 일 없이 세상을 사는 방법을 배우라고 합니다. 뭐 이미 구덩이에 빠져 버렸고 다시 올라갈 일이 있을 것 같지도 않은데 뭘 배우라는 건지 모르겠지만, 어쨌든 잘 부탁합니다.

나는 '하마 용사'의 편지를 전부 보관하고는 있지만 편지를 쓴 당사자의 승낙을 얻은 건 아니라서, 지금도 다시 읽어 보지도 않은 채 기억에 남아 있는 내용과 문체를 다시 써 보는 참이다. 직접인용이 아니므로 원래의 문장과는 많이 다를 테니 '하마 용사'의 편지의 저작권을 침해하는 일은 없을 것이다. 두 번째 편지에서는 줄을 바꾸어 추신이 붙어 있었다. 편지는 주고받겠지만 만약에 '사건'에 대해서 꼬치꼬치 캐묻는다면 그건 '옛 동지'와도 관계가 되는 일이므로 당장 편지를 끊겠다는 것이었다.

그런 식으로 별로 내켜 하지 않을 뿐 아니라 나이에 어울리지 않게 조심스러워하며 경계심마저 내비치는 '하마 용사'와의 편지 왕래가 어떤 일을 계기로 갑자기 활기를 띠게 되었다. 그게 다른 것도 아닌 똥에 관한 이야기였다.

먼저 내가 '하마 용사'에게 물었다. 구덩이에 빠져 거기서 헤어나기 힘들다고 했는데, 지금 수용되어 있는 시설을 구덩이라고 한 것이라면 자네는 조만간 거기서 나와야만 하네. 거기에서 나와야 새로운 현실적인 삶이 시작되고 어른도 되는 거야. 물론 자네가 '옛 동지'들과 혹독하게 추운 산속에 틀어박혀 의식화니 무장투쟁 훈련이니 하며 보낸 시간이나, 또 거기에 이르기까지의 성장 과정을 현실의 삶이 아니었다고는 하지 않겠네.

그러나 산에서 내려와 지도자 그룹의 총격에 린치 살인에까지 연루되어 체포될 때까지 자네들이 산속에서 했던 일들은 현실 세계에서의 삶의 양식을 점차로 추상화시켜 극한으로 몰고 간 것이었던 게 아닐까? 그 추상화가—자네에게 직간접적인 책임은 없겠지만—'옛 동지'의 죽음을 초래했고, 더 심각한 일은 그동안 함께했던 동지들의 죽음조차 대수롭지 않게 여기는 군중심리에 함몰되었다는 것일세……

물론 편지에 꼭 이대로 쓴 건 아니지만 어쨌든 그런 취지의 글을 썼다. 일의 심각성을 진지하게 받아들이고 앞으로 현실 세계에서의 새로운 삶을 위한 준비로 거기서 나와서는 무엇부터 해야 할지 잘 생각해 보기 바라네. 다시 고등학교로 복학해서 나중에는 대학에도 갈 생각이라면 혹시 그 안에서도 개인적으로 공부를 할 수 있는지 알아보기 바라. 그게 가능하다면 본인이 하고 싶은 분야를 정해 두는 편이 좋을 거야. 공부를 위한 자료나 참고서 종류는 내가 챙겨서 보내 줄 테니, 무엇을 준비하면 좋을지 잘 생각해서 연락하게, 하고 나는 편지에 썼다. 마담 '하마 용사'에게 자기 아들이 동물학에 관심이 있다고 들은 터였다.

그런데 거기에 대한 답장이라고 온 것이 열일고여덟 살 청년의 편지치고는 너무나 무기력하고 횡설수설하는 내용이었다. 자기는 태어나서 지금까지 한 번도 확실하게 뭔가를 했다 하는 실감을 가져 보지 못했다. 이는 앞으로도 달라지지 않을 것이다. 아무것도 하지도 않고, 할 수도 없는 상태에서 그저 빈둥빈둥하다가 구덩이에 빠지고 말았다. 구덩이란 지금 있는 곳이 그렇고 이 세계 전체가 또 그렇다. 앞으로도 무슨 신통한 일이 일어날 것 같지도 않다. 여기 있는 세월과 나가서 맞이해야 할 세월을 더해서 생각해 보니 너무나 까마득해서 생각하기도 귀찮다.

이것이 '하마 용사'가 쓴 답장이었다. 여기에 있는 동안은 스스로 무엇을 해야 할지 생각하지 않아도 되니 살아가기가 쉽다. 이번 사건에 휘말려서 좋아진 건 딱 그거 한 가지다, 라고.

이어서 제 입으로 사건에 대해서도 썼는데 그것 역시 나이에 어울리지 않게 자기 비하의 느낌이 나는 게 마음에 걸렸다. 그런데 줄곧 그런 식으로 편지를 보내던 '하마 용사'의 태도가 어느 날 갑자기 달라졌다. 이전 편지 말미에서는 '하마 용사'는 이런 말도 했다. 당에 들어간 것도 그저 중학교 때부터의 친구와 어울리다 보니 어느새 그렇게 되어 있었다. 사실 산에 도착할 때까지도 산악 베이스캠프로 들어가는 친구를 한번 따라간다는 기분이었을 뿐이다. 산악 베이스캠프에는 한번 가 보고 싶었다. 그러나 의식화 공부는 따라가지를 못하고, 무장훈련에 참가하기에는 체력이 달렸다. 그리고 무엇보다 자아비판이 무서워서 나는 산악 베이스캠프의 화장실 청소를 자청했다. 그래서 겨우 살아남은 셈이다. 살해당한 친구 중에도 여자애들을 포함해서 나 정도로 도움이 안 되는 놈이라고 무시를 당하는 애는 없었다……

나는 또 다음과 같은 내용의 편지를 보냈다. 사건에 대해서라면 나도 며칠 동안 생중계 되는 것을 하나도 빠뜨리지 않고 다 보았다. 그 후 그 사건에 대한 생각이 머리에서 떠나지 않았는데 그중에서도 가장 인상 깊었던 건 텔레비전에 나온 한 장면이었다.

집단의 파국이 사건화되어 세상에 드러나기까지를 추적한 특집 보도 프로그램이었다. 카메라가 '좌파적군' 젊은이들이 농성한 산악 베이스캠프를 구석구석 비추던 중에 나의 눈을 잡아끄는 한 장면이 있었다. 산악 베이스캠프 뒤쪽의 계곡으로 내려가는 비탈에 커다란 분뇨 웅덩이가 하나 있었다. 카메라가 잠깐 그걸 비추는 동안 보도 기자가 "아니, 저렇게 대량의 분뇨를 방치하다니, 참 한심하네요"라고 경멸하는 투의 논평을 했다.

그러나 나는 오히려 샘물을 이용하여 대량의 분뇨를 웅덩이 쪽으로 유도해서 모아 놓은 지혜에 감탄이 나왔다. 많은 청년 남녀가 산속에서 집단생활을 하는데 그만한 양의 분뇨가 모이는 건 당연한 이야기다. 아무리 그들의 사상이나 행동에 비판의 여지가 있다 하더라도 분뇨를 윤리적인 문제로 다룰 수는 없는 노릇 아닌가? 오히려 그만한 양의 분뇨를 건물로부터 흘러나오게 하여 웅덩이로 흘러들어 가도록 고랑을 판 그 발상도 그렇지만 실제로 그렇게 꼼꼼하게 만들어 놓은 모습에서 일종의 인간적인 면을 느꼈다.

그런 이유로 기자를 못마땅하게 생각했던 것이 아직도 기억에 생생하다고 '하마 용사'에게 보내는 답장에 썼다. 그리고 혹시 그 시스템을 고안하고 실제로 만들어 관리까지 한 게 자네였다면, 자네는 도움이 안 되는 사람이 아니라 '옛 동지'들에게 마땅히 존중받아야 했을 일꾼이 아닌가. 즉 자네는 편지에 쓴 것처럼 그렇게 자기 비하를 할 이유가 없다네, 하며 다소 흥분해서 편지를 맺었다.

편지를 주고받기 시작한 지 벌써 반년이나 지났지만 그동안은 내 편지를 받고 2~3주는 지나야 마지못해 쓴 답장이 오곤 했었는데 이번에는 금방 잔뜩 흥분해서 쓴 내용이 있는 답장이 왔다. 편지의 길이는 그때까지와 별 차이가 없었지만 별지에다 산악 베이스캠프 화장실의 개조 설계도와 그가 장래에 한번 만들어 보고 싶다고 생각하던 분뇨 처리 장치의 완성도를 주위의 나무나 풀 등까지 상세하게 그려 넣은 것이 한 장씩 들어 있었다.

'하마 용사'의 편지 내용은 이런 것이었다. 산악 베이스캠프의 화장실이 닷새 만에 넘치고 말았을 때—화장실은 수세식으로 만들어 놓기는 했지만 화장실 바로 밑에 큰 구덩이를 파 놓은 데 불과했다. 바닥의 지질이 굵은 화산암과 화산재로 되어 있으니만큼 분뇨는 금방 땅속으로 스며들리라 생각하고 하수관 같은 것은 하나도 묻지 않은 듯했다. 내가 있었던 산장의 경우로도 짐작해 볼 수 있듯이 이런 식으로 만든 수세식 화장실을 수십 명의 인원이 사용한다면 당연히 곧바로 꽉 차 버릴 것이다—'하마 용사'는 온몸이 분뇨 범벅이 되어 가며 화장실 뒤편에 고랑을 파서, 급경사로 이어지는 웅덩이로 화장실에 쌓인 분뇨가 흘러 떨어지도록 만들었다. 그리고 샘물에서 수로를 끌어다 변기통에 항상 물이 흐르도록 해서 새롭게 배설된 분뇨가 쌓이지 않고 부드럽게 웅덩이로 흘러들어 가도록 했다.

그 웅덩이가 꽉 차 버리면 다시 고랑을 파서 계곡으로 흘러가게 하는 수밖에 없겠지만 계곡 물에 대량의 분뇨가 떠내려온다면 계곡 하류에 사는 사람들이 의심을 하게 될 것이다. '하마 용사'의 두 번째 그림에 있는 분뇨 처리 장치가 바로 이 문제를 해결하기 위한 구상이었다. 웅덩이에서 계곡 쪽으로 계단식 운하처럼 고랑을 파고 각 단마다 가로 막을 세우는데 처음에는 대나무로 성글게, 차츰 간격을 좁혀 가며 대쪽이나 가는 나뭇가지 등을 박는다는 구상이었다. 분뇨를 그 거름 막 사이를 천천히 통과하게 함으로써 원형을 부서뜨려 알아보지 못하게 한다는 발상이었다.

그림으로는 그렇게 자세히 표현해 놓고도 글로는 극히 간단하게 제 1안은 이미 했고 장래에는 제2안을 실현시킬 계획을 가지고 있었다고 만 쓰여 있었다. 겨울철이었고 추위가 혹독한 산속이어서 수로가 얼어붙으면 어떡하나 하고 매일 아침 눈을 뜰 때마다 그게 가장 큰 걱정이었다는 말이 간단히 덧붙여져 있었다.

'아사마 산장' 사건이 있었을 때 처절한 린치라고밖에 할 수 없는 '연합적군'의 잔인무도한 소행이 만화 형식으로 잡지 화보에 실린 적이 있었다. 그 그림은 경찰 심문 과정에서 증거로 채택된 것들 같았다. 증언자들이 말로는 다 표현할 수 없는 상황을 그림으로 그린 모양이었다. 그림에는 가혹한 체험을 한 후 말을 잃어버린 젊은이들의 황량한 내면이 적나라하게 드러나 있어 혐오감을 불러일으켰다. 어쨌든 그들은 글보다 만화 형식의 그림으로 자기표현을 좀 더 쉽게 할 수 있는 세대였는지도 모른다. '하마 용사'도 역시 그 세대다. 그러나 '하마 용사'의 그림에는 그가 겪은 무의미하고 가혹한 체험과는 상반되는 일종의 희망의 싹이 움트는 느낌이 배어져 나왔다.

그 무렵 나는 어떤 시민 집회에서 최신식 하수처리 시설 설계가이며 전문가적 입장에 서서 반공해 운동을 하는 학자와 동석한 적이 있었다. 나는 '하마 용사'와 관련된 일에 대해 간단히 설명하고 그의 그림 두 장을 보여 주며 실제로 사용했던 개조 설계와 장래의 분뇨 처리 장치 구상에 관해서 비평을 구했다.

"추운 지방이라면 역시나 물이 언다는 게 큰 문제점이 되겠네요." 학자는 내 이야기를 집중해서 듣고 난 뒤 생각해 가며 대답했다. "두 번째 구상은 누군가 부지런한 사람이 매일 휘저어 주며 열심히 돌보지 않으면 제대로 가동이 안 될 거예요. 그러나 분노라는 유기물을 이렇게 만들어 강으로 흘려보내서 물의 자양으로 한다는 생각은 매우 건설적입니다. 강의 위치와 성격에 따라 다소 달라지기는 하겠지만."

그리고 학자는 실질적으로 그 일에 종사하는 사람다운 호방함으로 크게 웃었다. 그 표층에 감추어진 복잡한 굴곡도 있는 듯한 분위기였다.

"요즘의 과격파도 모두 마르크스 레닌주의자들이니 프롤레타리아 문학 이래의 인간관을 계승하고 있다 해서 이상할 건 없지요. 하야마 가주의(학자는 그렇게 말했다)* 『바다에 사는 사람들』에 그야말로 그런 황금전설적인 영웅이 나오지 않습니까? 신이 있다면 똥통에야말로 있어야 한다며 배의 화장실 청소에 열성을 다하는 남자가 있었죠. 파업이 일어나자 칼로 선장의 기를 꺾기도 하고……"

'하마 용사'가 어느 날 갑자기 도쿄로 올라와 좌익 운동에 얽히게 되기는 했지만 원래는 자원해서 축산고등학교에 들어갈 정도로 동물을 좋아했고 대학도 같은 계통으로 갈 생각이었다는 건 마담 '하마 용사'의 편지로 익히 알고 있었다. '하마 용사'와 편지를 주고받을 즈음, 나는 나치 시대의 콘라트 로렌츠**의 삶과, 높은 평가를 받는 현재의 성취 밑바닥에 보이는 것들 사이의 어떤 관계가 주는 인상에 대한 의

---

* 하야마 가주가 아니라 하야마 요시키로, 이름의 한자 嘉樹를 훈독하지 않고 음독한 것이다. 하야마 요시키(1894~1945)는 일본 프롤레타리아 문학의 주요 작가로 손꼽힌다.
** 1903~1989 오스트리아의 자연학자로, 동물들이 본능적으로 타고난 행동을 연구하는 학문인 비교행동학의 창시자이다. 1973년 노벨 의학생리학상을 수상했다.

심을—이라기보다는 전문적으로 동물을 연구하는 학자를 향한 질문을—문장으로 썼다. 이에 대해 로렌츠의 계몽서를 번역해서 일본에 소개한 오하라 히데오 씨로부터 편지와 함께 몇 권의 저서를 받았다. 나는 그중 『경계선의 동물지』에서 하마의 생태와 수중 유기물의 관계, 즉 수중 동식물의 에너지원이 되는 하마 똥, 그것을 포함한 생물의 먹이사슬에 관해서 아프리카 여행의 경험을 들어 가며 설명하고 있는 부분에 빨간 색종이를 끼워 '하마 용사'에게 보냈던 거다.

동물학은 나에게는 전혀 낯선 분야라 확신이 있었던 건 아니다. 그러나 '하마 용사'가 동물에 관심이 있다는 것, 그래서 일찍이 축산고등학교에 진학했던 것, 또 그가 산악 베이스캠프 생활에서 혼자 '옛 동지'들의 분뇨 처리에 관해 연구를 하고 계곡물을 오염시키지 않으면서 '거꾸로 도움이 되는 장치까지 개발했다는 것과, 이런 것들을 잘 연결하면 '하마 용사'가 구덩이에서 빠져나올 수 있는 힌트를 발견할 수 있지는 않을까? 방법적인 면에서는 여전히 막연하기만 했으나 나는 그 일이 실현될 수 있기를 간절히 바랐다. 『바다에 사는 사람들』의 변소 청소 담당이 온몸이 분뇨 범벅이 되면서도 여러 가지 방법을 시도해 드디어 변소를 뚫고 나서는 "이것으로 내 기분도 좋고 모두가 기분이 좋을 거야" 하고 무척이나 유쾌해했듯이, '하마 용사'도 현재의 처지를 구덩이에 빠졌다고 생각하지 말고 한겨울의 산악 베이스캠프에서 '옛 동지'들의 분뇨를 처리하려고 분투하던 나날들을 유쾌한 경험으로 되살려 현실 세계를 구덩이가 아닌 것으로 새롭게 받아들이며 회복할 수 있는 길이 있지 않을까? 나는 그런 식으로 강렬한 희망을 품었다.

게다가 오하라 씨가 하마의 생태에 대해서 한 이야기를 보면 둔하기 짝이 없는 저 하마도 이렇게 열심히 사는구나 하는 감동을 받으며 좌절에 빠진 인간에게는 긍정적인 격려로 받아들일 수 있는 부분이 있었다. 실제로 나 역시 우울한 마음으로 살아가다가―'하마 용사'의 지금까지의 불쌍한 운명에 대해 생각하고, 또 아들로부터 동정을 받고 있는 그의 어머니 마담 '하마 용사'가 젊은 우리로부터 이른바 '문화 문제'를 흡수하고자 했던 지난날들을 생각하며 우울에 우울을 더하고 있었다―오하라 씨의 글에서 직접적으로 큰 위안을 얻기도 했다.

그런데 그렇게 편지를 주고받은 결과 '하마 용사'와 나의 관계에 뭔가 가슴 뛰는 새로운 전개가 있었느냐 하면, 그렇게는 되지 못했다. '하마 용사'가 분뇨 처리에 관한 상세한 사항, 즉 산악 베이스캠프에서의 '옛 동지'들의 생활의 실제를 제삼자인 나에게 누출시키는 편지를 썼다는 것에 직접적으로 기인한다고 생각하는데, '사건' 관계자 중 '하마 용사'를 포함한 소그룹을 지원하는 모임으로부터 '하마 용사'와 더이상 편지 교환을 하지 말라는 연락이 왔다. 이번에는 정치적인 색채를 전혀 감추려 하지 않는 매우 노골적인 자세였다. 홋카이도에 있는 마담 '하마 용사'에게도 같은 취지의 연락이 간 모양인지, 그녀로부터는 아들에 대한 부탁은 없던 일로 하자는 편지가 왔다. 편지 교환은 그대로 중단되고 '하마 용사'가 수용되어 있던 곳에서 언제 어떤 식으로 나왔는지―당연히 출소는 했을 텐데―나에게는 전혀 소식이 전해지지 않았다. 마담 '하마 용사' 생각을 하지 않았던 건 아니었으나 앞에서도 말했듯이 그것은 은밀한 상처와 닮은 것이어서 적극적으로 그녀와 연락을 취해 아들의 소식을 물을 수 없는 성격의 문제였다……

그런 내가 그 여름 산장에 도착하자마자 우간다에서 하마에게 물린 일본인에 관한 기사를 발견했던 거다. 오하라 씨의 저서는 바로 머치슨 폭포 국립공원 선착장에서의 기운 넘치는 하마의 생태를 그린 것이었다. 강물 속에서 녹색 물풀이 자라나 한 덩어리가 되어 버리면 강이 범람하게 된다. 물속에서 활기차게 돌아다니는 하마가 바로 그 물풀 덩어리에 구멍을 만들어 물의 흐름을 원활하게 해 준다. 하마에게는 또 라베오라는 귀여운 물고기가 붙어 다니는데 하마가 육지에서 떨어뜨리는 식물이나 하마 똥을 먹는다. 그렇게 해서 하마는 아프리카 자연 속에서 생물의 먹이사슬 기능이 원활하게 돌아가게 하는 역할을 하고 있다. 나는 오하라 씨의 저서에 매료되었다. 배설한 똥마저 유용하게 쓰이고, 라베오라 불리는 물고기 무리를 달고 다니면서 물의 흐름을 막는 녹색의 물풀 덩어리에 구멍을 뚫기 위해 맹렬하게 헤엄치는 하마의 모습은 인간에게 얼마나 큰 희망과 용기를 주는 광경인가. 성질이 사나운 젊은 수놈 하마에게 물릴 정도로 가까이 다가가 활동을 지켜보던 사람에게 하마가 준 용기는 결코 작은 것이 아니었으리라.

자칭 슬로 스타터였던 어머니의 성격을 이어받은 청년이 이제라도 하마가 분투하는 모습을 보기 위해 나일 강 연안까지 찾아갔다면 그것은 자기가 빠진 구덩이에서 나오려는 의지의 발현이 아닐까? 나는—비록 개연성이 약하기는 하지만—뜨거운 마음으로 그런 상상을 했다. 청년은 하마에게 물린 상처도 나았고 벌써 일하기 시작했다고 기사는 전하고 있었다.

'하마 용사'와 사랑스러운 라베오
「河馬の勇士」と愛らしいラベオ

(연작「하마에게 물리다」2)

우간다의 머치슨 폭포 국립공원 선착장에서 일본 청년이 하마에게 물렸다. 나는 과묵한 피해자의 모습을 보도하는 지역신문의 기사로 단편 하나를 썼다. 흔하지 않은 일인데, 이 단편을 각색해서 텔레비전 드라마로 만들고 싶다고 젊은 제작자로부터 연락이 있었다. 그 소리를 듣고 나는 기대감에 부풀어 올랐다. 지금까지는 그런 요구에 한 번도 응한 적이 없었는데.

어째서 드라마 제작 기획에 내가 그렇게 끌렸나 지금 와서 생각해 보니, 두 개 정도의 이유가 있었던 것 같다. 하나는 몇 년 전에 유럽 반핵운동의 현장 보고를 위해 방송국 제작진들과 여행을 한 적이 있었다. 그때 나는 신세대인 방송국 제작진들이 투철한 직업 정신을 가지고 성실하게 일하는 모습에 호의를 품게 되었다. 무거운 비디오카메라를 어깨에 메고 전혀 몸을 사리지 않는 카메라맨과, 그와 스승과 제자 같은 관계로 묵묵히 녹음을 담당한 소년처럼 어려 보이던 조수 2인조에게 특히 친밀감을 느꼈었다. 이번 드라마 제작에는 아프리카 현지 촬영도 예정된 듯하니 일이 성사되면 그 두 사람을 지명해서 그들이 찍은 하마의 생태를 보고 싶다는 기대감도 있었다.

또 하나의 이유는 나로서는 아주 절실한 것이었다. 해를 거듭하며 이제는 중년도 하반기에 접어든 나의 작품 세계가 젊고 재능 있는 작가들에게 추월당하리라는 전망에 초조했고, 내 소설로 만든 드라마를 보게 된다면 나 자신을 객관적으로 바라볼 수 있는 매우 좋은 자기 비평의 기회가 될 것 같다는 생각에서였다. 자연적인 흐름에 따라 나도 조만간 어쩔 수 없이 초로의 나이에 접어들게 된다. 그러나 스스로에 대한 비평을 거듭해 자신을 정비하고, 한편으로는 나이가 들어서야 비로소 보이는 영역이 확실해지는 그러한 독서가 지금까지 없었던 상상력 넘치는 모험을 시키는 것 같았다.

하지만 방송국에서 보낸 기획안이란 걸 보니 내가 그런 종류의 시놉시스에 익숙하지 않다는 점도 있겠지만, 이건 좀 아니다 싶었다. 내 단편은 하마에 물린 청년의 기사가 동기가 되어 10년 전에 있었던 정치적인 무장투쟁 훈련 산악 아지트에 참가한 소년을 기억해 내고, 거기에 더해 아직 스무 살도 되지 않은 대학 신입생이던 나와 친구들이 많은 신세를 진 한 여성을 회상하는 것이었다. 그런데 방송국 제작자들은 주인공 남자가 연상의 여자와 성관계를 가졌고, 아지트 소년 즉, 하마에게 물린 현재의 청년을 자기와 피가 통하는 아들이 아닐까 하며 고뇌한다는 이야기로 만들어 놓았다.

내가 실제 생활에서 금욕적인 도덕가라고 주장할 생각은 없지만 이런 식의 줄거리는 역시 나의 상상력과 미의식에 맞지 않는 것이었다. 기획안이 정식으로 통과되기 전에 의사를 밝히는 게 좋겠다는 생각에 나는 서둘러 편지를 썼다.

그리고 이와 관련하여 또 하나의 일이 있었다. 그 단편이 실린 잡지가 나오고도 시간이 상당히 지났을 즈음의 일이다. 그때 나는 캘리포니아 대학 버클리 캠퍼스에 체재하고 있었다. 아내가 국제전화로 미지의 여성 독자에게 받은 문의를 전해 왔다. 소설에는 머치슨 폭포 국립공원에 있는 관광객 산장이라고밖에 안 나와 있는데 하마에게 물린 청년이 실제로 근무하고 있는 곳의 이름과 주소를 자세하게 가르쳐 달라는 거였다. 소설에 등장하는, 아프리카에서 그 청년을 직접 만났다는 아사마 지역신문의 사장 겸 주필이라면 벌써 찾아가서 만나 보았지만 그는 소설이 나온 이래 아프리카에서 만났던 당사자로부터 자기에 대해서 절대 말해서는 안 된다는 소리를 들은 터라 어떤 질문에도 응하지 않는다고 했다.

"나도 애를 데리고 산장에 갔다가 우연히 그 신문 기사를 보고 소설적인 상상을 하게 된 것이라……" 하고 나는 아내가 걸어온 국제전화에 대고 성의 없고 맥 빠진 대답을 했다.

"어쨌든 사건에 연루되었던 소년이 성장해서 하마에게 물리고도 여전히 살아 있다는 걸 안 것만으로도 용기가 솟는다고 하더라고. 그리고 아무리 사소한 거라도 좋으니 단서가 될 만한 게 있다면 가르쳐 달래……"

아내는 소설에 관해 문의해 온 여자에게 호감을 가지고 어떻게든 도와주려고 애를 쓰는 눈치였다. 그러나 도움이 될 만한 별다른 정보를 가지고 있지는 않은 나로서는 다소 짜증이 났다. 원래 아내가 전화

를 건 이유는 아버지의 부재로 정서 불안에 빠진 특수학교 최고 학년
이 된 고등부 3학년 아들의 문제를 의논하기 위한 거였다. 아내와 이
야기가 끝나면 전화를 바꿔서 아들을 잘 타일러 어떻게든 그 상황을
벗어날 수 있도록 만들어 주어야 했다. 거기에 신경이 쓰이기도 했고
환율도 안 좋은 시기에 외국에서 생활하게 된 나로서는 통화 시간이
길어지는 데 여간 과민해 있는 게 아니었다.

"소설에서 하마에게 물린 청년하고 관련된 인물이라면 어머니가 있
긴 한데, 그 사람은 벌써 암으로 세상을 떠났으니까, 결국 그녀가 아닌
것만은 분명하지만……"

"젊고 성실한 인상이던걸, 그리고 외골수적인 성격은 아닌 것 같았
어. 아프리카 국립공원에서 일하는 그 청년에 대해 꼭 알아야만 하는
절실한 이유가 있는 것 같더라고. 조금이라도 단서가 될 만한 게 없는
지 다시 한 번 잘 생각해 봐. ……그럼 히카리 바꿀게."

나는 이어서 완전히 암울해져 있는 아들에게 엄마나 동생들에게 난
폭한 행동을 해서는 안 된다는 것과 학교에 오고 가는 길에 교통 체증
이 있더라도 짜증을 부리지 말아야 한다고 잘 타일렀다. 아무런 반응
이 없는 아들을 상대로 말을 하자니 무척이나 기운이 빠졌다.

그리고 아들과 대화를 하는 동안에도 조금 전의 아내와의 대화가
계속 마음에 걸렸다. 아내는 심리적 위기에 빠진 아들에 관해 의논하
려고 건 전화에서 미지의 여성 독자가 문의해 온 것에 대하여 내게 대
답을 요구했다. 아내는 언제나 작가인 남편의 편에 서기보다 독자의
편에 서는 태도를 취한다. 그건 소설 속에 나오는 거니까 하고 넘겨도
좋으련만 절실하고 동기가 확실한 독자의 문의가 있을라치면 꼭 나에
게 구체적인 대답을 재촉한다……

결국 제대로 아들의 마음을 어루만져 주지도 못했다는 낭패감만을 안고 우울한 마음으로 침대로 돌아갔다. 게다가 글 쓰는 것을 생업으로 살아가는 자면서 독자의 질문에 아무런 대답도 해 주지 못하는 자신에 대한 불만으로 더욱 마음이 무거웠다. 결국 그것은 전화로 전해지던 아내의 마음속에 깔린 생각에 영향을 받은 게 된다. 2주 정도가 지난 다음 어찌어찌 심리적인 궁지를 벗어난 아들로부터 현재의 상태를 보고하는 편지가 왔다. 심리적인 궁지에서 벗어난 대신 이번에는 육체적인 발작이 일어난 것 같기는 했지만…… 그것과 함께 우간다에서 하마에게 물린 청년에 관한 별도의 정보를 전해 주는 한 보도 사진기자의 편지도 도착해 있었다.

아들의 편지는 뒷부분으로 가면 문맥이 뒤죽박죽되어 무슨 말인지 알 수 없었지만, 앞부분 첫 줄에서 국제전화로 반복했던 나의 말을 꾸중으로 알아듣고 그에 대한 변명과 지금 자기 내부에서 일어나는 일들에 대해 잘 표현하고 있었다. 귀국하는 대로 시급히 바람직한 쪽으로 방향을 잡아 주어야 할 문제가 있는 부분을 드러내는 것이기도 했다. '정말 죄송합니다. 입이 아프더니 계단을 올라가는 도중에 발작이 일어나 한탄했습니다. "난 이제 틀렸어. 20년이나 살다니 안 돼."

보도 사진기자의 편지는 독불장군 식의 매우 무례하고 뻔뻔스러운 것이었다. 내용을 요약하자면 이렇다. 나는 10년 후의 '좌파적군'이라는 테마로 르포르타주를 계획하고, 아랍권에 잠복한 지도자 S 여사의 생활 모습을 전하는 사진을 비롯하여 항공기 납치 사건을 이용, 소위 초超법규 조치로 해외로 탈출해서 반이스라엘 특수부대원이 된 M 씨의 독점 회견을 기획하고 있다. 물론 지금까지 그들과 관계가 있었던 건 아니고—10년 전 중학생 때는 정치 따위에는 전혀 관심이 없었습니다, 라고 적혀 있었다―앞으로 어떻게 될지 전혀 알 수 없다. 또한 똑같은 취재 의도로 경합을 벌이는 저널리스트도 적지 않은 상황이라 실제로 전망은 밝지 못하다……

그런데 유럽으로 가는 비행기에서 옆자리에 있던 학생에게 잡지를 빌려 보다가 당신의 단편소설을 발견했다. 그리고 일단 파리에 도착해서 그 길로 우간다행 비행기로 갈아탔다. 그런 행동력이야말로 10년 전에는 중학생이었던 세대의 일본인과 나처럼 얼마 안 되는 기간의 외국 체재에도 거의 인생 전체가 걸린 문제처럼 망설이게 되는 세대 간의 뚜렷한 차이를 보이는 지점이라 할 수 있겠다.

보도 사진기자는 일단 머치슨 폭포 국립공원으로 가서 정보를 수집한 다음, 소설에 나온 것과는 전혀 다른 지역의 관광객 산장에서 근무하고 있는 하마에게 물리고도 살아난 청년을 발견했다. 그런데 그는 처음부터 상대방의 기선을 제압하는 취재 기술을 사용하려다 실패하고 말았다.

그러지 말고 처음부터 솔직하게 자기가 읽은 소설에 나온 하마에게 물린 청년이 '좌파적군'에 관계되었던 소년이 아닌가 본인에게 확인하고 싶어서 왔다고 했으면 청년의 반응은 달랐을지도 모른다. 그러나 그는 자기는 온 세계를 돌아다니면서 '좌파적군' 멤버의 동향을 취재 중이고 당신이 사건과 관계있는 인간이란 건 다 알고 있으며 당신의 현재 생활과 사상을 취재하러 왔다고 했다.

현지 사람들에게 '하마 용사'로 불리는 청년은 하마에게 어깨에서 옆구리까지 물린 엄청난 고통 속에서도 "왓, 왓!" 하고 부르짖으며 그 상황을 벗어난 남자였다. 자기가 사건에 관계된 사람임을 부정하지는 않았다. 그리고 처음 말을 걸면서 벌써 카메라를 꺼내 든 보도 사진기자에게 점잖게 이렇게 대답했다.

"댁이 오늘 아침 일찍부터 망원렌즈로 나를 찍어서 나일 강 연안의 영구 혁명 망상에 빠진 '좌파적군'……이라는 캡션을 구상하고 있다는 건 알고 있어. 그러나 우간다에서 찍은 필름은 버리는 게 좋을 거야. 안 그러면 댁을 사건 10주년 유럽 봉기를 향해서 각지에서 '좌파적군'의 연락망을 재건하고 있는 상급 특수부대원이라고 여기 일본과 프랑스 영사관에 신고할 테니까.

그렇게 되면 당신은 두 번 다시 파리에는 못 갈 테고 런던, 프랑크푸르트, 코펜하겐…… 어디서도 공항 밖으로는 나가기 어려울걸. 내 정보와 증거라면 댁의 카메라에 들어 있을 거니까. 댁이 얼마나 원대한 기획을 가지고 일본을 떠나왔는지 모르지만 강제송환 되고 나면, 그 덕에 《포커스》에 사진 한 장 정도는 팔 수 있어도 2~3년은 정보기관의 미행을 받는 신세가 될 거야."

사진기자는 끽소리 못 하고 불과 몇 살이 많을 뿐인 청년이 하라는 대로 파리로 돌아오고 말았다는 내용이었다. 그러나 너무 아쉽다. 어떻게 당신이 말 좀 잘해 줘서 하마와 싸운 청년이 다시 평화적으로 취재에 협조할 수 있도록 중재해 주지 않겠느냐.

사진 보도기자는 하소연을 갱지 원고지에 이런 식으로 써서 보냈다. 당신이 소설에서 상상했던 것을 실제로 증명해 낸 건 일부러 우간다까지 날아간 나다. 그러니 청년에게 중재의 편지 정도는 써 줄 수 있는 것 아닌가? 또 내가 사진과 르포르타주를 출판할 때는 예의 그 소설도 인용하고 싶으니 잘 부탁한다. 다시 우간다에 들어가게 되면 할 일이 많아 당신한테 연락할 시간이 없을 것 같아서 필요한 용건은 모두 이 편지에 정리했다……

나는 파리의 호텔 주소로 답장을 보냈다. '편지는 잘 받았습니다. 당신의 글에는 두 가지 논리적 결함이 있군요. "하마 용사"는 "좌파적군"의 전 멤버가 아니지 않습니까? 귀찮게 따라붙는 저널리스트를 떼어버리기 위해 당신의 자의적 해석을 역이용한 데 불과합니다. 나의 중재 노력은 아무 소용이 없을 겁니다. 또 당신이 믿고 있는 대로, 그리고 내가 이미 소설에서 묘사한 대로 "하마 용사"가 나와 편지 왕래를 했던 그 인물이라면 이제 막 새로운 생활을 시작한 그가 "좌파적군"과 얽힌 문제로 사생활 침해를 당하는 건 내가 원하는 바가 아닙니다.'

보도 사진기자는 다시 아프리카로 가고 싶지만 뜻대로 되지 않아 시간이 남아도는지 금방 답장을 보내왔다. 자기가 쓴 소설에 책임을 지지 않는 진보적 문화인에 대한 맹렬한 비난을 가한 후, 그러나 반성할 시간은 주겠다는 내용이었다. 자기가 찍은 사진으로 만든 그림엽서였다.

보도 사진기자의 생각에 논리적 결함이 있다고 썼지만, 이는 나의 타고난 논리 벽에 기인한 것에 불과하고 정서적인 측면에서는 나도 하마에게 물린 청년이 이전에 편지 왕래를 했던 '좌파적군'의 소년이라고, 다시 말해 소설에서 묘사한 그대로 믿고 있었다. 나와 편지를 주고받을 때만 해도 그렇게 소극적이고 말도 제대로 못 하던 소년이 10년 동안 상대방을 압도할 수 있는 당당한 논쟁가로 성장했다는 게 유쾌하기 그지없었다. 그러고 보면 10대 때의 어눌한 편지에도 일방적으로 몰리기만 하지 않고 자기 자신을 방어하는 모습이 보인 것도 같았……

그렇게 생각한 근거로는 '하마 용사'와 약간의 시대적 차이를 가지고 있을 뿐인 요즘 젊은이들의 정치사회적 상황에 대한 완전한 무관심을 들 수 있었다. 현재 아프리카 동물 관찰 공원에서 근무하는 일본 청년이 '좌파적군'에 관해 구체적인 지식을 가지고 있다면 그는 이전 그 관계자였음이 틀림없다. 만일 청년이 지금도 활동을 계속하고 있는 당파의 당원이라면 아프리카까지 온 이상, 베이루트라든가 그 주변의 특수부대 기지에서 훈련을 받느라고 나일 강 선착장에서 하마에게 물릴 정도로 열심히 생태 관찰을 할 틈이 있었을 리가 없다.

나는 보도 사진기자로부터 알게 된 '하마 용사'의 새로운 정보에 대해 그다음에 국제전화를 건 아내에게는 말하지 않았다. 전의 그 여성 독자에게 알리고 싶지 않아서였다. 우간다에서 하마에게 물린 청년이 내가 소설에서 그린 그 인물이라면 새로운 문제가 발생할 소지가 있기 때문이었다. 도대체 그 여성 독자는 무슨 의도로 '하마 용사'가 있는 곳을 알고 싶은 걸까? 보도 사진기자와 마찬가지로 '하마 용사'를 소재로 르포 기사라도 한 편 남기고 싶다는 것일까? 그렇다면 더욱 안 될 말이었다.

청년은 이런 꿍꿍이속을 가진 생면부지의 타인들과 피곤하게 얽히려고 하마에게 물리는 위험까지 감수하면서 아프리카에서 살아가고 있는 것이 아니다. 그가 어머니를 닮아 슬로 스타터 나름의, 그러나 주도면밀하게 준비를 하고 결연한 태도로 우간다를 새 삶의 근거지로 삼았다고 생각하고 싶었다. 특히 젊은 층을 상대로 발행되는 주간지 따위에 청년의 사진이나 인터뷰 기사가 실리는 것을 원하지 않는다. 인간을 깨무는 재미를 알아 버린 젊은 수놈 하마에게 그 여자의 사파리룩으로 단장한 엉덩이나 콱 깨물어 주라지 하는 생각이 들었다.

또 혹시 그녀가 '좌파적군' 산악 베이스캠프에서 살해당한 피해자의 관계자로 생존자들에게 모종의 보복을 하려는 계획을 가지고 있다면? 더 나아가서 그녀가 '좌파적군'의 재편성 계획을 실현하려는 주도적인 활동가라면? 이런 모든 경우가 얼마든지 가능할 것이라는 생각이 들었다……

귀국 후 나는 미국에 가기 바로 전에 약속했던 구에서 주최하는 시민 강좌에서 강연을 했다. 현 세계의 핵 문제를 중심으로 오늘날의 사회가 나아갈 방향과 복지의 새로운 의미라는 주제로 장애인 부모의 입장에서 이야기해 달라는 요청에 따른 것이었다. 처음에 나는 오늘의 주제에 대해서 매우 비관적인 전망을 가지고 있다고 이야기를 시작했다. 버클리에서 체재하고 있을 때 아들의 편지를 받았던 주간에 제네바에서 핵군축 국제회의가 있었는데 그때 소련이 퇴장하는 일이 있었기 때문이었다. 이어서 당시 읽고 있던 미르체아 엘리아데*의 일기로 이야기를 끌고 갔는데 '하마 용사'에 관한 정보를 문의해 온 아가씨와 직접 관계된 부분도 있으므로 두 군데 정도 인용해 보겠다. 엘리아데의 핵 시대관이 잘 나타난 부분으로 번역은 내가 한 것이다. 하나는 1959년 말에, 또 하나는 그다음 해 봄에 시카고에서 쓴 일기였다.

'기독교도들은 이 폭탄을 별로 두려워하지 않을 것이다. 그들의 종말론에 핵은 분명한 의미를 가지고 있을 테니까. 그 점에 있어서는 힌두교도들도 마찬가지다. 그들은 "칼리유가"**계는 혼돈으로 퇴행하는 동안 종말을 맞이하고 그 후, 새로운 세상이 나타날 것으로 믿는다. 핵이 궁극적으로 몰고 올 파멸의 결과인 세계의 종말을 진정 두려워하

---

* 1907~1986 루마니아 출신의 미국 비교종교학자이자 문학가. '조형祖型과 반복'을 주창하여 영원회기론을 전개하는 등 여러 종교의 사상, 우주관을 비교 연구하고 일상생활 가운데의 신비성을 소재로 소설을 썼다.
** 고대 인도의 신화적 시대 구분에서 말하는 말세.

는 이는 마르크스주의자들뿐이다. (중략) 지금까지 지상에는 파라다이스가 존재한 적이 없다. 가장 비슷한 게 있다면 내일의 계급 없는 사회다. 오직 미래의 파라다이스를 위한 일이라는 명분을 내세우며 마르크스주의자들은 무수한 살육을—자기 자신조차 포함하여—받아들이는 것이다. 만약에 이 세계가 공산주의자들이 미래 세계를 보기 전에 멸망해 버린다면 역사와 인류가 감내해 온 수많은 고난은 진실로 무의미한 게 되고 말 것이다.'

'마르크스주의자와 유물론자의 역사 해석이 인간의 "최후의 심판"에 있었던 것은 맞다. 심판, 즉 멸망의 위험. 정확하게는 선사시대에 인류가 거의 멸망에 이르렀던 것이나 혹은 오늘날 핵무기를 가지고 인류의 멸망이라는 도박을 하는 것처럼.

유물론자 혹은 마르크스주의자들의 사고방식은 태초에 신으로부터 부여받았던 인간으로서의 역할을 단념하는 것을 의미한다. 그 결과 인간이 소멸되어 버린다. 그러나 이 유혹과 그 위험의 존재는 나름의 의미가 있다. 급박하게 다가오는 소멸에 대한 자각과 더불어 살아간다는 것은 인간에게 꼭 나쁜 것만은 아니다. 공포란 인간이 거쳐야 할 통과의례적인 고통이 되기도 하니까.'

큰 눈이 내리고 며칠이 지났으나 추위는 여전한 날이었다. 난방 효과를 제대로 보기 힘든 천장이 높은 강당에서 강연을 마칠 즈음에는 나도 청중도 모두 꽁꽁 얼어 있었다. 강연장은 사립 초등학교였는데 나는 개천을 하나 끼고 맞은편 언덕에 넓게 자리 잡은 사립대학 구내를 가로질러 인접한 주택가에 있는 우리 집으로 걸어서 돌아갈 생각이었다.

연단에 오르기 위해 신었던 정장용 구두가 지면에 얇게 얼어붙은 눈 때문에 몹시 미끄러웠다. 어렵사리 다리 근처까지 내려갔을 때 발끝만 보며 걷고 있던 시야 밖에서 누군가가 나를 불렀다.

안에 털이 달린 군복처럼 생긴 코트를 입은 키가 큰 아가씨였다. 그 큰 키에 헐렁하게 걸친 녹색 계통의 코트와 눈길에 적합한 투박한 부츠가 제복처럼 통일감을 주는 차림이었다. 긴 머리를 자연스럽게 어깨에 늘어뜨린, 윤곽이 큼직큼직한 얼굴이 대학 시절 어떤 친구의 여동생 같은 인상이었으나 생각해 보면 우리는 모두 이 젊은 아가씨가 속한 연령대는 아득히 지나고 있다.

"처음에는 강연만 듣고 그냥 돌아갈 생각이었는데, 말씀을 듣다 보니 제 이야기를 이해해 주실 것 같은 생각이 들어서……" 아가씨는 진솔하고 정중한 자세로 말했다. "일전에 사모님께서 캘리포니아까지 제 질문을 전해 주기도 하셨죠."

"아, 그때 별 도움을 드리지 못한 것 같네요." 나의 대답에 아기같이 천진난만한 미소로 나를 바라보던 아가씨의 얼굴이 금방 굳어지며 나와 확실하게 거리를 두는 태도를 취했다. 아내가 그녀에게 호감을 갖게 된 이유를 알 것 같았다.

"댁으로 돌아가시는 길이죠? 가는 동안 잠깐만 제 이야기를 좀 들어주시면 안 될까요? 갑자기 부탁드려 죄송한데 오늘은 댁까지 걸어가는 동안 그냥 들어 주시기만 하면 돼요. 사모님께 폐가 되는 행동은 하지 않겠습니다."

나는 그러라고 했다. 말하는 품을 보니 아가씨는 충분히 상식이 통할 만한 상대 같았다. 자기 이름은 이시가키 호소미며 오빠가 둘 있고 그 위로 열 살 정도 차이가 나는 시오리라는 언니가 있었다. 언니는 내가 단편에 쓴 '좌파적군' 사건에서 처형당했다. 이름에서 눈치챘는지 모르지만 자기 아버지는 나와 같은 대학을 나와 고베 대학 국문과 교수를 하고 있다. 언니의 사건 이전, 아직 자기 집에 엄마를 중심으로 이야기의 웃음꽃을 피우곤 했던 시절, 여동생이 태어났더라면 틀림없이 사비라는 이름을 지어 주었을 것이고 동생은 이름 때문에 무척이나 고민했을 거라며 웃곤 했던 어린 시절을 기억한다.

언니가 무참히 살해당하는 사건이 있고 나서 오빠들은 집을 나가 하숙을 하기 시작했고 나이가 어린 자기만 웃음이 넘치던 가족의 대화가 사라진 집에서 자랐다. 부모님은 지금도 고베에서 살지만 언니가 죽었던 나이와 같은 자기는 전문대를 졸업하고 회사에 다니며 도쿄에서 혼자 산다. 언니가 끌려들어 간 당파의 사상과 행동에 관해서 아무것도 알지 못한다는 게 마음에 걸리기 시작했다.

그러다가 우연히 그 단편을 읽고 자기에게 그 사건의 의미를 이야기해 줄 수 있는 인물이 있음을 알게 되어 내가 부재중이던 우리 집으로 연락을 했다. 그러면서도 한편으로는 왜 자기가 10년 전에 죽은 언니에 대해 그렇게 알고 싶어졌는지 이유를 알지 못했다. 그런데 오늘 나의 강연에서 엘리아데의 일기에 대해 듣다가 깨달았다. 왜 자기가 새삼스럽게 아프리카에서 하마에게 물린 인물에게 직접 언니의 이야기를 듣고 싶어 하는지를……

"그 사건에 관계된 사람의 이야기를 듣고 싶다면 찾으려고만 들면 도쿄에도 얼마든지 있을 거예요."

"네 그건 그렇습니다." 아가씨는 응달이라 바닥 전체가 아직도 얼어붙어 있는 건물 뒤편의 살짝 지면이 드러난 갈래 길에서 어느 쪽으로 방향을 잡아야 할지 내 구두 끝에 시선을 모으고 주의 깊게 살폈다. 그리고 한쪽으로 확실하게 발걸음을 내디디며 지금까지도 마음만 먹었다면 얼마든지 가능했을 거라고 말했다.

"언니의 일기장이나 친구들에게 받은 편지 같은 것들은 벌써 옛날에 경찰이 보내 주어서 고베 집에 보관되어 있어요. 피해자 유족끼리 연락도 있었고 언니의 마지막 동지들과 연락을 취할 방법은 얼마든지 있었던 셈이죠.

……그런데 별로 그럴 생각이 들지 않은 채 지금까지 세월이 흘러 갔습니다. 살해 집단, 그러니까 언니를 죽인 집단 지도자의 수기가 잡지에 실렸다는 것도 알았지만 읽고 싶지 않았습니다. 부모님들은 읽으신 것 같아요. 언젠가 집에 갔는데 두 분이 아무 말씀도 없이 창백한 얼굴로 조용히 앉아 계시더군요. 그 기사를 읽으셨구나 했죠.

이야기의 앞뒤가 바뀌어 버렸는데 지도자 남자는 감옥에서 자살했습니다. 나는 그때 정말 극심한 혼란과 공포에 떨었습니다. 언니는 아지트에서 살해당했지만 혹시 살해당하지 않았다고 해도 스스로 목숨을 끊었을지도 모른다는 생각에…… 언니는 거미줄에 걸린 나비 신세였던 거죠.

……아프리카에서 하마에게 물린 청년을 만나고 싶다는 생각이 든건 선생님이 쓰신 소설 속에서 청년이 슬로 스타터 나름의 새로운 방향으로 나아가기 시작했다는 구절 때문입니다. 선생님도 자신의 간절한 희망을 청년에게 의탁하고 그렇게 쓰신 거죠? 그리고 독자에게도 그게 전해지기를 바라셨죠? 저는 그 소설을 여러 번 읽었어요. 차츰 이런 식으로 새로운 방향으로 걸어 나가기 시작한 사람이 죽은 언니의 동지 가운데 적어도 한 사람은 있다는 생각이 들더군요. 물속에서 맹렬한 기세로 헤엄치는 하마의 모습이 눈앞에 생생하게 떠올랐어요."

나에게도 오하라 씨의 책에서 읽은, 무성하게 우거진 나일 강의 물풀을 힘차게 헤엄치는 하마의 모습이 기록영화를 보는 것처럼 선명하게 그려졌다. 그 순간 뭔가가 발끝을 스치는 바람에 균형을 잃고 엉덩방아를 찧고 말았다. 대학 구내를 벗어나서 시가지를 걸어 얼어붙은 눈이 군데군데 남아 있는 교차로를 막 지난 지점이었다.

　　내 발치를 스치며 나를 넘어지게 한 건 금속 파이프로 만들어진 카트에 아기와 장바구니를 태워 밀고 온 젊은 아기 엄마였는데 그 낮은 카트 쪽으로 넘어질 듯한 나를 경악에 가득한 눈으로 바라보았다. 다음 날부터 시작될 허리 통증을 생각하며 암울한 기분으로 일어나 그 순간 내 눈에 들어왔던 이상한 광경을 반추했다. 내가 엉덩방아를 찧는 순간 아가씨는 안정된 자세로 팔을 내밀어 나를 잡으려다가 문득 손을 치워 버렸다.

　　아가씨는 괜찮으냐는 말 한 마디 없이 아무 일도 없었다는 듯 다시 질문을 이어 갔다.

　　"이제 와서 이런 질문을 한다는 게 좀 이상하긴 하지만, 언니는 정말 마르크스주의자였을까요?"

　　안고 있던 자료 파일을 놓치지 않으려다 엉덩이와 허리 부분을 직통으로 땅바닥에 세게 부딪친 나는 엉거주춤 일어나 바지에 붙은 녹다 남은 눈을 손가락으로 털어 버린 다음, 내가 생각해도 한심한 목소리로 대답했다.

　　"크게 분류한다면 마르크스주의자도 '좌파적군'이라는 하나의 당파에 속해 있었다고 할 수 있겠죠. 그들 모두……"

　　"크게 분류해서라는 건 오늘 말씀하신 엘리아데의 일기에 나오는 기독교도나 힌두교도와 대비되는 차원에서의 마르크스주의자라는 거네요. 그렇다면 엘리아데 식으로 말해서 언니의 동지들인 마르크스주의자들이 미래의 파라다이스 실현을 포기한 것이라면 죽은 언니가 너무 불쌍해요.

……전 무슨 수를 써서라도 우간다의 관광객 산장을 찾아가 하마에게 물린 청년을 만나서 직접 이야기를 듣고 싶어요. 그 사람은 새로운 방향으로, 즉 미래의 파라다이스를 향한 일을 시작한 셈이니까. 저는 마르크스주의가 무엇인지 전혀 알지는 못하지만 언니도 사상적인 책을 공부하는 사람이 아니었죠. 엄마가 그러시더군요. 언니는 그런 이야기를 너무 못 알아들어서 살해되었을지도 모른다고. 그걸 생각하면 더욱 비참한 생각이 들어요……

그런데 오늘 강연을 듣다가 기독교 힌두교 하는 식으로 크게 분류한다면 언니는 마르크스주의자에 드는 게 맞는다는 생각이 들었어요. 그래서 언니의 동지들이 미래의 파라다이스를 완전히 포기하고 자살하거나 자기비판에 빠지는 것은 옳지 않다는 생각을 했죠. 제가 우간다까지 가서 '하마 용사'를 만나고 싶어 하는 건 바로 그 때문이란 걸 오늘 말씀을 듣다가 깨달았어요. 산장의 정확한 주소를 가르쳐 주세요. 저는 어떻게 해서든지 아프리카에 가는 방법을 찾아보겠습니다."

나는 일단 자기가 준비한 말을 끝내자 입을 다물어 버린, 그러나 침묵이 전혀 어색하지 않은 아가씨와 나란히 집까지 와서 문 앞에서 기다리게 하고는 보도 사진기자에게 받은 편지를 건네주었다. 주면서 보니 봉투에 지저분한 손가락 모양 얼룩이 찍혀 있었다. 이 일을 일종의 도박이라 여기고 손을 씻는 동안 혹시라도 내 마음이 바뀔까 봐 그냥 편지부터 들고 나왔기 때문이었다. 젊은 아가씨의 희망을 받아 주고 그로 인해 겪게 될지도 모를 귀찮은 일들에 관해서는 그녀의 순발력에 기대를 걸어 보자, 아까 내가 넘어질 때 기민하고도 주도면밀했던 그녀의 반응을 생각하며 그런 결심을 했던 거였다.

그래도 어떻게 그렇게 간단히 그녀의 요구를 들어주었는지 나 자신도 의아하긴 하지만 생각해 보면 30년 전의 연상의 여자 친구, 아니 보호자이자 지금의 나보다 훨씬 젊었던 마담 '하마 용사'의 자유로운 삶을 향한 의지에 공감하고 응원해 주지 못한 데 대한 가슴속의 회한이 한몫 거든 부분도 분명 있었을 것이다⋯⋯

아가씨는 '하마 용사'가 일하는 산장의 주소를 알게 되면 바로 우간다에 갈 수 있는 방법을 찾아보겠다고 했다. 나는 아가씨가 과연 아프리카로 가기 위해 어떤 방법을 쓸지 무척 궁금했다. 그러다 보니 신문이나 전철의 광고판에서 여대생이나 젊은 직장 여성들 사이에 새롭게 유행되는 것이라며 요즘 젊은 아가씨들이 돈을 버는 방법에 관한 특집 광고에 눈이 가기도 했다. 그러다가 낮 시간에 하는 텔레비전 프로그램에서 같은 종류의 특집을 일부러 찾아보기까지 했다. 아내가 보다 못해 한마디 했다.

"저런 식으로 여행 경비를 마련하는 아가씨였다면 당신은 말 몇 마디만 나눠 보고도 바로 거부반응을 일으켰을 거야. 절대로 저런 어리석은 짓을 할 사람이 아니던데. 아무리 어려운 상황을 만나도 슬기롭게 극복하고 엉뚱한 일을 만들지 않을 사람이야. 불행했던 언니 대신 행운의 별을 지고 있는 타입이니까⋯⋯"

아내의 말은 적중했다. 얼마 정도 지나, 거실에서 무심히 텔레비전 퀴즈 프로그램을 하나 보고 있는데 처음에는 신중하게 답을 고르느라 조금 늦던 가장 나이 어린 여성 출연자가 끝에 가서는 일등을 했다. 그때까지 쓰고 있던 안경을 벗은 우승자가 부상으로 유럽 여행 항공권을 받는 장면을 보던 나와 아내는 깜짝 놀랐다. 진솔하고 느긋하고 자연스러운 미소를 짓고 있는 사람은 바로 이시가키 호소미라고 자기소개를 한 그 아가씨가 아닌가. 다시 보니 그저 순진하고 부드러운 인상을 넘어서 성격적인 굴곡도 엿보이는 얼굴이었다. 출연자석에 붙은 명찰의 이름은 이시가키 호소미가 아니었다. 방송 출연을 하려면 본명을 밝혀야 하는 모양이었다. 그녀의 성은 한 유명한 철학자와 같았고 이름도 시오리, 호소미, 사비라는 바쇼*의 하이쿠 3대 근본이념에 비견할 수 있는 미학 용어 중 하나였다.

머릿속으로 되감기 하듯 퀴즈 프로그램을 다시 떠올려 보았다. 이 아가씨는 정말 자연스러운 모습이었다. 자의식에 휘둘리지 않고 생각하는 데 집중하는 것 같았다. 주위 사람들보다 약간 늦게 그러나 일단 내놓는 대답에는 모두 확신이 있었다. 자기가 내놓은 답이 정답임을 알게 되면 조심스러움을 잃지는 않았지만 환하게 안도의 미소를 지었는데 그 모습이 무척 호감을 자아냈다. 저 모습과 똑같이 생겼을 또 하나의 사랑스럽고 아름다운 아가씨는 같은 나이에 절망 속에서 살해당한 거다.

삼월도 중순이나 지났는데 눈이 내려서 쌓이는 우중충한 날씨가 이어지던 어느 봄날, 우간다에서 편지가 하나 날아왔다. 여전히 이시가키 호소미라는 이름으로 서명이 되어 있었다. 처음에 나는 두껍고 거친 종이봉투에 붙은 것이 당연히 아프리카 우표이겠거니 생각했는데 봉투를 자르려다 자세히 보니 영국 우표였다. 소인도 런던으로 찍혀

---

* 1644~1694 '하이쿠의 성인聖人'으로 널리 알려진 에도 시대의 하이쿠 시인.

있었다. 여행자에게 부탁해서 보낸 모양이었다. 나는 편지를 그대로 책장 한구석으로 밀어 놓았다. 아프리카에서 직접 올 때 걸리는 만큼의 시간을 편지 자체에 아니면 수신자인 나에게 유예시키기라도 하는 양……

그 무렵 아들의 특수학교 졸업식이 있었던 데다, 장인어른이 많이 편찮으셔서 아내가 친정에 가서 안 오는 적이 많아 나도 일에 매여 손이 나지 않았다. 특수학교의 졸업식에서는 저마다 여러 가지 장애와 특별한 개성을 가진 중등부 고등부 나이의 아이들이 체육관으로 입장했다. 온몸이 쿵쿵 울리는 것 같은 큰북 소리와 취주악단의 연주. 신이 나서 괴성을 지르며 팔짝팔짝 뛰는 아이, 꿈이라도 꾸는 듯 눈이 멍한 아이, 친구가 조금이라도 건드리면 그때마다 자지러지게 울다가는 금방 언제 그랬냐는 듯 멀쩡해지는 아이, 정렬한 줄 속에서 나오는 무거운 신음 소리…… 나는 그 속에 섞여서 졸업식을 참관했다.

아들은 교실에서 발작이 일어날 것 같을 때면—아마도 소나기를 몰고 오는 시커먼 비구름을 기다리는 것 같은 느낌이었을 거다—자기와 비슷하게 덩치가 큰 친구와 한 손을 꽉 잡고 가만히 앉아 있었다고, 어느 날 연락장에 기록되어 있었다. 그렇게 자상하게 지켜봐 주던 선생님과 서로 의지하고 지내던 친구들과 그날로 완전히 헤어지게 되는데도 아들은 후배들과 교직원이 꽃다발을 전해 주는 긴 행렬에서 빠져나오더니 아무 미련도 없이 교문을 나왔다. 학부모회의 송별식에 들른 아내를 남기고 아들과 둘이 버스 정류장으로 걸어가며 왜 선생님에게 작별 인사를 제대로 안 했느냐고 물었더니 **"선생님보다 학생들이 많기 때문입니다!"** 하고 대답했다. 즉 아들은 미리 교실에서 받았던 훈시를 충실하게 지킨 셈이다.

졸업식 다음 날부터 눈에 띄게 기운이 빠진 아들은 날씨도 불순한 데다 감기 기운까지 있어서 오랫동안 자기를 사랑해 준 외할머니 병문안도 할 겸 함께 뵈러 가자는 아내의 권유를 뿌리치고 집에 남았다. 이튿날 아침, 잠에서 깬 아들은 아이들의 아침 식사 준비를 하고 있는 내게 다가와서는 치약을 묻힌 칫솔을 멍하니 들여다보며 **"나는 모든 것을 잊어버렸습니다, 이것은 어떻게 합니까?"** 하고 물었다. 아직 일어나지 않은 작은아들은 그냥 두고 딸과 아들에게 달걀 프라이와 프렌치토스트를 주고 부엌으로 들어가 내가 마실 차를 끓이고 있던 나는 딸의 억눌린 비명 소리에 황급히 식당으로 달려갔다. 아들이 바닥에 비스듬히 쓰러져 있었다. 검은 새처럼 팔꿈치를 벌리고 곁에 쪼그리고 앉아 쉴 새 없이 뭐라고 말을 거는 딸을 진정시켜 담요와 베개를 가져오게 하고, 발작을 일으킨 아들을 소파로 옮기고는 눈을 감고 입술을 오물거리는 이상하게 편안해 보이는 표정의 커다랗고 무거운 머리를 무릎으로 받쳐 주었다……

그리고 나는 아들을 누여 놓은 소파 옆 바닥에 앉은 채 무료하게 우간다에서 온 편지를 읽었다. 아프리카에 와서 상당한 시간이 흘렀는데 이렇다 할 동물의 생태에 관한 보고도 못 드리고…… 편지는 그렇게 시작되었다. 기린, 코끼리, 아프리카물소 같은 건 자주 볼 수 있지만 계절 탓인지 나일 강에 떼 지어 있는 하마는 통 볼 수가 없고 멀리 웅덩이에 붉은 진흙 덩어리처럼 뭉그적거리는 게 하마라는 소리를 들었을 뿐이다.

'하마 용사'라는 사람은 현재 사막 한가운데 있는 마을의 창고 겸 자동차 수리 공장에서 일하고 있다. 나도 같은 동네에 와서 전에는 교회의 게스트하우스였던 건물에서 영국 여자 무용가에게 임시로 신세를 지고 있다. 원어민 영어로 떠들어 대는 통에 제대로 알아들은 건지 모르겠지만, 정식으로 집을 빌린 그 여자는 앞으로 2~3주 정도는 있어도 좋다는 것 같다. 동성애자는 아니지만 페미니스트라서 남자보다는 모든 면에서 여자 편을 드는 그녀는 일본 여자인 내가 혼자서 아프리카에 올 용기를 냈다는 걸 높이 산 모양이다.

늘 초저녁이 되면 배우인 남자 친구가 그녀를 찾아오므로 집에는 있을 수 없다. 그걸 구실로 나는 랜드로버 정비하는 것을 구경하러 '하마 용사'가 작업하고 있는 창고로 간다. 큰 결심을 하고 아프리카까지 왔지만 나와 '하마 용사'는 계속 이렇게 어정쩡한 거리를 두고 있었다. 적어도 며칠 전까지는……

비밀리에 가르쳐 준 관광객 산장도 나일 강 근방이 아니라 숲을 난폭하게 베어 내어 붉은 흙이 그대로 드러난 고지대에 있었다. 내가 도착한 날, 이미 그곳을 그만두고 마을의 창고 겸 자동차 수리 공장에서 일하고 있던 '하마 용사'가 마침 두고 간 짐을 가지러 왔다가 자기를 찾는 일본 여자 즉 내가 있는 곳에 들렀다. 나는 '좌파적군' 무장훈련 아지트에서 살해당한 언니 이야기를 했다. '하마 용사'는 당시 자기는 의식 수준이 뒤떨어지는 어린애 취급을 받던 고등학생이었고 특히나 여자 대학생들은 자기를 상대해 주지 않았다. 이시가키 시오리라는 사람 자체는 기억나지만 특별히 구체적인 일들은 생각나지 않는다고 대답했다. 그래서 그냥 그대로 헤어질 수밖에 없었다.

다음 날 산장에서 알게 된 무용가가 마을에서 싼 집을 구했다고 오라고 했다. 따라가 보니 '하마 용사'는 그녀의 동료였다. 초대형 버스와 트럭, 랜드로버로 아프리카 전역을 옮겨 다니며 연극 활동을 하던 그룹이 반년 전에 여기까지 와서 해산했다. 1년 후에 공연 투어를 재개하겠다는 약속하에 10여 명의 멤버가 이 일대에 남아 있다. 유럽과 미국 등 다양한 국가 출신의 멤버에 더해진 프랑스 극단 소속의 일본인 소개로 '하마 용사'는 무대장치 등의 도구와 차량의 관리 및 정비 업무로 고용되었다.

무용가의 남자 친구가 찾아오는 시간이면 나는 집을 나와 창고로 가서 작업하고 있는 '하마 용사'와 이야기를 나누었다. 그것도 극히 최근 들어서 시작된 일이었다. '하마 용사'가 무심한 어조로 물었다. "아가씨, 당신은 '좌파적군'의 병사들을 재소집하러 돌아다니는 조직의 행동대원이오?"

그렇지 않다고 대답하자 이번에는 진지한 어조로 "그럼 어째서 나를 찾아서 아프리카까지 왔소?" 하고 물었다. 나는 뭔가 추궁받는 기분에 욱하는 마음이 들어 지금까지 줄곧 혼자서만 속에 품고 있던 말을 다 쏟아 내 버렸다……

언니는 어쨌든 마르크스주의자였으니 최후의 순간까지 미래의 파라다이스를 꿈꾸며 죽었을 거다. 그런데 언니의 전 동지가 자살하거나 또는 자기비판을 하는 걸 보면 미래의 파라다이스를 포기한 것이 아닌가. 나는 그중에서도 혼자 침묵을 지키고 있는 당신에게 희망을 걸고 여기까지 찾아왔다. 당신은 혹독한 추위의 겨울 산악 베이스캠프에서도 화장실을 만들고 관리하는 독창적인 아이디어를 가지고 일을 했다. 지금도 또 새롭게 무엇인가를 시작하려고 한다고 들었다. 그런데 여기 와서 비로소 알게 된 것인데 우간다에는 대규모 난민 거류지가 있다. 그 비위생적인 공중화장실을 전면적으로 개선하는 계획을 세우지 않겠느냐? 그렇다면 나는 당신과 공동으로 참여하겠다. 언니를 위해, 언니가 꿈꾸던 미래의 파라다이스를 위해. ……그러나 지금 내 눈에 확실히 드러난 것을 보면 당신은 아프리카 난민을 위해 봉사는커녕 유럽인과 미국인의 이동 극단을 위해 짐이나 지키고 자동차 정비나 하며 만족하고 있다. 그게 현실이다. 희망이 없는데 별수 있나, 나도 가까운 시일 내에 일본으로 돌아가겠다……

이시가키 호소미라고 서명된 장문의 편지에서 후반부는 그녀의 문장 그대로 인용하겠다. 그것은 지금은 확실하게 '하마 용사'로 규정된 과거의 소극적이었던 소년과 그녀의, 나에 대한 비판이 들어 있기 때문이기도 하다. 물론 그녀와 '하마 용사'가 현재 거처하고 있는 장소와 앞으로 갈 곳에 대해서는 정보가 드러나지 않도록 몇 군데를 수정했다.

'히스테리를 일으킨 제가 그런 말을 마구 쏟아 내자─영국 식민지 시절부터 내려오는 방법으로 주조된 현지 맥주를 마셨던 탓도 있습니다. 창고 자체도 영국 식민지 시대에 지은 벽돌 건물이었죠─"하마 용사"는 서른 살짜리 남자답게 기민한 판단력으로 그것도 마치 매가 사냥감에게 덤벼들듯이 제가 흘린 새로운 정보에 대해 추궁했습니다.

어떻게 저같이 젊은 여자가 옛날 사건의 산악 베이스캠프에 있었던 화장실 문제를 알고 있는가 하고. 그래서 하는 수 없이 저는 아프리카에 온 이후 전 재산을 넣어서 가지고 다니던 가죽 주머니에서 당신의 소설을 오려 낸 것을 꺼내 보여 주었습니다. 그때까지는 당신의 이름을 꺼내지 않는 게 좋을 거라고 생각하고 있었는데……

실제로 그때의 "하마 용사"가 보인 박력은 사람을 흠칫하게 만들 정도였죠. 평소 반쯤 조는 눈으로 느릿느릿 작업을 하는 사람이었는데, 역시 "하마 용사"라고 불릴 만하다는 생각이 들더군요!

별로 책 같은 건 읽은 적이 없는 모양인지 "하마 용사"는 오랜 시간을 들여 그걸 읽더군요. 그러고는 문짝도 없는 창고의 입구 너머 진짜로 아프리카다운 어둠 속의 누군가에게 말이라도 하는 듯이 중얼거렸습니다. "그렇군, 아가씨는 나 같은 인간을 만나러 일부러 왔단 말이군." 그리고 또 "그 사람은 지금 나에 대해서 이런 식으로 생각하고 있구나" 하고 중얼거렸습니다. 왠지 대화 상대인 저는 무시당한 기분이 들어 더욱 히스테리에 휩싸여서는 "아가씨란 말은 하지 마요!" 하고 폭발하고 말았습니다.

그가 제가 건넨 소설을 읽는 동안 저는 초조와 불안이 엄습하는 바람에 가죽 주머니에 넣어 두었던 면세점에서 산 휴대용 위스키를 맥주에 조금씩 섞어서 마시고 있었습니다. "이 작가는 당신 모자에 관해서 시시콜콜 써 대며 자기는 손가락 하나 안 다치고 남의 상처만 태연하게 들쑤셔서 돈을 벌고 있다고. 죽어 버린 어머니 몫까지 합쳐서 이 작가를 혼내 주러 안 갈래요? 당신도 원래는 '좌파적군'이었잖아요? '하마 용사'잖아요."

죄송합니다. 저는 그런 말을 내뱉으며, 전에 눈길에 미끄러져 넘어졌던 모습과 일어날 때의 당신의 표정을 떠올리면서 쌤통이라는 생각까지 했습니다.

그랬더니 그는 저보다 훨씬 경험이 많은 남자답게 침착함을 보이며 이렇게 말하더군요. "작가 O도 O 나름대로 자기 하마에게 물린 게 아닐까? 나도 조만간 O 앞에 서서 나 스스로 생각한 답변을 할 생각이야." 그리고 우리는 천천히 여러 가지 이야기를 나누다 밤이 깊어졌어요. 그가 나를 도머토리―여기서는 제가 머무는 숙소를 그렇게 불러요―까지 데려다주는 길에 깜깜한 길가에서 우리는 키스를 했습니다.

그리고 내일은 수리가 끝난 랜드로버로 머치슨 폭포 국립공원에 있는 그 선착장에 같이 가 준대요. 뭐니 뭐니 해도 하마는 역시 거기가 제일 볼만하다면서. 그때 혹시 제가 나일 강에 들어가 몸을 깨끗이 씻을 수 있다면 그 후에 그 사람하고 성관계를 갖게 되겠지요.

유럽과 미국 혼성 부대의 이동 극단이 활동을 재개하면 저도 운송 팀의 일원으로 일하게 될지도 몰라요. 지금까지는 자신의 가능성을 시험해 보고 싶네 어쩌네 하며 계획도 없이 외국 여행을 떠나는 젊은 이들을 별로 좋지 않게 생각했는데 실제로 여행을 떠나 보니 확실히 스스로 선택할 수 있는 가능성의 폭이 넓어지는 것 같아요. 우선 도중 경과보고로서 이 정도 말씀드립니다.

앞으로 선생님께 또 보고를 드리게 될지는 확실치 않습니다. "하마 용사"를 따라다니는 사랑스러운 라베오가 되겠다는 저의 계획이 단지 꿈으로 끝나 버린다면 더 이상 보고는 없겠죠. 그러나 "하마 용사"와의 협동이 정말 잘 이루어진다면 그가 당신 앞에 서서 하는 보고가 우리의 보고가 될 겁니다. 안녕히 계세요!'

우간다에서 런던을 경유해 온 편지에는 그 편지의 발신인과 살집은 없지만 골격이 큰 청년 커플의 사진이 들어 있었다. 옆모습으로 보이는 검붉은 하마의 머리와 몸체가 먼 배경으로 잡힌 컬러사진이었다. 호수 정도로 넓은 강으로 나간 유람선 위에서 찍은 것 같았다. 실은 편지를 읽기 전에 사진을 보고 나는 청년에게서 그의 어머니 집에서 보았던 액자 속 증조부의 위엄 있는 당당한 용모를 떠올리기도 했다……

나는 「하마에게 물리다」에서 동물학자 오하라 씨의 책을 들어 이렇게 쓰기도 했다. '강물 속에서 녹색 물풀이 자라나 한 덩어리가 되어 버리면 강이 범람하게 된다. 물속에서 활기차게 돌아다니는 하마가 바로 그 물풀 덩어리에 구멍을 만들어 물의 흐름을 원활하게 해 준다. 하마에게는 또 라베오라는 귀여운 물고기가 붙어 다니는데 하마가 육지에서 떨어뜨리는 식물이나 하마 똥을 먹는다. 그렇게 해서 하마는 아프리카 자연 속에서 생물의 먹이사슬 기능이 원활하게 돌아가게 하는 역할을 하고 있다. 나는 오하라 씨의 저서에 매료되었다. 배설한 똥마저 유용하게 쓰이고, 라베오라 불리는 물고기 무리를 달고 다니면서 물의 흐름을 막는 녹색의 물풀 덩어리에 구멍을 뚫기 위해 맹렬하게 헤엄치는 하마의 모습은 인간에게 얼마나 큰 희망과 용기를 주는 광경인가. 성질이 사나운 젊은 수놈 하마에게 물릴 정도로 가까이 다가가 활동을 지켜보던 사람에게 하마가 준 용기는 결코 작은 것이 아니었으리라.'

'하마 용사'의 비판대로 근래 20년 정도 때로는 자신의 내부의 하마에게 물려 왓, 왓 하고 절규하면서 겨우겨우 살아왔던 듯하다. 나 역시 맹렬하게 활동하는 하마의 모습에서 큰 용기를 얻으며 우간다 관광객 산장에 있는 일본 청년을 생각했다. 그리고 마치 나 스스로가 나일 강가에 서 있는 청년이 된 양 상상하며 힘차게 움직이는 하마를 그려 보았다. 나 역시 그동안 내가 보낸 성원이 메아리처럼 돌아오는 것을 듣고자 귀를 기울이고 있었는지도 모른다.

조만간 대답을 가지고 내 앞에 나타나겠다는 '하마 용사'에 대해 나도 마음의 준비를 해 놓아야 할 듯하다. 우선은 그 메시지가 잘 도착했다는 답장으로 요즘의 영화사 홍보부라면 틀림없이 「하마에게 물리다 Part 2」라는 제목을 붙일 것 같은 이 글을 써 두는 바이다.

ぼくの雇傭主はしきりに砂利をはじきとばしながら、ハンドルに向って深く前屈みになり、懸命にぼくを追いかけてくるのである。ぼくは自転車をとめ片足を野菜畑を保護している有刺鉄線の柵にかけて、Dが近づくのを待った。ぼくはたちまち、自分の子供っぽい気まぐれを恥じていた。

ぼくの雇傭主はなおも頭をふりたてて大急ぎで近づいてきた。そしてぼくはかれを幻影が訪れているのを知った。かれは砂利道の左よりに極端に片寄って自転車を走らせている。そして、かれが頭をふりたてて右よせるように見えるのは、自分の存在している右脇をかれにむかって馳けるか飛ぶかしているもの力づけるために声をかけているのに似ている。ああ、かれはアグイーがかれの自転車の疾走にしたがって、傍を駈けている想定の掛け声をかけているのだ。マラソン競走のコーチがロードワークに出た選手の脇を自転車で走りながら、適切な助言や励ましの掛け声をかけているのに似ている。ぼくは、あんなことをやっているわけだ、とぼくは思った。

カンガルーくらいの大きさの怪物、白い木綿の肌着をつけた肥りすぎのおかしな赤んぼうが、やはりカンガルーさながら、かれの自転車の脇をぴょん、ぴょん、跳んで駈けているのだ。ぼくはなんとなく身震いし、そしてぼくの雇傭主の柵を蹴ると、のろのろ自転車を走らせて、ぼくの想像上の怪物アグイーの到着を待った。

Ⅲ 후기 단편

それでもぼくは、ぼくの雇傭主の心理上の赤んぼうの存在について素直に信じはじめていたわけではなかった。ぼくはあの看護婦の意見に信じはじめていたりがミイラとりがミイラになるというか、病人の見張番が病人になるという、ちょっとぴり深刻でニューロティクなどたばた劇の筋書きどおりに、自分の常識の錘を見うしなうことはすまいと誓っていたのだし、ずっとその態度に固執してもきたのだった。そこでぼくは、意識して極度に冷笑的に、おれについてみせた嘘のためのアフター・サーヴィスとして、いまもあんな演出をこらしているわけじゃないのか? ご苦労なことになあ、という風に考えてみたりもした。すなわちぼくは依然として、Dとその空想上の怪物から、冷静な距離をおいていたわけだ。それでいてしかも、このぼく自身の心理に、奇妙なことがおこったのである。

それはこういう風に始まった。ぼくと、やっとぼくに追いついて一米ほどの間隔をおいてぼくにしたがっていたDとが、なお野菜畑のあいだの一本道を走ってゆくうちに、ぼくらはふいの驟雨のように思いがけなく、また逃れようもなくいっせいに吠えたてる犬の群の声にかこまれたのだ。ぼくは頭をあげ、砂利道の向うから近づいてくる犬どもの群を見た。それらはすべて体高五、六十センチにも発育した、若い成犬のドーベルマンで、十頭以上もいるのである。犬どもは吠えたてながら狭い砂利道いっぱいに犇きあって駈けてきていた。それらの背後から黒く細い皮紐をひと束

280

'울보' 느릅나무
「涙を流す人」の楡

아내와 함께 벨기에를 방문한 나는 N 대사 부인의 세심한 배려 속에 대사 관저의 별채에서 벨기에에서의 첫 밤을 보내고 평화로운 아침 식탁을 마주하고 있었다.

N 대사는 안색은 좀 안 좋았지만 시원스럽고 점잖은 테이블 매너는 변함없이 유쾌했다. 그러면서도 부인에게는 누나에게 투정 부리는 남동생처럼 툴툴거리며 비관적인 말을 입에 올리기도 했다. "이제 인생의 전성기는 지났다. 여생이 남았을 뿐이다!" 그것은 대사보다 불과 두 살 아래인 나로서는 충분히 공감이 가는 이야기였다······ 그리고 그 말은 이상스러울 정도로 독특한 인상으로 기억에 남았다.

아마도 이런 일이 있었기 때문인 것 같다. 테이블에 앉자마자 N 대사는 도쿄에서 공수해 온 바그너의 오페라 〈니벨룽겐의 반지〉 전곡이 수록된 비디오에 관한 이야기를 꺼냈다. 이번에 독일 예술가들에 의해 새로 녹화된 그 비디오는 애초부터 일본의 애호가들을 겨냥해서 기획되었다는 것, 발표되자마자 놀라울 정도의 속도로 예약판매가 종료되어 구하기가 여간 어렵지 않았다는 것. 그건 적어도 일본인의 문화적인 활력과 정력을 나타내는 지표가 아니냐며 약간은 빈정거리는 투로 말했다. 그러는 대사 자신은 이미 그 비디오로 전곡을 다 본 다음의 이야기인지라, 즉 그의 문화적 활력과 정력은 건재한 셈이다.

N 대사가 자기에게 주어진 업무에서 확실한 성과를 올리고 있는 데 대한 평가는 그쪽 전문가들에게 들어서 익히 알고 있었다. 어젯밤에는 숲을 사이에 두고 멀리 호수가 보이는 언덕에 자리 잡은 관저로부터 한 시간이 안 걸리는 브뤼셀 중심부에서, EC의 유로팔리아* '일본 특집' 개최를 기념하는 파티가 열렸다. 우리 부부도 N 대사 부부의 차에 동승해서 참석했다.

그곳에서 옛날부터 알고 지내던 벨기에 대사와 문화 참사관에게, EC 대사인 N 대사가 나날이 확대되어 가는 대일 적자의 역풍 속에서도 EC 제국과의 마찰 해소를 위한 효과적인 입안을 잇달아 실현하고 정착시키고 있는데, 이는 N 대사에 대한 EC 고관 측의 개인적인 신뢰가 바탕이 되어 실현된 것이라는 이야기도 들었다.

거기서 조금 떨어진 테이블에 있는 화제의 당사자 쪽으로 눈을 돌려 보니, 지위가 있는 어떤 외교관과 이야기를 나누는 N 대사는 공적인 파티에서 저렇게 침울한 표정을 지어도 괜찮을까 걱정될 정도로 어두운 표정으로 석고상같이 단정한 얼굴을 앞으로 숙이고는 정면 손

* 2년마다 개최되는 페스티벌로 매회 다른 가맹국의 음악과 영화 등을 공연하고 전시회를 개최하는 세계적인 문화 행사이다.

님의 어깨와 어깨 사이를 응시하고 있었다. 그것은 대사 부인이 테이블의 대화를 유쾌하게 주도하고 있는 것과는 전혀 어울리지 않는 대조적인 모습이었다……

나의 시선이 가는 곳으로 눈길을 돌린 아내도 아무 망설임 없이 "턱시도에 주름이 잡힌 셔츠를 입으니 대사는 〈모로코〉에 나왔던 아돌프 멘주*하고 똑같네. 콧수염은 없지만……" 하고 말했다.

관저 본채에서 목제 블록을 빽빽이 간 지하 수로 같은 복도를 지나 부농의 넉넉한 창고나 수도원의 방처럼 생긴 넓은 침실로 돌아왔을 즈음에는 파티에서 목격한 N 대사의 우울한 모습이 내 기분 탓인가 싶기도 했다. 그런데 가을 아침의 건조한 햇빛이 풍성하게 비쳐 드는 선룸에서 향이 좋은 빵과 몇 종류의 잼과 달걀로 아침 식사를 하는 동안 나는 다시 N 대사의 침울한 얼굴을 목격하게 되었다.

물론 N 대사의 동작은 빠릿빠릿했고 추가로 먹을 빵을 직접 집을 때나 스푼으로 커피를 가볍게 저을 때의 어깨에서 머리의 각도나 주위를 두루 살피는 시선은 아침 식사도 이렇게 전투적인 자세로 하는 것이 역시 능력 있는 남자가 일관되게 유지하는 생활 습관인가 하는 생각이 들게 했다. 격심한 공적인 업무가 연속되는 중에 몇 시간씩이나 〈니겔룽겐의 반지〉 비디오를 본다는 것 역시 순수한 음악 감상이라기보다는 오히려 또 하나의 업무가 아닐까? 그것은 심신의 피로를 회복시켜 주기는커녕 가중시키겠지. 억측일 수도 있지만 그의 어두운 안색과 얼굴에 드러난 침울함도 내면에서 기인한 것이라기보다는 단순한 피로의 누적일지도 모른다……

---

* 1890~1963 콧수염 양쪽 끝이 굽어 올라간 카이저수염으로 유명한 미국 영화배우.

그러다가 아침 식탁의 무언가 마음에 걸리는 베일이 덮여 있는 듯한—그것도 N 대사의 우울 탓이라 여겼던 거다—별로 활발하지 않은 대화는 내가 도쿄에서 오는 도중에 일주일간 머문 모스크바 이야기로 넘어갔다. 이미 유럽 조간신문을 몇 개씩이나 읽고 분석을 마친 N 대사는 소련과 동구의 민주화 열기에 대해, 역행하는 일은 없겠지만 당분간 혼란이 거듭될 것으로 전망했다.

N 대사가 인용한 조지 케넌*의 논평에 나는 문득 지난여름 프린스턴에서 그의 동료를 통해 들었던 담화가 생각났다. '지금까지는 강대한 소련의 위협에 시달려 왔지만 허약한 소련이야말로 세계에 대한 더할 수 없는 위협이 될 것이다'라는 내용이었다. 나는 케넌의 담화에 관한 이야기를 하고, 얼마 전에 읽었던 레몽 아롱**의 논문에 대해서도 언급한 후 덧붙였다. "양자를 함께 보면 하나의 문맥으로 정리되는 것 같은 느낌이 듭니다……"

N 대사는 한 박자 쉬었다가 침울한 그림자가 드리워진 눈으로 그날 아침 처음으로 나를 똑바로 바라보면서

"케넌이나 아롱은 당신의 세계관하고는 완전히 반대편 사람이라고 생각했는데……"라고 말하고는 결코 조롱하는 뜻은 아니겠으나 일종의 빈정거리는 미소를 지었다.

"그렇습니다. 핵 문제에 관해서는 케넌의 주장에 죽 동조를 했지만 그들이 하는 미래 예측에 대해서는 저항하면서 끌려온 면이 있습니다."

* 1904~2005 미국의 외교관. '봉쇄의 아버지'로 알려져 있으며 미소 냉전의 핵심이 된 인물이다.
** 1905~1983 프랑스의 사회학자이자 언론인. '이데올로기의 종언'을 예언한 사상가로 평가받는다.

"저항하면서라. ……어쨌든 케넌은 그렇다 치고 아롱에게도 관심이 있었던가요?"

"전번에 파리에서 만났을 때 대사님이 가르쳐 주신 대로 아롱이 남긴 사업의 새로운 출판물을 몇 권 사 가지고 왔어요."

불쑥 끼어든 아내의 말에 깜짝 놀란 표정을 지으며 얼굴을 드는 N 대사를 향해 아내는 내가 프랑스에서 돌아오는 비행기에서 읽기 시작한 책을 집에 와서도 계속 읽는 편집자인 친구에게 실제로 파리에 가서 보고 온 것에 대해서는 일언반구도 없이 책 내용에 대해서만 열변을 토하더라는 말을 했다. 파리의 연분홍과 흰색으로 피는 마로니에 꽃에 대한 질문을 받고도 그렇게 꽃이 만발한 거목에 둘러싸인 대사관 정원에서 『일본 단편집』 프랑스어 번역 기념 파티에 참가하고 온 사람이, 아직 마로니에 계절이 아니라고 딱 잘라 말하더라는 소리도 했다. 그 이야기에 그날 아침 처음으로 네 사람의 웃음소리가 마침 구름의 그림자가 햇빛을 가린 선룸에 울려 퍼졌다……

대사는 공무를 처리하러 브뤼셀 시내로, 그리고 유로팔리아 문학상 수상 명목으로 초청을 받은 나는 '크리브 골루아'라는 프랑스계 벨기에인의 조직에서 이야기할 원고 검토를 위해 별채로 돌아왔다. 긴 복도를 따라 몇 개나 되는 회반죽을 새로 바른 작은 방들의 문이 환기를 위해 열려 있었다. 그곳들을 들여다보면서 걸어가는 나에게 아내가 말했다.

"당신이 아침 식사 자리에서 너무 침울해서 신경이 많이 쓰이더라. 정원 안쪽의 거목을 쳐다보지 않으려고 몸을 비스듬히 하고 있던 것도 부자연스러웠고…… 당신이 나무를 좋아한다고 하니까, 대사 부인이 그 신기하게 생긴 나무를 보여 주고 싶었던 모양인데……"

"그래서 화제가 나무로 옮아가게 하려고 마로니에 꽃 이야기를 꺼냈군…… 그렇지만 침울했던 건 N 대사가 아니었나? 그래도 호스트 역할을 잘하려고 애는 쓰더라만…… 나는 괜히 웃기려고 무리한 농담을 하게 될까 봐 조심했던 것뿐이야. ……중정의 큰 나무는 얼핏 본 듯한데, 어쨌든 나는 N 대사가 우울해하는 데 온통 신경이 가 있었어."

"당신이 그렇게 특이한 나무를 그저 흘낏 한 번 쳐다보고 만다는 건 자연스러운 게 아니잖아. 다른 때라면 바로 중정으로 나가서 줄기를 만져 보고 했을 텐데. 대사 부부는 그렇게 즐거워하는 당신의 모습을 기대했을 거야."

"듣고 보니 그랬던 것 같네. 옛날에 당신한테는 이야기한 적이 있지만, 나는 어떤 특별한 모양을 한 거목을 보거나 생각하면 기분이 안 좋아. 요즘은 우울해질 정도는 아니지만, 어쩐지 맥이 풀려……"

"나도 당신이 그래서 그러는 게 아닐까 생각은 했어. N 대사 역시 침울해했다면 그건 당신이 그 나무를 힐끗 쳐다보고 무의식중에 받은 영향이 N 대사에게 감염되었기 때문인지도 모르지."

"민감한 사람이니까…… 실제 사회에서 일을 거듭해 오며 한창 현역으로 활약하는 사람인데도 말이야. 정신적으로도 강인할 테고 라오스에서 해외 협력 청년 대원에게 가라테까지 배웠다니 육체적으로도 그럴 텐데…… 그런데 N 대사가 내 쪽의 우울을 배려해 주었다면 나도 나무에 대해서 뭔가 말을 해야겠지?" 그렇다면 중정의 그 나무에서 도망만 쳐서 될 일이 아니다. 정면으로 부딪쳐야 한다.

나는 씩씩한 척 성큼성큼 침실을 가로질러 걸어서 감청색의 두꺼운 커튼이 드리워진 중정 쪽 창가로 다가갔다. 검고 굵은 들보가 그대로 드러나 있는 높은 천장 근처에서부터 아래로 드리워진 커튼을 열자 바로 창의 절반 정도나 가리는 거대한 밤나무가 눈앞을 가로막았다. 아내가 커튼 틈으로 밤새 툭, 탁 소리를 내며 떨어지는 밤알들을 내다보던 곳이었다. 그 너머로 관저 본채와 별채를 잇는 정삼각형의 정점에 다시 보니 이미 내가 보았던 나무라고 인정할 수밖에 없는, 적갈색으로 물들기 시작한 자잘한 잎사귀에 싸인 거대한 나무가 잔디에 거의 닿을 정도로 그 긴 가지를 늘어뜨리고 있었다.

나도 모르게 몸이 움찔했다. 그 나무 전체의 모습에서 진한 그리움이 되살아났다. 이 나무와 자신의 내부에 오랫동안 우거진 채 존재하는 그 나무는 아마도 같은 느릅나뭇과에 속한 것이리라. 그러나 두 나무는 느릅나뭇과에서도 서로 아주 멀리 떨어져 있겠지. 그런데도 이 나무는 내 기억 속의 생생한 그 나무와 단숨에 이어지며 나로 하여금 공중에 매달린 기분이 들게 한다…… 지금 눈앞에 우뚝 선 나무는 하나의 그루터기에서 두 개의 줄기로 갈라져 있었는데 그게 내 기억 속 광경의 나무에 연결되는 이유는 확실했다. 내 속의 나무는 벼락을 맞아 가지 끝이 꺾이고 구부러진 느릅나무. 이쪽 나무는 그 종류의 속성상 가지가 양쪽 모두 손목을 확 구부린 모양으로 뿌리를 향해서 손가락처럼 아래로 드리워져 있다. 자잘한 잎사귀가 잔뜩 우거진 가지가 줄기를 감싼 나무는 마치 복숭아뼈까지 내려오는 우비를 입은 거인 둘이 등을 맞대고 서 있는 듯이 보였다.

아침 식사 때까지만 해도 구름 한 점 없이 파랗던 하늘에 갑자기 구름이 퍼지더니 늘어질 대로 늘어진 나뭇가지들의 우거진 잎사귀가 흉흉할 정도로 어두운 색깔로 변했다. 나는 그만 한숨을 쉬며 정돈해 놓은 침대 커버 위로 벌렁 누워 버렸다. 앞으로 적어도 하루 이틀은 우울한 기분에서 벗어나지 못하게 될 어린 시절의 기억에 사로잡혔다. 해

외에 있다고 어느 정도는 나 스스로가 그 문제에 경계심을 풀고 있었던 모양이었다. 그러다가 그 기억 속의 광경이 오늘 아침 일찍부터 마음속에서 나를 조종하고 있었다는 걸 인정하지 않을 수 없었다. 어젯밤 대사의 차를 타고 휘영청 밝은 달빛을 받으며 관저의 넓은 정원으로 들어오던 때였는지, 오늘 아침 일어나자마자 했던 산책에서인지 나는 구부러진 가지를 힐끗 보고 얼른 눈길을 거두고 못 본 척했다. 그리고 적어도 의식의 표층에서는 그것은 성공을 거두고 있었다……

그사이 방금 전 아내에게는 그냥 생각나는 대로 말한 것에 지나지 않았지만, 기억에서 지워 버리지 못하는 그 나무에 대해 이 나이가 돼서 새삼스럽게 누군가에게 털어놔야 한다면 확실히 N 대사야말로 매우 좋은 이야기 상대가 될 수 있을 거라는 데 생각이 미쳤다.

소설가로서 긴 세월을 살아오며 시코쿠 숲 속 골짜기 이야기를 참 많이도 썼지만 그 기억 속의 나무가 있는 풍경에 대해서는 지금까지 한 번도 언급한 적이 없었다. 그 풍경을 애매하게밖에 기억하지 못하고 있다는 게 이유가 되기도 했다. 그리고 실생활의 피드백으로서 특히 아버지의 만년의 직업에 관한 추억에 시커먼 그림자를 던지게 되지 않을까 하는 걱정도 있었다. 결국 나는 죽 미숙한 정신 상태로, 기억 속의 광경을 직시하지 못하고 이 문제로부터 도망치고 있었다는 소리가 된다……

그러다가 지금 그 나무를 생각나게 하는 거목이 있는 브뤼셀 교외의 저택에서 N 대사를 만난 것이다. 업무적으로 만만치 않은 경력을 쌓으면서도 문학에 있어서도 깊은 이해를 가진 N 대사라면 나의 이야기를 듣고 뭔가 새로운 해석을 해 줄지도 모른다는 생각이 들었다……

그런데 막상 이야기를 시작하고 보니 어린 시절의 기억 속의 한 장면이란 게 역시 꿈처럼 희미하다는 것을 깨달았다. 대사는 자기의 공적 생활에는 절대 섞여 들 리 없는 소설가의 개인적인 이야기를 관대한 자세로 더할 수 없이 진지하게 들어 주었다. 온화한 표정으로 잠자코 바라보던 침착하고도 예리한 그의 눈을 다시는 볼 수 없게 된 지금, 더욱 절실하게 떠오르는…… 그리고 그 마지막 대화에는 우리 자신을 뛰어넘는 이끌림이 있었던 게 아닌가 하는 생각을 하게 된다.

우리가 앉아 있던 거실의 통유리 너머에는 전체에 소름이라도 돋은 것처럼 오스스한 모습으로 orme-pleureur가 비스듬한 언덕 아래서 올라오는 석양빛을 받아 진한 적포도주색으로 타오르고 있었다. 그 나뭇가지를 짓누르던 보이지 않는 힘과 연결된 무엇인가가 어디에선가 응원을 보내 주고 있던 것이었을까?

"아마도 일고여덟 살 때 있었던 일 같아요. 배경이 되는 나무나 장면은 또렷한데 그 자리에 있던 사람들이 애매한 그런 기억이 오랫동안 머리에서 떠나지 않아요. 더욱이 그 광경에 이어졌던 사건에 어렴풋한 죄의식을 가지고 있습니다. 저하고 아버지에 관계된 건데…… 그러나 저나 아버지가 실제로 무엇을 했는지는 안개에 싸여 있어요. 그래서 소설로 쓸 수도 없는 기억이지요.

그런데 무언가가 계기가 되어 그 기억이 의식의 표층으로 떠오르면 언제고 굉장히 우울해져 버립니다. 그게 하루 이틀은 가죠. 특히 학생 시절에는 그 죄의식이라는 게 상당히 강해서 더 오랫동안 우울해하곤 했습니다.

제가 털어놓고 싶은 이야기는 바로 그겁니다. 그런데 생각해 보니 이건 글로 쓰지 않았을 뿐 아니라 남에게 털어놓는 것도 결혼하기 직전 아내에게 딱 한 번 말했을 뿐이라는 걸 깨닫게 되는군요. 아내에게 어떤 상황에서 이 이야기를 했는지 확실히 기억이 납니다. 그때도 가쓰라리 궁 근처 숲에서 그 나무와 비슷하게 생긴 거목을 보고 기억 속으로 끌려들어 간 제가 우울해졌던 게 계기였지요. 아내와 결혼식 준비로 교토에 갔는데 저의 그런 태도에 상처 입은, 아직 소녀티를 벗지 못한 아내의 오해를 풀어 주어야만 했습니다.

중정에 있는 저 나무는 가쓰라리 궁 근처 숲에 있던 노목보다 본질적으로 훨씬 더 제 기억 속의 나무와 닮아 있군요. 그래서 오늘 아침 제가 그렇게 우울했던 모양입니다. 부인께서 나무 이름을 가르쳐 주셨는데 유럽의 그 지방의 특별한 나무인 것 같다는 생각이 들었습니다. 일본에서 나온 도감 중에는 아무리 큰 도감에서도 본 적이 없는 나무니까요.

다시 말해서 같은 종류가 시코쿠 숲 속에 있을 리는 없을 겁니다. 그런데도 제 기억 속의 나무와 확실하게 이어지고 있습니다. 제 기억 속 광경에서 나무는 마을 공동묘지 안쪽에 서 있습니다. 나무의 종류는 느릅나무. 다만 벼락을 맞고 가지 끝이 구부러져서, 중정에 있는 저 나무처럼 가지라는 가지는 모두 아래쪽으로 늘어져 있었죠……

일고여덟 살 즈음의 저는 혼자서 숲 속을 돌아다니다가 저녁나절이 되어야 집이 있는 골짜기로 내려오는, 지금 생각하면 참 이상한 습성이 있는 아이였습니다. 한번은 숲 속에서 열이 나는 바람에 사흘이나 내려오지 못하다가 마침내 소방대원에게 업혀 내려와 '덴구의 남창'이라는 별명이 붙어 버렸죠…… 그런 생활 속에서 어느 날 저녁 무렵 우연히 목격했던 광경이 기억 속에 아로새겨져 있는 겁니다.

저 orme-pleureur처럼 전체 가지를 아래로 축 늘어뜨린 나무가 숲 속에 서 있었습니다. 이미 온 숲을 뒤덮은 불그스름한 어둠이 숲에서 약간 거리를 두고 우뚝 솟은 그 나무로 밀어닥치고 있었죠. 그 뿌리 근처에 서너 명의 어른들이 조용히 서 있습니다. 어른들의 발밑에는 어른 팔로 한 아름 정도 되는 시커먼 구멍이 파여 있었어요.

어른들이 모두 이상한 차림을 하고 있는 바람에 저는 가끔 그 광경을 어린아이다운 과장된 꿈에서 본 게 아닌가 하는 생각을 할 때가 있습니다. 어른들 가운데에 하얀 천을 머리에 쓴 여자가 있었는데 역시 하얗고 길쭉하게 싼 것을 아기처럼 가슴에 끌어안고 있었습니다. 여자는 머리에 쓴 하얀 천 외에는 평범한 원피스를 입었는데 당시 마을 여자들이 흔히 입던 간소복이었던 것 같습니다. 그런데 그 옆에는 지금까지 한 번도 본 적이 없는, 그림책에 나오는 곡예사 같은 모습에 챙 없는 모자를 쓴 남자가 검은 책을 들고 서 있었습니다. 그리고 역시 서커스에 나오는 것 같은 일 바지에 천으로 만든 신을 신은 노인과, 곡괭이를 든 흰색 셔츠와 작업복 바지에 각반을 찬 젊은 남자가 있었어요.

챙 없는 모자를 쓴 남자가 새소리 같은 목소리로 계속 뭐라고 중얼대다가 관목으로 둘러싸여 터널처럼 되어 버린 산길에서 불쑥 나타난 어린애를 보고는 입을 다물고 저를 쳐다보았습니다. 여자를 제외한 다른 사람들도 일제히 그를 따라 했죠…… 이런 광경이 약간씩 움직임이 변화하는 그림처럼 기억에 새겨져 있는 겁니다.

그 외지인인지 덴구인지 어쨌든 낯선 사람들에게 인사를 할 정도의 숫기도 없던 시골 아이인 저는 그대로 묘지 쪽으로 난 돌길로 달아나 보리사* 경내로 들어가는 계단에 쓰러졌던 거죠. 그리고 강과 나란히 골짜기를 관통하는 마을 길로 나와서 집으로 돌아온 것 같아요. 이 코스가 평상시에 아이들이 숲으로 올라갔다가 집으로 내려오는 길이었으니까요. 그런데 아까의 그 광경만이 생생하고 다른 것들은 아무것도 기억에 남아 있지 않습니다.

따라서 또 하나, 저에게 들러붙어 있는 고정관념 같은 것은 실제적인 이미지로서 시각으로 감지한 건 아닙니다. 거꾸로 꿈속에서의 분위기 같은 수준의 것이죠. 새벽녘에 아버지가 자신이 운영하던, 내각 인쇄국에 납품하는 삼지닥나무 공장의 젊은이들과 삼엄한 복장을 갖추고 곡괭이와 삽을 들고 산으로 올라갔습니다……

그리고 한참 시간이 지나서 그 두 개의 기억이—처음의 확실한 광경과 나중에 제 머릿속에서 만들어 낸 것인지도 모르는, 다만 분위기의 인상만이 강하게 남은—어느 날 문득 제 머릿속에서 순간적으로 연결되며 앞서 말한 죄의식을 품게 되었던 겁니다. 이를 구체적으로 증명할 증거는 없지만 최초 기억의 광경 속에 그 죄의식은 이미 각인되어 있었던 것 같습니다. 거기에 시달리다가 제2의 기억의 광경을 꿈으로 본 것 같다는 생각도 하죠.

그것이 꿈이라면 마을 공동묘지에 묻히기를 거부당한 가족이 아마도 아기의 유체를 공동묘지 한구석에 몰래 매장하는 모습을 본 제가 아버지에게 그 이야기를 하고, 아버지가 젊은 사람들을 지휘해서 그걸 파내서 숲 속에다 버렸다고 어림짐작하고 있었던 거죠. 그로부터 3년 정도 지나서 아버지가 갑자기 세상을 떠났을 때 마음속으로 그 일 때문이라고 겁을 먹고 매장하기 위해 묘지로 가기를 두려워했던 기억이 나는 걸 보면…… 그 이후 혼자서 숲에 들어가는 일도 적어지고 말

---

* 집안 대대로 장례를 위탁하고 조상의 위패를 모시는 절을 가리키는 말.

았습니다."

　N 대사는 내가 그의 장례식 조사弔詞에서도 언급했던 대로 영리한 데다 아름답기까지 해서 어머니와 선생님, 친구들의 자랑이었던 소년이 그대로 어른이 된 것 같은 사람이었다. 게다가 그런 점과 모순되지 않는 강한 통찰력의 소유자이기도 했다. 그는 내 이야기를 끝까지 다 들은 다음 천천히 반추하는 듯이 잠시 잠자코 있었다. 이미 모든 것을 간파한 모양이었다.

　"당신이 일고여덟 살 무렵이라면 막 태평양 전쟁이 시작되었던 때죠? 그렇다면 시코쿠 시골에 찾아온 외지인이라면 전쟁 피난민은 아닐 것이고. 골짜기를 둘러싼 숲에서 재목을 벌채해서 실어 내기 위해 한국인 노동자들이 끌려와 강가 모래밭에 부락을 이루고 있었다고 당신은 가끔 작품에서 썼죠. 그것이 사실이라면 이런 게 아닐까요?

　어린 당신이 본 건 한국인 가족이고 젊은 엄마가 머리에 하얀 천을 쓰고 있었다고 하면 천주교 신자였을 것 같네요. 아마도 신부가 한국인을 데리고 와서 몰래 매장을 하고 있었던 것 같습니다. 한국인 노동자의 임시 부락에는 묘지가 없었을 테고 강가 모래밭에 묻었다가는 홍수에 떠내려갈지도 모르니까요. 숲 속의 좁은 토지에 확실하게 매장할 수 있는 곳을 찾다 보니 자연히 마을 선주민들의 공동묘지에 접근하게 되었겠죠.

　반대로 마을 사람들 쪽에서 보자면 특별히 차별 의식이 있어서라기보다는 외지인이, 그것도 한국인이 조상 대대로 내려오는 묘지를 차지한다는 건 아무리 가장자리라고 해도 싫었던 거죠. 그런 것들을 종합해 보면 당신이 외면하려고 애써 온 트라우마의 근원이 확실히 밝혀지네요.

아무리 그래도 이건 좀 곤란하지 않아요? 아하하! 당신이 이렇게 울상을 짓다니! ……저 늘어진 느릅나무는 아내도 말했듯이 orme-pleureur라고 하죠. pleureur란 가지가 늘어지고 늘어진다는 뜻도 있지만 단어의 표면적인 의미는 '눈물을 흘리는 사람'의 느릅나무인 셈인데, 확실히 울상을 짓고 있는 듯한 저 나무의 분위기가 당신뿐만 아니라 우리 모두에게 영향을 미친 것 같군요……"

올여름이 끝나 갈 무렵 N 대사는 암이 원인이 된 간부전으로 갑자기 세상을 떴다. 그를 위해서 했던 조사에서 나무에 관한 추억을 다룬 부분을 인용해 본다.

'브뤼셀의 아침으로부터 도쿄의 저녁나절을 향해서 대사 부인이 일찍이 한 번도 들어 본 적 없는 슬픈 목소리로 대사의 죽음을 알리는 국제전화를 받고 나서 나는 올여름 끝 무렵에도 시커멓게 우거졌을 orme-pleureur 그림자에 뒤덮인 것 같은 심정으로 시간을 보냈습니다.

나와 분야는 다르지만 그렇게 뛰어난 지인이 타계했다. 그와 함께함으로써 열렸던 이 세계의 독자적인 측면은 나에게서 떨어져 나갔다. 그런 생각이 반복하여 내 마음에서 소용돌이쳤습니다. 현실과 혹은 그 외부와의 관계에서 나와는 비교도 할 수 없는 경험을 가진 인물을 통하여 나는 자주 자폐적인 상황을 극복하고 미래에 대한 전망을 얻었습니다. 그것이 나에게 꼭 쉬운 일은 아니었지만 시간이 지나고 보니 그 전망을 가져야 비로소 가능한 적극적인 것들을 내가 획득하고 있음을 깨닫습니다.

그런 여러 가지들을 회상하고 있노라니 지금 나 자신이 다소나마 강인함을 획득했다고 한다면 그건 가끔씩은 대립도 하며 풍부한 담론을 즐길 수 있었던 대사와의 교우의 나날들이 가져다준 것임을 깨닫게 됩니다.

N 대사, 나는 지금도 당신이 그야말로 그렇게 강인함과 순수함을 함께 지닌 성숙한 시선으로 미소를 지으며 약간 비뚜름하게 나를 내려다보고 있을 것 같은 기분이 듭니다. 남아 있는 날들 동안 죽 그 느낌을 가지고 살게 될 것 같습니다.'

장례식이 끝난 다음 나에게나 대사에게나 입바른 소리를 곧잘 하는 솔직함이 장점이었던 공통의 친구가—그녀는 피아노로 유학한 파리에서 마찬가지로 연수 중이던 N 대사로부터 무언가 고백을 받았지만 표현이 너무나 시크해서 십수 년이 지난 다음에야 겨우 그 뜻을 깨달았다. 안개에 싸인 몽마르트르 언덕에서 그런 말투로 말을 하는 사람—침울한 목소리로 나에게 말을 걸었다.

"N 대사가 샌프란시스코 총영사였을 때, 당신은 캘리포니아 대학 버클리 특별 연구원으로 일본 연구소 시민 프로그램에 강연하고 다녔잖아요? 서툰 영어로 쩔쩔매는 당신에게 N 대사가 아주 공격적인 질문을 했다는 이야기는 아주 유명해요. 일본의 근대화가 절대제의 천황 없이 가능했겠는가, 하는 질문을 해 가며…… 그 토론이 계기가 되어 당신에게 특별한 친구가 되었다면서요? 남자들은 참 재미있어."

"그렇습니다. ……그 이삼일 후 관저로 저녁 식사 초대를 받고 다른 손님들이 다 돌아간 다음, 거의 아침이 될 때까지 훌륭한 장서들을 구경시켜 주었지요. 그때 순수한 애서가인 척하던 것도 인상 깊었는데."

"그러나 당신에게 나이에 맞는 성숙함이 있었다면 역시 그건 소설가로서 스스로 이룩한 게 아닐까요? 외교관인 그 사람이 당신에게 강인함에 이르는 계기를 제공했다는 부분은 조금 받아들이기 어렵던 데."

장례식에 참석한 많은 사람들도 그렇게 생각했을지 모른다. 절의 정문에서 언덕을 내려오는 엄청나게 많은 상복을 입은 사람들의 행렬 속에서 나의 내면에 관해 자세한 말도 못 하고 나는 나의 조사를 구체적으로 뒷받침하는 경험에 관해 편지를 쓰겠다는 취지의 약속을 했다. 사실대로 말하자면 그 조사의 초고를 쓸 때부터 서서히 회상적인 이야기로 부풀어 가고 있었다.

나를 오랫동안 괴롭히던 기억 속의 풍경에 대해 브뤼셀에서 N 대사의 새로운 해석을 들은 것은 1989년 가을의 일이었다. 그해 연말, 나는 시코쿠 고향 집에 내려갔다. 어느 날 아침 일찍 어린아이들이 부르는 크리스마스 캐럴이 작은 행렬을 이루어 내가 자고 있는 방에서 강을 낀 엉성한 숲길을 올라갔다. "루돌프 사슴 코는 매우 반짝이는 코……"

아침 식사를 하면서 어째서 애들이 하루 늦게 크리스마스 캐럴을 부르며 돌아다니느냐고 여동생에게 물어보니, 동네 아이들이 옆 동네 보육원에서 크리스마스 행사 때 쓴 금색 은색의 장식을 조화와 함께 얻어 와서는 강 건너 산속으로 파고든 곳에 있는 삼지닥나무 공장 폐옥 안쪽의 무덤에 바치러 가는 거라고 했다. 벌써 3년이나 계속해 오는 일이라고 했다. 강 건너편에 새로운 도로를 만드는 공사를 하면서 덤불로 덮여 있던 경사면을 정지整地하다가 가로 20센티미터, 세로 40센티미터 크기의 두툼한 묘석을 발견했다. 십자가에 뭔지 모를 문자와, 거의 50년 전의 서기로 된 날짜가 새겨진 돌이 딱 한 개. 그 주위는 비록 비좁고 방치된 지 오래되었지만 파손되지 않도록 돌로 견고하게

쌓아져 있었다고. 노동자 중에 그 글을 읽을 줄 아는 사람이 하나 있었
는데 그 알 수 없는 문자는 한글로 쓴 여자아이 이름과 당시의 나이라
는 게 밝혀졌다……

그때부터 동네 아이들은 기독교인이었던 한글의 나라의 작은 사자
死者를 위해 보육원에서 크리스마스 행사 때 쓴 장식을 얻어다가 바치
는 의식을 행하고 있다고 했다. 그렇게 아이들은 하루 더 늘어난 크리
스마스를 즐긴다고.

"원래 그 일대는 우리 산이 아니었나?"

"옛날에나 우리 땅이었지. 도로 공사로 얼마간의 보상이라도 나오나
할머니가 기대하셨던 모양인데, 보상이 나올 턱이 있나. ……아이들의
즐거움도 내년 봄 도로 공사가 마무리될 즈음이면 무덤이고 뭐고 다
도로포장 밑으로 들어가게 되겠지. 비석만 지장보살 옆으로 옮겨 주
자는 의견도 나오기는 하는데, 종교가 다른데 괜찮으려나? ……내가
여기서 사는 동안 이제 더 이상 이 골짜기에는 좋은 변화란 일어날 게
없을 것 같아."

여동생도 나이를 먹어서 그런지 말투가 상당히 비관적이 되었지만
그와는 반대로 내 기분은 드물게 상승 곡선을 탔다. 가지 끝이 구부러
진 나무를 볼 때마다 가슴을 짓누르던 어린 시절 기억 속의 광경에서
어두운 그림자가 깨끗이 사라지고 오래전에 세상을 떠난 아버지와의
화해의 실마리가 잡히는 느낌도 들었다……

브뤼셀에서 orme-pleureur를 매개로 N 대사는 하여간 나를 새로
운 위험으로 밀어내는 것 같았다. 그것은 상당히 괴로웠으나 지금 찾
아오는 행복한 극복에 꼭 필요한 과정이었던 거다. 그 사람에 의해 나
의 삶이 얼마간의 강인함을 획득했다고 어찌 말하지 않을 수 있으랴.

벨락콰의 10년

ベラックワの十年

나는 『신곡』의 많은 부분을 인용하며 내가 삶의 여정 속에서 만났던 사람들과 사건들에 관련하여 장편소설을 하나 썼다. 소설 발표 후 수많은 비평이 쏟아졌는데 그중에서도 어떤 유럽 문학 연구자의 지적이 가장 가슴에 와 닿았다. 이탈리아 문학을 전공하지는 않았지만 오랜 세월에 걸쳐서 단테를 읽어 온 것이 분명한 그 사람은 호의에 넘치는 격려의 글에 이어 '내가 사랑하는 등장인물 벨락콰에 관해서 전혀 언급이 없다는 것이 유감'이라고 하며 독특한 느낌의 평을 했었다.

아! 벨락콰! '정화淨火' 제4곡의 예측 불가한 게으름뱅이. 일본에서 보티첼리의 『신곡』 삽화집이 간행되었을 때 나는 우리 집 경제 형편으로는 무리를 해서 한 권 구입했다. 당시 나는 벨락콰의 초상에 상당히 마음을 빼앗기고 있었다. '또 그중 한 사람은 무척이나 피곤한 모양인지 무릎을 감싸 안고 그 사이로 얼굴을 파묻고 앉아 있다'라는 야마카와 헤이자부로 번역에 있는 벨락콰의 모습을 정교한 판으로 자세히 보고 싶기도 했다.

처음에 『신곡』을 이 번역으로 읽었을 때—지금은 이와나미 문고에 들어가 있으므로 이후 인용은 이와나미 문고에서 한다—어떠한 지옥의 광경이나 영혼들의 고통보다 나에게 심한 공포를 안겨 준 건 벨락콰와 관계된 에피소드였다. 당시 고등학교 2학년이던 나는 어디서 배우거나 특별한 경험을 한 것도 아니면서 가까운 장래에 누군가의 손에 끌려가 바다 건너 한국전쟁에서 잡부 노릇을 하다가 죽게 될지 모른다는 근거도 없는 이상한 공포를 가지고 있었다……

마흔 살이 넘은 내가 이탈리아어를 배워야겠다고 결심하고 개인 교사를 찾을 때 소개받은 사람이 가명으로 유키 유리에였다. 그녀는 아버지의 임지인 로마에서 가족과 함께 생활하다가 대학 공부를 위해 홀로 귀국한 여학생이었다. 나는 처음부터 『신곡』의 벨락콰가 나오는 부분을 읽을 심산이었다. 그래서 동사 활용과 기본 문형 등의 과정이 끝나자마자 바로 『신곡』을 읽자고 했다. 그것도 앞부분은 건너뛰고 '정화' 제4곡부터. 유리에가 이상하다는 표정을 지었던 게 기억난다. 일주일에 한 번씩 하는 수업을 시작한 지 겨우 5주가 지났을 뿐이라 일단은 서로 어려워하던 때였다……

그러는 동안 유리에는 대학을 졸업하고 재학 시절부터 아르바이트를 한 영화 수입 회사에 취직하더니 열정적으로 놀고 또 열정적으로 연애를 하는 모양이었다. 그런데 논문을 쓰고 있던 학기부터는 시간의 여유가 생긴 유리에가 개인 수업에 열심을 내는 것과 반비례로 나는 예습도 별로 안 하고 매회 테이프에 녹음한 강독의 복습도 하지 않는다고 야단을 맞는 게으른 학생이 되어 있었다.

나는 대개 삼행시 세 개 정도밖에 사전을 찾아 놓지 못했다. 이렇게 쓰고 보니 당시의 내가 수업을 위한 준비를 나름대로 성실히 한 양 말하는 것 같은데…… 어쨌든 잡담으로 두 시간 수업을 채워 볼 요량으로 신문에서 읽은 유럽 정치 상황이나 유리에의 연애담을 꺼내 그녀의 사적인 이야기를 유도하곤 했다. 이탈리아어를 강독할 때와 비교해서 갑자기 나이보다 어려지는 그녀의 일본어를 듣는 것도 재미있었다.

유리에는 내 생일날 외교관 가정에서 자란 자녀답게 예의 바르게 준비한 생일 선물로 장미 꽃다발을 가져왔는데 그 안에는 앞서 말한 벨락콰 삽화가 인쇄된 그림엽서가 끼워져 있었다. 그림엽서를 책상 앞에 붙여 놓고 반복해서 바라보며 나의 삶을 돌아보다 보니 고등학교 2학년 때의 공포가 떠올랐다……

여기서 '정화' 제4곡 텍스트에서 먼저 벨락콰에 관계되는 부분을 제시해 둔다. 지옥에 들른 다음 연옥 바닷가에 이르러 골풀 삿갓을 허리에 꽂고 얼굴을 씻어 부정을 없앤 단테와 스승 베르길리우스는 구원의 산길을 올라가기 시작한다. 둘 다 마음이 새로워지고 생기에 넘치고 있었다. 스승은 부지런히 태양의 운행에 대해 제자에게 설명한다. 단테는 새로운 의욕에 넘쳐 있었지만 높고 험준한 지옥 산에 불안을 느끼지 않을 수 없었다. 스승은 높이 올라갈수록 경사도 완만해지고 즐거워질 것이라고 단테를 따뜻하게 격려한다. 이 산길을 다 올라가 완전한 속죄를 받게 되는 날 너는 진정한 안식을 누리게 되리라……

하필이면 그때 어디선가 찬물을 끼얹는 소리를 하는 자가 있었다. '말을 마치기가 무섭게 멀지 않은 곳에서 하나의 목소리가 들려온다.

필시 너는 그보다 먼저 주저앉게 되고 말리라.'

단테가 주위를 둘러보니 한없이 게을러 보이는 사람들이 바위 그늘에 웅기중기 모여 앉아 있는 게 눈에 들어왔다. 그중에 그보다 더 게으를 수는 없을 듯이 늘어져 있는 이가 피렌체의 악기 장인 벨락콰로, 전부터 아는 사이인 그가 던진 말이었다. 유럽에서는 아주 최근까지도 예를 들어 기타 같은 것을 발주하면 완성되기까지 10년에서 15년은 걸린다는 이야기가 나온다고 한다. 악기를 만든다는 일에서는 게으름을 피운다—적어도 문외한의 눈에는 게으름을 피우는 것으로 보인다—는 게 오히려 본질적이고 실제적인 직업의 지혜가 아닐까? 단순하게 계산해 봐도 자재를 건조하기 위한 시간만도 적지 않게 걸릴 터였다.

나는 그런 생각도 했지만 피렌체 악기 장인으로 명성이 높았다는 벨락콰는 한순간도 게으름 피우는 일 없이 속죄를 위해 산을 오르려는 사람들과는 대극을 이루는 곳에서 가슴속에 확고한 사상을 품고 게으름을 선택한 인물이다.

벨락콰는 단테에게 고한다. 자신은 깨달음도 늦어서, 삶의 종착점에 이르러서야 겨우 회개란 걸 했다. 그러니 지금 와서 새삼스럽게 서둘러 올라간다고 해도 천사가 그렇게 쉽게 연옥 문 안으로 넣어 주지는 않을 것이다. 자신이 속세에 살았던 만큼 문밖에서 기다리게 될 게 뻔하니 서두르지 않는 거다.

'내가 마지막까지 선한 숨 쉬기를 미뤘기 때문에 살았던 만큼 하늘이 내 주위를 돌 때까지 그 문밖에 있어야만 하네. / 은총이 가득한 마음에서 나오는 기도가(나머지는 쓸데없어, 하늘에서 들어주지도 않을걸) 이곳에서 보내는 시간을 단축할 수는 있겠지.'

벨락콰는 다만 믿음이 좋고 신의 은총으로 살고 있는 현세의 사람들이 자신을 위해 기도를 올려 준다면 문밖에서 기다리는 시간도 단축될 것이라는 소리는 했지만 그럴 만한 사람이 떠오르는 것 같지도 않았고 그러고도 태연했다.

열일곱의 나를 공포에 질리게 했던 건, 벨락콰가 지옥문으로 다가가는 산길 중간의 바위 그늘에 있는 그와 같은 처지의 사람들이었고—나이가 어렸던 나에게는 그 길동무들이 오히려 거추장스러울 것 같았다—현세에서 살았던 생애의 시간만큼 기다려야 한다는, 그 시간의 길이였다.

그렇게 긴 시간을 견디면서도 벨락콰는 옛날에 알고 지내던 단테를 비평적으로 야유할 기력을 가지고 있다. 얼마나 강인한 정신력인가! 이 세상에서 다양한 일들을 겪으면서 지내 온 몇십 년이라는 시간만큼을 길가 바위 그늘에 앉아 아무 할 일 없이 무료하게 견뎌야 한다니 생각만 해도 숨이 막힐 지경인데.

돌이켜 보면 좀 이상하기는 하지만 당시의 나는 신앙심을 가지고 있는 것도 아니면서 죽기 직전에는 벨락콰처럼 '회개'해서 지옥으로는 떨어지지 않고 연옥으로 갈 것이라고 믿고 있었다. 왜냐하면 나는 그렇게 죽어 갈 만큼 강한 인간이 못 되었기 때문이었다.

그렇다면 당장에라도 영어 성경 독서회에 참석한 적이 있는 교회로 가서 기독교인이 되는 교육을 받아야 하는 게 아닌가? 그러나 아시시의 프란체스코에 대해서 읽은 적이 있던 나는 신앙을 갖는다는 건 속세의 모든 것을 버리고 수도원에 들어갈 정도는 되어야 한다는 생각을 가지고 있었다. 그러나 그것은 나에게 가능한 일이 아니었다. 왜냐하면 그렇게 해 버리면 더 이상 산다고 할 수 없을 것이기 때문에.

딜레마에 빠져서 고민하는 동안 쫓기는 기분에 사로잡혀 더 괴상한 상상을 하는 자신을 발견하곤 했다. 그즈음 학교에는 이상한 소문이 떠돌고 있었다. 시내에서 30분 정도면 갈 수 있는 해변에서 어떤 고등학생이 갑자기 습격을 받아 팔다리가 꽁꽁 묶여 한국행 특수 선박에 실려 가서 삼팔선 전장에서 심부름꾼으로 이용당했다는 거였다. 앞에서도 썼듯이 혹시나 나도 그렇게 유괴되는 게 아닐까 하는 공포를 느끼고 있었는데 가끔은 엉뚱한 열망을 품고 있는 자신에게 놀라곤 했다.

한반도에서 참호에 탄환을 나르다가 총에 맞아 죽는 것이 그중 가장 나은 죽음이 아닐까? 17세의 나이로 자살하는 것도 아니고, 그러나 꼭 죽어야만 한다면—전장의 적토에 쓰러지게 된다면 '회개'를 안 하고 어찌 배길 것인가—연옥 산의 바위 그늘에서 17년이나 기다려야 하는데……

수업이 2년째에 접어들 무렵부터 유리에는 수업 당일 갑자기 사정이 생겨서 수업을 못 하겠다는 연락을 하는 일이 종종 있었다. 어떤 때는 수업을 하다 말고 테이프리코더 앞에서 교과서를 읽어 주던 목소리가 갑자기 뚝 끊겨 내가 이상하게 생각하고 눈길을 들어 보면 나의 스승은 숨을 죽이고 공중을 노려보는 일이 자주 일어났다.

유리에에게 같은 대학을 나온 연하의 남자 친구가 있다는 건 알았다. 응접실에서의 수업이 끝날 무렵 종종 전체 라인이 둥근 검은색 외제 승용차가 생나무 울타리 구석에 세워져 있었다. 유리에는 그런 날은 수업을 마치고 인사를 하며 현관 밖으로 배웅하려는 아내를 극구 말리면서 종종걸음으로 문을 빠져나갔다. 차는 언제나 기세 좋게 출발해 버리는 바람에 한 번도 그 남자 친구라는 자는 옆모습조차 본 적이 없었지만, 저녁나절 산책이라도 하려고 나가다 보면 승용차가 세워져 있던 부근에 부러진 철쭉 가지가 수북이 버려져 있곤 했다. 나는 정성껏 철쭉을 가꾸는 아내의 눈에 띄지 않도록 얼른 버려진 가지를 주워 주머니에 넣고는 생나무 울타리의 철쭉이 부러져 나간 자리가 표 나지 않도록 만져 두곤 했다.

유리에의 침울함은 수업을 할 때마다 가속도가 붙어 갔다. 그렇게 한 달 정도 지난 어느 날 마침내 유리에는 사정을 털어놓았다. 단 한 번의 실수로 임신을 했는데 자신은 로마에서 세례를 받은 가톨릭 신자이므로 임신중절은 절대 할 수 없다. 그런데 남자 친구는 아무런 거리낌 없이 중절을 하라고 강요하고 있다. 그럴 수는 없다며 아기를 위해서 결혼하자고 했더니 그는 바로 책임을 회피하려고 든다. 거기에 한술 더 떠서 아기가 정말로 자기와의 성교로 생겼다고 생각할 수 없다면서 오히려 의심까지 한다. 남자 친구는 지금까지도 이상한 질투심을 드러내곤 했다. 그녀가 이탈리아에 있는 부모와 떨어져 혼자 살기 때문에 아버지 같은 연배의 남자를 좋아하는 경향이 있다면서 여기서 하는 수업이 있는 날은 잠복 감시라도 하는 것처럼 차로 데리러 오곤 한다.

내가 너무 놀라서 혼자 중얼거리자 유리에는 마침맞게 그날 수업에서 읽었던 구절을 인용하여 한마디 했다. quasi ammirando, 당신도 놀랐나요? 같은 주였는지, 다음 주였는지 읽고 있던 시의 구절을 들어 그녀가 그 괴로운 심정을 털어놓았던 게 생각나고 해서 지금 『신곡』 텍스트를 찾아보니 그것은 '정화' 제7곡에 있다. 일단 벨락콰의 에피소드를 읽은 다음 '정화' 제1곡으로 돌아가 다시 시작했는데 우리는 아직 거기까지밖에 읽지 못하고 있었다.

베르길리우스가 자기가 떨어질 지옥에 대해서 이야기하는 장면에 이르자 유리에는 얼굴을 엉망으로 구기며 울음을 터뜨렸다. 좀 멍해 보일 정도로 이목구비가 벌어져 있었지만 작고 예쁜 얼굴이었다.

'저 밑에는 어둠으로 인해 슬픔이 깔리는 곳이 있소, 거기에는 고통의 비명 대신에 희망을 잃은 한숨 소리만이 들린다오. / 난 태어날 때부터 지닌 죄가 씻기기도 전에 죽음이 삶을 부숴 버린 순수한 어린 영혼들과 함께 그곳에서 머물고 있다오.'

중절된 아기가 지옥 근처 림보로 가게 되리라 생각하여 울고 있는 유리에에게 진한 동정을 느끼며 위로의 말을 건네지 않을 수 없었다. 약간은 과도하게 기울었던 나의 simpatizzante 태도 때문에 일어난 일이라고 해도 할 말은 없으나 유리에는 나로서는 기겁할 생각을 해냈다. 이탈리아에 있는 부모에게 임신 사실을 알리기 전에 결혼 상대를 확보해야 할 필요에 쫓겨 궁여지책으로 다다른 결론인 것 같았다.

그다음 주 수업이 있는 날, 유리에는 몹시도 초췌한 얼굴로 나타났다. 옛날 일본 목각 인형처럼 통통하고 발그레했던 동그란 얼굴이 흙빛으로 변해 가느다란 목 위에서 간당거렸다. 입덧이란 것 때문에 수업을 하다가도 응접실에서 화장실로 뛰어들어 토하곤 했다. 그리고 돌아와서는 결심을 했다는 얼굴로 소위 그녀와 나의 '새로운 삶'이라는 것에 관해 이야기를 시작했다!

당신은 지금 『신곡』을 원어로 읽으려고 초조해하고 있는 게 단적으로 드러내 주듯이 작가로서 좋게 말해 전환기, 솔직히 말해 막다른 국면에 봉착해 있다. 무언가 획기적인 결심을 하고 '새로운 삶'을 시작하지 않는다면 근본적으로는 돌파가 불가능한 지점에 있다. 당신은 이제까지 책을 통해 유럽을 배워 왔다. 학생 시절부터 그 점에서는 변화가 없다. 당신의 '새로운 삶'은 실제로 유럽으로 이주하여 거기서 현실을 살아 봐야 비로소 달성할 수 있는 것이다.

그런데 이를 위해서는 지금 자유롭게 해외를 왔다 갔다 할 수 있는 젊은 사람들과는 달리 마흔 살이 지난 당신에게는 현지에서 태어나서 자란 나 같은 '안내자'가—'새로운 삶'이라는 것과 함께, 여기서도 유리에는 단테의 관용어로 이야기를 했는데—필요하다. 나와 결혼하게 되면 당신은 '새로운 삶'으로 진입하는 계기를 얻을 거다.

사모님은 가정을 잘 지키는 사람이지만 장애가 있는 아들의 특수학교와 다른 자녀들의 수험 준비 등으로 모든 관심이 그쪽으로 가 있다. 이미 그녀는 정서적으로나 현실적으로도 당신을 필요로 하지 않는다. 이 집과 지금까지 출판한 책의 저작권을 가족에게 넘기고 당신은 나와 유럽으로 가서 이제부터는 완전히 맨몸으로 '새로운 삶'을 시작해 보는 건 어떤가. 태어나는 아기를 우리 아이로 인정만 해 준다면 나는 당신의 '새로운 삶'을 위해 어떠한 헌신이라도 다 할 생각이다. 당신은 가톨릭 신자가 아니니 이혼이나 재혼도 문제가 없지 않느냐……

이러한 얼토당토않은 제안에 뭐라고 할 말이 없었다. 내가 할 수 있는 일이란 유리에의 자기 본위의 엉뚱한 발상에 조심성 없이 웃음을 터뜨리지 않으려고 스스로를 단속하는 정도밖에 없었다. 유리에는 나의 침묵에 화가 났는지 이제까지도 이탈리아 사전과 커다란 프랑스어 사전을 대조해 보기 위해 자유롭게 드나들었던 2층 내 서재로 혼자 올라가 버렸다.

잠시 후 의외로 빈손으로 돌아와서는

"당신 책장에는 여자의 누드 사진이나 그림이 들어 있는 책은 하나도 없네요"하고 말했다.

"지금 꽂아 놓은 상태로는 그렇지."

"무슨 이유가 있어 스스로에게 에로티시즘을 금지시켰나요? 설마 호모는 아니죠?"

그 말에 화가 난 나는 서재로 올라가 책장을 둘러보고 한 전위 예술가의 회고전 카탈로그를 끄집어내 왔다. 거기에 큰 유리 상자에 진열된 콜라주 작품의 사진이 들어 있었다. 내가 확실하게 에로틱한 충동을 느꼈던 사진이다. 사진 속에는 거의 쓰레기라고 해야 할 잡동사니에 둘러싸인 넓적다리와 몸체만 있는 여체가 뒹굴고 있었다. 흐릿한 암갈색의 음모가 치골 위에 한 자밤 붙어 있고 오른쪽 허벅지가 바깥쪽으로 비틀려 있다. 성기는 열려 있고 갈라진 부분이 연필 폭 정도 들여다보인다. 능욕되고 목이 졸려 살해된 다음 낙엽이 흩날리는 땅바닥에 버려진 채 있던 소녀의 하반신으로 보였다.

"아, 이게 당신의 에로티시즘이라 이거죠?" 유리에는 펼쳐진 사진집을 이리저리 뜯어보고는 잠시 동안 침묵하며 작은 눈을 동그랗게 뜨기도 했다.

그리고 사나흘이 지나 수업이 있는 날도 아닌 어느 날, 아내가 큰아들을 특수학교에 바래다주기 위해 나간 후에 바로 현관 벨이 울리기에 나가 보니 유리에가 서 있었다.

"사모님이 안 보일 때까지 저 건너편에서 차를 세워 놓고 기다렸어요." 무척이나 흥분한 유리에의 얼굴은 지금 생각해 보니 겨울의 어느 하루였다는 게 확실했는데, 화장기 없는 피부에 소름이 돋아서 가루라도 뿌려 놓은 듯 오스스했다. "시간은 충분하니까 준비가 완전히 될 때까지 기다려 주세요. 아니, 10분 후에 올라오세요. 서재로 들어가지 말고 바로 양복장 거울을 보고! 집에서 해 보았을 때는 거울 각도 조정이 잘 안되었는데……"

"도대체 무슨 소리?"

"잠시 후면 알게 돼요. 기대하세요!"

나는 정확하게 10분을 기다렸다. 계단을 올라가면 짧은 복도를 문이 가로막고 있다. 그 문을 열면 서재로 이어지는 복도가 있는 구조인데 그날은 구석에 있던 양복장 문이 반쯤 열려서 앞을 가로막았다. 놀랍게도 어두침침한 침실에 있던 침대가 바깥쪽으로 비스듬히 끌려 나와 있었다. 아가씨 혼자 힘으로 저걸 어떻게 움직였을까…… 가까이 다가가니 양복장 문에 달린 거울 속에는 침대 옆의 갓을 벗긴 스탠드 조명을 받고 있는 또 하나의 콜라주가 구성되어 있었다.

이 나라의 식사로 자란 아가씨들과는 다르게 풍성한—임신 때문은 아닌 것 같았다—배에 갈색 레이스로 된 숄이 걸쳐졌고 벌어진 허벅지, 시야에 들어온 한쪽 무릎도 같은 숄로 덮여 있었다. 거울 속에서 중심이 되는 하복부에는 장식처럼 음모가 세심하게 남겨진 채 면도되어 있었으며 거기에서 불연속적으로 느껴지는 아래쪽에 역시 면도날을 댄 흔적이 붉은, 완전히 드러난 '국부'가 보였다. 손톱을 너무 바싹 깎아서 손가락 끝이 부푼 것처럼 보이는 가냘픈 손가락이 허벅지가 붙은 곳의 한쪽 살을 벌리고 있어서 갈색이 도는 핑크빛 물감을 바른 듯이 벌어진 부분이 거꾸로 된 U자형으로 좁게 들여다보였다……

가슴이 쿵쾅거렸다. 나는 겨우 큰 숨을 한 번 쉬고 후다닥 아래층으로 내려갔다. 마침 전화가 울려서 받아 보니 하필이면 귀찮은 용건이었다. 통화가 길어지자 옷을 완전히 갖춰 입은 유리에가 아무 일도 없었다는 얼굴로 식당에 나타나 의자에 앉아서 담배를 뻐끔뻐끔 피웠

688

다. 그리고 통화가 끝나기를 기다렸다는 듯이 이렇게 말했다.

"그 콜라주에 에로티시즘을 느꼈다는 건 낙엽에 묻혀 있던 게 시체라고 생각해서가 아니었나요? 그 생각을 하니 소름이 쫙 끼치던데. ……댁에 와인 좀 없어요? 출판사 같은 데서 명절 선물로 가져오지 않나요? 키안티 클라시코라도 좀 마셨으면 좋겠네. 심리의 구석구석이 불유쾌할 정도로 날카로워져 버렸어요."

우리 집에 유리에의 빈축을 사지 않을 정도로 괜찮은 브랜드의 와인이 있을 턱이 없었지만 어쨌든 그녀가 혼자 앉아 있는 식당 테이블에 유리잔과 와인 병을 놓아 주었다. 유리에는 와인 자체에 대해 불평을 하지 않는 대신 보존 방법이 나빠서 코르크 마개 가루가 유리잔에 뜬다고 유럽에서 자란 사람다운 불평을 했다. 그러면서도 연거푸 잔을 비우더니 아내가 아들을 데리고 돌아왔을 때는 부자연스러울 정도로 쫙 벌어진 어깨 사이에—어깨에 두꺼운 패드를 대는 게 한창 유행한 시기의 이야기—묘하게 가는 목을 푹 꺾고 테이블의, 부서진 코르크가 테두리에 붙어 있는 유리잔을 뚫어져라 바라보고 있었다. 얼굴은 너무나 동양적이었지만 로트레크의 그림 같은 풍경이 연출되었다. 건강미 넘치는 소녀 같던 얼굴이 말할 수 없이 초췌했다……

"이것은, 이것은! 어떻게 된 일입니까?" 장애를 가진 아들이 무척이나 놀란 소리로 그러나 조심스럽게 말했다.

아내는 유리에가 요즘 겪는 어려움을 알고 있는지라 그것이 폭발한 것으로 이해하고 술 취한 연하의 동성에게 지극히 관대한 태도를 취했다. 아내는 접시에 담긴 살라미 소시지와 치즈 등을 외국에서 자란 사람 특유의 먹성으로 해치우며 와인을 들이켜는 유리에의 옆에 앉아 차분히 이야기를 들어 주었다. 나는 아내에게 바통 터치를 했다는 심

정으로 서재로 올라와—양복장의 위치는 제자리로 돌려져 있고, 침대
도 잘 정돈되어 있었다—책상 앞에 앉기는 했으나 다시 아까의 심장
항진이 되풀이되었다. 나는 전위예술가의 회고전 프로그램에서 문제
의 콜라주를 찾아내 다시 들여다보았다……

시간이 조금 흐른 후 아내가 서재에 얼굴을 내밀더니 지금 유리에
가 소금물을 다량으로 마시고 토한 다음 인스턴트커피를 몇 잔째 마
시는 중이라는 보고를 했다. 5시까지는 술이 깨도록 해서 자기가 다니
는 병원에 데려가 진찰을 받게 하겠다는 거였다. 산부인과에 관계된
것이라 자세히 밝힐 수는 없지만 지금 유리에가 울면서 하는 이야기
를 들어 보니 정상 임신은 아닌 듯하다. 의사에 의해 이상이 발견되어
그것 때문에 임신중절을 하게 된다면 교황도 죄라고 하지는 못할 게
아닌가.

"남자는 도망가지, 임신은 했지, 출혈까지 하니 정말 지겨워. 이제
아무런 희망이 없어!" 하며 유리에는 비통해하고 있다고.

이 시점에서 나는 왠지 감이 왔다. 유리에가 궁지에 몰려 나까지 긴
급 피난 결혼 상대로 생각했다는 것도 그렇고 그 엉뚱한 발상도 실패
하자 이번에는 그야말로 상식적인 인간인 아내에게까지 넋두리를 늘
어놓는 걸 보면 이제 아무런 희망이 없다는 건 맞는 말이다. 창백한 얼
굴로 차분해진 유리에의 보호자를 자처하면서 함께 나가는 아내를 배
웅하며 나는 마음이 착잡했다.

이윽고 병원에서 혼자서 돌아온 아내는 유리에는 적어도 현재 임신
했다고 하기 어렵고 불규칙한 출혈이 보이는 것 말고는 자궁 외에 다
른 곳에 병이 있는 것 같지도 않다는 이야기를 했다.

어쨌든 그 상상임신인지 자연유산인지 하는 미묘한 사실에 근거한

대소동의 결과, 머쓱해진 유리에가 개인 수업에 나타나지 않게 되어 단테를 이탈리아어로 읽는 나의 공부는 그대로 중단되고 말았다. 그 후로도 유리에는 아내 앞으로 크리스마스카드나 외국에서 그림엽서를 보내곤 해서 자기의 근황을 알려 왔다……

앞의 사건에는 약간의 후일담이 있다. 유리에의 악몽에서 해방되고 4~5일쯤 되어 심야에 전화가 왔는데 그녀의 남자 친구로 생각되는 남자가 "이봐, 여자 나체 훔쳐보며 자위했지? 거울에 엉덩이가 다 비쳤어, 이 얼간아!" 하고 욕을 해 댔다.

『그리운 시절로 띄우는 편지』가 책으로 나왔을 때, 그것은 다시 혼자서 읽기 시작한 단테에게서 많은 부분 도움을 받은 책이었는데 나는 문득 생각이 나서 유리에의 도쿄 연락처로 그 책을 한 권 보냈다. 해가 바뀌고 온 전화에서 유리에는 이번 일본 체제에서 가장 기뻤던 일은 이 소설을 읽은 것이라고 아내에게 이야기했다고 한다. 그녀는 나와 동년배인 이탈리아 남자와 결혼하여 밀라노와 도쿄 두 곳을 거점으로 하는 고급 여성복 매장을 경영하며 1년의 3분의 1은 이탈리아에서, 3분의 1은 도쿄에서, 그리고 나머지 3분의 1은 뉴욕에서 살고 있다고 했다.

올해 내 생일에는—착각을 했는지 하루 먼저 오전 시간에, 그런 점도 그녀답다는 생각은 든다—나도제비난 화분을 안고 방문했다. 외투는 차에 벗어 두고 왔는지 검은 재킷에 단순한 모양의 꽃잎이 겹쳐진 듯한 칼라가 붙은 흰색 셔츠를 입은 유리에는 승마 바지처럼 옆으로 벌어진 새틴 스커트 외에는 특별히 국제적인 고급 여성복 매장의 경영자라는 느낌은 풍기지 않았다. 여전히 창백한 목덜미에 얹힌 동그란 머리를 보니 불현듯 반가운 마음이 들었다. 그런데 목덜미는 두툼하게 변했고 목각 인형처럼 생긴 이목구비는 어두워 보였다. 나이 든 티가 확실히 났다.

유리에는 연초에 방영된 나의 텔레비전 대담을 보고 "너무 폭삭 늙어 보여 걱정되어서 와 본 거예요" 하고 인사를 건넸다. "요즘은 성적인 모험 같은 건 전혀 없나요?"

"딱 일주일 전에 정기 건강검진을 받으러 갔는데, 요산 수치 외에는 아무런 변화가 없더라고. 그런데 담낭과 간장의 고주파 검사라는 게 새로 생긴 거야. 커튼을 친 칸막이 안에 있는 침대에 누여 놓고 배에다 젤리라고 하는 걸 바르고 딱딱한 고무 판 같은 것으로 문지르더라고. 무척이나 똑똑하고 성실해 보이는 아가씨가 모니터를 보면서 그걸 조작하는데, 그 아가씨 때문에는 아니고 고무 판이 젤리에 미끈거리는 감촉 때문인지 성적인 충동이 들던걸."

"발기가 되어서 창피했겠네? 아하하……"

"심리적 범위 내에서 말이지……" 내가 우물쭈물 얼버무리는 바람에 두 여자의 본격적인 웃음의 표적이 되고 말았다.

그러다가 점심을 해 주겠다며 아내가 역 앞에 새로 생긴 슈퍼마켓으로 장을 보러 나갔다. 그러자 유리에는 그때까지 남아 있던 웃음기를 싹 거둔 얼굴로 이런 제안을 했다.

"시간이 20분 있어요. 우리 둘이서 죄를 지어 보기로 해요. 당신은 이대로 늙어 꼬부라지면 다시는 이런 기회가 없을 거예요!"

식당 구석에서 수증기를 분출하는 기계가 슉슉 하는 소리를 내고 있었다. 그 소리를 들으며 나는 10년 전에는 이런 것도 없어서, 목이 칼칼해서 낭독하기 힘들다고 유리에가 불평하던 게 맥락도 없이 떠올랐다.

"벌써 3분이 지났어요. 할 생각이 없는 거예요? 당신은 벨락콰를 좋아하죠? 무슨 일이든지 귀찮아하는 사람이잖아요. 10년 전, 이런 게으른 사람을 유혹했으니 무의미한 일이었죠."

"아니, 무의미한 건 아니었지. 나는 확실히 벨락콰형 인간이니까. 아무것도 안 하고 그저 가만히 깊이 생각해서, 거기서 예 하나하나를 얼마나 많이 생각했는지 몰라. 특히 세부를 확실하게 기억해 내는 게 나의 직업적인 기술이고."

유리에의 동그란 얼굴에 확연한 변화가 나타났다. 젊고 싱싱한 수치의 발로라는 거다. 순식간에 나는 10년 전으로 되돌아갔다. 되풀이해 떠올릴 때마다 그 거울 속 장면에는 '결락된 부분'이 있다고 느꼈었다. 그 '결락된 부분' 때문에 어두운 조명 속에 떠오르는 하복부, 허벅지는 나에 대한 거부를 드러냈다.

그러나 10년 전, 극도의 불안에 빠져 절망 속에서 자포자기가 불러온 엉뚱한 용기로 '국부'까지 드러내고 누워 있던 미성숙한 시체 같은 몸에는 수치심으로 빨갛게 물든 어린 여자의 절실한 얼굴이 붙어 있었다. 약간만 시선을 들어 거울 위쪽을 향하면 보이는 것이었다……

"어머, 어머. 이제 와서 그럴 마음이 생겼대도 이제 늦었어요." 유리에는 셔츠 칼라의 꽃잎이 겹쳐진 장식을 움켜쥐며 내 머리 위를 건너다보면서 거리감을 드러내는 눈으로 말했다. "10분, 늦었어요."

"10년, 늦었지!" 내가 대답했다.

마고 왕비의 비밀 주머니가 달린 치마
マルゴ公妃のかくしつきスカート

　나는 역사를 전공한 사람도 아니고 역사를 소재로 해서 작품을 쓰는 소설가도 아니다. 그런데 가끔씩 16세기 프랑스에서 일어난 사건들에 대해 문의를 받는 때가 있다. 그것은 프랑스 휴머니즘 전문 학자인 선배와 함께 프랑수아 라블레 연구에 평생을 바친 W 선생님의 저서를 편집한 일이 있기 때문인 것 같다. 문의를 받으면 대개는 이제는 전집이 갖추어져 낱권으로 구하기 어려운 W 선생님의 저서에서 해당되는 부분을 복사하여 같은 권의 참고 문헌 목록을 붙여서 보내 주는 것으로 답장을 대신하고 있다.

　2년 전 장마철의 어느 아침, 또 이 시대의 인물에 관한 문의 전화가 걸려 왔다. 그런데 그것은 지금까지의 질문과는 조금 다른 느낌이었다. 이상하게 여겨질 정도로 절실함이 배어 있는 목소리였다. 처음 그

전화를 받은 아내도 거기에 영향을 받았는지 나에게 전화를 건네주며

"얼마 전에 모스크바 방송국에서 취재 왔을 때 일본인 직원 중에 시노 씨라는 사람이 있었잖아? 비디오카메라를 어깨에 메고 야생화 화분 받침대 사이를 돌아다니면서도 뭐 하나 안 건드리고 요리조리 조심스럽게 다니던…… 그 사람 전화인데, 죽은 애인 열네 명의 두개골을 치마 주머니에 넣고 다녔다는 프랑스 왕비에 대해서 물어보고 싶은 게 있다네."

아내가 전화를 건네주기 전에 상대방의 인상을 굳이 설명하는 것은 혹시 내가 매일 오전에 습관적으로 하던 일이 중단되는 엉뚱한 질문을 받고 화를 내지 않을까 하는 노파심에서인 듯했다. 주로 일본에 취재를 오는 해외 방송사에 카메라맨으로 고용되어서 일을 한다던 30대 전후의 시노에게 좋은 인상을 가지고 있는 아내는 전화의 내용에 대해서도 염려를 하는 것 같았다.

확실히 나는 인터뷰 영상을 찍으러 왔던 러시아 작가에게 그 기상천외한 행동을 한 왕비에 관한 이야기를 한 적이 있었다. 그때 나는 별로 신경을 쓰지 않았는데 비디오카메라를 어깨에 단단히 메고 확실한 거리를 유지하며 묵묵히 촬영에 임하던 시노가 그 이야기에 흥미를 가졌던 모양이었다. 별로 내키지는 않았지만 그때까지 앉아서 일을 하고 있던 팔걸이 달린 의자까지 코드 없는 전화기를 가져다 달라고 해서 시노의 전화를 받았다.

"일하고 계신데 죄송합니다. 제가 역사 사전이나 다른 데서 아무리 찾아봐도 모르는 게 있는데요, 직접 여쭤 보는 수밖에 없을 것 같아서……"

긴장한 그의 목소리를 들으니 눈의 초점이 바깥으로 심하게 벌어지

는 그의 사시 얼굴이 떠올랐다. 촬영을 위해 한쪽 눈을 카메라에 대고 있는 동안 다른 한쪽 눈은 허공을 노려보는 아주 이상한 얼굴이었다. 비디오카메라는 촬영할 때 소리가 나지 않기 때문에 별로 주의를 기울이게 되지 않는 법인데 촬영에 임하던 순간의 시노의 얼굴만은 확실하게 기억이 났다.

"제가 조사할 수 있었던 건 진짜로 알고 싶은 것과는 조금 다른데요, 프랑스 국왕 앙리 2세하고 카트린 드메디시스의 딸이며, 나중에 앙리 4세가 되는 앙리 드나바르와 결혼했다가 행실이 나쁘다는 이유로 이혼당했다 하는 정도입니다. 그 품행이 나쁘다는 부분에서 선생님이 말씀하신 마고 왕비가 아닐까 생각했습니다만, 거의 비슷한 시기에 같은 이름을 가진 여성이 세 명이나 있어서……"

"자네가 말하고 있는 사람이 바로 마고 왕비일세. 앙리 드나바르와 결혼한 직후, 성 바르톨로메오 축일의 학살이 일어나는 걸 목격했다는 기록도 있지 않나?" 하고 대답하며 나는 시노가 일단 자기가 알아볼 데까지 알아보고 전화를 했다는 점이 좋게 생각되었다. "행실이 좋지 못하다는 이유로, 라고 단정해 버리기에는 다소 문제가 있지만, 왕비의 행실은 유명하긴 했으니까. 물론 신교와 구교에 양다리를 걸쳤던 앙리 4세와는 달리 마고 왕비는 줄곧 구교도였는데 종교와 정치에 끼여 정략결혼을 하게 된 불쌍한 사람이지. 오베르뉴 산속에 18년이나 감금당해 있었기 때문에 남편과 함께 산 기간은 매우 짧았어……"

"색골 왕비로 불렸다고 선생님은 말씀하셨죠. 신분이 천한 남자들과도 관계하고…… 죽거나, 살해된 애인들의 두개골을 치마 주머니에 열네 개나 담아 가지고 다녔다고요. 성적으로 너무나 집착한 나머지 상대의 육체를 떼어 놓을 수 없었던 건지…… 거기에 대해서 좀 여쭈어 보고 싶습니다."

"색골이었다는 평가는 백과사전에도 모두 그렇게 나와 있으니 그렇다 치고. 그러나 치마에 넣고 다닌 건 두개골이 아니라 심장일세. 성인 남자의 두개골을 열몇 개씩이나 몸에 지니고 다닌다는 건 무리가 아닐는지. 아무리 고래 뼈로 커다랗게 부풀린 커다란 치마라고 해도 말이야. 마고 왕비에 관한 W 선생님의 책은 문고에도 들어가 있는데, 구하기 어려울 테니까 문제가 되는 부분을 복사해서 보내 주겠네."

"복사물은 제가 직접 받으러 가겠습니다. 그때 잠깐 말씀 좀 나누어도 되겠습니까?"

시노의 간청에는 취재를 위한 직업적인 것과는 다른 침울함이 진하게 느껴지는 절실한 면이 있었다. 그 침울함이 나에게 뭐라도 이야기해 주어야겠다는 마음을 불러일으킨 걸까? 나는 승낙하고 날짜를 정하고 말았다.

W 선생님은 마고 왕비에 대한 자세한 전기를 쓰면서 파리 그레뱅 박물관에서 본 밀랍 인형으로부터 이야기를 시작한다. 근엄한 인문학자이며 그로테스크한 유머의 애호가였던 선생님답다고 하면 확실히 그렇기도 하고, 또 선생님의 저작으로는 매우 이례적이라고 한다면 그것도 역시 긍정할 수밖에 없는 방식이지만. 그리고 박물관의 밀랍 인형 35번 '마고 왕비. 앙리 4세가 나바라 왕으로 있을 때 맞이한 첫 아내 마르그리트 드발루아가 루브르 궁의 비밀 계단에서 곧 참수당할 기사 라몰을 만나는 장면'의 사진을 보면 바로 이 장면이 W 선생님을 사로잡아 버린 게 아닐까 하는 생각이 든다.

그로테스크하고 가련한 에로티시즘이 아슬아슬한 줄타기를 하는 아름다운 젊은 여자. 가혹한 역사는 지금도 그녀를 바람기 넘치는 여자로 기록하고 있다. 우연히 그 순간을 연출한 장면을 보고 깊은 감명을 받았다는 점이 역시 W 선생님답다. 그 장면을 출발점으로 구할 수 있는 모든 고문헌과 연구를 참고해서 라루스 대백과사전조차 색골이라고 기술해 놓은 혐오 인물의 삶의 구체적인 장면들을 재현하고 거기에 의미를 부여하는 것. 그것이 바로 만년의 W 선생님이 구사한 저술 방식이었다.

시노가 유독 관심을 보이는 마고 왕비의 치마에 관한 부분에서 W 선생님은 탈레망 데레오의 기술을 인용하고 있다. 이 17세기의 수필가가 마고 왕비 사후에 태어난 사람이고, 그녀의 생애에 대해 실제로 보고 들은 이야기를 기록한 것이 아니라는 점에 주의하며……

'왕비는 큰 고래 뼈로 부풀린 치마vertugadin를 입었는데 치맛자락에 빙 둘러 몇 개의 비밀 주머니가 있었고 그 각각의 주머니에 죽은 애인들의 심장을 하나씩 담은 조그만 상자를 넣어 두었다. 애인들이 죽을 때마다 일부러 심장에 방부 처리를 했기에 가능한 이야기다. 이 고래 뼈로 부풀려 놓은 치마는 매일 밤 왕비의 침대 등받이 뒤, 자물쇠로 채워 놓은 곳 갈고리에 걸려 있었다.'

나를 만나러 온 시노는 내가 건네준 복사물을 열심히 들여다보았다. 한쪽 눈이 복사물을 들여다보는 동안 다른 쪽 눈은 허공을 노려보았다. 촌스러운 얼굴은 농민 봉기에 나갔다가 처형당하는 백성의 얼굴을 연상시켰다. 시노는 자기의 숄더백에서 복사한 종이 세 장을 꺼내 보여 주었다. 그중 한 신문 기사는 나도 기억에 있는 것이었다. 그러나 사건 당사자가 접객용으로 요란하게 치장한 사진이 실린 주간지 두 종류 기사는 처음 보는 것이었는데 굉장히 눈에 거슬렸다. 나로서는 W 선생님 저서의 복사물과 그것들이 함께 눈앞에 뒹구는 게 솔직히 좀 거북했다. 그 기사를 읽어 보니 시노가 왜 그토록 단순하고 외골수적으로 그 사건과 마고 왕비 전설을 연결시켜 생각하려고 하는지 확실히 이해가 갔다……

1986년 여름―날짜가 중요한 이유는 기온이 올라가자 종이 상자와 옷상자 속에서 미라처럼 변했던 영아의 시체에서 심한 악취가 진동하는 바람에 시작된 이웃들의 소동으로 그 사건이 발각되었기 때문이다―홋카이도의 후라노 경찰서는 41세의 호스티스를 체포했다. 그녀는 1971년 무렵부터 10년간 모두 아홉 명의 아이를 낳았는데 생활고를 이유로 양육을 포기하고 낳는 족족 큰 수건으로 덮어 질식사시켰다. 그리고 시체는 죽 집에 가지고 있었다고 진술했다. 누에콩처럼 포동포동한 얼굴에 두툼한 아랫입술이 더욱 육감적인 느낌을 풍기는 사진을 크게 실은 주간지의 복사물. 시노는 또 다른 주간지에 나온, 그녀가 호스티스 일을 하면서 만난 손님들의 인터뷰로 나의 관심을 끌려고 했다.

"평판에 의하면 그녀와의 섹스는 굉장히 좋았다고 합니다. 그건 그녀와 잔 남자들이 하는 말이긴 하지만 결국 그녀 자신도 섹스를 아주 좋아했다는 게 아니겠습니까? 대개 이런 평판을 듣는 여자들이 다 그럴 테지만…… 유별나게 섹스를 밝히고 콘돔이나 페서리 같은 걸 쓰면 섹스의 목적인 쾌감이 줄어든다, 상대도 그러리라 믿고 언제나 맨살로 섹스를 하죠. 그런 여자가 실제로 있기는 있죠? 자기의 욕정에 사로잡혀 섹스의 노예가 된 타입……"

W 선생님은 마고 왕비를 뒤흔들었던 성적인 정열의 신비할 정도의 고양을 기술했다. 그러나 그것을 후라노의 카바레 호스티스의 빼어난 섹스와 동급으로 취급해도 되는 것일까? 이 호스티스로부터 마고 왕

비의 성적 도취에의 갈망을 해석하자고 한다면 이야기가 엉뚱한 방향으로 굴러갈 것만 같아 몹시 거북했다……

아마도 내가 망연한 표정으로 침묵에 빠져 있었던 모양이었다. 시노도 원래 일단 질문을 시작하면 이쪽의 대답을 기다리지 못하고 그 질문 자체가 굴러가는 방향으로 혼자서 쫓아가 버리는 버릇이 있는 사람인지 한꺼번에 할 말을 다 쏟아 놓고는 벌겋게 달아오른 얼굴이 오히려 검게 보일 정도의 피부색으로 돌아오기까지 입을 다물고 침묵을 지켰다……

그러고 있는데 아내가 시노에게 온 것이라며 수화기를 가지고 왔다. W 선생님의 책 옆에 늘어놓은 복사물에서 프랑스 르네상스 판화나 고지도 사진판을 기대하는 모양으로 시선을 돌렸다가 놀란 표정을 짓는 아내를 보고 시노는 당황스러움을 감추지 못했다. 그리고 완전히 교과서식 영어로 전화에다 대고 열심히 뭔가 타이르는 듯했다. 그 태도가 그렇게 절실할 수가 없었다. 그러다가 시노는 "나우 디스 모멘트, 아이 고. 돈트 무브!" 하고 화를 내듯이 목소리를 높이고는 수화기를 내려놓으려다 잠깐 망설이더니 버튼을 마구 누른 다음 아내에게 돌려주었다.

이윽고 시노는 자리에서 일어났는데, 그러고 나서는 조금 전과는 완전히 다른 태도를 취했다. 카메라를 들고 촬영할 때처럼 확고한 질서가 되돌아온 느낌으로 움직였다. 차분하고 조용하게 걸어서 현관으로 가더니 시간을 들여 새 운동화의 끈을 묶었다. 아래위 전체를 진으로 입고 있었는데 세련되기는 했어도 돈을 많이 들인 것 같지는 않았다. 그러나 운동화만큼은 독특한 멋이 느껴지는 것이었는데 역시 카메라맨이라는 직업과 직접 관계있을 듯했다. 그러더니 운동화 끈을 묶는 동안 떠올랐는지 어느 쪽 눈도 나를 쳐다보지는 않았지만 힘이 잔뜩 들어간 시선으로 허공을 응시하며 그 자리에 서 있는 나에게 이런 말을 했다.

"요 앞의 버스 정류장, 공중전화 부스에서 친구를 기다리게 했는데요. 오늘 무슨 말씀을 해 달라는 건 아니고요…… 그냥 한번 봐 주시지 않겠습니까? 다시 찾아뵙고 그녀 문제로 상담을 받고 싶어서, 그냥 얼굴만이라도 한번 봐 주시면 안 될까요? 선생님은 독특한 안목을 가지신 분이니까……"

간절한 시노의 표정에는 역시 거절하기 어려운 구석이 있었다. 나는 샌들을 끌고 시노의 뒤를 따라 신호등이 있는 길가에 서서 30미터도 떨어져 있지 않은 버스 정류장을 바라보았다. 묘하게 옆으로 풍성하게 퍼진 두꺼운 면직물 긴치마에다—나도 모르게 마고 왕비의 치마가 생각났는데, 세워 놓은 소형 트렁크를 그 치마로 푹 싸고 앉은 게 유행을 초월한 차림이었기 때문이다—역시 두꺼운 면직물에 수를 놓은 블라우스를 입은, 얼굴 윤곽이 큼직하고 피부가 가무잡잡한 여자가 고개를 똑바로 쳐들고 이쪽을 돌아보았다……

그런데 그 여자의 치마인지 트렁크인지에 흥미를 느낀 비글이 언제나 그 강아지를 데리고 산책을 하는 낯익은 부인을 질질 끌며 여자에게 다가갔다. 시노는 그걸 보더니 빨간불로 바뀌려는 횡단보도로 급히 뛰어들어 길을 건너가 개를 쫓아 버렸다. 신호를 기다리고 있던 버스가 시야를 가리며 들어왔다. 버스가 정차했다가 떠난 다음에 보니 이미 여자도 시노도 보이지 않았다.

나이를 먹은 비글을 데리고 온 중년 부인은 건너편 길에서 이쪽으로 걸으며 개를 달래는 것인지 나 들으라는 것인지 이렇게 중얼거렸다. "이상한 냄새가 났지? 그래서 평소에 안 하던 행동을 한 거구나. 그렇지만 그러면 안 돼요. 동남아시아 쪽의 이국적인 향수일지도 모르잖아?"

일주일쯤 지나서 시노는 아무런 설명도 없이 비디오테이프 하나를 택배로 보내왔다. 그야말로 전문가나 쓸 법한 고화질의 테이프였으나 길이는 매우 짧은 것이었다. 그걸 재생해 보아야 할 이쪽의 심리적 저항을 배려해서 그렇게 한 모양인데 그래도 실제로 재생시키기까지는 4~5일의 시간이 걸렸다. 그 비디오가 버스 정류장에서 본, 유행을 초월한 넓게 퍼진 긴치마로 트렁크를 감싸고 앉아 있던 동남아시아 출신 아가씨를 찍은 것일 거라는 짐작은 갔다.

일전에 기다리다 지친 아가씨의 전화 호출을 받고 나가면서 나로 하여금 얼굴이라도 보게 한 것도 다 이를 위한 준비였던 듯했다. 카메라맨으로서 많은 비디오 작품을 만들어 본 그의 경험으로는 자기가 보내게 될 영상에 등장하는 사람이 가공의 인물이 아니라는 걸 각인시켜 놓지 않으면 내가 픽션의 영화를 보듯이 대충 볼까 봐 염려했을 것이다. 나중에 거기에 나온 사람에 대해 나와 상담하고 싶은 시노로서는 당연한 걱정이었겠지.

결국 나의 시각이 독특하니 어쩌니 하는 말도 진지하게 잘 보아 달라고 못 박는 소리였던 거다. 원래 소설가라는 사람들은 시가 나오야나 이부세 마스지 같은 예외적으로 '안목이 있는 사람'을 제외하고는 보는 순간이 아니라 글을 쓰고 다시 고쳐 가며 전에 보았던 걸 다시 다듬는 과정에서 차츰 독특한 것을 만들어 가는 사람들이다.

그러나 그 동남아시아 아가씨만은 내 쪽의 견해가 개입하기 전에 그녀의 모습 자체로도 생각날 때마다 가슴이 덜컥하는 기분이 들어 외면하고 싶을 정도였다. 그녀가 가벼운 여행을 떠나는 도중에 우연히 시노를 만나 오다큐센이 지나가는 우리 동네까지 동행했는데 하코네인지 이즈인지는 모르지만 어쨌든 얼른 가고 싶어서 시노를 재촉했다, 하는 줄거리를 만들어 보면 어쩐지 상황을 알 것도 같다. 그렇지만 그 정도의 가벼운 여행에 여자가 트렁크를 가지고 다니나? 뭔가 낌새를 챈 개가 아스팔트를 발톱으로 박차며 저돌적으로 쫓아갈 만큼 동남아시아의 이국적인 향수 냄새가 나는 트렁크를……

요컨대 나는 시노가 연관 지어 제시한 마고 왕비와 후라노 카바레 호스티스에 대해 이미 정해져 있는 방향의 공상에 휘둘리고 있던 셈이다. 마침 시노의 택배가 도착한 다음 날, 아내가 애들 내보낼 시간을 확인하기 위해 틀어 놓은 텔레비전에서 외간 남자와 도망간 30대 여자의 방에서 종이 상자에 담긴 영아의 유체가 발견된 사건을 보도하고 있었다. 홋카이도에서 일어난 것과 동일한 사건이 또 일어난 거다. 혼자 남겨진 중학생 딸의 친구들이 네댓 명 놀러 왔다가 오랫동안 청소를 한 적이 없는 아파트를 청소하기로 했다. 방에서 워낙 악취가 나니까 그런 생각을 한 모양인데 방에 있던 상자를 현관 밖으로 내놓고 열어 보다가 그 안에 든 미라가 된 아기 시체를 발견하고 말았다. 아이들이 토하고 난리가 났었다고 같은 아파트의 노부인이 목격담을 전했다……

결국 나는 감상을 물어보는 시노의 전화를 받고 나서야 비디오테이프를 보았다. 아울러 그 주말에 시노, 그리고 그의 여자 친구 마리아와 만나는 약속까지 하고 말았다. 시노는 테이프의 후반 마리아가 영어로 뭐라고 하는 부분이 있는데, 영어도 영어지만 그 말이 진심으로 하는 말인지 아닌지 자기로서는 판단이 서지 않으니 잘 듣고, 본인에게 확인도 좀 해 주고 제삼자로서의 감상을 들려 달라는 주문까지 했다.

비디오의 전반부는 이케부쿠로에 있는 마리아의 아파트에서의 일상을 묘사한 것이었다. 그 방의 모습은 좀 이상한 표현일지 모르나 붉은 꽃과 녹색 식물이 무성한 성 같은 인상이었다. 마리아가 태어난 열대지방을 연상시킨다기보다 내가 얼마 전에 본 필리핀의 마술적 리얼리즘 영화에서의 정글에 세워져 있던 완구 공장의 풍경이 떠올랐다. 양쪽 모두 조명이 침침해서 초점이 맞지 않아 녹색과 빨간색이 번져 있었다.

바닥에 비닐 장판을 깐 20제곱미터 정도의 방에는 꽃이 핀 부겐빌레아 화분이 꽉 차게 들어서 있었다. 그 외에도 각종 관엽식물 화분이며 다발로 묶은 백합꽃과 글라디올러스가 플라스틱 통에서 비스듬히 튀어나와 있었다. 꽃과 초록이 범람하는 뒤에 놓여 있는 침대에 하얀 드레스를 입은 마리아가 무릎을 감싸 안고 앉아 있다. 그녀의 머리 위로는 앞의 혼잡한 식물들과는 대조적으로 아무것도 없는 검은색 벽이 있고, 침대 아래쪽에 의류를 걸어 놓은 양복 케이스가 묘하게 고풍스러운 붉은 가죽 트렁크와 함께 처박혀 있었다……

비디오카메라는 꽃과 관엽식물을 천천히 하나씩 보여 주며 침대로 다가갔다. 미국의 팝 아티스트 릭턴스타인이 완성된 작품으로 보여 준 미국 만화 같은 묘한 흥미로움이 있는 화면이었다. 검고 큰 눈, 붉은 혓바닥으로 날름날름 핥는 두툼한 입술. 마리아는 별로 흥미가 없는지 카메라에는 전혀 반응을 보이지 않는다. 카메라는 그대로 마리아의 머리 위를 통과해서 가까운 데부터 양복 케이스와 트렁크를 비춘 다음 비스듬히 아래로 각도를 틀어 식기류와 전기밥솥 등이 있는 좁은 구석을 잡았다. 카메라는 다시 뒤로 물러나 녹색 식물과 붉은 꽃들과 침대 위의 마리아를 비췄다……

화면이 바뀌자 카메라는 바닥에 앉은 사람의 눈높이 정도가 되고 침대 위에서 오른 팔꿈치를 베개 삼아 카메라 쪽을 향한 마리아가 역시 입술을 핥으면서 아무것도 보지 않는 눈으로 카메라를 쳐다보았다. 죽 아무 소리도 없었지만 동시녹음이 되고 있었던 모양인지 갑자기 바깥에서 남녀가 심하게 싸우는 듯한 중국어가 들려왔고 마리아는 마치 자기 식구들을 부끄러워하듯 눈을 찡그리며 미소를 지었다. 그날 그녀가 처음으로 지은 표정다운 표정이었다.

다시 화면이 바뀌자 이번에는 녹색과 빨간색이 범람하는 속에서 시노가 몸을 웅크리고 바닥에 앉은 채 카메라를 바라보고 있다. 처음에는 마리아가 촬영하는 줄 알았는데 카메라는 삼각대로 바닥에 고정된 것 같았다. 마리아가 장난을 치는지 화면이 가끔씩 불연속적으로 줌이 되었다가 물러났다가는 심하게 흔들리곤 했다. 시노는 거기에 별로 연연하지 않고 곰곰이 생각에 잠긴 표정으로 이야기를 했다.

"마리아는 필리핀에서 일본으로 온 지 5년째가 됩니다. 물론 불법체류입니다. 처음에는 필리핀 여러 지방에서 올라온 친구들 다섯 명이 같이 와서 다카사키에 있는 바에서 일했습니다. 같이 온 친구들 중에 마리아는 그래도 형편이 제일 나은 편입니다. 그건 가족의 행복과는 별도의 문제입니다만……

어쨌든 그녀는 돈을 보내지 않으면 안 되는 가족이 없습니다. 자세한 이야기는 못 하지만 민도로 섬 산호세에서 일어난 사고로 가족과는 연락이 끊어지고 말았습니다. 여기서 일하기 시작하고 얼마 되지 않아서 그녀를 착취하던 인물로부터 자유로워진 것도 그녀의 삶이 편해진 이유 중 하나입니다. 마닐라에서 함께 온 야쿠자가 강제송환 되었기 때문입니다. 필리핀에서 출국하기 전까지 졌던 빚도 다 갚았습니다. 그러지 못한 친구들은 또 다른 야쿠자에게 인계되었지만 마리아는 그때 독립을 했습니다. 개인적인 네트워크만으로 장사를 할 수 있는 길이 열려서 아무에게도 착취당하지 않고 자유롭게 돈을 벌 수 있었습니다. 단적으로 그녀와의 관계에 만족스러워하는 중소기업 사장이나 방송국 간부, 실내장식가 등등의 사람들이 있습니다. 소위 공동으로 그녀의 뒤를 봐주며 한 달에 두세 번 혹은 매주 정해진 요일에 그녀를 호텔로 불러내는 거죠. 에이즈를 비롯해서 여러 가지 성병에 옮는 일이 없도록 이 단골손님들은 자기들 말고 다른 손님은 받지 않도록 마리아를 설득했습니다. 그녀는 성실하게 그 약속을 지켰습니다.

원래 기둥서방일지도 모를 인물이 하나 있기는 합니다. 같은 민도로 섬 출신 청년인데 고베에다 본거지를 두고 이동 시스템 '교회'를 운영하는 인물이지요. 두세 달에 한 번꼴로 이케부쿠로에 나타나 마리아와 성관계를 하고 그동안 그녀가 벌어 놓은 돈의 3분의 1을 가지고 갑니다. 그 청년이 필리핀에 있는 마리아의 가족 모두를 덮친 불행한 소식을 알려 주러 왔던 게 두 사람의 관계가 시작되는 계기였습니다.

그녀는 이 페르난데스란 청년의 방문을 무척이나 기다립니다. 마리아는 가지고 있는 돈을 전부 다 바치겠다고 해도 받아 주지 않는다며 무척이나 안타까워합니다. 그것은 '교회'에 내는 헌금이라는 명목이 되는 것인데 자세히 보면 마리아의 신앙이란 개인에 대한 즉 기둥서방에 대한 감정에서 나온 것일 뿐이지요. 실제로 페르난데스 청년이 왔다 간 하루 이틀은 마리아는 완전히 조증이 되죠. 그것은 특별한 성적 도취가 이어지는 거라고 해도 무방할 듯합니다.

마리아는 특별한 성적 자질과 체력을 가지고 있습니다. 내가 만난 중소기업 사장은 뭐든지 솔직하게 이야기하는 사람인데 마리아가 완전히 성적인 목적만으로 만들어진 여자고 상대방에게 쾌락을 줄 뿐만 아니라 자기가 즐기는 데도 열심이며 그렇게 섹스를 좋아하는 여자는 일본인 중에는 없을 거라고 하더군요. 그 점에서 페르난데스 청년은 그녀와 성적 소질에 있어서 쌍벽을 이루는 맞수인 것 같습니다.

그런데 이것이 이상한 점인데 마리아는 뭐가 들어 있는지 알 수 없는 트렁크 하나를 아주 애지중지합니다. 만약에 그걸 빼앗기라도 할라치면 마치 자기를 죽이기라도 하려는 것처럼 달려들죠. 만약에 그녀가 위조 여권이나 매춘 용의자로 체포된다면 그 트렁크도 무사하지는 못하겠지요. 나는 그것을 염려하고 있습니다.

여기는 주로 중국 유학생들이 사는 아파트인데 마리아가 사는 이집은 내 명의로 계약을 했습니다. 마리아가 자기 나라에서 온 사람들이 모여 있는 구역에서 살다 보면 출입국관리소에 밀고될 걱정이 있었기 때문입니다. 나는 돈을 벌기 위해 동남아시아에서 일본으로 온 사람들을 다룬 기획 프로그램에 제작진으로 참여했다가 그녀를 처음 만났습니다. 그때 마리아는 친구 둘과 같이 살고 있었는데 그 친구들은 하루에 받는 손님도 많았고 돈도 엄청나게 뜯기더군요. 마리아는 앞에서도 말한 대로 조건이 되어서 겨우 자립은 했지만 그 과정에서 여러 가지로 어려움도 많았습니다."

비디오 마지막 부분에는 침대 위에서 두 다리를 옆으로 뻗고 고쳐 앉은 마리아가 다시 안정된 화면 구성으로 잡혀 있었다. 억세 보이는 검은 머리에 조그만 나비처럼 생긴 난 꽃을—하와이에서는 '팝콘'이라고 부른다는 소리를 들은 적이 있다—꽂고 있었다. 클로즈업되어 독백하는 장면에 앞서 몸단장을 새로 한 모양이었다. 아까처럼 멍한 표정이나 애매한 미소와는 다른 진지한 얼굴이었고 입술도 닫혀 있었다. 이제부터 하게 될 말의 극적인 효과를 노리고 하는 행동일지도 모른다.

"내가 바로 그거 미치게 좋아하는 마리아예요. 일본인은 정말 밝히죠. 너무 재미있어요!" 마리아는 우선 일본어로 씩씩하게 외치듯 말했다. 이어서 달콤하게 코에 걸린 어린 목소리의 빠른 영어로—내가 완벽하게 들었는지 자신은 없지만—진지하게 이야기를 시작했다.

"……나는 정말로 슬프고 고통스러운 일을 경험한 사람이에요. 아침에 일어나면 바로 그 일이 생각나서 밤까지 그 생각이 이어져요. 죽어서 관에 안치되었다가 살아나 관 뚜껑을 바라보는 심정으로 나는 매일 아침 눈을 뜰 때마다 비통한 기분으로 침대 옆의 벽을 바라봅니다. 그리고 잠이 들 때까지 슬픔에 잠겨 뼈아프게 지난 일을 후회해요. 나의 인생은 그런 것입니다. 그래서 무엇이든지 슬픈 기분을 잊게 해주는 건 다 좋아하죠. 언제나 한없이 슬픈 기분에 빠져 있으면 나이보다 늙어 버린다니까.

가장 행복한 순간은 페르난데스를 만나는 때지요—마리아는 말은 그렇게 하면서 쳉그린 얼굴로 카메라를 노려보았다. 잠시 사이를 두었다가 진주광택이 나는 장밋빛 잇몸과 나란한 이를 보이며 소리 없이 웃었다—시노는 내가 페르난데스에게 돈을 주는 걸 반대하죠. 내가 페르난데스에게 너무 뜯긴다고 걱정하는 거예요. 페르난데스하고도 섹스는 하지만 그건 다른 사람하고 하는 섹스하고는 달라요. 페르난데스는 이동하는 '교회'니까요. 페르난데스와 함께 있으면 '불쌍한 어린것들아!' 하고 말하는 '구세주'의 목소리가 들려요.

시노는 페르난데스의 '교회'를 더 이상 미워하지 말 것. 시노가 '교회'를 토요타 사륜구동 왜건으로 날라 주면 좋을 텐데. 그러면 시노를 위해 '구세주'를 고대하는 노래를 부릅시다—그리고 다시 유치하고 촐랑거리는 목소리로 일본어 노래를 불렀다—'**위를 바라보고 걷자! 눈물이 흘러내리지 않도록**', 아하하 농담! 농담!"

주말 오후 아내는 우리 집에서는 처음으로 필리핀 여자를 맞이하기 위해 여러 가지로 신경을 쓰며 준비를 했다. 나는 마리아의 직업이나 그녀가 가지고 올지도 모르는 소형 트렁크에 대해서는 한 마디도 안 하고 관엽식물과 꽃을 좋아하는 것 같으니 둘이서 이야기가 잘 통할 거라는 말만 해 두었다. 그런데 그날도 시노는 혼자서 찾아왔다. 그리고 일을 그렇게 만든 마리아에게 화가 난 듯이—나를 생각해서 그렇게 행동한 게 아니라면—보였다.

"오늘은 아침부터 몸이 안 좋다고 투덜대더니 페르난데스의 호출을 받고는 하늘이라도 날아오를 듯이 나가 버렸어요. 여기 왔다가 가도 되지 않느냐고 해도 들은 척도 안 하고…… 정말 그야말로 색골이라 고밖에 뭐라 할 말이 없습니다. 최고의 섹스를 해 주는 사람의 호출이니 자기 제어가 안 되었겠죠. 오로지 그 일만 머리에 가득하니."

"그 부분에 대해서는 마리아도 비디오테이프에서 말했지. 그러나 '교회'에 관해서는 아주 진지하던데, '구세주'도 그렇고……"

"'구세주'라는 건 전혀 말이 안 되는 거예요. 그 '교회'도 돈을 갈취하기 위해 페르난데스가 내세우는 핑계일 겁니다. 마리아도 혼자 있을 때 기도하는 것 같지도 않고 우선 성경책도 없는데요, 뭘. 페르난데스가 실제로 '교회'란 걸 가지고 있다고 해도 계(契) 조직 같은 게 아닌지 모르겠습니다. 어떻게 성직자가 '교회'하고 같이 찾아와서 신자하고 섹스를 합니까?"

그때 홍차를 들고 들어온 아내가,

"친구분은 방 안 가득 식물을 키우신다면서요? 햇볕은 잘 드나요?"
하고 물었다.

"빛은 전혀 안 듭니다. 조그만 창이 하나 있을 뿐이라서…… 방 청소
도 전혀 안 하니 꽃은 냄새가 나지 말라고 갖다 놓는 것 같아요. 오히
려 꽃병의 물이 썩어서 복도까지 냄새가 난다는 이웃들의 항의가 들
어오지만, 상대인 중국인들도 멋대로 몇 명씩이나 끌어들여 같이 사
는 걸 꼬투리 삼아 냄새는 그쪽이 더 풍기지 않느냐고 오히려 큰소리
를 치죠……"

시노는 아직도 마음이 풀리지 않은 듯했다. 그래서 아내에게까지 마
리아에 대한 나쁜 말을 쏟아 놓는 것 같았다. 나는 마침 생각이 나서
앞서의 마고 왕비 관련 언급이 있는 W 선생님의 다른 책 복사물을 가
져다 보여 주었다.

실제로 마고 왕비를 만났을 뿐 아니라 왕비의 비호를 받기도 했던
전기 작가 블랑통이 왕비의 깊은 신앙에 대해 기록한 것을 W 선생님
이 꼼꼼하게 번역하고 그에 대한 생각을 풀어 놓은 부분이었다. 그걸
읽으니 애인들의 유체 일부를 몸에 지니고 있던 색골과 마고 왕비를
단순하게 동일시해 버린다면 모처럼 400년이나 지난 후 동방의 한 나
라에서 그녀를 진지하게 부활시키고자 한 W 선생님에게 면목이 없을
것 같았다. 나아가 비디오테이프에서 고통스럽고 슬펐던 경험이나 '교
회'에 관해 토로하는 마리아의 이야기를 듣고 이 복사물을 시노에게
보여 주고 싶은 마음이 들었다.

'블랑통의 글을 읽어 보면 불행했던 마고 왕비가 모든 것을 잊고 무

엇인가에 심취하고 싶어 신앙심에 매달리고 있다는 점이 많이 드러난다. 신에게 기도하는 것이 소극적인 자기 망각법이라고 한다면 연속되는 불행의 와중에서 적극적으로 자기 증명을 하는 길로서 오직 애욕(신의 아름다운 파편인 미남자를 애무하는) 생활만이 마고 왕비에게 남겨진 유일한 것이었을는지도 모른다.

....

표면적으로는 더할 수 없이 경건해 보이는 승려나 비구니가 애욕에 빠지는 경우도 많다. 이런 사람들 중에도 마고 왕비와 동일한 심정을 가진 이들이 있었을 것이다. 결코 많은 수는 아닐지 모르지만. 신실하게 제단에 절을 올리는 종교적 행위가 음탕한 자신의 모습을 숨겨 주는 망토가 되어 버리는 이중생활의 사례도 많았을 것이다. 마고 왕비의 경우 이중생활이라고 하면 이중생활일지도 모르나 다만 왕비의 신앙심은 그 애욕 생활을 숨기기 위한 위장은 아니었다. 굳이 말하자면 왕비의 생활은 일충생활一重生活이었다.'

시노는 변함없이 오른쪽 눈으로만 활자를 좇는 것 같았으나 그 눈에 초점을 맞추기 위해서 그러는지 복사물을 비스듬히 들고는 전보다 훨씬 열심히 읽었다. 그러고는 마음속의 강한 의문을 드러내며 오른쪽 눈을 나에게 맞추더니

"일충생활이라니 처음 들어 보는 단어라 잘 모르겠네요. 저자는 소극적과 적극적이라고 했는데 마고 왕비에게 있어 방패의 양면 같았다는 말씀입니까? 그렇다면 이 두 측면은 서로 대립한다는 소리인데 일충생활에서 그 둘이 하나로 겹쳐졌다는 건가요?"

"뭐 그런 셈이지. 물론 마고 왕비는 그 무엇보다 정욕을 탐닉한 인물로 전설도 몇 개나 붙었을 정도이긴 하지만.

왕비 자신이 쓴 책에도 성관계에 대해서 '이렇게 덧없는 것이 아니었다면 이렇게 달콤하지도 않았을 것을……'이라고 기록되어 있다니까. 그러나 W 선생님은 그 도취와 신앙생활로 얻어지는 것이 서로 공통된 점이 있는 게 아닌가 분석했던 거지. 오히려 그녀의 기독교 신앙 자체에 관능적인 면이 나타나 있다고 본 게 아닐까."

　"그런 것이 기독교에서 가능한 일입니까? ……저는 마리아가 신앙이라고 부르는 걸 보고 페르난데스의 이동하는 '교회'에 가는 게 같은 나라 젊은 남자에게 안기기 위한 위장이라고밖에 생각되지 않던데요. 실제로 페르난데스와 섹스를 하고 있었고요. 그러나 마고 왕비에게 그런 일이 가능했다면 마리아도 비디오에서 말했듯이 '교회'에서 섹스와 신앙 일충생활의 도취를 얻을 수 있었을까요?"

　"나는 그렇게 이해하고 다시 한 번 마고 왕비의 책을 읽어 보았는데. 마리아는 뭔가 미리 머리로 계산하고 말을 하는 사람 같지는 않아. 오히려 진짜로 일충생활을 하는 사람, 이라는 느낌이 들었어. 이상할 정도의 솔직함이 매력적인 개성이네. 그나저나 자네와 마리아는 어떤 관계인가? 사생활을 캐묻는 것 같지만……"

　"네?" 깊은 생각에 잠겨 있다가 갑자기 끌려 나온 사람처럼 시노는 빨갛게 충혈된 눈을 내리깔더니 입술을 깨물고 잠자코 있었다.

　"자네도 상당히 마리아의 생활을 도와주고 있는 것 같은데, 지금의 방도 자네 명의로 계약했다며? 그러면서도 중소기업 사장이나 또 다른 몇 남자들이 그녀와 지속적으로 관계를 갖는데도 간섭도 안 하고."

　"성적인 일에는…… 관심이 없습니다. 저 자신에 관계된 일에서는요. 그래서 아내하고도 헤어질 정도였으니까요. 마리아가 외국인이면서도 관능이랄지 성욕이랄지 하는 것에 그토록 집착하고 그걸 재능으로 삼아 씩씩하게 살아가는 모습이 좋아 보였어요. 그런 관심으로 마리아를 촬영하다가 생활까지 돌봐 주게 되었죠. 가끔 한 번씩 몹시 우울해한다든가 소형 트렁크 속에 뭘 숨기고 있는지 굉장히 신경이 쓰이긴 합니다…… 뭐 그녀도 저를 안전망의 하나로 생각하는 듯하고요."

"그런 두 사람의 심리적 관계는 이 테이프에도 잘 표현되어 있더군. 하나의 작품으로 봐 달라고 하지는 않았지만, 나는 지금까지 몰랐던 인물을 하나 발견한 것 같은 느낌이 드네. 이걸 발전시켜서 단편영화로 만들어도 좋을 텐데……"

그 정도의 이야기를 들려주는 것으로 나로서는 비디오를 보고 해줄 수 있는 일은 다 해 주었다 생각했지만 깊은 번뇌에 사로잡힌 시노에게는 별로 도움이 된 것 같지 않았다. 굳이 변명하자면 비디오 화면 속의 마리아에게는 인생의 괴로움에 대해서 솔직하게 입에 올리면서도 맥락이 분명한 사고방식을 가지고 있다는 점에서 오는 유쾌함이 있었고, 이상한 냄새를 풍기는 소형 트렁크라는—실제 화면에도 비쳤다—또 하나의 정보를 상대화해 버린 점이 있었다. 시노는 그 후 별말 없이 있다가 앞서 러시아 작가의 최근 소식을 몇 마디 전해 주는 정도로 이야기를 마치고 오래 머물지 않고 바로 돌아가 버렸다……

그런데 일주일쯤 지나 시노는 거의 숨이 끊어질 듯 절박한 목소리로 전화를 걸어왔다.

"마리아가 이케부쿠로 아파트에서 나가 버렸습니다!" 시노는 치솟는 분노에 부들부들 떨며 갈라진 목소리로 호소했다. "마리아의 손님인 약국 주인을 직접 만나 확인해 봤더니 어제가 매주 만나는 정해진 날이었는데 호텔에도 안 나타나고 연락도 없었다는 겁니다. 저렇게 유감스러워하는 걸 보면 마리아의 부탁으로 뭘 숨기는 것 같지는 않아요…… 마리아가 만약에 돈이라도 벌겠다고 조심성 없이 신주쿠에라도 나간다면 바로 체포되고 말 거예요. 그렇게 되면 트렁크도 검문받게 될 거고 틀림없이 아주 비참한 소동이 일어날 겁니다. 텔레비전이고 신문이고 아직 뉴스에 나온 건 없는데…… 도대체 어디에 숨어 있는지……"

뭐라 할 말을 찾지 못하는 나에게 시노가 일방적으로 떠들어 댄 것을 정리해 보면 이런 전개인 모양이었다. 페르난데스 청년이 갑자기 올라와 마리아가 우리 집에 오는 대신 '교회'로 간 다음 날부터 시노가 매일 아침저녁으로 아파트로 찾아가 보았지만 마리아는 돌아오지 않았다. 나흘째 되는 저녁, 일찍이 없었던 정도의 성적 도취 후—시노는 그렇게 믿고 있었다—완전히 진이 빠진 모습으로 돌아오더니 종전의 그 팔베개를 한 모습으로 침대에 웅크리고 누워서는 시노가 무엇을 물어도 제대로 대답을 하지 않았다.

그러다가 타협적으로 변한 시노가 페르난데스와의 섹스는 좋았느냐고 물었더니 "이번에는 내가 몸이 안 좋아서 섹스는 못 했어, 그냥 '구세주'의 말씀만 계속 들었어"라고 대답했다. 마침 마고 왕비에 대해 새로운 인식을 가지게 된 시노에게는 마리아의 말이 지금까지와는 다르게 들렸다. 그것은 만족한 섹스가 주는 도취 같은 게 아니라 당장에라도 그녀를 자신의 손이 닿지 못하는 곳으로 들어 올려 줄지도 모를 초월적인 것과의 관계라는 절망적인 확신이었다.

시노는 순간적으로 마리아에게 "이제 이런 생활을 청산하고, 특히 페르난데스의 '교회'와도 인연을 끊고 나와 결혼하자"라는 말을 했다. 마리아는 기겁하고 놀라서 반응이 평상시처럼 빨라졌다. 페르난데스의 '교회'에 관한 시노의 언급에는 한 마디 대꾸도 없이, 다만 "결혼 같은 거 안 해도 나하고 그거 하고 싶으면 언제든지 해 줄게. 지금까지는 그런 방면으로는 흥미가 없는 단지 친절한 사람인 줄 알았는데, 어쨌든 오늘은 몸이 좋지 않아서 섹스를 잘할 수 있을 것 같지 않으니까 오늘은 말고……"라고 대답했다.

시노는 그런 관계가 되면 나 또한 너의 매춘 손님들과 같은 놈이 되는 거니까 싫다, 정식으로 결혼하자면서 마리아를 설득하기 시작했다. 우선 자수해서 불법체류 재판도 받고 본국으로 송환된 다음, 내가 마닐라로 가서 이동식 따위가 아닌 가톨릭 성당에서 정식으로 결혼식을 하자. 그 기분 나쁜 트렁크 내용물을 출입국관리소에서 검색당하는 게 싫다면 오늘 밤이라도 무거운 추를 달아 도쿄 만에 가라앉히러 가자. 그런 꺼림칙한 것부터 깨끗하게 연을 끊고 이어서 페르난데스의 '교회'에서도 나와서 새 생활을 시작하는 거다, 라고 말했다.

물론 시노와 마리아에게 영어로 충분한 의사소통을 할 만한 실력이 있지는 않았던 터라 그 정도의 이야기를 하는데도 무척 긴 시간이 걸렸다. 그러다가 성질이 난 시노는 침대 안쪽에서 소형 트렁크를 확 빼내서는 아파트 앞에 세워 둔 자기의 사륜구동 왜건을 향해 뛰어 내려갔다.

처음으로 들어 본 트렁크는 속에서 버스럭거리는 소리가 날 뿐, 너무 가벼워서 오히려 쭈뼛할 지경이었다. 트렁크를 든 시노가 계단 중간쯤에 이르렀을 때 마리아가 울며불며 새빨간 네글리제 차림으로 쫓아 나와 덤벼드는 바람에 두 사람은 그대로 계단을 구르고 말았다.

그 와중에도 마리아를 감싸다가 허리를 세게 부딪친 시노가 몸을 추스르지 못하고 엎드려 있는 동안 마리아는 충격으로 열린 트렁크에서 굴러 나온 꾸러미 두 개를 급히 숨기면서—시노는 자기가 비닐 너머로 무엇을 보았는지는 말하지 않았다—더욱 큰 소리로 울며불며 이미 심야였지만 아직 자동차나 사람이 지나다니는 좁은 길로 뛰어가 버렸다.

자신의 왜건으로 쫓아가려던 시노는 무리하게 주차를 하고 있던 승용차가 옆에서 갑자기 발진해 오는 바람에 충돌해서 꼼짝도 못 하는 상황이 되고 말았다. 바로 앞의 큰길로 뛰어나간 시노는 그렇게 애지중지하는 트렁크를 끌어안은 빨간 네글리제 차림의 마리아가 택시에 올라타는 것을 꿈을 꾸는 듯이 몽롱한 기분으로 지켜볼 뿐이었다.

"'구세주'가 우리 '교회'에 와서 '불쌍한 어린것들'을 부활시켜 주신다고 했는데!" 시노의 귓가에는 마리아가 울부짖던 영어가 쟁쟁했다……

오늘까지 도쿄의 번화가를 뒤졌고 이제는 오미야, 구마가야, 다카사키 같은 곳을 찾아보고 또 고베를 중심으로 간사이 쪽도 돌아볼 생각이다. 특히 페르난데스의 '교회'에 숨어 있을 가능성이 높으니, 이동하는 '교회'를 찾아야 한다. 그녀를 찾을 때까지는 당신에게도 연락을 할 수 없을 텐데, 전에 맡긴 테이프를 잘 보관해 주기 바란다. 그것은 딱 하나뿐인 원본이며 카메라맨이란 사람이 부주의하게도 녹화 방지용 탭도 떼지 않았을 뿐 아니라 테이프에는 아무것도 쓰지 않았다. 혹시라도 새로운 영상을 녹화하는 일이 없도록 잘 부탁한다. 마리아 수색에 나설 참이다. 만약에 찾기만 한다면 나는 더 이상 마리아의 '교회'나 '구세주'에 대해 의심하는 말은 하지 않을 작정이다. 한 사람의 인간이 그토록 진지하게 믿고 있는 것이니…… 시노는 그 말을 끝으로 전화를 끊었다.

그로부터 만 2년이라는 시간이 흘렀다. 시노에게서는 아무 연락도 없다. 러시아 방송국에서 일할 때 통역으로 함께 일하던 여자를 우연히 만나 시노의 안부를 물어보니 그가 갑자기 행방을 감춘 사건은 그 '업계'에서도 한동안 화제가 되었는데 최근에는 소문조차 안 들려온다고 했다. 나는 그의 마지막 행선지를 알려 주었다. 그런데 그것이 계기가 되어 시노의 전처로부터 연락이 왔다. 그의 작품을 모으고 있으니 비디오테이프를 가지고 있다면 자기에게 돌려 달라는 거였다.

시노와의 약속도 있고 해서 나는 원본은 남기고 복사본 테이프를 보내기로 했다. 나는 그 복사 작업을 하면서 다시 한 번 시노와 마리아의 영상을 보게 되었다. 마리아는 확실히 인생의 불행과 슬픔, 고통을 토로하고 있었지만 화면의 영상으로서의 그녀는 일본 남자(들)에게 보호받으며 지내는 꽤 행복한 여자로 보였다. 동남아시아에서 온 사람 중에서는 매우 예외적인 사례였겠지만……

그 인상에 끌려 거의 현실성 없는 것이긴 하지만 나는 다음과 같은 상상을 해 보았다. 마리아를 찾으러 간 곳에서 돌아온 시노가 앞서 내가 권했던 단편영화를 위한 시나리오를 들고 찾아온다. 그 도입부를 위해 내가 보관하고 있던 비디오테이프가 필요해서 찾으러 온 것이다. 시나리오의 이야기는 그가 2년 전에 전화로 울부짖다시피 전해 주었던 사건에서 시작된다. 왜건으로 다카사키에서 고베까지 찾아다니던 시노는 마침내 소형 트렁크와 방취제 역할을 하는 대량의 꽃과 함께 살고 있는 마리아의 아파트를 찾아낸다. 각 도시의 꽃 가게를 이 잡듯이 뒤져 꽃과 관엽식물을 대량으로 사는 필리핀 여자가 없었는지 물어보면 확실한 단서가 될 터였다.

시나리오를 마무리하는 장면은 이렇다. 포장마차같이 생긴 이동식

'교회'에 두 명의 아이를 옆에 낀 시노와 이제 막 태어난 갓난아기를 안은 마리아가 예배를 드리러 온다. 혹은 그 갓난아기가 세례를 받는 날인지도 모른다. 기쁘게도 마리아는 이제는 소형 트렁크를 가지고 있지 않다. 임하는 '구세주'를 찬양하는 노래가 포장마차 주위에 있는 아가씨들에 의해 합창으로 울려 퍼진다……

그러나 실감 어린 꺼림칙한 예감과 더불어 신문에 날마다 늘어 가는 동남아시아 출신 여자들의 사건 사고 기사에 좀 더 자주 눈길이 간다.

불을 두른 새

火をめぐらす鳥

[나의 영혼]이라고는 말하지 못하겠네

그 증거를 들려주지

어린 시절 우연히 만난 이 한 구절의 시는 그 깊은 뜻을 다 이해한 건 아니었지만 나로서는 무척이나 소중히 간직해 온 시다. 그런데 최근 이 시와의 관계에 새로운 빛이 비추는 경험이 있었고 나는 그것을 짧은 이야기로 써 보려고 한다. 이 시를 쓴 시인 이토 시즈오는 큰소리를 내는 인물은 아니었던 것 같다. 그런 점은 작품에서도 잘 드러난다. 시인의 사후, 비슷한 분위기의 과묵한 연구자들이 그의 작품에 주석을 달아 가며 편찬하고 있다는 것도 알고 있었다. 그러나 이 일본이란 풍토에서 자주 그의 작품은 비뚤어진 로맨티시즘으로 해석되기도 했고 또 적지 않은 사람들이 이에 공감하는 터라 나는 그동안 이 시에 대한 감상을 다른 사람들에게 이야기하지 않았다.

내가 이 「휘파람새—어느 노인의 시」라는 제목의 시를 처음 만난 건 고등학생 때였다. 나는 이 시를 처음 만나는 순간 이 시의 모든 의미를 다 이해했다고 생각했다. 그런 이유로 시인의 연구서에 눈을 돌릴 능력도 여유도 없는 채로 오히려 권위 있는 해석 같은 것은 의식적으로 멀리했다—적어도 어느 한 시기까지는. 그렇게 이 시에 대한 나의 해석은 어중간한 상태에서 완전히 굳어지고 말았다. 나는 젊은 시절에 야나기타 구니오*라는 훌륭한 스승으로부터 배운 시 읽는 법을 죽 견지하고 있었는데 그것은 '배우고' 신체감각으로 '외우고' 더 나아가 영혼으로 '깨닫는' 방법이었다……

우선 내가 어린아이와 같이 미숙하고 아무것도 모른 채 이 시에서 받았던 감명을 그대로 적는다면 처음 두 행에 이어 시인은—그래 봐야 아직 20대에 지나지 않았을 텐데 [어느 노인의 시]라며 이 시를 쓰고 어쩐 일인지 소년이었던 나는 이상하게도 그 점에 마음이 끌린 것 같다—어릴 때의 추억을 이야기하고 있다는 거다.

깊은 산속 가장자리에 있는 친구 집에 놀러 가면 친구는 언제나 산 쪽으로 휘파람을 불어 휘파람새를 불러들여서 노래를 들려주었다. 친구는 나중에 도시에 있는 의과대학으로 공부를 하러 떠난다. 동네 의사가 된 친구와는 머리가 허예진 다음에야 다시 만나 그 이야기를 했으나 친구는 기억이 안 난다고 한다.

---

* 1875~1962 일본 민속학의 개척자. 민속학뿐만 아니라 인문사회과학과 관련한 방대한 저술을 남겼다.

그러나 [나의 영혼]은 기억한다
그리고 나조차 믿지 않는 한 편의 시가
내 입술에 올라온다
나는 너의 노년을 위해
그것을 적어 두었다

이렇게 되어 있는 시를 아직 어린 소년이었던 내가 읽고 그때까지 인쇄된 것을 통해서 경험한 적 없는 격렬한 감정에 휩싸였다. 몸속 깊은 곳에 불덩어리가 있어, 그 열 때문에 슉슉 하며 김이 올라오기라도 하는 양 분출되는 눈물에 스스로도 망연자실하면서……

어떻게 이런 일이 있을까 하는 감동에 젖었다. 여름방학을 맞아 같은 산 가장자리의 고향 집에 돌아와 있던 고등학교 3학년 때였다. 그것도 역시 본능의 이끌림이었을까? 지금 연보를 보니 소겐샤 선서로 나온 시집이 출간되자마자 산 것도 바로 그해의 칠월이었다.

좁은 강 건너편의 밤나무 숲에서 들려오는 두견새, 뻐꾸기 울음소리에 지난번 귀향했을 때 들었던 휘파람새 울음소리가 생각났다. 휘파람새를 불러들이는 일에 능숙할 뿐 아니라 이 골짜기의 모든 식생으로 시작해서 우주의 성립에 이르기까지, 삼라만상의 모든 것을 가르쳐 주던 친구는 고향을 떠나고 없었다. 나 역시 도시로 나갔으면서도 어쩐 일인지 친구가 고향을 떠난 것이 섭섭하기만 했다. 언젠가 우리는 다시 만나게 되겠지만 피차 반백의 머리를 기울이고 이야기를 하다가 친구는 나에게 가르쳐 준 최상의 것을 잊어버렸다고 인정하겠지. 특별히 그 기억은 나지 않아 하고 쑥스럽게 웃을지도 모르지만…… 그때 나는 다시, 그러나 [나의 영혼]은 기억한다고 조용한 확

신을 담아 항변할 수 있을까? [나의 영혼]이라고는 말하지 못하겠네,
라고……

나는 이 시를 글자 하나하나까지 정확하게 외웠다. 어렸을 때는 정
자로 기억하고 있던 한자를 학교에서 가르쳐 주는 대로 아무런 저항
감 없이 상용한자로 바꾸어 쓰면서도 그 시에 대해서만큼은 시인이
사용한 한자와 표기법 하나하나까지 하나의 그림처럼 정확하게 기억
한다. 왜냐하면 그것은 그렇게, 자신의 노년을 위해 기록된 것이기 때
문이니까……

휘파람새를 나타내는 鶯이라는 한자. 나는 아버지가 임종의 자리에
서도 베개 옆에 놓아두셨던 사전으로 이 한자를 찾아보았다. 그리고
그 시를 수험 공부로 사용하던 수학 연습장에다 써 놓고 바라보기도
했다. 정말 신비한 글자라는 생각이 들었다. 그러나 사전에는 그저 작
은 새의 이름, 휘파람새라고만 나와 있었다. 나는 실망했지만 문득 떠
오르는 게 있어 다른 글자들도 찾아보았다. 그리고 나의 짐작은 그대
로 맞아떨어졌다. 그때부터 사전은 나에게 특별한 의미를 가진 물건
이 되었다.

반딧불이螢. 형성자 '불을 두른灬'+'벌레虫'. 빛을 흩뿌리며 날아다
니는 벌레라는 뜻. 그렇다면 휘파람새鶯는 불을 두른 채 빛을 흩뿌리
는 것처럼 노래하며 날아다니는 새가 아닌가? 지난봄 밤나무 숲과 강
사이 덤불 속에서 목청껏 울던 휘파람새가 바로 그랬다……

나는 휘파람새의 울음소리를 통하여 이 한자의 모양과 소리에 대해
수천 년 전, 그것도 머나먼 외국의 사람들이 붙여 놓은 의미를 깨달았
다. 또한 당장 오늘 저녁에도 어둠이 내리면 강변에 넘쳐 날 반딧불이
의 이미지를 매개로 한 단계 위의 비밀을 깨달은 것 같은 기분도 들었

다. 그 깨달음을 아직 나의 언어로 표현하지는 못하지만 바로 지금 내가 옮겨 적는 시에 이어지고 있는 것만은 분명했다……

　[나의 영혼]이라고는 말하지 못하겠네
　그러나 [나의 영혼]은 기억한다

　열여덟 살의 내가 감지하고 있던 것을 지금 노년에 접어든 나의 언어로 기록한다고 하면 이런 게 될 것이다. 개체를 초월한 그리고 개체를 품은 [나의 영혼]의 빛의 군집을 향하여 한 마리의 반딧불이로서 빛을 발하면서 날아간다. 이를 위해 지금부터의 나의 삶이 있는 거다. 이런 건 벌써 아주 이전부터 [나의 영혼]에 연결되는 자신이 알고 있었고, 그 이상의 것은 [나의 영혼]의 외부에 개체로서 존재하는 한 언제까지도 알 수 없을 것이다……

　그로부터 10년째 되는 해에 태어난 나의 큰아들은 두개골 결손에 의한 지적장애가 있었다. 생후 6년 동안 부모인 우리와 언어를 매개로 한 소통이 불가능했던 아들이 처음으로 자기의 언어로 말을 걸어온 건 새의 울음소리를 매개로 한 것이었다.
　태어나서 어느 정도 시간이 지나자, 아들은 늘 침묵으로 일관하지만 청각이 상당히 민감하다는 것과 라디오나 텔레비전의 효과음으로 산새 소리가 나면 미세하긴 하되 상당히 선명한 반응을 보인다는 것을 알게 된 나와 아내는 산새 소리를 녹음한 테이프를 아들에게 자장가 대신 들려주었다. 그 무렵 도쿄에 체재하면서 교류하게 된 외국 시인이 지금에 와서는 기억에 얼마간의 혼란이 일어났는지 '숲 옆에 있어서 언제나 산새 소리가 들려왔던 당신의 집이 그립군요'라는 크리스마스카드를 보내온 적도 있다.

산새 소리가 녹음된 테이프는 NHK 기술진이 녹음 제작한 것이었는데 새소리가 난 다음에 여자 아나운서가 차분한 음성으로 새의 이름을 알려 주었다. 그러니까 아들은 새의 소리와 이름을 늘 함께 들은 셈이다. 그렇게 2~3년이 흘렀다. 여전히 말을 할 줄 모르는 아들을 데리고 군마 현 북가루이자와에 있는 별장에 갔을 때의 일이었다. 아내가 별장 내부 청소를 하는 동안 나는 아들을 목말 태우고 고원의 황혼이 조용히 깊어 가는 초여름 사스래나무 숲에 서 있었다. 가까이에는 전쟁 전 호세이 대학 학자들이 결성한 조합이 습지에서 흘러드는 실개천을 막아 만든 호수가 있었다. 우리도 이 유서 깊은 조합 별장지 구석에 작은 집을 하나 지었다.

호수 주변에서 쉬지 않고 울어 대는 새소리에 귀를 기울이고 있는데 갑자기 머리 위에서 아들이 맑은 목소리로 또랑또랑하게 말을 했다.

"흰눈썹뜸부기, 입니다."

그날부터 나와 아내는 산새 소리가 녹음된 테이프를 틀어 놓고 아나운서가 새의 이름을 말하기 직전에 일시정지 버튼을 눌러 아들의 말을 듣는 게임을 하기 시작했다. 또 직접 새소리를 들을 수 있는 곳으로 가서 아들이 새의 이름을 말하는 걸 들으며 즐거워하기도 했다. 아들은 특별히 재미있어하는 것 같지는 않지만 차분하게 귀를 기울여 듣고는 곰곰이 생각한 다음 아, 알겠다 하는 표정을 지으며 "박새, 입니다. 진박새, 입니다. 긴꼬리딱새, 입니다" 하는 대답을 들려주었다……

대부분의 새소리가 같은 소리로 들리던 나로서는 아들이 입을 열기 전에 아, 휘파람새다! 하고 알아들었을 때는 기분이 좋아서 말하고 싶었지만 꾹 참고 "휘파람새, 입니다" 하는 아들의 목소리를 기다렸다.

　그런 때면 으레, 스무 살 이전에 그 시에 강력하게 이끌려 휘파람새를 나타내는 鶯이란 정자를 사전에서 찾던 때를 떠올렸다. 나아가 소년 시절 그 친구가 그 시처럼 나로서는 도저히 흉내 낼 수 없는 휘파람으로—보통 이상으로 뾰족했던 그의 입술 자체에 휘파람의 비밀이 있는 것 같았다—불러들이던 휘파람새를 생각했다.

　그리고 나는 소년의 모습인 시인과 그의 친구 옆에, 나와 내 친구와 아들이—우리가 소년이라면 아들과의 공존은 말이 안 되지만—겹쳐진 셀룰로이드 그림처럼 함께 앉아 있는 정경을, 즉 그런 식의 완성된 그림으로 확실하게 보았다.

　[나의 영혼]이라고는 말하지 못하겠네, 라는 한 줄의 의미가 내 마음과 몸 안에 살아 있음을 확인한 것이었다. 더구나 그즈음 이미 세상을 떠난 친구의 영혼이 휘파람새 소리처럼 모든 산과 들에서 빛을 흩뿌리고 있었다. 나의 영혼은 아들과 완전히 일체화되어 그에 조응한다, 그것이 그러나 [나의 영혼]은 기억한다, 는 것이다⋯⋯

　그리고 또 하나. 불행한 사고로 세상을 떠난 친구와는 청년 시절 이후 여러 가지로 오해도 있었고, 아들은 명백하게 나와는 별도의 인격으로 살고 있으므로 비록 지금 하나의 기억으로 묶여 있어도 친구와 아들과 나 삼자의 내면을 이어 주며 외부로부터 푹 감싸 주기도 하는 이 그리운 것을 [나의 영혼]이라고는 말하지 못하겠네. 거기에 나도 고독한 영혼으로 참여하고 있는 거다.

아들이 초등학교 특수학급에 들어가고 간질 발작이 있기 전, 지금 생각하면 오히려 이상할 정도로 몸의 움직임이 기민할 때라 1년쯤 지나서부터는 혼자서 등하교를 하게 되었다. 오전 오후로 약간의 시간적인 여유가 생긴 아내는 집 앞뒤의 공터에 잡목이라 불러야 할 작은 관목들을 많이 심었다. 그것이 주택단지 바로 근처 숲에서 이웃집까지 이어져 있던 녹색 통로로 연결되며 우리 정원까지 산새가 날아오기 시작했다. 동박새, 박새, 직박구리…… 그중에서도 특히 직박구리가 제일 자주 나타났다. 다른 새들에 비해 데퉁맞은 물까치도 날아왔다. 이른 봄부터는 아직 부드러운 쥐색의 어린잎이 돋아 있을 뿐인 석류나무 가지에 묶어 놓은 기름 덩어리를 노리고 휘파람새도 날아오게 되었다.

그런데 그 얼마 전까지만 해도 그렇게 열심히 테이프를 듣던 아들은 실제의 새소리에는 전혀 관심을 보이지 않았다. 프리즘이 붙은 렌즈로 교정해도 여전히 이상이 남아 있는 눈 때문에 아들은 가느다란 나뭇가지 사이를 재빠르게 날아다니는 조그만 새의 모습을 포착하는 일이 우선 무리였다. 그러나 새들은 정원에 머물며 울음소리를 낼 때도 있었다.

이른 아침, 여러 마리의 박새 무리가 부산스럽게 날아왔다가는 지나가는 비처럼 다시 날아가는 걸 보았다. 다음 날 아침도 똑같은 풍경이 연출되기에 이상하다 싶어 며칠 후, 박새 떼가 오기 전 아직 이슬도 마르지 않은 정원으로 나가 보았다. 그리고 수는 많지만 빈약한 잡목림에 다닥다닥 붙었거나 대롱대롱 매달려 있는 엄청난 수의 초록색 벌레들에 기겁을 했다. 더구나 아내는 작은 새들의 먹이를 늘 대 주고 있다고도 했다.

그런 식으로 날이 갈수록 늘어만 가는 새들은 쉬지 않고 울었지만 아들은 전혀 흥미를 보이지 않았다.

"도시 새들이 제아무리 목청껏 울어 봐야 산속에서 사는 새들의 소리를 당해 내겠어? 아무래도 피치가 다르겠지. 이요가 듣던 테이프야 깊은 산속에서 여유 있게 노는 새의 소리를 녹음했을 테니까." 나의 이 말에 아내는 아쉬움이 묻어나는 목소리로 대꾸했다.

"북가루이자와나 이즈에서는 그렇게 잘 알아듣더니…… 멀리서 우는 쪽독새까지……"

거기에는 이런 상황을 농담으로 얼버무리는 나의 말투에 대한 미묘한 비판이 담겨 있었다. 그즈음 아들의 육체와 심리는 완전히 다른 수준으로 이행하는 단계였고 아내가 무척이나 불안해하고 있던 터라—나도 내심으로는 흔들리고 있었다—약간 어물거리며 대답했던 기억이 난다.

결국 아내는 아들이 특수학급에 들어가게 된 걸 다행으로 여기면서도, 우리와의 일상을 넘어선 무언가와 이어지는 방법으로 그의 감수성에 특별한 후광을 선사했던 수십 종에 이르는 산새 소리에 대한 인식을 단번에 잊어버렸다는 것에서 상실감을 느끼고 있는 셈이었다. 이렇게 될 줄 알았다면 그냥 가족에 둘러싸인 채 새소리와 더불어 공생하는 시간을 방해하지 않는 편이 좋았을 것을. 우리는 아들이 새소리와 더불어 살았던—그녀에 의하면 아시시의 프란체스코처럼—그 기간 동안 표현했을지도 모를 아들의 메시지를 알아채지 못하고 지나쳐 버린 게 아닐까?

그런데 아내는 내가 한동안 방치했던 새소리 테이프에서 우리 정원에 찾아오는 종류만 골라서 아들을 재학습시키려는 나의 시도를 말렸다. 부자연스러운 역전을 우려한 거였다. 아들은 약간 거시적으로 본다면 모두 같은, 그리고 또 약간만 미시적으로 본다면 각각 결정적으로 다른 장애를 가진 친구들을 만나고, 특히 교실에 늘 흐르는 FM 방송을 들으며 인간이 만든 음악에 급속하게 경도되어 갔다⋯⋯

때마침 일요일 아들과 함께 식탁에 앉아 있는데 휘파람새가 울었다. 나만 "응?!" 하는 반응을 보였을 뿐 아내는 몸집이 작은 휘파람새가 나뭇가지에 묶어 놓은 기름 덩어리를 잘 쪼아 먹는지 의자에서 엉거주춤 몸을 일으켜 확인하면서 그녀의 마음속에서 일어났을 생각과는 다르리라 느껴지는 이야기를 했다.

일찍 세상을 떠난 영화감독이었던 친정아버지가 결핵으로 자리보전하고 있을 때 정원에 날아오는 새들 중에서 특히 울음소리가 아름다웠던 휘파람새에게 '작은 시키부'라는 이름을 붙여 주었었다고. 자기들은 그 새가 아직 어려서 '호오 호케쿄'라는 울음 뒤에 '삐' 하는 소리를 덧붙이는 걸 두고 아버지의 표현과 경쟁적으로 '쿄삐 녀석'이라고 불렀다는 이야기였다⋯⋯* 아들은 휘파람새의 소리에도 우리 대화에도 전혀 관심을 나타내지 않고 당시 일요일 아침 영원히 계속될 것 같았던 요시다 히데카즈**의 프로그램에서 흘러나오는 모차르트에 푹 빠져 있었다.

그 무렵 나는 교토의 프랑스 문학자 스기모토 히데타로 씨가 쓴 책을 읽고 감명을 받아 그 사람이 쓴 다른 책을 이어서 읽다가 이토 시

---

* '작은 시키부(코시키부)'와 '쿄삐 녀석(쿄피스케)' 모두 휘파람새의 울음소리와 비슷한 발음을 가진다.
** 1913~2012 일본의 음악 평론가이자 수필가. NHK FM 방송에서 1971년부터 40년 가까이 〈명곡의 즐거움〉이라는 프로그램을 맡아 타계할 때까지 진행했는데, 이 프로그램은 그가 사망한 해 말까지 남겨 놓은 원고로 방송되었다.

즈오 시인을 다룬 책을 읽게 되었다. 그리고 지금까지 대다수의 비평가들이 중요하게 여기지 않았으나 나로서는 매우 소중하게 기억하던 그 시에 대한 스기모토 씨의 진지한 해석을 만나게 되었다. 그러나 그것은 소년 시절부터 간직해 온 나의 외골수적인 해석을 완전히 뒤집어엎는 것이었다!

그럼에도 간행 당시의 시집에 실린 순서로 전후의 작품을 해석하고 거기에서 드러나는 윤곽이 이 시가 내포하는 사상과 이어진다는 그의 해석은 너무나 명쾌한 것이었고 나는 그 해석을 기꺼이 수용했다.

우선 스기모토 씨는 선행하는 「오히려 그들이 나의 오늘을 노래한다」라는 시와의 관계성에 주목했다.

찬란하고 짧았던 날을
사람들은 노래하네

그러나 자신은 그렇지 않다고, 시인은 그에게 중요한 은유가 사랑해 마지않았던 지드의 작품을 매개로 명확하게 드러나는, 이 세계에 확산되는 '늪'에 대해 이야기하고 있다.

나는 노래하지 않네
짧고도 찬란했던 날에 있었던 일들을
오히려 그들이 나의 오늘을 노래하네

그리고 시인에게서 이 시를 제시받은 노인이, 그래, [나의 영혼]이라고는 말하지 못하겠네 / 그 증거를 들려주지, 라고 응하는 형태로 「휘

파람새—어느 노인의 시」라는 시가 기록되었다고 해석한다. 노인은
휘파람으로 불러들인 그 휘파람새가 바로 산속에 살던 어린 시절 친
구의 영혼이라고 믿고 있다. 그러나 친구는 그것을 기억조차 못 한다.
영혼이란 그처럼 모호한 것이다. [나의 영혼]이라고는 말하지 못하겠
네. 그러나 [나의 영혼]은 기억한다. 오랫동안 그 휘파람새의 존재를
기억하고 있던 것이 [나의 영혼]인 이상……

　스기모토 씨의 해석에 의하면 시인은 영혼의 자발성을 인정하지 않
고 이른바 악기처럼 외부에서 들어온 무엇이 영혼을 울린다고 생각했
다는 것이다. 오히려 그들이 나의 오늘을 노래하네. 외부에 있는 찬란
한 날들, 그들이 [나의 영혼]을 방문해서 악기를 연주하듯이 내 영혼
을 울려 나의 오늘을 노래하는 거다. 그 자체의 중심적인 에너지로 자
발적으로 노래하는 [나의 영혼]이란 것은 없다. 그러나 일단 악기로
울려 퍼졌던 노래를 [나의 영혼]은 기억한다……

　그처럼 기억된 것으로서 또 하나, 「무제—작자 미상」의 짧은 시가
뒤를 잇는다. 스기모토 씨는 그 마지막 두 행이 글자 수가 같다는 점과
앞의 시의 마지막 연에도 같은 방법이 사용되어 있다는 점에 주목해
야 한다고 환기시켰다.

　　물 위의 그림자를 먹고
　　꽃 내음에 물들며
　　콘서트는 끝없어라

　나는 이 해석에 완전히 굴복했다. 그러고 나니 깊고 큰 외로움이 밀
려왔다. 소년 시절 어느 특별한 날, 몸 깊숙이 뜨거운 불덩어리가 생겨

서 슉슉 하며 김을 내뿜는 것처럼 분출되던 눈물. 그건 시적인 언어를 경험해 보지 못한 소년의 오독의 결과에 지나지 않았단 말인가? 그리고 죽은 친구의 영혼이 휘파람새의 소리처럼 모든 산과 들에서 빛나며 그 영혼을 좇아 나의 영혼이 중첩되면서 산새 소리만을 이해하는 정신지체 아들의 영혼과 서로 교감한다고 생각했던 것도 오독 위에 지은 모래성에 불과했다는 말인가?

그 시인이 문맥 속에서 부정한 건 '나의'라는 형용구가 아니라 '영혼'이라는 명사였다. '나'를 초월해서 모든 것을 감싸 안는 공통의 영혼 같은 건 한 번도 말하지 않았다. 죽은 친구와 정신지체 아들과 나 자신의 삼자의 내면을 잇고 모든 것을 감싸 주기도 하는 그리운 것으로서의 공통의 영혼이란 건 단지 나 혼자만의 생각이었다.

나는 스기모토 씨의 글을 통해서 이전에 내가 이르지 못한 명석한 해석에 굴복하는 쾌감을 맛보았다. 그러나 발밑으로 넘실넘실 다가오는 깊고 큰 고독감이란 일찍이 경험해 보지 못한 규모였다. 친구가 죽고 오랜 세월이 흘렀다. 장년을 훨씬 지난 나도 머지않아 죽음을 맞이하게 될 것이다. 장애가 있는 아들 혼자 뒤에 남는다. 그때 원래 각각 이었던 세 개의 영혼 중에 이미 두 개는 소멸되고 하나는 부서져 있다. [나의 영혼] 같은 것은 친구에게도 나에게도 아들에게도 무르고 불확실한 것에 지나지 않는다……

아마도 이 해석 이상의 것은 없으리라. 그러나 나에게는 여전히 '만약에, 또는?'이라는 미련이 남아서, 거기서부터 공공연하게 밝히기는 어려운 통로를 더듬어 조심스러운 영혼의 위안이 부상하는 것을 느낄 때가 있다. 나 역시 그것을 노인의 말투로 나는 너의 노년을 위해 그것을 적어 두었다, 라고 말하고 싶은 유혹을 느낀다. 그 '네'가 누구를 지칭하는 것인지는 여전히 애매하지만……

올봄 끝자락에 있었던 일이다. 아들을 가라스야마에 있는 복지관에 데려다주기 위해 아침 일찍 집을 나섰다. 날도 쾌청하고 버스도 한가했다. 척 보기만 해도 신입생 티가 줄줄 나는 아이들 몇 명이 무심한 얼굴로 버스에 타고 있었다. 내가 버스 손잡이를 잡으며 "이 복지관도 꽤 오래 다녔지? 올해 몇 년째더라?" 하고 물으니 "4월 10일에 6년째로 들어갑니다" 하고 아들이 그 개성적인 정확함으로 대답했다.

우리는 환승역의 상하행 선로가 굉장히 긴 돌도끼 모양으로 되어 있는 플랫폼에 나란히 서고 나서는 별로 이야기를 나누지 않았다. 하행선 쪽의 콘크리트 포장된 비탈에는 이끼와 민들레만이 자라 꽃을 피우고 우리가 향하고 있는 상행선 쪽 비탈에는 파란 풀과 활짝 핀 무꽃이 군생하고 있다. 소년 시절 고향 마을 대갓집에 갖추어져 있던 유호도 문고에서 『통속 삼국지』를 빌려준 것도, 피난 온 사람이 뿌렸다고 하는 골짜기 강가에 만발한 십자화과科 일년초가 무꽃이라고 가르쳐 준 것도 기 형이라고 부르던 그 친구였다. 이 플랫폼에서 매년 한 번은 떠오르는 것을 나는 반추하고 있었던 셈이다. 풀이 파랗게 덮인 비탈에는 새로 돋은 작은 잎사귀를 단 느티나무, 밝은 포도주색으로 시든 겨울눈의 껍질에서 커다란 이파리를 내밀고 있는 목련, 함초롬한 꽃을 견고하게 매단 겹벚꽃이 늘어서 있고 그 너머로는 대나무 숲이 보인다. 그리고 그 어둠 속에서 금방이라도 무슨 일이 시작될 듯한 느낌이 말을 거는 것 같았다…… 그때 상행 전철이 들어왔다.

내가 다른 데 정신이 팔려 아들의 변화를 놓친 듯했다. 아들은 간질이 오기 전 열이 확 오르는 전조 증상을 보인다―전체적으로 느린 신체 동작이 오히려 생명을 구한 것이라고 구급 병원의 의사가 말했다—정차를 위해 속도를 줄이며 들어오는 전동차의 차체를 향해 아들의 몸이 천천히 빨려 들어갔다. 옆에서 아들을 껴안기 위해 그러나 마음보다 한발 늦게 나온 나의 어깨와 뒤통수를 거대하고 육중한 것이 툭 치며 스쳐 갔다. 나는 아들의 몸을 껴안은 채 뒤로 벌렁 나자빠졌다. 잠깐 동안 정신을 잃었던 것 같다.

……농밀한 그리움과 함께 기 형과 진짜도 아니고 장난도 아니게 격투를 벌이다가 고신 산 뒤쪽 비탈을 굴러떨어져 머리를 부딪친 어느 봄날의 순간으로 돌아와 있었다. 동시에 아들의 머리가 바닥에 부딪치지 않도록 내 가슴으로 받았다는 것에 안도감을 느꼈으니 분열된 감정을 느꼈던 셈이다……

그러다가 정신이 들어 보니 나의 두 손은 더 이상 아무것도 안고 있지 않은 채 축 처져 몸 쪽으로 늘어져 있었다. 나는 차갑지 않은 물구덩이에 옆얼굴을 묻고서 한쪽 눈으로 눈부시도록 파란 하늘과 그곳을 크게 가리는 검은 머리를 올려다보았다. 내 주위로 사람들이 빙 둘러섰다. 물웅덩이에서 고개를 들려는데 머리 한쪽이 깨지는 듯 아팠다. 나는 더럭 겁이 났다. 또한 내 이마 주위를 머뭇머뭇 만지는 모양 좋은 아들의 손가락이 빨갛게 물들어 있는 것을 보고 물웅덩이라고 생각했던 게 나의 피라는 걸 깨달았다……

그렇다면 이제 곧 이 사람 울타리를 뚫고 나타날 역무원이 구급차를 부를 때까지 움직이지 않는 것이 타당할 터였다. 그리고 간질 발작 후유증이 아직 남아 있을 아들이 동요하지 않도록 우선 안심시켜 주는 일이 시급했다. 나는 머리가 울리지 않도록 작은 소리로 말을 했다. 완전히 술에 취한 사람처럼 우스꽝스러운 목소리가 나왔다. "이요, 이요, 큰일 났네. 도대체 뭐지?"

아들은 비탈의 위쪽 대나무 숲에서 들려오는 새소리에 대해서 명확하게 대답했다. 그것은 단순한 새의 이름 이상의 것이었다.

"휘파람새, 입니다."

　　[나의 영혼]이라고는 말하지 못하겠네

　　그 증거를 들려주지

「기묘한 아르바이트」《도쿄대학신문》1957년 5월

「사자의 잘난 척」《분가쿠카이》1957년 8월호

「남의 다리」《신초》1957년 8월호

「사육」《분가쿠카이》1958년 1월호

「인간 양」《신초》1958년 2월호

「돌연한 벙어리」《신초》1958년 9월호

「세븐틴」《분가쿠카이》1961년 1월호

「공중 괴물 아구이」《신초》1964년 1월호

「슬기로운 '레인트리'」《분가쿠카이》1980년 1월호

「'레인트리'를 듣는 여인들」《분가쿠카이》1981년 11월호

「거꾸로 선 '레인트리'」《분가쿠카이》1982년 3월호

「순수의 노래, 경험의 노래」《군조》1982년 7월호

「분노의 대기에 차가운 갓난아이가 솟아올라」《신초》1982년 9월호

「떨어진다, 떨어진다, 절규하며……」《분게이슌주》1983년 1월호

「새로운 사람이여 눈을 떠라」《신초》1983년 6월호

「조용한 생활」《분게이슌주》1990년 4월호

「안내인」《Switch》1990년 3월 Vol.8 No.1

「하마에게 물리다」《분가쿠카이》1983년 11월호

「'하마 용사'와 사랑스러운 라베오」《분가쿠카이》1984년 8월호
  *「하마에게 물리다 Part 2」로 제목 바꿈

「'울보' 느릅나무」《Literary Switch》1991년 11월 Vol.1 No.3

「벨락콰의 10년」《신초》1988년 5월호

「마고 왕비의 비밀 주머니가 달린 치마」《분가쿠카이》1992년 2월호

「불을 두른 새」《Switch》1991년 7월 Vol.9 No.3

삶의 습관
生きることの習慣

1

작년 가을, 『만년양식집晩年樣式集』을 간행했습니다. 3·11 직후부터 문예지에 연재하는 형식으로 시작했는데 써 나가다 보니 그것이 나의 장편소설의 마무리가 되리라는 생각이 들었습니다.

그것이 책으로 나오면 그다음에는 지금까지 썼던 모든 소설을 다시 읽어 봐야겠다는 생각이 들어 우선 단편소설이 실려 있는 단행본과 잡지들을 복사해서 모았습니다. 그리고 이 자선집을 편집하는 방향으로 일을 진행시켰습니다. 나중에 다시 언급하겠지만 나에게 다시 읽는다는 것은 부분적이긴 하지만 고쳐 쓰는 것이기도 합니다. 지금 단편소설 전체에서 일정 수를 선택해(남기는 것보다 빼는 것이 생각보다 많아졌습니다), 필요하다고 생각되면 고쳐 써서 최종적인 정본을 만들고자 마음을 먹었습니다. 그런데 이 작업을 해 나가면서 나는 단편 하나하나에 내가 산 '시대정신'이 드러나 있음을(가끔은 소극적, 부정적 표현이 된 곳도 있지만) 깨닫게 되었습니다.

지금, '시대정신'이라는 말이 나에게 떠오른 것은 마침 앞의 작업을 계속하는 동안 나쓰메 소세키의 『마음』 탄생 100주년을 기념하는 많은 기획들이 있었고 나도 그중 한 인터뷰에 참가한 일이 있었기 때문입니다. 《아사히 신문》 요시무라 지아키 편집위원의 기사에서 한 구절 인용하겠습니다. '선생'은 『마음』에서 젊은 친구에게 자신의 생을 쓰게 하는 역할의 인물.

'이번에 『마음』을 다시 읽고 마지막 두 장에 감동했습니다. 소설 속의 "선생"은 40대 후반의 나이니 그 작품을 쓰고 있는 작가 나쓰메 소세키와 동년배가 되는 거죠. 그런 점에서 『마음』의 "선생"에게 소세키의 감성이 직접 반영되어 있다고 할 수 있습니다. 새삼스럽게 나의 마음을 사로잡은 것은 메이지 천황의 붕어 부분에서 "선생"이 하는 말이었는데

"이 시대는 메이지 정신이 천황으로부터 시작하여 천황에서 끝난 것 같습니다. 가장 강하게 메이지 영향을 받은 우리가 그 후에 살아남아 있다는 것은 필경 시대에 뒤떨어졌다는 느낌이 강하게 나의 가슴에 사무쳤습니다. (중략) 나는 아내에게 만약 내가 자결을 한다면 메이지 정신으로 자결할 생각이라고 대답했습니다."

젊었을 때는 이 구절을 읽고 소세키에게도 국가주의적인 데가 있구나 하는 생각에 상당히 마음이 안 좋았죠.

그러나 이번에 주의 깊게 다시 읽어 보니 다른 측면으로 읽히더군

요. 소세키가 "메이지 정신"이라고 하는 것은 자신이 산 메이지란 시대의 "인간 정신"을 말하고 있는 것이라고. 천황이나 대일본제국이 아니라 소세키 자신의 정신을 포함해서, 메이지 시대를 산 사람들의 정신이 지금까지의 일본의 역사 속에 특별한 의미를 갖는다는 말을 하고 싶었던 것이었다고.

"시대정신"이라는 것이 있다면 확실하게 드러낸 소설로서 『마음』은 특별한 작품입니다. (중략)

소세키의 "메이지 정신"을 나 자신에게 적용한다면 "전후 정신"이라는 것이 됩니다.'

나는 이 '전후 정신'을 다음과 같이 설명합니다.

'열 살 때 전쟁이 끝나고 주둔군의 지프가 마을로 들어왔을 때 어린 마음에도 무척이나 겁을 먹었다. 그런데 열두 살 때 일본의 헌법이 시행되고 중학교 3년간 헌법과 교육 기본법에 대해 배웠다. "좋은 시대"가 되었다고 생각했다.

지금 젊은 사람들로서는 상상하기 어렵겠지만 당시의 혼란 속에는 무엇인가 활기차게 움직이는 감각이 있었다. 개인의 권리가 보장되고 나도 도쿄 혹은 세계에 나가 무엇인가 하고 싶은 의욕이 솟았다. 전후는 매우 밝은 시대였다. 지금 일흔아홉이 된 나에게는 67년간 줄곧 "시대정신"은 부전不戰과 민주주의 헌법에 근거한 "전후 정신"이다.'

2

무엇보다도 초기 소설을 쓸 당시의 내가 소설의 주제로 '전후 정신'

이라는 표현을 의식하고 있었느냐고 하면 당연히 그렇지는 않았습니다. 그때는 자신이 장래에 소설가가 되겠다는 결심이 있던 때도 아니었습니다.

원래 나는 (그때까지 습작이 몇 개 있기는 했지만) 주제를 가지고 소설을 쓴 것이 아니라 하나의 이미지를 핵으로 삼아 단편소설을 썼습니다. 그것이 《도쿄대학신문》에 게재되고 뜻밖에 유명한 비평가의 호평을 받은 덕분에 문예지로부터 원고 청탁을 받게 되는…… 그 모든 과정이 우연에 우연이 겹친 결과입니다.

나는 대학의 프랑스 문학과 3학년생이었습니다(재수를 해서 22살). 봄방학 때 시코쿠 숲 가장자리의 집으로 돌아가 졸업논문을 위해 연초부터 집중해서 읽던 장 폴 사르트르의 『Baudelaire』(Gallimard)를 마저 읽었습니다. 다른 프랑스어 책을 가져가지 않은 나는 남은 사흘 동안 단편소설 하나를 썼던 것이지요.

그 「기묘한 아르바이트」의 시작 부분과 끝부분의 이미지는 친구에게 들었던 이야기에서 나온 것입니다. 친구가 입원했을 때 들었다는 병원 뒤 담에 갇혀 있던 실험용 개들의 울음소리가 아주 강한 인상을 나의 뇌리에 남겼지요. 나는 그 친구에게 소설을 보여 주었는데 친구가 《도쿄대학신문》 편집부로 그것을 가져갔습니다. 신학기가 시작되고 학교에서는 바로 오월제라는 축제가 열려서 나도 학과 학생들이 하는 프랑스 신문의 사회종社會種 전시회 비슷한 행사에 동원되었습니다. 교문을 들어오면서 산 대학 신문에서 내가 쓴 단편이 '오월제상賞'이라는 것을 받았다는 사실을 처음 알았습니다. 신문에는 내가 쓴 작품이 활자가 되어 실려 있었습니다.

2~3주가 지나서 학생과에서 호출을 받은 나는 문예지에서 온 편지

를 전달받았습니다. 그것은 나와 별로 나이 차가 느껴지지 않는 편집자로부터의 솔직하고 구체적인 제안이었습니다. '자네는 이로써 등단하게 되었다. 대학 신문에 실린 단편을 다시 문예지에 실어도 좋을지, 아니면 조금 길게 다시 쓸 것인지?' 내가 흥미를 느낀 것은 일단 완성해서 발표하고 평가까지 받은 작품에 대해 다시 쓰지 않겠느냐고 하는 제안이었습니다. 실은 처음으로 활자화된 자신의 작품을 되풀이해 읽으면서 내심 다시 쓰고 싶다는 생각을 하던 차였습니다. 그 제안에 응했던 게 지금까지 이어지고 (여든을 목전에 둔) 이제는 마무리하고자 하는 평생 직업의 시작이었습니다.

3

새삼스럽게 그 모든 과정을 돌이켜 보면 우선 나는 친구의 이야기에서 묘하게 가슴을 찌르는 어떤 이미지를 얻고 이를 계기로 하나의 단편을 썼던 것입니다. 그 단계에서 내가 의도했던 것은 친구와 평소에 주고받던 농담을 좀 더 깊이 있게 전개해 본 데 지나지 않았습니다. 그런데 그것이 활자화되어 비평까지 받고 보니 나는 그 글을 다시 고쳐 쓰고 싶은 열망(이라고 말하고 싶을 정도로)에 사로잡혔던 것이지요. 게다가 발표할 지면도 이미 확보되어 있었고 눈앞에는 일단 나 자신이 써 놓은 텍스트가 있으니 그 작업은 확실한 단서도 없이 시도하던 지금까지의 행위와는 다른 느낌이었습니다.

나의 「기묘한 아르바이트」 고쳐 쓰기 계획은 이 단편소설을 이중 구조로 만드는 것이었습니다. 「기묘한 아르바이트」는 전후 사회를 살아가는 학생이 개를 도살하는 아르바이트를 하는 이야기였는데 다시 고쳐 쓰기를 검토하고 있다가 나는 패전 2년 전의(그러나 완전히 다른 '시대정신' 속에서의) 나의 경험을 상기하며(이 역시 개를 도살하는 남자와 관계된 일이었습니다) 지금 현재의 젊은이인 자신과 그 소년을 연결시켜 보려는 생각을 했습니다.

나는 전쟁 중 초등학교(당시 명칭으로는 국가주의의 독일 초등 교육기관을 본떠서 국민학교) 3학년이었는데 아침 조회 시간 훈시에서 교장 선생님이 각자 집에서 기르는 개를 끌고 오라는 지시를 내렸습니다. '북방에서 싸우고 계신 군인'들의 외투를 만들기 위해 가죽을 모으러 사람이 온다는 것이었지요.

집에서 리라고 부르던 개를 줄에 묶어 학교로 데리고 가니, 학교 운동장에는 개가 우글우글했습니다. 운동장 옆 풀이 우거진 공터에 비닐로 칸막이를 만들어 놓고 개백정이 아침 일찍부터 도살을 하고 있었습니다…… 우리 개의 순서를 기다리는 내 옆으로 아직 학교에 다니지 않던 남동생이 나타나더니, 나에게서 개 줄을 빼앗아 리를 숲으로 향한 오솔길로 끌고 가 등을 빵 하고 때려서 멀리 쫓아 버렸습니다. (이튿날 아침 리는 돌아왔는데, 많은 개들은 비닐 칸막이 안에서 개백정의 손에 처리되고, 정체불명의 그 사내는 개의 가죽을 벗겨 커다랗게 묶어서는 자전거에 연결한 리어카로 어디론가 싣고 간 후였습니다.)

그래서 나는 소년 시절의 내가 하려고 했던 것과, 전후 학생인 내가 하게 된 아르바이트 이야기를 연관 지어 이중 구조의 단편을 써 보려고 했는데 막 소설을 쓰기 시작한 내 실력으로는 무리였습니다. 난생처음 마감 재촉을 받은 나는 「기묘한 아르바이트」에서 개를 죽이는 아르바이트 대신 의과대학의 대형 수조에 보존되어 있는 해부용 시체 처리라는 공상을 해서 「사자의 잘난 척」을 썼습니다. 앞서 말했던 비평가로부터 이것은 동일한 작품의 주제와 변주에 불과하다는 당연한 비판을 받았지만, 나는 어쨌든 고쳐 쓰기라는 훈련이 필요하다고 생각했습니다.

아무리 「사자의 잘난 척」이 「기묘한 아르바이트」의 단순한 재배치라고 한다고 해도(나에게도 그런 의식이 강하게 남아 있었던 까닭에 최초의 단편집에서는 후자를 뺐습니다) 이 고쳐 쓰기에 앞서, 불발로 끝났지만 고쳐 쓰기에 쏟아부었던 긴 시간이 내 생애의 창작 작업에 대한 적극적인 준비였음을 자각하게 되었습니다.

나는 「기묘한 아르바이트」와 「사자의 잘난 척」을 이 자선단편집의 첫머리에 나란히 넣었습니다. 그리고 시도는 했지만 결국은 완성하지 못한 앞서의 추억으로부터의 이야기는 나의 '전후 정신' 속에 살아남아 있던 또 하나의 '시대정신'의 표현으로서 몇 개인가의 초기 단편에 표현되어 있다는 생각이 듭니다. 남동생은 최초의 장편소설 『새싹 뽑기, 어린 짐승 쏘기芽むしり仔擊ち』에서 작자의 추억에 맞게 활동합니다.

4

그런데 이 후기의 제목을 「삶의 습관」이라고 붙인 것에 대해서는 동시대 작가면서도 내가 애독하던 단편소설의 명인 플래너리 오코너의 에세이에서 발견한 the habit of being이라는 말을 내 식으로 번역한 것입니다. 오코너는 프랑스에서 미국 대학으로 옮겨 와 그녀에게 본질적인 영향을 준 철학자 자크 마리탱으로부터 제시된 정의로 이 말이 의미하는 바를 요약하고 있습니다.

'소설을 쓴다는 것은 전인격이 참가하는 행위고, 예술은 인간 전체에 뿌리내리고 있는 습관이다.

긴 시간을 들여 경험을 통해 그것을 길러야 한다. 그러면 자신이 알지 못하는 커다란 곤란을 만났을 때, 그 습관이 도움이 된다……'

나는 평생 젊은 나이에 시작해 버린 소설가로서의 삶에 본질적인 곤란을 느끼며 살아왔습니다. 이제 와 돌아보니 자신이 쓴 것을 고쳐 쓰는 습관으로써 그것을 극복해 왔음을 깨닫습니다. 그리고 그것은 소설을 쓰는 일에서뿐만 아니라 더욱 넓고 깊은 의미에서 나의 삶의 습관이 되었습니다.

2014년 봄
오에 겐자부로

한 권으로 읽는 오에 겐자부로 입문

오에 겐자부로는 전후 일본 문학을 대표하는 선두 주자이며 가치 지향적인 삶의 방식을 추구하는 작가로 1994년 노벨문학상 수상자이다. 가와바타 야스나리에 이어 일본인으로서는 두 번째 수상인데, 이에 대하여 일본 사회는 동양적인 신비함으로 선정되었던 가와바타 야스나리와는 달리 현대 일본 문학이 세계적인 보편성을 획득한 것이라며 크게 환영했다.

당시 스웨덴 한림원은 '시적인 힘으로 생명과 신화가 밀접하게 응축된 상상의 세계를 창조하여 현대에서의 인간이 살아가는 고통스러운 양상을 극명하게 그려 냈다'는 것을 수상授賞 이유로 들었다.

오에 겐자부로는 노벨상 강연에서 일본이 '전쟁 포기 약속'을 했던 '헌법 9조'를 언급하며 한국, 중국 등 이웃 나라에 피해를 준 사실에 대

해 유감의 뜻을 표명하였다. 가까운 과거에 일본이 저지른 과오를 기억하는 자신은 가와바타 야스나리의 '아름다운 일본의 나美しい日本の私'에 목소리를 합할 수 없다면서* 그에 대한 안티테제로서 '애매한 일본의 나ぁいまいな日本の私'라는 제목의 연설을 했다. 또한 노벨상 수상 직후 '천황'이 직접 수여하는 문화훈장과 문화공로상의 수상이 결정되었을 때, 전후 민주주의자로서 민주주의에 앞서는 어떤 권위나 가치관도 인정할 수 없다는 이유로 거부한 것은 매우 유명한 일화이다.

오에 겐자부로는 1935년 시코쿠 에히메 현의 한 산골 마을에서 태어났다. 1941년 제2차 세계대전이 한창일 때에 초등학교에 입학한 그는 전쟁에 광분하던 제국주의 말기의 절대적인 천황 숭배 교육과 가혹한 국수주의 교육을 받으며 다른 아이들과 마찬가지로 군국주의의 '애국 소년'으로 성장했다. 열 살이 되던 해에 제2차 세계대전이 일본의 패전으로 막을 내리고 애국 소년 오에 겐자부로는 아무런 영문도 모른 채 하루아침에 바뀌어 버린 사회 변화에 엄청난 혼란을 겪어야 했다. 그는 초국가주의가 가장 기승을 부리던 전쟁 말기의 극심한 군국주의 교육을 받은 마지막 세대이고 또한 완전히 뒤집어진 세상에서 민주주의 이념과 자유 평화 교육을 받은 첫 번째 세대가 되는 셈이다. 그런 혼돈의 와중에서도 남달리 감수성이 예민했던 소년 오에 겐자부로의 마음을 사로잡은 것은 민주주의 헌법과 교육 기본법이었다. 거기에는 '개인'이라는 단어가 있었고 개인인 너는 존중되어야 한다는 가르침이 있었다. 오에 겐자부로의 평생을 관통하는 평화, 민주주의에

---

* 1969년 노벨상 강연에서 가와바타 야스나리는 자신의 예술관과 문화론을 피력하는 '아름다운 일본의 나'란 제목의 연설을 했다.

대한 신념은 바로 이 시기부터 형성된 것이다.

오에 겐자부로는 도쿄 대학교 프랑스 문학과에 진학하여 평생의 스승인 와타나베 가즈오 지도하에 프랑스 실존주의자 사르트르에 관한 공부를 했다. 그는 1957년 스물두 살의 대학생 신분으로《도쿄대학신문》현상모집 소설에「기묘한 아르바이트」로 입선한 후, 히라노 겐, 에토 준 등 당시 권위 있는 평론가들의 격찬 속에 열광적인 독자를 거느린 인기 작가로 등단했다. 그리고 그때부터 최근까지 근 60년간 끊임없이 사회와 개인에 대한 문제의식을 가지고 활발한 창작 활동을 해 왔다. 정치사회적 이슈에 있어 늘 비판적인 시각을 견지하는 오에 겐자부로에 대한 일본 내의 평가는 긍정적인 것과 부정적인 것이 교차하는 데 반하여, 한국을 비롯한 아시아 각국에서는 대체로 호감을 얻고 있다.

이는 전후 문학자로서의 일본의 전쟁 책임에 관한 일관된 입장 표명과 '9조회' 활동, 반핵운동, 일본 교과서 왜곡 문제 비판 등의 그의 정치적 행보가 아시아 각국 독자들의 공감을 이끌어 내기 때문인 듯하다. 그는 변방 의식을 가지고 중앙 권력을 향하여 비판적인 자세를 유지해 왔으며 오키나와 문제나 원폭 문제에 대한 르포르타주, 천황제에 대한 비판적 자세 등에는 늘 '일본의 양심'이란 수식어가 붙어 다닌다. 일본의 우익 세력들이 폄하해 마지않는 오에 겐자부로의 일본 비판적인 정치적 행보는 주변국 독자들의 진노를 진정시키는 힘을 갖는다는 면에서 결국 일본 국익에 큰 기여를 하고 있는 셈이다.

오에 겐자부로가 여든을 눈앞에 둔 2014년, 평생 동안 썼던 단편들 중에서 스물세 편의 작품을 골라 하나로 묶어 낸 책이 바로 이 단편선이다. 작가 자신의 손으로 새로 묶으며 세세한 수정도 가했고 또한 초기 중기 후기로 나뉘어 있다. 초기는 대학생 신분으로 작가로 등단했던 1957년부터의 작품, 중기는 그로부터 근 20년의 차이를 둔 1980년대 초의 작품, 후기는 대체로 1990년대 이후 작품들로 구성된다.

　문학에 관심깨나 있다 하는 사람 중에서 오에 겐자부로를 모르는 이를 만나기도 어렵거니와 오에 겐자부로를 읽은 사람을 만나는 것도 그 이상 힘든 게 사실이다. 많이 팔리지만 그만큼 많이 읽히지는 않는다는 소리이다. 사람들은 한결같이 오에 겐자부로의 작품이 지나치게 관념적이고 내용이 깊어서 읽기 어려울뿐더러 읽어도 그 뜻을 알기가 너무 힘들다고 한다. 그런데 그런 사람들은 아마도 오에 겐자부로의 초기 작품을 접해 보지 못했을 가능성이 매우 크다. 오에 겐자부로를 읽고 싶으나 어디서 어떻게 접근해야 할지 모르는 독자가 있다면 이 단편선을 꼭 권하고 싶다. 이 책은 수많은 단편들 중에서 '이것만은 읽어 주십시오' 하고 작가가 직접 건네주는 느낌이 든다. 특히 앞부분에 수록된 「기묘한 아르바이트」에서 「돌연한 벙어리」까지는 등단 후 1년간 쓰인 작품으로 청년 오에 겐자부로의 풋풋한 감성이 그대로 들려온다. 이들 초기 소설은 많은 독자들에게 독서의 재미와 기쁨을 듬뿍 안겨 주리라 생각된다. 그중에서도 이 단편선의 표제작이기도 한 「사육」은 정말 압권이라 할 수 있다. 제2차 세계대전 말기, 일본 남부 시코쿠 깊은 산에 추락한 미군 비행기에서 살아남은 흑인 군인과 산골 소년들의 여름 한 철의 교류와 우정과 파멸을 그린 목가적인 서정이 넘치는 작품으로 아이들과 어른들이 함께 읽을 수 있는 명작이 아닐까 한다. 그리고 이어지는 중후기의 작품을 읽으며 오에 겐자부로가 평생 문학으로 극복하고자 했던 삶의 명제들이 생생하게 다가올 것이다. 이 책은 그의 평생의 궤적이 뚜렷하게 드러난 기념비적인 선집이 되리라 생각된다.

오에 겐자부로는 초기 작품에서 자신이 일관되게 다룬 주제는 인간의 '감금 상태'라고 밝힌 바 있다. 여기에서는 사르트르의 실존주의가 말하는 인간 자체의 한계상황이 다루어진다. 오에는 패전 이후의 암울한 상황에서 저항의 의지조차 품지 못하고 굴욕감을 안은 채 무기력하게 살아가는 동시대의 젊음을 '감금 상태'로 해석했던 것이다. 이 시기의 작품들은 아주 독특한 색깔을 갖는데, 오에 겐자부로 하면 떠오르는 관념적이고 철학적인 분위기가 아니라 모든 작품이 선명한 이미지를 지닌다. 그러면서도 그가 평생 끌고 가는 평화와 공존이라는 문학의 맹아들이 모조리 싹트고 있는 것이 놀랍다. 지금까지 별로 소개되지 않았던 이 초기 소설을 읽는 것만으로도 책 한 권의 가치는 다하고도 남을 것이다.

오에 겐자부로는 평생의 친구이자 영화감독인 이타미 주조의 여동생 유카리와 결혼했는데, 결혼 이듬해인 1963년 두개골에 이상을 가진 아들이 태어난다. 이 장남의 출생으로 오에 겐자부로의 문학 인생이 크게 바뀐다. 아이 문제로 인한 실의와 고통 속에서 오에 겐자부로는 히로시마를 방문한다. 그리고 그곳에서 인류가 저지른 죄악의 실상과 그 속에서도 목숨을 부지하고 새로운 삶을 향해 재생의 몸부림을 치는 사람들의 모습을 마주하며 깊은 감동과 용기를 얻는다. 이 두 사건 이후 '핵 문제'와 '공생'은 그의 문학에서 끊임없는 주제가 되고 있다. 서정과 문학성이 넘치는 초기의 작품에서 과감한 성적 묘사와 일탈의 분위기로 가던 그의 문학이 갑자기 삶의 실존을 다룬 무겁고 조용한 것으로 변한다.

스물여덟 살짜리 아버지의 정신적 충격과 고뇌는 자전적 소설 『개인적인 체험』에 고스란히 담겨져 있다. 그런데 아들과의 공생을 결심하는 『개인적인 체험』의 또 하나의 버전이 바로 이 단편선에 수록된 「공중 괴물 아구이」이다. 「공중 괴물 아구이」에서 작가인 주인공은 식물인간이 될 것이라는 아기를 죽게 만들고, 스스로도 마침내 소멸해 버린다. 이 두 작품을 통해 장애자 아들이 작가의 인생에 어떤 역할을 하고 있는지를 짐작해 볼 수 있다. 오에 겐자부로는 장애자 아들과 공생의 길을 선택했다. 평생 자립할 가망이 없는 자녀를 돌본다는 게 한 사람의 인생에서 얼마나 큰 짐이 되는지 겪어 보지 않은 사람이 짐작하기는 어려울 것이다. 중후기 작품에는 장애자 아들과의 문제가 많이 등장한다. 그것이 작가의 인생의 당면한 명제임을 알게 하는 장면이다. 그러나 많은 작품에서 작가인 화자와 장애자 아들이 등장하지만 이는 작가 자신의 실제적인 경험과 허구가 뒤섞여 새롭게 창작된 소설일 뿐 사소설의 범주에 드는 것은 아니다.

중기 작품은 연작단편집 『'레인트리'를 듣는 여인들』과 『새로운 사람이여 눈을 떠라』에서 발췌한 작품들이 큰 줄기를 이루는데 초기 작품과는 완연히 다른 분위기로 매우 관념적인 문체가 시작된다. 중후기의 작품이 이토록 어려워진 데는 오에 겐자부로의 깊은 독서도 관련이 있다. 그는 자신에게 주어진 인생의 고뇌들과 싸우면서 시인들에 탐닉했고 그들로부터 받은 영감에 이끌리며 소설을 썼다. 일본 고전에서도 많은 영감을 받았지만 역시 그의 정신세계를 지배하는 문학은 영미 문학이었다. 먼저 평생 술주정뱅이로 인생을 마친 『화산 아래서』의 저자 맬컴 라우리, 또 15세기 영국의 신비주의 시인 윌리엄 블레이크, 그리고 단테가 등장한다. 끊임없이 읽고 쓰고 고쳐 쓰는 것이 오에 겐자부로의 삶의 습관이었다. 한 작가를 2~3년 꾸준히 읽고 다른 작가로 넘어가는 방식은 스승 와타나베 가즈오의 가르침이었고 오에 겐자부로는 평생 그 방식을 고수해 왔다. 이 방식을 통해서 삶의 근본적인 어려움들과 마주하고 장애자 아들과의 공생을 모색하며 곤경을 헤쳐 나가는 과정이 중후기 작품의 큰 맥을 이룬다. 사춘기에 접어든 아들의 눈에 드러난 절대 고원의 슬픔을 마주하면서 맬컴 라우리의 세계에서 그려진 슬픔(비탄)을 공유한다.

「분노의 대기에 차가운 갓난아이가 솟아올라」에서 어린 시절의 '내'가 이상한 고양감에 이끌려 깊은 강물 속으로 잠수하여 황어 떼를 관찰하다가 그대로 익사할 뻔한 이야기나 「'울보' 느릅나무」와 「새로운 사람이여 눈을 떠라」에서 나오는 소년인 '내'가 혼자 산에 올라 헤매다니다가 소방대원에게 구조되는 이야기는 실제로 소년 오에 겐자부로에게 일어났던 일들이다. 그의 어머니는 그 사건들을 통해 자신의 아들은 일부러 생의 방향으로부터 일탈을 할 놈이라고 분노 속에서 단념한 바가 있었다.

작가 자신은 등단 초기에 중증 수면제 중독에 빠진 적도 있고 실제로 자기 소멸 충동에 빠진 적이 여러 번 있었음을 쓰고 있다. 그런 분위기는 밖으로도 전해졌는지 별로 친하지도 않았던 미시마 유키오에게 "자네도 서른다섯쯤이 적당하지 않겠나?" 하는 소리를 듣기도 한다. 그런 여러 가지 상황들을 생각해 볼 때 오늘날까지 오에 겐자부로의 생을 지탱해 준 근원적인 힘은 바로 장애가 있는 아들의 존재가 아닌가 하는 생각을 하지 않을 수 없다.

그는 시인들과의 교감에서 얻은 영감으로 자신의 삶을 짓누르는 문제들과 싸워 왔고 그것을 문학이라는 방식으로 풀어냈다. 이는 오에 겐자부로 나름의 시대정신의 표현이었다. 그가 평생 표현한 시대정신이란 바로 '전후문학'의 지지를 받는 것이기도 하다.

일본의 전후문학이란 1945년 패전 이후 약 10년간 문단을 주도한 사조를 가리킨다. 당시에 문단을 이끌었던 시이나 린조, 아베 고보 등의 전후문학자들은 세계를 전쟁의 수렁으로 밀어 넣고 결국은 인류 최초의 핵무기 사용이라는 비극으로 막을 내린 패전의 고통 속에서 반성적인 역사관을 가지고 성실하고 겸허한 자세로 새 출발을 하고자 했던 이들이다. 오에 겐자부로는 그들을 가리켜 "아시아의 침략자라는 오명을 지닌 채 겸허한 자세로 새 출발을 하고자 했던 지식인들"이라고 표현한다. '전후'라는 시대는 기존의 국가관, 가치관이 완전히 뒤집어진 혼돈의 시대인 동시에 전쟁이 끝나고 평화 시대가 시작되어 '희망'이 움트는 매우 복합적인 시기였다. 오에 겐자부로는 전후문학자들에게 열광하며 자신은 그들의 시대정신을 계승하는 후계자가 되겠다고 여러 차례 천명했다. 그가 등단할 무렵은 때마침 일어난 한국전쟁의 특수에 힘입어 일본이 패전의 경제 파탄에서 기적적인 회복을 이루고 전쟁 따위는 언제 있었냐는 듯 대중 소비사회 향락의 도도한 물결에 휩쓸리기 시작한 시기였다. 그런 사회 분위기에 맞서 반성적 역사 성찰을 하고자 하는 전후문학의 계승자 운운하는 젊은 소설가의 등장은 매우 이질적이고 불편한 것이었다. 현대문학가들 중에 오에 겐자부로만큼 전후 민주주의나 일본 헌법에 관해 자주 언급하는 작가는 드물다. 이는 전후문학자의 정신을 잇겠다는 그의 지향이 민주주의 이념의 준수와 전쟁 포기로 상징되는 평화주의에 있음을 알게 해 준다.

오에 겐자부로는 지금도 꾸준히 반핵운동에 앞장서고 있으며 '9조회'의 회원으로 열정적으로 활동하고 있다. '9조회'란 패전 직후 일본 의회가 공표한 신헌법 9조를 지지하는 모임을 이른다. 일본 헌법 9조는, 일본은 국제 평화를 희구하고 영구히 국제적인 무력행사를 하지 않을 것이며 이를 지키기 위해 어떠한 전력도 보유하지 않고 교전권도 인정하지 않는다는 내용으로 되어 있다. '9조회'는 국제사회의 일원으로서 평화군을 파병해야 한다는 주장과 함께 헌법 9조의 개정에 대한 논의가 활발하게 일어났던 2004년에 가토 슈이치를 필두로 이노우에 히사시를 비롯한 아홉 명의 지식인이 중심이 되어 조직하였다. '9조회'는 정치적인 조직을 가진 것은 아니지만 평화헌법 수호에 대한 지지를 표명하는 사람들이 모여 전국적으로 7,500여 개(2014년 당시)에 달하는 '9조회'로 확산되었다.

오에 겐자부로는 사회문제에 관심을 가지며 반전반핵에 앞장서 왔고, 개인의 삶에서 출발한 이야기를 보편적인 주제로 확장하여 인류의 평화와 공존이라는 주제로 많은 작품을 썼다. 그는 2013년 『만년양식집』을 끝으로 소설 창작을 마감한다고 밝혔다. 그리고 곧바로 착수한 작업이 이 단편선을 묶는 일이었다. 오에 겐자부로는 원래 단편 작가로 출발한 사람이었다. 그 많은 작품 중에서 단 스물세 편을 골라내는 일이 결코 쉽지는 않았으리라. 오에 겐자부로라는 대가의 평생의 궤적을 더듬어 볼 수 있는 이 책이 모쪼록 많은 독자들에게 '오에 겐자부로 월드 입성'의 계기가 된다면 더 이상 바랄 것이 없겠다.

나는 『닐스의 모험』의 압도적인 영향 아래 유년기를 보낸 이상한 일본인입니다. 모국보다 스웨덴의 아름다운 장소 이곳저곳을 더 쉽게 이야기했던 때가 있었을 정도로 닐스가 나에게 미친 영향은 그야말로 어마어마했습니다.

닐스의 묵직한 중량은 나의 문학적인 편애로 확대되었습니다. 나는 『겐지모노가타리』를 냉대했습니다. 이 유명한 작품의 저자인 무라사키 시키부보다 셀마 라겔뢰프를 더 가깝게 느꼈고 더 존경했습니다. 그러나 닐스와 그의 친구들 덕분에 다시 한 번 『겐지모노가타리』의 매력을 재발견하게 되었습니다. 닐스의 날개 달린 동료가 나를 그곳으로 데려갔지요.

겐지, 고전적인 이야기의 주인공인 그는 자신의 꿈에조차 나타나지 못하게 된 아내의 죽은 영혼을 찾아 헤매며 날고 있는 눈앞의 기러기 떼에 작별을 고합니다.

그 영혼의 목적지, 이것이 내가 『닐스의 모험』에 이끌려 서유럽 문학에서 비로소 찾은 것입니다. 일본인으로서, 문학과 문화를 향한 나의 추구가 얼마간이라도 인간의 조건을 조명해 온 서유럽의 빛에 대한 보답이 될 수 있기를 열렬히 바랍니다. 아마도 노벨문학상 수상은 그러한 하나의 기회로서 나에게 도움이 될 것입니다. 아직도 사고와 통찰이라는 선물들이 쏟아져 들어오고, 그래서 나는 답례로 막 어떤 것을 시작한 참입니다. 고맙습니다.

1994년 12월 10일

---

* 오에 겐자부로의 노벨상 강연 「애매한 일본의 나」는 노벨상 공식 홈페이지에서 전문을 읽고 들을 수 있다.
  http://www.nobelprize.org/nobel_prizes/literature/laureates/1994/oe-lecture.html

1935	1월 31일 일본 시코쿠 에히메 현 오세 마을에서 출생.

1941	오세 초등학교 입학.

1944	할머니와 아버지가 세상을 떠남.

1945	제2차 세계대전 종전. 10세에 패전을 맞음.

1947	오세 중학교 입학.
	평화헌법에 감명을 받음.

1950	에히메 현 우치코 고등학교 입학.

1951   교내 폭력 서클과의 갈등으로 인해 마쓰야마히가시 고등학교로
전학. 평생의 벗 이타미 주조와 만남.
문예부지 《손바닥 위掌上》 편집.
와타나베 가즈오의 저서 『프랑스 르네상스 단장斷章』을 읽고 프랑
스 르네상스를 배우기 위해 와타나베가 가르치고 있는 도쿄 대학
교로 진학하기로 결심.

1954   1년 재수 후 도쿄 대학교 교양학부 입학.

1955   도쿄 대학교 고마바 캠퍼스 교내지 《학원学園》에 「화산火山」 게재.
《분게이》 전국학생소설콩쿠르에 「상냥한 사람들優しい人たち」이 가
작으로 입선.
블레즈 파스칼, 알베르 카뮈, 윌리엄 포크너, 노먼 메일러, 아베
고보 등을 애독함.

1956   프랑스 문학과에 진학. 와타나베 가즈오에게 사사.
스나가와 투쟁에 참여.

1957   「기묘한 아르바이트」로 《도쿄대학신문》 오월제상 수상.
「사자의 잘난 척」을 발표하며 학생 작가로 등단. 제38회 아쿠타가
와상 후보작으로 추천됨.

1958   단편집 『사자의 잘난 척』, 중편소설 『새싹 뽑기, 어린 짐승 쏘기芽

むしり仔擊ち』, 단편집 『보기 전에 뛰어라見るまえに跳べ』 출간.

「사육」으로 제39회 아쿠타가와상 수상, 당시 최연소 수상자.

중증 수면제 중독에 빠짐.

1959   도쿄 대학교 졸업. 파스칼과 사르트르 중 고민 끝에 졸업논문은

「사르트르 소설에서의 이미지에 대하여」.

장편소설 『우리들의 시대われらの時代』『밤이여 느릿하게 걸어라夜

よゆるやかに步め』 출간.

1960   이타미 주조의 여동생 유카리와 결혼.

「화산」이 계기가 되어 다케미쓰 도루와 만남.

단편집 『고독한 청년의 휴가孤独な青年の休暇』, 장편소설 『청년의

오명青年の汚名』 출간.

미일안전보장조약에 반대하는 '안보 비판을 위한 모임'에 참여.

중국 베이징에서 일본 젊은 작가 대표로 마오쩌둥을 만남.

이시하라 신타로, 에토 준, 다니카와 슌타로, 데라야마 슈지, 아사

리 게이타, 에이 로쿠스케, 마유즈미 도시로, 후쿠다 요시유키 등

젊은 문화인들과 '젊은 일본의 모임' 결성.

1961   「세븐틴」「정치소년 죽다―세븐틴 제2부政治少年死す―セヴンティー

ン第二部」발표. 우익 단체의 협박을 받고 작가와 관계없이 《분가쿠

카이》에서 사죄 광고 게재. 이후 「정치소년 죽다―세븐틴 제2부」

는 단행본으로 출간된 적이 없음.

서유럽에서 동유럽을 거쳐 소련을 여행함, 작가로서의 침체기를 극복하고 재출발하는 계기를 마련. 프랑스 여행 중 사르트르와 인터뷰를 함.

1962 장편소설『늦게 온 청년遅れてきた青年』, 『세계의 젊은이들世界の若者たち』『유럽의 목소리, 나 자신의 목소리ヨーロッパの声、僕自身の声』 출간.

1963 두개골 이상을 가진 장남 히카리 출생.
히로시마 방문.
중편소설『절규叫び声』, 중단편집『성적 인간性的人間』출간.

1964 장편소설『일상생활의 모험日常生活の冒険』출간.
자전적 장편소설『개인적인 체험個人的な体験』출간, 제11회 신초샤문학상 수상.

1965 평론집『엄숙한 외줄 타기嚴肅な綱渡り』, 르포르타주『히로시마 노트ヒロシマ・ノート』출간.

1967 『만엔원년의 풋볼万延元年のフットボール』출간, 제3회 다니자키준이치로상 최연소 수상. 이 작품으로 에토 준과 결별함.
장녀 출생.

1968 산문집『지속하는 의지持続する志』출간.

1969	연작단편집 『우리들의 광기를 참고 견딜 길을 가르쳐 달라われらの 狂気を生き延びる道を教えよ』 출간.
	차남 출생.
1970	산문집 『망가지는 존재로서의 인간壊れものとしての人間』, 강연집 『핵 시대의 상상력核時代の想像力』, 르포르타주 『오키나와 노트沖縄 ノート』 출간.
1971	시게토 후미오와의 대담집 『대담·원폭 후의 인간対話·原爆後の人 間』 출간.
1972	단편집 『공중 괴물 아구이』, 천황제에 대해 비판적으로 논한 중편 집 『손수 우리의 눈물을 닦아 주시던 날みずから我が涙をぬぐいたまう 日』 출간.
1972	산문집 『고래가 사멸하는 날鯨の死滅する日』 출간.
1973	장편소설 『홍수는 나의 영혼에 이르러洪水はわが魂に及び』 출간, 제 26회 노마문예상 수상.
	작가론 『동시대로서의 전후同時代としての戦後』 출간.
1974	솔제니친 석방 탄원서에 서명.
	『상황으로状況へ』 『문학 노트文学ノート 付15篇』 출간.

| 1975 | 와타나베 가즈오 타계. |
| | 김지하 시인 탄압에 항의하여 도쿄 긴자에서 48시간 단식투쟁. |

1975 와타나베 가즈오 타계.

김지하 시인 탄압에 항의하여 도쿄 긴자에서 48시간 단식투쟁.

1976 멕시코의 엘 콜레히오 데 메히코 초빙교수로 재직.

장편소설 『핀처러너 조서ピンチランナー調書』, 『말에 의해―상황·문학言葉によって―状況·文学』 출간.

1978 『소설의 방법小説の方法』 『표현하는 자―상황·문학表現する者―状況·文学』 출간.

1979 장편소설 『동시대 게임同時代ゲーム』 출간.

1980 단편집 『현대전기집現代伝奇集』, 『방법을 읽다=오에 겐자부로 문예 시평方法を読む=大江健三郎文芸時評』 출간.

1982 연작단편집 『'레인트리'를 듣는 여인들』 출간, 제34회 요미우리문학상 수상. 이 연작의 첫 번째 단편 「슬기로운 '레인트리'」를 모티브로 다케미쓰 도루가 〈레인트리〉를 작곡함.

『핵 대화재와 '인간'의 목소리核の大火と「人間」の声』 『히로시마에서 유로시마까지―'82 유럽의 반핵·평화운동을 보다広島からオイロシマへ―'82ヨーロッパの反核·平和運動を見る』 출간.

'핵전쟁의 위기를 호소하는 문인들의 성명'에 발기인으로 참여.

1983 연작단편집 『새로운 사람이여 눈을 떠라』 출간, 제10회 오사라기

지로상 수상.

특별 연구원으로 미국 캘리포니아 체재.

1984 단편집 『어떻게 나무를 죽일 것인가いかに木を殺すか』, 『일본 현대의 휴머니스트 와타나베 가즈오를 읽다日本現代のユマニスト渡辺一夫を読む』, 야스에 료스케와의 대담집 『'세계'의 40년—전후를 재검토하다, 그리고, 지금『世界』の40年—戦後を見直す、そして、いま』 출간. 「하마에게 물리다」 발표. 제11회 가와바타야스나리문학상 수상.

1985 연작단편집 『하마에게 물리다』, 산문집 『삶의 정의—다시 상황으로生き方の定義—再び状況へ』 『소설의 농간, 앎의 즐거움小説のたくらみ、知の楽しみ』 출간.

1986 장편소설 『M/T와 숲의 이상한 이야기M/Tと森のフシギの物語』 출간.

1987 자전적 장편소설 『그리운 시절로 띄우는 편지懐かしい年への手紙』 출간.

1988 장편소설 『퀼프 군단キルプの軍団』, 『새로운 문학을 위하여新しい文学のために』 『최후의 소설最後の小説』, 스미야 미키오와의 대담집 『우리는 지금 어디에 있는가—주체성의 재건私たちはいまどこにいるか—主体性の再建』, 이노우에 히사시·쓰쓰이 야스타카와의 좌담 『유토피아 찾아 이야기 찾아—문학의 미래를 향해ユートピア探し物語探し—文学の未来に向けて』 출간.

| 1989 | 장편소설『인생의 친척人生の親戚』출간. |
| | 브뤼셀에서 유로팔리아문학상 수상 및 강연. |

1990	장편소설『치료탑治療塔』, 연작단편집『조용한 생활』,『자립과 공
	생을 말하다―장애자·고령자와 가족·사회自立と共生を語る―障害
	者·高齢者と家族·社会』(공저),『오페라를 만들다オペラをつくる』(다
	케미쓰 도루 공저) 출간.
	『인생의 친척』으로 제1회 이토세이문학상 수상.

| 1991 | 장편소설『치료탑 혹성治療塔惑星』,『히로시마의 '생명의 나무'ヒロ |
| | シマの「生命の木」』출간. |

| 1992 | 단편집『내가 정말 젊었던 시절僕が本当に若かった頃』, 산문집『인생 |
| | 의 습관人生の習慣(ハビット)』,『문학 재입문文学再入門』출간. |

1993	『우리들의 광기를 참고 견딜 길을 가르쳐 달라』로 이탈리아 몬델
	로 수상.
	장편소설『타오르는 푸른 나무燃えあがる緑の木』제1부『'구세주'의
	수난「救い主」が殴られるまで』, 산문집『신년의 인사新年の挨拶』출간.

1994	『타오르는 푸른 나무』제2부『흔들림揺れ動く(ヴァシレーション)』,『소
	설의 경험小説の経験』출간.
	아사히상 문학·예술·스포츠·교육 부문 수상.
	노벨문학상 수상.

노벨문학상 수상 직후, 천황이 수여하는 문화훈장과 문화공로상을 "나는 전후 민주주의자이므로 민주주의 위에 군림하는 권위와 가치관을 인정할 수 없다"라는 이유로 거부함.

1995 『타오르는 푸른 나무』 제3부 『위대한 세월大いなる日に』, 산문집 『상처를 딛고 사랑을 되찾은 나의 가족恢復する家族』(오에 유카리 그림), 『애매한 일본의 나あいまいな日本の私』 출간.

1996 그린차네카보우르상 국제상 수상.
미국의 프린스턴 대학교에서 초빙교수로 재직.
『일본의 '나'로부터의 편지日本の「私」からの手紙』, 산문집 『느슨한 유대감ゆるやかな絆』(오에 유카리 그림), 『일본어와 일본인의 마음 日本語と日本人の心』(다니카와 슌타로 외 공저) 출간.

1997 어머니가 세상을 떠남.
이타미 주조 자살.
미국예술과학아카데미 외국인 명예 회원으로 위촉됨.

1998 산문집 『'나'라는 소설가 만들기私という小説家の作り方』 출간.

1999 장편소설 『공중제비 돌기宙返り』 출간. 이후의 창작 활동은 작가 자신이 '만년의 작업Late Work'이라고 부름.
독일의 베를린 자유대학교에서 재직.

2000   이타미 주조의 자살을 계기로 집필한 장편소설「수상한 2인조」제
1부『체인지링取り替え子(チンジリング)』출간.
미국의 하버드 대학교와 벨기에의 리에주 대학교에서 명예박사
학위 수여.
중국사회과학원 외국문학연구소 명예 연구원으로 위촉됨.

2001   강연집『쇄국해서는 안 된다鎖国してはならない』, 오자와 세이지와
의 대담집『같은 해에 태어나―음악, 문학이 우리를 만들었다同じ
年に生まれて-音楽、文学が僕らをつくった』, 산문집『형언할 수 없는 탄
식으로言い難き嘆きもて』『'나의 나무' 아래서「自分の木」の下で』(오에
유카리 그림),『심포지엄 공생의 의지―마음의 치유, 영혼의 진정
시대를 향해シンポジウム 共生への志―心のいやし、魂の鎮めの時代に向け
て』(공저),『너희에게 전하고 싶은 말―노벨상 수상자와 중학생의
대화君たちに伝えたい言葉-ノーベル賞受賞者と中学生の対話』(공저) 출
간.
놈 촘스키와 서신 교환.
'새 역사 교과서를 만드는 모임' 비판.

2002   장편소설「수상한 2인조」제2부『우울한 얼굴의 아이憂い顔の童子』
출간.
프랑스 정부로부터 레지옹 도뇌르 훈장 코망되르(3등급)를 수여
받음.
《아사히 신문》에 에드워드 사이드와의 왕복 서간이 연재됨.

2003   장편소설 『2백 년의 아이들二百年の子供』, 산문집 『'새로운 사람'에게 「新しい人」の方へ』(오에 유카리 그림), 『폭력에 항거하는 오에 겐자부로의 왕복 서간暴力に逆らって書く-大江健三郎往復書簡』 출간. 일본 자위대의 이라크 파병 비판.

2004   헌법 9조의 개정을 막기 위해 가토 슈이치, 쓰루미 슌스케 등과 함께 9조회를 결성하여 전국 각지에서 강연회를 함. 강연집 『말하고 생각한다 쓰고 생각한다 「話して考える」(シンク・トーク)と「書いて考える」(シンク・ライト)』, 『무엇을 배울 것인가—작가의 신념, 과학자의 사고何を学ぶか-作家の信条、科学者の思い』(시라카와 히데키 공저) 출간.

2005   장편소설 「수상한 2인조」 제3부 『책이여, 안녕!さようなら、私の本よ!』 출간.

2006   오에 겐자부로의 등단 50주년과 고단샤 창립 100주년을 기념하여 오에겐자부로상 창설. 중국사회과학원 외국문학연구소의 초청으로 중국 난징 대학살 희생자 추모관 등을 방문, 베이징 대학교 부속 중학교에서 열린 강연에서 고이즈미 준이치로 전 총리의 야스쿠니 신사 참배를 비판함. 산문집 『회복하는 인간 「伝える言葉」プラス』 출간.

2007   등단 50주년 기념 장편소설 『아름다운 애너벨 리 싸늘하게 죽다臈

たしアナベル・リイ 総毛立ちつ身まかりつ』、『오에 겐자부로, 작가 자신을 말하다大江健三郎作家自身を語る』『읽는 인간読む人間−読書講義』출간.

2008   『헌법 9조, 내일을 바꾼다—오다 마코토의 뜻을 이어받아憲法九条、あしたを変える−小田実の志を受けついで』(이노우에 히사시 외 공저) 출간.

2009   장편소설『익사水死』,『명탄—가토 슈이치 추모冥誕 加藤周一追悼』출간.

2011   후쿠시마 제1원전 사고를 계기로 '탈원전' 운동을 주도하며 '사요나라 원전 집회'의 발기인으로 활동.

2012   산문집『말의 정의定義集』출간.
        「'영토 문제'의 악순환을 막자」라는 성명을 나가사키 시장을 비롯한 문화인 1,300명과 공동으로 발표.

2013   장편소설『만년양식집晩年様式集 イン・レイト・スタイル』출간.

2014   『오에 겐자부로 자선단편大江健三郎自選短篇』출간.

2015   후루이 요시키치와의 대담집『문학의 심연을 건너다文学の淵を渡る』출간.

단행본

『읽는 인간』(정수윤 옮김, 위즈덤하우스, 2015)

『익사』(박유하 옮김, 문학동네, 2015)

『새싹 뽑기, 어린 짐승 쏘기』(유숙자 옮김, 문학과지성사, 2014)

『말의 정의』(송태욱 옮김, 뮤진트리, 2014)

『히로시마 노트』(이애숙 옮김, 삼천리, 2012)

『오키나와 노트』(이애숙 옮김, 삼천리, 2012)

『오에 겐자부로, 작가 자신을 말하다』(윤상인 · 박이진 옮김, 문학과지성사, 2012)

『아름다운 애너벨 리 싸늘하게 죽다』(박유하 옮김, 문학동네, 2009)

『개인적인 체험』(서은혜 옮김, 을유문화사, 2009)

『책이여, 안녕!』(서은혜 옮김, 청어람미디어, 2008)

『회복하는 인간』(서은혜 옮김, 고즈윈, 2008)

『우울한 얼굴의 아이』(서은혜 옮김, 청어람미디어, 2007)

『만엔원년의 풋볼』(박유하 옮김, 웅진지식하우스, 2007)

『체인지링』(서은혜 옮김, 청어람미디어, 2006)

『인생의 친척』(박유하 옮김, 웅진지식하우스, 2005 · 1994)

『말하고 생각한다 쓰고 생각한다』(채숙향 옮김, 지식여행, 2005)

『2백 년의 아이들』(이송희 옮김, 문학수첩, 2004)

『'새로운 사람'에게』(위귀정 옮김, 까치, 2004)

『소설의 방법』(노영희 · 명진숙 옮김, 소화, 2003 · 1995)

『'나의 나무' 아래서』(송현아 옮김, 까치, 2001)

『만연원년의 풋볼』(박유하 옮김, 고려원, 2000) *오에 겐자부로 소설문학전집 7

『'나'라는 소설가 만들기』(김유곤 옮김, 문학사상사, 2000)

『동시대 게임』(신인섭 옮김, 고려원, 1997) *오에 겐자부로 소설문학전집 11

『신년의 인사』(민영 옮김, 1997, 고려원)

『M/T와 숲의 이상한 이야기』(김형숙 옮김, 고려원, 1997) *오에 겐자부로 소
    설문학전집 15

『개인적 체험』(박혜성 옮김, 고려원, 1997) *오에 겐자부로 소설문학전집 6

『하마에게 물리다』(양억관 옮김, 고려원 1996) *오에 겐자부로 소설문학전집 14

『펀치러너 조서』(허호 옮김, 고려원, 1996) *오에 겐자부로 소설문학전집 10

『킬프 군단』(오상현 옮김, 고려원, 1996) *오에 겐자부로 소설문학전집 17

『우리들의 광기를 참고 견딜 길을 가르쳐 달라』(정성호 옮김, 고려원, 1996)
    *오에 겐자부로 소설문학전집 8

『레인트리를 듣는 여인들』(김난주 옮김, 고려원, 1996) *오에 겐자부로 소설문

학전집 12

『그리운 시절로 띄우는 편지』(서은혜 옮김, 고려원, 1996) *오에 겐자부로 소설
　　문학전집 16

『치료탑 · 치료탑 혹성』(김난주 옮김, 고려원, 1996) *오에 겐자부로 소설문학전
　　집 20

『조용한 생활』(김수희 옮김, 고려원, 1995) *오에 겐자부로 소설문학전집 19

『위대한 세월』(김난주 옮김, 고려원, 1995) *오에 겐자부로 소설문학전집 23

『히로시마 노트』(김춘미 옮김, 고려원, 1995)

『상처를 딛고 사랑을 되찾은 나의 가족』(김광림 옮김, 고려원, 1995)

『흔들림』(김난주 옮김, 고려원, 1995) *오에 겐자부로 소설문학전집 22

『구세주의 수난』(오상현 옮김, 고려원, 1995) *오에 겐자부로 소설문학전집 21

『사육 · 짓밟히는 싹들』(오상원 · 김세환 옮김, 신구미디어, 1994)

『사육』(이길진 옮김, 태학원, 1994)

『만년원년의 풋볼』(정성호 옮김, 한뜻, 1994)

『개인적 체험』(권자인 옮김, 신세대, 1994)

『일상생활의 모험』(정영표 옮김, 하문사, 1994)

『사육 · 짓밟히는 싹들』(이정자 옮김, 동화서적, 1994)

『개인적 체험』(김수홍 옮김, 시상사, 1994)

『절규』(신정숙 옮김, 백양, 1994)

『홍수는 나의 영혼에 이르러』(박원숙 옮김, 일선출판사, 1994)

『1994 노벨문학상 수상작가 대표작품』(김영옥 옮김, 독서당, 1994)

『오에 겐자부로의 문학일기』(버팀목편집부 옮김, 버팀목, 1994)

『죽은 자의 사치 · 일상생활의 모험』(정철현 옮김, 보람, 1994)

『성적 인간 외』(이호철 옮김, 중앙일보사, 1994)

『개인적 체험』(정효영 옮김, 소학사, 1994)

『일상생활의 모험』(이범열 옮김, 여명출판사, 1994)

『개인적 체험 · 사육』(김미애 옮김, 깊은사랑, 1994)

『외치는 소리』(김이진 옮김, 문학사상사, 1994)

『우리들의 시대』(정성호 옮김, 하늘출판사, 1994)

『침묵의 외침』(오상현 옮김, 국일문학사, 1994)

『절규』(이원용 옮김, 신세대, 1994)

『'레인트리'를 듣는 여인들』(홍영의 옮김, 창해, 1994)

『오오에 켄자부로오 대표작 선집』(최재철 외 옮김, 국일문학사, 1994)

『세븐틴』(윤명현 옮김, 하늘출판사, 1994)

『겨울 골짜기』(정태원 옮김, 무한대, 1994)

『개인적 체험』(이규조 옮김, 꿈이있는집, 1991)

『한밤의 속삭임』(임현 옮김, 대흥출판사, 1982)

『외침 소리』(임현 옮김, 동남문화사, 1976)

선집 외

『작가란 무엇인가 2―파리 리뷰 인터뷰』(김진아 · 권승혁 옮김, 다른,
　2015)

『16인의 반란자들―노벨문학상 작가들과의 대화』(사비 아옌 지음, 정창 옮
　김, 스테이지팩토리, 2011)

『노벨상 수상자들과 함께한 아주 특별한 수업』(베티나 슈피켈 엮음, 나누
　리 옮김, 에이지21, 2010)

『진실에 눈을 뜨다―우리 시대 대표적 리더와 사상가 20인의 인생을 바
　꾼 정치적 각성의 순간들』(해리 크라이슬러 지음, 이재원 옮김, 이마고,
　2010)

『아버지의 여행가방―노벨문학상 수상 연설집』(윤상인 외 옮김, 문학동네,
　2009)

『내 인생, 단 하나뿐인 이야기』(나딘 고디머 엮음, 이소영 · 정혜연 옮김,
　민음사, 2007) *「이 땅에 버려진 아이들」 수록

『노벨문학상 100년을 읽는다』(마치엔 외 지음, 최옥영 · 한지영 옮김, 지상
　사, 2006)

『잔혹한 계절, 청춘』(이유영 옮김, 소담출판사, 2005) *「후퇴청년 연구소」 수록

『일본대표문학작품선집』(김욱 · 박지영 옮김, 문예춘추, 2001) *「사자의 잘난
　척」 수록

『브라질풍의 포르투갈어』(이영아 옮김, 소화, 2001) *「브라질풍의 포르투갈어」
　수록

『일본대표단편선 2』(김정미 외 옮김, 고려원, 1996) *「인간 양」 수록

『세계 명단편 100선 14―손수건』(신영언 옮김, 삼성미술문화재단, 1987)

『현대의 세계문학 30―돈황 · 침묵 · 일상생활의 모험』(이범열 옮김, 범한

출판사, 1984)

『오늘의 세계문학 9—사랑의 목마름 · 잔치가 끝나고 · 성적 인간』(이원
섭 · 이호철 옮김, 중앙일보사, 1983)

『칼라판 세계대표단편문학전집 동양편 A』(정한출판사 엮음, 정한출판사,
1976)

『현대일본대표문학전집 5』(김용제 외 옮김, 평화출판사, 1974)

『일본단편문학전집 6』(일본단편문학전집편집위원회 엮음, 신태양사,
1969)

『현대세계문학전집 6』(김세환 옮김, 신구문화사, 1968)

『전후일본단편문학전집 5』(김용제 외 옮김, 일광출판사, 1965)

『일본문학신예작가수상작품선집 5』(김용제 옮김, 청운사, 1964)

『세계전후문학전집 7—일본전후문제작품집』(정한숙 외 옮김, 신구문화사,
1960)

세계문학 단편선을 펴내며

세상의 모든 이야기는 단편으로 시작되었다. 성경과 그리스 신화를 비롯해 인류의 많은 신화와 설화는 단편의 형식으로 사물의 기원, 제도와 금기의 탄생, 운명이라는 이름의 삶의 보편적 형식을 설명했다.

〈세계문학 단편선〉은 모든 산문의 형식 중 가장 응축적이고 예술성이 높은 단편소설에 포커스를 맞추어 세계문학을 바라보는 새로운 관점을 제시하고자 한다. 단편소설을 언급할 때 빼놓을 수 없는 작가들의 작품들은 물론이고, 한두 편의 장편소설로만 우리에게 알려진 세계적 작가들이 남긴 주옥같은 단편들을 통해 대가의 진면모를 총체적으로 바라볼 수 있게 할 것이다. 또한 우리에게 문학의 변방으로 여겨져 왔던 나라들의 대표적 단편 작가들도 활발히 소개할 것이며 이미 순문학과의 경계가 불분명해진 장르문학의 형성과 발전에 크게 기여한 작가들의 작품 역시 새롭게 조명해 나갈 것이다.

에드거 앨런 포는 문학작품은 독자가 앉은자리에서 다 읽을 수 있을 정도로 짧아야 한다고 했다. 바쁜 일상의 삶을 사는 현대인들에게 〈세계문학 단편선〉은 삶과 사회, 나아가 세계를 바라볼 수 있게 하는 더할 나위 없이 좋은 친구가 될 것이라 확신한다.

21세기인 현재에 이르기까지 단편소설은 그리스 신화가 그러했듯이 삶의 불변하는 조건들을 응축된 예술적 형식으로 꾸준히 생산해 왔다. 그리고 새로운 문학적 기법과 실험적 시도를 통해 단편소설은 현재도 계속 진화, 확장되고 있다. 작가의 치열한 예술적 열정이 가장 뜨겁게 반영된 다양한 개성으로 빛나는 정교한 단편들을 통해 문학의 진정한 존재 이유를 독자들이 느낄 수 있기를 소망하며 이번 〈세계문학 단편선〉을 펴낸다.

현대문학 편집부

H 세계문학 단편선

※ 〈세계문학 단편선〉은 계속 출간됩니다.

옮긴이 **박승애**

한국방송통신대학교 국어국문학과를 졸업하고 일본의 소설과 에세이 등을 번역하
다가 중앙대학교 대학원 일어일문학과에서 오에 겐자부로 초기 소설 연구로 석사
학위를 받았다. 대학원 재학 중 BK21 사업 팀 중앙대학교 네오재패네스크 연구원
으로 일본 문화 전반에 관한 연구를 하며 번역의 지평을 넓혔다.
옮긴 책으로『빛의 산』『천국은 아직 멀리』『가마타 행진곡』『결혼 못하는 남자』『전
원의 쾌락』『절망은 나의 힘』『엄마의 가출』등 20여 권이 있다.

오에 겐자부로

초판 1쇄 펴낸날 2016년 1월 31일
초판 11쇄 펴낸날 2024년 1월 17일

지은이 오에 겐자부로
옮긴이 박승애
펴낸이 김영정

펴낸곳 (주)현대문학
등록번호 제1-452호
주소 06532 서울시 서초구 신반포로 321(잠원동, 미래엔)
전화 02-2017-0280
팩스 02-516-5433
홈페이지 www.hdmh.co.kr

ISBN 978-78-7275-751-1 04830
세트 978-89-7275-672-9

* 책값은 뒤표지에 있습니다.
* 파본은 구입처에서 교환해 드립니다.